밀크맨

애나 번스
장편소설

MILKMAN   밀크맨

홍한별 옮김

창비

e alone? Apar
didn't have those other th
until later, and I don't mean ... hour later. I mean twenty
... At the time age eighteen, having been brought up in

케이티 니컬슨, 클레어 다이먼드, 제임스 스미스에게

차례

일러두기

1. 이 책은 Anna Burns, *Milkman*(London: Faber & Faber 2018)을 번역 저
   본으로 삼았다.
2. 본문의 고딕체는 원서에서 이탤릭체와 대문자로 강조한 부분이다.
3. 본문의 주는 모두 옮긴이의 것이다.

1

아무개 아들 아무개가 내 가슴을 총으로 찌르고 고양이 같은 년이라고 하면서 나를 쏘려고 한 날이 밀크맨이 죽은 날이었다. 밀크맨은 국가암살단의 총에 맞아 죽었는데 그가 총을 맞은 일이 나에게는 전혀 유감스러운 일이 아니었다. 다른 사람들은 엄청난 일인 양 법석이었고 그중에서도 '나와 안면은 있지만 말을 주고받는 사이는 아닌' 사람들이 나를 두고 쑥덕거렸는데 왜냐하면 그 사람들이 만들어낸, 아니 아마도 우리 첫째 형부가 만들어낸, 내가 이 밀크맨이라는 사람과 그렇고 그런 사이라는 루머가 쫙 퍼져 있었고 나는 열여덟살이고 그는 마흔한살이었기 때문이다. 나도 그 사람이 몇살인지는 알았는데 밀크맨이 총에 맞아 죽고 신문에 신상이 나와서 안 것은 아니고 그전에 총 맞

기 몇달 전부터 루머를 퍼뜨린 사람들이 마흔한살과 열여
덟살이라니 역겹고 스물세살 나이 차이가 역겹고 밀크맨
은 유부남인데다 조용히 눈에 뜨이지 않게 지켜보는 사람
이 많으니 나한테 놀아나지는 않을 거라는 등의 말을 해대
는 걸 듣고 알았다. 그러니까 밀크맨과 나의 불륜이 내 잘
못이라는 게 중론인 것 같았다. 하지만 나는 밀크맨과 불
륜관계가 아니었다. 나는 밀크맨을 좋아하지 않았고 그 사
람이 나를 쫓아다니고 연애를 걸려고 해서 무섭고 혼란스
러웠다. 나는 첫째 형부도 좋아하지 않았다. 첫째 형부는
다른 사람의 성생활에 대해 주체를 못하고 끝없이 이야기
를 꾸며냈고 내 성생활에 대해서도 그랬다. 내가 어릴 때,
그러니까 내가 열두살 때, 첫째 언니가 오래 사귄 남자친
구가 바람을 피운 걸 알고 차버린 다음 홧김에 지금 첫째
형부인 남자를 만나기 시작했는데 그 남자가 언니를 임신
시키는 바람에 바로 결혼했다. 이 첫째 형부라는 사람은
나를 처음 본 순간부터 나한테 음탕한 말을 했다. 내 기벽,
내 꼬리, 내 나라, 내 상자, 내 병, 내 고집, 내 그것 —— 그는
내가 모르는 성적인 단어들을 썼다. 그는 내가 그 단어들
이 무슨 뜻인지는 몰라도 성과 관련 있는 단어라는 걸 알
만큼은 안다는 사실을 즐겼다. 그때 첫째 형부가 서른다섯
살이었다. 열두살과 서른다섯살. 여기도 스물세살 차이가
난다.

　첫째 형부는 자기한테 마땅히 그런 말을 할 자격이 있다

는 듯 아무렇지도 않게 그런 말을 했고 나는 어떻게 대처해야 할지 몰라 아무 말도 하지 않았다. 언니가 옆에 있을 때에는 첫째 형부도 그러지 않았다. 언니가 방에서 나가는 순간 스위치가 켜진 듯이 돌변했다. 다행히 그 사람이 신체적으로는 무섭지 않았다. 그때 그곳에서는 사람을 판단할 때 신체적 폭력성을 첫째 기준으로 삼았는데 그 사람은 그쪽으로 젬병이라는 걸 바로 알 수 있었다. 그래도 나는 형부가 육식동물처럼 다가오면 매번 얼어붙어버렸다. 다시 말해 그 사람은 쓰레기인데 언니는 임신했으니 망한 거였고, 게다가 언니는 오래 사귄 남자를 아직도 사랑하고 그 사람이 자기를 배신했다는 사실을 받아들이지 못한 채 그가 자기를 그리워하지 않는다는 것도 믿지 않으려 했으니 더 문제였다. 그 남자는 이미 다른 여자 만나서 잘 사는데. 언니는 언니가 만난 이 남자, 더 나이 많은 남자의 실체를 몰랐다. 언니는 그 사람과 결혼했지만 그러기에는 너무 어렸고 너무 불행했고 너무 사랑했다(남편이 아닌 사람을). 나는 언니가 울적해하는데도 언니를 보러 가지 않았는데 첫째 형부의 말과 표정을 더이상 견딜 수가 없었기 때문이다. 육년 동안 첫째 형부는 결혼하지 않은 두 언니와 나까지 우리 셋에게 끈질기게 접근하려 했고 우리는 직접적으로 간접적으로 점잖게 예의 바르게 거칠게 물리쳤는데, 첫째 형부처럼 밀크맨도 아무도 부르지 않았는데 더욱 무시무시하고 위험스럽게 갑자기 등장했다.

그 사람이 어느 집 밀크맨인지 나는 모른다. 우리집 밀크맨은 아니다. 여느 집 배달부는 아닐 것이다. 일단 우유 주문을 안 받는다. 우유를 가지고 다니지도 않는다. 우유를 배달하지도 않는다. 우유 트럭을 몰지도 않는다. 보통 승용차를, 매번 다른 차, 주로 번쩍이는 차를 모는데 정작 본인은 번쩍이지 않는다. 하지만 일단 그 사람이 차를 타고 내 앞에 등장하기 시작하자 그 사람과 차만 계속 눈에 들어왔다. 그리고 그 승합차도 있었다. 조그맣고 하얗고 특징이 없고 모양이 바뀌기도 하는 승합차인데 그 승합차 운전석에도 그가 있을 때가 있었다.

어느날 내가 『아이반호』를 읽으며 걷는데 그 사람이 차를 타고 다가왔다. 나는 자주 걸어다니면서 책을 읽었다. 나는 그게 뭐가 잘못인지 몰랐는데 그게 나중에는 나를 향한 비난의 근거 중 하나가 되었다. '걸으면서 책을 읽는다'가 확실히 그 근거 목록에 들어 있었다.

"거기 아무개네 딸 아닌가? 아버지가 아무개지? 오빠 아무개, 아무개, 아무개, 아무개가 헐리* 팀에 있었지? 타. 태워줄게."

누군가가 나에게 가볍게 말을 걸면서 벌써 조수석 문을 열고 있었다. 나는 책에 빠져 있다가 놀라서 고개를 들었다. 차가 다가오는 소리를 못 들었다. 운전석에 앉은 남자

* 하키와 비슷한 아일랜드 전통 스포츠로 나무막대와 공을 이용하는 야외 경기.

도 본 적이 없는 사람이었다. 그는 몸을 기울여 차창 너머 나를 보면서 웃었고 다정하고 친절하게 굴었다. 그러나 열여덟살인 나는 '웃고 다정하고 친절한' 것을 보면 바로 경계심이 솟았다. 남의 차에 타는 것 자체를 꺼리지는 않았다. 여기에서는 사람들이 차를 타고 가다가 걸어가는 사람을 보면 차를 세우고 태워주는 일이 흔하다. 차가 없는 집도 많고 폭탄 테러와 차량 납치의 위협 때문에 대중교통이 운행을 안할 때도 있기 때문이다. 인도를 따라 천천히 차를 몰면서 불량한 목적으로 여자를 꼬셔 차에 태우려 하는 사람이 있다는 것도 개념으로는 알려져 있었지만 실제로 그러는 사람은 없었다. 적어도 나는 본 적 없었다. 어쨌거나 나는 차를 얻어타고 싶지 않았다. 원래 차 타는 걸 좋아하지 않는다. 나는 걷는 것을 좋아한다. 걸으면서 읽고 걸으면서 생각하는 게 좋다. 게다가 특히 그때 그 사람 차는 타고 싶지 않았다. 그런데 뭐라고 거절해야 할지 몰랐다. 그 사람이 무례하게 군 것도 아니고 우리 가족을 안다며 우리 집안 남자들 이름을 신임장처럼 읊었으니 나도 무례하게 대할 수는 없었다. 그래서 나는 머뭇거렸든지 흠칫했든지 했는데 그건 좀 무례했다. "걷고 있어요." 내가 말했다. "책 읽고 있어요." 나는 『아이반호』가 걸어야 하는 이유를 설명해주기라도 할 것처럼 책을 쳐들었다. "차에서 읽어도 돼"라고 그가 말했는데 내가 뭐라고 대답했는지는 생각이 안 난다. 결국 남자가 웃으면서 말했다. "됐어. 괜찮아. 책 재밌게 읽어." 그러고는 문을 닫고 가버렸다.

처음에는 그게 전부였다. 그런데 벌써 소문이 일기 시작했다. 첫째 언니가 나를 보러 왔다. 언니 남편, 지금 마흔한 살인 형부가 나한테 알리고 주의를 주라고 언니를 보낸 것이다. 언니는 내가 그 남자와 이야기를 나누는 게 목격되었다고 말했다.

"좆까." 내가 말했다. "그게 무슨 소리야, 목격되었다니? 누가 목격했는데? 언니 남편?"

"내 말 잘 들어." 언니가 말했다. 하지만 나는 듣지 않았다. 첫째 형부의 이중성 때문에, 언니가 그걸 참아주고 있기 때문에 안 들었다. 내가 언니를 탓하고 있었다는 걸, 그러니까 첫째 형부가 오래전부터 나한테 그런 말들을 해온 것이 언니 탓이라고 생각해왔다는 걸 그때는 몰랐다. 언니가 형부가 온갖 수작을 부리고 다니는 걸 당연히 알았을 텐데도 사랑하지도 않고 존경할 수도 없는 사람과 결혼했기 때문에 언니를 원망하고 있었다는 걸 그때는 몰랐다.

언니는 나더러 행실 똑바로 하라고 잔소리를 하고, 나한테 이득 될 게 없는 일이라고 잡도리를 하고, 세상에 하고많은 남자 중에 —— 더 들을 필요가 없는 말이었다. 나는 화가 나서 욕을 더 퍼부었다. 언니는 욕을 싫어해서 언니를 쫓아내려면 욕을 하는 수밖에 없었다. 그러고 나서 나는 창밖으로 언니 등 뒤에 대고 언니네 겁쟁이한테 나한테 할 말 있으면 직접 와서 하라고 전하라고 소리쳤다. 그게 실수였다. 욱한 것, 욱한 모습을 보인 것, 창밖으로 길거리에다가 소리를 질러서 나 스스로 헛소문에 발을 담근 것이 실수였다. 보통은 잘 자제한다. 그런데 화가 났다. 너무화가 났다. 언니에게, 언니가 어리고 약한 아내가 되어 남편이 시키는 대로 고분고분 따르는 것에, 형부가 나를 자기와 똑같은 사람 취급하는 것에 화가 났다. 속에서 고집이 솟았고 '내 일에 신경 꺼'가 부글부글 끓어올랐다. 그럴때면 나는 좀 괴팍해져서 경험적으로 그러면 안되는 줄 알면서도 누워서 침을 뱉는다. 나와 밀크맨이 어쨌다는 루머는, 더 생각도 않고 머리에서 지웠다. 원래 이 지역 사람들은 남의 사생활에 엄청나게 관심이 많다. 뒷소문이 생겨났다 사라졌다 밀려왔다 밀려갔다 다음 목표물로 이동한다. 그래서 나는 그 밀크맨과 연애 어쩌고 하는 소리에 그냥신경을 끊었다. 그런데 그가 다시 나타났다. 이번에는 차를 타지 않고 내가 저수지가 있는 공원에서 러닝을 할 때나타났다.

나는 혼자였고 그때는 책을 읽고 있지 않았다. 러닝을할 때는 책을 안 읽는다. 그런데 이번에도 느닷없이 그 사람이 나타나 내 옆에서 달리고 있었다. 마치 늘 같이 달리던 사이처럼 나란히 달렸고 나는 이번에도 깜짝 놀랐다. 그뒤로도 나는 그 사람을 만날 때마다, 마지막 만났을 때만 빼고, 매번 소스라치게 놀랐다. 처음에는 그 사람이 아무 말도 하지 않아서 나도 아무 말을 할 수 없었다. 그러다가 문득 그 사람이 입을 열었는데 마치 우리가 내내 대화를 나누던 중이기라도 한 것처럼 앞뒤 없이 말을 시작했다. 내가 빠른 속도로 달리고 있었기 때문인지 약간 숨찬 듯 말을 짧게 끊으며 내 직장 이야기를 했다. 그는 내 직장을 알았다. 어디에 있는지, 거기에서 내가 무슨 일을 하는지, 근무시간, 근무일은 언제인지도, 버스가 납치되지 않았을 때는 아침마다 8시 20분에 시내로 가는 버스를 타고 출근한다는 것도 알았다. 또 내가 집에 올 때는 그 버스를 안 타더라는 말도 했다. 사실이었다. 날마다 비가 오든 해가 나든 총격이 벌어지든 폭탄이 떨어지든 대치 중이든 폭동 중이든 나는 책을 읽으며 걸어서 집에 가는 걸 좋아했다. 보통 19세기 책을 읽으면서 걷는데 나는 20세기를 좋아하지 않고 20세기 책도 안 좋아하기 때문이었다. 지금 생각해보니 이 밀크맨이라는 사람은 그 사실까지도 알았던 것 같다.

위쪽 저수지 둘레를 따라 달릴 때 그 사람이 그런 이야기를 했다(아래쪽 어린이 놀이터 근처에 작은 저수지가 하나 더 있다). 그 사람은 나를 돌아보지 않고 앞만 보며 이야기했다. 두번째 만남 내내 나한테 아무것도 묻지는 않았다. 내가 대꾸하기를 바라는 것 같지도 않았다. 대꾸할 말도 없었지만. 나는 계속 '도대체 어디에서 나타난 거지?'에 골몰하고 있었다. 또 왜 마치 자기가 나를 아는 듯, 우리가 서로 아는 사이인 듯이 행동하는 거지? 모르는 사이인데? 나는 저 사람이 옆에 있는 게 싫은데 왜 저 사람은 내가 자기가 옆에 있는 것을 싫어한다고 생각 안하지? 왜 나는 달리기를 멈추고 저리 가라고 말하지 않는 거지? 등의 의문도 있었다. 다만 '도대체 어디에서 나타난 거지?'를 제외한 나머지 의문들은 나중에야 생각났다. 한시간 뒤에 생각난 것도 아니고 스무해 뒤에 생각났다. 그때, 열여덟살 때, 나는 일촉즉발인 사회에서 자랐고 이곳에서는 신체 폭력이 없는 한, 명백한 언어적 모욕이 가해지지 않는 한, 눈앞에서 조롱당하지 않는 한 어떤 일도 일어나지 않았다고 보는 게 기본 원칙이었으니, 그러니 일어나지 않은 일에 피해를 당했다고 할 수도 없었다. 열여덟살 때 나는 개인공간 침해라는 게 뭔지 몰랐다. 불편한 느낌은 있었다. 직감이나 어떤 상황 또는 사람에 대한 반감은 있었지만 직감과 반감이 중요하다는 것은 몰랐고 누군가가 접근하는 것을 꺼리거나 거부할 권리가 나에게 있다는 것도 몰랐다. 그때는 누가 친절과 애정을 베푼답시고 다가오면 그 사람이 하고 싶은 말을 다 하고 빨리 가버리기를 속으로 빌거나 가능한 순간이 오면 내가 얼른 예의 바르게 자리를 뜨는 게 최선이었다.

두번째 만났을 때 밀크맨이 나한테 관심이 있고 나에게 접근하려 한다는 것을 알았다. 나는 그 사람이 나한테 관심을 갖는 게 싫었고 그에게 관심이 없었다. 그렇다고 그 사람이 관심을 직접적인 말로 표현한 것은 아니었다. 나에게 아무것도 묻지 않았다. 신체 접촉을 하지도 않았다. 두 번째 만남에서는 아직까지 나를 쳐다보지조차 않았다. 게다가 나보다 나이가 많은데, 훨씬 많은데, 정말 그것일 수 있을까, 내가 오해한 게 아닐까, 내가 상상한 것과 다른 상황이 아닐까 싶기도 했다. 우리는 공공장소에 있었으니까. 이곳은 낮에는 커다란 공원 두개가 합해진 곳이고 밤에는 유해한 장소였다. 사실 낮에도 유해하지만 사람들은 어디한군데라도 갈 수 있는 데가 있기를 바랐기 때문에 낮에도 유해하다는 사실을 인정하지 않으려 했다. 아무튼 공원이 내 것도 아니니 그 사람도 나와 다를 바 없이 거기에서 달릴 자격이 있었다. 70년대에 애들이 거기에서 술을 마실 자격이 있었고 나중에 80년대에는 조금 더 큰 아이들이 거기에서 본드를 불 자격이 있었고 90년대에는 조금 더 나이든 이들이 거기에서 헤로인을 주사할 자격이 있었고 당시에는 국가기관이 거기에 숨어서 국가 반대자들의 사진을 찍기도 했듯이 누구든 거기 있을 자격이 있었다. 국가기관은 반대세력에 동조하는 사람들 사진도 찍었는데, 바로 그때 그 일이 일어났다. 밀크맨과 내가 수풀 옆을 달리는데 '찰칵' 소리가 들렸다. 전에 그 수풀 옆을 수도 없이 달렸지만 한번도 들은 적이 없는 소리였다. 밀크맨 때문에, 밀크맨이 하는 일 때문에 찰칵 소리가 났다는 걸 나는 알았다. 여기서 밀크맨이 '하는 일'이란 뭔가에 관련되어 있다는 뜻이고, 그 '관련되어' 있는 뭔가가 뭐냐면 반란 행위인데, 그 '반란 행위'란 이곳의 정치적 문제 때문에 나라에 반대하는 움직임을 뜻한다. 그러니까 이제 나는 사진 찍혀서 어딘가의 파일에 들어가게 되었고 전에는 알려지지 않았으나 이제는 알려진 동조자가 되었다. 밀크맨도 찰칵 소리를 못 들었을 리 없는데도 찰칵 소리에 대해서 아무 말도 하지 않았다. 나도 찰칵 소리는 못 들은 척하고 이제 러닝을 마무리하려 속도를 높였다.

그러나 밀크맨은 속도를 늦추었고, 그래서 아예 우리는 걷는 지경이 되었다. 밀크맨이 몸 상태가 안 좋아서라기보다는 원래 러닝을 하던 사람이 아니라 그런 것 같았다. 그 사람은 러닝에 관심이 없었다. 내가 그 사람을 알아차리기 전에도 저수지 둘레를 돌고 있었겠지만 러닝이 목적은 아니었다. 나 때문에 달린 것이었다. 밀크맨은 페이스를 조절하느라 천천히 달리는 척했지만 나는 페이스 조절이 뭔지 안다. 달리다가 걷는 건 페이스 조절이 아니다. 그렇지만 그렇다고 말할 수는 없었다. 내가 그 사람보다 더 건강할 수는 없고 내 운동 방식에 대해 그 사람보다 더 잘 알 수는 없었다. 이곳의 남자와 여자의 조건이 그런 것을 허락하지 않았기 때문이다. 그런 건 '나는 남자고 너는 여자다'의 영역이었다. 이는 여자아이가 남자아이에게, 성인 여자가 성인 남자에게, 여자아이가 성인 남자에게 그런 말을, 적어도 공식적으로, 공개적으로, 자주 하는 것은 용인되지 않는다는 뜻이다. 그러니까 남자의 우월함을 인정하고 남자의 뜻을 따르는 대신 남자의 말에 반박하는 여자, 버릇없는 여자, 오만하고 자신감이 지나친 여자는 봐주지 않는다는 뜻이다. 모든 남자가 그러는 것은 아니었다. 여자한테 무시당했다고 씩씩거리는 남자를 보면 재미있어 하며 웃는 남자들도 있었다. 내가 좋아하는 남자들은 그랬고 내 어쩌면-남자친구도 그중 하나였다. 어쩌면-남자친구는 웃으면서 이렇게 말했다. "너 나 놀리는 거지. 그 정도는 아니잖아, 아닌가?" 언제 그랬냐면 내가 아는 남자애들이 서로 싫어하면서도 똘똘 뭉쳐서 한목소리로 바브라 스트라이샌드 목소리가 너무 크다고 분개하고 새 영화에서 시고니 위버가 남자들 아무도 못 죽인 괴물을 죽였다고 화를 내고 케이트 부시가 고양이 같다고 싫어하고 고양이는 여자 같다고 싫어한다는 이야기를 했을 때였다. 훼손된 고양이 사체들이 발견됐고 내가 사는 지역에서 고양이가 거의 씨가 말랐다는 이야기는 하지 않았다. 대신 그 남자애들은 프레디 머큐리가 게이 같다는 걸 부인할 수 있는 한은 계속 그를 숭배할 거라는 말로 마무리했더니 어쩌면-남자친구가 커피포트를 내려놓고 — 내가 아는 사람 중에서 커피포트가 있는 사람은 어쩌면-남자친구와 어쩌면-남자친구의 친구 셰프뿐이었다 — 주저앉아 포복절도했다.

이 애가 나의 '거의 일년째 어쩌면-남자친구'다. 화요일 밤에 만나고, 목요일 밤에도 가끔 만나고, 대개 금요일

밤부터 토요일까지 같이 있고, 토요일 밤부터 일요일까지
는 늘 만난다. 가끔은 연애 같다. 가끔은 연애가 아닌 것 같
다. 그애 주변의 몇몇은 우리를 커플로 본다. 대부분은 커
플이 아닌 커플, 꾸준히 만나기는 하지만 정식 한쌍이라고
는 할 수 없는 커플로 본다. 정식 한쌍이 되어 공식적으로
연애하는 것도 좋을 것 같아서 한번은 어쩌면-남자친구
에게 그러면 어떻겠냐고 말했는데 그애는 아니야, 아닐걸,
네가 잊어버렸나본데, 하면서 얘기해줬다. 그애 말이, 전
에 우리가 시도해본 적이 있다고 했다. 그애가 내 남자친
구가 되고 나는 그애 여자친구가 되어 계획을 세우고 정식
커플처럼 어떤 미래를 향해 나아가려고 해봤다고. 그런데
내가 이상해졌다고 했다. 자기도 이상해지긴 했지만, 내가
그렇게 겁내는 것은 처음 보았다고 했다. 그 말을 들으니
어렴풋하게 그런 일이 있었던 기억이 났다. 그런 한편 마
음 한구석에서는 저 애가 지어낸 이야기 아냐? 싶기도 했
다. 그애 말이, 그래서 자기가 우리 관계를, 정확히 어떤 관
계인지는 모르지만 이 관계를 지키려면 남자친구-여자친
구 관계는 접는 게 좋겠다고 말했고, 내가 "감정을 터놓고
이야기하자"라면서 남자친구-여자친구 관계를 시도해놓
고 정작 그러려고 하자 기겁한데다 자기보다도 더 감정을
드러내지 않았으니 애초에 그건 진심으로 한 말이 아니었
을 거라고 했다. 대신 우리가 연애를 하는 건지 아닌지 모
르는 어쩌면-영역으로 다시 돌아가자고 했다. 그렇게 했

더니 내가 안정되었고 그래서 자기도 안정되었다고 했다.

공식적인 '남자와 여자' 영역에서는 여자가 어떤 말을 할 수 있고 어떤 말을 할 수 없는지가 정해져 있으니, 나는 밀크맨이 내가 달리는 것을 방해하고 속도를 늦춰 결국 걷게 만들었을 때 아무 말도 하지 않았다. 이때에도 밀크맨이 무례하게 보이지는 않았기 때문에 내가 무례하게 밀치고 달려나갈 수는 없었다. 그래서 가까이 있고 싶지 않은 남자에게 맞춰서 속도를 늦췄다. 그때 밀크맨이 내가 달리지 않을 때면 늘 하고 있는 걷기에 대해서 무어라고 말했는데 그 사람이 그런 말을 하지 않았더라면, 내가 그 말을 듣지 않았더라면 좋았을 것이다. 그는 걱정이 된다고, 자긴 잘 모르겠다고 말했는데 그 말을 하는 동안 한번도 나를 쳐다보지 않았다. "이렇게 달리고, 걷고 하는 거 잘 모르겠어. 너무 많이 달리고 너무 많이 걸어." 그 말을 끝으로 그는 공원 가장자리 모퉁이를 돌아 홀연히 사라졌다. 지난번에 번쩍이는 차를 몰고 왔을 때처럼 이번에도 별안간 등장했고, 접근했고, 멋대로 행동했고, 카메라에 찰칵 찍혔고, 내가 달리고 걷는 것에 대해 평가했고, 그러고는 또 느닷없이 사라졌다. 나는 혼란스러웠고 크게 놀랐다. 충격 상태였는데 그런 한편 너무 사소한 것, 중요하지 않은 것, 실제로 충격을 받기엔 너무 정상인 듯도 한 일에 충격을 받은 것 같기도 했다. 그래서였는지 집에 돌아와서 몇시간이 지난 뒤에야 그 사람이 내 직장에 대해 알고 있었다는 사실이 머리에 들어왔다. 어떻게 집에 돌아왔는지도 기억에 없었다. 그 사람이 가고 난 다음에 나는 다시 러닝을 하고 원래 일정대로 할 일을 하고 그가 나타났던 일이 없었던 일이거나 아니면 적어도 아무 의미 없는 일인 척하려고 애를 썼다. 그러다가, 얼이 빠져 있었기 때문에, 혼란스러웠기 때문에, 솔직하지 않았기 때문에 누군가 버린 잡지에서 뜯긴 번들거리는 책장을 밟고 미끄러졌다. 길고 짙고 헝클어진 머리카락의 여자가 스타킹에, 가터벨트에, 까맣고 레이스가 있는 무언가를 입고 포즈를 취한 양면 화보였다. 여자가 나를 향해 웃으면서 몸을 뒤로 젖힌 채 나에게 벌려 보였기에, 미끄러지면서 균형을 잃었을 때 나는 여자의 그것을 정통으로 보고 길에 자빠졌다.

2

러닝을 한 이튿날 아침, 평소보다 일찍, 왜 그러는지 스
스로를 납득시키려 하지도 않고 나는 원래 가던 길로 안
가고 우리 구역 다른 쪽으로 가서 다른 버스를 타고 시내
로 갔다. 집에 올 때도 그 버스를 타고 왔다. 처음으로 집에
올 때 책을 읽으며 걸어오지 않았다. 아예 걷지를 않았다.
내가 왜 그러는지는 생각 안했다. 게다가 러닝 갈 시간이
되었는데도 안 나갔다. 그가 저수지 공원에 나타날까봐 못
갔다. 마음먹고 열심히 장거리 러닝을 하는 사람이면서 이
도시 특정 지역에 살고 특정 종파에 속한 사람이라면 저수
지 공원을 러닝 코스에 포함할 수밖에 없다. 종교적 지형
도 때문에 공원을 빼면 달릴 수 있는 코스가 너무 짧아져
서 좀 뛰었다 싶을 만큼 뛰려면 좁은 지역을 뱅뱅 돌아야

했다. 내가 러닝을 좋아하기는 하지만 따분한 쳇바퀴 돌기도 상관없을 만큼 좋아하는 것은 아니라 이레 동안 뛰지 않았다. 너무 달리고 싶어 도저히 못 참겠다 싶어지기 전에는 계속 그렇게 지내게 될 것 같았다. 그러다가 러닝을 그만둔 지 이레째 되는 날 저녁, 다시 저수지 공원에 가기로 마음을 먹었다. 대신 셋째 형부와 같이 가기로 했다.

셋째 형부는 첫째 형부와 다르다. 나보다 한살 더 많고 어릴 때부터 알고 지냈다. 미친 운동광, 미친 싸움꾼, 기본적으로 전반적으로 미친 사람이다. 나는 셋째 형부가 좋았다. 다른 사람들도 셋째 형부를 좋아했다. 익숙해지고 나면 다들 좋아했다. 셋째 형부의 또 좋은 점은 남 이야기를 절대 안하고 상스러운 말도 안하고 음탕한 웃음을 흘리지도 않고 그 어떤 것도 비웃는 법이 없다는 점이다. 꼬치꼬치 물으며 간섭하고 조종하려 들지도 않았다. 사실 뭐를 묻는 일 자체가 거의 없었다. 싸움질은 했지만 남자하고만 했다. 여자하고는 절대 싸우지 않았다. 사람들 말마따나 뇌가 이상해서인지 몰라도 셋째 형부는 여자들이 용맹하고 영감을 주는 거의 신화적이고 초자연적인 존재이기를 기대했다. 정말 특이하게도 여자들이 자기가 하는 말을 걸고넘어지고 말다툼을 벌여 자기를 꺾기를 바랐다. 그게 셋째 형부가 여자를 대할 때의 확고한 기본 원칙이었다. 여자가 신화적인 존재답지 않다거나 하면 자기가 강압적으로 나서서 여자를 그쪽으로 몰고 가려 했다. 셋째 형부는 자기가 강압적인 척하면 여자가 정신을 차리고 스스로 어떤 존재인지를 상기하고 분개하면서 형이상학적인 무언가를 다시 수복할 것이라고 믿었다. "조금 맛이 갔지"라고 이 지역 몇몇 남자, 어쩌면 모든 남자가 그렇게 말했다. "하지만 이왕 맛이 가려면 그쪽으로 가는 게 가장 좋다고 생각해"라고 지역 여자 모두가 말했다. 셋째 형부는 여성적인 것이라면 덮어놓고 특별히 높이 평가해서 여자들에게 인기가 많았으나 자기가 인기가 많다는 사실은 몰랐는데, 그래서 더욱 인기가 치솟았다. 특히 유리한 점은 ― 그러니까 현재 밀크맨과 관련된 내 문제에 있어 유리한 점은 ― 역시 지역 여자들 모두 셋째 형부를 좋게 본다는 사실이다. 여자 한명, 두명, 세명이나 네명이 아니고 전부. 이곳에서는 힘 있는 남자들(우리 지역 무장단체 요원)의 아내나 어머니나 광팬 등등 그들과 연결된 여자들이 아니라면 여자 몇몇이 집단행동을 이끌어내거나 자기에게 유리하게끔 여론을 이끌기가 쉽지 않았다. 그러나 여자들이 단체로 움직이면 영향력이 만만치 않았고 드물게 도시나 사회나 지역의 상황에 함께 맞설 때에는 놀라울 정도로 막강한 힘을 과시했기 때문에, 훨씬 더 강력하다고 여겨지는 다른 세력들도 그런 경우에는 여자들을 무시할 수가 없었다. 이 여자들은 여자를 숭배하는 셋째 형부를 아끼기 때문에 보호하려고 들 터였다. 셋째 형부와 여자들의 관계가 그랬다. 지역 남자들도 의외로 대부분 셋째 형부를 좋아하고 인정했다. 남자들은 셋째 형부가 여자들에게 복종하는 걸 보면서 완전히 돌아버렸다고 생각하긴 했지만 그래도 셋째 형부가 탁월한 신체를 가졌고 지역 남자들 사이의 싸움 규칙을 본능적으로 알았기 때문에 쓸 만한 사람으로 받아들였다. 그러니까 셋째 형부는 이 지역에서 전반적으로 인정을 받았고, 나도 셋째 형부를 인정해서 전에는 러닝도 같이 했는데 어느날 그만뒀다. 셋째 형부가 운동에 대해서는 무지막지한 폭군인데 나도 아닌 건 아니지만 나보다 더 심했기 때문이다. 셋째 형부의 운동 방식은 너무 심하고 너무 빡빡하고 너무 공격적이었다. 어쨌거나 다시 형부와 같이 달리기로 했는데, 만에 하나 형부가 밀크맨과 싸우게 되더라도 밀크맨을 신체적으로 압도할 수 있다고 생각해서 그런 것은 아니었다. 물론 밀크맨이 셋째 형부만큼 젊거나 튼튼하지는 않지만 젊음과 건강이 전부가 아니고 가끔은 아무 소용 없을 때도 있다. 예를 들어서 젊지도 달리기를 잘하지도 않아도 총은 쏠 수 있고, 나는 밀크맨이 얼마든지 총을 쏠 사람이라고 확신했다. 형부가 밀크맨을 막아줄 수 있을 거라고 내가 생각한 건 남녀를 불문하고 두루 팬층을 확보하고 있기 때문이었다. 밀크맨이 내가 형부와 같이 러닝 하는 것을 막았다가는 지역공동체 전체의 비난을 받게 될 뿐 아니라 고위급 일류 반체제 인사라는 명성은 바닥에 떨어지고 안전가옥에서 쫓겨나 군대 순찰 차량이 오가는 길가로 내몰릴 테고, 우리의 중요하고 영향력 있는 영웅이 아니라 적국의 경찰이나 물 건너 적군이나 물 건너의 적국을 옹호하는 무장단체와 다를 바 없는 취급을 받을 터였다. 밀크맨 같은 반대세력은 지역사회에 크게 의존하고 있으므로 고작 나 때문에 사람들과 척질 일을 하지는 않을 것이라고 생각했다. 그러니까 이런 계획을 떠올리고 좋은 계획이라 자신했고 다만 일곱날 여섯밤 전에 그런 좋은 생각을 해내지 못한 게 아쉬울 뿐이었다. 어쨌든 이제 생각이 났으니 실행에 옮기면 됐다. 나는 운동복을 입고 셋째 형부 집으로 갔다.

셋째 형부 집은 저수지 공원으로 가는 길에 있는데 가보니 내가 기대했던 대로였다. 형부가 마당에서 운동복 차림으로 몸을 풀고 있었다. 셋째 형부는 웅얼웅얼 욕설을 내뱉고 있었지만 자기가 욕을 하는 줄 모르는 것 같았다. 오른쪽 장딴지근과 왼쪽 장딴지근을 차례로 풀면서 작은 소리로 "씨발 씨발" 중얼거리고 오른쪽 가자미근과 왼쪽 가자미근을 풀면서 "씨발"을 몇번 더 했는데, 스트레칭을 할 때에는 집중해야 하기 때문에 나한테 옆얼굴만 보인 채로 내가 지난번 같이 달린 뒤로 한참 만에 찾아왔다는 사실에 대해서는 아무런 언급 없이 이렇게 말했다. "오늘 8마일 뛸 거야." "알았어." 내가 말했다. "8마일이라니까." 형부는 충격을 받았다. 나도 내가 인상을 쓰면서 8마일이라니 말도 안된다며 제왕적이고 여신 같은 태도로 오늘 몇마일을 뛸 것인지 제시해야 한다는 것은 알았다. 하지만 밀크맨에게 온 신경이 쏠려 있었기 때문에 오늘 몇마일을 뛰든 실랑이할 계제가 없었다. 형부가 몸을 펴고 나를 돌아보았다. "내 말 들었어, 처제? 9마일 뛴다고. 10마일. 12마일 뛸 거야." 나더러 이의를 제기하고 덤비라는 신호였다. 평소라면 당연히 달려들었겠지만 그 순간에는 땅끝까지 달려서 기침 한번만 해도—혹은 옆 사람이 기침 한번만 해도—다리가 꺾여버릴 지경이 되더라도 상관이 없었다. 어쨌든 시늉은 했다. "안돼, 형부. 12마일은 안돼." 내가 말했다. "돼. 14마일." 형부가 말했다. 내가 반박을 너무 성의 없이 한 것이다. 여성에 속하는 내가 이렇게 될 대로 되라는 듯한 태도를 보이자 형부는 불안해했다. 형부는 내가 어디 아픈가 싶은지 나를 뚫어져라 쳐다봤다. 형부 자신이 14마일을 달리기 싫다거나 그럴 체력이 없어서 그러는 것은 아니었다. 내가 밀크맨에게 정신이 팔려 몇마일을 뛰든 신경 안 쓰는 것과 마찬가지로 형부도 자기 말이 반박당하는 게 중요했지 몇마일을 뛰는지는 전혀 중요한 문제가 아니었다. 내가 형부한테 덤비면서 으름장을 놓지 않자 형부가 "난 억지로 시키는 사람 아니거든"이라고 말했고 이제 한참 잔소리를 듣게 되겠구나 싶었는데 마침 형부의 아내, 나의 셋째 언니가 밖으로 나왔다.

"또 뜀박질이야!" 언니가 혀를 찼다. 언니는 몸에 달라붙는 바지와 슬리퍼 차림이었는데 발톱이 제각각 다른 색으로 칠해져 있었다. 이때는 고대이집트 사람을 제외하면

발톱을 색색으로 칠하는 사람이 나타나기 이전 시대다. 언니는 한 손에 아이리시 위스키 잔을, 다른 손에는 바카르디 잔을 들었는데 오늘의 첫잔으로 무얼 마실지 아직 못 정했기 때문이었다. "너희 둘은 미쳤어." 언니가 말했다. "꽉 막힌 통제광들. 항문기에서 벗어나지 못한 강박적 미치광이들 — 아니 대체 어떤 미친 새끼가 달리기를 하지?" 그때 언니 친구 다섯이 대문간에 나타나서 언니가 자리를 떴다. 친구 둘이 작은 집의 작은 대문을 발로 밀어 열었다. 양손에 술을 잔뜩 들고 있어서 손으로 밀 수가 없었기 때문이다. 다른 사람들은 산울타리를 그냥 넘어 들어왔고 그래서 산울타리가 엉망이 됐다. 높이가 30센티미터 정도밖에 안되는 낮은 산울타리를 언니는 마당의 '특색'이라고 불렀지만 특색이 되기에 좀 모자란지 사람들은 그게 있다는 걸 자꾸 까먹고 그냥 밟고 들어오거나 거기에 걸려 넘어지곤 했는데 지금 언니 친구 세명이 그러고 있었다. 친구들이 산울타리를 통과해 마당으로 들어오는 바람에 울타리 나무가 망가지고 찌그러졌다. 언니 친구들은 집 안으로 들어가기 전에 언제나 그러듯이 우리가 달리기를 한다며 비웃었다. 그러면서 스트레칭을 하는 우리를 슬쩍 밀고 지나갔는데 우리가 심각하게 몸 푸는 걸 볼 때마다 의례적으로 하는 행동이었다. 현관문이 닫히고 우리가 러닝을 시작하려고 산울타리를 뛰어넘기도 전에 벌써 거실에서 담배 냄새와 웃음소리와 욕설이 밖으로 흘러나왔다. 긴 잔에 술을 철철 따르는 소리도 들렸다.

우리는 위쪽 저수지를 따라 달렸다. 내가 마지막으로 밀크맨과 같이 달리고 이레 만이었다. 셋째 형부는 계속 조용히 혼잣말로 욕을 했다. 나는 밀크맨을 떠올리기 싫었지만 인기척이 있는지 계속 신경을 곤두세웠다. 나는 밀크맨이 아니라 어쩌면-남자친구 생각을 하고 싶었다. 밀크맨 때문에 생긴 불안감에 밀려나기 전에는 어쩌면-남자친구가 늘 머릿속에 안락하게 자리 잡고 있었다. 그날은 화요일이라 나는 러닝을 마치고 어쩌면-남자친구는 최근에 입수한 고물차를 뚝딱거리기를 마치고 만날 예정이었다. 어쩌면-남자친구가 새로 입수한 고물차는 회색이었고(그애는 은색 제로-엑스-머시기라고 불렀지만) 그 회색 고물차 소생 작업을 당장 시작하려고 다 고친 하얀색 차는 치웠다고 했는데, 지난 화요일에 그애 집에 가보니 처음 보는 자동차 부품이 거실에 있었다. 내가 말했다. "카펫 위에 차가 있네." 그랬더니 어쩌면-남자친구는 "응, 정말 멋지지 않니?"라고 했다. 그러더니 어딘가 꿈의 자동차 제조사에서 만든 무언가 초특별한 자동차가 자기 직장인 정비소 한가운데에, 자기네 무릎 위에 "그냥 씨발 공짜로! 한푼도 안 받고!" 버려졌기 때문에 직장 사람 전부 황홀경에 빠졌다는 이야기를 했다. "말이 돼?" 그가 말했다. "콩 한톨도! 소시지 한개도 안 받고!" 차 주인이 돈을 한푼도 안 받았다는 말이었다. 어쩌면-남자친구가 완전히 넋이 나간 표정이라 나는 이 드림 카를 만난 것이 어쩌면-남자친구에게 좋은 일인지 아닌지 확실히 알 수가 없었다. 물어보려고 했는데 그가 계속 말을 이었다. "이 차 가지고 온 사람들이 '우리집 망가진 레인지, 냉장고 부품, 탈수기, 또 쓸만은 한데 아주 조금 냄새가 나니까 빨아서 화장실에 깔만한 더러운 카펫도 가져가려면 가져가요. 부서진 유리창, 시멘트벽돌, 잡석 자루도 있는데 기초를 탄탄하게 만들 때 쓸 수 있으니 필요하면 가져가고요'라고 하는 거야. 그래서 생각했지. 이 사람들은 여기가 자동차 정비소가 아니라 폐차장인 줄 아는 모양인데 이 블로어를 덥석 받으면 안 되는 거 아닌가. 이 사람들 정신이 온전치 못해서 자기들이 무슨 짓을 하는지도 모르고 이 차가 (상태가 이 꼴이기는 하나) 얼마나 가치가 있는지도 모르는 게 아닌가. 어떤 직원은 옆 사람을 쿡 찌르면서 작은 목소리로 이렇게 말했어. '아무 말도 하지 마. 버리고 싶다잖아. 그냥 받으면 되지.' 그런데 다른 사람이 결국 말을 꺼냈어. 기분 나쁠 테니까 정신이 어떻다는 부분은 빼고 조심스럽게 말을 바꿔서." 그랬더니 차 주인 부부가 이렇게 말했다고 했다. "우리가 바보인 줄 아는 거요? 우리더러 가난뱅이라는 소리요? 대체 무슨 말을 하는 건지? 뭐라는 거요?" 그러더니 욕을 하기 시작했단다. "쌍놈들 우리가 미친 줄 아는 거지, 그렇다면 우리 가전제품, 잡석, 목재, 블로어 벤틀리, 카펫, 자재 등등 좋은 뜻으로 가지고 온 거 다 그냥 가지고 가겠어. 받든지 말든지 맘대로 하쇼.""당연히 받았지." 어쩌면-남자친구가 말했다. 이 시점에서 내가 '그게' 대체 뭔지 물어보려고 입을 열었는데 그애가 앞서서 이해하기 쉽게 "레이싱 카야"라고 말했다. 사실 어쩌면-남자친구가 이해하기 쉽게 말해주지 않을 때도 많은데 일부러 말을 안해주는 것은 아니고 자동차 이야기를 하다보면 신이 나서 이야기에 취해 듣는 사람의 수준에 맞추지 않고 마구 떠들게 되기 때문이다. 어쩌면-남자친구는 기술적인 내용을 붙임표와 구두점까지 빼지 않고 필요 이상으로 지나치게 정확하게 설명하곤 했지만 나는 그애가 차 때문에 흥분했고 그걸 들어줄 사람이 나밖에 없으니 나를 활용할 수밖에 없다는 걸 이해했다. 그애도 내가 자기가 한 말을 기억하리라고 기대하지는 않을 것이다. 나도 『카라마조프 형제들』『트리스트럼 샌디』『허영의 시장』『보바리 부인』을 읽고 흥분해서 책 이야기를 한 적이 있지만 그애가 내가 한 말을 기억하리라고 기대하지는 않는다. 우리 사이는 어쩌면-사이이고 정식 연인 사이, 어딘가를 향해 나아가는 관계가 아니긴 하지만 그래도 우리 둘 다 신이 나면 하고 싶은 얘기를 다 하고 상대방은 최소한 들어주기라도 하려고 애쓴다. 게다가 나도 멋모르는 무지렁이는 아니다. 이제는 그가 정비소에서 있었던 일 때문에 행복해한다는 걸 알았다. 또 '벤틀리'가 자동차라는 사실도.

어쩌면-남자친구는 거실 카펫 위에 놓인 그 부품을 애지중지하고 있었다. 자동차 부품 옆에 서서 함박웃음을 머금고 내려다보며 행복해했다. 그럴 때 그렇게 된다. 내가 달아오른다. 그가 나를 달아오르게 한다. 고물 쓰레기에 푹 빠져서 주변 일도 자기 자신도 잊고 애정이 가득한 얼굴로 초집중해서 이 불쌍한 낡은 차에는 심각한 문제가 있으니 조심스레 다루지 않으면 영영 회복하지 못할 거라고 중얼거릴 때, 누군가는 어깨를 으쓱하고 "아, 애써봐야 의미 없어. 아마 안될 테니 그냥 포기하고 고통과 실망을 받아들일 수 있도록 마음의 준비를 하는 게 낫겠어"라고 말할지라도 어쩌면-남자친구는 "혹시 될지도 모르잖아. 난 될 거 같아. 그러니까 해보는 게 어때?"라고 말하며 설령 실패한다 하더라도 시도도 해보기 전에 절망에 빠지지는 않겠다 할 때 그랬다. 만약 안되더라도 어쩌면-남자친구는 실망을 극복하고 새로운 결의를 다졌고, 할 수 없을 때에도 '할 수 있다'라는 정신 상태로 바로 다음 일에 착수했다. 호기심을 품고 진지하게 몰두하고 열심히 매달렸다. 열정이 있을 때, 계획이 있을 때, 희망이 있을 때, 내가 있을 때 어쩌면-남자친구는 그랬다. 바로 그 점이었다. 그애는 나한테도 재지 않고 투명하게 대했고 속이려 하지 않았고 언제나 자기 모습 그대로였다. 센 척하고 괜히 튕기고 머리를 굴리고 상처를 주거나 교묘하고 치사하게 조종하려고 들지 않았다. 모르는 척하지도 않고 억지로 꾸미지도 않았다. 밀고 당기기는 좋아하지도 않고 할 생각도 없었다. 자기 마음을 다치지 않으려고 측면 접근을 한다거나 하는 건 "미친 짓이야"라고 했다. 그러니까 강한 사람이다. 조신하기도 했다. 사소한 잘못에도 물들지 않았고 큰 잘못에는 들썩도 안했다. 정말 특이했다. 그래서 그애한테 끌렸다. 그래서 거기에 선 채 그애가 자기 차를 보면서 이러쿵저러쿵 웅얼거리며 생각에 빠지는 걸 보다보니 내 몸이 젖기 시작했고 ──

"내 말 듣고 있어?" 그가 물었다. "응. 다 들었어. 차 내부에 대해서 말했잖아." 내가 말했다.

카펫 위에 놓인 부속을 두고 한 말이었는데 그는 내가 중요한 걸 놓친 것 같으니 다시 이야기하겠다고 했다. 그래서 내가 내부 부속이라고 생각한 것이 사실은 외부 부속이며 차 앞쪽에 붙는 것임을 알게 됐다. 그는 그 부속이 들어 있던 차가 완전히 망가진 채로 정비소에 왔다고 했다. "어땠는지 아니? 폐차밖에는 답이 없는 그야말로 총체적 난국이었어! 어떤 얼간이가 엔진에 오일을 안 넣어줘서 터져버린 거야. 핵심 부속도 없고 차동장치도 없고 피스톤은 커버 밖으로 튀어나오고 아주 그냥 비극이었지." 내가 알아들은 말에 비추어보면(거실 바닥에 놓인 그 물건은 특별한 점이 없어 보였으므로) 이 벤틀리라는 차는 20세기 초에 나온 탐스럽고 호쾌하고 짐승 같고 빠르고 시끄럽고 제동이 잘 안되는 차였다. "구원이 불가능하지." 어쩌면-남자친구는 수리가 불가능하다는 뜻으로 그렇게 말하면서도 그걸 내려다보며 웃고 있었다. 어쩌면-남자친구와 정비소 다른 사람들은 엄청난 논쟁과 말다툼 끝에 투표를 거쳐 남은 부분을 분해해 나눠 갖기로 결론을 내렸다. 그래서 차를 부분 부분으로 나눈 다음에 제비뽑기를 했는데 어쩌면-남자친구가 카펫 위에 놓인 저 부속을 차지했고 그것 때문에 지금 순수한 희열에 빠져 있는 것이었다.

"과급기*야." 그가 말했고 내가 대꾸했다. "어어." 그러자 그가 말했다. "아니, 어쩌면-여자친구야, 잘 모르는 것 같은데 그땐 과급기가 있는 차가 거의 없었어. 그러니까 이건 신기술이었지. 이것, 오직 이것 하나 가지고 경쟁자들을 다 물리친 거야." 그가 바닥에 놓인 부속을 가리키며 말했다. "어어." 나는 다시 대답하다가 한가지 의문이 떠올랐다. "자동차 좌석은 누가 가졌어?" 그랬더니 그가 웃으면서 말했다. "그게 문제가 아냐, 자기야. 이리 와." 그러더니 손가락을 내 목덜미에 ──살려줘── 올려놓았다. 그건 위험했다. 언제나 위험했다. 손가락이 거기, 내 목과 두개골 사이에 있을 때 나는 모든 걸 하얗게 잊어버렸다. 손가락이 놓이기 직전의 일만 잊어버리는 게 아니라 모든 것을 다──내가 누구인지, 뭘 하고 있었는지, 지금까지의 모든 기억, 모든 것에 대한 모든 것을 다 잊었고 이 순간 여기에

* 기관으로 흡입되는 공기를 미리 압축시켜 출력을 높이는 장치.

그와 같이 있다는 사실 말고는 아무것도 생각이 안 났다. 그러고 그가 거기 오목한 데, 울퉁불퉁한 뼈 위 부드러운 부분을 쓰다듬으면 더욱 위험했다. 기분이 황홀해지고 머리가 느리게 돌아가면서 시간 순서가 뒤죽박죽이 됐다. 이미 일어난 일인데도 뒤늦게 '아 그런데 걔가 거기를 손가락으로 쓰다듬으면 어떡하지!' 생각하는 것이다. 몸이 흐물흐물 녹아버려서 내가 쓰러지지 않도록 그가 나를 팔로 감싸안아야 하고 나는 몸을 맡길 수밖에 없다. 곧 바닥에 뒹굴 테지만 그래도 그는 쓰러지지 말라고 나를 붙들었다.

"좌석은 별거 아냐." 그가 웅얼거렸다. "좌석도 중요하지만 가장 중요한 건 아니야. 이게 중요한 거야." 그가 아직도 차 이야기를 하는 건지 이제 나한테 관심을 옮긴 건지 확실하지가 않았다. 어쩐지 차일 것 같았지만 멈추고 말다툼을 할 수 없는 순간도 있으니까, 그래서 우리는 입을 맞췄고 그는 달아오른다고 말했고 나에게 달아오르지 않냐고 물었고 나는 내가 어떤지 안 보이냐고 답했고 그때 그가 이게 뭐냐고 웅얼거렸고 나는 뭐가 뭐냐고 웅얼거렸고 그가 내 손에 있는 무언가를 건드렸고 내가 고골의 『외투』를 손에 쥐고 있으면서 깜박했던 것이었고 그가 여기에 놓겠다고 했고 그게 테이블이어서 그가 테이블에 책을 놓았고 우리는 카펫으로 가거나 소파로 가거나 다른 어딘가로 가려고 했는데 목소리가 들렸다. 집 앞 길에서 사람들이 몰려오는 소리가 들리더니 현관문을 두드리는 소리가 났다.

　문간에 남자들, 어쩌면-남자친구의 이웃들이 있었다. 블로어 벤틀리 소문이 퍼져서, 다들 못 믿겠다고 눈으로 직접 봐야겠다고 찾아온 것이었다. 사람 수도 많고 의지도 확고해서 "지금 바쁜데 나중에 오면 안될까요?"라고 하기가 불가능했다. 그 사람들의 흥분감이 우리 것보다 더 드높고 더 참을 수 없고 더 강렬한 것도 같았다. 사람들은 왜 왔는지 설명하면서 조금씩 계단으로 슬금슬금 밀고 올라왔고 그 소중한 자동차를 구경하려고 어쩌면-남자친구의 어깨 너머를 흘금거렸다. 어쩌면-남자친구가 자기 집에, 그것도 집 '안'에 자동차를 가져다놓는다는 걸 다들 알기 때문에 어쩌면-남자친구는 이번에는 차 전체가 아니라 과급기만 있다고 서둘러 해명했는데 그게 오히려 더 신기하고 놀라운 뉴스로 받아들여지는 것 같았다. 이웃들이 잠깐이라도, 살짝이라도 그 놀랍고 특별한 것을 꼭 보고 싶다고 했다. 어쩌면-남자친구가 이웃 사람들을 안으로 들였고 사람들이 거실로 들어서면서 흥분감은 곧 경외감으로 바뀌어 다들 침묵 속에서 바닥에 놓인 부속을 바라보았다.

　"예사롭지 않군!" 누군가가 입을 열었다. 그 말은 정말 진심이었을 텐데 왜냐하면 그 단어는 우리가 웬만해서는 안 쓰는 단어이기 때문이다. 비슷하게 "신기해!" "굉장해!" "대단해!" "놀라워!" "끝내줘!" "훌륭해!" "근사해!" "맙소사!" "좋아!" "기가 막혀!" "눈부셔!" "요상해!" "어마어마해!" 같은 말도 잘 안 쓰는 표현이고 심지어 '그렇지만'과 '실제로'도 ─ 나와 어린 동생들은 '그렇지만'과 '실제로'를 쓰긴 하지만 ─ 감정적이고 너무 화려하고 너무 과하고 너무 가식적인 단어로 취급된다. 전형적인 '물 건너' 단어라는 말인데 사실 '전형적'도 그런 단어 가운데 하나다. 이곳에서 그런 단어를 쓰면 사람들이 불편해하거나 당황하거나 겁을 먹는다. 그래서 누군가가 "씨발, 생각도 못했네!"라며 이곳의 사회적 허용치에 맞게 맞장구를 치면서 분위기를 풀었다. 사회적 허용치를 벗어나지 않는 다른 말들이 잇따랐고 곧 또다른 사람들이 더 몰려와서 창문과 문을 두드렸다. 집 안에 사람이 가득 차 나는 구석으로 밀려났고 자동차광들은 클래식 차, 역사적인 차, 수수께끼 같은 차, 고성능 차, 고출력 차, 차체가 무른 차, 화려한 차, 절대 손대면 안되고 그 모습 그대로여야 하는 날것에 가까운 차 등등에 대해 이야기했다. 그러더니 이어 마력, 독특한 형태, 엔진 폭음, 원가속, 추가 가속, 제동력 부족(장점), "폭탄이 터지는 것 같은 느낌!"으로 사람을 메다꽂는 엄청난 덜컹거림(이것도 장점)을 거론했다. 이야기가 도저히 끝날 것 같지 않길래 나는 시계를 보며 생각했다. 내 고골 어디 있지? 그때 사람들이 거센 자음과 숫자로 된 이름, 문자와 숫자가 결합된 이름들을 읊기 시작했다 ─ NYX, KGB, ZPH-Zero-9V5-AG. 어쩌면─남자친구가 좋아하는 이름들이었지만 나는 머리에 과부하가 걸린 것 같아서 『외투』를 챙겨 거실에서 나가려고 마음을 먹었다. 내가 막 움직이려는 순간 어떤 젊은 남자, 어쩌면─남자친구의 이웃 한 사람이 북적거리는 소리가 잠시 가라앉았을 때를 틈타 한마디를 던져서 좌중에 얼음물을 끼얹었다. "다 좋은데," 이웃이 말했다. "소위 클래식 차라는 것의 부품을 가지고 있는 것도 좋고, 내가 분위기를 망치려고 그러는 건 아닌데," 그러자 다들 공격이 시작되리라는 것을 감지하고 숨을 멈췄다. 공격이 시작되었다. "그런데 그 국기가 그려진 부분은 정비소 사람 누가 가지고 갔어?"

이때 이곳에서 폭탄과 총과 죽음과 부상을 포함한 정치적 문제가 불거지면 사람들은 보통 "저쪽 편이 했어" 또는 "우리 편이 했어" 또는 "저쪽 종교가 했어" 또는 "우리 종교가 했어" 또는 "저들이 했어" 또는 "우리가 했어"라고 말하는데 사실은 '국가 수호자들이 했어' 또는 '국가 반대자들이 했어'라는 의미다. 가끔은 굳이 수고스럽게 '수호자' 또는 '반대자'라고 지칭하기도 하지만 보통 이곳 사정을 잘 모르는 외부인에게 힌트를 주려고 하는 말이지 우리끼리는 그런 말은 거의 안 쓴다. '우리'와 '저들'이라는 말이 습관으로 굳어져 편리하고 익숙하고 친근한데다, 머릿속으로 표현을 다듬거나 외교적으로 문제가 없는 섬세한 말을 쓰려고 머리를 굴릴 필요 없이 쉽게 바로 쓸 수 있는 말이기도 해서다. 이곳 사람들이 '우리 모두' 혹은 '저들 모두'라고 하는 대신 '우리'와 '저들' '저들의 종교'와 '우리의 종교'라는 부족주의적 표현을 쓴다면, 그냥 말 그대로 받아들이면 된다는 게 무언의 약속을 통해 이론의 여지 없이 통용되는 사실이다. 그냥 그걸로 충분했다. 뭘 잘 몰라서? 전통이라? 현실이라? 전쟁 중이고 사람들이 급하니까? 이유야 고르면 되지만 보통은 맨 마지막 것이 정답이다. 그때, 암울한 시기에서도 특히 암울하던 나날에는, 어휘를 골라서 쓰고 정치적 올바름을 고려하고 '내가 이렇게 하면 나쁜 사람으로 보일까' 혹은 '이렇게 말하면 편견이 있는 것으로 보일까' 혹은 '이렇게 말하면 폭력을 지지하는 걸까' 혹은 '이렇게 말하면 폭력을 지지하는 걸로 보일까' 따위의 자의식을 동원할 시간이 없었고 누구나 그런 사정을 이해했다. 모든 사람이 뭐는 해도 되고 뭐는 하면 안되는지, 뭐는 중립이라 성향·이름·상징·관점과 무관한지 등을 기본으로 알고 있었다. 이 불문 규칙과 규범을 설명하기 위해 이름이라는 주제를 잠깐 살펴보는 게 좋겠다.

우리 구역에서 쓸 수 없는 이름 목록을 관리하는 부부가 있는데 그렇다고 이 부부가 쓸 수 없는 이름을 결정하는 것은 아니다. 어떤 이름은 써도 되고 어떤 것은 안되는지는 과거로부터 이어져 내려온 공동체의 정신이 결정했다. 금지 이름 목록을 관리하는 사무원 부부는 명단을 작성하고 정리하고 갱신해서 유능한 사무원임을 입증했으나 한편 바로 그런 행동 때문에 정신적으로 경계성 장애가 있는 것으로 간주되었다. 사실 목록 관리에 공을 들여봐야 무의미한데 우리 주민들은 목록을 본능적으로 따르며 깊이 생각하지 않고도 준수하면서 살기 때문이다. 또 이 부부가 등장하기 전에도 목록이 스스로 유지되고 갱신되고 관리되고 있었기 때문에 사실 쓸모없는 수고다. 이 목록을 관리하는 부부에게는 평범한 남자 여자 이름이 있지만 사람들은 농으로 이 부부를 나이절과 제이슨이라고 부른다. 맘 좋은 부부도 그 농담의 의미를 모를 수가 없을 것이다. 쓸 수 없는 이름은 지나치게 '물 건너' 나라의 이름이라 못 쓰는 것인데, 그 나라에서 유래하지 않았더라도 그곳 사람들이 차용해 쓴 이름도 마찬가지로 쓸 수 없다. 금지된 이름은 특히 어떤 기운이나 역사의 힘이나 해묵은 갈등이나 그 나라가 오래전에 이 나라에 내린 명령과 강제가 서려 있다고 생각되는 이름이고 이름의 본디 국적이 어디인지는 중요하지 않다. 금지된 이름은 다음과 같다. 나이절, 제이슨, 재스퍼, 랜스, 퍼시벌, 윌버, 윌프레드, 페리그린, 노먼, 앨프, 레지널드, 세드릭, 어니스트, 조지, 하비, 아널드, 월버린, 트리스트럼, 클라이브, 유스터스, 오버론, 펠릭스, 페버릴, 윈스턴, 고드프리, 헥터, 헥터의 사촌 휴버트도 안된다. 램버트, 로런스Lawrence, 하워드, w 대신 u를 쓰는 로런스 Laurence, 라이어널, 랜돌프도 안되는데 랜돌프는 시릴과 비슷하고 시릴은 러몬트와 비슷하고 러몬트는 메러디스, 해럴드, 앨저넌, 베벌리와 비슷하기 때문이다. 마일스도 안

된다. 에벌린, 아이버, 모티머, 키스도 안되고 로드나나 로저나 루퍼트 오브 얼이나 윌러드나 사이먼이나 서 메리나 제버디나 퀜틴도 안되는데 최근의 퀜틴은 당시에 미국에서 잘나가던 영화 제작자 때문이기는 했다. 앨버트도 안됐다. 트로이도. 바클리도. 에릭도. 마커스도. 세프턴도. 마마 듀크도. 그레빌도. 에드거도 안되는데 이 이름들이 다 안되기 때문이었다. 클리퍼드도 안되는 이름이었다. 레슬리도 마찬가지였다. 페버릴은 두번 금지되었다.

그런데 여자아이에게는 '물 건너' 이름을 붙여도 괜찮았다. 여자아이 이름은 정치적 논란을 일으키지 않기 때문에 거창한 이름만 아니면 법령이나 포고령 등에 구애하지 않고 재량껏 지을 수 있었다. 잘못된 여자아이 이름은 잘못된 남자아이 이름처럼 오래된 기억을 들먹이며 과거를 잊지 않을 것이라고 외치거나 역사적 불쾌감을 거론하는 따위의 반응을 일으키지 않는다. 반대 신념을 가지고 '길 건너'에 사는 사람이라면 우리가 금지하는 이름을 전부 써도 된다. 물론 그쪽에서는 우리 공동체에서 유행하는 이름은 절대 안 쓰려고 할 텐데, 그쪽 사람들도 우리와 마찬가지로 안되는 이름에는 자동으로 거부반응이 들 테니까 어떤 이름을 써도 되는지 아닌지 머리를 싸매고 고민할 일은 없을 것이다. 추가로 러디어드, 에드윈, 버트럼, 리턴, 커스버트, 로더릭, 듀크가 우리 쪽의 허락되지 않는 이름 목록 마지막에 있는 이름들이고 이 이름 모두를 나이절과 제이슨이 지키고 있다. 그런데 써도 되는 이름의 목록은 없다. 누구든 허락되지 않는 것을 기준으로 삼아 허락되는 것을 짐작해야 한다. 만약 당신이 아기한테 이름을 지어주려고 하는데 당신이 모험심 있고 전위적이고 자유분방하고 예측을 벗어나는 인적 요인이라서 위험을 무릅쓰고 금지 목록에는 없으나 이미 인정받고 합법화된 이름이 아닌 새로운 이름을 시도해본다면, 이름을 맞게 지었는지 아닌지는 머지않아 자연히 필연적으로 알게 될 것이다.

충성의 원칙, 부족 구분의 법칙, 뭐는 되고 뭐는 안되고의 규칙이 확고한 심리정치적 분위기 속에서는 '저들의 이름으로' '우리의 이름으로' '우리' '저들' '우리 공동체' '저들 공동체' '길 건너' '물 건너' '국경 건너'만으로 문제가 끝나지 않는다. 다른 것도 다 비슷하게 방향성을 띤다. 텔레비전 프로그램 중에도 '물 건너'나 '국경 건너'에서 만들었지만 '길 저쪽' 사람들이나 '길 이쪽' 사람들이나 충성심 문제를 일으키지 않고 볼 수 있는 중립적 프로그램이 있다. 그런가 하면 한쪽에서는 보아도 반역이 아니지만 '길 건너' 다른 쪽에서는 증오의 대상이 되는 프로그램도 있다. 텔레비전 심의관, 인구조사관, 비민간 환경에서 일하는 민간인, 공무원 등 한쪽에서는 용인되지만 다른 쪽에는 발가락이라도 들여놓았다가는 총 맞아 죽을 사람들도 있다. 먹을 것 마실 것도 마찬가지다. 맞는 버터. 틀린 버터. 충성의 차. 배신의 차. '우리 가게'와 '저들 가게'도 있었다. 지명. 어떤 학교에 갈지. 어떤 기도를 드릴지. 어떤 찬송가를 부를지. 학교. H를 '헤이치'라고 읽는지 '에이치'라고 읽는지. 직장이 어디인지. 당연히 버스 정류장도 구분이 있었다. 어디에 가서 무슨 행동을 하든 정치적 진술이 될 수 있었다. 사람의 외양도 마찬가지였다. 외모만 보고도 '길 건너 저쪽 사람'과 '길 이쪽 우리 사람'을 구분할 수 있다고 믿었다. 벽화, 전통, 신문, 국가, 기념일, 여권, 화폐, 경찰, 민간, 군인, 무장단체도 서로 달랐다. 지나간 일을 지나간 일로 덮지 않던 시대에는 이런 사례가 헤아릴 수 없이 많았고 미묘한 암시가 허다했다. 그 사이에는 중립적이고 편 나누기에서 면제된 것들도 있었다. 그런데 어쩌면-남자친구의 집에 사람들이 다 모인 가운데 그 이웃 사람이 조준한 것은 화약고 같은 상징이었다.

어쩌면-남자친구의 이웃은 국기 문제, 국기와 상징 문제, 본능적이고 감정적인 문제를 정확히 겨눴다. 국기는 원래가 본능적이고 감정적이게끔 만들어진 것이라 병적으로 자기애적으로 감정적일 때가 많다. 이웃이 말한 '물 건너' 나라의 국기는 '길 건너' 공동체의 국기와 같은 것이었다. 당연히 우리 공동체에서 반기지 않는 국기였다. 우리 공동체에서는 사실 어떤 국기도 반기지 않는다. 길 이쪽에는 국기라는 게 아예 없다. 내가 알아들은 바로는, 자동차가 아니라 국기와 상징에 대한 내용이라 나도 알아들을 수 있었는데, 이 빈티지 클래식 블로어 벤틀리라는 차는 '물 건너' 나라에서 만들어졌고 '물 건너' 나라의 국기가 차체에 그려져 있다고 한다. 따라서 어쩌면—남자친구의 이웃이 하는 말의 행간을 읽어보자면, 대체 너 무슨 짓이냐, 국기가 그려진 부분을 따게 될 수도 있는 제비뽑기에 참가한 것만 문제가 아니라, 국기가 있건 없건 그런 애국적이고 국가적인 '물 건너' 상징인 자동차의 부품이 걸린 뽑기에 참가하다니 무슨 짓이냐, 하는 말이었다. 역사적 부당함 말이야, 그가 말했다. 압제적 법령 말이야, 그가 말했다. 실행과 조약 말이야, 그가 말했다. 인위적 경계 말이야, 그가 말했다. 부정부패 지원 말이야, 그가 말했다. 긴급체포 말이야, 그가 말했다. 통금 선포 말이야, 그가 말했다. 재판 없는 구금 말이야, 그가 말했다. 집회 금지 말이야, 그가 말했다. 사인 규명 금지 말이야, 그가 말했다. 또 주권과 영토의 제도적 침해 말이야, 그가 말했다. 이랬다저랬다 하는 처분 말이야, 그가 말했다. 뭐든지 말이야, 그가 말했다. 이렇게 법과 질서의 이름으로 자행되는 것 등등을 거론했지만 사실 그가 하려는 말은 그게 아니었다. 그가 하려는 말은—국기의 의미 해석의 바탕에 깔려 있는 다른 문제는 '물 건너'의 국기가 '길 건너'의 국기이기도 하다는 사실이었다. '길 건너'는 우리 공동체에서 실제 '물 건너'보다 더 '물 건너'로 간주되고 그곳에 휘날리는 국기는 원래 그 국기의 본적지에서보다 훨씬 뜨겁고 웅장하게 휘날린다고 여겨졌다. 길 이쪽, **우리 쪽** 출신이 여기로 그 국기를 가지고 들어온다는 건 분열 행위이자 배신이고 굴욕이며 극악무도한 배반이라 차라리 밀고자나 저쪽 사람하고 결혼한 사람이 그런 사람보다 더 낫다고 평가받을 지경이었다. 이 모든 게 나로서는 끼어들고 싶지 않은 이곳의 정치적 문제의 일부였다. 아무튼 단 몇마디로 이렇게나 선동적인 암시가 전달될 수 있다는 게 놀라웠다. 그런데 그 사람 말이 아직 끝난 게 아니었다.

"내 말은," 그가 말했다. "오해하거나 하지는 않았으면 좋겠는데, 당연히 나는 조심스러운 입장에서 하는 말이고, 알다시피 내가 우리 공동체에 불충한 일에 참여했던 경험이 있다거나 그런 것은 아니니까, 그러니까 내가 그 국기가 그려진 무언가를 얻을 수 있는 일에 참여하고 그걸 집에 가져왔을 뿐 아니라 그게 내 집에 있다는 사실을 부끄러워하는 대신 자랑스러워한 적은 없잖아. 또 나는 누구를 험담하거나 불화의 씨앗을 뿌리는 사람은 아니야. 규칙을 뒤흔들거나 결론을 요약하는 사람도 아니고 전문가도 아니고 선동가도 아니고 편협한 사람도 아니야. 사실 난 잘 모르고 의견을 내기도 조심스럽지만……" 그러고 나서 그는 그 국기가 그려진 자동차가 아무리 유명하고 탐나는 것이라고 하더라도 자기라면 그런 압제와 비극과 폭정의 국기를 아무렇지도 않게 여길 생각은 하지 않을 것이고 만약 그런다면 '물 건너' 나라뿐 아니라 '길 건너' 공동체에 대해서도 위신을 잃고 입에 쓴맛이 남으리라는 건 말할 것도 없다는 등의 말을 되풀이했다. 더 중요한 것은, 확고히 반체제적인 지역에 그 국기를 가지고 들어온 사람은 배신자이자 밀고자라는 비난을 받게 될 거라는 사실이라고 그는 말했다. 그러니까 국기는 감정적이다. 원시적 감정을 불러일으킨다. 적어도 여기에서는 그랬다.

결국 그가 하고 싶은 말이 그거였다. 어쩌면-남자친구가 배신자라는 것. 그때부터 어쩌면-남자친구의 친구들이 편을 들기 시작했다. "국기가 그려진 부품 여기 없잖아요." 그들이 말했다. "과급기에는 국기가 없다고요." 사실 그 국기가 '물 이쪽'에 있는 '길 이쪽'에 등장할 가능성이 극도로 희박한데도 친구들은 이웃의 말이 말도 안된다고 콧방귀를 뀌는 대신 열을 내며 반박했는데, 그때가 피해망상의 시대였기 때문이다. 칼날 위에 선 시대, 원시적인 시대, 모두가 모두를 의심하는 시대였다. 여기에서는 누군가와 기분 좋게 잡담을 나누고 나서 마음 편하게 즐거운 대화 나눴다 생각하면서 돌아가다가도 머릿속에서 대화를 다시 돌려보다보면 '이것'이나 '저것'을 말한 것이 슬슬 걱정되기 시작하는데 '이것'이나 '저것'이 논란의 여지가 있어서 그런 것도 아니다. 평화로운 시기에조차 사람들은 금세 손가락질을 하고 사람을 재단하고 말에 살을 붙이곤 하니 이 혼란의 시기에는 지적질하지 않는 손가락이나 더해지지 않은 말이 어떤 건지 아예 알 수가 없고, 이때 재단을 당한다는 것은 다른 사람들이 등 뒤에서 내 이야기를 해서 상처 받는 수준이 아니라 복면이나 핼러윈 가면을 덮어쓰고 총을 든 사람들이 한밤중에 우리집 문 앞에 나타나는 결과를 맞게 된다는 뜻이다. 지금 그래서 어쩌면-남자 친구의 친구들이 과급기를 가리키며 해명을 하려 한 것이고 아무튼 과급기에 국기가 없다는 건 분명한 사실이었다. "게다가 벤틀리라고 전부 다 국기를 달고 나오는 것도 아니에요"라고 그들은 말했다. 이웃 한 사람이, 다른 사람들은 조금 전까지만 해도 신나서 떠들다가 입을 쏙 다물어버린 것과 대조적으로 용감하게 입을 열었다. "사실 이게 뭔지, 얼마나 희귀한 건지 생각해보면 설령 국기가 붙어 나온 걸 땄다손 치더라도 집에 가져와서 국기를 폭격기 스티커로 덮어버리면 되지 않겠어? 예를 들면 B29 슈퍼포트리스 '충격적인 조시' 스티커나, 슈퍼포트리스 '헐벗은 여자' 스티커나, B17 플라잉 포트리스 '레이스 조각' 스티커나,* 아니면 미니 마우스나 올리브 오일**이나 명왕성이나 아니면 엄마 사진 작은 거라든가 메릴린 먼로 사진 큰 거로 가릴 수도 있지 않겠어?" 이 사람은 예외로 간주되는 것, 특별히 허가되는 것, 편협함이나 편견이나 배제의 규칙에서 면제되는 개인이나 상황 등을 강조하여 나열하며

* 2차대전 때 전투기 앞쪽에 그려넣은 플레이보이 핀업 걸 그림들을 읊고 있다.
** 만화 「뽀빠이」에 나오는 여자 캐릭터.

중재를 해보려고 애썼다. 록 스타, 영화 스타, 문화계 스타, 운동선수, 명성이 드높거나 대단한 성취를 이룬 사람들은 열외였다. 그 이웃은 블로어 벤틀리의 과급기도 이런 경계를 벗어나는 것들의 범주에 넣을 수 있지 않느냐는 뜻으로 한 말이었다. 그 사람 말대로 과급기는 워낙 희귀하고 탐나는 물건이니 판단을 유예할 수 있는 것일까, 아니면 국기라는 것이 눈감고 통과시켜주기에는 너무 큰 장애물일까?

그 사람도 답은 몰랐다. 아는 사람은 한명뿐인 것 같았다. 나는 그를 쳐다봤다. 나뿐 아니라 다 같이 그를 쳐다봤다. "내 말은," 그 사람이 말했다. "어떤 차 부품이 아무리 특별하다 해도, 그 차가 민족적 자부심을 암시하고 나의 주권이나 민족적·종교적 정체성을 누릴 권리를 저버린다는 의미라면, 그 차의 모든 모델 모든 종에 그 권리를 저버리라는 요구와 암시가 내포되어 있는데 그 특정 차에 명시되어 있지 않다고 해서 나라면 과연 굴복하고 그 차를 가지려 할지 모르겠다는 말이지. 내가 납득이 안 가는 점은," 그가 강조하며 덧붙였다. "어떻게 '길 이쪽' 사람 중에 저쪽 편의 상징과 표식을 본능적으로 꺼리는 성향보다 자동차 부품에 대한 욕구가 더 큰 사람이 있을 수 있느냐는 거야. 이쪽 친구들이 듣기라도 하면"—이쪽 친구들이란 반대자를 가리키는 말이었는데 다시 말해 이 일을 반대자들에게 보고하는 게 자기 의무이기 때문에 반대자들이 곧 소

식을 듣게 되리라는 뜻이었다—"국기를 가져온 사람이
엄중한 길거리의 정의를 맞닥뜨리게 될지 모르지. 게다가
죽은 사람은 어쩌고—지금까지 정치적 문제 때문에 죽
임을 당한 사람들은? 그 사람들이 모두 헛되이 목숨을 저
버렸단 말인가?"

그 사람 말을 듣고 있자니 마음만 먹으면 아무거나 가
지고 논쟁을 일으킬 수 있겠다 싶었다. 그는 그 국기를 들
여오는 것이 정상이 아니라는 점을 가지고 논쟁을 벌였다.
글쎄, 사실이긴 했다. 그런 일은 정상이 아니었다. 그렇지
만 어쩌면-남자친구는 국기를 들여오지 않았다. 이런 일
이 벌어지는 동안 어쩌면-남자친구는 아무 말도 하지 않
았다. 얼굴에 그늘이 드리워 있었는데 어쩌면-남자친구는
웬만해서는 얼굴에 그늘이 지는 사람이 아니다. 어쩌면-
남자친구는 날쌔고 활달하고 장난스러우며, 그게 그애의
또다른 매력이다. 이십분 전에 이 방에 나하고 단둘이 있
을 때만 해도 그랬다. 그때에는 과급기 때문에 신이 나서
기분 좋은 티를 맘껏 냈다. 나중에 다른 사람들이 온 뒤에
도 기쁜 기색을 비치긴 했지만 아까 나만 있을 때만큼 뿌
듯해하고 득의양양해하지는 않았고 들뜬 기분을 억누르
는 것 같았다. 어쩌면-남자친구는 사람들이 나타나자 좀
조심스러워졌는데 너무 자랑을 하는 게 예의가 아니기도
하지만 사람들이 샘이 나면 갑자기 적대적으로 돌변할 수
도 있기 때문이었다. 누구나 전리품을 추구하는 시대였지

만 전리품에 대해 겸손해야 하는 시대이기도 했기 때문에 어쩌면-남자친구도 이웃 앞에서는 들뜬 기색을 감췄다. 나는 그애가 입을 딱 다문 것을 보고 고집을 세우고 있다는 걸 알아차렸다. 자기가 딱히 존경하지 않는 사람한테는 해명도 하고 싶지 않다는 태도였다. 이때 나는 국기와 상징이라는 문제의 심각성을 고려하면 가만히 있는 게 어리석다 싶었고 그래서 친구들이 대신 편을 들어주어 다행이라고 생각했다. 어쩌면-남자친구는 논쟁을 좋아하지 않고 주먹질도 좋아하지 않았다. 어쩌면-남자친구가 화를 내고 싸움을 벌이는 유일한 상황은 초등학교 때부터 친했던 가장 오래된 친구 셰프를 다른 사람들이 괴롭힐 때뿐이었다. 지금 이웃 사람이 어쩌면-남자친구의 집에 제 발로 불쑥 쳐들어와서는 무례하게 굴고 불화를 일으키고 샘을 내는데도 어쩌면-남자친구는 그냥 보고만 있었다. 그랬으니 이웃이 또다시 '나는 그런 사람은 아닌데'를 시작하려다가 코에 주먹을 얻어맞을 만도 했다. 어쩌면-남자친구의 친구 중에서 특히 성질 급한 친구, 기분 좋은 일에도 욱해서 싸움을 벌이면서도 성질 급하다고 하면 싫어하는 친구가 이웃을 한대 쳤다. 그런데 이웃은 받아치지 않았다. 아드레날린이 불끈한 채로 어쩌면-남자친구가 자기와 공동체를 모욕했다고 소리치면서 밖으로 달려나갔다. 이 일로 대가를 치르게 되더라도 놀랄 일이 아닐 거라고도 했다. 그렇게 말하고 내빼다가 현관에서 셰프와 딱 부딪쳤는데 셰프는 일을 마치고 집에 막 도착하자마자 느닷없는 일을 당해 놀란 기색이었다.

　아무도 인정하지 않았지만 이제는 거실에 묘한 분위기가 감돌았다. 불쾌하고 불길하고 암울했다. 분위기를 원래 상태로 돌릴 수가 없었다. 자동차 이야기를 할 기분이 아니었다. 몇몇이 입을 열었지만 대화가 이어지지 않고 툭툭 끊겼다. 그때 어쩌면-남자친구의 가장 오래된 친구가 늘 그러듯 순식간에 사람들을 다 몰아냈다. 셰프는 불굴의 인간이다. 극도로, 완전히, 극적으로, 최고조로, 100퍼센트로 신경이 질기다. 셰프는 의욕이 넘치고 웃지 않는 얼굴에 눈은 푹 꺼졌고 또 늘 지쳐 있었는데 셰프가 되겠다는 생각을 처음 떠올리기 전부터도 이미 그런 상태였다. 사실 셰프는 셰프가 되지 않았지만, 그래도 술이 한잔 들어가면 요리학교에 가서 셰프가 되겠다고 말하곤 했다. 셰프의 직업은 벽돌공인데, 남자가 요리를 좋아하면 안되는 시대에 요리를 좋아했기 때문에 공사장 사람들이 그를 셰프라고 부르며 놀렸고 그게 이름으로 굳어졌다. 그의 섬세한 미각, 요리책을 들고 잠자리에 드는 것, 당근의 내적 성질에 몰두하는 것, 여자처럼 지나치게 세심한 것 등도 놀림감이 되었다. 하지만 작업장 동료들은 셰프를 한참 놀리면서도 그것 때문에 셰프가 빡쳤는지 아닌지는 잘 몰랐는데 셰프는 아침에 출근한 순간부터 저녁에 집에 돌아가기까지 으레 늘 빡친 상태였기 때문이다. 일을 시작하기 전 학교에 다닐 때부터도, 그가 남자답지 않아 보인다는 이유로 그와 싸우고 싶어하는 남자아이들이 있었다. 셰프와 싸우는 게 통과의례라도 되는 양 다들 싸우려고 했다. 그런 일들이 계속 일어나다가 어느날부터 어쩌면-남자친구가 셰프를 보호하기 시작했다. 셰프는 자기가 보호받고 있다는 걸 몰랐고 수없이 얻어맞아놓고도 자기가 보호받아야 한다는 사실도 몰랐다. 그래도 어쩌면-남자친구가 끼어들고 어쩌면-남자친구의 다른 친구들도 따라서 개입하면서 셰프한테 싸움을 걸려고 하던 아이들 대부분이 물러났다. 그래도 가끔, 지금까지도 뜬금없이 "네 아티초크 잘 있냐?"라고 하면서 시비를 걸고 싸움을 붙이는 이들이 있었다. 내가 어쩌면-남자친구의 집에 가면 셰프가 부엌에서 (혼자 있을 때도 있었지만 주로 어쩌면-남자친구와 같이) 퀴어 혐오자에게 맞아 생긴 상처를 치료하고 있을 때가 종종 있었다. 셰프처럼 행동한다는 점도 공격의 이유가 되었는데, 우리 지역에서도 그렇지만 어쩌면-남자친구의 지역에서도 남자 셰프나 특히 셰프가 만드는 조그만 페이스트리며 프티 푸르* 등등 '디저트'라고 공격할 수 있는 고급스럽고 앙증맞은 요리들을 사회적으로 받아들이지 않았고 아무도 원하지 않았기 때문이다. 세상 다른 곳과 달리 이곳에서 남자는 요리사만 될 수 있었고, 그것도 선박이나 남자

* 주로 커피나 차와 함께 내는 아주 작은 케이크 또는 쿠키.

포로수용소 등 남자들만 있는 곳에서 일하는 요리사여야 했다. 남자가 그밖의 장소에서 요리를 한다면 셰프가 된다는 말인데 셰프라는 사람들은 동성애자이며 남자 이성애자를 동성애자 무리로 끌어들이려 한다고 간주되었다. 그러니까 셰프가 설령 존재한다 하더라도 그들은 숨어 사는 소수 종족이었고, 내가 아는 셰프도 수백만 마일 반경에서 이 셰프밖에(사실 셰프는 셰프가 아니지만) 없었다. 그뿐 아니라 셰프는 복잡한 상태에 있는 애매한 감정을 이유도 없이 아무렇지 않게 드러내곤 하는데다가 계량컵이니 계량스푼이니 하는 우스꽝스러운 물건도 갖고 있었다. 셰프는 음식과 주방 용품 등에 대해 까탈을 부릴 때가 아니면 구석에서 혼자 술을 마시며 "석류 당밀, 오렌지 꽃수, 크렘 카라멜, 크레프 수제트, 봉브 알라스카" 따위를 작은 소리로 웅얼거렸다. 그러니까 셰프는 요리 이야기를 하고 요리책을 읽고 어쩌면-남자친구에게 요리책을 빌려주고(이것에 나는 기겁하고) 어쩌면-남자친구는 그 책을 읽었다(이것에도 나는 기겁했다). 셰프는 음식을 가지고 실험을 하면서도 자기가 평범한 남자라고 생각했는데 어떤 평범한 남자도, 심지어 셰프를 좋아하는 셰프의 친구들조차도 셰프가 평범한 남자라고는 생각하지 않았다. 그런 셰프가 지금 어쩌면-남자친구 집 거실의 불편한 침묵 속으로 들어와 본인의 존재만으로 불편한 분위기에 일조한 것이다.

어쩌면 아니었을 수도 있다. 사람들이 늘 그러듯 "아, 안

돼──셰프가 왔잖아!"라면서 도망가려는 시늉을 했지만 그러면서도 이때만큼은, 처음으로, 셰프의 등장이 안도감을 준다는 사실을 알게 되었다. 조금 전에 있었던 국기 논쟁보다는 확실히 셰프가 나았다. 셰프가 오기 전에 어쩌면-남자친구의 이웃들은 느긋하게 자동차 이야기를 하다가 기습적으로 '우리와 저들'이라는 해묵은 정치적 논쟁으로 빨려들어갔다. 그다음부터 이웃들은 슬금슬금 어쩌면-남자친구에게서 조금씩 거리를 벌리고 있었는데 어쩌면-남자친구에게 과급기가 있긴 하지만 한편으로 즉결심판도 있고 야합도 있고 배신도 있고 밀고자도 있기 때문이었다. 그런데 셰프가 사람들을 바로 제자리에 갖다놓았다. 셰프는 평소와 다를 바 없이 분위기 파악을 전혀 못했고 과급기를 쳐다보지도 않았고 과급기에 흩뿌려진 이웃 사람의 코피도 알아차리지 못했다. 대신 사람들을 둘러보고 놀랐다. 눈썹을 한 옥타브는 치키더니 셰프는 말했다. "이렇게 사람이 많다는 말은 못 들었는데. 대체 몇명이야? 백명은 되겠다. 안 셀 거야. 절대 못해." 셰프가 고개를 흔들었다. "내가 이 많은 사람을 다 먹일 순 없다고." 물론 셰프의 오해였다. 모인 사람들은 그 이웃이 문제를 일으키지만 않았다면 아마 자동차 이야기를 좀더 하다가 술을 마시고 음악을 들었을 것이고 술기운이 오르면 튀김집이나 커리집에서 먹을 것을 사왔을 것이다. 셰프가 만드는 고급 요리나 앙증맞은 케이크는 필요 없었을 것이다. 그러나 셰프가 자기가 만들지 않을 애피타이저, 만들지 않을 정교한 메인 요리, 절대 만들지 않을 디저트 따위를 읊기 시작하자 이웃들이 일어나서 주섬주섬 떠날 채비를 했다. "셰프 자네 말이 맞아." 사람들이 짐짓 경쾌한 기색을 꾸미며 말했다. "걱정 마. 우린 갈 거야. 가야 돼." 그러면서 마지막으로 과급기에 애매한 눈길을 던졌다. 어쩌면 너무 전형적인 물건인 걸까? 당연하지만 이제 과급기를 사겠다는 사람은 없었다. 대신 어쩌면-남자친구에게 간다고 인사를 하고 조금 더 있다 갈 어쩌면-남자친구의 친구들에게도 인사를 했다. 몇몇은 이제 생각났다는 듯이 구석에 있는 나에게도 간다고 눈인사를 했다.

거지새끼. 개짜증. 똥통. 바보. 빌어먹을 놈. 간사한 녀석. 기분 나쁘라고 하는 말은 아닌데. 내 말은. 너한테 뭐라는 건 아닌데. 어쩌면-남자친구의 친구들이 이웃들이 가고 난 다음에 골칫덩이 이웃을 두고 한 말들이다. 셰프와 어쩌면-남자친구와 어쩌면-남자친구의 친구 세명과 내가 거실에 남아 있었다. 셰프가 말했다. "다들 어디 간 거야? 왜 가는 거야? 누구였어? 혹시 내가 음식을 ──" "됐어, 셰프." 어쩌면-남자친구가 입을 열었지만 여전히 화가 나서 멍한 상태였다. 어쩌면-남자친구는 친구들이 자기를 대신해서 이웃 사람한테 변명을 하고 회유를 하려고 해서 화가 났다. 특히 국기에 관련된 말들을 허겁지겁 덮으려고 한 데 짜증이 난 것 같았다. 그렇게 하면 이웃 사람 손에 놀아나는 일이라고 어쩌면-남자친구는 생각했을 것이다. 다른 친구들도 셰프에게 "됐어"라고 말했고 그때 성질 급한 친구가 어쩌면-남자친구에게 조심하라고 경고를 했다. "쓰레기 같은 자식이 일을 꾸밀 거야. 헛소문을 꾸며댈 거라고." 다른 친구들도 고개를 끄덕였고 어쩌면-남자친구도 처음에는 고개를 끄덕이더니 이렇게 말했다. "그래도 때리지는 말았어야지. 너희들까지 그 수작에 발끈해서 변명하지는 말았어야 했어. 그 인간이 뭐라고 하든 나랑은 아무 상관 없어. 그 작자 비위를 맞추고 살살거릴 필요 없다고. 설득하려고 할 필요도 없고." 친구들은 기분이 상해서 말씨름을 시작했는데 친구들 말의 요지는 어쩌면-남자친구가 실수를 인정해야 한다는 것이었다. 당연히 해명을 해야 했고, 그 이웃이야 샘이 나서 그러는 것이니 그 이웃을 설득하기 위해서가 아니라 소문이 엄청나게 퍼지는 걸 막기 위해서 한마디 했어야 한다고 했다. 어쩌면-남자친구는 소문은 반박하건 안하건 상관없이 퍼지고 아무 말도 안해도 퍼진다고 했다. "너희들 때문에 내가 힘을 잃었다는 말이야." 그가 말했고 옥신각신이 계속 이어졌고 그러다가 한 사람이 "이게 끝이 아닐 거야"라고 말했다. 과급기 문제가 어쩌면-남자친구가 '저 너머'에서 국기를 잔뜩 가지고 왔다는 추문으로 번지더라도 놀랄 일이 아니라는 뜻이었다. 그러고 나서 자기들도 기가 막히다는 듯 웃음을 터뜨렸는데 설마 그렇게 되지는 않으리라고 생각해서 웃은 것은 아니었다. 그렇게 고집을 부리지 말아야 했어, 그들은 말했고 이 대화에 끼지 않고 아무 말도 하지 않은 나도 내심 그렇게 생각했다. 한편 셰프는 딴 세상에 가 있었는데 상상 속 식료품 저장실에 있는 품목들을 확인하다가 문득 정신을 차리고 "누가?" "뭘?" 하고 물었고 그러자 다른 친구들이 셰프를 밀치며 말했다. "이 자식 또 버스 놓쳤어." 그러나 셰프는 이미 방금 일에 관심을 끊고 얼른 씻고 사람들 먹을 것을 준비하겠다며 위층으로 올라갔다. 친구들은 한번 더 이웃 사람이 다 좋은데, 나는 그런 사람은 아닌데, 내가 전문가는 아니지만 어쩌고 하던 말을 비웃고 나서 적어도 내가 듣는 데서는 더이상의 부족주의적인 말은 삼가기로 했는지 부지런히 자동차 부품을 위층으로 옮기기 시작했다.

어쩌면-남자친구가 차 부속을 사방에 쌓아놓기 때문에 일상적으로 하는 일이었다. 자동차 부품은 어쩌면-남자친구의 직장 차고에도 있었지만 여기 집에도 ── 집 안팎, 집 앞, 집 뒤, 찬장, 찬장 위, 가구 위, 계단, 계단 꼭대기, 계단참에도 있었고 문을 괴는 용도로도 놓여 있었고 방마다 쟁여져 있었다. 부엌과 자기 방만은, 다른 날은 모르겠지만 적어도 내가 자고 가는 밤에는 깔끔했다. 그러니까 그 애 집은 집이라기보다 소중한 재택근무 환경에 가까웠다. 어쩌면-남자친구와 친구들이 부품을 정리했다. 다른 말로 하면 '더 많은 차를 들여놓을 공간을 확보'하는 중이었다. "차가 새로 들어온다고?" 내가 물었다. "한대가 아니라 여러대야, 어쩌면−여자친구." 어쩌면−남자친구가 말했다. "기화기 몇개, 실린더, 범퍼, 라디에이터, 피스톤 로드, 옆면 패널, 흙받기 몇개지만." "어어." 내가 말했다. "금방 올게." 어쩌면−남자친구가 옮기던 자동차 부품을 가리키며 말했다. "이거는 형 방으로 옮겨놓으려고." 어쩌면−남자친구는 형이 셋 있는데 아무도 죽지 않았지만 이 집에는 안 살았다. 전에는 같이 살았다가 세월이 흐르면서 하나둘 떠나 다른 곳으로 갔다. 지금 어쩌면−남자친구와 친구들은 부지런히 물건을 나르고 셰프는 아래층에 있었는데 셰프가 부엌에서 분주히 움직이는 소리가 들렸다. 셰프가 혼잣말을 하고 있었는데 드문 일은 아니었다. 꽤 자주 그랬고 나도 자주 들었는데 셰프가 어쩌면−남자친구 집에서 자고 가는 날이 내가 자고 가는 날보다 많기 때문이다. 평소처럼 셰프가 자기 밑에서 견습으로 요리를 배우는 상상의 인물에게 식사 준비에 관련된 모든 것을 설명하는 소리를 들을 수 있었다. 셰프가 이렇게 말했다. "그냥 이렇게 하면 돼. 쉬운 방법이 있어. 요란 떨며 쇼하지 않고도 독특한 스타일과 기법을 발전시킬 수 있다는 것 잊지 마." 그럴 때 셰프의 말투는 현실에서 실제 사람을 대할 때보다 훨씬 부드럽고 싹싹했다. 칭찬하고 격려하는 말투로 보건대 조수가 일을 열심히 잘 배우고 셰프가 조수를 꽤 좋아하는 것 같았다. "이것만 넣을 거야. 아니, 이거. 그리고 나서 저

걸 할 거야. 저거. 솜씨가 있어야 돼. 깨끗하고 정확하게 올려야 하니까 잎은 넣지 마. 잎을 뭐 하러? 질감이 좋아지는 것도 아니고 형태가 좋아지는 것도 아니고 구성이 좋아지는 것도 아닌데. 자 여기 — 맛을 봐. 좀 먹어볼래?" 셰프가 눈에 보이지 않는 조수에게 먹어보라고 하는 순간에 부엌을 엿본 적이 있는데 셰프는 혼자 있었고 숟가락을 들어 자기 입에 가져가고 있었다. 셰프가 그렇게 하는 것을 처음 보았을 땐 내가 걸으면서 책을 읽다가 머릿속 한편으로 지형지물을 확인할 때 하는 행동이 떠올랐다. 나는 책한면을 다 읽으면 잠깐 고개를 들어 주위를 살피고 가끔내 머릿속에 있는 누군가가 방금 길을 물은 것처럼 도와주는 척할 때가 있다. 어떤 방향을 가리키면서 이렇게 말하는 상상을 하는 식이다. "방향은 저쪽인데요." 그 사람이 어디 어디 모퉁이에서 돌아야 하기 때문에 이렇게 말한다. "저기로 가서요, 저 모퉁이를 돌아요. 모퉁이 보여요? 거기에서 돌아서 십분 지역 초입에 우체통이 있는 교차로가 나오면 '일상적 장소'를 따라 쭉 가시면 돼요." '일상적 장소'란 우리 공동묘지다. 나는 이런 식으로 고마워할 줄 아는 길 잃은 사람을 도와주는 척한다. 그런데 셰프가 부엌에서 비슷한 행동을 하고 있었다. 성질을 내지도 짜증을 내지도 않고 조용하고 편안하게 몰입했다. 셰프도 고마워할 줄 아는 사람과 같이 있을 때는 이렇게 밝구나. 그래서 두 사람을 방해하지 않으려고 그냥 나왔다. 상상 속

에 빠져 산다고 셰프를 망신 주고 싶지는 않았다. 여기에
서는 놀이에 빠지거나 틈을 보였다가 망신을 당하는 일이
엄청 많다. 그래서 사람들은 누구나 생각을 읽으려 했다.
그러지 않으면 일이 복잡해지기 때문이다. 여기 사람들은
대부분 스스로를 보호하기 위해 진심을 말하지 않는 한
편 누가 자기 생각을 읽으려 하면 그 사람에게 가장 위쪽
마음 상태만 드러내고 진짜 생각이 무엇인지는 의식의 수
풀 안에 감춘다. 그렇게, 어쩌면-남자친구와 다른 친구들
은 위층에 있고 셰프와 조수는 부엌에 있을 때 나는 소파
에 다리를 뻗고 앉아 이제 어떻게 할까 생각했다. 내가 어
디에서 살까 하는 문제 말이다. 어쩌면-남자친구가 얼마
전에 같이 살지 않겠냐고 물었기 때문이다. 그땐 그게 불
가능할 것 같은 이유가 셋 있었다. 첫째로, 엄마가 혼자서
어린 동생 셋을 키우는 걸 감당할 수 있을 것 같지 않았다.
내가 동생들 키우는 데 실제로 손을 보태는 것은 아니지
만, 일종의 충격 완화 장치로 대기하면서 동생들의 조숙함
과 걷잡을 수 없는 호기심, 언제 통제에서 벗어날지 모르
는 상태에 대비하도록 지원해야 할 것 같았다. 두번째 이
유는, 같이 살게 되면 나와 어쩌면-남자친구의 이미 불안
하고 금세라도 무너질 것 같은 어쩌면-관계가 위험에 처
할지 모른다는 것이었다. 세번째 이유는, 집 안 상태가 이
런데 내가 들어올 수나 있겠나?

어쩌면-남자친구하고 헤어지고 몇년 뒤에 텔레비전에

서 집에 물건을 쌓아두는 호더*가 나오는 프로그램을 봤다. 텔레비전에 차를 모아서 쌓는 사람은 안 나왔지만 심리적 계몽의 시대라고 하는 이 시대에 호더들이 하는 행동과 아직 계몽이 오기 전인 그때 어쩌면-남자친구가 하던 행동 사이에 분명 유사성이 있었다. 어떤 부부는, 남편은 호더인데 아내는 아니었다. 집 안 전체를 반으로 나누었는데 방마다 남편 쪽 절반은 바닥부터 천장까지 물건으로 꽉 차 있었다. 시간이 지나면서 남편의 물건이 산사태를 일으켜 아내 쪽으로 넘어오기 시작했다. 남편은 계속 물건을 쌓아야 하는데 더 쌓을 공간이 없으니 어쩔 수 없이 아내 공간을 침범할 수밖에 없었다. 그렇다고 어쩌면-남자친구 집이 내가 나중에 텔레비전 오락 프로그램에서 본 집처럼 옴짝달싹할 공간도 없을 정도로 짐으로 가득 차 있던 것은 아니다. 그래도 어쩌면-남자친구가 물건을 계속 추가하고 있다는 것은 확실했다. 내가 어쩌면-남자친구 집에 놀러 가면 집이 '어서 와, 약간 좁긴 하지만' 상태이긴 해도 적어도 부엌과 어쩌면-남자친구 방은 정상이고 화장실도 절반은 정상이기 때문에 그래도 참을 만했다. 어쩌면 우리 관계가 '어쩌면' 단계이기 때문에 참을 수 있는 것일지도 몰랐다. 내가 공식적으로 그애와 같이 사는 건 아니고 우리가 공식 커플은 아니니까. 우리가 정식 관계이고 공식

* 저장강박증이 있는 사람.

커플로 같이 산다면 내가 가장 먼저 하게 될 일은 떠나는 것일 수도 있었다.

이 집은 어쩌면-남자친구의 집이고 그애 혼자 집 한채를 다 썼는데 그때 스무살 먹은 젊은 사람, 결혼도 안한 사람이 그렇게 사는 것은 흔하지 않은 일이었다. 그 지역에서만 드문 것도 아니었다. 우리 지역에서도 특이한 일이었을 것이다. 어째서 그렇게 되었느냐 하면 어쩌면-남자친구가 열두살이고 형들이 열다섯, 열일곱, 열아홉살일 때 부모님이 전문 볼룸 댄서가 되려고 집을 나갔기 때문이다. 처음에 아들들은 부모님이 아예 떠난 줄도 몰랐다고 한다. 부모님이 격렬하고 혹독한 볼룸 댄스 대회에 나가려고 말없이 집을 비우는 일이 워낙 잦았기 때문이다. 그런데 어느날 위의 형 둘이 직장에서 돌아와 평소처럼 튀김가게에서 사온 음식으로 네 사람분 저녁을 차렸는데 둘째 형이 접시를 들고 소파에 앉더니 첫째 형을 돌아보며 말했다. "뭔가 이상해. 뭐가 없어진 것 같아. 형, 뭔가 없어진 것 같지 않아?" "응, 뭔가 없어졌어." 첫째도 같은 생각이었다. 그래서 "너희들 뭐 없어진 거 있니?"라고 동생들에게 물었다. "부모님이 없어." 셋째가 말했다. "가버렸어." 셋째는 다시 텔레비전으로 눈길을 돌리고 저녁을 먹었고 막내, 칠년 뒤에 나의 '거의 일년째 어쩌면-남자친구'가 될 막내도 똑같이 그렇게 했다고 한다. 그때 첫째 형이 말했다. "언제 갔지? 그 만날 가는 댄스 대회가 또 있어서 갔나?"

그런데 댄스 대회 하나에 참가하러 간 것이 아니었다. 나중에 이웃 사람들한테서 부모님이 몇주 전에 집을 아예 나갔다는 이야기를 들었다. 이웃 사람 말이 부모님이 쪽지를 썼지만 깜박하고 남기지 않고 갔다고 했다. 실은 처음에는 쪽지를 써야 된다는 걸 깜박했고 그래서 뒤늦게 써서 어딘지 알 수 없는 곳에 도착했을 때 쪽지를 부쳤는데, 도착한 곳 주소를 일부러 안 밝힌 것은 아니고 봉투 위쪽에 보내는 사람 주소를 적을 시간이 없었거나 주소를 적는 것을 깜박했거나 아니면 주소를 적어야 한다는 사실을 몰랐기 때문일 거라고 했다. 우체국 소인을 보니 부모님은 물 건너 나라에 간 정도가 아니라 물을 건너고 또 건너고 또 건넌 나라에 있었다. 게다가 부모님은 원래 살던 집 주소도 잊어버렸다. 이십사년 전 결혼하고부터 이십사시간 전 그곳을 떠나기 전까지 살던 집인데 번지수를 몰랐다. 그래서 거리 이름만 적어 보내면 어떻게든 제 주소를 찾아가겠지 기대하면서 대충 적었는데 그 거리 사람들의 두름성 덕에 목적지에 도달하긴 했다. 이웃 사람들 손을 돌고 돌아서 자식들에게 전달된 편지에는 이렇게 적혀 있었다. "미안해 얘들아. 진지하게 생각해보면 우리는 아이를 낳지 말았어야 했어. 우리는 춤추러 영원히 떠난다. 다시 한번 미안해 — 그래도 이제 너희도 다 컸으니까." 그러고 나서 다시 생각났다는 듯 이렇게 덧붙였다. "아, 아직 덜 큰 애들은 다 큰 애들이 키워주렴. 그리고 너희가 다 가져. 집도."

부모는 아들들에게 집을 가지라고 했다. 자기들은 집이 필요 없다고. 자기들한테는 지금 가진 것만 있으면 된다고 — 그러니까 춤에 대한 열정과 찬란한 의상이 가득한 여행가방들과 자기들 둘만 있으면 된다고 했다. 편지는 이 렇게 끝났다. "안녕 첫째 아들, 안녕 둘째 아들, 안녕 어린 아들, 안녕 막내 아들 — 안녕 사랑스럽고 귀여운 아들들." 그런데 끝에 서명을 "부모가"라든가 "너희를 미적지근하게 좋아하는 어머니와 아버지"라고 하지 않았다. 대신 "무용수들"이라고 서명한 다음 입맞춤을 뜻하는 X를 네개 그렸고 그뒤로 아들들은 부모님 소식을 다시는 듣지 못했다. 텔레비전을 통해서만 들었다. 부부가 텔레비전에 점점 자주 나왔다. 두 사람이 중년임에도 불구하고 엄청난 젊음이 넘치는 볼룸 댄싱 챔피언이 되었기 때문이다. 월드클래스였고 압도적이었고 온 열정을 쏟았고 카리스마와 활기와 세계적인 인기로 나라에 영예를 가져다주었기 때문에 — 어떤 나라인지, '국경 건너' 나라인지 '물 건너' 나라인지는 전략적으로 언급되지 않았지만 — 머지않아 위태위태한 정치적 경계를 넘어서게 되었다. 그러니까 이들이 예외 중 하나가 되었다는 말이다. 위대한 음악가, 예술가, 연극과 영화계 인물, 운동선수 들처럼, 한 공동체에서는 전적인 지지를 얻어도 다른 공동체에서는 반감을 일으키고 살해 위협을 받는 단계를 넘어서 보편적 지위를 얻었다. 이 부부는 어느 쪽에서나 인정하는 선택받은 소수였다. 누구나 한목소리로 포용하고 환호했다. 정치와 종교와 편협함의 전선에서도 용인되었고 그뿐 아니라 춤의 세계에서도 춤을 사랑하는 사람 모두에게 기쁨과 황홀감을 가져다주었다고 칭송을 받았다. 볼룸 댄스를 아는 사람들은 이 부부를 엄청나게 추앙했지만 다만 아들들은 볼룸 댄스를 알지도 못했고 알고 싶어하지도 않았다. 어쩌면-남자친구가 텔레비전에 두 사람이 나온 걸 보고 나에게 말해준 적은 있다. 어느 저녁 채널을 돌리다가 화면에 '국제적 커플'이 나왔는데 어쩌면-남자친구는 아무 일도 아닌 듯 자기 부모님이라고 말했다. 그때 부부는 열정적인 리우데자네이루 월드 챔피언십 토너먼트에서 공동 1위를 달리고 있었고 국제 볼룸 댄스 위원회 심사위원단 앞에서 아나운서가 "이럴 수가! 역사적 순간입니다! 역사적인 순간!"이라고 외치면서 역사적인 승리의 순간이 눈앞에 있으니 모자를 꽉 붙들고 있으라고 했다. 나는 그 역사적 장면을 보고 싶었다. "말도 안돼! 저기 너네……! 저 사람이 너네……! 저기 너네……! 저기……! 저 사람…… 저분이 너네 엄마라고! 너네 엄마야!"라고 외쳤고 그 눈, 그 얼굴, 그 몸, 그 활기, 그 자신감, 그 관능성, 그리고 물론 그 의상을 본 이상 아빠는 안중에도 없었고 엄마에게서 도저히 눈을 뗄 수 없었지만 "저 사람이 너네 아빠야!"라고도 했다. 뜻밖에도 어쩌면-남자친구는 자기는 보고 싶지 않다고 했다. 그래서 나 혼자 소파에 들러붙은 듯 앉아 입을 떡 벌리고 눈을 휘둥그레 뜬 채 손톱을 물어뜯으면서 소리쳤다. "얘가 엄마를 닮았네. 엄마 닮았나? 엄마랑 등이 똑같지 않나? 아빠가 닮았나 — 아니, 얘가 아빠를 닮았나?" 어쩌면-남자친구는 차를 가지고 뚝딱거리려고 밖으로 나갔다.

부모님이 가출한 뒤에 집은 '남자들이 사는 집'이 되었고 형제들은 집 안 아무 데서나 자며 방치된 남자애들이으레 그러듯 제멋대로 살았다. 친구들도 종종 오고 여자아이들도 오고 여자친구가 일주일 와서 지내기도 하고 여자친구가 한동안 같이 살기도 하고 왔다 갔다 하며 다들 아무 데서나 잤다. 그러다 시간이 흘러 위의 세 형이 하나씩집에서 나갔다. 무엇이 되었건 부딪쳐 살아보겠다며 떠났고 그러다보니 점차로 집이 어쩌면-남자친구의 것이 됐다. 이윽고 자동차와 자동차 부속이 쌓여 4분의 3은 정비소로 바뀌었다. 그때 어쩌면-남자친구가 나에게 같이 살자고 했고 내가 그 제안에 반대하는 세가지 이유를 말하자 그는 그중 한가지 이유에 대해서 이렇게 말했다. "여기에서 살자는 게 아니고, 홍등가에 집을 빌리자고."

홍등가는 내가 사는 지역에서 길 위쪽에 있고 그애가 사는 지역에서는 길 아래쪽에 있는 구역에 있었는데 윤락가라서 그런 이름으로 불리는 것은 아니고 결혼하고 관습에 따라 정착하고 싶지 않은 커플들이 사는 곳이라서 그렇게불렸다. 열여섯살에 결혼하고 열일곱살에 아기를 낳고 스무살이 되고부터는 대부분의 부모처럼 죽을 때까지 텔레비전 앞 소파에 앉아 있고 싶지 않은 사람들이 살았다. 확신은 없을지라도 다른 삶을 시도해보고 싶어서 결혼 대신 동거를 택한 커플도 그곳에 살았다. 소문에 따르면 남자 둘이 같이 사는 집이 있다고도 했다. 또다른 집에도 남자 둘이 같이 살러 들어갔다고 했다. 같이 사는 여자들은 없었지만 23번지 여자는 남자 둘하고 같이 산다는 소문이 파다했다. 나머지 대부분은 결혼하지 않은 남녀였다. 그런 사람들이 거리 하나에 모여 살았는데 그 옆길까지 확장되려는 조짐이 보인다고 우려하는 뉴스가 나왔다. 그런데 그 옆길은 사실 서로 종교가 다른 부부가 사는 것으로 이미 유명한 거리였다. 그러는 사이, 홍등가뿐 아니라 그 인근에서도 정상적인 사람들, 그러니까 결혼한 부부들은 줄줄이 이사를 나갔다. 어떤 사람들은 홍등가의 특징에 반감이 있어서 그러는 건 아니라고 말했다. 그냥 나이 많은 어른들의 기분을 거스르고 싶지 않아서 그런다고 했다. 예를 들면 부모님, 조부모님, 세상을 뜬 조상님, 아주 오래전에 세상을 떠 백골이 진토 되어 특히 쉽게 상처를 받을 법한 선조들이 언론매체에서 "타락, 퇴폐, 풍기문란, 비관주의, 예의범절 파괴, 사회통념에 어긋나는 부도덕"이라는 논조로 말하는 세태에 충격을 받을까봐 이사하는 거라고 했다. 뉴스에서는 '결혼하지 않고 간음하는 커플은 종교적으로도 이종교배를 범하고 있는 것 아닌가?'라는 중대한 의문이 제기되고 있다고 지적했다. 고대 조상의 기분을 거스를까 저어하는 정상 부부들이 텔레비전에 출연했다. "우리 엄마 때문에 이사하는 거예요." 한 젊은 아내가 말했다. "제가 결혼서약도 안하고 같이 사는 사람들이 있는 거리에 계속 산다면 진실하게 살지 않는 것이니까 엄마가 속상해할 것 같아서요." 다른 사람은 이렇게 말했다. "비판하고 싶지는 않지만, 결혼을 하지 않는다는 것은 비판받을 수밖에 없으니 냉혹하게 비판하고 규탄해야 합니다. 우리가 정녕 이런 데에 빠져도 됩니까? 매춘? 동물적 열정? 방탕? 이런 것들을 부추겨도 됩니까?" 그리고 다시 타락, 퇴폐, 풍기문란, 비관주의, 예의범절 파괴, 사회통념에 어긋나는 부도덕 운운이 이어졌다. 다른 부부는 이삿짐 트럭에 짐을 실으며 이렇게 말했다. "이다음에는 홍등가가 한 개 반이 되겠죠. 그다음에는 두개가 될 거고요, 그다음에는 이 구역 전체가 홍등가가 되고 3인 동거가 우후죽순 생겨날 거예요." 또다른 여자는 "엄마 때문에요"라고 했고, 반면에 몇몇은 이렇게 말하기도 했다. "아 그래, 그게 뭐가 잘못이에요? 부족주의도 있고 편협함도 있고 역사가 중요한 사람도 있지만 성적인 문제는 금방금방 바뀌니까 결국은 요즘 시대에 발맞춰가야 해요." 하지만 주로 이런 말이 줄줄이 이어졌다. "이건 용인할 수 없어요"와 "아무하고나 자면 안돼요"와 "결혼은 지역 경계와 함께 국가의 기초입니다". 가장 중요한 것은 "이사 안 나가면 우리 엄마가 죽을지도 몰라요"였다. 이 말이 텔레비전 방송을 타자 라디오 시민 인터뷰와 종이 매체에도 수많은 엄마의 죽음 가능성이 널리 보도되었다.

그러니까 홍등가는 내가 사용하지 않는 내 모어로 다른 이름이 있고 그 이름을 내가 사용하는 언어로 번역하면 '목의 홈' 혹은 '목의 굴곡' 혹은 '목의 연한 부분'이 되는 넓지 않은 지역에 있었고 그게 바로 길 아래쪽이었다. 나는 그 거리에는 한번도 안 가봤는데 지금 어쩌면-남자친구가 거기에 가서 같이 살자고 하는 것이었다. 나는 싫다고 했는데 왜냐하면 엄마와 동생들 문제나 어쩌면-남자친구의 저장강박이 홍등가 집에서도 현재 집에서와 같은 추세로 계속되거나 심지어 가중될 수 있다는 문제는 차치하더라도 주저할 수밖에 없는 다른 이유가 있었기 때문인데, 그건 우리 두 사람 사이에 있는 친밀감과 취약함이 딱 우리가 감당할 수 있을 만큼이라는 점이었다. 또 저번에도 이런 일이 일어났었다. 항상 이런 일이 일어난다. 내가 우리 관계를 진전시키기 위해 더 가깝게 지내자고 제안했다가 역효과가 있어 포기해놓고도 그런 일을 까맣게 잊고 다시 더 가깝게 지내자고 제안하면 그가 지난번에 이미 그런 제안을 했다고 상기시켜줬다. 그러고 나면 다시 입장이 바뀌어서 그가 정신이 혼란스러워져 더 가깝게 지내자고 나에게 제안했다. 우리는 계속해서 기억상실을 일으키고 일종의 미시감*을 경험했다. 우리는 우리가 기억했다는 사실을 기억하지 못하고 서로 잊어버렸다는 사실을 상기시

켜야 하고 전에도 가까운 관계를 시도했으나 우리의 어쩌면-관계의 민감한 상태 때문에 잘되지 않았음을 일깨워야 했다. 이번에는 어쩌면-남자친구가 깜박하고 우리가 '어쩌면' 상태로 지낸 지 거의 일년이 되었으니 동거하면서 제대로 된 커플 관계로 나아갈 수 있도록 같이 사는 문제를 고려해보는 게 좋겠다고 말할 차례인 거였다. 어쩌면-남자친구가 지금까지는 더 가깝게 지내거나 같이 살면 어떨까 하는 문제를 의논해본 적은 없었으니까, 말했고 그가 말을 마치자 나는 우리가 그런 이야기를 나눈 적이 있다는 걸 일깨워줘야 했다. 한편 같이 살면 어떨까 이야기하던 중에 그는 다음주 화요일에 차 타고 일몰을 보러 가자고 했다. 그래서 나는 생각했다. 어떻게 일몰을 보러 간다는 생각을 다 하지? 내가 아는 사람 누구도 ─ 남자아이들은 특히 더 그렇지만 여자아이들도, 여자 어른도, 남자 어른도, 나도, 해 지는 걸 본다는 생각은 한번도 해본 적이 없는데? 새로운 일이었다. 하긴 어쩌면-남자친구한테는 사뭇 새로운 점이 있었다. 다른 사람에게서 보지 못한 면, 남자들한테서는 물론이고 누구에게서도 보지 못한 구석이 있었다. 셰프처럼 어쩌면-남자친구도 요리를 좋아했는데 남자들은 보통 요리를 안했다. 솔직히 그애가 요리하는 걸 내가 좋아했는지는 잘 모르겠다. 셰프처럼 그애도 축구를

* 이전에 겪었다는 것을 알면서도 처음 경험하는 듯이 느끼는 기억 오류의 하나.

안 좋아했다. 어쩌면 좋아하기는 하는데 남자들이 좋아하는 방식으로 좋아하지 않는 것뿐인지도 모르지만 아무튼 그래서 어쩌면-남자친구는 그 지역에서 게이는 아니지만 그럼에도 불구하고 축구를 좋아하지 않는 남자 가운데 한 명으로 알려져 있었다. 내 마음속에는 어쩌면-남자친구가 제대로 된 남자가 아니면 어쩌나 하는 남모르는 걱정이 있었다. 이런 생각은 어두운 순간, 불쑥 멋대로 찾아오는 머리 복잡한 순간에 금세 왔다가 금세 사라졌고 나는 그런 생각을 했다는 사실을 스스로에게도 인정하지 않았다. 인정했다가는 다른 모순들이 뒤따를 것 같았다. 이미 그 모순들이 모여 나에게 맞서고 내 확신을 흔들어놓던 터였다. 다른 사람들도 그랬지만 나도 내적모순이 등장할 때마다 고개를 돌려 외면했다. 하지만 어쩌면-남자친구는 고개를 돌리지 않고 그걸 집어냈다. 특히 내가 그와 '아마도, 잘은 모르지만, 어쩌면' 데이트를 한 기간이 길어지면서 더 그랬다. 나는 어쩌면-남자친구가 만든 음식을 좋아하면서도 좋아하면 안되는 건 아닌지, 내가 좋아하는 티를 내서 요리를 더 하게 부추기면 안되는 건 아닌지 걱정하긴 했다. 나는 어쩌면-남자친구와 같이 자는 것도 좋아했는데 어쩌면-남자친구와 같이 잘 때면 우리가 늘 같이 잤던 양 편안해서였다. 같이 어디 가는 것도 좋아했기 때문에, 나는 좋다고, 화요일에 같이 가겠다고 말했고 그래서 그 화요일, 내가 셋째 형부와 같이 저수지 공원에서 달리기를 하고 난 뒤에 해 지는 걸 보러 가기로 했다. 물론 이 이야기를 아무에게도 하지는 않을 거였는데 해넘이가 사람들에게 말해도 되는 주제인지 확신이 없었기 때문이다. 사실 나는 보통 아무에게도 아무 말도 안했다. 아무 말도 안하는 게 내가 나를 지키는 방식이었다.

하지만 엄마가 소식을 들었다. 해넘이나 어쩌면-남자친구에 대해 들은 것은 아니었다. 어쩌면-남자친구는 우리 구역에는 안 오고 내가 우리 구역에 데려오지도 않기 때문이다. 대신 우리는 주로 어쩌면-남자친구네 구역에서 시간을 보내거나 아니면 시내에 있는 이쪽 사람 저쪽 사람 다 오는 술집이나 클럽에 간다. 엄마를 불안하게 만든 것은 허공에 떠도는 헛소문이었다. 그래서 내가 셋째 형부와 러닝을 하러 가기 전날 밤, 어쩌면-남자친구와 해넘이를 보러 가기 전날 밤에 엄마가 나와 이야기하러 위층으로 올라왔다. 나는 엄마가 올라오는 소리를 듣고 생각했다. 아 맙소사, 또 뭘까?

이년 전 열여섯살 생일이 지난 이래로 엄마는 내가 결혼을 하지 않았다는 이유로 엄마 자신과 나를 죽 괴롭혀왔다. 우리 언니 둘은 결혼했다. 죽은 오빠와 도망간 오빠까지 포함해서 오빠들 중 셋도 결혼했다. 모험을 찾아 떠난 첫째 오빠도 증거는 없지만 결혼했을 거라고 엄마는 말했다. 다른 언니 — 입에 올리면 안되는 둘째 언니도 결혼했다. 그런데 왜 너는 결혼을 안하니? 결혼을 하지 않는 것은 이기적이고 하늘의 법도에 어긋나며 동생들을 불안하게 만든다고 엄마가 말했다. "쟤들 좀 봐라!" 엄마가 말했고 엄마 뒤쪽에서 동생들이 눈을 반짝이며 즐겁게 웃고 있었다. 내가 보기에는 불안해하는 구석이 전혀 없었다. "나쁜 선례가 된다." 엄마가 말했다. "네가 결혼을 안하면 쟤들도 결혼 안해도 된다고 생각할 거야." 동생들 나이가 일곱살, 여덟살, 아홉살이니 아직 결혼할 나이 근처에도 안 갔는데. "도대체 어떻게 되겠니." 이런 일방적인 대화를 나눌 때면 엄마는 으레 말을 끝없이 이어서 했다. "예쁜 것도 다 없어지고 아무도 널 거들떠도 안 보게 되면?" 나는 "그런 거 아니에요, 엄마. 엄마랑은 말 안해요. 내버려두세요" 따위의 대꾸조차 지겨워 그냥 입을 다물었다. 내가 말을 적게 할수록 엄마가 물고 늘어질 여지도 적기 때문이었다. 나도 피곤하지만 엄마한테도 피곤할 일이었는데 그래도 엄마는 동지들이 있었다. 구역에 딸을 결혼시키려고 갖은 애를 쓰고 달달 볶는 엄마들이 잔뜩 있었다. 엄마들이 느끼는 공포는 실제적이고도 본능적인 것이었다. 엄마들에게는 이 공포가 판에 박힌 소리도 아니고 코미디도 아니고 무시할 수 있는 것도 아니고 유별난 것도 아니었다. 그 장면에서 나는 거기 안 낀다고 밖으로 삐져나오는 엄마가 있으면 그게 유별난 것일 터였다. 그래서 이 문제는 엄마와 내가 둘 중 누가 먼저 나가떨어지는지 겨루는 기싸움이 되었다. 엄마는 내가 누구를 만나는 낌새만 챘다 하면(절대로 나를 통해서 낌새를 채는 것은 아니었다) 내가 집에 돌아오자마자 "그 사람 종교가 뭐니?" "유부남 아니야?" 라고 다그쳤다. 맞는 종교인지가 가장 중요하고 그다음 조건으로는 유부남이 아니어야 했다. 내가 계속 입을 꾹 다물고 아무 말도 안하면 엄마는 그것을 내가 만나는 사람이 종교도 틀렸고 유부남인데다가 무장단체 소속일 뿐 아니라 그것도 심지어 국가 수호자 쪽 무장단체 소속일 가능성이 높다는 증거로 받아들였다. 내가 정보를 내놓지 않아 생긴 공백을 엄마는 무시무시한 이야기를 상상으로 꾸며내어 직접 메웠다. 엄마 혼자서 사실이 아닌 이야기를 통째로 만들어냈다는 말이다. 엄마는 종교 제의를 올리고 성직자들을 찾아다니기 시작했는데 내 명랑한 동생들 말에 따르면 내가 사악한 유부남 테러리스트들을 만나기를 포기하고 정착하기를 바라는 간절한 마음으로 그런다고 했다. 나는 엄마가 그러거나 말거나 내버려두었고 특히 어쩌면-남자친구를 만나기 시작한 뒤에는 입을 더 꽉 다물어버렸다. 무슨 일이 있더라도 어쩌면-남자친구의 존재를 엄마에게 공개하지는 않을 생각이었다. 어쩌면-남자친구의 존재를 알게 되면 엄마는 그 즉시 절차를 시작하고 시스템을 가동하고 평가용 질문을 하나하나 던질 테고 서둘러 절차를 매듭지으려 할 테고 일을(데이트를) 끝내고 일을(결혼을) 시작하고 일을(아기를) 마무리하고 나를 제발 좀 다른 사람들처럼 살게 만들려고 할 것이다.

그리하여 엄마는 종교 제의와 성직자(와 수녀들) 방문을 계속했고 3시 기도, 6시 기도, 9시 기도, 12시 기도도 물론 계속했다. 오후 5시 30분에는 연옥에 떨어져 더이상 스스로를 위해 기도할 수 없는 영혼들을 위해 추가로 탄원했다. 시간에 맞추어 기도를 드린다고 해서 늘 하는 아침과 저녁 기도를 생략하지는 않았고 특히 내가 이교도 국가 수호자들과 시내의 '쩜쩜쩜' 장소에서 벌이는 밀회를 그만두게 해달라고 호소하는 기도를 간곡히 올렸다. 엄마는 못마땅하게 여겨지거나 잘은 모르지만 어쩐지 못마땅할 것 같은 장소를 항상 '쩜쩜쩜' 장소라고 불렀는데 그 말을 들으면 언니들과 나는 엄마가 젊을 때 거기에서 대체 무슨 짓을 했길래 그런 생각을 하는 걸까 의아했다. 엄마의 기도와 압박이 점점 강력하고 절박해지던 중, 어느날 내가 부주의한 행동으로 상황을 뒤집어놓고 말았다. 그럴 수밖에 없었다. 엄마는 사실이 아닌 전제를 바탕으로 엄마 머릿속 말고는 어디에도 존재하지 않는 남자를 나한테서 떼어놓으려고 했는데 그러다보니 엄마도 나도 일어나지 않기를 바란 일을 엄마가 기정사실로 만든 꼴이 되었다.

내가 저수지 공원에서 밀크맨을 두번째로 만나고 난 뒤 참견쟁이 첫째 형부가 당연히 낌새를 맡고는 자기 아내, 첫째 언니에게 우리 엄마한테 말을 넣어 나하고 이야기 좀 해보게 하라고 시켰다. 첫째 언니가 전에 나와 대화를 시도했을 때 계획대로 되지 않았기 때문에 엄마를 동원하기로 한 것이다. 그래서 언니가 엄마를 보러 왔다. 이 언니는 여전히 전 애인 때문에 슬퍼하고 있고 남편을 사랑하지 않았다. 하지만 이제는 전 애인이 자기를 속이고 다른 여자한테 가서 슬퍼하는 게 아니었다. 언니는 전 애인이 죽었기 때문에 슬퍼했다. 언니의 전 애인은 근무 중에 자동차 폭탄이 터져 죽었는데, 그건 그가 잘못된 장소에서 잘못된 종교를 가진 사람이었던 까닭이고 여기에서는 그런 일들이 일어났다. 그래서 죽었다. 언니는? 우리 언니는 전 애인이 살아 있을 때에도 그를 잊지 못했는데 지금은 어떻게 그럴 수 있을지 ─

그렇지만 첫째 언니는 슬픔에 잠겨 있으면서도 남편이 시키는 대로 했다. 엄마에게 밀크맨과 관련된 상황을 알렸고 엄마는 그 말을 듣고 구역의 경건한 여인들을 찾아가 소문을 확인했다. 경건한 여인들은 우리 엄마처럼 일상적으로 애절하고 진지하게 하늘에 간청할 뿐 아니라 합리적으로 심지어 법리에도 맞게 청원하는 사람들이었다. 이 여인들은 천상의 권위에 탄원하는 일에 워낙 능숙하고 사정과 읍소가 일상생활에 밀착되어 있어서 입 한쪽으로는 묵주기도를 읊으며 동시에 다른 쪽으로는 다른 사람과 대화를 나눌 수 있다고 한다. 그리하여 엄마와 첫째 언니와 첫째 형부와 온 지역의 소문과 함께 이 여인들까지 나와 밀크맨의 상황에 개입했다. 그러다가 어느날 어린 동생들 말에 따르면 이웃 아줌마들 한 무리가 엄마를 만나러 우리 집에 왔다고 한다. 그 아줌마들은 내 애인이 밀크맨인 것 같다고 말했다 — 애인이 자동차 정비공이라고도 했지만. 사십대 초반이라고 말했다 — 스무살쯤 되었다고도 했지만. 결혼했다고 말했다 — 결혼 안했다고도 했지만. 확실하게 '관련되어 있다'고 말했다 — 동시에 '관련되어 있지 않다'고도 했지만. 정보요원이라고 했다. "왜, 뒤에서 움직이는 사람 있잖아. 미행하고 추적하고 감시하고 뒤를 밟고 뒷조사하고 목표물에 대한 정보를 수집하고 청부업자에게 전달하는 사람 — " 이웃이 말했다. "하느님 맙소사!" 엄마가 소리쳤다. "우리 딸이 그런 남자랑 얽혔다고!" 엄마가 의자 팔걸이를 움켜쥐었다고 동생들이 말했다. 그때 엄마 머릿속에 어떤 생각이 떠올랐다. "설마 그 밀크맨은 아니겠지 — 그, 승합차를 타고 다니는, 그 하얀색 승합차, 특징이 없고 모양이 자꾸 바뀌는 — " "안됐지만 자기도 알아야 한다고 생각했어." 이웃이 말했다. 그들은 그래도 내 애인이 적어도 국가 반대자이지 국가 수호자가 아닌 것에 감사해야 한다고 했고 이 말은 은근히 우리 둘째 언니를 두고 하는 말이었다. 둘째 언니는 국가기관 남자와 결혼을 하고 물 건너 나라, 바로 그 물 건너 그 나라로 살러 가서 집안에 먹칠을 하고 공동체를 능멸했기 때문에 우리 구역 반대자들이 둘째 언니에게 다시는 돌아올 생각 하지 말라고 경고했었다. 그 국가기관 남자, 둘째 언니 말고는 우리 식구 아무도 본 적이 없는 둘째 형부는 이미 죽었는데, 반대자들이 죽인 것은 아니고 정치와 무관하게 평범한 병에 걸려서 죽었으나 둘째 언니는 남편이 죽었어도 돌아올 수 없었고 내 생각에 돌아오고 싶어할 것 같지도 않았다. "이 딸은 적어도 배신했다는 소리는 안 들을 테니까." 이웃 사람이 위로했다. "하지만 이건 알아야 해. 사람들 말이 자기 딸하고 얽힌 이 밀크맨은 조무래기가 아니고 무자비한 인물이래." "자비를 베푸소서." 엄마가 말했지만 이번에는 조용한 목소리였고 어린 동생들 말이 엄마가 몸에 아무 기운이 없는 것처럼, 충격의 기운조차 없는 것처럼 망연히 말했다고 했다. 엄마는 그때 둘째 언니가 추방됐을 때처럼 불행해 보였다고 했다. "물론, 이게 다 사실이 아닐 수도 있고 딸이 반대자하고 얽힌 게 아니라 어딘가에 사는 나이가 스무살이고 9시부터 5시까지 일주일에 닷새하고 반나절 일하고 맞는 종교에 속한 자동차업계 젊은이랑 사귀고 있을 수도 있지." 이웃이 말했다. 그 말은 엄마 귀에 전혀 안 들어왔다. 자동차업계 젊은이 어쩌고 하는 이야기는 맘 좋은 친구 제이슨과 다른 몇몇 친절한 이웃이 큰 충격을 받은 엄마를 위로하느라 급조한 그럴싸하지만 사실이 아닌 이야기로 느껴졌다. 대신 엄마는 무장군인, 때를 엿보고 노리며 목표를 이룰 때까지 끈질기게 버티는 사람 쪽을 택했다. 게다가 이웃 사람들이 묘사한 밀크맨은 (종교만 빼고) 엄마가 부디 나와 헤어지게 해달라고 기도를 드리던 남자의 인적 사항과 정확히 일치했다. 엄마는 내가 이런 위험하고 치명적인 애인을 사귈 거라고 이미 공고히 결론을 내리고 체념한 상태였기 때문에 사람들이 말하는 남자가 두 사람일 수도 있다고는 꿈에도 생각하지 못했다.

엄마가 회유하는 태도로 말을 시작했다. 처음에는 이런 말로 달랬다. "너에 비해 나이도 너무 많고, 지금은 멋있어 보일지 모르지만 조금만 지나면 너도 그 사람이 '두마리 토끼를 다 잡으려는' 이기적인 남자라는 걸 깨달을 텐데 왜 그 사람을 포기 못해? 그 사람 말고 이 지역에 너랑 종교도 맞고 결혼 상태도 맞고 나이도 맞는 착하고 좋은 애들 많은데 그중 하나라도 고르면 안되겠니?" 엄마가 착하고 좋은 애들이라고 부르는 남자는 종교가 같고 신실하고 독신이고 될 수 있으면 무장단체 소속이 아니고 전반적으로 안정감 있고 변함없고 엄마 표현대로라면 "빠르고 멋지고 환상적으로 짜릿하겠지만 어쨌거나 일찍 죽는 반란군"이 아닌 사람이었다. "반군들은 죽음 말고는 어떤 것으로도 막아세울 수가 없어. 매혹적이고 환각적이고 제멋대로고 어두침침한 무장단체의 밤생활에 끌려들어갔다가는 너 반드시 후회할 거다. 겉보기하고는 달라. 도망자의 삶이라고. 전쟁이야. 사람을 죽이지. 죽임을 당하고. 책임을 져야 돼. 얻어맞고. 고문을 당해. 단식투쟁을 하고. 완전히 다른 사람이 되어야 돼. 네 오라비들을 봐라. 좋지 않게 끝날 거라고 확실히 말할 수 있어. 그 남자가 널 죽음으로 끌고 들어가거나 그게 아니면 바닥에 내칠 거야. 여자로서 네 운명은 어쩌고? 나날의 일과는? 여성 공통의 의무는? 아기를 낳고 아기에게 살아 있는 아빠를 제공해서 일주일에 한번 공동묘지로 찾아가지 않아도 되게 하는 책임은? 저 길모퉁이에 사는 여자 봐라. 그 여자도 음침한 남편들을 사랑했다고 하겠지. 그런데 그 남자들 지금 다 어디 있니? 음울하고 외골수에다 고집불통인 남편들 다 어디 갔냐고? 죄다 '일상적 장소' 자유투사묘지에 묻혀 있지." 여기까지 말하고 엄마는 결혼의 의무에 대해, 로맨스에 대한 갈망과 현실 여성의 목표를 혼동하는 어리석음에 대해 설교하기 시작했다. 행복을 누리려고 결혼하는 것이 아니라고. 결혼은 신의 명령이고 공동체적 소임이자 책무이고 나이에 걸맞은 행동이고 맞는 종교의 아이를 낳고 의무와 한계와 제약과 구속을 받아들이는 것이라고. 프러포즈를 못 받아 소심하고 완고한 노처녀가 되어 먼지와 거미줄 투성이 방구석에서 이미 오래전에 잊힌 채로 누렇게 시들고 말라비틀어져 죽어가지 않는 게 결혼이라고. 엄마는 이런 입장에서 한발도 물러서지 않았지만, 그래도 나는 나이 들어가면서 엄마가 진심일까, 마음 깊은 곳에서도 정말로 여자와 여자의 운명은 그런 것이라 믿고 있을까 궁금해하곤 했다. 이제 엄마는 착하고 좋은 아이들, 나와 잘 맞는 남자들과 짝을 이룬다는 해결책을 다시 꺼냈다. 엄마는 손가락을 꼽아가며 자기가 마땅하게 생각하는 남자들이 어떤 애들인지 내가 알 수 있게 예를 들었다. 그 명단을 듣고 있자니, 엄마가 사람들이 하는 말을 더 귀 기울여 들었다면 그중 단 한명도 괜찮은 짝으로 생각하지 않으리라는 생각이 들었다. 일단 몇명은 착하지 않았다. 또 다수가 신실하지 않았고 그중에는 이미 결혼한 사람도 많았다. 몇명은 결혼 안하고 사람들이 '홍등가'라고 부르고 엄마가 그곳 이야기를 들었다면 틀림없이 '쩝쩝쩝' 거리라고 불렀을 곳에서 여자친구와 같이 살았다. 몇몇은 반대자이거나 혹은 반대자라는 소문이 있었고 정치 활동을 통해 개인적 목표를 이루려고 혈안이 되어 있거나 혹은 정치적 문제에 진심으로 헌신하는 사람들이었다. 그렇게 엄마는 엄마 나름껏 선별했다면서 실체도 모르는 사람들을 줄줄이 댔지만 나는 여전히 방어적이고 신중하고 '아무것도 드러내지 않는다'는 모드였기 때문에 입을 꾹 다물고 있었다. 말을 해봐야 엄마가 내 말을 제대로 듣고 곧이곧대로 받아들이는 법이 없었기 때문에 나도 정보를 감추는 수밖에 없었다. 하지만 엄마가 "그 착하고 좋은 애, 개 이름이 뭐더라. 자기를 일인칭 복수 대명사로 지칭하는 습관이 있는 애 있잖아? 아, 그래 아무개 아들 아무개" 운운하며 나와 결혼할 후보를 제시하기를 마침내 포기하고, "네 언니가 그러는데 개 남편이 사람들이 네 얘기를 하는 걸 들었다더라 ──"를 시작했을 때에는 화가 울컥 솟았다. 그래서 입을 열었다. "언니 남편 쓰레기예요, 엄마. 천하의 개자식이에요. 그 인간 말

듣지 말아요."

엄마가 움찔했다. "그런 말 쓰지 마라. 욕 쓰지 말라고. 다른 애들은 하나도 안 그러는데 너희 둘은 왜 그러는지 모르겠다." 셋째 언니와 나를 두고 하는 말이었는데 맞는 말이긴 했다. 다만 셋째 언니가 나보다 입이 더 거칠었다. "어쩌라고요." 내가 아무 생각 없이, 내가 엄마 때문에 화가 났고 짜증이 났고 만사가 귀찮아졌고 엄마가 다른 세상에 살아 아무것도 모르면서 나도 거기로 와서 살아야 한다고 고집해서 기운이 빠졌으며 또 내가 엄마를 정형화된 인물, 캐리커처, 내가 절대 되지 않을 무언가로 여긴다는 사실 등을 생각할 겨를도 없이 그냥 내뱉었다. 그렇게 나는 생각 없이 무례하게 "어쩌라고요"라고 말한 것이다. 하지만 생각하고 말했다 해도 엄마가 그 말에서 비웃고 무시하는 말투를 알아챘으리라 생각지는 않았을 것이다. 그런데 엄마가 알아챘고, 뜻밖에도 엄마는 '결혼식장 종소리가 울리기만을 기다리는 엄마'라는 우스꽝스러운 역할을 내팽개치고 틀에 박힌 진부한 말도 집어치우고 엄마의 본모습을 드러냈다. 이제 뼈와 피와 살과 힘과 분노, 엄청난 분노를 포함한 자기인식이 충만한 사람이 되어 엄마는 몸을 앞으로 숙여 내 팔을 붙잡았다.

"너 나한테 오만하게 너 잘났다며 거들먹거리고 비꼬면서 말하지 마. 내가 나이를 거저먹은 줄 아니? 내가 머리도 없고 여태껏 살면서 배운 게 아무것도 없는 줄 알아? 나도 배울 만큼 배웠고 알 건 아니까 너한테 이 이야기는 해야겠다. 너 상스러운 말을 하는 것보다 더 나쁜 게 뭐냐면 혼자 잘난 줄 알고 다른 사람 비웃는 거야. 차라리 네가 평생 더럽고 속된 말을 달고 사는 게 속마음은 감추면서 뒤에서 수군거리고 몰래 쑥덕쑥덕 싸움을 벌이는 비겁한 사람이 되는 것보다는 낫겠다. 그런 인간들 다 저 잘난 맛에 살고 자기가 세상에서 제일 똑똑하고 떳떳한 줄 알지만 아니야. 너 말본새 조심해. 실망했어. 내가 널 그렇게 버릇없이 키운 줄은 몰랐다." 엄마는 내 팔을 놓고는 돌아서 가버렸는데 우리 사이에 한번도 없던 일이라 나는 정말 놀랐다. 보통은 내가 너무 화가 나 도저히 못 참겠어서 마지막 한마디를 내뱉듯 던지고 몸을 홱 돌려 가버리곤 했다. 그런데 이번에는 내가 엄마를 쫓아가서 붙들었다. "엄마." 내가 불렀지만 그다음에 무슨 말을 해야 할지 몰랐다.

나는 수치를 몰랐다. 그러니까 '수치'라는 단어를 몰랐다. 그 단어가 우리 공동체의 어휘에 아직 들어오지 않았기 때문이다. 수치의 감정은 확연히 느꼈고 나 말고 주변 다른 사람들도 그런 감정을 알았다. 약한 감정도 아니었고 분노보다도, 증오보다도, 심지어 감정 중에 가장 많이 은폐되는 공포보다도 더 강력한 것 같았다. 그때는 수치를 해소할 방법도 극복할 방법도 없었다. 수치가 공적인 감정일 때가 많기 때문이기도 했다. 수치의 효과를 증폭하려면 수치를 주는 사람이건 수치를 목격하는 사람이건 수치를 당하는 사람이건 간에 사람이 많아야 했다. 이렇듯 수치는 복잡하고 복합적이고 고도로 발달된 감정이기 때문에 이곳 사람들은 수치를 피하기 위해 온갖 짓을 다 했다. 사람을 죽이고, 말로 상처를 주고, 정신적 상처를 주고, 게다가 자기 자신에게도 똑같이 그렇게 했다.

엄마가 돌변하는 것을 보고 정신이 번쩍 났다. 화들짝 놀라 엄마가 판지를 오려 만든 사람 같다는 생각, 엄마가 걱정이 많아서가 아니라 어리석어서 강박적으로 기도에 매달린다는 생각, 엄마가 애를 열 낳은 쉰살 여자이니 앞으로의 삶에 새로운 가능성이라곤 없으리라는 생각을 접었다. 엄마에게 "어쩌라고요"라고 말한 것이 후회스러웠고 엄마를 함부로 대한 것에 대해 수치를 느꼈다. 엄마가 내내 장광설을 늘어놓으며 나를 정신적으로 괴롭히긴 했지만 그것과는 별개 일이었다. 나는 한번도 운 적이 없는데 그때는 울고 싶은 심정이었다. 울음을 누르기 위해 욕을 하고 싶었다. 그러다가 이 일을 수습할 수도 있겠다는 생각이 들었다. 그때가 "미안해요"라고 말할 순간이었는데 물론 '미안'도 '수치'처럼 우리가 쓸 줄 아는 단어가 아니었기 때문에 '미안'이라는 말 없이 미안하다고 말해야 했다. 우리는 수치와 마찬가지로 미안한 감정도 느낄 수는 있지만 그걸 표현하는 법은 몰랐다. 나는 대신 엄마에게 엄마가 얻고 싶어하는 바로 그것을 주기로 했다. 그러니까 밀크맨과 나 사이에 있었던 일을 다 이야기하겠다고 마음을 먹었고 전부 이야기했다. 엄마에게 나는 그 사람과 불륜관계가 아니고, 그러길 바란 적도 없고, 그게 아니라 그 사람 혼자 나와 불륜을 시작하려고 쫓아다니면서 강요하고 있는 것 같다고 했다. 그 사람이 두번, 딱 두번 접근했다고 했고 정황을 설명했다. 또 그 사람이 나에 대한 모든 것, 직장, 가족, 일을 마치고 저녁에 무얼 하는지, 주말에는 무얼 하는지도 다 아는 것 같았지만 다만 내 몸에 손가락 하나도 댄 적은 없고 첫번째 만났을 때 말고는 나를 똑바로 쳐다보지도 않았다고 했고 또 사람들이 내가 그 사람 차를 타고 다닌다고 말하는지는 몰라도 차에 한번도 탄 적이 없다고 했다. 나는 이런 이야기를 하고 싶지 않았다고, 엄마뿐 아니라 누구에게도 하고 싶지 않았다고 시인했다. 이곳에서는 말이 왜곡되고 날조되고 과장되기 때문이라고 했다. 나를 둘러싼 소문을 일일이 설명하고 사람들을 설득하려다보면 내가 힘을 잃을 것 같아서 입을 다물고 있었다고 했다. 그래서 아무한테도 묻지 않았고 질문에 대답하지도 않았고 확인하지도 부인하지도 않았고 그렇게 해서 내 정신을 분리하는 경계를 유지하기를 바랐고 그렇게 해서 정신을 똑바로 유지하고 온전히 지키고 싶었다고 했다.

내가 이런 이야기를 하는 동안에 엄마는 말을 끊고 끼어들지는 않았으나 내가 말을 마치자마자 일초도 머뭇거리지 않고 나더러 거짓말쟁이라고 했고 이런 식으로 자기를 속이다니 자기를 한층 더 무시하는 것이라고 했다. 그러고는 내가 인정한 두번 말고도 나와 밀크맨이 만난 적이 더 많다고 했다. 사람들이 엄마에게 동향을 알려주고 있다고 했는데 그러니까 내가 밀크맨과 주기적으로 부도덕한 밀회를 가진다는 사실을 엄마가 훤히 안다는 뜻이었다. 또 '쩜쩜쩜'이라고 부르기조차 힘든 부적절한 장소에서 우리가 무슨 짓을 하는지도 다 안다고 했다. "너는 여자 마피아나 다름없어. 상도常道를 벗어났어. 뭐가 옳고 그른지 판단력을 잃었어. 나도 널 더 봐주기가 힘들구나. 네 가엾은 아버지가 살아 있었다면 틀림없이 뭐라고 한마디 했을 텐데." 그랬을 것 같지는 않았다. 아빠는 살아 있을 때에 우리한테 거의 아무 말도 하지 않았고 죽어갈 때 나에게 마지막으로 한 말은(아마 그게 죽기 전 마지막 한마디였을 것이다) 충격적이면서도 자기 자신에게만 초점이 맞춰진 말이었다. "어릴 때 여러차례 강간을 당했다." 아버지가 말했다. "내가 그 이야기 했던가?" 그때 내가 떠올릴 수 있는 대답은 "아니요"뿐이었다. "그래. 여러번." 아버지가 말했다. "수도 없이 나한테 그 짓을 했어─나는 어린애였는데 그 사람, 모자 쓰고 양복 입은 사람이 단추를 끄르면서 나를 끌어당겼어. 뒤쪽 헛간, 컴컴한 헛간으로 자꾸자꾸, 그러고 나서 동전을 줬지." 아빠는 눈을 감고 몸을 부르르 떨었고 그때 나와 같이 병원에 있던 어린 동생들이 침대를 돌아 내 쪽으로 와서 팔을 잡아당겼다. "강간이 뭐야?" 동생들이 속삭였다. "크럼비가 뭐야?"라고도 물었다. 아빠가 눈을 감은 채로 "크롬비"*라고 중얼거리고 있었기 때문이다. "수도 없이." 아빠가 눈을 다시 뜨며 말했다. 아빠에겐 어린 동생들 목소리가 들리기는 해도 동생들이 보이지는 않는 것 같았다. 아빠는 내가 몇번째 딸인지는 정확히 몰랐을 테지만 그래도 나를 쳐다보았다. 아빠가 죽음의 문턱에 있어서 내가 몇번째 딸인지 모른 것은 아니었다. 아빠는 살아 있을 때에도 항상 얼이 빠진 상태였고 지나치게 오랜 시간 동안 신문을 읽고 텔레비전 뉴스를 보고 귀로는 라디오를 듣고 거리에 나가 관심사가 비슷한 이웃들과 최근의 정치적 갈등 소식을 주고받곤 했다. 아빠는 그런 사람 — 정치적 문제 말고는 아무것도 받아들이지 않는 사람이었다. 정치적 문제 아니면 어디에서 벌어지는 것이든 전쟁, 포식자, 희생자 이야기를 흡수했다. 아빠와 같은 것에 고착된 사람들이나 똑같이 꽉 막힌 기벽이 있는 이웃들과 주로 시간을 보냈다. 우리 자식들 이름은 절대 기억 못했고 이름을 떠올리려면 머릿속에서 출생 순서로 된 목록을 훑어야 했다. 아빠는 그러면서 딸 이름을 찾을 때에도 아들 이름까지 같이 열거했다. 반대도 마찬가지였다. 이렇게 훑다보면 언젠가는 맞는 이름에 도달하긴 했다. 하지만 그것도 너무 힘들어져 아빠는 어느 순간부터는 머릿속 목록을 포기하고 그냥 쉽게 '아들' 또는 '딸'이라고 불렀다.

* 고급 코트와 양복을 제조하는 영국 회사.

아빠 생각이 일리가 있었다. 그게 훨씬 쉽기 때문에 우리들도 서로를 '오빠' '언니' '동생'으로 부르게 되었다.

"등이," 아빠가 다음으로 한 말은 그것이었고 어린 동생들은 또 낄낄거렸다. "다리가, 허벅지가. 특히 등이 그래. 끔찍한 느낌을 어떻게 해도 떨쳐버릴 수가 없어. 떨림, 전율, 끝없이 계속되는 작은 진동이 느껴져. 평생 계속 돌아오고 계속 이어지고 계속 끔찍했어. 하지만 될 대로 되라는 심정이었어, 여보. 이미 여러해 전에 포기하고 나 자신을 버렸어 ─ 나는 어쨌거나 죽을 테니까, 오래 살지는 않을 테니까, 언제라도 죽을 수 있으니까, 언제든 과격하게 살해당할 테니까 ─ 그러니까 그자가 나를 가져도 어쩔 수 없다고 생각했어. 그자는 나를 가질 거라는 걸 알았고 나는 그가 나를 갖는 걸 막을 수가 없었으니까. 피할 수 없다. 어서 끝내자. 그 공포의 장소에 처음으로 가는 게 아닌 느낌. 그래서 여보, 당신과 나 사이가 늘 이상했던 거야." 동생들은 '여보'라는 말에 다시 낄낄거렸지만 웃음소리에 불안한 기색이 묻어났다. 그때 아빠가 이번에는 분노를 담아 말했다. "그 크롬비, 그 양복, 크롬비. 크롬비를 입는 사람이 어땠어, 형." 다시 동생들이 내 팔을 잡아당겼다. "그 사람," 아빠가 말했다. 나를 똑바로 쳐다보았고 한순간 나를 알아본 것 같았다. "그 사람이, 그 사람이…… 형도 강간했어……?" "가운데언니?" 동생들이 속삭였다. "왜 아빠가 ─ " 동생들은 질문을 맺는 대신 내 뒤에 더 바싹 붙었다. 아빠는 그날밤 동생들과 내가 병원에서 나오고 엄마와 다른 사람들이 가서 곁에 있을 때에 세상을 떴다. 나는 아빠의 목도리와 납작한 작업용 모자 그리고 '크롬비'라는 단어에 대한 평생 이어질 혐오감을 물려받았다. 사실 '크럼비'인 줄 알았는데 그날밤 집에 와서 사전을 찾아보고 알았다.

지금 엄마는 화가 나서 죽은 아빠를 들먹이며 내가 거짓말을 안했는데도 거짓말했다고 윽박지르고 있었다. 내가 거짓말을 하고 냉담하게 굴어 우리 둘 다를 모독했고 사실 우리는 서로를 안 믿지 않느냐고 했다. "너는 내 말을 존중하지 않아"라고 엄마가 말했고 나는 말했다. "엄마는 나를 존중하지 않아요." 엄마의 말이 옳다는 것을 입증하는 꼴이 되는 것 같긴 했지만 그래도 나는 다시 입을 다물어버렸고 우리 사이에 있을지 모르는 타협점을 찾으려는 시도는 접은 채 여기에서 만족하고 문을 닫으려 했다. 대신 생각했다. 이건 내 삶이고 난 엄마를 사랑하지만, 어쩌면 사랑하지 않지만, 나는 그런 사람이고 그렇게 살 거고 이게 우리 사이의 선이에요. 그 말을 입 밖에 내지는 않았는데 입 밖에 내었다가는 싸움이 될 테고 이렇게 싸우고 물어뜯는 것도 지겨웠기 때문이다. 나는 입을 다물고 속으로 어쩌라고요, 어쩌라고요, 어쩌라고요, 어쩌라고요 생각했고 그 순간부터 엄마가 나한테 뭐라고 하든 안하든 상관하지 않기로 했다. 이제부터는 정말로 엄마한테 한마디도 하지 않을 것이다. 원래도 그러지 않았던가? 엄마 말마따나 나는 냉정한 사람이니까? 그리고 엄마는 내 말마따나 결국 스스로를 괴롭히는 일밖에는 하지 않으니까?

그다음 날 나는 셋째 형부와 같이 저수지 공원을 달리고 있었다. 형부는 웅얼거리고 나는 생각을 하려고 했다. 엄마나 다른 모든 사람이 생각하는 것처럼 밀크맨 생각을 한 것은 아니고, 그날밤 만나 같이 일몰을 구경하러 갈 어쩌면-남자친구 생각을 했다. 저수지 공원에서 밀크맨이 눈에 뜨이지는 않았지만 아마 틀림없이 어딘가에서 서성이고 있을 테니 "만세! 쫓아냈어! 잘됐어!"라고 할 수는 없었다. 저수지 공원은 원래 서성이라고 있는 곳이었다. 어딘가에 국가안보 요원이 숨어 있고 군대정보원이 숨어 있고 사복경찰이 아닌 척하는 사복경찰이 숨어 있고 게다가 '한순간 보였다가 다음 순간 사라졌다가 다시 나타나는' 감시활동도 벌어지고 있었다. 아무튼 밀크맨은 안 보였다. 밀크맨의 그림자도 없어 안도하고 긴장을 풀고 평화롭고 조용하게 강박적인 운동중독을 충족할 수 있었다. 이 모든 게 셋째 형부가 옆에서 운동중독을 충족하고 있는 덕이었다. 보통 우리는 "여기부터 속도를 높일까, 처제?" 또는 "다 마치고 보너스로 1마일 더 뛸래, 형부?" 따위의 운동과 관련된 내용이 아니면 대화도 안하고 잡담도 안하고 말을 걸지도 않았다. 그런데 이번에는 친숙하고 믿음직한 형부가 평소처럼 친숙하고 믿음직하지 않게 뜻밖의 행동을 했다.

"잠깐 개인적인 얘기 몇마디 해도 될까?" 전에는 형부가 한번도 그런 식으로 나온 적이 없기 때문에 놀랐다. 나는 곧바로 밀크맨 때문에 그러는구나 생각했다. 형부도 소문을 듣고 밀크맨 이야기를 꺼내려는구나, 이 세상 최후의 보루 같은 셋째 형부만은 이곳에 떠도는 소문에 귀를 기울이거나 소문에 동요할 리가 없는데도 그 생각이 가장 먼저 들었다. 그런데 말을 들어보니 그 얘기가 아니었다. 형부는 대신 속으로 꽤 오래 생각해왔던 것 같은 문제를 조심스럽게 조목조목 따지기 시작했다. 내가 걸으면서 책을 읽는 것에 대한 지적이었다. 책과 걷기, 나, 걷기, 독서. 또 그 얘기다. "나한테 하는 말이야?" 내가 물었다. "왜 그러는 거야? 지금까지 한번도 나한테 말 시킨 적 없잖아." "내 생각에는 그거 하면 안될 것 같아. 안전하지 않고, 자연스럽지 않고, 스스로를 저버리는 일인데다, 그러다보면 자신에게 주의를 기울이지 않아 위험에 처하게 되고, 사자와 호랑이 틈바구니에서 산책을 하는 것이나 다름없게 되고, 냉혹하고 교활하고 제멋대로인 어두운 힘에 스스로를 맡기는 셈이 되고, 주머니에 손을 넣고 걷는 게 차라리 낫겠—" "그러면 책을 들 수가 없을 텐데—" "농담 아니야. 누구든 몰래 접근할 수 있어. 달려올 수도 있고, 차를 타고 올 수도 있고. 제발, 처제. 무장을 해제하고 경계를 늦추고 주변을 신경 쓰지 않고 소리 내어 책이나 읽고 있으면 사람들이 처제한테 화가 나서 —"아니! 누가 소리 내서 책을 읽어!"말도 안되는 이야기였다. "걸으면서 책을 읽는 안전하지 않은 행동을 하면서 딴 데 정신을 쏟고 주변을 관찰하지 않고 무시하다보면……"십일년째 계속되는 정치적 문제를 인지하지도 못하는 사람에게서 이런 말을 듣다니 기가 찰 노릇이었다. 사실 셋째 형부가 그런 사람이기 때문에 내가 밀크맨을 막는 장치로 내세운 것이기도 했다. 형부에게는 여자를 숭배하는 것 말고 또다른 기벽이 있는데, 소문에 따르면 형부는 운동과 싸움 스케줄에 너무 매여 있다보니 십년 넘게 계속되는 정치적 문제를 알아차리지 못한다고 한다. 나는 그런 이상한 점이 밀크맨을 막는 데 도움이 될 것이라고 생각했다.

나 자신도 정치 문제에 크게 신경 쓰지 않았지만 그래도 삼투현상 때문에 아주 피할 수는 없으므로 최소한은 신경 쓰면서 살았다. 하지만 형부는 삼투현상에도, 당시 그곳에서 현저히 일어나던 사회 정치적 격동에도 신경을 안 썼다. 정말, 정말 이상하게도 형부는 아주 좁은 범위만 보면서 그밖의 것은 아무것도 모르고 살았다. 내가 보기에도 이상한데 밀크맨처럼 이상을 이데올로기처럼 떠받드는 사람, 이상을 현실로 이루겠다고 하는 사람, 형부 같으면 자신과의 싸움과 운동 계획에 푹 빠져 그런 게 있는지도 모를 대의에 평생을 헌신한 사람이라면 셋째 형부를 제정신이 아니라고 여기는 한편 형부의 무지를 불안하게 느끼기도 할 것이다. 형부가 제정신이 아니라는 이야기가 나온 김에 말하자면 우리 지역에는 두 종류의 정신이상이 있다. 경미하여 공동체에서 용인할 수 있는 정신이상이 있고 경미하지 않고 상도를 벗어난 정신이상이 있다. 전자에 속하는 사람은 사회에서 관대하게 봐주는데 온갖 종류의 술꾼, 싸움꾼, 난동꾼이 여기 들어간다. 음주, 싸움, 난동은 평범한 일, 일상적인 일, 심지어 반드시 필요한 일로도 생각되어서 굳이 정신이상으로 분류되지 않는다. 마찬가지로 뒷소문, 비밀 유지, 공동 감시, 어떤 것은 허락되고 어떤 것은 허락되지 않는지 등등 이곳에서 중히 여기는 규칙도 이상한 것으로 치부되지 않는다. 경미한 이상은 사람들이 그러려니 하고 받아들이거나 아니면 외면하는데 왜냐하면 살아가기 위해 감수해야 하는 것이 있기 마련이고 100퍼센트 완전하기란 불가능하기 때문이었다. 50퍼센트도 불가능하고, 15퍼센트도 어렵고, 잘해야 5퍼센트 정도, 어쩌면 단 2퍼센트만 가능하다. 한편 상도를 벗어났다고 취급되는 사람들은 1퍼센트도 어렵다. 상도를 벗어난 사람들은 그 구역에서 너무 이상하다고 인정되는 기이한 면이 있다. 기준을 현격히 벗어나기 때문에 어떤 것에든 적응할 수 있는 신비로운 인간 정신으로도 도무지 받아들일 수 없는 사람들이다. 또 이때는 의식 함양 모임이니 개인 향상 수업이니 동기 증진 훈련 등등의 시대가 아니었다. 그러니까 앉은 자리에서 일어나 내 머리에 뭔가 문제가 있다는 걸 인정하면 둘러앉은 사람들에게 박수를 받을 수 있는 현대가 오기 이전 시대였다. 그때에는 자신의 특이한 습성이 사회적 규준에 맞지 않는다는 사실을 인정하기보다는 최대한 납작 엎드려 있는 것이 최선이었다. 그러지 않으면 심리적 부적응자로 낙인찍혀 다른 부적응자들과 함께 가장자리로 밀려나기 때문이다. 그때 우리 구역에서 가장자리로 밀려난 사람이 많지는 않았다. 일단 아무도 사랑하지 않는 남자가 있었다. 그리고 문제 여성들이 있었다. 또 핵소년과 알약소녀와 알약소녀의 여동생이 있었다. 그리고 내가 있었다. 내가 그 목록에 있다는 사실을 알게 된 것은 한참 뒤의 일이지만. 셋째 형부는 그 목록에 없었지만 목록에 들어갈 만한 자질이 없었던 건 아니다. 여성에 대한 헌신을 공언하고 여성을 우상화하고 여성이 만물의 생명이요 만물의 외연이자 순환성이자 본질이자 고귀함이자 최상이자 가장 원형적이고 가장 신비로운 것이라며 찬미하고 신격화하는 것 한가지만 보더라도(이때가 1970년대였다는 걸 고려해야 한다) 정상적인 상황이었다면 셋째 형부가 우리 지역에서 상도를 벗어난 사람에 포함되지 않을 이유가 없었다. 형부가 그렇게 되지 않은 이유는 오직 인기가 많기 때문이었다. 그런데 우리 정치적 상황이 어떻게 돌아가는지도 모르는 형부가 지금 나를 비난하고 있으니 어처구니가 없어 나는 얼른 꼬투리를 잡았다.

"잠깐만, 형부. 정치적 문제 말이야. 정치적 문제에 대해 들어는 봤어?" "무슨 정치적 문제?" 형부가 말했다. "비애, 상실, 곤경, 슬픔을 말하는 거야?" "무슨 비애와 슬픔?" 내가 말했다. "어떤 곤경? 어떤 상실? 미안하지만 이해가 안 돼." 그때 나는 두가지 사실을 알게 되었다. 첫째는 셋째 형부가 정치적 문제는 전혀 모르고 몽상의 세계에 빠져 있다는 오래된 소문이 사실이 아니라는, 형부도 정치적으로 벌어지는 일들을 안다는 사실이었다. 둘째는 공동체가, 어쩌면 양쪽 공동체가, 어쩌면 '물 건너' 나라와 '국경 건너' 나라가 정치적 상황에 따라 행한 일들이 슬픔, 상실 등의 말로 표현될 수 있다는 사실이었다. "내가 처제보다는 정치 상황을 좀더 잘 아는 것 같네." 형부가 말했다. "내가 말한 것처럼 처제는 걸어다니면서 책을 읽는 것만 봐도 알 수 있듯이 경계를 안하니 당연하잖아. 지난주 수요일 밤에 처제가 물밑의 힘과 영향을 전혀 인지 못하고 위험스럽게 그 지역에 들어가는 사회적으로 미친 행동을 하는 걸 내 눈으로 똑똑히 봤어. 고개를 푹 숙이고 조그만 독서등을 켜고 가더라. 그러고 다니는 사람이 어디 있어. 그건 마치 ——" "형부가 정치적 문제를 안다고?" 내가 물었다. "당연히 알지." 형부가 말했다. "내가 핵소년 같은 줄 알아? 미국–러시아 원자폭탄 재배치 조건에 몰두하느라 형이 머리통이 날아간 채로 옆에 누워 있는 것도 모를 줄 알았어?" 우리 지역의 상도를 벗어난 사람 중 한명인 핵소년을 두고 한 말이었다. 핵소년은 아무개 아들 아무개의 동생이었다.

아무개 아들 아무개는 엄마의 괜찮은 신랑감 명단에 있는 사람이면서 밀크맨이 매복 공격으로 죽은 뒤에 우리 구역 최고 인기 술집 화장실에서 나에게 총을 겨눈 사람이기도 하다. 그의 동생 핵소년은 열다섯살인데 군비 문제 때문에 심각하게 괴로워했다. 미국과 러시아 사이의 군비경쟁에 깊이 몰두해서 그 문제로 떠들기 시작하면 아무도 막을 수가 없었다. 핵소년은 그 문제 때문에 쉴 새 없이 걱정하고 심란해했는데 사람들은 만약 그애가 자기 나라의 정치적 상황으로 인한 무기 비축을 걱정하고 심란해했다면 그래도 말이 됐을 거라고, 그랬다면 괜찮았을 거라고 했다. 하지만 그게 아니었다. 그애는 멀리 다른 곳에 비축되는 핵무기를 걱정했다. 미국 이야기를 했다. 러시아 이야기를 했다. 재앙이 임박했다는 걱정에 사로잡혀 주체하지 못하고 아무에게나 마구 지껄였다. 미성숙하고 이기적인 두 나라가 다른 나라들까지 모두 위험에 빠뜨리고 있으므로 곧 재앙이 닥칠 것이라며 떠들어댔는데 정작 코앞에서 벌어지는 일은 전혀 인식하지 못했다. 자기가 가장 좋아하는 형의 머리가 어느주 중반에, 오후 중반에, 거리 중앙에서, 바로 자기 눈앞에서 날아갔을 때에도 엉뚱한 걱정만 했다. 가장 좋아하는 형, 둘째 아들, 열여섯살이고 성품이 차분해서 집에서 가장 사랑받는 형이 불안과 공포에 휩싸여 주절대는 동생에게 가고 있었다. 형이 핵 문제에 정신이 팔린 동생을 달래려고 다가가고 있었는데, 그다음 순간에는 열여섯살 소년이 바닥에 누워 있었고 머리는 사라지고 없었다. 나중에도, 소동이 가라앉고 난 다음에도 아무도 머리를 못 찾았다. 사람들이 열심히 찾았는데도. 상도를 벗어난 또다른 사람인 아무도 사랑하지 않는 남자까지 머리를 찾았는데도. 다른 많은 남자들, 심지어 우리 아빠까지 집 밖에 나가 며칠 동안 머리를 찾았는데도. 그런데 폭발 직후에 핵소년은 폭발 때문에 날아간 자리에서 일어나 정신을 추스를 때까지만 잠시 말을 멈추었다가 정신이 들자 미국과 러시아 이야기를 어디까지 했는지 기억해내고 멈춘 지점에서부터 다시 말을 이었다. 사람들이 비명을 지르는 와중에도 핵소년은 걱정을 늘어놓았다. 자기만 걱정해서 될 일이 아니라고 했다. 자기만의 일이 아니라고. 우리 모두 걱정해야 한다고 했다. 미친 러시아와 미친 미국이 가져온 위험을 무시해도 된다고 생각하겠지만 그럴 수는 없다고 했다. 그러니까 핵소년은 희한하게도 냉전에 강박적으로 집착해서 가장자리에 있는 사람, 상도에서 벗어난 사람이 되었다. 그래서 사람들은 핵소년이 다가오는 걸 보면 번갯불처럼 순식간에 다른 쪽으로 자리를 피했다. 그리고 지금 셋째 형부는 자기는 핵소년이 아니라고, 정치적 사회적 인식이 있다고, 습관적으로 사방을 두루 경계하고 있으니 핵소년과는 정반대라고 한 것이다. 형부는 또 뭘 안다고 해서 그걸 유비(유언비어)통신을 통해 유포할 필요는 없다고 했다. "유비통신 얘기가 나왔으니 말인데, 쳐제가 소문을 입에 올릴 거라고는 생각 못했어. 파급력은 좋지만 왜곡이 심한 매체를 이용하다니." 이 말을 끝으로 우리는 잠시 말없이 달렸다. 형부는 뭔지는 몰라도 자기 생각에 빠져 있었고 나는 어쩌다 내가 소문을 옮기는 사람이 되었을까 하는 생각에 빠져 있었다. 게다가 놀랍게도 형부는 정치적 문제를 알고 있었다. 또 형부는 자기도 사실상 공동체의 상도에서 벗어나 있으면서 구역 사람들의 애정 덕에 특별히 면제된 주제에 나더러 뭐라고 하고 있었다. 그때 형부가 형부답지 않게 책 문제를 다시 꺼내며 나를 나무랐다. "그래, 책 말야. 그렇게 걸어다니는 거하고." 그러고는 다른 각도에서 다시 나무랐다. 내가 조심하지 않으면 어둠의 끝까지 쫓겨나고 추방당하고 공동체의 상도를 벗어난 사람이 되어 배척당할 것이라고 했다. 내가 걸으면서 책을 읽는 애라는 말이 사람들 입에 오르내린다고 경고했다. 말도 안돼, 나는 생각했다. 형부가 과장하고 상상을 보태서 하는 말이겠거니 생각했다. "알았어. 그러니까 내가 책 읽으면서 걷는 것을 관두고 주머니에 손을 넣고 조그만 독서등을 달고 다니는 것도 관두고 위험하고 무도한 일이 일어나지 않는지 오른쪽을 보고 왼쪽을 보고 오른쪽을 다시 보면 행복해질 거라는 말이지?" "행복하고는 상관없어." 셋째 형부가 말했는데 그 말은 그때는 물론이고 오늘날까지도 내가 들어본 가운데 가장 슬픈 말이었다.

하지만 밀크맨 이야기는 없었다. 한마디도. 내가 셋째

형부를 높게 평가하는 이유이기도 한데 형부는 고맙게도 루머에 귀를 기울이지 않았다. 물론 나도 형부에게 밀크맨 이야기를 하지는 않았는데 왜냐하면 나와 어쩌면-남자친구의 사이에서도 확실하지 않은 것을 사실이라고 추정하는 상황이나 설명하려다가 오해가 일어나는 상황이나 설명하려다가 지나치게 심각하게 받아들여지는 상황을 꺼릴 때와 마찬가지로, 요즘에 내가 처해 있는 이 딜레마를 어떻게 이야기해야 할지 난감했기 때문이다. 나는 아무에게도 아무 말도 하지 않았는데 그건 내가 누구에게 무슨 말을 잘 하지 않기 때문이기도 했고 어떻게 말해야 할지 뭐라고 말해야 할지 몰랐기 때문이기도 했고 말할 만한 일이 명확히 있었는지조차 확실하지 않기 때문이기도 했다. 밀크맨이 실제로 무슨 짓을 했던가? 밀크맨이 무슨 짓을 했고, 앞으로 무슨 짓을 하려고 하고, 전략적으로 일을 꾸미고 있다고 내가 느끼는 것은 분명했다. 또 이 구역 다른 사람들도 나와 같은 생각일 것이다. 아니면 왜 그런 소문이 돌겠는가? 그런데 사실 밀크맨이 나를 건드린 적은 없다. 지난번 만났을 때에는 심지어 쳐다보지도 않았다. 그러니 내가 원하지 않는데 밀크맨이 접근해온다고 말할 근거가 어디 있나? 여기에서는 그런 식이었다. 뭐든 실체가 있어야 하고 논리적으로 타당해야 납득이 되었다. 나는 형부에게 밀크맨 이야기를 할 수가 없었는데 형부가 나를 지킨답시고 밀크맨을 때려주었다가 총을 맞고 그래서 여기 공동체가 밀크맨에게 적대적으로 바뀌고 그에 대한 반응으로 이 지역 무장단체이자 반대자들이 공동체의 먹살을 쥐게 될까봐 그런 것은 아니었다. 그렇게 되면 공동체가 반대자들의 먹살을 잡을 것이고 더이상 숨겨주고 안전가옥을 제공하고 식량을 대주고 무기를 운반해주지 않을 것이다. 위험이 닥쳤을 때 미리 경고해주거나 상처를 임시변통으로 수술해주지도 않을 것이다. 이 사건으로 인해 분열이 일어날 것이고 적국을 물리치기 위해 단결해야 한다는 귀에 못이 박히게 들어온 목표도 끝장이 날 것이다. 그렇게 될까봐 그런 것은 아니었다. 그저 형부가 사람 사이에 물리적이지 않은 일이 일어날 수 있다고는 생각하지 못하기 때문이었다. 사실 나도 어느정도 그렇게 생각하는 편이었고 다른 사람들도 마찬가지였다. 다들 누가 아무 짓도 안했는데 어떻게 어떤 짓을 했다고 할 수 있느냐고 생각하는데 내가 무슨 수로 감히 현재 사람들의 믿음에 맞서는 말을 할 수 있겠나? 게다가 현재 정치적 상황에 비추어보아도 있을 수 없는 일이었다. 이때는 엄청난 일, 물리적이고 요란하고 확실한 일들이 날마다, 시간마다, 텔레비전 뉴스 시간이 돌아올 때마다 벌어지는 시기였다. 한편 나와 밀크맨에 대한 루머를 반박하고 무마하는 일이 왜 내 책임인가 하는 생각도 들었다. 소문 조장하기를 좋아하는 사람들이 만들어낸 소문인데다가 그 사람들은 내가 소문을 부인하면 좋아하지 않을 텐데? 거기에 내가 경계를 하네 마네, 신경을 쓰네 안 쓰네 하는 문제까지? 내 생각엔 책을 읽으면서 걸을 때 둘 다 하고 있는 것 같은데. 왜 그럴 수 없다는 말이지? 걸으면서 책을 읽다보면 공동체에 대한 현실감을 잃을 테고 그게 위험하다는 것은 이해했다. 여기에서 뭐든 엄청난 속도로 부풀려질 땐 귀를 바짝 세우고 잘 좇아갈 필요가 있으니까. 그렇지만 한편으로 깨어 있고 귀를 세우고 루머건 현실이건 전부 주시한다고 해서 일어날 일이 일어나지 않는 것도 아니고 이미 일어난 일에 개입하거나 일어난 일을 되돌릴 수도 없다. 아는 것은 힘이 아니고 안전이나 안도감도 아니고, 어떤 사람에게는 힘, 안전, 안도감의 정반대 것일 수도 있다. 예민하게 깨어 있다보면 자극이 계속 쌓여 고조되기 마련인데 그런 스트레스를 해소할 출구가 없기 때문이다. 따라서 내가 걸으면서 책을 읽는 것은 알지 않으려고 일부러 하는 행동이다. 경계하지 않으려고 경계하는 것이다. 내가 셋째 형부와 같이 운동을 시작한 것도 경계의 일부다. 걸으면서 책을 읽는 것에 대한 형부의 뜬금없는 공격을 한 귀로 흘려보내고 아마도 형부 자신의 보호 방책일 과도한 운동강박을 무시할 수만 있으면, 형부와 러닝을 할 수 있으니 혼자 저수지 공원에 오지 않아도 된다. 나는 밀크맨은 혼자 있을 때를 노린다는 걸 간파했기 때문에 남자와 같이 있는 게 나한테 도움이 될 거라고 생각했다. 그러니까 형부와 같이 러닝을 하면 밀크맨과 두번 마주친 것을 중요하지 않은 일로 치부하거나 아예 없었던 일인 셈 칠 수 있었다.

그래서 형부가 책이 문제라고, '걸으면서 책을 보는 것'이 문제라고만 했으니까, 본인답지 않게 나를 나무란 것도 용서해주기로 했다. 그때 위쪽 저수지 옆에 있는 나무에서 누가 우리 사진을 찍었다. 숨어 있는 카메라가 찰칵, 딱 한번 찰칵, 국가기관이 찰칵, 일주일 전 같은 저수지 수풀에서와 비슷하게 찰칵 소리를 냈다. 맙소사, 나는 생각했다. 이건 생각 못했는데. 나라에서 나를 밀크맨과 연결 지은 것과 마찬가지로 나와 같이 있는 사람까지 밀크맨과 연관시키리라고는 미처 생각 못했다. 첫번째 찰칵 소리를 들은 뒤 일주일 사이에 나는 네번 더 찍혔다. 한번은 시내에서, 한번은 시내로 걸어들어갈 때, 그리고 시내에서 나올 때 두번. 자동차에서, 사람이 살지 않는 것처럼 보이는 건물에서, 수풀에서도 사진을 찍었다. 아마 내가 알아차리지 못한 다른 찰칵 소리도 있었을지 모른다. 찰칵 소리를 들었을 때 매번 내가 지나가는 순간 소리가 났기 때문에 어떤 정보망, 반란 확산 실태를 파악하는 정보망 안에 갇힌 것 같은 느낌이 들었다. 그런데 지금 나와 같이 있다는 이유로 아무 잘못도 없는 불쌍한 형부마저 동조자의 동조자가 되고 만 것이다. 형부는 밀크맨처럼 찰칵 소리를 철저히 무시했다. "찰칵 소리 왜 못 들은 척해?" 내가 물었더니 형부가 말했다. "난 항상 무시하는데. 그럼 어떻게 해야 해? 화를 내? 편지 써? 일기를 써? 항의해? 개인비서를 시켜서 유엔 앰네스티 국제인권감시단체의 평화시위 하는 사람들을 접촉해? 누구를 접촉해서 뭐라고 말해야 하지? 말 나왔으니 말인데 처제라면 어떻게 하겠어?" 글쎄, 나는 당연히 기억상실을 택할 생각이었다. 사실은 이미 잊은 상태였다. "무슨 얘기 하는지 모르겠어. 잊어버렸어." 형부의 직접적인 질문에 나는 바로 미시감 상태로 들어갔다. 잘 알아 마땅한 것을 모르는 일로 여기는 것, 그게 나의 반응 방식이었다. 어쨌든 카메라 문제에 관해서는 희망적인 면이 있었다. 형부는 찰칵 소리를 듣고도 놀라지 않았고 찰칵 소리를 못 들었다고 하지도 않았다. 게다가 지금뿐 아니라 나나 밀크맨과 무관하게 전에도 그런 소리를 들었다고 했다. "항상 찍어." 형부가 말했다. "기록을 남기려고 사람들을 찍지." 그러니 나도 걱정 안해도 된다는 말이었다. 형부가 국가의 의혹을 받게 되었다고 죄책감을 느낄 필요는 없었다. 그래서 걱정을 접었다. 걱정을 놓고 계속 달렸다. 형부는 또 시작했는데, 러닝을 시작했다는 게 아니라 왜 내가 걸으면서 책을 읽으면 안되는지 잔소리를 다시 시작했다. 나는 듣지 않았다. 걸으면서 책 읽기를 그만둔다는 건 있을 수 없는 일이었다. 하지만 아무 말도 안했다. 이미 마음먹은 일인데 더 왈가왈부할 이유가 뭐가 있나?

그래서 우리는 계속 달렸고 형부는 결국 읽으면서 걷는 문제에 대한 잔소리를 접고 평소처럼 운동중독의 세계로 빠져들어 세세한 의견을 풀어놓았다. 분할운동법을 택할 것이냐 전신운동법을 택할 것이냐, 분할운동이라면 이분할이냐 삼분할이냐 하는 주제였는데 나는 이미 방어막을 치고 사람 진을 빼는 끈질긴 잔소리를 걸러내고 있었기 때문에 아무 상관 없었다. 그런다고 내가 형부를 무시하는 것은 아니었다. 이 구역 다른 여자들처럼 나도 형부를 아주아주 좋아했다. 형부에게 고맙기도 했는데, 밀크맨을 따돌리는 계획이 성공해 다시 러닝을 할 수 있게 된 것도 고마웠지만 형부와 같이 있으면 안전한 느낌을 받기 때문이기도 했다. 형부를 잘 알고 익숙하니까, 어느정도 긴장을 늦출 수 있으니까, 또 형부가 나에게 (적어도 평소에는) 이래라저래라 잔소리하거나 간섭하지 않으니까. 형부에게는 숨겨진 의도 같은 게 없었다. 그런 게 있는 사람은 나였다. 게다가 한동안 잊고 있었지만 러닝에 대한 생각이나 태도가 나와 비슷한 사람과 같이 달리는 일이 얼마나 즐거운지 새삼 깨닫게 됐다. 마침내는 신체 단련에 대한 형부의 장광설도 잦아들었고 우리는 평소처럼 말없이 달렸다. 딱 한번 형부가 이렇게 말했다. "더 빨리 갈까? 걸어가고 싶진 않잖아?" 셋째 형부와 같이 러닝을 해서 밀크맨을 따돌리겠다는 나의 목표는 정확히 계획대로 되었다.

3

밀크맨을 세번째로 마주친 건 내가 저녁에 듣는 성인 프랑스어반 수업을 마치고 나왔을 때였다. 시내에 가서 듣는 수업인데 이 수업에는 놀라운 점이 많았다. 수업 시간에 프랑스어에 관련된 것만 다루는 게 아니라 프랑스어와 관련이 없는 것을 더 많이 다루기도 했다. 가장 최근 수업인 지난 수요일 저녁에는 선생님이 책을 읽어주었다. 프랑스어 책, 제대로 된 프랑스 책이었다. 프랑스 사람들도 수준이 떨어진다고 생각하지 않고 읽을 만한 책이었다. 선생님은 우리가 제대로 된 책, 그러니까 문학책에 쓰인 진짜 프랑스어가 어떻게 들리는지에 익숙해져야 한다며 책을 읽어주었다. 그런데 선생님이 읽는 구절에 나온 하늘이 파랗지 않다는 문제가 있었다. (학생들의 대변인 격인) 누군가가 참지 못하고 낭독을 끊었다. 뭔가가 잘못되어서 지적하지 않을 수 없다고 했다.

"혼란스럽습니다. 그 구절이 하늘에 대한 것인가요? 하늘에 대한 것이라면 왜 그렇다고 말하지 않죠? 하늘이 파랗다고 말하기만 하면 되는데 왜 현란한 발놀림으로 혼란을 일으키는 겁니까?"

"옳소! 옳소!" 우리 중 일부가 외쳤고, 나를 포함한 우리 중 일부는 외치지는 않았지만 그래도 내심 동의했다. "르 시엘레 블뢰!* 르 시엘레 블뢰!" 사람들은 소리쳤다. "그랬다면 명확했을 텐데요. 왜 그렇게 말하지 않죠?"

우리는 크게 동요했는데 선생님은 그냥 웃었다. 이 선생님은 많이 웃는 사람이었다. 불안한 느낌이 들 정도로 웃음기가 많아서 우리 마음이 산란해질 때도 있었다. 선생님이 웃을 때마다 우리는 같이 웃어야 할지, 아니면 궁금해하며 왜 웃는지 물어야 할지, 아니면 기분 상해서 화를 내야 할지 몰랐다. 이번에는 평소처럼 들고일어나는 쪽을 택했다.

"시간 낭비인데다가 혼동을 일으켜요." 어떤 여자가 불평했다. "이 작가가 아무리 프랑스인이라고 해도 프랑스어를 배우는 데 도움이 안되면 프랑스어 수업에서 다루지 말아야죠. 이 시간은 '외국어를 배우는' 시간이지 시 같은

---

* Le ciel est bleu! '하늘은 파랗다'는 뜻의 프랑스어.

것을 배울 때처럼 사물을 해부하는 시간이 아니잖아요. 우리가 비유법이나 미사여구 같은 것을 배우고 싶었다면, 그러니까 그냥 그대로 써도 아무 문제 없는데 굳이 다른 무얼 가져와 그것으로 대신하게 하는 그런 기교 따위를 배우고 싶었다면 복도 아래쪽 교실의 괴짜들하고 같이 영문학 수업을 받았겠죠." "맞아요!" 우리가 외쳤고 또 이렇게 외쳤다. "탁 터놓고 말해야죠!" 또 "르 시엘레 블뢰!"와 "무슨 의미가 있다고요? 의미가 없어요!"도 줄을 이어 터져나왔다. 다들 고개를 주억거리며 책상을 치고 웅얼거리며 동의했다. 이제 우리의 대변인과 우리 스스로에게 박수를 한바탕 쳐줄 차례였다.

박수가 잦아들고 나자 선생님이 말했다. "그러니까 여러분은 하늘이 파란색 말고 다른 색일 수는 없다고 생각하는 건가요?"

"하늘은 파랗죠. 하늘이 또 무슨 색일 수 있어요?"

물론 우리는 사실 하늘이 파란색 말고 다른 색일 수 있다는 것, 다른 색이 두가지 더 있다는 걸 알았지만 그걸 인정할 이유가 없었다. 나 자신도 인정하지 않았다. 지난주 어쩌면-남자친구하고 처음으로 일몰을 보았을 때에도 인정하지 않았다. 그때, 그날 저녁에도 하늘의 색으로 인정할 수 있는 세가지 색 — 파란색(낮하늘), 검은색(밤하늘), 흰색(구름) — 에다 그밖에 더 많은 색이 있었지만 나는 입을 다물었다. 이 수업을 듣는 다른 사람들(다들 나보다 나이가 많았고 서른살 가까이 된 사람도 있었다)도 인정하지 않았다. 받아들이지 않는 것이 우리 관습이었다. 세부적인 사항을 인정한다는 것은 선택을 의미하고 선택은 책임을 뜻하는데 우리가 책임을 다할 수 없다면 어떻게 되겠나? 우리가 감당할 수 없는 것을 본 탓에 추궁을 당하고 무너지게 되면 어쩌겠는가? 그보다 더 큰 문제는, 만약 그게 좋다면, 그게 무엇이 되었건 간에 좋았고 마음에 들어 그것에 익숙해지고 그것에서 위안을 얻고 의존하게 되었는데 그게 사라진다면, 그것을 빼앗긴다면, 다시는 되찾을 수 없게 된다면 그땐 어떻게 하나? 애초에 없는 편이 낫다는 것이 중론이었고 그래서 우리 하늘의 색은 파란색이어야 했다. 하지만 선생님은 포기하지 않으려 했다.

　"그런 건가요?" 선생님이 놀란 척하면서 말하는 걸 보니 선생님에 대한 의혹이 더욱 굳어질 수밖에 없었다. 그러니까 선생님이 다름 아닌 상도를 벗어난 사람이 아닐까 하는 의혹이었다. 지금 이곳은 시내이긴 하지만, 그러니까 우리 지역 밖, 우리 종교 바깥 지역이고 실제로 우리 반에 나이절이나 제이슨 같은 이름을 가진 사람도 있지만, 그렇다고 해서 여기에서 무질서, 부조화, 상도를 벗어난 일이 일어날 수 없다는 의미는 아니었다. 종교와 무관하게 누가 평범한 부조화가 있는 사람이고 누구는 지나친 사람인지 구분할 수 있었다. 선생님은 확실히 후자에 속하는 것 같았다. 이 선생님이 프랑스어를 가르칠 때 두드러지는 특징이 프랑스어가 조금 쓰이다가 말곤 한다는 것이기도 했다. 그날 저녁에도 평소처럼 영어가 난무했고 평소처럼 프랑스어는 창밖으로 버려졌다. 그러더니 선생님이 우리한테 그 창밖을 내다보라고 했다. 선생님은 창문 쪽으로 성큼성큼 걸어갔다. 멋들어지게 성장한 말에 올라탄 사람처럼 등을 꼿꼿하게 펴고 창가로 가더니 펜으로 창밖을 가리켰다.

"여러분, 자," 선생님이 말했다. "하늘을 한번 보세요. 지금, 바로 저 일몰을 보세요. 근사하지요!" 선생님은 유리창을 가리키며 두드리던 손을 멈추고 하늘을 한껏 들이마셨다. 그것만으로도 당혹스러웠는데 이번에는 크게 "아아아아아아!" 하는 소리를 내뱉었다. 더욱 당혹스러웠다. 그러고 나서 다시 유리창을 가리키며 두드렸다. "말해보세요. 어떤 색이 ── 어떤 색들이 보여요?"

선생님이 시켰기 때문에 우리도 보았다. 일몰이 우리 교과과정에 들어 있지는 않지만 그래도 보라니까 보긴 했는데 하늘이 늘 그러듯이 연한 파란색에서 진한 파란색으로 바뀌겠거니 생각하면서 보았다. 그러니까 하늘은 역시 그냥 파란색이라는 말이었다. 하지만 나는 최근에 어쩌면-남자친구와 함께 놀랍고 충격적인 일몰을 경험했기 때문에 그날 저녁 프랑스어 수업 시간에서 본 하늘이 연하거나 진한 파란색이 아니라는 걸 알았다. 고집이 있고 신념이 있는 사람이라도 우리 교실 창문에서 파란색을 발견하기는 힘들었을 것이다. 우리에게도 쉽지 않았다. 그래도 우리는 고집을 부렸다.

"파란색!"

"파란색!"

"어쩌면 조금은 — 아니, 파란색이에요." 우리는 입을 모아 말했다.

"딱한 학생들!" 선생님이 외쳤다. 선생님은 또 과장을 하고 있었다. 선생님 본인은 자신에 대한 확신이 너무 강해서 무엇에든 흔들리지 않을 사람이 틀림없으면서, 우리에게 색이 결핍되어 있고 우리의 정신적 지평에 한계가 있다고 슬퍼하는 척했다. 어떻게 그럴 수 있나? 선생님도 우리 문화에 속해 있으니, 종교와 무관하게 우리의 색 인식에 적용되는 규칙이 선생님에게도 똑같이 적용될 텐데, 어떻게 우리의 색 인식을 비난하고 우리 문화에 반하는 문화를 제시할 수 있나? 그런데 선생님이 또 웃었다. "창문 전체에 파란색은 하나도 없는데요. 다시 한번 보세요. 제발 다시 봐요." 그리고 나서 잠시 멈추었다가 진지하게 말을 이었다. "저 밖에 온갖 색이 있지만 — 사실 아무것도 없긴 하죠. 하지만 지금 우리의 목적을 위해서 저 바깥쪽 허공이 어떤 색이든 될 수 있다는 걸 보아두세요."

"불알!" 몇몇 남녀가 소리를 질렀고 프리송*('르 시엘레 블뢰'와 그 문학 작가의 실없는 소리와 더불어 그날의 유

* frisson. 특히 두려움이나 흥분에 의한 전율을 뜻하는 프랑스어.

일한 프랑스어였다)이 우리 몸을 훑고 지나갔다. 우리는
생각했다. 아냐, 선생님 말은 사실일 수 없어. 선생님 말이
사실이라면, 저 하늘 ― 저 밖에 있는 하늘이 ― 저 밖에
없는 하늘이 ― 무엇이든 간에 ― 어떤 색이든 될 수 있다
는 건데 그렇다면 무엇이든 아무 색이나 될 수 있고 무엇
이든 아무것이 될 수 있고 언제 어디서든 누구에게든 무슨
일이든 일어날 수 있다는 말이었다. 이미 그러고 있는데
우리만 모르고 있는 것일 수 있다는 말이었다. 그러니 말
이 되지를 않았다. 몇세대를 거슬러 올라가도, 조상의 조
상까지 거슬러 올라가도, 수세기 수천년을 거슬러 올라가
도 하늘은 공식적으로 한가지 색이었고 비공식적으로 세
가지 색이었고 알록달록한 하늘이라는 것은 존재할 수 없
었다.

"어서요." 선생님이 계속 우겼다. "왜 등을 돌리죠?" 우
리가 등을 돌리고 있었기 때문이었다. 우리 자신을 지키기
위해서 본능적으로 그랬다. 선생님이 몸을 돌려 다시 하늘
을 마주하라고 말했기 때문이었다. 이번에는 선생님이 창
문 한칸 한칸으로 나뉜 하늘을 가리키며 파란색이 아닌 연
보라색, 보라색, 분홍색 조각을 각각 짚었다. 노란 금빛이
길게 뻗은 녹색 조각도 있었다. 녹색? 어떻게 하늘에 녹색이
있을 수 있지? 이것으로 그치지 않고 선생님은 이 창문으로
는 석양이 잘 안 보인다며 우리를 교실 밖으로 끌고 가 복
도 아래쪽 문학반 교실로 데려갔다. 그날 저녁에는 그 반

학생들이 펜, 플래시, 작은 수첩을 들고 「서부의 플레이보이」*를 보고 비평하러 극장에 갔기 때문에 교실이 비어 있었다. 그 교실에서 선생님이 새로운 관점에서 하늘을 보라고 시켰다. 엄청나게 크고 화려한 주황-붉은색을 띤 해가 전혀 파랗게 보이지 않는 하늘에서 건물 뒤로 지는 모습을 보라고 했다.

하늘에서는 지금 분홍색과 레몬색이 섞이고 그 뒤쪽은 아른아른한 연보라색을 띠었다. 우리가 복도를 따라 이동하는 짧은 시간 동안에도 색이 바뀌었고 지금 우리 눈앞에서도 바뀌고 있었다. 연보라색 위에 나타난 금색이 은은한 은색을 향해 움직이고 또다른 연보라색이 구석에서 번졌다. 분홍색이 점점 깊어졌다. 라일락색도 더 퍼졌다. 이번에는 옥색이 구름을 ── 흰색이 아닌 구름을 밀어냈다. 색의 층이 섞이고 합해지고 어우러지고 바뀌는 것이 내가 일주일 전에 본 일몰과 같았다. "해 지는 거 보러 갈래?"라고 어쩌면-남자친구가 나에게 말했고 나는 흠칫 놀랐다. "왜?" 내가 물었다. "해니까." 그가 말했다. "그래, 좋아." 내가 전례없는 일이 아니라는 듯이, 마치 이곳 사람들은 툭하면 일몰을 보러 가기라도 하는 듯이 대답했다. 그래서 나는 셋째 형부와 러닝을 한 다음 집에 돌아가서 샤워를 하고 옷을 갈아입고 화장을 하고 하이힐을 신었고 어쩌

* 아일랜드 극작가 존 밀링턴 싱의 희곡.

면-남자친구가 평소 나를 태우는 곳, 경계 도로의 우리 구역 쪽에서 어쩌면-남자친구를 만났다. 나는 보통 두 종교 사이를 지나는 이 슬프고 외로운 길에서 어쩌면-남자친구를 만났는데 어쩌면-남자친구가 반대 종교라서 그런 것은 아니고(반대 종교가 아니니까) 우리집으로 데리러 오라고 하는 것보다 그 편이 속 편했기 때문이다. 그렇지만 첫번째 일몰을 보고 난 뒤에 어쩌면-남자친구는 왜 이렇게 복잡하고 위험하게 만나야 하냐고 불평하면서 내가 자기를 집에 오지 못하게 하고 내가 사는 지역에서 같이 어울리지 않으려고 하는 까닭이 내가 자기를 부끄럽게 여겨서라고 말했고 나는 내 귀를 의심했다. 나는 우리 지역에는 갈 만한 데가 없어서라고 했는데 그것은 사실이 아니었고 그도 사실이 아니라는 걸 알았는데 왜냐하면 우리 종교에 속하는 가장 좋은 술집 가운데 열한개가 우리 구역에 있고 이 도시에서 최고로 인기 있는 우리 종교 술집도 우리 구역에 있다는 사실이 널리 알려져 있기 때문이었다. 어쩌면-남자친구는 내가 자꾸 말을 돌리면서 피한다고 말했고 그건 사실이었다. 그런데 내가 어쩌면-남자친구를 부끄럽게 여겨서 피하는 것은 아니었다. 엄마 때문에 그가 우리집에 오는 게 싫었다. 우리집에 데려왔다가는 질문이 뒤따를 터였다. 거기에 결혼하라는 설교, 아기 낳으라는 설교가 이어질 것이고 아니면 어쩌면-남자친구가 밀크맨인 줄 알고 비난할 것이다. 게다가 언제 엄마가 통성기도를 터뜨릴지 몰랐는데 그것까지는 내가 감당이 안됐다. 그러니까 우리가 어두컴컴하고 스산한 종교 간 대척지점에서 복잡하고 위험하게 만나는 까닭은 그가 부끄러워서도 아니고 그가 곤란한 일을 당하지 않게 하기 위해서도 아니고 내가 그에게 우리 엄마를 설명하는 곤란한 일을 모면하기 위해서였다.

어쩌면-남자친구가 나를 태우는 지점에 대해 불평하기 전, 일몰을 보러 갔을 때, 어쩌면-남자친구는 평소처럼 경계 도로 위에서 가장 최근에 수리한 차에 나를 태웠다. 우리는 시내 밖으로 나가 바닷가로 갔고 어쩌면-남자친구가 음료를 사왔고 야외에서 모르는 사람들과 함께 이 사건을, 해가 아래로 내려가는 사건을 기다렸는데 나로서는 이해할 수가 없는 일이었다. 일몰만 이해 못하는 건 아니었다. 나는 별도 달도 바람도 이슬도 꽃도 날씨도, 어떤 사람들이(나이 많은 사람들이 주로) 열렬하게 몇시에 잠자리에 드는지 다음 날 몇시에 일어나는지 바깥 온도가 섭씨 화씨로 몇도인지 실내 온도가 섭씨 화씨로 몇도인지 배 속 상태가 어떤지 소화관 기능이 어떤지 발과 치아가 어떤지 챙기고 만원버스에서 큰 소리로 "그거 알아? 나 오늘 집에 가면 저녁 먹기 전에 맛있는 **토스트** 한장 먹을 거야"라고 말하고 그 말에 친구는 똑같이 큰 목소리로 "나도 집에서 저녁 먹기 전에 일단 맛있는 **토스트** 한장 먹어야지"라고 대답하는 것도 이해 못한다. 그게 아니면 "어제 집에서 맛있는 **토스트** 먹었어?"

라고 묻고 "응, 너도 먹었어?" 하면 "아, 난 안 먹었어. 스크램블드에그 먹었어. 팸이라는 친구가 있는데 내가 이 이야기 전에 했으면 했다고 말해 ── 주전자하고 다리미판 사러 같이 갔었는데……" 이러는 것도 이해 못한다. 일몰도 마찬가지인데, 나이도 어린 어쩌면-남자친구가(나보다 고작 두살 많다) 그런 것을 이해하고 소중하게 여긴다면 상도를 벗어난 젊은이로 지목될 수도 있었다. 우리 나이대 젊은 사람은 누구도 일몰 같은 게 있다는 사실을 알아차리지 못했다. 그런데 어쩌면-남자친구가 일몰을 보자고 했고, 눈앞에는 하늘이 펼쳐져 있고, 나는 일몰을 보고 관찰하고 목격하고 적절한 반응을 해야 하는 상황이어서 어쩌면-남자친구 옆에 서서 고개를 끄덕이긴 했지만 내가 무얼 보고 무엇에 고개를 끄덕이는지는 몰랐다. 그때 나는 어쩌면-남자친구가 일몰을 보러 가자 하는 게, 커피포트를 가지고 있는 게, 축구를 좋아하지만 좋아하지 않는 느낌을 주는 게 혹시 ── 하면서 다시 고민하기 시작했다. 나도 축구를 싫어하긴 하지만, 「오늘의 경기」 음악 빼고 다른 부분은 싫어하지만 그건 중요한 사실이 아니었다. 어쩌면-남자친구가 차를 뚝딱거리는 것은 사실이고, 남자아이들이 차를 뚝딱거리고 차를 몰고 싶어하고 차를 살 돈이 없지만 그렇다고 차를 훔칠 정도로 차에 미치지는 않았다면 멋진 차를 모는 꿈을 꾸는 것은 정상이었다. 그럼에도 나는 어쩌면-남자친구가 남자들 방식에 적응하기를 거부하는 게 아닌가 걱정이 됐다. 그러다보니 또 혼란스러워졌는데 그렇다면 내가 정말 어쩌면-남자친구를 부끄러워하는 것인가, 그래서 주류에 속하는 남자들, 남자들 세계에 속한 남자들, 「여자들만 피를 흘려」라는 노래를 부른 줄리 커빙턴을 생리에 대한 노래를 불렀다며(사실 생리에 대한 노래가 아니지만 나를 포함해 모두가 생리에 대한 노래라고 생각했다) 때려주고 싶다고 하는 남자들, 또 여자한테 관심이 가면 관심을 유발한 여자한테 책임이 있다고 하는 남자들하고 데이트를 하고 싶다는 말인가? 이 문제를 고민하다보면 나의 양립 불가능성, 통제 불가능한 불합리성이 드러나 달갑지 않기도 하고 금세 불안해졌다. 나는 어쩌면-남자친구를 이전의 다른 모든 어쩌면-남자친구들보다 더 좋아하고 내가 일주일 중 가장 좋아하는 날은 어쩌면-남자친구와 같이 보내는 날이고, 그리고 내가 같이 자고 싶었던 유일한 남자가 어쩌면-남자친구고 같이 잔 유일한 남자가 어쩌면-남자친구이기도 했다. 또 어쩌면-남자친구가 같이 살자는 제안을 하고 내가 거절한 이래로 나는 줄곧 우리가 같이 살면 어떨까, 같은 집에 살고 같은 침대를 쓰고 날마다 그 애 옆에서 깨면 어떨까 하는 몽상을 했다. 같이 사는 게 그렇게 나쁘지는 않을 않을까?

그리하여 나는 아무 의미도 없는 해넘이와 지평선을 향해 고개를 끄덕이면서 마음 한편으로는 모순적 감정에 사로잡혀 있었고, 내 옆에서 어쩌면-남자친구와 주위의 이상한 사람들은 전부 해넘이를 보고 있었는데, 그 순간, 내가 저 사람들 대체 뭐 하는 사람들이야 하고 생각하던 바로 그 순간, 그곳에서, 문득 내 안에서 무언가가 바뀌었다. 파란색, 파란색, 또 파란색 — 모든 사람이 알고 당연히 거기 있으리라고 생각하는 공식적 파란색이 아니라, 진실이 내 감각을 두들겼기 때문이다. 거기에 파란색이라고는 한점도 없다는 게 점점 확실해졌다. 나는 그때 처음으로 색을 봤고 일주일 뒤에 프랑스어 수업에서도 색을 보았다. 그때도 이때도 색이 물들고 녹아들고 흘러들고 번지고 새로운 색이 나타나고 모든 색이 섞이고 색이 영원히 이어졌는데 딱 한가지 색 파란색만 없었다. 그때 어쩌면-남자친구는 그 사실을 당연한 듯 받아들였고 우리 주위에 있는 다른 사람들도 마찬가지였다. 나는 아무 말도 하지 않았다. 일주일 뒤 프랑스어 수업에서도 아무 말도 안했다. 하지만 전에는 일몰이라는 게 한번도 존재하지 않았는데 일주일 만에 두번이라니 — 뭔가 의미가 있는 것도 같았다. 문제는 그게 안전한 것이냐 위험스러운 것이냐 하는 것이었다. 지금 내가 무엇에 반응하고 있나?

"걱정하지 말아요." 그때 선생님이 말했다. "저녁놀을 보고 불편해하는 것도 순간적으로 평정심을 잃는 것도 다 좋은 일이에요. 앞으로 나아가고 있다는 의미니까. 깨어난다는 의미니까. 본심을 들켰다거나 망했다고 생각하지 말아요." 선생님은 우리가 자기를 보고 더 용맹하고 모험적인 정신을 갖게 되기를 바라는지 심호흡을 몇번 더 했다. 그렇지만 그 문학반 교실 안에서 모험심이라고는 눈을 씻고 봐도 찾을 수 없었다. 나보다도 다른 사람들이 더 모험심이 없었다. 나는 적어도 하늘이 주는 충격, 일몰의 전복성을 일주일 전에 경험한 적이 있었지만 보아하니 다른 사람들은 나이가 많든 적든 일몰을 처음 맞닥뜨려서 혼란스러워하는 것 같았다. 물론 나도 공황에 휩싸일 것 같은 심정이었다. 충격이 공기 중에 감돌고 잔물결처럼 밀려오고 파도처럼 덮치는 것을 느낄 수 있었다. 그렇지만 나는, 지난번 일몰을 보았을 때 똑같은 공황을 경험했지만 가만히 서서 공황에 압도되지 않게 버티면 차차로 가라앉는다는 사실도 알게 되었기 때문에 이번에는 당황하지 않고 살짝살짝 정신을 조종했고 이윽고 거슬리고 낯설고 불편한 느낌이 사라졌길래 고개를 숙여 거리 쪽을 바라보았다. 그때 하얀 승합차가 반대편 좁은 진입로에 주차되어 있는 것이 보였다. 나는 몸이 얼어붙었고 방금 전의 평화는 순식간에 깨졌다.

승합차 앞쪽이 진입로 밖으로 비죽 나와 있었는데, 이 진입로는 술집이 늘어선 길 뒤쪽과 상점이 있는 길 뒤쪽 사잇길이었다. 나는 얼어붙은 몸을 가까스로 움직여 창문에서 뒤로 물러섰다. 그 사람이 거기에서 쌍안경? 망원경? 카메라? 뭐 그런 걸 들고 이쪽을 보고 있을지도 몰랐기 때문이다. 나는 생각했다. 바보야 ─ 나한테 하는 말이다 ─

120

성공했다고 기뻐하고 자축하다니. 셋째 형부와 같이 러닝을 해서 밀크맨이 접근하지 못하게 해 문제를 해결했다고 생각하다니. 얼마나 성급했던가. 얼마나 자신만만해했는가. 고작 일주일 만에 우회 방법이 막혀버렸다. 그가 전략을 바꾸어 저수지 공원으로 쫓아오는 대신 다른 곳에 나타나리란 생각을 나는 왜 못한 걸까?

선생님이 다시 말을 시작했다. 이번에는 어스름한(그게 무슨 뜻인지는 몰라도) 하늘 때문에 가로수가 어렴풋한(그게 무슨 뜻인지는 몰라도) 검은 형체로 나타난다고 말했고 (아직 혼란을 겪고 있는) 다른 사람들은 우리 도시에는 어스름이나 어렴풋이나 검은색이건 무슨 색이건 가로수 따위는 없다고 했고 선생님이 다시 보라고 하자 그래요, 가로수가 있긴 하지만 지금까지는 아무도 알아차린 사람이 없으니 삼십분 전에 심은 거겠죠 하고 마지못해 시인했다. 그러는 동안 나는 스스로에게 생각을 해봐, 정신 똑바로 차려, 지금 여기는 시내니까 저 승합차가 다른 사람 것일 수도 있지. 그 사람이 자기 차를 하필 내가 야간 수업을 듣는 대학 건물 건너편에 주차할 가능성이 얼마나 되겠어? 그럴 가능성은 없지. 그런 우연의 일치가 있을 리가 없어. 그러니까 그 사람 차가 아닐 거야. 내 생각을 입증하기라도 하는 듯 내가 다시 몸을 숙여 창밖을 내다보았을 때에는 진입로의 승합차가 사라지고 없었다. 나는 얼른 기운을 차리고 승합차는 잊고 다시 수업, 하늘, 나무 등등 사람들이 투덕거리는 내용에 집중했다. 그러면서 내 몸 아래 뒤쪽 절반을 따라 흘러 척추 아래쪽을 뒤트는 듯한 이상한 느낌을 떨쳐버렸다. 정말로 뒤틀리는 느낌이었다. 앞으로 숙이고 뒤로 젖히고 옆으로 기울이고 허리를 돌리는 따위의 평소 움직임과는 다른 부자연스러운 움직임이었다. 경고의 징조가 꼬리뼈에서부터 진동을 일으키고 파동을 내보냈다. 불쾌하고 빠르고 위협적인 파동이 엉덩이로 번져 속도를 높이더니 오금을 타고 순식간에 무릎 뒤쪽 어둡고 오목한 곳으로 들어가 사라졌다. 그 느낌이 일초 동안 지속되었는데, 나도 모르게 떠오른 첫번째 생각은 이게 오르가슴의 어두운 면, 몸 뒤쪽에서 일어나는 오르가슴의 소름 끼치고 발작적인 그림자, 안티-오르가슴이라는 것이었다. 하지만 나는 이 떨림인지 전율인지를 무시하고 다시 몇몇 사람이 "조상님들 때부터!" "뭐가 문제라는 거예요 — 파란색은 실용적이에요!"라는 반응을 고집하는 창가로 돌아왔다. 그렇지만 대부분의 사람들은 말이 없이 조용해졌고 걱정스러운 기색이었다. 나처럼 이들도 그날 저녁의 하늘이 시작이라는 것을 알았기 때문이다. 그리하여 우리는 점점 조용해졌고 곧 완연한 침묵이 내려앉았다. 그때 선생님이 한숨을 내쉬었다. 우리도 한숨을 내쉬었다. 선생님이 우리를 다시 교실로 데려가며 말했다. "시간을 두고 차분하게 쉬면서 우리가 본 것을 떠올려보세요. 그런 다음에 다시 책으로 돌아가서 외국어의 비유법을 살펴봅시다." 그날 수업 나머지 시간에는 그걸 했다.

　나는 학교 계단에서 시오반, 윌러드, 러셀, 나이절, 제이슨, 패트릭, 키라, 루퍼트 오브 얼 등과 인사를 하고 헤어졌다. 그 사람들은 우리 선생님이 터무니없는 사람이고 불화를 유발하는데다 선생님 자격이 없다고 비난하고 또 9월에 수업을 처음 시작했을 때보다 지금 프랑스어를 더 모른다는 게 말이 되냐고 불평하러 술집으로 갔다. 나는 지금이 앉아 있을 때가 아니라 생각할 때였기 때문에 같이 가지 않았다. 나는 걸을 때 생각을 가장 활발하게 잘하기 때문이다. 그래서 학교에서 나왔지만 『래크렌트 성』을 꺼내 읽을 생각은 전혀 안 들었다. 선생님이 날마다 일몰이 있다, 우리가 아직 살아 있는데 관에 들어가 땅에 묻힐 필요는 없다, 어둠이 아무리 크더라도 극복할 수 없는 어둠은 없다, 언제나 새로운 시작이 있을 수 있다, 구습을 떨쳐버려야 한다, 상징과 뜻밖의 해석에 마음을 열어야 한다, 또 가슴속에 감추어둔 것, 우리가 잃어버렸다고 생각하는 것을 꺼내야 한다고 말했던 것을 생각하느라 머릿속이 복잡했다. "선택을 하세요, 여러분." 선생님은 말했다. "그곳에서 나오세요. 지렛목이라고 할까 회전축이라고 할까 전환점이라고 할까 뭐가 됐든 모든 것의 의미가 나타나는 순간이 있을 거예요." 이상한 소리였다. 아무튼 선생님이 그런 철학을 지니고 있다는 말인데, 철학이 있다는 건 신의 존재를 상정한다는 뜻이 아닌가? 그 점을 어떻게 받아들여야 할지 나는 알 수가 없었다. 선생님이 신을 입에 올린 적은 없지만, 종교적으로 민감하고 정치적 문제가 팽만한 상황에서도 우리 교실이 위태한 균형과 예의범절을 지키고 있는 가운데, 선생님이 혹시라도 신을 입에 올리면 대체 어떻게 되겠는가? 일몰이라는 새로 생긴 전통 이야기를 마저 하자면, 나는 여드레 동안 일몰을 두번 봤으니 이제 숙제를 마치려면 한번만 더 보면 되었다. 선생님은 우리에게 일몰 세개를 묘사하는 숙제를 내주면서 "원한다면 프랑스어로" 하라고 했는데, 그 말로 선생님이 가장 우선시하는 게 프랑스어가 아니라는, 우리가 이미 알던 사실이 확인되었다. 선생님이 내준 숙제에 사람들이 반발하긴 했지만 반발이 아주 심하지는 않았다. 대부분 그날 저녁 본 광경 때문에 아직 몽롱한 상태라 평소처럼 딴지를 걸고 투덜거릴 수가 없었다.

그래서 짐을 챙겨 교실에서 나왔고 다른 사람들은 술집으로 갔고 나는 집에 가려고 내가 사는 곳의 출입금지 지역을 향해 갔다. 잠시 걸으면서 생각하다가—색에 대해, 변화에 대해, 내면 풍경의 격변에 대해 생각하다가 생각에서 나와 주변을 살펴보니 시내 외곽 십분 지역 가까이에 와 있었다. 십분 지역은 공식 명칭은 아니다. 통과하는 데 십분이 걸려서 그렇게들 부른다. 꾸물거리지 않고 서둘러 갈 때 십분인데 제정신인 사람은 여기에서 어정거릴 일이 없기 때문이다. 정치적으로 위험한 곳은 아니라서, 허물어져가는 교회 중 하나가 우연히 머리 위로 무너져내릴 가능성은 있지만 정치적 문제 때문에 끔찍한 일이 일어날 일은 없다. 이 지역 안에 있는 그 십분 동안에는, 정치적 문제는 순진하고 우스꽝스럽고 사소한 것으로 느껴질 지경이다. 십분 지역은 과거에도 지금도 늘 황량하고 으스스한 메리 셀레스트호* 같은 곳이었다.

십분 지역은 둥그런 모양인데 중심에 큰 교회 세채가 일정 간격으로 모여 있다. 쓰이지 않은 지 오래되어 껍데기만 남은 건물들이었지만 검은 첨탑은 여전히 하늘로 치솟아 있었다. 어릴 때 나는 이 첨탑들이 마녀 모자 모양처럼 기울어 끄트머리를 서로 맞대고 사람들이 그 아래로 지나다니는 상상을 했다. 어릴 때 내 눈에 가장 먼저 들어온 것이 그 첨탑이었다. 마녀 모자를 제외하면 건물이 거의 없는데 그나마 몇 안되는 건물도 버려진 듯 보인다. 사무실 아니면 주택처럼 보이기는 하지만 누가 살거나 안에서 일을 하는 것 같지는 않았다. 그 지역에서는 다른 사람을 마주치더라도 다들 고개를 숙이고 바삐 지나친다. 십분 지역에는 가게가 네개 있는데, '영업 중' 간판이 있고 문이 잠겨 있지 않고 앞쪽이 깨끗하고 눈에 보이지는 않아도 안에서 인기척이 느껴지기는 하지만 그래도 진짜 상점으로 치

---

* 1872년 탑승자가 아무도 없는 상태로 바다 한가운데에서 발견된 미국 선박.

밀크맨　　125

지는 않는다. 가게에 누가 들어가거나 가게에서 나오는 걸 본 사람이 아무도 없다. 뭐 하는 가게인지도 분명하지 않다. 한 가게 앞에는 버스 정류장도 있는데 십분 지역에서 유일한 버스 정류장이다. 여기에도 사람이 서 있는 모습은 본 적이 없다. 여기에서 버스를 타는 사람도 내리는 사람도 없다. 그리고 우체통이 하나 있는데 여기에서 편지를 부치는 사람도 없다. 한번은 어린 동생들이 과학적 탐구 활동의 일환으로 편지가 배달이 되는지 알아보기 위해 자기들 앞으로 편지를 써서 그 우체통에서 부친 적이 있는데 배달이 안됐다. 이런 사실들 모두 십분 지역이 그냥 지나가기만 해야 하는 으스스한 곳임을 확증했다. 십분 지역을 통과하고 나면 그다음 지표를 향해 이동하게 되는데, 나는 책을 읽으면서 걸을 때 머릿속으로 체크하는 지표가 일곱 개 있다. 시내에서 벗어난 다음 처음 나오는 지표가 십분 지역이다. 그다음은 공동묘지인데 언론, 무장단체, 국가기관을 포함해 모든 사람이 여기를 '일상적 장소'라고 부르고 심지어 그 이름이 인쇄된 그림엽서도 나온다. 그다음에는 경찰 병영이 있고 그다음에 항상 빵 굽는 냄새가 나는 집이 있다. 빵집 다음에 수녀원이 있는데 찬송가를 연습하는 소리가 종종 들리지만 「아베마리아」는 한번도 못 들었다. 수녀원 다음이 저수지 공원인데, 아직 빛이 남아 있기는 해도 이런 늦은 시간에는 절대로 공원을 가로지르는 지름길로 가지 않는다. 대신 크게 돌아서 셋째 언니와 셋째 형부가 사는 작은 집이 있는 거리로 간다. 이게 나만의 지표 중 마지막으로, 그다음에 우리 거리로 이어지는 주택가 짧은 길 몇개를 지나면 곧 집이 나온다. 지금 나는 십분 지역 가장자리에서 그 안으로 막 들어가려는 참이었는데, 이곳은 원래도 심란한 곳이지만 최근에 한복판에서 폭탄이 터져 한층 더 심란해졌다. 폭발 때문에 낡은 교회 세개 가운데 하나가 무너졌다.

처음에는 폭발에 다들 당혹해했다. 대체 왜? 아무 의미도 없이? 이편저편 모두 의아해했다. 음산하고 죽어 있는 잿빛 장소라는 걸 누구나 아는 음산하고 죽어 있는 잿빛 장소에 도대체 왜, 산산이 부서지든 말든 아무도 신경 안 쓸 곳에 왜 폭탄을 설치하나? 언론에서는 폭탄이 실수로 일찍 터졌을 것이라고 추측했다. 국가 반대자들이 근방 경찰 병영으로 폭탄을 옮기려다가 터졌거나, 국가 수호자들이 병영에서 멀지 않지만 반대 방향에 있는 반대 종교의 술집에 폭탄을 설치하려다가 터졌을 것이라고 했다.

어느 쪽이든 폭발로 죽은 사람은 아무도 없었고 수십년 동안 위태위태하던 빈 교회만 폭발의 여파로 완전히 무너져내렸다. 그래도 나머지 두 교회는 여전히 무너지기 직전의 위태위태한 상태로 버티고 있었다. 유령 가게들도 멀쩡했다. 깨진 유리창도 없었고 평소처럼 문을 열고 뭔지 모를 장사를 했다. 버스 정류장도 여전히 이용하는 사람은 아무도 없긴 했지만 그래도 건재해서 폭탄이 터지기 전보다 더 죽은 곳처럼 느껴지지는 않았다. 공식 조사와 과학 수사와 전문가의 보고가 있고 양편이 서로를 맹비난한 뒤에 폭탄은 반대자 쪽 것도 수호자 쪽 것도 아닌 것으로 판명되었다. 오래된 폭탄, 역사적 폭탄, 고대 그리스와 로마 시대의 폭탄, 거대한 나치 폭탄이라고 했다. 그러면 괜찮지, 모두들 생각했다. 저쪽 편 짓이 아니니까. 우리 편 짓이 아니니까. 비난과 질책도 사그라들었다.

"십분 지역이 으스스한 곳이 된 유래가 뭐예요?" 내가 엄마에게 물은 적이 있다. "이상한 질문을 하는구나." 엄마가 대답했다. "어린 동생들이 하는 질문만큼 이상하진 않은데요. 엄마는 동생들이 하는 질문에도 대수롭지 않은 질문인 양 대답해주잖아요." 얼마 전 아침식사 때 어린 동생들이 했던 질문을 두고 한 말이었다. 동생들이 이렇게 말했다. "엄마, 만약에 여자가 운동을 너무 많이 해서 월경이라고 하는 것이 몸 안에서 멈춘다면요," 동생들은 최근에 직접 경험을 통해서는 아니고 책을 통해 월경에 대해 알게 되었다. "그랬다가 운동을 너무 많이 하는 걸 그만 둬서 월경이 돌아왔을 때요, 월경을 해야 하는데 지나치게 운동을 해서 난포자극호르몬이 분비되지 않고 황체형성 호르몬이 에스트로겐이 난자 수정을 기대하고 자궁 내벽에 영양을 축적하도록 자극하는 것을 막고 그에 따라 호르몬과 에스트로겐이 수정될 난자 배출을 활발하게 하지 않거나 배란이 되었지만 수정되지 않았을 경우에 황체가 퇴화되어 자궁 내막이 탈락되는 일이 일어나지 않아서 월경을 안했던 기간을 보충하기 위해서 월경을 더 늦게까지 하게 되나요, 아니면 운동을 많이 해서 월경을 안한 기간과 무관하게 생물학적으로 월경이 끝나게 되어 있는 때에 끝나는 건가요?" 엄마는 그랬다고, 어린 동생들의 질문을 마치 대수롭지 않은 질문인 양 취급하고 대답했다고, 하지만 어린 동생들은 어린 동생들이니(심지어 걔네 선생님들도 그렇게 말하니까) 종일 질문을 하고 별나고 기이한 방법으로 지식을 얻는 반면에 너는 어린 동생들하고는 대뇌 활동이 다르게 이루어지니 이제 그런 질문에서는 벗어났기를 바랐다고 했다. 그러고 나서 엄마는 잘은 모르겠지만 십분 지역은 언제나 기이하고 음산한 잿빛 장소였고 엄마의 엄마 시대에도, 엄마의 할머니 시대에도, 전쟁 전 시대에도(그런 날이 과연 있었다면) 그랬고 지금도 마찬가지인데 암울하고 사악한 일들을 극복하려 할 수는 있겠으나 극복하는 대신 그것에 굴복하고 굴종하고 그 안에서 뒹굴고 심지어 그걸 강렬히 원할 정도로 상황이 나빠져서 이웃 지역까지 끌어들이려고 하는 음산한 잿빛 장소이지만 누가 알겠니?──엄마가 어깨를 으쓱하더니 애초에 어떤 사악한 일도 일어나지 않았을 수도 있다고 했다. "어떤 곳은 그냥 그런 곳이 되고 그렇게 착각을 일으키는 거야. 어떤 사람들처럼. 네 아빠처럼." 이 지점에서 나는 질문을 한 것을 후회했다. 무엇이든, 어두운 것이든 그늘에 있는 것이든 엄마가 '정신병적'이라고 부르는 것과 관련 있는 무언가가 화제에 오르면 엄마는 자기 남편, 우리 아빠라는 주제를 떠올렸고 그러면 필히 아빠에 대한 비방이 이어졌다. "그때에도," 엄마 말은 예전, 엄마가 젊었을 때, 부모님이 젊었을 때 이야기였다. "그때에도 나는 네 아버지를 절대 이해 못했어. 모든 걸 다 고려해본다고 해도, 딸아, 대체 그 사람이 정신이상을 일으킬 이유가 뭐라니?"

아빠에게 있던 우울증을 말하는 것이었다. 거대하고 강력하고 암울하고 폭주하고 강타하고 전염되는 까마귀, 큰 까마귀, 갈까마귀, 관 위의 관, 지하묘지 위의 지하묘지, 해골 위의 해골이 슬금슬금 바닥을 기어 무덤 같은 우울로 기어들어왔다. 엄마는 우울증이 없었고, 우울증을 참아주지도 않았고, 우울증이 없고 우울증을 참지 않는 이곳 다른 사람들처럼 엄마도 우울증이 있는 사람을 정신을 차릴 때까지 마구 흔들어주고 싶어했다. 물론 그때에는 그걸 우울증이라고 부르지 않았다. '기분'이라고 했다. 사람들이 '기분에 빠졌다'거나 '기분이 좋지 않다'고 했다. 이런 '기분'이 드는 사람들은 우울한 얼굴을 하고 침대에서 나오지 않았고 한없이 단조로운 비극과 고통의 분위기를 뿜어 냈기 때문에 한마디도 안하고도 단조로움과 우울한 얼굴과 그 한결같음으로 다른 사람에게 영향을 미쳤다고 엄마는 말했다. 그냥 보기만 해도 영향을 받는다고 했다. 아니 집 밖에서 안으로 들어오기만 해도 아빠가 있는 위층 부부

방에서 울적한 기분이 방출되는 것을 느낄 수 있었다고 했다. 우울한 사람이 어찌어찌해서 침대에서 나온다 해도 분위기를 침울하게 만드는 것을 막을 수는 없었다고 했다. 침대 밖으로 나오면 우울한 얼굴과 변함없는 단조로움으로 구부정하게 걸으며 축 늘어진 몸을 끌고 동네를 돌아다니면서 전염성 있는 암울함으로 다른 사람들을 감염시키며 훨씬 더 넓은 범위에 영향을 미쳤다. "'기분'이 있는 사람들은 이걸 알아야 돼." 엄마가 말했는데 처음 하는 소리가 아니고 아빠를 화제로 올릴 때마다 거의 늘 하는 이야기였다. "누구나 사는 게 힘들다는 거. 자기만 힘든 게 아닌데 왜 특별 대접을 해줘야 하니? 힘든 일도 기쁜 일과 마찬가지로 받아들이며 살아가고 자기를 추슬러 존중을 받을 것이지. 그런 사람도 있단다, 딸아. 고통을 한껏 누리는 사람보다도 오히려 더 정신병을 일으킬 이유가 많은 사람, 고통스러울 이유가 더 많은 사람도 있어. 그런데도 어둠에 굴복하거나 한탄에 빠지지 않고 용기 있게 자기 갈 길을 가고 굴복하지 않는 사람들 말이야."

이렇게 엄마는 위쪽을 바라봐야 한다며 고통의 단계를 구분해가며 말했다. 고통스러워할 자격이 있는 사람. 자격이 있긴 하지만 자기에게 정당하게 주어진 몫을 심하게 넘어선 사람. 아빠처럼, 다른 사람에게 속한 고통 받을 권리를 빼앗아온 난데없는 무자격자. "네 아빠 말이다." 엄마가 말했다. "네 아빠. 아빠 누나가 그러는데 사이렌이 울리고 주위 사방이 불타는데도 네 아빠는 다른 사람들 따라 대피소로 가지 않고 누워 있겠다고 했단다. 어린 나이이긴 했지만(열여섯, 어쩌면 열일곱살이었을 거야) 그때 열두 살이었던 나도 그것보다는 더 철들어 있었어. 미쳤지. 폭탄이 자기 위에 떨어지기를 바랐다는 거야. 미쳤어." 처음 들었을 때에는(이때가 처음이 아니었다) 그리고 나 자신의 우울증이 시작되기 전에는 나도 미쳤다고 생각했다. 엄마가 얘기하는 것은 큰 전쟁, 세계 전쟁, 두번째 전쟁 때였고 최신식 인간성이나 현대적 삶과는 무관한 때였다. 사실 그때 내 또래였던 사람이 전쟁이라는 현실을 외면했다고 해도 크게 놀랄 일은 아니다. 요즘 우리도 우리가 겪는 현재의 국지전에 거의 신경을 안 쓰니 말이다. "전쟁이 끝나고 우리가 결혼한 다음부터 아빠가 죽기 전까지 여러해 동안, 특히 우울이 시작되었을 때에 아빠는 어둠속에 머리를 파묻는 것 말고는 아무것도 안했어." 아빠가 신문, 책, 기록 등등 정치적 문제와 관련된 모든 것을 수집하고 분석하고 아빠와 똑같이 우울하고 강박적이고 아빠처럼 벼랑, 바위산, 갈까마귀, 까마귀, 해골을 그림자처럼 드리운 비슷한 친구들과 만나던 것을 두고 하는 말이었다. 이들은 만나서 정치적 문제로 인해 발생한 비극적 사건의 기록, 자료, 분류, 갱신을 공유하는 일을 직업도 아니면서 마치 직업인 양 열심히 했는데, 얼마 뒤부터 아빠는 계속하지 못하게 되었다. 그 정도로 철두철미하게 집착하고 과도하게 몰두하다보면 어느 시점에 무너질 수밖에 없으리란 걸 아버지 자식인 우리들도 알았다. 아빠는 그렇게 무너지고, 기록하고 수집하고 신문을 오리고 하다가 고꾸라져서 낙담 속으로 빠져들었다. 그렇게 해서 아빠가 감당할 수 있는 것은 침대, 병원, 만화책, 스포츠면, 텔레비전에서 방영하는 홀로코스트 프로그램뿐이게 됐다. 자연재해 프로그램도 참을 수 있었다. 데이비드 애튼버러가 곤충이 다른 곤충을 잡아먹고 사나운 들짐승이 순한 들짐승을 덮치는 이야기를 들려주는 자연 다큐멘터리 같은 것. 헤더 꽃이나 나비 키우는 법 등에 대한 프로그램은 행복하고 속 편하게 볼 수 없었다. 이런 프로그램은 아무 흥미도 관심도 일으키지 않았고 "아빠 기분을 좋게 해줄 수가" 없다고 엄마는 말했다. 물론 우리는 홀로코스트나 세계대전이나 동물이 다른 동물을 먹는 것이나 우리 정치적 문제 따위의 마취제도 아빠 기분을 좋게 해주지는 않는다는 걸 알았다. 그래도 그런 것들에는 최소한의 존재 이유가 있긴 했다. 적어도 "봐! 저것 좀 봐. 저게 무슨 의미지? 아무 의미가 없어"라는 느낌은 줄 수 있었고 그렇게 해서 절망에 빠진 아빠에게 세상 돌아가는 게 그렇다고, 승리도 극복도 있을 수 없으며 극복은 환상이고 승리는 몽상이고 노력과 재노력은 헛된 시간낭비일 뿐이라는 확신을 주고 심지어 위안도 줄 수 있었다. "아빠가 노래를 부를 때에는 상태가 좋다는 걸 알 수 있었지." 엄마가 말했다. "낮에는 종일 침대에 누워 있고 밤에는 깨어 있고, 잠도 안 자고 커튼도 안 걷고 빛이 스며드는 틈을 모조리 막아서 밤이고 낮이고 빛이 하나도 들어오지 못하게 할 때에는 상태가 나쁘다는 걸 알았어. 아빠의 우울 말이야, 딸아. 자연스럽지가 않았어. 자연스러운 거라면 기분이 좋지 않았겠니? 좋아 보이지 않았겠어? 그런데 대체 왜, 대체 무슨 이유로, 아빠는 그 어둡고 음울한 구석에서 나오지 않은 걸까?"

그러니까 아빠와 아빠 유형의 사람은 엄마와 엄마 유형의 사람과 다르게 '홀로코스트도 있었으니 나도 힘을 내야지' 혹은 '나는 코에 종기가 생겼지만 길 아래쪽 저 사람은 코를 잃었으니까 나는 그 사람은 코를 잃었는데 나는 코를 안 잃었다고 기뻐해야 하고 그 사람은 홀로코스트를 안 겪었으니까 기뻐해야 해'라고 하지 않는 것이다. 아빠에게는 '세상에 나보다 더 고통 받는 다른 사람들이 있으니 자리를 털고 일어나서 감사드려야지'는 있을 수가 없었다. 나로서도 아빠 생각이 어디가 틀렸는지 알 수 없었다. 삶은 당연히 그런 식으로 돌아가지 않으니 말이다. 삶이 그런 식으로 돌아간다면 세상에서 가장 불행하다고 자타가 공인하는 한 사람을 제외한 나머지 사람들은 모두 행복해야 할 테지만 내가 아는 사람들은 대부분 행복하지 않다. 또 이 평범한 세상, 이 작은 인간 세상에 사는 우리는 우리가 받은 축복을 헤아리지도 않고 상대적인 것 대신 영원한 것을 추구하지도 않는다. 사람마다 민감한 정도가 다르고 공동체의 역사를 함께 겪어왔다 하더라도 개인적 삶의 이력은 저마다 다르기 때문에 어떤 사람에게는 도화선이 되는 일을 다른 사람은 알아차리지 못하는 상대적이고 순간적인 지평에서 날것인 삶과 그 삶에 대한 불완전한 정신적 반응이 일어난다. 엄마와 엄마 유형, 그러니까 우울한 사람도 비극 앞에 굴복하는 것도 참지 못하고 자신이 아니라 다른 불쌍한 사람이 끔찍한 운명을 겪도록 선택한 신의 은총에 감사 기도를 드리는 사람들조차도, 내내 속 편하게 지냈다고는 할 수 없다. 이들 유형에 속하지 않는 극소수의 사람들, 즉 마음이 편안해 보이는 사람이나 불안한 상황에서도 사람과 삶에 대한 선의와 신뢰를 지속적으로 보여주는 사람도 극히 드물게 있었지만, 엄마와 엄마 유형의 사람이거나 아빠와 아빠 유형의 사람이거나 나를 포함해 내가 아는 사람들은 모두 그런 사람을 이해하지 못했다.

내가 이런 빛나는 사람들, 이해할 수 없는 빛을 발하는 극히 드문 유형의 사람들을 처음 인식한 게 영화 「이창」을 볼 때였다. 열두살 때 그 영화를 봤는데 그 영화의 주제라고 생각했던 것에 큰 충격을 받았다. 작은 개가 목이 졸려 부러져 죽었을 때 개 주인이 충격과 슬픔에 휩싸여 창밖으로 아파트 건물 전체에 대고 소리를 질렀는데, 그 대사는 사실 영화의 주제가 아니었지만 나는 그게 주제라고 생각했다. "누가 이런 짓을 한 거야? (…) 상상이 안 가 (…) 어떻게 이렇게 약하고 다정한 것을 죽일 정도로 저열하지 (…) 이 동네 사람 전부를 좋아한 유일한 존재인데. 개가 당신을 좋아해서 죽인 거야? 단지 당신을 좋아한다는 이유로?"라는 대사였다. 나는 '좋아한다는 이유로 죽인다'라는 말 때문에 등골이 오싹했다. 그 말을 듣는 순간 아, 그래! 그런 거야! 그래서 죽인 거야! 개가 자기를 좋아해서 죽인 거야!라는 생각이 들었다. 나중에 알고 보니 그래서 개가 죽은 것은 아니었지만 진짜 이유를 알게 되기 전까지 내가 아는 세상에서는 그래서 죽는다는 게 말이 되는 것 같았다. 개가 자기를 좋아했기 때문에, 사랑을 받는 것을 감당할 수가 없었기 때문에, 순진함, 숨김없음, 솔직함, 무방비, 애정, 순수함이 감당이 안되었기 때문에, 개가 너무나 순수하고 애정이 넘쳤기 때문에 개를 처리하지 않을 수 없었던 것이다. 참을 수가 없었다. 죽여야 했다. 본인들은 그게 자기방어라고 생각했을 것이다. 그런데 빛나는 사람들의 문제가 바로 그거다. 빛나지 않는 사람들 집단을 생각해보라. 아니면 공동체나 국가나 아니면 소국가가 오랜 세월 동안 어두운 정신의 물리적·에너지적 상태에 빠져 있고 개인적·공동체적 시련의 세월과 역사를 겪으며 슬픔과 두려움과 분노 등의 묵직한 감정을 지고 살게끔 조건 지어졌다고 생각해보라. 이 사람들은 빛나는 단추 같은 사람이 자기들 환경에 들어와서 환한 빛을 비춘다면 고깝게 받아들일 수밖에 없다. 환경 자체가 사람들의 비관주의를 지지하며 같이 저항한다. 사방이 어둠에 묻혀 있는 것처럼 보이는 내가 사는 곳에서는 그랬다. 늘 언제나 전깃불이 꺼져 있는 것 같았고 어스름이 내리기 시작해 전깃불을 켜야 하는데 아무도 불을 안 켜고 불을 켜야 한다는 것도 알아차리지 못하는 것 같았다. 이런 일이 모두 정상으로 여겨졌고 이곳에서는 잘 안 보이는 게 정상이었고 그렇다는 걸 의식도 못했다. 나는 어릴 때에도 ── 어쩌면 어렸기 때문에 ── 빛을 왜곡하는 장막 같은 것이 실제로 존재하는 게 아니라 정치적 문제와 다가오는 상처와 쌓여가는 고난과 잃어버린 희망과 사라진 신뢰와 아무도 극복하려 하지 않고 할 수도 없는 정신적 무력감과 관련 있는 것이라는 걸 알았다. 인간의 어두움과 결탁했거나 혹은 그 어둠에서 나온 물리적 환경이 빛을 좋아하지 않는 것이다. 이곳은 길고 우울한 이야기 속에 파묻혀 있어서 진정 빛나는 사람이라 해도 이 어둠속으로 들어오면 어둠을 이겨내는 게 아니라 오히려 어둠에 포섭될 위험이 있고 심지어는 (만약 그 사람이 참을 수 없을 정도로 특별히 환하고 각별히 빛나는 사람이라면) 자기 목숨을 잃는 지경에 이를 수도 있다. 하지만 어둠속에서 살아와서 안전한 어둠에 이미 오래전에 익숙해진 사람이라도 살아가기가 쉽지는 않았다. 만약 우리가 이 빛을, 투명함을, 광휘를 받아들이면 어떻게 될까, 우리가 그걸 즐기게 되고 두려워하지 않게 되고 익숙해지게 되면 어떻게 될까, 그걸 믿게 되고 기대하게 되고 감명을 받게 되면 어떻게 될까, 우리가 희망을 갖게 되고 해묵은 전통을 버리고 빛에 물들고 빛을 흡수해서 우리 자신이 빛을 내기 시작하게 되면 어떻게 될까, 그렇게 되었는데 바로 그때 빛을 뺏기거나 빛이 사라져버리면 어떻게 될까? 그래서 두려움과 슬픔이 압도하는 환경에는 빛나는 사람이 많지 않은 것이다. 나의 환경에는 손으로 꼽을 정도밖에 없었다. 일단 시내의 프랑스어 선생님이 있었다. 그리고 어쩌면─남자친구도 집에 물건을 쌓아놓는 점만 빼면 그쪽일지 몰랐다. 우리 지역에서는 누구나 이의 없이 빛나는 사람이라고 할 사람이 딱 한명 있었는데 바로 우리 지역 독 살포자 알약소녀의 동생이었다. 알약소녀 동생은 내 또래였다. 이 애를 싫어하고 싶지 않은 사람들도 있었다. 사실은 우리가 이 애를 싫어하지 않는다는 게 문제였다. 알약소녀 동생이 꿋꿋이 버텨나감으로써 우리에게 가하는 위협을 받아들이기가 힘들었을 뿐이다. 알약소녀 동생은 반투명했고 우리 어둠에 물들지 않았고 어둠속에서 꾸준히 빛을 냈다. 이상한 점은, 그애 자신은 아주 평범한 사람이었다는 것이다. 그애가 우리 지역 출신이면서도 이 지역을 지배하는 기질과 생각으로부터 벗어날 수 있었다는 점에서 우리가 희망을 얻을 수도 있었겠지만, '아니, 이 사람이 안팎으로 빛을 내고 빛을 받으면서 대로에 나다닐 수 있다면 어쩌면 우리도……?'라고 생각할 수도 있었겠지만, 우리는 그러지 않았다. 이미 적응한 좁아진 세상에 남아 있기가 더 쉬웠다. 알약소녀 동생을 알약소녀와 비슷하게 취급하는 게, 그러니까 상도를 벗어난 사람, 철저히 배척할 사람으로 생각하는 게 더 쉬웠다.

그러니까 빛나는 것은 나쁘고 '너무 슬픈' 것도 나쁘고 '너무 기쁜' 것도 나쁘니 따라서 이도 저도 아닌 채로 살아야 했다. 또 생각도 하지 말아야 했다. 적어도 생각이 겉으로 드러나게 하면 안되므로 다들 자기 생각을 저 아래 깊이 안전하게 감추었다. 엄마와 아빠로 말할 것 같으면 아빠는 너무 '우울한 얼굴' 쪽으로 갔고 엄마는 너무 강력하게 '위를 바라보는' 쪽으로 가서 아빠는 주기적으로 신경쇠약을 일으켜 병원에 가야 했고 그 결과 엄마는 '위를 바라보는' 것을 잊어버리고 아빠가 또 자기를 여기에 버려두고 가버렸다고 화를 냈다. 여러해 동안 나나 동생들은 아빠가 병원에 입원했다는 사실, 그것도 그냥 병원이 아니라 정신병원에 입원했다는 사실은 몰랐다. 우리는 아빠가 사라질 때마다 아빠가 어디 먼 도시나 나라로 여러시간, 여러날, 여러주 동안 일하러 갔다거나 아니면 허리 통증 때문에 어디 먼 데 사는 전문의를 찾아갔다고 들었고 들은 대로 믿었다. 하지만 사실 아빠는 정신이상을 일으켜 정신병원에 갔었는데, 그건 사실을 감췄다는 뜻이었고 그건 수치스러운 일이라는 뜻이었고 특히 아빠는 남자라 더욱 수치스러운 일이라는 뜻이었다. 남자와 정신병원은 여자와 정신병원보다 훨씬 더 안 어울리는 쌍이었다. 남자의 경우에는 정신이상이 의무를 다하는 데 실패한 것, 무엇보다도 평정을 유지하는 데 실패한 것과 다름없게 취급됐다. 나는 처음에는 이것도 몰랐다. 엄마가 감정적 압박, 주위 사람들의 압박, 수치심의 압박 때문에 이웃 사람들에게 아빠의 병을 다른 말로 둘러댔고 그러면 이웃 사람들이 알아서 자기들 나름대로 해석한다는 것도 몰랐다. "일하러 멀리 갔다고, 그랬겠지." 이웃들이 이렇게 말하면 엄마는 그 말의 속뜻이 뭔지 알아차렸고 그래서 아빠를 더 원망했다. 아빠가 죽은 뒤까지도 원망은 사라지지 않았다. 가끔은 엄마가 아빠를 사랑하기는커녕 미워하는 것 같았다. "슬픈 이야기라니!" 엄마가 성을 냈다. "뭐가 슬프다는 거야? 아픈 데도 없으면서. 다 자기 머릿속에 있는 거지. 실제로는 아무것도 없다고." 그러면서 엄마는 실제로는 그러지 못하면서도 아빠한테 신경 쓰지 않는 척했다. 엄마가 그렇게 아빠를 헐뜯으면, 자식들 앞에서 그러면 안되는데도 아빠 욕을 하면 나는 속이 상했다. 하지만 엄마는 일단 시작했으니 계속해야 했고 아빠의 병적인 집착에 병적으로 집착하면서 불이 댕긴 무르익은 분노에 휩싸여 멈추지 못하고 끝까지 가야 했다. 나는 엄마의 분노가 대체 어느 정도인지, 어디까지 비난하고 열변을 토하고 불평해야 가라앉을지 궁금했다. 한참 뒤에야 엄마가 아빠의 우울뿐 아니라 그밖의 여러면에 대해(어쩌면 모든 면에 대해) 아빠를 용서하지 못해서 그랬다는 걸 알았다.

엄마는 그랬다. 아주 희미한 연결고리만 있어도 아빠에 대한 원망을 갖다댔다. 예를 들어 십분 지역 같은 것에도 그랬다. 엄마는 십분 지역은 아빠처럼 밝아질 희망이 없다고 말했다. "너무 타성에 젖었고, 너무 연연하고, 너무 음울해. 어떤 합당한 이유도 까닭도 없는데 말야. 상상일 뿐인데. 그게 십분 지역의 유래야. 그러니까 아무 유래가 없다는 거지." "알겠어요"라고 내가 말했는데 물론 십분 지역의 특징이나 미스터리에 대해서 알았다고 할 수는 없었다. 그리고 지금, 십분 지역 안에 들어서면서 나는 하늘과 프랑스어 선생님을, 빛과 어둠을, "어둠! 우리는 차라리 어둠을 갖겠어요!"라는 우리의 반사적인 대답을 생각했다. 나치 폭탄이 터졌으나 폭발의 잔해는 이미 치워져 있었다. 교회가 있던 자리 바닥은 아직 고르지 않아 울퉁불퉁한 상태였다. 폭탄을 맞은 곳에는 보통 주차장을 만들지만 교회가 서 있던 자리는 주차장이 될 가능성이 낮았다. 십분 지역의 설명할 수 없는 역사적 황막함 때문에 여기에다가 차를 세워놓을 사람이 없을 테니까.

그래도 자잘한 깨진 돌덩이들이 아직 길에 남아 있었기 때문에 넘거나 돌아서 가야 했다. 나는 돌들을 피하며 다음 지표를 향해 갔다. 다음 지표인 공동묘지 쪽을 바라보았는데 그곳에 나무가 있다는 사실이 처음으로 눈에 들어왔다. 아까 봤던 하늘이 녹색이었던 게 다시 생각났다. 하늘이 녹색일 수 있다면, 가끔이라도 그럴 수 있다면 땅도 가끔은 파란색일 수 있지 않을까 하는 생각이 들었다. 그 생각을 하면서 땅바닥을 내려다보았는데 땅바닥에 무언가가 보였다. 아직 치우지 않은 돌무더기 사이 한쪽에 엉킨 털로 뒤덮인 조그만 고양이의 잘린 머리가 있었다. 폭격을 맞은 콘크리트 바닥에 얼굴을 아래쪽으로 향한 채 놓여 있었다. 처음에는 어린애들이 갖고 노는 공이나 귀와 털과 수염이 있는 동물 머리 모양 장난감 지갑 같은 건 줄 알았다. 그런데 잘 보니 고양이, 고양이 머리, 폭발 전에는 살아 있었을 고양이의 머리였다. 그러니까 얼마 전에 폭탄이 터졌을 때 아무도 안 죽은 것은 아니었다.

고양이는 개처럼 사람을 따르지 않는다. 사람한테 관심이 없다. 사람의 자존감을 북돋워주리라고 기대할 수 없다. 고양이는 제 갈 길을 가고 제 할 일을 하고 사람에게 굴종하지 않고 사람에게 미안해하는 일도 없다. 고양이가 사과하는 건 본 적이 없는데 설령 고양이가 사과를 한다고 하더라도 틀림없이 진심이 아닐 것이다. 죽은 고양이(사람들이 당연히 할 일을 한다는 듯 일부러 죽인 고양이)라면 수도 없이 보았다. 어릴 때 특히 많이 봤는데 그때에는 고양이가 해충 취급을 받았고 전복적이고 마녀 같고 음험하고 불길하고 여성적인 존재로 간주됐다(다만 술에 취하지 않은 멀쩡한 정신으로 여성적인 것을 대놓고 비난하는 사람은 없었다. 만약 그래도 되는 지경이었다면 기구한 여자들이 고양이 다음 희생양이 되어 폭력을 당했을 것이다). 남자들이나 남자아이들이 고양이를 죽였다. 고양이를 보면 죽이는 게 기본이고 아니더라도 발로 차거나 돌을 던졌다. 늘 일어나는 일이었기 때문에 죽은 고양이를 보게 되더라도 특별한 일은 아니었다. 나는 고양이를 죽이지 않았고 고양이를 죽이는 곳 근처에도 있고 싶지 않았기 때문에, 죽은 고양이보다도 살아 있는 고양이를 보는 게 더 겁이 났다. 고양이를 마주칠까봐 너무 겁이 났고 어쩌다 고양이를 건드리기라도 하면 바보처럼 나도 모르게 소리를 질렀다. 그때에는 고양이가 많이 죽었다. 하지만 개는 아주 많았고 개는 아무 문제도 없었다. 개는 듬직하고 충성스럽고 봉건적이고 복종하려는 노예근성이 있어 사람의 자존감에도 좋았다. 따라서 괜찮았다. 자랑스럽게 여길 만했다. 개는 용맹하고 주인을 보호하려 한다고 생각해서 누구나 개를 키웠다. 그랬어도 개들도 살아남지 못했다. 어느 날 밤 개들 거의 전부가, 딱 두 마리 빼고 전부 다 죽임을 당했다. 동시에, 하룻밤 사이에 모조리 죽었다. 내가 어릴 때, 일상적으로 태연히 일어나던 고양이 학살과는 다른 대규모의 개 학살 또한 일어났던 것이다. 섬뜩하고 충격적이게도, '물 건너'의 군인들이 한밤중에 우리 구역 개들의 목을 다 따버렸다. 우리 구역 입구에는 언제든, 그날이라도 폭동이 일어나면 쓰려고 천조각을 넣은 화염병이 가득 든 우유 상자를 쌓아놓곤 하는데, 군인들은 보란 듯이 바로 그 입구에 개 시체를 무더기로 쌓아놓았다. 군인들 짓이라는 걸 다들 알았다. 우리에게 가르침을 주기 위해, 우리 개쯤은 아무렇지도 않게 처리할 수 있다는 걸 알리기 위해,

짖고 으르렁거리며 군인들이 왔다고 반대자들에게 알려주는 개 따위는 전혀 걸림돌이 안된다는 것을 공포하기 위해서였다. 그렇지만 우리 개들은 단순히 그런 역할만 하는 존재가 아니었다.

개들이 짖고 으르렁거리고 경고를 해주어서 반대자들뿐 아니라 우리도 도움을 받았다. 우리 개들이 짖으면 모든 사람이 경계 태세에 들어갔다. 특히 남자아이들과 남자들(젊은 남자, 늙은 남자, 반대자, 반대자가 아닌 사람)한테는 군인이 나타났다는 사실을 미리 알려주는 게 무척 중요했는데 남자들이 가장 심하게 당했기 때문이다. 군인들은 장갑차 따위를 타고 몰려와 의심스러운 눈초리로 거리를 순찰하곤 했다. 군인들과는 마주치지 않는 게 최선이기 때문에 개가 미리 경고를 해주어 정말 다행이었다. 개 덕분에 아주 잠깐의 여지만 생겨도 그 사이에 몸을 피할수 있었다. 집 밖으로 나갔다가 길에서 불심검문을 당하거나 군인들에 둘러싸여 총구 앞에서 심문을 당하거나 벽에 몸을 붙이고 서서 수색을 당하거나 군인들이 보내줄 때까지 언제까지고 그 자세를 하고 있어야 하는 건 그리 유쾌한 일이 아니었다. 만약에 아들이나 형제나 남편이나 아버지가 이런 일을 당하고 있어 아내나 누이나 어머니나 딸이 그 장면의 증인이 되고자 집 밖으로 나온다면 총을 든 군인들이 히죽히죽 능글맞게 웃을 텐데 그것 역시 유쾌하지 않았다. 특히 그곳에서 아내나 누이나 어머니나 딸이 계속 지켜보고 있는 한 군인들은 아들이나 형제나 남편이나 아버지를 벽에 붙은 자세에서 절대 풀어주지 않을 테니 더욱 그랬다. 그래도 계속하겠는가? 계속 맞서겠는가? 아들이나 형제나 남편이나 아버지의 고통을 목격함으로써 더 많은 고통과 더 오랜 굴욕을 초래하게 된다고 하더라도 그 자리를 지키겠는가? 아니면 아들이나 형제나 남편이나 아버지를 그 사람들에게 맡겨두고 물러서서 그냥 안으로 들어가겠는가? 그게 아니라도, 문밖으로 나왔다가 몹쓸 소리를 늘어놓는 호색한들에게 음탕한 말들을 듣는 것도 좋을 리 없었다. "네 신발." 그들이 말했다. "네 상자." 그들이 말했다. "애인 삼기 좋겠어." "네 얼굴에다가 그걸 하면……" 등의 말을 하고 총을 휘두르며 절제되지 않은 감정을 분출했다. 이런 말을 듣는 여자아이나 성인 여자가 다음과 같은 생각을 하는 것도 자연스러웠다. 자연스럽지는 않더라도 그럴 만했다. 위쪽 창문에서 반대자 저격수가 장총을 발사해 네 머리를 날려버린다면, 네가 죽는다고 해도 나는 눈 하나 깜짝하지 않을 뿐 아니라 기쁘고 다행이라 생각할 거고 잘된 일이고 업보라고 할 거야. 그러니까 그것은 증오였다. 엄청난 증오였다. 70년대의 막대한 증오였다. 이 증오의 무게를 제대로 가늠하려면 오해를 일으키기 쉬운 거추장스러운 정치적 문제나 합리적으로 설명하고 깔끔한 결론으로 정리한 정치적 문제 따위는 일단 미뤄두어야 했다. 누군가가, '길 건너'에 사는 아주 평범한 사람이 텔레비전에 나와서, 우리 지역의 국가 반대자가 길을 건너가 폭탄을 터뜨려 자기 지역의 자기 종교를 믿는 사람 여럿을 죽인 것에 대한 보복으로 우리 지역에 살고 우리 종교를 믿는 사람 전부(그러니까 내가 사는 지역의 모든 사람)를 죽이고 싶다면서 이렇게 간략하게 말하기도 했다. "이렇게 강력한 감정이 있을 수 있다는 게 놀라워요." 그 사람 말이 옳다. 비록 최후에 방아쇠를 당기는 사람은 내가 아닐지라도 누구나 이런 놀라운 감정을 품는다.

그렇기 때문에 개가 필요한 것이다. 개들은 중요하다. 사람 사이, 부족 사이, 국가 사이, 성별 사이에서 순식간에 터져나와 주변 모든 것에 돌이킬 수 없는 상해를 입히는 혐오와 자기혐오의 감정이 순간 맞부딪쳐 치명적인 충돌을 일으키지 않게 막아주는 균형추, 가림막, 안전장치다. 이런 나쁜 기억, 고통, 역사, 인간성의 쇠락을 막고 피하고 밀어내려면 개가 짖는 소리, 그 야만적이고 원시적인 울음소리를 듣고 집 안으로 들어가 군인들이 지나갈 때까지 십오분 정도는 기다려야 한다. 그렇게 하면 군인들과 맞닥뜨릴 일이 없고 무기력함과 부당함을 느끼지 않아도 되고 무엇보다 최악의 상황, 정상이고 평범하고 좋은 사람인 내가 누군가를 죽이고 싶다거나 누군가가 죽었으면 좋겠다고 생각하는 상황도 일어날 일이 없다. 만약에 전장이 되어버린 거리에 이미 나와 있는 상황에서 갑자기 개가 짖는 소리가 들린다면, 개 짖는 소리가 나는 방향을 파악해 군인들이 어느 쪽으로 향하고 있는지를 알아내고 만약 이쪽으로 오고 있다면 얼른 샛길로 들어가 눈에 뜨이지 않는 곳으로 피하면 된다. 그런데 군인들이 개를 죽여버렸다. 중재자를 제거해버렸다. 그래서 새로 개가 태어나 우리 지역에 충성하도록 기르고 가르치기 전까지는 과거의 직접적이고 밀착된 증오 상태로 되돌아갈 수밖에 없을 것 같았다. 밤새 개가 학살을 당하고 난 다음 날 아침, 엄청난 사체들을 마주했을 때에도 직접적인 감정이 솟았다.

대부분의 사람들은 침묵에 빠져 있었다. 처음에는 조용했다. 개 한마리(처음에는 우리 구역에서 유일하게 살아남은 개라고 생각했다)가 우리와 같이 시체 무더기를 보면서 꼬리를 다리 사이 깊이 감추고 낑낑거렸다. 아홉살인 내가 보기에는 죽은 개가 너무 많은 것 같았고 그래서 나는 우리 구역에 개가 이렇게 많았을 리가 없다고 군인들이 밖에서 죽은 개를 갖고 들어온 거라고 생각했다. 그런데 주민들이 자기 개를 찾아가기 시작했는데 한마리도 남김없이 모두 주인이 있었다. 또 내 눈에는, 내 옆에 서 있는 셋째 오빠의 눈에도 개들의 무덤에 있는 개들한테 머리가 없는 것처럼 보였다. 머리가 잘린 것 같았다. "엄마! 머리요! 머리를 가져갔어요! 머리는 어디 있어요?" 우리가 소리쳤다. "래시는 어디 있어요, 엄마? 아빠는 어디 있어요? 형들이 래시 찾았대요? 아빠는 어디 있어요? 래시는 어디 있어요?" 그러면서 엄마의 웃옷을 잡아당겼고 셋째 오빠가 울기 시작했다. 오빠가 우는 걸 보고 나도 울었고 우리가 울자 다른 아이들도 다 울었다. 살아남은 한마리 개도 울부짖기 시작했다. 그날 아이들이 정말 많았는데 우리 아이들 모두 어른들 주위에 모여 매달렸다. 그러니까 처음에는 고요했고, 다음에는 우리가 울었고, 어른들이 충격을 떨쳐내고 움직이기 시작했다. 대학살의 잔해를 처리하기 시작했다. 남자들(젊은 남자, 늙은 남자, 반대자, 반대자가 아닌 사람)이 점액과 털가죽이 뒤엉킨 덩어리를 헤치기 시작했다. 묵직하고 축축하고 끈적한 덩어리를 헤쳐 사체를 한구 한구 분리했고 한구씩 옆 사람에게 넘겨 개 주인에게 전달했다. 사람들은 자기 개가 나올 때까지 기다렸다가 유모차나 손수레나 쇼핑카트에 싣고 갔고 혹은 아직 살아 있는 개인 양 소중히 품에 안고 갔다. 셋째 오빠와 내가 다급하게 아빠를 찾으며 아빠가 곁에 있기를 바라고 아빠가 남자들 사이에서 남자들이 하는 일을 하기를 바랐던 것이 기억난다. 몇년 뒤에 아무개 아들 아무개의 형의 머리가 사라졌을 때에는 아빠도 어찌어찌 다른 사람들과 같이 수색에 나섰다. 개들이 죽은 날은 특히 안 좋은 날, 아빠가 침대에 누워 있는 날, 병원에 입원한 날, 홀로코스트나 오래되어 누레진 권투 잡지에 빠져 있는 날이었을지 모른다. 어느 날이었건 그날에는 아빠가 없었다. 하지만 오빠들은 있었고 다른 사람들과 함께 땅에 파묻힌 개들을 파냈다. 땅속 깊이 들어가서도 계속 팠다. 오빠와 다른 남자들이

삽으로 젖은 땅을 파들어가 거의 허리까지 땅 아래에 있었다. 개들을 파내려고 깊이 팔수록 피떡, 핏덩이, 핏물이 점점 붉어지고 짙어지고 진해지고 끈적거리고 검어졌다. 오빠들, 우리 개들, 그 주위를 둘러싼 우리의 모습이 기억난다. 그렇지만 죽음의 냄새는 전혀 기억이 나지 않는다. 어느 순간에 셋째 오빠가 소리쳤다. "개들이 움직여요! 엄마! 개들이 움직여요!" 내가 보았더니 정말 움직였다. 보일 듯 말 듯 들썩거렸다. 우리가 소매를 잡아끌며 "엄마 래시는? 아빠 어디 있어요, 엄마?" "개들이 움직여요, 엄마!"라고 하는데도 꿈쩍도 하지 않던 우리 엄마도 기억난다. 결국 누군가가, 둘째 언니가 설명을 해주었다. 머리가 아직 있다고. 뒤로 꺾였을 뿐이라고. 나중에야 알게 되었지만 목이 너무 깊이 잘려서 우리 눈에는 마치 머리가 없는 것처럼 보였던 것이다. 셋째 오빠와 나는 머리가 사라진 것이 아니고 아직 거기 있어서 군인들이 머리를 가지고 장난치고 걷어차고 그 이상의 굴욕을 주리라는 생각을 안할 수 있어서 조금 안도했다. 어쩌면 누군가가 뭐라도 설명을 해주어서 안도했던 걸 수도 있다. 그래도 우리는 계속 울었고 다른 아이들도 울었다. 특히 어떤 개가 발굴되었을 때나 어떤 개가 나온 것 같아 불안함이 고조되었을 때에 더 울었다. 한편 희망도 밀려왔다. 움직이고 있으니 죽은 게 아닐지도 모른다고. "안 움직여." 어른들이 말했다. 우리가 너무 큰 희망과 절망에 휩싸여 있었기 때문에 결국

손위 형제들에게 동생들을 집으로 데려가라는 지시가 내려졌다.

첫째 언니와 둘째 언니가 셋째 오빠와 나를 집으로 데려갔다. 그때는 우리가 우리집에서 가장 어렸을 때다. 우리는 계속 뒤돌아보며 마지막으로 한번 더 보려고 했다. 오빠들과 다른 남자들이 아직 땅을 파고 있는 구역 입구를 떠나오며 우리 머릿속에는 래시 생각밖에 없었다. 우리 구역에서는 개를 풀어놓고 키웠다. 날마다 밖에 나가 놀라고 어린애들을 내보내듯 개들도 나가 놀라고 길로 내보냈다. 밤이 되면 개와 아이들이 집으로 돌아왔는데 그날밤에는 아이들만 돌아오고 개들은 돌아오지 않았다. 언니들이 셋째 오빠와 나를 감싸안고 집으로 데리고 갔다. 우리는 계속 뒤를 돌아보았는데 그러다 집이 가까워지자 새로이 희망이 솟았다. 다른 개들은 한마리 빼고 다 죽었지만, 래시도 다른 죽은 개들처럼 밤새 집에 안 들어왔지만, 어쩌면 래시가 그새 집에 돌아와 지금 집 안에 있을지도 몰랐다. 그래서 우리는 걸음을 서둘러서 문을 열고 안으로 들어갔는데 정말 래시가 있었다. 래시는 벽난롯가에 누워 있다가 고개를 들고 우리한테 으르렁댔다. 문을 벌컥 열어서였을까? 찬바람이 들어와서 심통이 났을까? 래시는 혈통 있는 개가 아니었고 죽은 개들도 전부 혈통 있는 개는 아니었다. 래시는 자격증도 증명서도 없고 잘 놀지도 않고 직업훈련도 안 받았고 누가 위험에 처했을 때 도와줄 사람을 데리러 가거나 물에 빠진 아이를 구해줄 개가 아니었다. 래시는 특히 어린이들을 별로 안 좋아했지만, 우리는 래시를 보고 래시 소리를 듣고 래시에게 아직 으르렁거리고 심통을 부릴 목이 붙어 있다는 걸 알아서 너무나 행복했다. 물론 래시에게 달려들거나 그러지는 않았다. 래시가 그런 걸 좋아하지 않기 때문이었다. 아무튼 래시가 다시 나타나기 전까지는 너무나 끔찍한 날이었다. 래시가 나타난 뒤에는 그냥 잊었다. 개들, 개들의 죽음, 구역의 슬픔, 충격, 군인들의 명백한 승리를 잊었다. 그날 저녁을 먹고 나서 아직 아홉살이던 나는 모험을 하러 집에서 나와 그 입구로 갔는데 그때에는 이미 다음 폭동에 쓸 화염병이 쌓여 있었다. 죽은 개의 흔적은 없었다. 강력 살균제인 제이스 플루이드 냄새가 풍기긴 했다. 그전까지는 집에서 풍기는 제이스 플루이드 냄새를 좋아했었는데도 코를 찌르는 그 냄새가 충격적인 기억으로 남았다.

그렇게 군인들이 개를 죽였고 주민들은 고양이를 죽였고 지금은 나치 공군이 고양이를 죽였다. 나는 돌더미 사이에 있는 작은 머리를 보고 흠칫 놀랐다. 마치 한번도 그렇게 심하게 놀란 적이 없는 것처럼 놀랐는데 왜 이렇게 강력한 반응이 일어나는지 알 수 없었다. 나는 눈을 돌리고 그냥 가던 길을 가려고 했지만 떨쳐버릴 수가 없었다. 그 광경이 나를 계속 따라오길래 결국 걸음을 멈추고 돌아서고 말았다. 왔던 길을 다시 밟아 고양이 머리 옆으로 가서 젖어 있고 조금 검은색, 검붉은색이고 목 언저리, 아니 목이 있었던 데가 축축한 그것을 이번엔 자세히 들여다보았다. 나는 쭈그리고 앉아 작은 돌을 집어 머리를 뒤집어보았다. 얼굴 쪽이 위로 올라왔는데 눈이 유난히 크긴 해도 고양이가 확실했다. 아니 눈알 하나가 없었으니 눈구멍이 크다고 해야 할지 모르겠다. 커다란 눈구멍이 있고 머리 안쪽에 무언가가 보였다. 코, 귀, 입, 남은 눈 하나가 부풀어오른 것으로 보아 벌레가 꼬인 것 같았다. 꾸물거리는 구더기가 몇마리 보였지만 들척지근한 효모 냄새 같은 것 말고 별 냄새는 없었다. 주위를 둘러보았는데 몸 나머지 부분은 보이지 않았다. 어쨌든 머리만으로도 충분했다. 아니, 머리만으로도 너무 과했다. 나는 자리에서 일어나 다시 걸어가기 시작했다. 오늘 프랑스어 수업이 좋았으니까. 나는 프랑스어 수업을 늘 좋아하고 오늘도 좋았다. 특이한 선생님, 선생님이 "차분하고 작은 목소리" "이 순간을 사는 것" "무슨 일이 일어날 거라는 생각을 버리고 어떤 일이 일어날 수 있을지를 생각하세요" 따위의 말을 하는 게 좋았다. 또 "여러분, 한가지가 바뀌면, 딱 한가지가 바뀌면 다른 것도 모두 바뀔 거라고 장담해요"라고도 말했다. 우리에게, 은유를 받아들이지 못할 뿐 아니라 눈앞에 빤히 있는 것도 받아들이지 못하는 우리에게 그렇게 말했다. 그래도 소중했다. 선생님이 소중했고 그 감정을 놓치고 싶지 않았다. 그런데 흙 속에 뒹구는 머리, 그리고 그 이전에 승합차, 십분 지역, 엄마가 죽은 아빠와 우울증을 다시 거론하고 비난하게 만든 2차대전 때의 폭탄 등등 때문에 '무슨 의미인가? 의미가 있어봐야 아무 의미 없나?'가 다시 떠오르기 시작했다. 다음 단계로 나아가야 한다고 선생님이 계속 부추기는 게 잘못된 일이라면? 지금 단계가 지난 단계와 똑같았던 것처럼 다음 단계도 이번 단계와 똑같다면 어떻게 하지? 매 단계가 똑같거나 아니면 심지어 더 나빠진다면? 이런 생각에 골몰하는 중에 나는 나도 어쩔 수 없다는 듯이 왔던 길을 거슬러 다시 고양이 있는 데로 돌아왔다. 바보짓 하지 마, 내가 말했다. 어쩌려고? 여기 서서 계속 보고 있으려고? 집어들어야지, 내가 대답했다. 어딘가 푸른 곳으로 가져갈 거야. 그 생각에 나는 놀랐다. 어안이 벙벙했다. 산울타리, 수풀, 나무뿌리가 떠올랐다는 사실에 놀랐다. 이런 끔찍한 곳에 내버려두지 않고 덮어줄 거야. 하지만 왜? 내가 나에게 따졌다. 일분만 더 가면 여기에서 벗어날 수 있어. 두번째 지표인 공동묘지가 나올 거야. 그리고 경찰 병영이 나올 거고 빵을 굽는 집에서 마음을 달래주는 계피 냄새가 풍길 거고 그다음에는 ── 바로 그거야! 내가 생각을 끊었다. '일상적 장소'에 묻어줘야지!

이미 손수건을 꺼내든 참이었다. 종이냅킨이 아니라 진짜 손수건이었다. 얼마 전까지만 해도 나는 남자용 손수건, 큼직한 흰색 리넨 손수건만 가지고 다녔다. 예쁜 여자용 손수건은 코 풀 때 실용성이 떨어지기 때문이었다. 그러다 크리스마스에 어린 동생들에게 상자에 든 손수건 세트를 선물로 받아서 지금은 여자 손수건을 좋아하게 됐다. 그때부터 문화적·미학적 용도로 여자 손수건 한장, 실용적 용도로 남자 손수건 한장을 같이 지니고 다녔는데 그날 저녁에는 실용적이면서도 상징적인 의미로 둘 다 사용하기로 했다. 일단 바닥에 조그맣고 정교한 여자 손수건을 펼치고 크고 밋밋한 남자 수건을 이용해서 머리를 살짝 그 위로 굴렸다. 고양이의 송곳니가 천에 걸렸고 머리 거죽이 벗겨지려고 했다. 털이 부스스 빠지길래 머리 거죽이 홀렁 벗겨질까 식은땀이 다 났다. 하지만 머리를 여자 손수건 안에 안착시키는 목표를 완수했고 수가 놓인 화려한 손수건으로 머리를 감쌌다. 그다음에 머리가 든 여자 손수건을 좍 펼친 남자 손수건 위에 얹은 다음 그것도 오므려 묶었다. 미쳤다는 증거지, 내가 말했다. 머리를 들고 가겠다는 말이야? 여기가 아무리 황량해 보여도 어딘가에서 적어도 한 사람은 보고 있을 수 있는데? 누군가가 봤다면 소문이 더 퍼질 거고 날조가 더 늘어날 거고 네 정신이 망가졌다는 증거가 늘어날 거야. 하지만 그 순간에는 그게 문제가 아니었다. 게다가 그만둘 수가 없었다. 잠깐이면 될 것 같았다. 얼른 적당한 자리를 찾으면 되었다. 조용히 혼자 있을 수 있는 곳, 저쪽 벽 쪽 어딘가, 오래된 땅이 있는 곳, 웃자란 풀이 얽히고 뭉쳐 땅을 덮어 무덤 관리인도 얼씬 않는 곳에서. 큰 손수건 끄트머리를 묶고 목표를 완수하는 일에만 집중하면서 자리에서 일어나다가 밀크맨과 거의 부딪힐 뻔했다. 밀크맨이 너무 조용히 다가왔고 나는 너무 몰두하고 있어서 그가 와 있는 것도 몰랐다. 밀크맨이 내 코앞에 있었고, 우리 사이에는 손수건과 그 안에 든 암울한 물건밖에 없었다.

첫번째 반응은 다시 척추가 떨리기 시작한 것이었다. 척추 아래쪽에서 다리 쪽으로 신경을 긁는 소름 끼치는 느낌이 흘렀다. 본능적으로 모든 게 멈췄다. 그냥 서버렸다. 몸 안의 장치가 전부 멈췄다. 나는 꿈쩍하지 않았고 그도 움직이지 않았다. 정지한 것처럼 그렇게 서 있다가 잠시 뒤 그가 입을 열었다. "그리스 로마 수업 갔다 오나?" 이게 밀크맨이 나에 대해 조사한 내용 중에서 유일하게 틀린 것이었다. 내가 야간 수업으로 프랑스어 수업이 아니라 그리스 로마 고전 수업을 들을까 고민하긴 했다. 나는 고대인에 관심이 많다. 절제되지 않은 감정, 파렴치한 인물들, 신화, 의식, 섬뜩하고 기이하고 피해망상적인 계략, 살인. 신들도 변덕스러운데다, 평범한 사람들은 신에게 탄원해서 적에게 저주를 내리는데 이 적이라는 사람이 사실 가까운 이웃이다. 오만한 황제들이 사과나무와 결혼하고 말을 집정관으로 삼는 이상한 나라의 앨리스 같은 세계다. 무언가 흥미로우면서 미친 것 같고 비정상적인 구석이 있어서, 용인 가능한 정도로 이상한 정상인만 이해할 수 있다. 그래서 이 수업에 등록할까 하고 수업 안내서를 살펴보기도 했는데, 그리스 로마 수업이 화요일 밤이고 화요일은 어쩌면-남자친구를 만나는 날이라 대신 수요일에 하는 프랑스어 수업을 택했다. 밀크맨이 잘못 알고 있었지만 나는 잘못 알았다고 알려주지 않았다. 밀크맨이 모든 걸 다 아는 것 같아도 다 알지는 못한다는 사실에서 희망을 느꼈기 때문이다. 그게 진짜 희망은 아니라는 걸 그날 집에 가 이 일을 되짚어보면서 깨닫기는 했지만. 그리스 로마 수업으로 착각했다는 것은 밀크맨이 내가 무슨 수업을 들을지 고민했다는 사실을 읽었다는 의미였는데, 사실 그런 생각은 가장 위쪽 표층에 있는 생각이고 중요하지도 않고 비밀도 아니고 암호화해야 할 만큼 민감한 내용도 아니었다. 그러니 누구라도 마음만 먹으면 쉽게, 아주 쉽게 내 생각을 읽을 수 있었을 것이다. 그렇지만 내가 그런 생각을 하고 있을 때 밀크맨은 내 근처에 있지도 않았으면서 읽었다는 게 문제였다. 그 생각이 드니 섬뜩하기도 했고 온갖 정보를 수집하고 기록하고 보관하는 사람답게 이 문제를 철저하게 조사했나보다 싶었다. 이 경우에는 최종 결과를 잘못 판단하긴 했으나.

지난번에 두차례 밀크맨을 만났을 때, 그러니까 밀크맨이 우리가 마주치게끔 일을 꾸몄을 때와 마찬가지로 이번에도 밀크맨은 줄곧 질문을 던졌지만 내가 대답하기를 기대하는 것 같지는 않았다. 밀크맨의 질문은 진짜 질문이 아니었다. 정보를 요구하거나 자기가 가정한 게 맞는지 확인해달라는 질문이 아니었다. 자기가 이미 다 안다는 사실을 나에게 알리고 암시하고 경고하기 위해서 강하게 진술하면서 마치 질문인 양 수사적으로 되묻는 것이었다. "아니야?" "그랬지?" "맞지?" "그렇지 않아?" 밀크맨이 그리스로마 수업에 대한 질문을 했을 때 나는 학교 입구에 서 있던 하얀 승합차가 정말로 밀크맨의 차였다는 걸 깨달았다. 나를 미행한 건가? 내가 프랑스어 수업을 듣는 동안 승합차에 앉아서 나를 보고, 다른 사람들을 보고, 일몰 때문에 우리가 불안해하는 것을 보았을까? 밀크맨은 이번에도 마치 나를 아는 것처럼, 전에 정식으로 소개받은 적이 있는 사이인 것처럼 말을 하고 있었다. 이번에도 저수지 공원에서처럼 나를 똑바로 쳐다보지 않고 비스듬히 보았다. 내옆쪽을 보는 것 같았다. 그러고 나서 또 질문을 했는데, 이번에는 지금껏 한번도 언급하지 않은 어쩌면-남자친구를 입에 올렸다.

밀크맨은 이제 때가 되지 않았냐고, 그 이른바, 일종의 남자친구에 대해 이야기를 나눌 때가 되지 않았냐는 식으로 말을 했다. 밀크맨이 말했다. "네가 가끔 보는 남자, 어린 남자 말야." 밀크맨은 어쩌면-남자친구가 너무 어리다는 식으로 '어린 남자'라고 말했다. 어쩌면-남자친구가 나보다 두살 많은데도. "그 어린 남자랑 그 남자 지역에 있는 클럽에서 춤추지, 아니야? 시내에 있는 클럽이나 대학교 근처에 있는 클럽에서도? 어린 남자와 술도 마시러 가지?" 그러고 나서 술집 이름, 정확한 장소, 날짜, 시간을 읊었고 내가 주중에 시내로 가는 버스를 안 타는 날이 있다는 사실도 안다고 했다. 밀크맨이 지난번에 말한 원래 타던 출근 버스가 아니라, 내가 밀크맨을 피하려고 멀리 가서 타기 시작한 다른 버스 얘기였다. 내가 이 버스를 타지 않는 날은 전날 밤 어린 남자 집에서 잤고 다음 날 아침에 어린 남자가 직장까지 태워주기 때문이라고 밀크맨은 말했다. 그는 어쩌면-남자친구의 집, 그가 사는 구역, 그의 이름, 친구들, 직장도 알고 지난번에 다니던 자동차 공장이 문을 닫아 직원이 모조리 실직을 당한 일도 알았다. 또 내가 어쩌면-남자친구하고 같이 잔다는 사실도 알았다. 나는 밀크맨의 말이 은근히 암시하는 바 때문에 들켰다는 느낌이 드는 게 화가 났다. "하지만 애인은 아니지, 그렇지?" 그가 말했다. "정식으로 데이트하는 공식 관계는 아니고 제자리걸음을 하는 사이지, 아닌가?" 나는 예상 밖의 습격을 당한 탓에 어떻게 대응해야 할지 몰라 쩔쩔매고 있었다. 밀크맨이 세번째 만남에서 나에게 무어라고 한다면, 그건 내가 뛰다가 걸으며 페이스를 조절해야 하는데 계속 뛰었을 뿐 아니라 너무 많이 걷기 때문에(지난번에 그가 말하지 않았던가?) 이제 더 걷지 말아야 하는데도 계속 걸어다니고 있으니 실망스럽다는 책망일 줄 알았기 때문이다. 그뿐 아니라 내가 저수지 공원에서 셋째 형부와 같이 러닝을 한다는 것도 있었다. 하지만 밀크맨은 셋째 형부에 대해서도 내가 계속 뛰고 걷는 것에 대해서도 저수지 공원에 대해서도 아무 말도 하지 않았다. 나는 난데없이 등장한 새로운 화제 때문에 정신을 못 차리고 있었다.

그는 어린 남자가 아직도 자동차 일을 하지, 아닌가? 하고 지나가듯 말했다. 그러더니 이어 어쩌면-남자친구가 현재 근무하는 곳의 정확한 위치를 입에 올렸다. 또 블로어 벤틀리 이야기도 했다. 과급기가 있다는 것도. '물 건너'의 국기 이야기를 했을 때에는 다리 뒤쪽을 타고 흐르는 느낌이 불쾌한 진동을 일으키기 시작했다. 밀크맨은 나의 일상과 움직임만 속속들이 파악한 게 아니라 어쩌면-남자친구의 일상과 움직임도 속속들이 알았다. 어린 남자가 일몰을 좋아한다는 말도 하면서, 마치 일몰을 보는 사람이 있다는 (그것도 남자가 그런다는) 사실이 너무 부조리하다는 듯, 자기가 지금까지 사람들을 조사하고 미행하고 살해당하도록 덫을 놓아온 무수한 세월 동안 일부러 시간을 내서 차를 타고 일몰을 보러 갈 정도로 기이한 사람은 (그 사람을 조사하고 미행하고 살해할 덫을 놓으러 가는 사람을 제외하고) 본 적이 없다는 듯한 투로 말했는데 사실 어쩌면-남자친구와 일몰에 대한 내 생각도 크게 다르지는 않았다. 그러고 나서 그는 "사람은 다 제각각이니까"라고 말했는데, 마치 혼잣말을 하듯 작은 목소리로, 가벼운 기분전환용 농담을 던지듯이 말했다. 그러고 다시 과급기 이야기로, 아니 과급기를 둘러싸고 어쩌면-남자친구네 지역에 번지고 있는 소문, 어쩌면-남자친구가 빨간색, 흰색, 파

란색이 있는 전형적인 '물 건너' 물건을 집에 들여놓을 정
도로 반역적 성향이 있다는 소문으로 화제를 돌렸다.

나는 그 말에 발끈해서 나답지 않은 행동을 했다. "국기
가 있는 부분은 가져오지 않았어요." 내가 말했다. "국기
가 있는 부분은 없었어요. 그 지역 사람들 사이에 떠도는
헛소문이에요." 그러고 나서 앞뒤 안 맞게도 이렇게 덧붙
이고 말았다. "국기가 있는 부분은 내 남자친구 직장에 다
니는 '길 건너' 사람이 가져갔어요." 여기에서 세가지 뜻
하지 않은 일이 일어났다. 첫째는 내가 거짓말을 했다는
것이다. 어쩌면-남자친구의 직장에서 다른 종교에 속한
사람이 국기가 있는 부분을 가져갔다는 말은 완전히 내
가 지어낸 것이었다. 사실 나는 어쩌면-남자친구가 일하
는 정비소에 반대 종교에 속하는 사람이 있는지 없는지조
차 몰랐다. 두번째는 내가 '어쩌면-남자친구'를 '내 남자
친구'라고 불렀다는 것이다. 그애를 이렇게 부른 것은 처
음이었다. 밀크맨이 '어쩌면'이라는 잠정적 상태의 균열
을 감지해서 나와 어쩌면-남자친구 사이에 파고드는 것
을 막기 위해 방어적으로 그런 것이었다. 세번째는 모르는
게 없는 섬뜩한 밀크맨으로부터 어쩌면-남자친구를 지키
고 보호하려고 내가 갑자기 입을 열어 지껄이고 떠들어대
면서 거짓말까지 했다는 것인데 내가 나 자신을 지키고 보
호하려고 입을 연 적은 없기 때문에 뜻밖이었다. 이게 어
떻게 된 일인지 내가 무슨 짓을 하고 있는지 혼란스러운

와중에 첫째 언니 남편이 정당한 이유도 없이 나를 질책하라고 첫째 언니를 보내서 첫째 언니가 나를 정당한 이유도 없이 질책했을 때 내가 창문 밖으로 소리를 지른 일과 비슷한 일이 일어났다는 느낌이 왔다. 지금도 그때처럼 내 설 자리를 잃는 느낌이었다. 나는 무너져내리고 엎어지고 있었다. 평소에 나는 헛소문이나 사람들 입방아에는 신경 쓰지 않고 사람들에게 먹잇감을 제공하지도 않는다. 그런데 사람을 흔들고 속이는 부당한 집단적 사고의 엄청난 추진력에 쓸려들고 만 것이다. 내가 뭘 하는 건지, 왜 말을 하고 있는 건지, 왜 어쩌면-남자친구의 편을 들어 해명하고 핑계를 대고 있는지 알 수가 없었다. 우리가 처음으로 만난 날 이후에(내가 『아이반호』를 읽고 있는데 밀크맨이 내 옆에 차를 세운 이후에) 내가 이 사람에게 대꾸한 것도 처음이었다. 그런데도 나는 '길 건너' 사람 이야기를 꾸며대면서 사실인 것처럼 들리게 하려고 최대한 대수롭지 않은 듯한 말투로 말했다. 그때 문득 '길 건너' 사람을 만들어낸 것이 실수일지도 모른다는 생각이 들었다. 대신 사실 그대로 국기가 그려진 부분이 아예 없었다는 쪽으로 계속 주장했어야 했는데. 하지만 '길 이쪽' '우리 쪽' '우리 종교'에 속하는 사람이라면 누구나, 국기가 있건 없건 어쩌면-남자친구가 '물 건너'의 애국적인 물건으로 간주되는 무언가에 손을 대는 것이나 (어쩌면-남자친구의 이웃 사람이 질투에 불타 말한 것처럼) 이런 차의 부속을 따기 위

한 추첨에 참가하는 일을 당연히 꺼렸어야 한다는 걸 알았
다. 사실 추첨 자체가, 무언가를 딴다는 것 자체가, 현금을
받든 일반적인 방식으로 설명할 수 없는 물건을 갖게 되든
갑자기 풍족해진 것처럼 보이는 것 자체가 문제가 됐다.
그런 일이 일어나면 밀고자 노릇을 했다는 소문이 돌았다.
왜냐하면 국가정보요원이 밀고자에게 "돈을 좀 땄다고
해"라고 시키기 때문이다. "그쪽 친구들, 반대자들한테는
이 돈을 (혹은 정보의 대가로 주는 사소한 무언가를) 땄다
고 말해. 추첨이나 카드게임에서 땄다고. 우리가 정말 추
첨이나 카드게임에서 딴 걸로 해줄게." 그러면 믿기 어려
운 일이지만 밀고자가 실제로 그렇게 사람들에게 말했다.
"추첨에서 땄어"라고 말하며 자기는 당연히 밀고자가 아
니고 아무도 자기를 밀고자라고 생각하지 않으리라는 듯
과장된 몸짓으로 어깨를 으쓱해 보이는 것이었다. 지역 입
구에 밀고자의 시신이 허다하게 쌓이는데도 그런 방법으
로는 아무도 속일 수 없다는 걸 깨닫지 못하는 것 같았다.
"추첨에서 땄다니까." 그래도 그들은 그렇게 말했다. "신
문에도 났다고!" 전국 신문에 당첨자 명단이 실렸다는 게
진짜 실제로 자기들이 밀고자가 아니라는 증거라는 듯이.
문제는 그 신문이 '잘못된' 신문, '저 너머' 신문이라는 점
이었다. 우리 공동체나 어쩌면-남자친구 공동체에서는 이
런 신문에 실렸다는 사실이 알리바이를 제공해주기는커
녕 적으로 낙인찍히게 만들 가능성이 높았다. 국가 공모자

로 간주되는 신문이니 바로 의심을 살 텐데도 밀고자들은 일러준 대로 거짓 이야기를 고수했다. 어쩌면-남자친구는 물론 정말로 직장에서 즉흥적으로 진행한 제비뽑기에서 그 부품을 땄다. 아니 사실, 우리 지역 반대자들에 대한 별 것 아닌 정보라도 제공하고 그 대가로 낡은 블로어 벤틀리의 과급기 따위를 얻어올 만큼 쪼잔한 밀고자가 대체 어디 있겠는가? 그런데도 쉽지 않은 문제였다. 복잡한 문제였다. 이번 만남에서 나는 덫에 걸리기가 얼마나 쉬운 일인지를 두번이나 느꼈다. 사람이 헛소문을 만들어내고 그 소문을 고집하다가 거기에서 빠져나올 수 없게 되기도 하는데 내가 지금 그러고 있었다. 나는 어쩌면-남자친구가 중립적인 차의 중립적인 부분을 따왔다고 거짓말을 했는데 사실 중립적인 것이란 있을 수가 없었다. 하지만 날카롭고 냉혹한 두뇌(나는 밀크맨의 두뇌가 그런 것이라고 상상했다)에 대거리를 해놓고 이제 와서 물러나 단순하고 사실인 다른 이야기를 내놓을 수는 없었다. 그러면 어쩌면-남자친구 문제가 더 복잡하게 얽혀버릴 뿐 아니라 밀크맨에게 내가 거짓말을 했다는 걸 대놓고 시인하는 꼴이 되기 때문이었다.

미쳤어, 넌 미쳤어, 나는 속으로 생각했다. 다음에는 뭐라고 말할 거야, 만약 이 국기 문제가 즉결심판에라도 회부되면? '길 건너' 사람이, 이를테면 아이버라는 이름의 사람이, 실존 인물이 아니라서가 아니라 종교 때문에 자기의 적인 반대자 측 간이법정에 출두할 수는 없지만 직장 동료를 돕기 위해서 확인서는 써주었다고 해야 할까? 아이버가 쪽지를 써서 국기가 그려진 부품은 자기가 가져갔다고 확인하고 어쩌면 자기가 국기가 그려진 부품 옆에 서 있고 배경에 '길 건너'라는 것을 암시하는 물건들(이를테면 더 많은 국기들?)이 있는 폴라로이드 사진을 동봉하면? 그러면 될지도 모르겠다. 이런 생각을 냉소하듯이 떠올리고 있다보니 어쩌면-남자친구가 무모했다는 생각도 들었고 대체 그애는 차에 대한 열정과 천장에 닿도록 모으고 쌓는 강박적 충동이 얼마나 심하길래 우리 정치적 사회적 종교적 코드가 명하는 바를 위반한 걸까 싶기도 했다. 남자들은 여자들하고는 달랐다. '허락되는 것'과 '허락되지 않는 것'의 구분이 남자들 사이에서는 더욱 엄격하고 까다로운데 그런 구분을 나는 잘 몰랐다. 맥주, 라거, 술 종류 같은 것도 그렇고 스포츠에 대해서도 잘 몰랐다. 나는 스포츠도 싫어하고 맥주도 싫어하고 독한 술도 싫어하고 라거도 싫어해서 어떤 종류를 선택할지가 이곳 남자들에게는 정치적 종교적으로 중대한 문제일지라도 나는 별 관심이 없었다. 차에 대해서도 몰랐다. 어떤 것은 '물 건너' 것으로 취급되고 어떤 것은 아닌지. 블로어 벤틀리의 경우는 그 자동차가 어떤 국가의 상징으로 여겨진다는 것을 나도 느끼기는 했지만, 어쩌면-남자친구의 친절하고 요령 좋은 이웃이 말했듯이 경계를 넘어서는 예외 가운데 하나로 간주될 자격이 있지는 않을까? 하지만 현재 어쩌면-남자친구의 지역 사람들이 분개하며 쑥덕거리는 것으로 보아서 그렇지는 않은 듯했다. 그러니까 중립적인 부품이 아니었다. 어떤 부품을 가져왔더라도 배신의 물건이었다. 그리고 만약 아이버가 편협한 사람이라서 쪽지 써주기를 거절한다면?

"자동차 폭탄이 터지는 거야."

밀크맨이 이렇게 말해서 나는 깜짝 놀랐다. "'장치'가 있었어. 그렇지? 옛날식으로 '장치'라고 부르는 것을 배기구 안쪽에 붙인 다음에 통상적인 수리를 맡기잖아? 네 언니의 전 애인 직업을 생각해보면, 자동차 정비공이 그렇게 빤한 장치를 발견 못했다는 게 놀랍다고 할 수밖에." 그때 나는 생각했다. 아니야, 틀렸어. 언니의 죽은 전 애인, 언니를 두고 바람을 피웠고 반대 종교에 속하는 직장 동료가 공장 주차장에 세워둔 차에 폭탄을 설치해서 죽인 전 애인은 자동차 정비공이 아니라 배관공이었다. 어쩌면—남자친구가 자동차 정비공이었다. 그런데 왜 밀크맨이 언니와 언니 전 애인 이야기를 꺼낸 거지? 그리스 로마 수업은 착각했지만 비밀도 아닌 것을 모를 수는 없을 것 같았다. 당연히 몰라서 그러는 것이 아니었다. 배관공과 자동차 정비공을 헷갈린 것이 아니었다. 밀크맨이 즐겨 쓰는, 암시를 까는 전달 방식을 내가 아직 간파하지 못한 것이었다. 하지만 밀크맨이 계속 암시를 섞어 이야기하면서 나에게 생각할 시간을 주고 관대하게 기회를 주었다. 물 흐르듯 앞에서 뒤로 왔다 갔다 하면서, 언니의 죽은 애인과 그를 죽인 국가 수호자의 폭탄으로 갔다가, "집에서 망가진 차를 수리하지, 아닌가?"라면서 어쩌면-남자친구로 넘어왔다. 그러고 나서 다시 언니의 죽은 남편, 사실 남편이 되지 않은 사람이지만 홀로되어 슬퍼하는 전 애인의 마음속에서는 진정한 남편인 전 애인 이야기로 돌아갔다. 밀크맨은 언니와 죽은 연인이 불쌍하다는 듯이 고개를 저었다. "잘못된 장소에, 잘못된 때에, 잘못된 종교였던 거지." 밀크맨은 또 첫째 언니가 자동차 정비공을 잃었다고 평생 슬퍼하는 대신 빨리 회복하기를 바란다고 말했다. "좋은 여자야, 그래도 좋은 여자지. 미인이고." 그러면서 언니가 실제로 결혼한 사람, 진짜 남편, 첫째 형부에 대해서는 한번도 언급하지 않았다. 그 순간 나는 혼란스러워졌다. 그러면 언니였던 건가? 내가 착각한 거고 사실 밀크맨은 내가 아니라 첫째 언니를 염두에 뒀던 건가? 아니면 왜 언니 전 애인 이야기를 하지? 폭탄 때문에 죽었다는 이야기는 왜? 그리고 어쩌면-남자친구 얘기는 왜? 이렇게 혼란스러워하는 내내 불쾌한 파동, 몸 안의 잔물결은 계속 내 다리와 척추를 공격했다.

밀크맨이 암시하는 것들을 주워듣다보니, 어쩌면-남자친구 지역에서 성난 사람들이 어쩌면-남자친구가 역사를 망각하고 공동체를 간과하고 그 지역에서 반기지 않을 몹쓸 상징물을 집으로 가져와 물건이 가득 쌓인 집의 물건이 가득 쌓인 찬장에 다른 자동차 부품과 같이 쌓아놓는 것에

분개해 어쩌면-남자친구를 해칠지 모른다는 나의 걱정이
다른 쪽으로 옮겨가기 시작했다. 어쩌면-남자친구의 직장
동료가 자기가 따고 싶었던 세계적으로 유명한 자동차 부
품을 어쩌면-남자친구가 따갔기 때문에 질투가 나서 개
인적인 보복을 할지 모른다는 두려움도 멀리 밀려갔다. 이
제는, 밀크맨의 말을 듣다보니, 그것보다도 더 코앞에 위
험이 닥쳤다는 두려움이 솟았다. 어쩌면-남자친구는 차
를 고치는 일을 하니까 아마 아무렇지도 않게 차에 올라타
서 생각 없이 시동을 걸 것이다. 어쩌면-남자친구 직장 동
료들의 종교 구성에 대해서는 한번도 물어본 적이 없었다.
종교가 뒤섞여 있을 수도 있는데, 섞여 있어도 서로 예의
를 지키는 환경일 수도 있고 아니면 긴장이 팽배하고 서로
증오하는 환경일 수도 있다. 나는 전혀 몰랐다. 어쩌면-남
자친구도 나의 직장에 대해 물어본 적이 없고 마찬가지로
몰랐을 것이다. 내 직장에는 반대 종교의 여자들이 있지
만, 그들의 종교가 뭔지 굳이 알아보려고 한 적은 없고 그
냥 어쩌다가 자연스럽게 알게 되었다. 시간이 흐르고 자
연스레 서로 친해지면서 천천히 알게 될 때도 있지만, 주
로 상대의 아버지, 할아버지, 삼촌, 오빠의 이름을 듣는다
거나 해서 한순간에 알게 될 때가 많았다. 나와 어쩌면-남
자친구 사이에서는 이런 대화가 한번도 오간 적이 없었지
만, 당연히 우리 둘 다 다른 나라의 군대건 이곳 경찰이건
이곳 정부건 '저 너머' 정부건 '길 건너'의 국가 수호자 무

장단체건 어떤 종교에 속한 사람이건 간에 상대의 종교를 알아내려고 애쓰는 사람은 좋게 보지 않았다. 물론 여기에 사는 사람은 어떤 관점을 가질 수밖에 없었다. 그때, 그 극단적이고 끔찍한 시대에, 전장이나 다름없는 그 거리에서는, 이곳에 살면서 어떤 관점을 갖지 않는다는 게 불가능했다. 나는 거의 늘 등을 돌리고 19세기, 때로는 18세기, 가끔은 17세기, 16세기에 빠져 살았지만 그래도 어떤 관점을 갖지 않을 수가 없었다. 운동에 빠져 사는 셋째 형부도, 우리 구역 사람들 모두가 아무 생각이 없다고 생각하는 셋째 형부조차도 알고 보니 날카로운 관점이 있었다. 관점을 갖지 않기가 불가능한데 문제는 지역마다, 편마다 관점이 다르다는 점이었다. 각자 상대의 것을 받아들이지 못해 양편 사이에서 주기적으로 싸움이 터졌다. 관점을 가질 수밖에 없어 관점이 있긴 하지만 폭발적인 충돌에 끼고 싶지 않다면 예의와 겸손함으로 폭력, 증오, 비난을 상쇄해야 했다. 아니면 어떻게 살겠는가? 이건 정신분열증이 아니었다. 살기 위한 방법이었다. 트라우마와 어둠속에서 정상성을 유지하는 방법이었다. 따라서 공존하기 위해서는 적대감은 누르고 좋은 점을 보려고 애쓰는 게 필수였다. 종교가 다른 사람들이 섞여 있는 우리 프랑스어 수업이 그 좋은 예였다. 이 수업에서는 프랑스를, 더 정확하게는 프랑스의 은유적인 작가들을 깔아뭉개는 것은 괜찮지만 절대로 누군가에게 어디 소속인지 밝히라거나 자기 관점이나 남의 관점에 대해 언급하라고 요구해서는 안되었다. 어쩌면-남자친구와 나는 반대자들에 대해서도 서로 이야기를 나눈 적이 없었다. 나의 경우는 두가지 일이 머릿속을 가득 메우고 있기 때문이었다. 하나는 어쩌면-남자친구고 또 하나는 우리의 '진행 중인 것도 진행 중이 아닌 것도 아닌' 관계다. 또, 밀크맨도 있으니 두가지가 아니라 사실 세가지였다. 그리고 이젠 반대자의 여러 복잡한 면이 머릿속으로 들어와 반대자들에 대해 포괄적인 (그러니까 모순적인) 의견을 갖도록 강요하니 네가지가 되겠다. 또 정치적 문제도 있는데 반대자가 존재하는 이유가 없다면 반대자를 생각할 이유도 없으니까 다섯가지다. 다섯가지. 문이 열리고 내면의 모순이 드러나면 이렇게 된다. 이제 양립할 수 없는 것들이 충돌하기 때문에 정치적으로 옳은 발언을 하기는커녕 나 자신에 대해서조차 말이 되게 설명할 수가 없다. 그런 이유로 이랬다저랬다 하고 뭉개버리고 나는 모른다며 미시감 상태로 들어가고 하얗게 지워버리고 걸으면서 책을 읽는 것이다. 심지어 지금의 고문서 읽기를 그만두고 더욱 안전하게 그보다 더 이전 시대의 두루마리와 파피루스를 읽을까 생각하게 되는 것이다. 그러지 않으면, 힘과 감정이 직접 의식 속으로 파고들어오면, 어찌해야 할지 난감할 터였다. 반대자가 왜 필요한지는 나도 알았다. 법제화된 불균형을 생각하면 왜 반대자가 생겨났는지, 생겨날 수밖에 없었는지 이해할 수 있었다. 또 이 격동의 시기에는 누구도 상대의 말에 귀 기울이지 않고 고집을 꺾지 않고 신념을 굽히지 않았다. 그러니 단층선이 생길 수밖에 없었고, 반대자들도 생길 수밖에 없었다. 사람이 죽는 일은 일상이라 일일이 따지지 않았다. 그게 아무 일이 아니라서가 아니고 너무나 막대하고 너무나 많이 빨리 벌어져서 거론할 시간이 없었다는 의미다. 그렇지만 상도를 벗어나는 극악한 일이 일어날 때도 있었는데, 그럴 때면 '길 이쪽'과 '길 저쪽'과 '물 건너'와 '국경 건너' 사람 모두 잠시 멈출 수밖에 없었다. 반대자가 만행을 저지르면 '아, 하느님 맙소사. 나와 같은 관점에 속한다는 이유로 내가 이런 행위를 지지한 꼴인가?' 하며 충격에 빠지게 되지만, 다른 쪽에서 또 끔찍한 일을 저지르면 그런 생각을 했던 것도 잊게 됐다. 또다시 충격을 받고 또 생각이 바뀌었다. 복수에 복수가 거듭됐다. 평화운동에 참여하고, 공동체 간의 대화를 추진하고, 다 함께 행진을 하고, 선하고 진정한 시민의식을 북돋고 하다가, 평화운동과 선하고 진정한 시민의식에 어떤 분파가 개입하고 있다는 의심이 들면, 운동을 접고 희망도 버리고 잠정적 해결책도 팽개치고 익숙하고 믿을 수 있고 필연적인 원래의 관점으로 돌아갔다. 그 시대에는 어디든 다 닫혀 있었기 때문에 우리도 폐쇄적일 수밖에 없었다. 우리 공동체도, 저쪽 공동체도, 여기 나라도, '저 너머' 정부도, 신문도 라디오 텔레비전도 닫혀 있었는데 어디에서 나온 정보든 다른 쪽에서는 진실을 왜곡했다고 받아들일 수밖에 없었기 때문이다. 사람들이 평범함을 입에 올리기는 하나 온건함이 불가능했기 때문에 평범함도 있을 수가 없었다. 그러니 반대자들이 쓰는 방법이나 그들의 도덕에 대해서나 활동을 시작했거나 전부터 활동 중인 그들 여러 그룹에 대해 우리가 유보적일 수밖에 없긴 하지만, 우리 공동체, '길 이쪽'에 있는 우리에게는 정부가 적이고 경찰이 적이고 '저 너머'의 정부가 적이고 '저 너머'의 경찰도 적이고 '길 건너'의 국가 수호자 무장단체도 적이고 따라서 의심과 역사와 피해망상에 따라 병원, 전력공사, 가스공사, 수도공사, 교육위원회, 전화공사 사람들도 적이고 제복을 입었거나 제복으로 오인될 만한 옷을 입은 사람도 모두 적이고, 그에 따라 우리도 우리 적에게 적으로 간주되니, 이런 암울한 시대, 극단적인 시대에 압도적이고 복합적인 적과 우리 사이에 비밀스러운 방패막이 역할을 하는 반대자가 만약 없었다면 대체 누가 그 역할을 하겠느냐는 말이다.

물론 이런 말을 입 밖에 내지는 않는다. 그래서 열여덟 살 때 나는 반대자들을 입에 올리지도 않았고 생각하지도 않았고 그 주제에 대해서는 셔터를 내려버렸다. 나는 당장 내 상태만큼의 제정신이라도 유지하고 싶었다. 그래서 어쩌면-남자친구도 나와 같이 있을 때에는 반대자들 이야기는 안했고 어쩌면-남자친구가 어떤 사람들이 음악에 빠지듯 자동차에 빠진 것도 그래서였을 것이다. 우리가 반대자들의 존재를 모르는 것은 아니었지만 어떤 편에도 속하지 않는 법을 몰랐기 때문에 모르는 척했다. 반대자들이 존경을 받긴 했다. 최소한 원조 반대자들, 저항과 투쟁에 원칙이 있던 구식 반대자들은 존경을 받았으나 이들은 대부분 죽거나 감옥에 갇혔고, 그리하여 엄마 말마따나 반대자들 사이에서 "깡패, 속물, 출세지향주의자, 개인적 목적"이 우세하게 되었다. 그래서 나는 뚜껑을 꽉 닫고 옛날 책을 사고 옛날 책을 읽고 두루마리와 점토판을 읽어볼까 진지하게 고민하게 되었다. 열여덟살 때의 내가 그랬다. 어쩌면- 남자친구도 그랬다. 우리는 이 문제를 두고 이야기를 나누지도 고민하지도 않았지만 그래도 다른 사람들과 마찬가지로 날마다 꾸준히 주변에서 영향을 흡수했다. 그런데 지금, 밀크맨의 암시를 듣다보니 겁에 질려 재앙을 상상하고 어쩌면-남자친구의 죽음을 예측하게 되었던 것이다. 사실 내가 예측했다기보다 밀크맨이 자세히 설명해준 쪽에 가까웠다. 자동차 폭발로 인한 죽음. 반드시 자동차 폭탄이라는 방법을 쓴다기보다는 이미지와 효과를 제공하기 위한 사례였지만 말이다. 어쩌면-남자친구 직장에 '다른 쪽'에 속한 동료가 있는지 없는지는 모르겠지만 만약 있다면 그 동료가 종파주의에 물들어 어쩌면-남자친구를 죽일 거라는 뜻이 아니었다. 밀크맨이 저수지 공원에서 달린 것이 달리기 때문이 아니라 나 때문이었던 것처럼, 어쩌면- 남자친구가 두루뭉술한 정치적 문제라는 것 때문에 죽임을 당한다고 하더라도 실제는 정치적 문제 때문이 아니라 밀크맨이 어쩌면-남자친구에게 성적 질투심을 느껴 죽인 것이리라는 뜻이었다. 밀크맨은 대화의 심층에서 이런 내용을 분명하게 전했다. 나는 평소처럼 19세기의 안전하고 문학적인 생각에 빠져 있을 수 없었고 머릿속에 혼란과 공황이 마구 몰려들어 무어라고 대응해야 할지 몰라 멍했다. 맞서지도 따지지도 확인하지도 않는, 아예 대응하지 않는 방식은 알았다. 어차피 대응해봐야 소용없다는 건 분명했다. 밀크맨이 하는 말을 내가 마침내 알아들었으면서도 못 알아들은 척한다는 사실을 밀크맨이 안다는 사실도 나는 알았다. 모르는 척한 건 모르는 척하도록 사회화가 되어 있어서이기도 했지만 무서워서이기도 했다. 대외적으로 나 같은 보통 사람들은 이 사람이 반대자라는 사실도 알면 안되었다. 이 사람이 반대자인지 아닌지 사실 나는 모르니까 모른다는 게 맞긴 하다. 이곳에는 입에 올리면 안되지만 그래도 입에 올리지 않는 척하면서 올리는 것들 중에서 사람들 사이에 '당연히 여겨지는' 사실들이 있는데, 이 문제에 있어서(밀크맨이 반대자이냐 아니냐 하는 문제에 있어서) 유비통신을 통해 은밀히 전해지는 입에 올리면 안되는 사실은 "당연히 맞지, 그걸 말이라고 해"였기 때문에 나도 밀크맨이 반대자라고 생각했다. 이곳에서 당연히 반대자가 아니라고 여겨지는 사람들이 있듯이 밀크맨은 당연히 반대자라고 여겨졌다. 그러나 최근에 생겨난 입에 올릴 수 없는 이야기 중에서 내가 밀크맨과 불륜관계라는 소문이 있지만 다른 사람은 아무도 모를지라도 나만은 내가 밀크맨과 불륜관계가 아니라는 것을 확실히 안다는 점을 생각해보면, 마찬가지로 밀크맨이 무장단체 구성원이 아닐 수도 있지 않을까? 실은 기회주의자, 몽상가, 월터 미티* 같은 사람일 뿐 아무것도 아니면서 자기를 신비스러운 소문으로 둘러싼 것일 수도 있지 않나? 반대자 수뇌부이자 정보요원으로 오인되지만 사실 모든 게 착각일 수도 있지 않나? 이 밀크맨이라는 사람이 처음에는 안락의자 지지자였는데 반대자들을 광적으로 숭배하다가 어느 순간 맛이 가서 자기가 반대자라고 넌지시 말하고 다니고 허풍을 떨게 되었을 수도? 그런 일이 실제로 있었다. 가끔 일어나는 일이었다. 아무개 아들 아무개, 밀크맨이 죽은 다음에 우리 구역 최고 인기 술집 화장실에서 나를 총으로 몰아세웠던 그애도 그랬다. 아무개 아들 아무개는 자기가 국가 반대자 최상층에 속한다고 생각했다.

아무개 아들 아무개는 자기를 다음과 같이 평가하는 것에 동의하지 않겠지만 나는 정확하고 공정한 평가라고 본다. 우리 둘 다 열일곱살일 때 아무개 아들 아무개가 나한테 수작을 걸려고 접근했으나 나는 관심이 없었기 때문에

* 제임스 서버의 단편소설 「월터 미티의 은밀한 생활」(1939)에 나오는 몽상가.

거절했는데 그뒤에 아무개 아들이 원한을 품는 스타일이
자 스토커 타입이라는 사실을 알게 됐다. "우리는 널 쫓아
다닐 거야." 내가 자기를 거절했다는 사실을 알게 되자, 당
연히 내가 자기를 받아줄 줄 알았는데 안 받아주리라는 걸
깨닫자 그는 이렇게 말했고 그뒤에도 계속 그런 식이었다.
나는 최대한 정중하게 거절한다고 한 거였지만 소용이 없
었다. "우리가 네 뒤에 항상 있을 거야. 항상. 네가 시작한
일이야. 우리가 널 지켜보게 만들었어. 네가 그렇게 만든
거야…… 우리가 어떤 일을 할 수 있는지 너는 몰라. 네가
전혀 예상 못할 때, 우리가 거기 없다고 생각할 때, 우리가
가버렸다고 생각할 때 너는 대가를 치르게 될 거야. 그것
에 대한 대가를…… 너는…… 너는……" 내 말이 맞지 않
나? 아무개 아들 아무개는 얼마 전까지만 해도 멀쩡히 자
기를 일인칭 단수로 지칭했으면서 이제는 '우리'라고 일
인칭 복수로 부르며 스토커처럼 굴고 있었다. 아무개 아
들의 또다른 특징은 거짓말을 늘어놓는다는 것이다. 내가
조금 전에 어쩌면-남자친구와 아이버와 과급기와 '물 건
너' 국기와 관련해 꾸며대서 밀크맨에게 쏟아놓은 거짓말
처럼, 위태한 순간에 긴장하고 공포에 질려 하는 거짓말과
는 다른 종류의 거짓말이었다. 아무개 아들 아무개는 자기
가 꾸며낸 이야기에 푹 빠져서 그게 정말 진실이라고 생각
하는 것 같았다. 아무개 아들은 제임스 본드 스타일로 거
짓말을 했는데 물론 '길 이쪽' '물 이쪽' 사람들은 제임스

본드를 안다는 티를 안 냈다. 우리 정치 문제에 대한 뉴스를 그들이 조종하는 방송국을 통해서 접하는 것이나 잘못된 종류의 신문('물 건너' 신문)을 읽는 것이나 자정에 텔레비전에서 국가가 나오는 소리를 듣고 시간을 아는 등 절대로 하면 안되는 일은 아닐지라도 그래도 어쨌든 안되는 일이었다. 제임스 본드는 허락되지 않은 것이었다. 과급기처럼 '물 건너' 애국심의 전형적인 상징이었으므로 '물 이쪽'에 있고 '길 이쪽'에 있는 사람이라면, 제임스 본드를 볼 수야 있겠지만 그런다는 사실을 말하면 안되었다. 텔레비전 소리를 아주 작게 줄이고 봐야 했다. 제임스 본드를 보다가 자칫 누군가에게 들키기라도 하면 얼른 이렇게 말해야 했다. "쓰레기네! 하! 말도 안돼! 저게 말이 되냐고!" 야회복 재킷을 차려입은 제임스 본드가 죽은 사람 시늉을 하고 화장장에 있는 관에 갇혀 있다가 다음 순간에는 관에서 뛰쳐나와 자기 나라를 위해 악당을 물리치고 파티에 가고 세상에서 가장 아름다운 여자들과 섹스를 하는 게 도저히 그럴 법하지 않다고 말이다. "말도 안돼. 저 사람들 미국인인 척하는데 미국인 아니잖아! 하! 하!" 이렇게 말하는 것이다. 그렇게 말해서 팔백년 동안의 투쟁을 지지하지 않는 게 아니며 올리버 크롬웰, 엘리자베스 1세, 1172년 침공, 헨리 8세 등과 어깨를 나란히 하는 배신을 저지르지도 않았음을 입증하는 것이다. 그러니까 그것이 일반적 의미의 제임스 본드였고, 그것은 역사적이고 정치적인 의미로 일상에서 허락되지 않았다. 그런데 제임스 본드 스타일로 거짓말을 한다는 것은 또 조금 달랐다. 애국적이고 멋진 남자의 이미지, 자기 나라의 영광을 위해서 나쁜 놈들을 무찌르는 정의롭고 영웅적이고 무적이고 섹시한 이단아의 이미지가 활용되었다. 이 경우에는 우리 쪽, 그러니까 '길 이쪽'의 영광을 위해서이고 누가 누구를 무찌르는지 뭐가 뭔지를 다 뒤바꾸어야 했지만 말이다.

우리 구역에서는 국가 반대자가 좋은 편이고 영웅이고 영예로운 사람이고 전설적인 불굴의 투사이고 수적으로 불리하면서도 목숨을 걸고 우리의 권리를 지키기 위해 일어나 온갖 역경에 맞서며 게릴라전을 벌이는 사람들이었다. 우리 구역 사람 전부는 아니더라도 대부분 사람들이 그렇게 생각했다. 적어도 처음에는, 이상을 추구하던 반대자들이 죽고 새로운 유형의 반대자들이 나타나 조직폭력배 무리처럼 변질되어 마음속에 의구심이 점점 자라게 되기 전에는 그랬다. 반대자 구성원의 면면이 크게 바뀌면서 그에 따라 '길 이쪽'에서 반대자가 아닌 사람들, 정치적인 문제에 깊이 관여하지 않는 사람들의 도덕적 딜레마도 커졌다. 내적모순이 생기고 도덕적 모호함이 발생해 진실을 완전히 받아들이기 어려웠기 때문에 딜레마에 봉착했던 것이다. 이곳의 필부필부는 정치적 문제가 허락하는 범위 안에서 최대한 평범한 민간인의 삶을 살고자 했으나, 우리 명예를 맡아 관리하는 사람들이 대의를 위해 동원하는 수단이 과연 도덕적으로 올바른지 확신할 수가 없으므로 불안을 느꼈다. 죽음, 점점 늘어나는 죽음 때문만이 아니라 상처, 망각된 피해, 반대자의 작전이 성공을 거두었을 때 그 결과로 겪어야 하는 개인적이고 사사로운 고통 때문이기도 했다. 반대자들의 권력과 권위가 커질수록 필부필부의 의구심도 커졌다. 다른 쪽 '저 너머' '길 건너' '물 건너'도 그들 나름의 파괴 행위를 열심히 저지르고 있긴 했지만 말이다. 게다가 반대자들은 일상적으로 내부 청소를 벌여서 자기들이 공포한 규칙, 명령, 조례를 위반하는 사람을 처벌했다. 구타, 낙인찍기, 린치, 실종, 전날까지만 해도 손가락 발가락이 다 있던 사람이 손가락 발가락을 몇개 잃고 온몸이 멍투성이가 되어 돌아다니는 일 등이 있었다. 또 막사나 비어 있는 건물이나 반대자들에게 우호적인 사람의 집 안에서 즉결심판이 벌어지기도 했다. 반대자들은 수백가지 방법으로 자금을 뜯어냈다. 무엇보다도 조직의 편집증 때문에 늘 사람들을 심문하고 취조하고 곳곳에 정보원을 심었다. 하지만 필부필부가 내적모순을 일으키고 불편한 마음에 사로잡히기 전까지만 해도, 공동체 전체가 반대자들을 영웅적 투사로 간주했다. 한편 무장단체의 광팬들, 그러니까 도덕적 갈등이라는 걸 머리로도 가슴으로도 전혀 느끼지 못하는 여자들은 반대자 남자들을 완벽한 강인함, 섹시함, 남성성의 표본으로 생각할 뿐 아니라 그들과의 관계를 통해 사회적·직업적으로 목표한 바를 이루리라는 기대를 품기도 했다. 그래서 반대자들 주변에는 항상 여자들이 있었다. 여자들은 반대자들이 주로 드나드는 장소에 얼쩡거리고 반대자 모임에 들어가고 빈 곳이 있으면 파고들었다. 지역 안이나 밖에서 낯선 남자의 몸을 감싸안고 있는 여자를 보았다면 이렇게 애정을 담뿍 받고 있는 남자가 반대자라는 것에 양쪽 할머니 둘 다 걸어도 된다. 여자들은 반대자들이 대의를 위해서 싸우는 사람이라서가 아니라 그 사람들이 이 지역에서 상당한 권력과 영향을 행사하기 때문에 쫓아다니는 쪽에 가까웠다. 사실 무장단체 소속일 필요도 없고 불법일 필요도 없고 아무여도 상관이 없었다. 하지만 당시의 전체주의적 공동체 안에서는 남성 무장단체원에게 그 누구보다도 강력한 권한이 있었다. 물론 무장단체원들이 록 스타, 영화 스타, 스포츠 스타, 볼룸 댄스 챔피언이 된 두 사람 등과 같이 경계를 넘어 어디에서나 칭송받는 건 아니었지만, 각각의 지역에서 누리는 명성은 어디에서나 받들리는 인기 스타들의 인기와 견줄 정도였다. 그러니까 팬들이 보기에 반대자들은 바로 제임스 본드였는데 다만 다른 나라를 위해 봉사하는 제임스 본드가 아니었다. 매력이 넘치고 활력이 넘치고 초인적이고 흐름을 거스르는 본드였고, 특히 계급이 높고 대의를 위해 죽을 결의가 굳은 사람일수록 좋았다. 팬들에게 개인적이고 원초적인 열정과 동기를 제공하는 것은 '길 이쪽' '물 이쪽' '저들의 국기는 우리 국기가 아니다' 등등의 대의가 아니었다. 이들은 좋은 삶에도 큰 관심이 없었다. 좋은 옷, 좋은 보석, 쇼핑, 멋진 식사, 파티, 좋은 시절이 오면 쓰려고 비밀 금고에 넣어놓은 현금, 편안한 삶, 행복한 생활 방식이 문제가 아니었다. 사실 적어도 헌신적이고 완고하고 엄격한 구식 반대자들이 활동하던 시절에는 개인이 치부致富에 쓸 돈 자체가 없었다. 불법적으로, 매우 불법적으로, 엄청나게 불법적으로 거둬들인 돈을 모조리 대의를 위해 써야 했기 때문이다. 그러니까 개인이 얻을 수 있는 물질적 이득이 없었고 구식 반대자들은 물질적 이득에 관심도 없는 듯했다. 그러니 여자 팬들이 원하는 것은 오직 그 남자의 그 여자가 되는 것이었다. 지도자, 곧 넘버원이어서 여자를 넘버원 협력자로 만들어줄 남자여야 했다. 만약 넘버원 협력자의 자리를 누가 이미 차지하고 있다면, 카리스마 있는 다른 팬이 그 자리를 먼저 차지해버렸다면, 다음 순위로 넘버원 협력자의 시녀 자리를 노렸다. 큰 권력은 없지만 그래도 가망성이 높은 자리였다. 만약 그가, 그러니까 남자 중의 남자, 전사 중의 전사가 이미 결혼한 사람이라고 해도, 그 사람의 아내가 영향력이 크지 않다면 다시 말해 아내가 남편 근처에 오는 여자는 누구든 죽여버리는 여자 반대자만 아니라면 괜찮았다. 팬들은 두번째 여자, 정부가 되는 것에도 만족했다. 그렇게만 되어도 지위와 영광과 경의를 누릴 수 있었다. 야심가 여자들은 우리 엄마가 나더러 무장단체 광팬이 되었다고 나무라면서 한 말마따나 "빠르고 멋지고 환상적으로 짜릿한 반란군"을 통해서 자기의 목적을 달성하려 하고 있었다.

그래서 나를 계속 들볶으러 오는 것이었다. 우리 엄마 말이다. 나를 질책하고 꾸지람하고 그 여자들 사이에 끼지 말라고(나는 거기 끼어 있지 않은데) 으박지르러 왔다. 밀크맨과 내가 딱 두번 마주치고 난 다음에 벌써 내가 이 팬클럽 무리로 들어가려 하고 있으며 야심과 열망과 야망에 잔뜩 취해 권력의 집의 문을 두드리고 있다는 말이 돌았다. 엄마는 나한테 으름장을 놓으며 정신 차리라고, 그 남자들은 영화 스타가 아니라고, 이것은 현실이지 내가 읽으면서 돌아다니는 옛날 이야기책에 나오는 것 같은 위대한 열정을 품을 대상이 아니라고 했다. 내가 순진하게도 책에서 접한 상상에 빠져 길들여지지 않은 남성성을 흠모하게 된 거라고 했다. "하지만 책에 이런 이야기는 안 나오겠지. 너는 그 남자의 본모습을 보는 게 아니라 그 남자가 어떤 사람이었으면 좋겠다는 네 상상을 보는 거야." 엄마는 자기는 구식이 아니라고, 자기도 무지하지 않다고, 자기도 젊은 시절이 있었단 걸 잊지 않았고 아찔하고 자극적이고 짜릿한 흥분의 유혹을 모르지 않는다고 했다. 그렇지만 내가 끔찍하고 상스럽게 슬금슬금 접근해서 사랑을 쟁취했을 뿐 아니라 살인방조에 해당하는 중대한 위험 속으로 빠져들고 있다고 했다. "그 어두운 모험가들, 개척자, 구원자, 무법자, 악마, 뭐든 간에 그 사람들은 소시오패스, 어쩌면 사이코패스들이야. 아니라고 하더라도 호전적인 개인주의와 외골수에 빠져 있는데 자기들이 벌이는 일에야 딱 맞는 자질이겠지만 이 세상에서 다른 것에는 아무 쓸모가 없지." 엄마는 그 사람들은 9시부터 5시까지 근무하는 일은 못하고 인간관계도 제대로 못 맺고 가족을 이루지도 가족에 대한 의무를 다하지도 못하고 평균수명만큼 살지도 못한다고 했다. "그러니까 엮이지 마라, 딸아. 어쨌든 제대로 된 여자애, 정상적인 여자애, 도덕을 알고 교양을 아는 참한 여자애는 당장 그런 데서 나올 테고 그런 데 아예 발도 들여놓지 않겠지." 엄마는 또 내가 심지어 정식으로 발을 들여놓은 것도 아니라는 사실을 지적했다. 그러니까 다시 결혼 제도, 결혼 서약 이야기로 돌아간 거다. 나에게 이 초자연적이고 위험한 혁명가들과 거리를 두라고 경고하는 와중에도 결혼식을 생각하지 않을 수가 없는 모양이었다. 내가 제대로 들어간 것도 아니라고, 그러니까 아내가 된 것도 아니라고, 만약 내가 정말 꼭 반대자를 고집해야겠다면 적어도 공식적으로 결혼식이라도 올려야 하지 않느냐는 말이었다. 그러면 받아들여질 수 있었다. "물론 아내가 되는 것도 쉬운 일은 아니야. 감옥으로 면회 가야 하고. 무덤에 찾아가야 하고. 적의 경찰, 군인, 동료 반대자의 아내들, 남편의 동료들에게 감시를 당하지. 공동체 전체가 아내로서 정절을 지키는지 감시할 거야. 아내가 행동거지를 바르게 하는지, 남편 얼굴에 먹칠하는 짓을 하지는 않는지. 그러니 아니지. 쉬운 삶이 아니야. 정말 피곤하고 힘들고 외로운 삶이야. 그래도 최소한 여기에 살 수는 있지. 결혼하고. 혼인신고도 하고. 평판도 유지하고. 남편이 죽거나 감옥에 들어가면 사람들이 처자식을 챙겨주기도 하지." 한편 엄마 말에 따르면, 나는 부록으로 따라붙는 여자가 되는 길을 택함으로써 언젠가 누군가는 나를 원할 만큼 남부끄럽지 않은 여자로 키우려 했던 엄마의 노력을 모두 헛수고로 만들어버렸다고 했다. 격을 떨어뜨렸고 그나마 남아 있던 가능성도 망치고 말았으니 팬클럽 내 서열에서도 바닥으로 떨어질 만큼 '망가진 상품'이 될 것이라고 했다. "그렇게 되는 거야. 너 자신도 기회도 모두 망치는 거야. 대체 뭘 위해서?" 엄마가 고개를 절레절레 저었다. "후보 선수들은 절대 정당화되지 않아." 엄마가 경고했다.

엄마는 늘 그러듯 이런 말로 훈계를 마무리했다. "내 말잘 들어라. 두마리 토끼를 다 잡는다고, 평범한 삶은 지루하고 너 말고 나머지 사람들은 다 따분하고 이 길을 택한 덕에 이제 사는 것 같다고 생각하겠지만 네가 원하든 않든 진실이 네 삶을 강타할 거야. 평범하게 살고 평범한 남자와 결혼하고 평범한 삶의 의무를 다하는 건 잘못이 아니야. 그런데도 너는 화려함에 홀렸고 장식과 돈과 문화와 소속감과 네 젊음과 네 미성숙에 눈이 멀었구나. 하지만 결국은 나쁘게 끝나고 말 거다. 너는 껍데기가 될 거야. 그 남자가 너를 조종하고 지배하고 속을 텅 비워버리고 네 힘과 활기를 모두 빨아먹을 거야. 너는 패배하고 너 자신을 잃고 악의 구렁텅이에 빠질 거야. 그자가 하는 그 애매한 무슨 일, 그 모든 게 대체 뭔지 ──그게 뭐였더라? 무장단체에서 그가 벌였던 애매모호한 무언가가 대체 뭐였지?──너는 기억도 못할 거다. 오히려 일부러 잊으려고 하겠지. 내가 지금까지 그걸 알아차리지 못한 게 이상한데, 네가 어른이 되고 나니 갈수록 자기만의 기분과 정신과 공허한 믿음 속에 살던 네 아빠처럼 너도 점점 더 그림자에 이끌리는 것 같구나."

그랬다. 그런 이야기를 들었다. 이제 나는 결혼을 거부하는 사악한 노처녀일 뿐 아니라 결혼식도 안 올렸고 정식으로 매인 데도 없는 헤픈 여자였다. 모욕적이고 경멸적인 이야기들이 쏟아져나왔다. 하지만 그건 엄마 딸이 책에서 읽은 상상으로 만들어낸 이야기가 아니라 엄마 자신이 어디에서 주워들은 것으로 상상해서 만들어낸 이야기였다. 엄마는 나에게 나와 밀크맨 사이의 최신 루머를 전달하는 동시에 그걸 기정사실로 만들고 있었다. 밀크맨처럼, 다른 사람들처럼 엄마도 답을 이미 알았다. 그러니 나에게 질문을 하는 게 아니었고 내가 어떻게 대답하느냐에는 관심도 없었다. 나도 더 대꾸할 생각이 없었고 내가 밀크맨의 애인이 아니라고 해명하고 싶지도 않았다. 지난번에 그렇게 했을 때 엄마가 "거짓말!"이라고 했던 것이 아직도 상처로 남아 있었고 엄마는 내가 침묵으로 일관해서 아직 화가 나 있었기 때문에, 엄마는 계속 심한 말을 던졌고 나는 그 말에 영향을 받지 않으려고 애썼다. 그렇지만 영향을 안 받을 수는 없었다. 우리 구역 사람들이 나를 대하는 태도가 달라졌다는 것도 나에게 영향을 미쳤다. 사람들은 소문을 듣고 확대하고 갱신하는 것에 그치지 않았다. 지역 무장단체 팬클럽들도 나에게 관심을 갖기 시작했다. 그다음에 나를 찾아온 것이 그들이었다.

어느날 저녁 우리 구역 최고 인기 술집의 화장실에서 여섯명이 나에게 접근했다. 나를 둘러싸고 거울에 비친 내 얼굴을 빤히 보았다. 한명이 껌을 씹겠냐고 했다. 다른 사람은 자기 립스틱을 발라보겠냐고 했다. 또다른 사람은 에스티 로더 향수를 건넸다. 다들 다정하거나 적어도 다정한 척했고 나는 그 여자들의 다정함 혹은 다정한 척하는 접근을 받아들였는데 다른 이유가 있어서가 아니라 무서워서 일단 시간을 벌어야 했기 때문이다.

"난 터프가이가 좋아." 가장 나이가 많아 보이는, 나에게 향수를 건넸던 여자가 말했다. 내 옆 세면대에 서서 거울에 비친 내 얼굴을 보며 말하더니 거울 속의 자기 얼굴로 시선을 돌렸다. 여자는 자기 가슴골을 응시했다. 만족하는 것 같았다. 가슴 모양을 잡았다. 다시 잡았다. 더욱 만족하는 것 같았다. "위험한 남자. 남자다운 남자. 아주. 그래야지. 그런 남자가 좋아." 여자가 거울에 비친 내 모습에게 동의를 구하는데 다른 사람이 끼어들었다. "하지만 그건 곧 극단적인 것, 편도 티켓, 변하지 않는 정신, 절대 빠져나갈 수 없는 선택, 삶과 죽음과 영웅주의를 추구하는 것이기도 하지." 그 여자가 말했다. "그걸 잊어선 안돼." "주사위 게임이야." 세번째 여자가 말했다. "어쩔 수 없어. 아무리 연습하고 철저하게 준비하고 해도 일이 안되는 날이 있는 거야. 그날이 마지막 날이 되는 거지. 그래도……" 여기까지만 말하고 세번째 여자는 말을 맺지 않았다. 그러자 또다른 사람이 이어 말했다. "평범한 남자는 그런 거 못해. 평범한 반대자들도 못하고." "맞아. 또 항상 두렵지 않아?" 뒤쪽에서 누군가가 말했다. "늘 긴장할 수밖에 없고. 늘 그 남자와 마지막 순간을 보내고 있는 셈이니까. 혹시라도 임무가 잘못되었다 하면 ─ 쾅! 탕! 망하는 거야! ─ 쓰러져 죽거나 아니면 평생 갇혀 있어야 하지. 그러니 우린 훈련이 되어 있어야 돼. 항상 의욕 있어야 하고." 그때 나는 팬클럽 용어로 의욕 있다는 게 무슨 뜻인지 알게 됐다. "그 사람이 너에게 얼마나 중요한지 그 사람이 알 수 있게 해." 그들이 말했다. "예쁘고 세련되게 보여야 돼. 항상 드레스를 입어. 바지는 안돼. 하이힐을 신고 액세서리도 달고. 그를 실망시키면 안돼. 혼자 술집에 가면 안돼. 다른 남자와 같이 댄스플로어에 올라가거나 남자가 수작을 걸어오도록 내버려두면 안돼. 다른 남자는 꿈도 꾸지 마. 어쩌면 ─ 관계라고 해도 마찬가지야. 그에게 존경을 바치고 그를 뿌듯하게 만들어. 요란하게 굴지 말고. 속을 털어놓지도 말고 질문을 하지도 마. 감사할 줄 알아." 이렇게 말하며 계속 교육을 했다. 그제야 나는 내가 교육을 받고 있다는 사실을 깨달았다. 이 여자들이 화장실에서 나에게 팬클럽 가입 환영 패키지를 선사하고 있었던 것이다.

내가 뭐라고 대꾸할 말을 찾기 전에, 아니면 대꾸할 타이밍을 찾기 전에 그들은 이 삶의 위험과 매력, 왜 그럼에도 이것이 가치 있는지를 다시 이야기했다. "짜릿함. 사람들의 존경. 수행원들. 자신감 넘치고 환상적이고 야성적인 남자의 존재. 자연의 힘이지. 그 남자들은 지배하고 통제하고 모든 사람을 조종해." 이 여자들 말을 듣다가 나는 평범한 남자는 반대자가 될 수 없을 뿐 아니라 평범한 여자도 반대자의 여자는 될 수 없겠다는 걸 알게 되었다. "견딜 수가 없을 거야." 그들이 말했다. "그런 생활 방식을 갈망한다고는 하지만 너무 억눌려 있어서 못하더라고. 너무 겁을 먹지. 보통 여자들, 착하고 평범하고 따분한 여자들은 안돼." "평범한 여자는 지루한 걸 좋아하지. 도박을 싫어하고, 위험을 무릅쓰지 않고, 소극적인 일들과 흔한 남자들로 삶을 채워. 뛰어나고 대담하고 격동적이고 예측할 수 없는 일들을 벌이는 남자가 아니라. 이런 여자들은 안전한 보호막 안에서 9시부터 5시까지의 평범한 삶을 살겠지. 하지만 권력의 짜릿함, 통제와 잔인함의 자극을 누릴 수 있는데 따분한 보호막 안에 살고 싶은 사람도 있나? 조금씩 미묘하게 알 듯 모를 듯

다가가는 느낌, 급작스러운 에로틱한 공포가 너무 좋지 않니?"

그러니까 엄마가 완전히 잘못 안 거다. 엄마는 여자들이 눈이 멀고 홀려서 자기 애인들이 저지르는 암울한 행동에서 눈을 돌린다고 했지만, 이 여자들, 자기만족에 빠져 있는 기묘한 여자들 말을 들어보니, 반대로 이 여자들은 바로 그것에 매혹되어 있는 것 같았다. 현실을 직시하지 못해서 그러는 게 아니었다. 오히려 홀딱 빠져서 확대경을 들고 그 현실을 들여다보고 있는 것이었다. 이 여자들은 사람들이 흔히 말하는 여자, 나쁜 남자를 좋은 남자로 착각하는 여자, 사실 못된 짓을 저지를 생각은 없었는데 사람들에게 오해를 받게 된 남자를 잘 가다듬어 사람을 만들어보겠다고 하는 여자가 절대 아니었다. 이 여자들은 유리 깨지는 소리를 좋아하는 여자들이었다.

그때 그들이 나를 내 이름으로 불렀고, 그렇게 해서 암묵적인 경계선을 뛰어넘어버렸다. 나는 아직까지 한마디도 뻥긋하지 않았는데 어느덧 그들 무리에 껴서 그들 중 한명이 되어 있었다. 누가 화장실에 들어왔다가 우리를 봤다면 일행이라고 생각할 터였다. 실제로 다른 여자들이 계속 들락날락했는데 하나같이 우리 쪽을 흘깃 보고는 얼른 눈길을 돌렸다. 나도 전에는 그렇게 했었다. 이들 팬클럽이나 다른 팬클럽을 이 술집이나 아니면 다른 술집에 있는 비슷한 화장실이나 다른 어디에서 마주치면 그렇게 쓱 보고 눈을 돌렸다. 이들이 내 눈에는 상당히 미친 사람들 같았기 때문이다. 나와는 다른 사람이고 다른 행성에서 온 외계인처럼 이해할 수 없는 방식으로 움직이는 사람들이라고 생각했다. 나와 다를 뿐 아니라 나보다 훨씬 못한 사람들이라고 확고하게 판단했다. 나만 그렇게 생각하는 것은 아니어서, 우리 구역의 위대한 영웅 무장단체원들과의 성적 연결고리만 없었다면 이 여자들도 애초에 우리 구역의 상도를 벗어난 사람들 중 하나로 취급받고 배척당했을 것이다. 위험의 징조. 기이한 열정, 그것도 완전히 맛이 가도록 취한 성적 열정의 소유자들. 나는 저들 같은 생활 방식이 진저리가 날 정도로 싫었다. 물론 나도 열여덟살인데 섹스에 대해서 알 만큼은 아는 척하고 싶었다. 하지만 이 여자들이, 외양이나 하는 말이나 몸을 가누는 방식을 통해, 그러니까 다른 사람의 시선을 의식하며 몸을 움직이는 식으로, 섹스를 무언가 종잡을 수 없고 절제할 수 없는 것으로 제시했기 때문에 나는 무서웠다. 열여덟살은 섹스의 방대한 숨은 뜻과 모순으로 인한 혼란과 불안을 느끼기엔 이르지 않나? 지금까지 어쩌면-남자친구하고 얌전하고 소극적인 성적 경험만 했으니 거의 모르는 것이나 다름없기는 하지만, '해봤고, 알고, 어쩌면-남자친구하고 해봐서 알아야 할 건 다 알아' 정도의 상태로 남아 있어도 되지 않을까? 열여덟살이 알아야 할 건 다 안다고 생각하며 살 수도 있지 않을까?

그렇게 나는 내가 어떤 문턱에 있다는 사실이나 정치적 문제와 어쩌면-남자친구와의 어쩌면-관계 같은 삶의 애매모호함을 맞닥뜨려야 할 때가 되었다는 사실을 인정할 준비가 아직 안되어 있었다. 한편 이 여자들은 계속 떠들었다. 자기들의 행동과 성욕과 고통, 고통에 저항하지 않도록 단련이 되어 있어 항상 고통으로부터 쾌락을 느낄 수 있다는 것, 또 늘 넋을 잃고 무아지경에 빠져 있어 자발적으로 행동할 수가 없다는 것, 두근거리는 가슴, 피부의 떨림, 만성 흥분 상태 등등에 대해 끝없이 이야기해서 나는 도저히 참을 수가 없는 지경이었다. 셋째 형부가 운동과 관련된 이야기를 과부하가 일어날 정도로 쏟아부을 때처럼 나는 귀를 닫고 그 말들을 튕겨냈다. 마침내는 그들이 홀린 듯이 마구 떠들기를 멈추고 나에게 "너 머리 예쁘다"라고 해서 깜짝 놀랐다. 사실이 아니었다. 내 머리는 전혀 예쁘지 않았다. 그런데 또 누가 이번에는 내 머리가 버지니아 메이오나 심지어 킴 노백 같다고 했다. 누가 보든 말도 안되는 말이었는데도 그들은 흔들림이 없었다. 이제는 "너 영화 「창 속의 여인」에 나오는 조앤 베넷 같아"라고 했는데 그것도 절대 아니었다. 어쨌거나 그들은 나를 계속 칭찬하고 나를 자기들 가운데로 끌어들이며 나와 친해지려고 했다. 내가 밀크맨의 여자라고 생각하는 모양이었다. 아직은 아니라 하더라도 내부 정보와 여러 지표와 이런 문제에 대한 직감으로 미루어 내가 머지않아 밀크맨의 여자가 되리라고 판단한다는 뜻이었다. 그들은 나를 에워싸고 가르침을 주었다. 나를 라이벌이 아니라 동지 또는 후배로 취급하면서 위계질서에서 내가 어느 위치에 있는지를 가늠하려고 했다. 그래서 내가 가장 좋아할 법한 누아르 영화의 스타를 쉴 새 없이 나에게 가져다 붙이면서 비위를 맞추고 있는 것이었다.

이번에는 광대뼈를 칭찬했다. 아이다 루피노 같다고 했다. 글로리아 그레이엄하고도 닮은 구석이 있다고 했다. 베로니카 레이크도, 제인 그리어도. 리자베스 스콧도. 앤 토드도 진 티어니도 진 시먼스도 알리다 발리도 닮았다고 했다. 자기들도 영화 스타나 팜 파탈처럼 차려입었다면서 나보고도 끼라고 했다. "우리 같이 앉자." 그들이 말했다. "와서 우리랑 같이 앉아. 같이 온 친구들은 두고 아무 때나 우리한테 와서 같이 놀아." 그러고는 마지막 말과 함께 자리를 떠났다. "자 이거—꼭 실내에 있을 때 해야 돼." 알약이었다. 까맣고 통통하고 빛나는 알약. 한가운데 작은 하얀 점이 찍힌 조그만 알약이었다. 나한테 그 알약을 내밀길래 마치 기대하고 있었던 듯이 손을 벌려 받았다. 이미 내가 사람들이 나를 두고 수군대는 대로 되어버린 것 같았다.

그런데 우리 구역 최고 인기 술집의 화장실에서 팬클럽 친목회가 있었던 그 저녁 이전에, 아마추어 스토커 아무개 아들 아무개는 권력 있는 반대자가 나를 스토킹 하고 있다는 사실은 아직 모르는 채로 내가 무장단체 팬클럽에 들어가려 한다는 소문만 듣고, 나와 연애를 진척시킬 새로운 계획을 시도해보기로 한 모양이었다. 아무개 아들 아무개는 나한테 처음 접근했을 때 퇴짜를 맞았으면서도 새로운 계획에 따라 다시 접근했다. 이번에는 자신의 진짜 정체를 나에게 밝히면 (내가 반대자 아무나가 아니라 가장 저명한 최고 반대자와 연애를 하기를 갈망한다는 전제에 따라) 내가 아 맙소사! 네가 그들 중 하나였다니! 그래 나랑 연애하자! 할 거라는 기대를 품고 총력전을 펼쳤다. 지금까지 아무개 아들 아무개는 이 지역에서 반대자들의 열렬한 지지자로 알려져 있었고 확실한 반대자 가문 출신이기도 했다. 그런데 한동안 광팬으로 지내더니 이제는 아예 자기가 반대자라고 생각하는 단계로 넘어간 상태였고, 그래서 나한테 두번째로 접근해와서는 내가 처음에 자기를 거절한 건 실수였다고 말했다. 내가 자기를 딱지 놓는 바람에 자기가 스토킹을 하겠다고 말을 하기는 했지만 "기다려, 더러운 고양이 같은 년, 곧 죽게 될 테니" 따위의 말은 사실 진심이 아니었다고 했다. 내가 자기 말을 오해하지 말았으면 좋겠고 그게 사실은 나와 가까이 지내고 싶은 욕구를 표현한 것이었음을 알았으면 좋겠다고 했다. 또 고심 끝에 이제는 나를 믿고 가장 내밀한 비밀을 알려줄 때가 되었다는 결론을 내렸다고 했다. 그러면서 사실은 자기가 국가 반대자, 진정한 애국자, 겸허하게 자기 목숨을 저버리고 운동과 대의와 민족을 위해 모든 것을 희생하고자 하는 영웅이라고 했다. 아무개 아들 아무개는 이번에는 지난번과 달리 우호적이고 긍정적인 결과를 얻으리라고 확신하는 것 같았다. 게다가 우리 오빠 중에도 반대자가 두명 있으니 당연히 내가 반색하리라고 믿었을 것이다. 그러나 입에 올리면 안되지만 입에 올리는 소문이 도는 유비통신에서나 누가 반대자이고 누구는 아닌지 하는 정보가 오갔는지 몰라도, 나는 오빠들이 반대자라는 사실을 까맣게 몰랐다. 나중에 한 오빠가 죽었을 때 장례식에서 관을 '국경 건너'의 국기로 덮고, 장례 행렬이 관을 '일상적 장소'에서 보통 사람들이 묻히는 구역 대신 반대자들이 묻히는 구역으로 운구하고, 군복을 입은 반대자 세명이 어디선가 갑자기 나타나 오빠 무덤 위로 조포를 쏘았을 때에야 나는 알았다. 충격이었다. 나한테는 그랬다. 그보다 더욱 충격적이었던 것은 나중에 다른 식구들에게 물어보았는데 나만 빼고 우리 엄마와 우리 형제자매 전부, 심지어 어린 동생들까지도 둘째와 넷째 오빠가 반대자임을 알았다는 사실이었다. 나만 몰랐다니 딱하다거나 그럴 수 있다고 이해한다고 말하는 사람도 없었다. 내가 걸어다니면서 책이나 읽고 일부러 안갯속에 빠져 있으니 그런 거라고 했다. 아무개 아들 이야기로 돌아가자면, 그가 나한테 자기 비밀을 털어놓기 시작해서 나는 당혹스러웠다. 게다가 반대자도 아니면서 열의에 들떠 맛이 간 채 착각에 빠져 있다는 게 불 보듯 빤했으니. 아무개 아들 아무개는 계속 떠들었다. 자기가 무장단체 요원이라고 했다. 잠시 뒤에는 가장 높은 무장단체원들에게 조언을 하는 최고 고문이라고 했다. 요는 내가 자기가 섹시한 영웅이라는 사실에 감명을 받았을 테니 너무 늦기 전에 얼른 매달리는 게 좋다는 것이었다. 또 내가 자기처럼 신념에 충실하리라고 믿으며, 작전 중에 어떤 일이 일어날지 모르지만 자기는 끝까지 용기를 잃지 않을 것이며 반드시 신념을 지킬 것이라고 호언장담했다. "일이 안되는 날이 있어. 그날이 마지막 날이 되는 거지. 너도 알겠지만 평범한 남자는 그런 거 못해. 평범한 반대자들도 못하고. 일이 닥치면 꾸역꾸역하는 거야. 우리도 기운이 빠질 때도 있고, 초조할 때도 있어 ――"그러고 나서 그가 내 이름을 불렀다. "그 일 바로 직전에는 우리가 마지막 순간을 살고 있고 세가지 결과가 있겠구나 하는 생각이 들지. 살거나, 죽거나, 다치거나, 실패하거나, 잡히거나."세가지가 아니라 다섯가지였다. 하지만 말을 끊고 고쳐주면 그를 부추기는 꼴이 될 것 같아서 잠자코 있었다. "목숨을 내걸 때에는, 어떤 것도 당연하게 받아들이지 않지."그러고 그는 내 이름을 다시 불렀다. "세시간 네시간 동안, 끝날 때까지 우리 목숨이 경각에 달려 있다는 걸 통절히 인식하게 돼. 만약에 마침내 끝이 나면, 우리 임무를 달성했다면, 그때는 삶이 얼마나 아름다운가를 깨닫게 되는 거야." 이런 겸손한 자랑이 "심리적 충동""강철 같은

194

심지"초인적인 인내"정상적이고 가정적인 생활 방식
의 희생" 등등을 거론하며 계속 이어졌다. 맥락을 떼고 들
으면, 아니 맥락 안에서 들어도 내가 최근에 이곳에서 다
양한 사람들에게 듣는 소리하고 다를 게 없었다. "알다시
피 우리는," 그는 자기를 계속 일인칭 복수로 지칭하면서
말했다. "우리 가족도 그러듯이 ― 너네 가족도 그러리라
고 생각하지만 ― 군인으로서의 삶이 먹고 숨 쉬고 자는
것만큼 중요하다고 생각해. 하지만 우리한테 묻지는 마."
이 대목에서 그는 내가 질문하는 것을 실제로 막으려는 듯
손을 들면서 우리 사이를 연결하는 유대감을 강조하는 양
의미심장한 눈빛을 나에게 던졌다. 우리가 진짜 어딘가에
함께 속해 있는 듯한 눈빛, 자기가 무장단체 반대자 세계
에서 어떤 지위에 있는지 나에게 알려주었기 때문에 내가
이미 자기를 좋아하게 되었다는 듯한 태도였다. 그런데 아
니었다. 나는 감동도 못 받았고 그애가 좋아지지도 않았고
사실 그애는 반대자도 아니었다. 설령 반대자가 맞는다 하
더라도, 내가 그애 말에 낭만적인 감상이 동해서 감동했다
하더라도, 아무리 그래도 걔는 제임스 본드 스타일로 밥
먹듯 거짓말을 하는 아무개 아들 아무개였으니까.

아무개 아들 아무개에게 연결고리가 있는 것은 사실이
었다. 지금은 죽고 없는 아버지와 큰누나와 큰형이 반대자
였다. 하지만 굳건하게 반국가적인 무장단체 근거지에서
는 자기는 아무 일도 안하면서 아버지가 한 일, 누나가 한

일, 형이 한 일만 내세울 수 없었다. 그런 혈연관계가 있으면 사람들이 한동안은 봐주고 관심도 쏟고 존경도 보일 것이다. 특히 방문객들, 역사를 찾아 이곳에 오는 외부 사람들은 아무개 아들이 대단하다며 존경할지도 모른다. 그 사람들이 뭘 알겠는가? 하지만 이곳 사람들은 잘 알았다. 반대자들에 열광하다가 마침내 맛이 가서 자기가 무장단체 소속이라고 착각하게 된 지지자들은 잘났다고 뻐기며 다른 사람들과 거리를 두는 특성이 있어서 딱 봐도 티가 났다. 아무개 아들도 그랬지만 자기가 얼마나 빤히 들여다보이는지(복면이야 아무 데서나 살 수 있으니까) 자기만 몰랐다. 아무개 아들이 자기가 슈퍼히어로 자유투사라고 하도 요란하게 떠들고 다녀서 반대자들이 한번 손봐줄까 하고 있다는 소문도 있었다. 그런 아무개 아들이, 내가 전에 이미 딱지를 놓았는데도 다시 수작을 붙이고 있는 것이었다. 나 같은 사람은 이해할 거라고, 나도 집안에 반대자들이 있으니까, 넷째 오빠처럼 도망가야 할 날이 올지 모른다는 걸 이해할 거라고 했다. 정말 짜증 나는 일이었다. 처음에는 이번에도 예의를 지키려고 얼마나 더 기다렸다가 "이제 가봐야겠어"라고 말하면 될까 타이밍을 보고 있었다. 이런 사람들은 나를 바보라고 생각하고 자기들이 나를 바보로 본다는 사실을 내가 알아차리지 못하리라고 생각하는 경향이 있다. 그리고 나를 온전한 사람으로 보는 게 아니라 오직 자기 영광의 빛을 반사시키기 위한 목적으로 존재하는 하찮은 사람으로 본다. 그래서 그런 사람들이 칭찬하고 염려하는 척하면 소름이 끼친다. 부적절하고 음흉하고 탐욕스럽게 계획적으로 잘해줘놓고 조금 뒤에는(내 경우에는 조금 전까지만 해도) 모욕하고 협박하고 위협하고 스토킹을 하겠다고 한다. 자기들이 나한테 먼저 접근해놓고 내가 자기한테 접근했다고 생각하고, 나는 일단은 친절하게 대할까 아니면 사정없이 쳐내야 할까 고민하고 있는 건데 머리가 나빠서 그것도 모른다. 하지만 나는 그래도 계속 예의를 지켰다. 아무개 아들네 집에 죽은 사람이 더 있었기 때문이다. 가장 최근의 죽음이 겨우 몇달 전 일이었다. 최근에 그 집에서 두명이 더 죽는 바람에 우리 지역에서 딱 한 집만 빼고 두번째로 과격한 죽음을 많이 겪은 집이 되고 말았다. 그 집보다 더한 집이 하나 있는데 나와 초등학교 때부터 친했던 가장 오래된 친구 집이다. 정치적 문제 때문에 내 친구만 빼고 온 가족이 다 죽었다. 아무튼 아무개 아들도 불쌍했다. 식구들이 죽었기 때문에 충격을 받아서 나사가 풀린 것이 틀림없으니 완전히 돌아버렸을지라도 참작해주어야 했다. 지난 십년 사이에 처음에 아버지가 죽고, 그다음에 큰누나, 그다음에 큰형이 다양한 반대자 활동을 벌이다 죽었다. 그리고 집안에서 가장 사랑받던 둘째 아들이 길을 건너다가 죽었다. 둘째 아들이 죽고 두달 뒤에 넷째 아들, 그때까지도 핵무기 문제에 몰두하고 있던 아들이 죽었다. 약과 술을 먹고는 비닐봉지를 머리에 썼고 쪽지를 남겼는데 충격적인 글귀가 적혀 있었다. "러시아 때문에 미국 때문에 이렇게 한다." 이렇게 해서 부모와 열두형제가 살던 집에 이제는 아무개 아들 아무개, 정신쇠약을 일으킨 어머니, 여동생 여섯과 세살 아기만 남았다. 그게 내 잘못은 아니지만. 내가 아무개 아들에게 매력을 못 느끼는 것도 내 잘못은 아니다. 집안에 죽은 사람이 많으니 불쌍하다고 사귈 수는 없는 일이다. 더더군다나 처음부터, 처음 보았을 때부터, 교류도 하기 전부터 어쩐지 비위가 안 맞았던 사람하고 사귄다는 건 있을 수 없는 일이다. 처음에는 비위 상했던 게 좀 미안했지만 아무개 아들이 나한테 거절당하고 살해 협박을 일삼자 미안한 마음도 사라졌다. 그에 더해 내가 두번째로 또 거절했는데도 그가 "우리의 반대자 동료 의식"을 거론하며 우리는 아무 관계도 아닌데도 "우리 관계"에 대해서 말하기 시작해서 나는 그가 두번의 거절을 허락으로 받아들였으며 이걸 우리의 첫번째 데이트로 생각한다는 사실을 깨닫게 되었는데, 그러자 미안한 마음이 더더욱 씻은 듯 사라졌다. 그가 스토커처럼 굴고 우리 관계를 확신하고 우리의 미래를 확언하는 태도만 보아도, 이렇듯 위협적이고 착각에 빠져 있고 집착하고 제정신이 아닌 사람이 위협하고 착각하고 집착하고 제정신이 아닌 상태에서 순식간에 벗어나 알랑거리며 납작 엎드릴 수 있으리라는 건 상상도 못할 일이었다. 그런데 밀크맨이, 즉 아무개 아들이 보기에도 자기보다 훨씬 더 위협적이고 스토커 같은 사람이 나에게 관심 있다는 소문이 아무개 아들의 귀에 들어가자 아무개 아들은 바로 그렇게 돌변했다.

지금, 아무개 아들의 로맨스를 가장한 적대 행위가 잦아든 때에 나는 밀크맨 옆에 서 있었고 엄청나게 겁에 질린 데다 손에 죽은 고양이 머리까지 들고 있어 더욱 어쩔 줄 몰랐다. 밀크맨과 이야기하는 동안 나는 고양이 머리에 대해서는 아무 말도 안했고 머리를 쳐다보지도 않았다. 밀크맨도 보지 않는 것 같았지만 그게 뭔지 훤히 안다는 것은 나도 알았다. 내가 그걸 뒤집어보고, 갔다가 다시 돌아오고, 다시 돌아섰다가 머무적거리던 것을 아마 다 보았을 것이다. 내가 그걸 손수건에 굴려넣고 집어드는 것도 보았을 것이고 그걸 일상적 장소에 가져가려고 한다는 것도 간파했을 것이다. 하지만 내가 고양이 머리에 대해 아무 말도 하지 않았기 때문에 그도 아무 말도 하지 않았다. 여름밤 9시 45분에 아무도 없는 황량한 지역에서 잘린 머리를 든 십대 여자애에게 그 여자애하고 어쩌면-관계인 남자친구의 목숨을 앗아갈 계획이라고 이야기하는 것과 고양이 머리는 무관하다고 보는 것 같았다. 밀크맨의 등장과 밀크맨이 한 말이 미친 충격 때문에 나도 아주 잠깐 동안은 머리가 있다는 사실을 잊었다. 하지만 곧 머리의 존재를 다시 자각했다. 밀크맨이 나를 겁에 질리게 할 말을 하려고 다시 입을 열 때 묶은 손수건을 받치고 있던 내 손이 나도 모르게 발작적으로 천을 만지작거렸다. 손가락 하나가 긴 앞니 하나를 건드렸는데 당황해서 손을 움찔거리다가 천을 뚫고 나온 긴 앞니에 손끝을 찔렀다. 그 순간에 척추가 다시 들썩였다. 이끼 교실에서처럼 부자연스럽게 진동했다. 이어 다리가 떨리고 오금을 따라 전류가 흐르고 허벅지와 등 쪽 신경이 잔물결처럼 떨며 번졌다. 그때 머리에 구더기가 떠올랐다. 코, 귀, 눈가에 있던 덩어리들. 밀크맨이 다시 말을 하고 있었다. 어쩌면—남자친구를 죽일 거라고 대놓고 말하지 않으면서도 속속들이 암시하던 것은 끝났고 다음 주제로 넘어갔다. 자기가 나보다 나이도 훨씬 많고 아는 것도 훨씬 많으니 더는 에너지 낭비하지 말고 자기 차를 타라고 다시 말했다.

두번째로 저수지 공원에서 만났을 때 말했던 것처럼 자기는 내가 시내든 어디든 우리 지역 밖에서 걸어다니는 것이 마음에 안 들고 나에게 좋지 않고 안전하지 않은 일이라 걱정스럽다고 말했다. 나에게 이동수단을 대주는 건 전혀 성가신 일이 아니라는 걸 내가 알았으면 좋겠다고 했다. 자기 차든 자기가 바쁠 때면 다른 사람 차든 보내는 게 전혀 어려운 일이 아니라고. 자기가 여유가 없을 때에는 다른 사람들에게 나를 태워주라고 말하겠다고 했다. 그러고 또 내 직장 이야기를 했다. 아무 걱정 말라고, 무사히 직장에 데려다주고 끝나면 데리러 가겠다고 했다. 그러면 버스 납치나 폭동이나 교전 때문에 대중교통수단이 꿈쩍 못하더라도 문제없고 만원버스에서 시달리는 일도 이제 안 겪어도 된다고. 이번에도 오직 친절에서 우러나온 도움을 준다는 듯한 태도로, 내가 걷기를 끊고 뛰기를 끊고 어쩌면—남자친구를 끊을 수 있게 도움을 주겠다는 듯이 제안했다. 이번에도 역시 노골적으로 선을 넘지는 않았기 때문에 그가 선을 넘었다고 내가 느꼈더라도 착각일 수 있었다. 그렇지만 그의 말을 듣고 있자니 정신이 혼미한 와중에도 절대로, 반드시, 무슨 일이 있어도 그의 차에 타면 안 된다는 것은 알 수 있었다. 모든 게 그 마지막 선을 넘느냐 아니냐에 달려 있는 것 같았다. 만약 그 선을 넘어 차에 탄다면 그것으로 '끝'이자 무언가의 '시작'이었다. 그러는 동안 나는 정신적으로는 무엇도 분명히 표현하지 않는 애매한 영역 안에, 물리적으로는 사람이 서둘러 지나가야 할 뿐 아니라 사실 아예 발을 들여놓지 않는 게 좋은 구역 안에, 계속 그렇게 서 있었다. 나는 그 안에 있었다. 그도 그 안에 있었다. 나는 극도로 긴장하고 감정이 격앙된 상태라 정신이 와르르 무너져버릴 수도 있을 것 같았다. 내가 갑자기 "싫어!" "꺼져!"라고 말하거나 소리를 지르거나 고양이 머리를 떨어뜨리거나 심지어 그를 총으로 쏠 수도 있을 듯한 상태였다. 그런데 그때 다른 남자들이 나타났다.

나타났다는 말이 정확하다고는 할 수 없고 근방에서 이미 기다리고 있었던 것 같았다. 나는 사람이 여기 있다는 사실에 놀랄 수밖에 없었다. 이곳은 흑마술, 마녀, 마법, 귀신, 인신 공양, 뒤집어진 십자가 등등 섬뜩한 이야기들이 얽혀 있는 곳이라, 물론 비밀공작원을 거느리고 대중을 상대로 사기를 치는 국가안보기관이 최근에 일어난 으스스한 일들의 배후에 있다는 말도 있긴 했지만 그 말이 사실이건 아니건 대부분 사람들은 이곳에서 저곳으로 가느라 십분 지역을 지나야 할 때에는 최대한 걸음을 재촉해 서둘러 통과하고 웬만하면 아예 얼씬도 하지 않았기 때문이다. 내가 그곳에 서서 불길한 남자와 이야기를 하고 있고 나치 폭탄에 맞아 죽은 고양이의 머리를 들고 있다는 사실만 해도 십분 지역이 정상적인 곳은 아니라는 근거로 충분했다. 그런데 거기에 그 사람들이, 네 사람이 있었다. 숨어 있거나 아니면 적어도 반쯤 숨어 있다가 나온 것 같았다. 첫번째 사람은 문 닫은 가게 그늘에서 나왔는데, 으스스한 지역이라 영업을 안하는 것은 아니고 저녁이라 닫은 가게였다. 첫번째 사람이 어둠속에서 나와 우리를 흘긋 보더니 고개를 돌렸다. 그러고 나서 우리를 없는 사람 취급하며 거기 그냥 서 있었는데, 그런데 대체 왜 거기 서 있는 거지? 다른 사람 둘은 버려진 교회 두곳의 무너진 바닥에서 각각 나타나 잠깐 우리를 쳐다봤다가 고개를 돌렸다. 그렇게 세 사람이 무언가를 기다리는 듯 서 있었다. 세 사람이 같은 거리를 이루며 섰고 그 대형 한쪽 끝에 밀크맨과 내가 있었다. 나는 처음에 이 사람들이 밀크맨을 쏘려고 매복해 있던 사복경찰인 줄 알고 겁에 질렸다. 그러면 나까지 동조자로 취급하고 쏠 가능성이 아주 높았기 때문이다. 하지만 세 사람 사이에 일종의 정신적 삼각형 같은 것이 그려지고 우리도 그들과 연결되어 있다는 게 느껴졌다. 그 세 사람과 밀크맨이 한패라는 말이었다. 그 순간에 네번째 남자가 바로 내 옆으로 쑥 들어왔는데 나는 그 사람이 다가오는 것을 듣지도 보지도 못했기 때문에 기겁을 했다. 그 사람은 내 바로 옆을 스치고 지나가면서 나도 밀크맨도 쳐다보지도 알은체하지도 않았다. 다음 순간 나는 또 기겁할 수밖에 없었는데 그 사람한테서 고개를 돌려 밀크맨 쪽을 쳐다보니 밀크맨이 이미 사라지고 없었기 때문이다.

그렇게 밀크맨은 가버렸는데, 밀크맨이 옆에 있는 동안 마음이 한순간도 편하지 않았으면서 왜 그 일에 그렇게 충격을 받았는지 나도 알 수 없었다. 그 사람이 내가 알아차리지 못하는 순간에 갑자기 나타나고 사라진다는 점 때문이었을 것이다. 나는 자동적으로 시내 쪽, 네번째 남자가 걸어가고 있는 방향 쪽으로 몸을 돌려 밀크맨이 그 남자와 같이 가고 있는지 보려고 했다. 다른 쪽은 내가 보고 있었으니 그쪽으로 갔을 리는 없었다. 그 순간 다른 남자들도 나를 지나쳐 걷기 시작했다. 제각각 움직이면서도 정확한 계획에 따라 일사불란하게 움직이는 게 느껴졌다. 한 몸이었다. 네 사람이 한 몸. 다섯 사람이 다른 곳에서 곧 다시 모이리라는 게 확실했다.

너는 미쳤어.

밀크맨이 사라진 뒤 속으로 말했다. 밀크맨과 다른 남자들은 같이 움직이지 않는 척하면서 각자 시내 쪽으로 갔다. 홀로 남은 나는 십분 지역에서 벗어나려고 반대쪽으로 걸었다. 달리기를 하지 말고 걷기도 하지 말라는 말 없는 위협, 자동차 폭탄 살해라는 말 없는 위협이 머릿속에 가득했다. 게다가 손에는 고양이 머리가 있었다. 시간이 10시를 넘었고 빛이 거의 사라졌으니 일상적 장소에는 갈 수 없었다. 어두워지면 사정이 달라진다. 빛이 희미하게 남아 있으니 공동묘지 안쪽 오래된 묘비와 풀숲 사이로 들어가서 애초에 의도한 대로 머리를 묻어줄 만한 곳을 찾을 수야 있겠지만, 방금 밀크맨을 만나 최신 명령과 희망하는 바를 전달받았음에도 불구하고 밀크맨이 다시 드라큘라 묘비 같은 것 뒤에서 불쑥 나타나 다음 계획을 실행할 것만 같은 생각이 들었다. 이제는 밀크맨이 나와 관련된 계획, 수행 과제를 설정해놓았다는 게 확실했다. 그러니 공동묘지로는 갈 수 없었다. 그래도 어딘가에 머리를 갖다놓긴 해야 했다. 우거진 수풀 같은 게 있어야 했다. 저수지 공원에 있는 풀밭 같은 데. 하지만 십분 지역과 마찬가지로 저수지 공원도 밤에는 절대 들어가면 안되는 곳이었다. 머리를 어두운 곳에서 다른 어두운 곳으로 가져가봐야 무슨 의미가 있나? 내가 어찌어찌 남의 눈에 뜨이지 않고 저수지 공원에 들어가 어딘가 덤불이나 풀숲에 머리를 묻는다고 해도, 덤불이나 풀숲에 숨어 있는 스파이들이 (특히 내가 밀크맨과 관련이 있다고 확신하고 있을 테니) 곧바로 내가 묻은 게 뭔지 확인하려고 파낼 것이다. 그러니까 **그곳** 풀은 안된다. 다른 곳에서 풀을 찾아야 한다. 남아 있는 교회 두개 주변 잡초밭이 있긴 한데, 거기도 우울하긴 마찬가지다. 게다가 십분 지역 바깥도 아니다. 우리집에는 마당이 없지만 마당이 있는 집들도 있으니까 집에 가는 길에 풀이 무성한 집이 나오면 몰래 들어가서 묻어놓으면 어떨까? 그것도 막상 하자니 지나치게 위험하고 불안한 계획이어서 이제는 포기하고 싶을 정도로 의지가 무너져내렸다. 사실 밀크맨이 등장하기 전부터도 의지는 이미 조금씩 흩어지고 있었다. 시내에서 선생님과 다른 사람들과 헤어져서 우리 지역을 향해 걷기 시작한 순간부터 '의미가 없어. 무슨 소용이야. 무슨 의미가 있어?' 하는 생각이 조금씩 밀려오고 안에서 쌓이며 서서히 나를 조였다. 갈팡질팡하다가 의기소침해져서 '너는 미쳤어. 광기 때문에 시시각각 무력해지고 있어'라며 스스로를 질타했고 한편으로 머리를 그냥 내려놓자, 아무 데나 그냥 내려놓자, 어디 콘크리트 바닥이 나오면 그냥 두고 가버리자고 생각하는 와중에 내가 이미 십분 지역을 벗어나 일상적 장소에 다 왔다는 사실을 깨달았다. 낡고 녹슨 공동묘지 철문 앞에 다다랐을 때 뒤쪽에서 자동차 소리가 들렸다. 순간적으로 다시 온몸에 찌르르 전율이 흘렀다. 안돼. 그 사람이야! 계속 걸어. 그냥 걸어. 돌아보지 마.

차가 내 옆으로 다가올 때 나는 무덤 입구를 통과했다. 누가 나를 불렀다. "어이! 거기! 별일 없어?" 밀크맨 목소리가 아니었기 때문에 나는 걸음을 멈췄다. 다른 사람이었다. 진짜 밀크맨이었다. 우리 지역에는 우유 주문을 받고 진짜 우유 트럭을 몰고 담당 구역에 우유를 배달하는 진짜 밀크맨이 있었다. 그 사람은 아무도 사랑하지 않는 남자이자 우리 구역 공식 상도를 벗어난 사람이기도 했다. 우리 집에서 모퉁이를 돌면 있는 길에 살았는데 어느날 죽어가는 동생을 보러 '물 건너' 나라에 갔다가 돌아와서 자기 집이 뭔가 이상하다는 걸 알아차리는 바람에 상도를 벗어난 사람이 되었다. 진짜 밀크맨은 혼자 살았는데, 집에 돌아와 석탄을 한삽 퍼오러 뒷마당에 갔더니 누가 땅을 판 흔적이 있었다. 진짜 밀크맨은 무슨 일인지 알아보려고 그 자리를 파보았다. 잠시 뒤에 진짜 밀크맨은 흙투성이가 되어 소총을 한아름 안고 집 밖으로 나왔다. 두번 그렇게 비닐에 싸인 소총을 팔에 가득 안고 나와 전부 길 한복판에 버렸다. 그러면서 소리를 질렀다. "네놈들 집 뒷마당에 묻을 것이지 왜!" 그러더니 집으로 들어가서 또다른 것들도 가지고 나왔다. 권총, 분해된 권총, 탄약 무더기 등등 천과 비닐로 싸인 무기가 줄줄이 나왔다. 진짜 밀크맨은 무기를 전부 다 갖다버리면서 성질이 머리끝까지 뻗쳐 소리를 질러대다가, 길바닥에 총을 부려놓기 전까지 그 자리에서 놀고 있던 아이들 무리를 봤다. 아이들은 한편으로 물러서서 진짜 밀크맨이 하는 양을 구경하고 있었다. 그런데 아무도 사랑하지 않는 남자가 문득 아이들을 보고는 소리 지르기를 멈추더니 이번에는 아이들에게 소리를 치기 시작했다. "꺼져!" 하고 소리쳤다. "저리 가라고!" 하도 무섭게 소리를 질러서 아이들이 도망갔다. 몇몇은 놀라 얼어버렸고 그 자리에서 울음을 터뜨렸다. 무슨 소동이 벌어졌나 보려고 문가에 나온 이웃 사람들에게 아무도 사랑하지 않는 남자는 애들을 데려가라고 소리를 질렀고 또 자기가 없는 사이에 국가 반대자들이 자기 집에 들어왔는데 이웃에서 몰랐다는 게 말이 되냐고 따졌다. 이렇게 아무도 사랑하지 않는 남자, 진짜 밀크맨은 모든 사람과 싸웠다. 심지어 애들하고도 싸웠다. 하지만 굳이 따지자면 진짜 밀크맨이 상도를 벗어난 사람으로 취급된 까닭은 무기를 버렸기 때문이다. 원래는 누군가 우리집에 무기를 묻어놓았다는 사실을 알게 되더라도 당연히 모르는 척하고 참아야 한다. 그리고 진짜 밀크맨이 아무도 사랑하지 않는 남자로 알려지게 된 까닭은 아무 거리낌 없이 아이들을 울렸고 미안하다고도 하지 않았기 때문이다.

그렇게 그는 무기를 버려서 반대자들의 미움을 사게 되었고 또 지역의 규칙과 규정에 불만을 표해서 또 반대자들의 미움을 샀고 또 반대자들이 규칙 위반 심판을 벌여 주민들이 그들의 규칙과 규정을 지키지 않았을 때 사정없이 처벌하는 것에 반대해서 또 미움을 샀고 또 밀고자로 의심받는 사람이 실종되었을 때 법석을 떨어서 또 미움을 샀다. 그 사람의 또다른 특징은, 주민들이 그에게 신세 진 일이 있더라도 본인은 별일 아니라고 생각한다는 점이었다. 아무도 사랑하지 않는다는 평판을 생각해보면 그 사람이 누굴 도와주거나 그럴 것 같지 않은데 실제로는 자주 도와줬다. 우리가 그의 좋은 행동을 인정하지 못하는 까닭은 그가 누구에게나 불친절하다는 평판이 의식에 너무 확고하게 박혀 있어서 사실로 헛소문을 밀어내려면 의식적인 노력을 엄청 기울여야만 하기 때문이었다. 여기 사람들은 아주 사소한 오해도 재조정하려고 들지 않으니 진짜 밀크맨을 긍정적으로 평가하려는 공동체 단위의 의식적인 노력이 빠른 시일 내에 이루어질 가능성은 매우 희박했다. 하지만 그가 사람들을 도운 것은 사실이다. 자기가 반대자라는 상상에 빠져 있는 아무개 아들 아무개의 엄마이기도 한 핵소년의 엄마도 도와주었다. 핵소년이 자살한 날 저녁 진짜 밀크맨은 다른 사람들과 같이 핵소년 엄마를 찾으러 돌아다녔다. 핵소년 엄마는 핵소년이 죽었다는 소식을 듣고 사라졌는데 어디로 갔는지 아무도 몰랐다. 아들처럼 엄마도 자살했다는 소문이 돌았지만, 진짜 밀크맨이 넋이 나가 풀어헤친 옷차림으로 다른 지역에서 헤매고 있는 엄마를 찾아냈다. 핵소년 엄마는 아무도 알아보지 못했고 자기

208

가 누군지도 몰랐다. 진짜 밀크맨이 핵소년 엄마를 집으로 데려왔고 이 구역에서 의사 역할도 하는 경건한 여인들한테 치료를 받게 했는데도, 여전히 진짜 밀크맨은 세상에서 가장 끔찍한 사람으로 불렸다. 나는 그 사람이 끔찍하거나 성격이 비뚤어졌거나 상도를 크게 벗어났다고 생각하지는 않았다. 그러니까 우리 지역의 다른 상도를 벗어난 사람들과 비교하면 그렇다는 말이다. 상도를 벗어난 사람으로는 알약소녀가 있고, 사람을 불안하게 만드는 알약소녀의 빛나는 동생이 있고, 지금은 죽었지만 불쌍한 핵소년이 있고, 엄격하고 설교적인 문제 여성들이 있었다. 이들이 진짜 밀크맨보다 훨씬 이상해 보였다. 어쩌면 진짜 밀크맨과 우리 엄마가 학교 다닐 때부터 친구였고 그래서 종종 그가 우리집에 놀러와 안부와 소식을 주고받는 사이라서 그런지도 몰랐다. 또 진짜 밀크맨은 엄마에게 공짜 우유, 강화 유제품, 빵, 통조림 제품 등도 주었다. 또 우리집 수리도 도와주었다. 배관, 페인트칠, 목공 일도 했고 게다가 전기장치 관련 일도 어린 동생들 대신 자기가 하겠다고 했다. 그러니까 사람을 싫어하는 면이 있거나 혹은 그렇다는 평판이 있기는 하지만 사람에게 확실히 신경 쓰고 관심을 갖는 면이 있는 것도 사실이었다. 그런데 지금, 이 사람, 진짜 밀크맨, 상도를 벗어난 사람이고 아무도 사랑하지 않는 남자가 그날 저녁 묘지 근처에 나를 도와주러 나타난 것이다.

처음에는 온몸이 부들부들 떨렸지만 그 밀크맨이 아니라 다른 밀크맨이라는 걸 아는 순간 곧 떨림이 가라앉았다. 그는 진짜 우유 트럭에 타고 있었는데 그것 말고 다른 차를 탄 것은 본 적이 없었다. 내가 몸을 돌려 그를 보자 그가 핸드브레이크를 걸었다. 문을 열고 차에서 내려 나에게 다가왔다. 그 사람과 가까이 있는 게 처음은 아니었지만 그가 으레 하는 인사말 말고 다른 말을 한 것은 처음이었다. 보통은 "안녕" "잘 있어" "엄마한테 안부 전해" 같은 말을 했다. 엄마 말고는 진짜 밀크맨과 나 사이에는 아무 연결고리가 없었고 사실 내가 엄마와 같은 집에 살기는 해도 엄마와 같은 생활반경에 속한다고 말할 수는 없었지만 그래도 두 사람이 친구이다보니 가끔 마주칠 일이 있었다. 길에서 마주칠 때도 있고 우리집 앞에서 마주칠 때도 있고 우리집 응접실에서 진짜 밀크맨이 엄마가 만든 특제 보리빵 따위의 달콤한 빵을 곁들여 차를 마시고 있을 때도 있었다. 가끔은 엄마가 성당이나 빙고 게임장에 갔거나 아니면 어디 소식을 전하러 갔다가 우유 트럭을 얻어타고 집에 돌아와 마치 열여섯살 소녀처럼 까르르 웃으면서 트럭에서 내리는 것도 보았다. 그럴 때에는 그와 인사를 나누고 묵례를 하거나 "안녕하세요" "안녕" 하고 인사를 주고받는 정도였는데, 지금 그는 나에게 괜찮냐고 묻고 있었다. 무슨 일이 있었냐고, 도와줄 일이 있냐고 물었다. 나는 고개를 끄덕였다. 어떤 질문에 고개를 끄덕인 것인지는 몰랐지만. 사실 내 감정이 뭔지 갈피를 잡을 수가 없었고 질문에 어떻게 대답해야 할지도 몰랐다. 아마 내가 방금 전에 조만간 신문 톱뉴스로 나올 어떤 일을 저지르러 가는 반대자 네명을 만난 것 같았다. 숨어 있던 남자들은 틀림없이 반대자들이었을 테니까. 그리고 밀크맨이 있었다. 월터 미티처럼 공상에 빠진 사람이 아니라 사람들 말대로 그 사람도 반대자였다. 그리고 지금 진짜 밀크맨, 우리 엄마의 친구이자 공식 상도를 벗어난 사람이 여기 있었다. 우리는 공동묘지 옆에 세워둔 우유 트럭 옆 갓돌 위에 서 있었는데 나는 그가 내가 들고 있는 공 모양 손수건 꾸러미를 보고 있다는 걸 알아차렸다. 그는 눈을 돌려 다시 내 얼굴을 봤다.

나도 모르게 말이 터져나왔다. "이걸 어딘가에 버리거나 묻어야 해요. 고양이 머리예요." "그래." 그는 내가 "사과예요"라고 말하기라도 한 것처럼 심상하게 대답했고 그래서 그가 좋아졌다. 나는 어떻게 머리를 갖고 있게 되었는지, 이 머리가 2차대전과 어떤 연관이 있고 십분 지역과는 어떤 관련이 있는지는 설명 안했다. 그가 말했다. "내가 가져갈게. 내가 가져갈까?" 나는 아주 쉽게, 망설이지 않고, 그냥 그에게 건넸다. 그러고 나서 말했다. "하지만 버리지는 마세요. 가져가서 그냥 버리지는 말아주세요. 제가 간 다음에 쓰레기통에 넣거나 아무 데나 바닥에 버리지는 마세요. 그게 싫으면, 그러니까 제대로 처리하기 싫으시다

면 제가 할게요. 하는 척만 하지는 마세요." 내가 이렇게
말을 많이 하는 일도 드문데 게다가 변명도 하지 않고 허
락도 구하지 않고 인정도 바라지 않는 솔직한 말들이 쏟아
지다니 뜻밖이었다. 나중에 생각해보니 남자한테, 연장자
한테, 성격이 괴팍하기로 이름난 사람에게 이렇게 거리낌
없이 말을 한 것도 놀라웠다. 하지만 나는 밀크맨과 같이
있을 때 있었던 일 때문에, 고양이 머리를 너무 오래 들고
있었던 것 때문에 감정이 극도로 격앙된 상태였다. 그리고
진짜 밀크맨의 태도에는 쉽게 입을 열게 만드는 무언가가
있었다. 진짜 밀크맨은 흔들림 없는 태도로 이어 말했다.
"시늉만 하지 않을 거고 버리지도 않을게." "어딘가 푸른
데에 가면 좋겠어요." 내가 말했다. "일상적 장소에 가져
가려고 했어요." "알겠어. 이렇게 하지. 우리집에 풀이 있
어. 뒷마당에 풀밭이 있어. 그러니까 거기에 땅을 파고 묻
으면 어떻겠니? 그러면 괜찮을 것 같아?" 나는 고개를 끄
덕이고 말했다. "고맙습니다." 그러자 그는 트럭으로 가서
바닥에서 녹색 천가방을 꺼냈는데 그 안에는 당구공들이
들어 있었다. 그는 당구공을 의자 사이 빈자리에 쏟아붓고
손수건에 든 머리를 가방에 넣은 다음 위쪽 끈을 당겼다.
그러고 나서 다시 나한테 와서 말했다. "걱정하지 마. 나
한테 맡겨. 어쨌든 차에 타. 늦었으니까 집에 데려다줄게."
그가 '어떻게 처리할 것인가?' 식의 실용적인 태도로 말하는
게 마음에 들었다. 어쩌면—남자친구도, 프랑스어 선생님

도 비슷했다. '무슨 의미가 있나, 아무 소용이 없다, 그래봐야 달라지는 게 있나?'라는 일반적인 태도와 딴판이라 놀라운 사람들이었다. 사람들은 진짜 밀크맨이 음울하고 냉엄한 사람이라고 하지만 진짜 밀크맨은 지금 나에게 시간을 내주고, 희망을 주고, 내 말을 들어주고, 나를 진지하게 받아들여주고 있었다. 진짜 밀크맨이 내 말이 무슨 뜻인지 다 알아들었기 때문에 힘겹고 맥 빠지는 질문과 대답도 필요 없었다. 놀라운 일이었다. 그가 놀라웠고 내가 그에게 이 짐을 넘기고 걱정 없이 트럭에 올라탔으며 그가 정말로 그 일을 하리라고 믿는다는 게 놀라웠다. 그가 머리를 트럭에 싣는데 그때 카메라가 찰칵 소리를 냈다. **그들의** 카메라였다. 길 건너편 빈 건물로 알려진 건물 일층에서 소리가 났다. 저수지 공원에 밀크맨과 같이 있을 때 그랬던 것처럼 나는 아무 말도 하지 않았다. 그렇지만 진짜 밀크맨은 "빌어먹을 ——" 하고 입을 열었다가 다물었다. "어디든 나타난다니까." 그러고는 이렇게 덧붙였다. "흠, 멋대로 해석하라지." 이런 태도에 나는 또 놀랐고 뜻밖에 기운이 솟았다. 그가 말할 수 없는 어떤 것을 인정할 수 있다면, 또 말할 수 없는 것을 바꾸기 위해 자기가 할 수 있는 일이 없다는 것도 인정할 수 있다면, 어쩌면 누구든 ——나도—— 힘없는 사람도 그렇게 인정하고 받아들이고 거리를 두는 태도를 택할 수 있다는 뜻일지도 몰랐다.

머리가 든 손수건이 든 가방을 의자 사이 당구공 위에 올려놓고 출발했다. 그때 진짜 밀크맨이 바로 그날 우리 지역에서 일어난 가장 최근의 죽음 소식을 전했다. 이번에도 아무개 아들 아무개 가족에게 일어난 일이었다. 어린아이, 막내가 위층 뒤쪽 침실 창문에서 떨어졌다. 처음에는 아이가 일부러 뛰어내린 것 같았다고 진짜 밀크맨이 말했다. 유비통신에서 전하는 말에 따르면 아기가 창문에서 뛰어내려 죽었는데, 죽으려는 의도로 뛰어내린 것은 아니었다고 했다. 자기가 슈퍼맨이라고 생각해서 그랬다고 이웃사람들이 말했다. 아니면 배트맨. 아니면 스파이더맨. 아니면 다른 슈퍼히어로로. 항상 빨간색 베갯잇을 어깨에 핀으로 꽂고 "휙!" "콰!" "부왕!" "쿵!" "소등!" "으아악!" 하면서 소리를 지르며 다니곤 했다고 한다. 하지만 입증된 것은 아니라고, 정말 그래서 죽은 건지는 확실하지 않다고 진짜 밀크맨이 말했다. 그런 소문이 도는 까닭은 여기에서는 그냥 죽을 수가 없기 때문에, 정상적인 죽음을 맞을 수가 없기 때문에, 누구도 자연사하거나 창문에서 떨어지는 등의 사고로 죽을 수가 없기 때문에, 특히 지금 이 구역에서 이렇게 많은 폭력적인 죽음이 일어나는 마당에는 그럴 수 없기 때문에 그런 이유를 만들어내는 것이라고 했다. 뭐든 정치적일 수밖에 없어. 그가 말했다. 국경에 관한 것이어야 납득할 수 있는 거야. 정치적인 게 아니라면, 평범하지 않고 극적이고 충격적인 죽음이어야 하지. 자기가 슈퍼히

어로라고 생각하고 뛰어내려서 죽는 일 같은 것. 사람들은 당연히 그랬을 거라고 생각해. 그래서 세살짜리 꼬마가 중력을 이해하지 못하고 혹은 자기가 위층 뒤쪽 방에 혼자 방치된 어린아이라는 걸(엄마도 위층 앞쪽 방에 있기는 했지만 비탄에 빠져 방에 들어간 이래로 방 밖으로 나오지 않고 침대에서 일어나지도 않고 정신은 딴 데를 헤매고 있으니) 이해하지 못하고 치명적인 실수를 저지르고 말았다는 게 이 지역에서는 누군가가 죽을 만한 이유로는 충분하지 않은 거겠지. 여기에서는 사는 것도 죽는 것도 극단적이어야 해, 진짜 밀크맨이 말했다. 늦은 오전에 뒷마당에서 누나들 중 한명이 아이를 발견했다. 아이 등에 베갯잇이 핀으로 꽂혀 있지도 않았다. 베갯잇은 그날 빨래통에 넣으려고 떼어냈다.

나는 진짜 밀크맨에게 이 이야기를 들었고, 또 우리 엄마가 집에 없다는 것, 자기가 엄마를 조금 전에 아무개 아들 아무개네 집에 데려다주었다는 것, 그리고 다른 이웃들, 경건한 여인들도 탕약과 구급약품과 일급비밀 조제약을 가지고 그 집에 건너갔고 다들 죽은 아이의 불쌍한 엄마를 달래려 하고 있다는 이야기도 들었다. 진짜 밀크맨은 자기도 영안실에 갔다가 아무개 아들 집으로 가는 길이었다고 했다. 그러고 나서 그 비극적 사건에 대해, 평범한 비극적 사건에 대해, 안타까움에 대해, 앞을 내다보지도 막지도 못하는 것에 대해, 가난과 끈질기고 견고한 정치적 문제에서 뻗어나오는 모든 영향에 대해서 이야기했다. 또 돌봄을 받지 못하고 불리한 처지에 놓이고 냉대를 당하고 좋은 기회를 잃는 것에 대해 이야기하더니 잠시 자기 생각에 잠긴 것 같았다. 다시 생각에서 나왔을 때에는 연상에 의해 떠올랐는지 어쩐지 몰라도 어린 동생들과 나와 엄마 이야기로 옮겨갔다.

"네 어린 동생들 말이야, 정말 똑똑한 아이들이지. 호기심, 대담함, 열정, 적극성에다가 권리가 있다는 생각도 타고났는데 너도 알다시피 이 지역에서는 정말 드문 일이야. 이곳에서는 영민함과 적극성이 억눌리고 좌절을 겪거나 아니면 어두운 쪽으로 뒤틀릴 때가 많으니까. 하지만 그애들은 아직 어려서 야성적이고 거리낌이 없지. 어떨 때 보면 괴물들 같아." 그러고 또 덧붙였다. "네 엄마한테는 엄청 손 많이 가는 애들일 거다." 진짜 밀크맨은 시간이 흘러 그애들의 지식과 지적 모험에 대한 갈망이 더 커질수록 점점 힘들어질 거라는 투로 말했다. 그러더니 또다른 생각이 났는지 이렇게 덧붙였다. "내 생각에 네 엄마는 그애들의 특별함, 어쩌면 천재성이라고 할 것을 잘 모르거나 알아차리지 못한 것 같아. 왜인지 몰라도 선생님들도 모르는 것 같고. 선생님들이 알아차렸니? 엄마를 찾아와서 그런 얘기 한 적 있어?" 나는 잠깐 생각해보고 대답했다. "모르겠어요." 그러자 진짜 밀크맨이 학교 성적에 대해 물었고 나는 또 "모르겠어요"라고 했다. 진짜 밀크맨이 뒤이어 어린 동생들에 대해 한 질문 전부에 대해서도 같은 대답을 했다. 하지만 나는 진짜로 몰랐다. 그애들은 그냥 어린 동생들인데 내가 어떻게 알겠는가? 동생들은 학교에 다녔다. 책을 읽었다. 토론을 하고 논쟁을 하고 개괄하고 논의하고 비교하고 대조하고 생각을 교환하고 자기들이 과외활동이라고 부르는 것을 했지만 그애들이 뭘 하는지 나는 잘 몰랐다. 선생님들이 그애들의 지능과 재능과 조숙함에 관심을 가졌다는 것은 어렴풋이 알았다. 선생님들이 엄마에게 편지와 보고서를 보냈었다. 나는 편지에 뭐라고 쓰여 있는지 보지 않았는데, 내가 왜 동생들의 학교생활에 관여하겠는가? 나는 열여덟살이고 그애들 언니지 엄마가 아니고 아빠도 아니고 보호자도 아니었으니 그 일에 관여한다는 것은 노인들이 일몰과 기온과 틀니와 통증과 지병과 '저녁으로 뭘 먹을 것인가?' 등등에 신경 쓰는 것과 비슷한 일이었다. 내가 왜? 선생님 몇몇이 엄마하고 이야기를 나누러 찾아오긴 했던 것 같다. 엄마를 학교로 부르기도 했다. 지금 생각났는데 어린 동생들의 무언가를 어떻게 진척시킬 것인가를 논의하는 특별 회의에 엄마를 불렀다. '교육전문회'인가 '교육위원회'인가 뭐 그런 거였던 것 같다. 집으로도 왔다. 선생님들도 오고 교육위원인가 뭔가 하는 사람들도 와서 더 많은 이야기를 했는데 엄마가 전문가들이 하는 말을 다 이해했는지는 알 수 없으나 그래도 엄마가 영재학회에서 온 편지를 동생들에게 해석해달라고 해야겠다 결심은 했는데 다만 아직 보여줄 기회가 없었다는 것은 안다. 엄마가 학교 성적표는 보는지, 성적에 관해 어린 동생들과 이야기한 적이 있는지는 잘 모르겠고 동생들이 엄마한테 자기들 성적을 알린 적이 있는지도 모르겠다. 이곳에서는 학교 성적이나 상장 등은 별로 중요하지 않다. "네 엄마를 나무라는 게 아니야." 진짜 밀크맨이 말했다. "엄마는 좋은 사람이고, 진짜로 좋은 사람이고 다정한 사람이지만 힘든 일을 겪었으니까. 너희 아버지가 돌아가시고 둘째 오빠도 죽고 둘째 언니는——둘째 언니 얘기는 할 필요 없겠지. 그리고 다른 오빠, 넷째 오빠도——넷째 오빠도 어떻게 됐는지 말할 필요는 없지만. 내가 엄마한테 이야기하려고 했었어. 애들한테 엄청난 잠재성이 있으니 또다른 재앙이나 안타까운 일이나 비극이 일어나기 전에 제대로 된 방향으로 확실히 이끌어주어야 한다고. 엉뚱한 데에 힘과 노력을 쏟지 않도록 말야. 이끌어주고 알아봐주고 돌봐야 해. 아니면 자칫 잘못될 수도 있으니까."

나는 대화가 우호적으로 이어지고 있었기 때문에 순순히 "네" 하고 대답했지만 그가 말한 '잘못된다'는 게 대체 무슨 뜻일까 의아했다. 그는 잠재성과 순진성이 왜곡될 수 있고 경험 부족 때문에 자칫 위험한 결과를 맞을 수 있다고 했는데 나는 그걸 당연히 정치적 문제 때문에 나쁜 결과를 맞는다는 뜻으로 받아들였다(달리 무슨 뜻일 수 있겠는가). 어린 동생들이 정치적 문제에 과도한 관심을 보이지는 않았지만 — 그러니까 어린 동생들의 정치에 대한 관심이 발화의 음운학적 위치, 초기 왕국 이집트학, 기술적 성악 관련 전문 지식, 질서가 생기기 이전 우주의 상태, 헤라클레스의 신격화 등등 책 뒤에 있는 색인과 부록과 각주와 미주 등등에 나와 있는 것들에 쏟는 관심보다 더 크지는 않지만 — 얼마 전에 나와 언니들이 집에 들어왔을 때 어린 동생들이 '저 너머' 신문을 읽고 있던 일이 있긴 했다. 보통 크기의 신문도 있었고 '저 너머'의 타블로이드도 몇개 있었다. 대체 어디에서 그걸 구해 왔는지는 알 수 없지만 아무튼 있었고 심지어 훤한 대낮에 다 보이게 바닥에 활짝 펼쳐져 있었다. 그전까지 어린 동생들이 '저 너머' 신문을 본 적은 없었고 텔레비전 정치 뉴스도 특별히 열심히 보는 것 같지는 않았다. 잔 다르크에 푹 빠져 있던 시기에 동생들이 '물 건너' 나라를 좋아하지 않는다고 분명하게 말한 적이 있긴 하지만, 그 나라와 이 나라 사이에 있었던 일들을 확대하고 재구성하고 부연하여 전달하는 역사의 영향과 힘 때문에 싫어한 게 아니라 자기들이 프랑스를 좋아하기 때문이었다. 하지만 잔 다르크가 배신을 당했기 때문에 프랑스에 대해서도 적의가 생겼다. 원래도 마음에 안 들었던 왕세자(샤를 7세)가 잔 다르크를 배신했다고 어찌나 증오하는지 우리 구역 사람 중에 혹시 그 왕 편을 들고 싶은 사람이 있더라도 어린 동생들이 듣는 곳에서는 하지 않는 게 현명할 것이다. 그런 이유로 어린 동생들은 프랑스도 싫어하게 되었지만 '물 건너' 나라와 이 나라 사이의 해묵은 적대감정은 동생들에게 큰 관심거리가 아니었다. 그런데 언니들과 내가 어느날 집에 들어왔다가 동생들이 잔 다르크가 아니라 신문에 빠져 있는 것을 본 것이다. "어린 동생들아!" 우리가 소리쳤다. "그거 어디서 났니? 이게 대체 무슨 일이야?" "조용히 해, 언니들." 동생들이 말했다. "우리 바빠. 저쪽의 관점을 이해하려고 그러는 거야." 그러고는 다시 신문을 들여다보니 언니들과 나는 기절초풍할 지경이었다. 나, 셋째 언니, 둘째 언니, 첫째 언니가 놀라 서로 마주 보았다. 저쪽의 관점을 이해하려고 한다고! 우리 어린 동생들이 다음에는 또 무슨 해괴한 말을 하려나? 그런 말을 우리 지역에서 입 밖에 냈다가는 바로 찍힐 텐데. 동생들은 '밀고자 주의'라는 말이 무슨 뜻인지도 모르나? 우리는 허락되지 않는 물건을 지니고 있다가는 바로 배신자로 낙인찍힌다는 사실을 알려주려고 최선을 다했다. 그러거나 말거나 동생들은 우리 말에 신경도 안 쓰고 '저 너머' 신문에 어찌나 푹 빠져 있는지 우리가 와 있다는 사실조차 잊은 것 같았다. 지나가던 이웃이 우연히 우리 집 창문 안을 들여다보기라도 하면 어떤 일이 일어날지에도 전혀 관심이 없는 것 같았다. 셋째 언니가 창가로 달려가 커튼을 치자 동생들이 짜증을 냈다. 한 동생이 일어나 천장 등을 켰다. 다른 동생은 엄마가 아끼는 오래된 유리 램프 두개를 켜고 또다른 동생은 조그만 손전등 세개를 켜냈다. 아니 그런데 저 신문을 대체 어디서 구한 거지? 우리 지역 사람 누가 어린 동생들이 신문을 손에 넣는 모습을 보기라도 했다면? 그리하여 그날 우리 언니들은 무장군인들이 여섯살, 일곱살, 여덟살 아이들도 너무 어리다고 생각하지 않고 밀고자로 알려진 사람을 처벌하는 일반적 방식으로 처벌하려나, 아니면 그냥 신문은 갖다버리고 다른 어린애들처럼 『돼지 뱀버』나 읽으라고 야단치고 보내주려나 추측해보았다. 그러니까 진짜 밀크맨이 순진함, 잘못된 길로 빠진 명민함, 엉뚱한 쪽을 향한 모험심 따위를 얘기했을 땐 그런 것을 염두에 둔 것이었을까? 나는 차마 묻지 못했다. 대신 진짜 밀크맨이 다시 말이 없어졌길래 선생님이 어린 동생들에게 관심이 있고 특수교육기관 이야기도 나왔다고 말했다. 그가 고양이 문제를 도와준 참이라 나도 그를 안심시켜줄 무언가를 내놓을 수 있는 게 조금 다행이었다. 그런데 진짜 밀크맨은 마음을 놓는 것 같지 않았다. 다시 어린 동생들이 염려되고 엄마가 혼자 걔들을 감당해야 하는 게 걱정이라고 말했다. 그때 진짜 밀크맨이 그냥 걱정을 늘어놓는 게 아니라 나더러 눈치를 채라고 힌트를 던지는 것일지 모른다는 생각이 들었다. 어린 동생들을 이끌고 지도하는 일이 엄마뿐 아니라 언니인 내 책임이기도 하다는 말인가? 내가 엄마와 같이 동생들의 양육과 교육에 참여하고 책임을 져야 한다는 말인가? 그렇게 생각하니 기운이 빠졌다. 내가 어린 동생들을 돌봐야 한다

면 어쩌면-남자친구하고는 같이 살 수 없었다. 이때에도
나는 속으로 놀랐는데, 내가 어쩌면-남자친구가 같이 살
면 어떨까 물었을 땐 싫다고 대답해놓고 아직까지 같이 살
면 어떨까 하는 가능성을 저울질해보고 있었다는 걸 깨달
았기 때문이다. 나한테 그런 기대가 있는지도 모르긴 했지
만 아무튼 엄마와 함께 보조엄마가 되려면 그 기대는 접어
야 했다. 그런데 진짜 밀크맨이 다른 주제로 넘어갔다. 이
번에는 밀크맨과 나에 대한 것이었다. "이백살 먹은 남자
와 연애를 한다며?"라고 대놓고 묻지는 않았고 무장단체
와 관련 있는 누구, 이 지역에서 힘과 영향력이 있는 누구
가 나한테 접근하는 것 같더라고 넌지시 말했다. 그는 만
약 그런 일이 일어나면 사람들에게 말할 자신이 있냐고 물
었다. 그 말을 듣자 나는 몸이 뻣뻣하게 굳었다. 지금까지
진짜 밀크맨과 같이 있으면서 점점 긴장이 풀어져 별로 불
안하지 않은 상태였는데 이제는 아니었다. 떨림이 가라앉
고 불쾌한 진동이 멈췄었는데 이제 그것들이 다시 돌아왔
고 동시에 머리도 혼란스러워졌다. 또 그와 동시에, 진짜
밀크맨도 나만큼 당황한 것을 알 수 있었다. 그는 자기 일
이 아닌 일에 간섭해서 미안하다고 곧바로 사과했다. 그러
더니 우리 지역의 문제 여성들 이야기를 꺼냈다. 그 사람
들은 젠더 역사와 성 정치학에 대해 잘 아는 것 같다면서
이렇게 말했다. "안타깝지만 나는 지금 당면한 여성 문제
에 대해 잘 몰라. 그렇지만 그 사람들이 전문가이기도 하

고 그 사람들이 관심 갖는 분야와 관련이 있는 일이니까, 이 지역에서 일어나는 일에 대해 나서서 말하기가 겁이 나면 그 여자들하고 이야기를 나눠보는 게 어떻겠니?"

가서 이야기를 나눠보라고? 이 사람이 미친데다가 이 지역에서 그 여자들에 대해 뭐라고 하는지 모를 정도로 눈이 멀고 귀가 먹었나? 그 사람들 중 한명하고 거리에서 눈이라도 마주치는 건 사회적 자살행위나 다름없었다. 그러니까 그건 아니었다. 나는 이야기를 나누고 싶지 않았다. 지금도 아니고 앞으로도 아니었다. 그 여자들은 우리 지역 최초의 페미니스트 집단인데 아주, 아주 상도를 벗어난 사람들로 확실하게 취급된다. 일단 '페미니스트'라는 단어가 상도를 벗어난다. '여성'이라는 말도 가까스로 상도를 벗어나지 않는 정도인데. '문제' 등과 같은 일반적인 단어와 결합해 어감을 좀 부드럽게 해보아야 페미니스트와 여성이 합해지는 순간 끝난 거다. 우리 지역에서는 이 문제 여성들에 대해 심하게 말한다. 뒤에서만 하는 게 아니라 대놓고 한다.

처음 시작은 어느 집 가정주부가 자기 집 창문에 붙인 공고였다. 그 공고를 붙이기 전까지는 전통적이고 정상적인 듯 보였던 주부다. 남편도 있고 애들도 있고 가족 가운데 끔찍한 죽음을 맞은 사람도 없는데 왜 그런 괴상한 행동을 하는지 설명이 안된다고들 했지만, 어쨌든 이 가정주부가 공고를 내걸었는데 우리 지역 여느 집 창문에 보통 나붙던 공고하고는 전혀 다른 것이었다. 보통 공고에는 '출입금지 위반 시 경고 없이 사형'이라고 쓰여 있고 '구역 반대자'라는 서명이 있었다. 누구든 (어린이를 포함해) 말 안 듣는 주민이 맛이 간 알코올중독자 등이 사는 집에 무단으로 들어가 안에서 놀거나 몰래 술을 마시거나 여기저기 탐험하고 쑤시고 다니거나 아예 눌러앉지 못하게 하기 위해서였다. 반대자들은 취약한 사람들에게 인정머리 없고 무자비하고 부당하게 군다면 반드시 후회할 일이 벌어지리라고 확실히 경고하기 위해 공고를 붙였다. 반면에 이 가정주부의 공고는 이런 내용이었다. '구역의 모든 여성들 주목: 아주 좋은 소식입니다!!!!' 그 아래에는 최근에 발족한 국제 여성단체에 대한 정보가 있었다. 국제 여성단체가 세계 각국에 자매지부를 만들려고 하는데, 어떤 곳도 — 도시, 소도시, 시골, 소읍, 구역, 오두막, 외딴곳 등 어디든 — 소외시키지 않고, 어떤 여성도 — 피부색, 종교, 성적 지향, 장애, 정신병 등 어떤 다양성도 — 배제하지 않고, 심지어 대체로 싫은 느낌을 주는 사람까지도 포용하는 국제 여성단체의 자매지부가 놀랍게도 바로 우리 시내에 생겼다는 소식이었다. 이 단체의 첫번째 월례 모임이 열렸을 때 언론에서는 모임 이전과 이후 두차례 충격적인 소식이라고 보도했다. 보도 내용은 주로 감히 어떻게 이런 모임이 열릴 수가 있냐는 것이었다. 아주 신랄한 비판이 있었고 홍등가

를 공격할 때 쓰는 "타락, 퇴폐, 풍기문란, 비관주의, 예의
범절 파괴"를 거론했다. 그런데 언론의 공격이 있었어도
국제 여성문제단체의 자매지부가 대체 무엇인가 보려고
어슬렁어슬렁 시내로 온 여자들이 없지는 않았다. 전쟁 중
인 두 종교 양편에서 왔을 뿐 아니라 잘 알려지지 않았고
사람 수도 적고 철저히 무시당하는 다른 종교에 속하는 사
람들도 왔다. 우리 지역에서도 한명이, 그것도 제 발로 자
진해서 갔다. 허락을 구하지도 승인을 얻지도 다른 사람의
의견을 묻지도 않았고, 사기 진작과 신변 보호를 위해 누
구에게 같이 가달라고 부탁하지도 않았다. 대신 숄을 두르
고, 지갑과 열쇠를 챙겨서 그냥 문밖으로 나갔다. 이 여자
가 나중에 공고를 붙인 그 주부였다. "시내 모임에 참가하
고 돌아오자마자 그걸 붙였어." 이웃 사람들이 말했다. 그
러는 한편 이 여자는 국제 여성운동 세계본부와 연계되어
있는 시내 자매지부와 연계하여 우리 구역에 소자매지부
를 설치하려 하고 있었다. 다른 지역에서 다른 여자들도
자기들 모임을 만들려 했고 실제로 만들었다. 창문에 붙인
대담하고 현대적인 공고의 내용은, 지역 모든 여자들에게
수요일 저녁에 애들은 평소처럼 나가 놀라고 내보내고 이
야기를 들으러 자기 집으로 오라는 것이었다. 공고에 따르
면 시내 지부 모임에서 제기된 여성의 중요성에 대한 주장
에 모두 놀랄 것이라고 했다. 또 만약 모임에서 전반적인
여성 문제로 분류될 수 있는 것에 대한 의견을 밝히면 그

걸 시내에서 열리는 다음 월례 모임에서 보고할 것이고 또 그 내용이 분기별로 열리는 국제회의에서 보고될 것이라고 했다. 공고에 우리 국경 문제나 정치 문제는 전혀 언급이 없어서 사람들이 어리둥절해했다. 남자들과 여자들 모두 놀랐다. "대체 무슨 꿍꿍이지? 창문에 왜 저런 걸 붙였지?" 사람들은 그 가정주부와 그 공고에 대해 뒷이야기를 한참 하다가, 곧 누가 밀고자일까, 누가 최근 불륜을 저지르고 있을까, 어떤 나라가 미스월드 대회에서 우승할까 등등의 평소의 가십 주제로 돌아갔다. 그러니까 공고에 대해 떠들 만큼 실컷 떠들고 난 다음에는 앞으로 그 여자가 후회할 일밖에는 없을 것이고 그런데도 계속한다면 상도를 벗어난 사람 후보로 거론될 것이라고 결론을 내리고는 그냥 무시한 것이다. 최악의 경우에는 국가 반대자들이 거동 수상자라는 이유로 잡아가는 일이 일어날 수도 있는데, 사실 거동이 수상하지 않다고 하기도 어려웠다. 그런데 공고가 붙고 나서 첫번째 주 모임에 우리 구역 여자 두명이 나타났다. 그래서 수요 여성 문제 소지부 창립 모임에 세명이 참가했다. 그다음 주에는 네명이 더 합류했다. 그 이상은 늘지 않아서 총 일곱명이 수요일 저녁마다 모였고 이주에 한번은 시내 모임의 간사가 와서 모임에 참석했다. 간사는 회원들을 격려하고 모임의 확장 방법에 대해 이야기하고 여성 문제의 역사와 현재를 소개하고 어둠에 묻혀 있는 여자들을 끌어내어 연대해야 한다고 말했다. 이들은 한

달에 한번 시내로 가서 '물 이쪽'이자 '국경 이쪽' 각 구역에 결성된 소지부에서 온 사람들이 한자리에 모이는 지부 모임에 참석했다. 당연하지만 이즈음 우리 지역에서는 피해망상에서 나온 이야기들이 떠돌기 시작했다.

떠도는 이야기 중 한가지는 우리 소지부 여자들의 모임 장소에 관한 것이었다. 수요 모임이 세번 열리고 난 다음, 주동자 가정주부의 남편이 자기와 아내가 사는 집에서 페미니스트 활동이 벌어지는 것은 원하지 않는다고 말했다. 남편은 좋은 사람이고 협조적인 사람이긴 했지만, 미안한데 자기 평판도 생각해달라고 했다. 그러나 여자들은 포기하지 않고 대신 주동자 여성의 집 뒷마당에 있는 헛간을 편안하고 아늑하게 꾸며서 거기에서 모임을 했다. 헛간을 모임 장소로 결정하기 전에 그들은 성당을 찾아가서 빈 땅에 있는 함석 창고 중 하나를 써도 되냐고 물었다. 함석 창고들은 성당 소유였는데 필요한 사람들(주로 반대자들)에게 빌려줘서 주로 지역 방어 회의, 대의 추구 회의, 즉결 심판 등에 쓰게 했지만 여자들한테는 빌려주거나 세를 내줄 수 없다고 했다. 이 여자들에 대한 평판이 달라졌기 때문이었다. 이제 이 여자들은 더이상 어른들처럼 회의를 하면서 노는 무해한 어린애들로 취급되거나 웃음거리로 여겨지지 않았다. 모임을 열 정식 장소까지 구하고 있었으니 말이다. 이 사람들한테 왜 장소가 필요한지에 대해 새로운 추측이 등장했다. "그 여자들한테 창고를 내주면, 그 안에서 무슨 짓을 벌일지 모르지. 전복적 계획을 세울 수도 있어. 안에서 동성 섹스를 할 수도 있고. 낙태 시술을 하거나 받을 수도 있어." 그래서 성당에서는 안된다고 했다. ……에 따라, ……을 위반하므로, ……를 근거로, 여자들의 요청을 들어준다면 성당 원칙에 어긋나는 충격적인 일이 될 것이며 여자들이 그런 요청을 했다는 것 자체가 충격이라고 했다. 그러니까 수치스러운 일과 입에 올릴 수 없는 일 때문에 창고 사용을 허락하지 않았는데 그래도 여자들은 굴하지 않고 곧바로 헛간에 페인트칠을 하고 장식을 했다. 찬장을 놓고 커튼을 달고 등유 램프, 휴대용 스토브, 알록달록한 찻잔, 차통, 비스킷통, 부드럽고 따뜻한 러그, 꽃, 쿠션을 갖다놓았다. 벽에는 시내 자매지부가 국제 여성본부에서 얻어온 세계 대표 문제 여성의 포스터를 붙였다. 그러나 그전에 이 일곱 여성은 주동자 여성의 남편에게 헛간에 들어가서 거미와 벌레를 좀 잡아달라고 했다. 남편은 자기가 이 문제에 관여했다는 사실을 비밀로 한다는 조건 하에 밤에 조용히 그 일을 처리하기로 동의했다.

이 낙태를 하는 동성애자 폭도들에 얽힌 두번째 소문은, 여덟번째 여자, 우리 구역 출신이 아니고 시내 자매지부 간사로 활동하고 아는 게 많고 이주에 한번 우리 구역 여자들을 방문해서 격려하고 열의를 북돋고 올 때마다 다양한 여성 문제에 대한 소책자를 한아름씩 안겨주는 여자가 다른 쪽 종교에 속하고 '저 너머'에서 온 사람이라는 것이었다. 그게 사실이라 해도 정상적인 상황에서라면 큰 문제 없었을 것이다. 무엇보다도 여자니까, 남자가 이 지역에 들어왔을 때처럼 지역 무장단체 활동에 위협이 될 가능성이 있다고 보지는 않았을 것이고 아무도 신경 안 썼을 것이다. 게다가 정상적인 상황이었다면 일곱명의 우리 구역 여자가 그 여자를 초대했다는 사실이 충분한 신원보증이 되고도 남았을 것이다. 하지만 이 여자들 자체가 정상이 아니기 때문에 이들의 초대가 다른 사람의 초대만큼 무게감이 있을 수는 없었다. 그러니까 여덟번째 여자는 여기들어오도록 허락을 받을 수 없다는 말이었고 최소한 철저한 조사를 거쳐야만 가능하다는 말이었다. 유비통신에서는 그 여자가 사실은 문제 여성이나 여성해방운동가가 아니라 국가 앞잡이 비밀요원일지 모른다고 경고했다. 약간의 과장과 일상적인 살 붙이기 과정을 거친 다음 당연히 그여자는 스파이가 되었다. 공동체가 보기에, 특히 무장단체가 보기에 여덟번째 여자는 우리의 순진하고 모자란 일곱여자를 밀고자로 끌어들이기 위해 온 적이었다. 그리하여어느 수요일 밤 반대자들이 여덟번째 여자를 잡으러 헛간에 들이닥쳤다. 몇몇은 핼러윈 가면이나 복면을 쓰고 권총을 들었고, 권력과 지위가 확고한 몇몇은 굳이 얼굴을 가릴 필요가 없어 정체를 드러내고 출동했으나 막상 헛간 안에 들어가보니 숄과 슬리퍼 차림의 우리 구역 여자 일곱명이 차와 빵을 먹으며 19세기 피털루 학살* 때 일어난 여성과 어린이 학살의 파급효과에 대해 진지하게 토론하고 있었다. 헛간 벽을 빙 둘러 감화를 주는 위대한 선구적 여성들의 거대한 실물 크기 사진이 아래를 굽어보고 있어 반대자들이 순간 흠칫했다. 팽크허스트 일가, 밀리센트 포셋, 에밀리 데이비슨, 아이다 벨 웰스, 플로렌스 나이팅게일, 엘리너 루스벨트, 해리엇 터브먼, 마리아나 피네다, 마리 퀴리, 루시 스톤, 돌리 파턴 등등이 있었지만 여덟번째 여자는 없었다. 일곱명이 우리 지역의 유비통신에 귀를 기울이고 있다가 자매에게 위험을 알리고 절대 오지 말라고 일렀기 때문이었다. 반대자들은 과거부터 현재까지의 거대한 여성들이 이 일곱 여자와 같이 있다는 착각을 떨치고 정신을 차린 즉시 여덟번째 여자를 찾으려고 조그만 헛간을 샅샅이 뒤졌는데 헛간이 하도 작아서 단 일초밖에 걸리지 않았다. 그들은 문제 여성들에게 다시는 그 여자를 불러들이지 말라고, 발각되면 스파이로 간주해 즉각 사살할 것이고 당신들도 국가에 협력했으니 혹독한 처벌을 받을 것이라고 했다. 그런데 자신감과 권리에 대한 인식 등이 이미 싹텄기 때문인지 이 여자들이 갑자기 돌변해서는 뜻밖에도 자기들은 싫다고 선언했다. 여자들은, 자기들은

* 1819년에 영국 맨체스터에서 일어난 민중운동 탄압 사건. 선거법 개정을 요구하며 성 피터 광장에 모인 군중을 기병대가 강제로 해산하는 과정에서 많은 사상자를 낸 것을 워털루전투에 빗대어 붙인 이름이다.

명령을 받지 않을 것이고 반대자들이 모든 걸 망쳐버렸기 때문에 여덟번째 여자는 아마 다시는 오지 않겠지만 혹시 온다 하더라도 자기들은 막지 않고 그 여자와 나란히 서서 함께 맞설 것이라며 반대자들더러 꺼져버리라고 했다. 양쪽에서 말이 더 나왔다. 반대자들은 위협을 더 가했고 문제 여성들은 가부장제의 폐해에 대해 열변을 토했다. 마침내 "내 눈에 흙이 들어가기 전까지는"이라면서 일곱 여자가 결국 '제 무덤을 제가 팠고' 그렇게 해서 반대자들의 수에 넘어가게 됐다. 우리 구역의 전통적인 여자들이 때로 미쳐버린 지경에 이른 정치적·지역적 문제를 끝내기 위해 일어나 본능적으로 단결할 때가 있긴 하지만, 이 일곱 여자는 ─ 울컥하여 반대자들에게 맞설 정도로 대담하기는 했으나 ─ 강력하고 영향력 있는 다수 집단을 형성할 능력이 없었다. 그래서 문제 여성들이 "내 눈에 흙이 들어가기 전까지는"이라고 하자 반대자들은 "그래 좋아, 눈에 흙이 들어가게 해주지"라고 대답했다. 만약 우리 엄마를 포함한 전통적인 여자들이 그 소식을 듣고 이 문제에 개입하지 않았다면 국제 여성운동의 우리 지부는 구성원 전원이 급작스럽고 처참한 죽음을 맞이하여 그 자리에서 끝나고 말았을 것이다. 그런데 우리 구역의 정상적인 여자들이 그 소식을 듣고 다시 뭉쳐 행동에 나섰다. 집요한 살인 기계인 반대자들에게 맞서는 일인데다가 세번째 이야기를 들어보면 알겠지만 이 피곤한 문제 여성들이 전통 여성들도 분통 터지게 하고 있었기 때문에 주저하는 마음이 없었던 것은 아니었다.

여자들은 항상 통금을 깼다. 얼마 전까지만 해도 새로운 자매지부 같은 것은 없었으니 전통 여성들이 그랬다는 말이다. 전통 여성들은 인내심의 한계에 부딪치면 통금을 깼다. 너무 지나치고 너무 과해서 도무지 참을 수가 없어서 터진 것이라, 어떤 남자들이건 어느 종교이건 물 어느 쪽이건 간에 규칙을 정하고 규정을 부과하고 본인들만 합리적이라고 생각하는 말도 안되는 어리석은 규칙을 따르기를 강요한다면 이 여자들은 가리지 않고 맞섰을 것이다. 남자들의 사고방식은 기본적으로 장난감 상자 같았다. 다락방의 장난감 기차든 장난감 전쟁터의 장난감 병정이든 원하는 대로 꺼내서 놀았다. 국가와 군이 특히 자주 꺼내서 갖고 노는 장난감이 통금이었다. 18시 이후, 가끔은 16시 이후를 통금 시간으로 정해놓고 허가 없이 통금을 위반하고 돌아다니는 사람은 군을 두려워하지도 존중하지도 않는 것으로 간주해 즉각 사살한다는 게 규칙이었다. 민감한 규칙과 까다로운 조건들을 내세우는 자기네 무장 단체만 상대하기도 힘겨운데 국가와 군대에서도 마찬가지로 우스꽝스러운 규칙들을 내세우니, 전통 여성들의 참을성이 한계에 부딪칠 만했다. 그래서 폭발한 것이다. 살아야 하니 — 애들을 먹이고 기저귀를 갈고 집안일을 하고 장을 보아야 하니 정치적 문제는 최대한 우회하거나 뭔가 다른 방식으로 해결하는 게 상책이었다. 경찰과 군이 상황을 살피고 전략과 전술을 조정한 다음 아무도 통금을 어기지 못하게 하려고 장총과 확성기를 들고 거리로 나섰으나, 여자들은 인내심이 바닥났기 때문에 앞치마를 벗고, 외투와 숄과 스카프를 걸치고, 입에서 입으로 전하는 연락망을 가동해, 수백명이 동시에, 일부러, 집 밖으로, 허가도 없이, 18시 혹은 16시 통금을 깨고 나와서 도로며 거리며 통금이 선포된 지역 사방을 뒤덮었다. 여자들만 나온 게 아니었다. 어린애들, 앵앵 우는 아기들, 집에서 기르는 개, 토끼, 햄스터, 거북이 등도 데리고 나왔다. 유모차를 밀면서 깃발, 배너, 플래카드를 흔들며 소리쳤다. "통행금지가 끝났다! 모두 나와! 통행금지가 끝났다!" 이렇게 아직 나오지 않은 사람들까지 죄다 끌어내어 다 함께 저항에 참여하게 부추겼다. 전통 여성들은 이런 식으로 정상상태를 회복했고 군과 경찰은 최근에 내린 통금 조치가 무시되는 모습을 멀뚱히 보고 있을 수밖에 없었다. 통금을 어겼다고 구역 여자들, 아이들, 유모차, 금붕어 등등을 다 쏘아버리거나 내키는 대로 칼로 베어버린다면 보기에도 좋지 않고 성차별적이고 불균형하고 중대한 사태로 비칠 것이었다. 비판적 국내 언론의 눈뿐 아니라 해외 언론의 눈도 의식해야 했다. 그리하여 통금은 끝나고 군과 국가는 장난감 상자 안에 또 뭐가 있나 들여다보러 돌아가고 전통 여성들은 적당히 깃발과 피켓을 흔들며 시위를 하고 인터뷰를 한 다음에 얼른 저녁 준비를 하러 서둘러 집에 돌아가 거리가 순식간에 텅 비었다.

이게 통금을 깨는 통상 절차다. 하지만 최근에 통금을 깼을 때에는 상황이 좀 다르게 돌아갔다. 우리 문제 여성 일곱명이 시위에 참여하기로 결정했기 때문이었다. 평소처럼 통금이 오래 지속되자 정상적인 여자들이 이제는 더 못 참겠다고 했다. 그래서 집 밖으로 나가 군중을 이루고 "집으로 돌아가라. 이건 놀이가 아니다. 최후통첩이다. 16시 통금을 준수하라. 당장 거리를 비우지 않으면……" 하는 위협에 맞섰다. 그런데 이번에는 우리 문제 여성들이 정상 여성들 사이에 끼었는데, 처음에는 정상 여성들도 불편해하지 않았다. 누구든 함께 국가에 맞서자고 환영했다. 그런데 전통 여성들이 또 한번 통금을 물리치고 이제 감자를 삶으러 집으로 달려가려 했는데, 문제 여성들이 시위의 목적을 빼앗아버렸다. 문제 여성들은 나중에 그게 자기들 잘못이 아니라 언론 탓이라고 하긴 했다. 언론이 플래카드를 든 전통 여성들 사이에서 문제 여성과 문제 여성의 플래카드를 발견했던 것이다. 전통 여성은 수백명이고 문제 여성은 일곱명뿐이었지만 전 세계의 카메라는 문제 여성들에게 초점을 맞추었다. 전통 여성들이 명성과 명망을 원했다거나 텔레비전이나 세계 신문에 나오고 싶어했다는 이야기는 아니다. 전통 여성들은 자기들이 참가한 시위가 통금을 깨는 것 말고 다른 목적을 위한 것으로 비치기를 바라지 않았고 더군다나 문제 여성들이 끝없이 떠드는 문제들 때문에 시위가 벌어졌다고 오인받는 것은 원하지 않았다. 정상 여성들은 문제 여성이 언론에 노출된 기회를 틈타 여성이 겪는 부당함에 대해, 오늘날의 부당함뿐 아니라 시대를 통틀어서 있어온 부당함을 이 여자들이 요새 푹 빠져 있는 "용어" "사례사 연구" "체계적이고 보편적이고 제도화되고 법제화된 반감" 등등의 용어를 사용해 광범위하게 백과사전식으로 떠들지 않을까 걱정했다. 전통 여성들은 큰 부당함, 유명한 부당함, 국제적 부당함도 등장할 거라고 예상했다 ── 마녀 화형, 전족, 순장, 명예 살인, 여성 할례, 강간, 아동 결혼, 투석형, 여아 살해, 부인과 진료, 산모 사망률, 가정 내 억압, 재산·가축·소유물 취급, 여아 실종, 여아 인신매매, 세계의 문화적·부족적·종교적 사회화와 규범, 유구한 가부장제 역사 동안 계속된, 여자의 행동과 생각과 발언에 대한 금지 등등. 그런데 그게 아니었다. 지역 통금 타파 시위 때 문제 여성들이 그런 문제만 제기했어도 충분히 골치가 아팠을 텐데, 그런 게 아니었다. 문제 여성들은 집에서 일어난 일이나 개인적이고 평범한 일들, 이를테면 길을 걷다가 남자한테, 생판 모르는 남자한테 얻어맞는 일, 아무 이유도 없이 그 남자가 기분이 안 좋아서 누구를 때리고 싶었다거나 아니면 '물 건너'의 군인에게 시달림을 당한 뒤라 그걸 갚아주고 싶어서 지나가는 여자를 때려서 얻어맞는 일 따위를 이야기했다. 아니면 걸어가는데 누가 엉덩이를 슬쩍 만지는 일 같은 것. 길에서 남자들이 큰 소리로 외모를 품평하는 일. 장난으로 눈싸움을 하는 척하면서 호되게 공격하는 것. 여름에 날이 더워서 옷을 가볍게 입거나 짧은 치마를 입었다고 길거리에서 일상적으로 성희롱을 당하는 고충. 또 생리가 수치스러운 일로 취급되는 것에 대해서도 말했다. 임신도 마찬가지로 피할 수 없는 일인데도 임신한 사람은 존엄을 지키기가 힘들다고 했다. 또 일상적인 신체적 폭력을 가지고 마치 그게 그냥 여느 폭력이 아닌 것처럼 말했다. 싸움을 할 때 블라우스를 찢고 브래지어를 찢고 몸을 슬쩍슬쩍 만지는 것은 물리적 폭력이라기보다 성적 폭력이라고 했다. 브래지어와 가슴을 만지는 게 신체 폭력의 와중에 우연히 일어난 일인 척하더라도 실은 성폭력이라고 했다. 전통 여성들이 말했다. "이런 종류의 이야기를 그것도 온갖 용어를 동원해서 한다면 비웃음거리가 될 뿐이야. 다들 비웃었잖아 — 카메라, 기자들, 통금을 내린 사람들조차도. 집안의 수치를 만천하에 공개하니 그럴 수밖에 없지." 전통 여성들의 가장 큰 불만은 이 일을 지켜보는 세상 사람들이 상식적인 전통 여성인 자기들을 문제 여성으로 보리라는 점이었다. 이렇듯 문제 여성들이 자기네 목적을 앞세우면서 그들과 전통 여성들과의 사이가 냉랭해졌는데, 그런 참에 문제 여성들이 반대자들에게 "내 눈에 흙이 들어가기 전까지는"이라고 말한 것이다. 전통 여성들은 설거지를 도와준답시고 그릇을 다 깨버리는 어설픈 바보를 볼 때처럼 문제 여성들에게 짜증을 느끼면서도 반대자들이 늘 하는 대로 치명적인 수단을 택하도록 그냥 내버려둘 수는 없었다.

그래서 그들이 반대자들을 만나러 간 것이다. "어리석은 짓 하지 말아요. 그 여자들 죽이면 안돼요. 바보들이잖아. 머리가 모자란다고. 아는 척만 오지게 하지." 그러고 나서 문제 여성들이 아무리 짜증을 유발한다고 해도 그 여자들을 제거한다면 특히 취약한 사람에게 부당하고 무자비하고 무도한 행동을 하는 것과 다름없으며, 그렇게 하면 나중에 역사책에 길이 남을 반대자들의 평판에 악영향을 미치는 후회스러운 사건 가운데 하나가 될 것이라고 했다. 전통 여성들은 대신 문제 여성들은 자기들에게 맡기라고, 자기들이 알아서 하겠다고, 시내에 가서 여덟번째 여자와 이야기를 나누겠다고 했다. 전통 여성들은 반대자들에게 최대한 외교적으로, 지시하는 게 아니라 도와주려는 것이라는 식으로, 아니 긴급한 도움을 요청하는 것이라는 식으로 이런 내용을 전달했다. 한편 반대자들은, 지시와 도움 요청쯤이야 구분할 수 있긴 하나 지역의 지원 없이는 촘촘하게 조직되어 있는 반국가 환경 안에서 무장 게릴라 단체로 생존하기가 어렵기 때문에 예의 바른 타협책에 기꺼이 동의할 마음이 있었다. 그래도 반대자들은 그 여자들이 모자란 사람들이건 아니건 구성원들을 위험에 처하게 할 수는 없기 때문에 여덟번째 여자가 이 지역에 다시 나타난다

면 그때는 문제 여성 일곱명을 봐주지 않을 것이라고 했
다. 마침내, 약간의 공방이 오간 끝에(일곱 여자가 자기 동
지 여덟번째 자매를 보호하기 위해 기꺼이 총알을 맞겠다
고 계속 떠들어댔으나 반대자들은 무시하고 전통 여성들
은 제발 입 다물고 가만히 좀 있으라고 말한 끝에) 전통 여
성들과 반대자들이 타협책에 도달했다. 전통 여성 세명이
시내로 가서 자매지부의 여덟번째 여자를 만나 상황을 설
명했다. "당신이 어떻게 우리 여자들을 세뇌했는지는 모
르겠고, 당신이 마타 하리인지 아닌지도 모르겠고, 당신이
어떻게 되든 우린 신경 안 써요. 우리 지역의 바보 같은 여
자들이 우리 무장단체에 잡혀갈까봐 우리 정상 여성들이
날마다 할 일을 미루고 나서기는 곤란하단 거지. 그러니까
진심으로 말하는데, 우리 지역에 오지 말아요." 여덟번째
여자가 동의했고 이렇게 해서 확장적 세계관을 가진 외부
의 문제 여성이 우리의 전체주의적 부족사회를 방문하는
일은 끝이 났고, 그 세가지 이야기(헛간에 얽힌 이야기, 국
가요원과의 연관성, 일곱 여성이 전통 여성들뿐 아니라 반
대자들과도 척을 지게 된 이야기) 때문에 나는 그 여자들
가까이에 가지 않았다. 너무 위험한데다 또 문제 여성들은
현재 상황에 도전하는 반면 나는 현재 상황의 레이더 아래
에서 움직이려 애쓰고 있기 때문이기도 했다. 게다가 그들
상태가 점점 악화되는 징후가 보였다. 그들이 제기하는 문
제 중에서 내가 어느정도 공감하는 게 있을지라도 내가 그

들과 엮일 일은 절대 없었다. 그래서 진짜 밀크맨이 그들을 만나보라고 했을 때 말이 끝날 때까지 예의 바르게 듣기만 하고 아무 대답도 하지 않은 것이다.

진짜 밀크맨은 말끝을 흐리면서 이야기를 마쳤는데 아마 이 여자들이 무엇을 원하는지 자기도 잘 몰랐기 때문일 것이다. 그뒤에는 말없이 갔다. 십분 지역과 일상적 장소는 이미 멀어진 지 오래였다. 나머지 지표들도 하나씩 지나쳤다 ── 경찰 병영, 빵 굽는 집, 수녀원, 저수지 공원, 경계 도로, 셋째 언니와 셋째 형부의 작은 집이 있는 거리. 우리집 앞에 도착해 차를 세웠다. "이제 들어가라." 진짜 밀크맨이 말했다. "유달리 어둡고 짙은 밤이지만 걱정하지마. 아까 이야기한 거 처리할게." 고양이 머리를 두고 하는 말이었다. "엄마한테 전해. 만약 내가 그 불쌍한 아이 엄마 집에서 엄마를 못 만나면 내일 들르겠다고." 나는 고개를 끄덕였고 묻어주겠다고 말만 하는 게 아니라 정말로 진실로 묻어줄 거냐고 물으려다가, 그 순간 물을 필요가 없다는 걸 알았다. "고맙습니다." 내가 웅얼거렸다. 피로가, 갑자기 피로가, 술에 취한 것처럼 피로가 밀려왔다. 너무 지쳐서 "고맙습니다"라는 말도 잘 나오지 않을 지경이었다. 다시 제대로 고양이를 맡아줘서, 집에 데려다줘서, 엄마친구가 되어줘서, 뒤에서 도와주는 사람이어서 고맙다고말하고 싶었다. 하지만 나는 아무 말도 하지 않았다. 그가시동을 끄지 않은 채로 기다리는 동안 트럭에서 내렸다.

우리 머리 위의 칠흑처럼 검은 하늘 아래에서 나는 열쇠를
꺼내어, 정말로 오랜만에, 손을 떨지 않고 쉽게 열쇠 구멍
에 열쇠를 꽂았다.

4

밀크맨과 세번 만난 것으로 끝이 아니었다. 그뒤에도 몇 번 더 만났는데 진짜 만남도 있고 사람들이 지어낸 만남도 있었다. 진짜로 만났을 때 밀크맨은 십분 지역에서 만났을 때도 그랬듯이 우연히 마주친 척하지는 않았다. "여기서 만나다니" 하면서 놀란 척하는 대신 "아, 여기 있네"라는 등 우리가 마치 약속하고 만난 것처럼 친숙하게 가벼운 말을 건넸다. 이런 일들이 사방에서 일어났다. 지역 가게에 가면 거기 그가 있었다. 시내에 가면 거기에도 있었다. 퇴근하고 나와도 있었다. 도서관에 가면 거기 있었다. 심지어 어딘가에 들어갔다가 나왔을 때 그가 없더라도 마치 있는 것 같은 느낌이었다. 가끔은 거리 감시꾼 중 한명이 눈에 들어왔다. 나를 감시하라고 그가 감시꾼 아이를 보

낸 것이다. 물론 아니었을지도 모른다. 평소처럼 국가기관
이나 군대의 지시에 따라 감시를 하고 있거나 아니면 오늘
은 감시를 하루 쉬고 놀고 있는 것일 가능성이 높았다. 문
제는 밀크맨이 내 정신을 완전히 장악한 탓에 누구든 무엇
이든 다 의심하게 되었다는 것이다. 밀크맨에 대한 생각이
나를 송두리째 사로잡았고 첫 세번의 만남이 우연이라고
믿고 싶었지만 우연이 아니었다는 게 이제는 명백했다. 밀
크맨은 불쑥 나타나 나를 막아세우거나 내가 가는 길목을
지키고 서 있거나 내 앞이나 내 옆에서 나와 나란히 걷기
도 했다. 이런 일들이 일상적인 만남인 것처럼, 자연스럽
고 당연한 일인 것처럼 이루어졌다. 그게 너무 억울했다.
내 기억이 또 흐릿해지는 순간에 나는 남녀가 어울려 하는
일상적인 일들을 갈망하면서, 정식 커플들이 하루 일과를
마치고 만나듯이 어쩌면-남자친구와 나도 날마다 하루 일
을 마치고 당연스레 만나면 얼마나 좋을까 하는 몽상에 빠
지곤 했다. 정식 남자친구라면 일을 마치고 시청으로 걸어
와 정식 여자친구를 기다리겠지. 여자친구도 마찬가지로
일을 마치고 언제나처럼 평범하게 시청으로 걸어와서 남
자친구를 만나겠지. 그러는 커플이 많았다. 퇴근해서 집에
가는 길에 그런 정식 커플들이 눈에 들어왔다. 가볍고 편
하게 일상처럼 만나 가볍고 편하게 일상적인 일들을 했다.
피시앤드칩스 식당에 가서 저녁을 먹으며 하루를 어떻게
보냈는지 잡담을 나눴다. 별것 아닌 것 같아도 이런 평범

함이 바로 '어쩌면'이 떨어져나간 제대로 된 커플의 가장 중요한 지표임을 나는 알았다. 우리는 아니었다. 내 일과와 어쩌면-남자친구의 일과가 달라서 이런 친밀함이 자랄 수 없었다. 아니 사실은 우리의 '어쩌면' 상태 때문에 이런 친밀감이 생기지 않는 것일지도 몰랐다. 그런데 이제, 밀크맨과의 원하지 않는 만남이 자꾸 늘다보니, 밀크맨이 그리스 로마 수업을 듣고 싶다는 내 마음을 읽었던 것처럼 나의 비밀스러운 욕망과 꿈도 읽는 것 같았다. 하지만 그 사람은 내가 원하는 사람이 아니었다. 밀크맨은 내가 당연히 자기 것인 양 행세하지만 내가 거기 동의한 적은 없었다. 그런데도 계속 나타났고 도무지 피할 수가 없었다. 가끔은 어쩌면-남자친구와 시내 술집이나 클럽에 있을 때에도 그가 보였다. 봤다고 착각한 것일지도 모르지만. 술집이나 클럽은 정치적 문제 때문에 불안요소가 있고 때로 위험하기도 해서 시내에는 몇군데밖에 없었다. 이론적으로 술집은 누구나 갈 수 있는 곳, 그러니까 종교와 상관없이 사람들이 섞이는 곳이었다. 물론 전쟁 중인 두 종교 말고 다른 종교에 속한 사람들도 있겠지만 그들은 관심 밖이었다. 시내에 있는 이런 술집에는 종종 국가에서 파견한 비밀첩보요원이 무기를 감추고 침투하여 감시하고 사진을 찍었기 때문에 여기에서 술 한잔이나 두잔 정도는 해도 되겠지만 취해버리면 안되었다. 그래서 보통 사람들은, 나와 어쩌면-남자친구처럼 정치와 무관한 사람들은 이런 술집에서 한잔이나 두잔 정도 마시며 관광객들의 바보짓을 재미있게 구경한 다음에는 더 안전하게 술을 마실 수 있게 출입금지 지역으로 갔다. 우리는 항상 우리집 쪽 출입금지 지역이 아니라 어쩌면-남자친구 집 쪽 출입금지 지역으로 갔는데 우리 엄마가 남편감 평가 문항과 결혼 계획을 들이댈까봐 걱정이 됐기 때문이다. 그런데 요즘에는 어쩌면-남자친구와 시내 술집이나 클럽에 있을 때 밀크맨이 와 있을까봐 나도 모르게 자꾸 사방을 둘러보게 됐다. 우리를 지켜보고 감시하면서 몰래 사진을 찍고 있을 것 같았고 특히 내가 어쩌면-남자친구와 데이트를 하는 것에 대한 자기 입장을 분명히 드러낼 것 같아 겁이 났다. 그런데도 나는 계속 어쩌면-남자친구와 데이트를 했다. 폭탄 위협을 머릿속에서 떨쳐버린 것은 아니었다.

그래서 어쩌면-남자친구와 다투게 됐다. 밀크맨이 어린 남자를 만나는 것을 그만두라고 반복해 말하고 은근히 위협하고 시간제한을 두고 재차 확실하게 못 박으면서 압박을 가했기 때문이다. 밀크맨은 어쩌면-남자친구, 자동차, 첫째 언니의 남편(언니가 슬픔과 상실감과 절망감을 못 이기고 자포자기로 결혼한 성중독자 험담꾼이 아니라 결혼하지 않았으나 사랑한 남자)이 국가 수호자의 폭탄에 죽었다는 사실을 재차 언급하면서 압박했다. "자동차 폭탄이었지?" 그가 다시 말했다. 그러니까 그건 어쩌면-남자친구 이야기였다. 또 자동차. 첫째 언니. 죽은 애인. 그리

고 자동차 폭탄. 그러고 나서 밀크맨이 다시 어쩌면-남자
친구를 입에 올렸다. 끝없이 주절대며 위협하는 아무개 아
들 아무개가 떠오를 지경이었다. 그러다가 밀크맨이 이번
에는 무얼 암시하는지 절대로 놓칠 수가 없게끔 어쩌면-
남자친구와 자동차 폭탄과 언니의 연인이었던 죽은 남자
를 한 문장에 넣어 말했다. 나는 알아들었다. 암시를 파악
했고 골자를 이해했고 그다음에는 어쩌면-남자친구와 싸
웠다. 그때 내 정신 상태가 그랬기 때문에 나는 우리가 싸
운 게 전적으로 어쩌면-남자친구 탓이라고 생각했다. 내
가 아무 말도 안하고 입을 꾹 다물고 있어서 싸운 것도 아
니었다. 말을 하긴 했다. 다만 안타깝게도 우리 관계가 느
슨한 관계였기 때문에, 그가 도시 다른 쪽에 살아서 내가
밀크맨의 관심 대상이라는 소문을 못 들었을 수 있었기 때
문에, 또 내가 밀크맨의 전략에 넘어가 혼란에 빠지고 약
해지고 머리가 멈춰버렸기 때문에, 내가 열여덟살이고 생
각, 필요, 감정을 건강하게 전달하는 법을 몰라 일관성 있
게 설명을 못하고 말이 의도한 대로 나오지 않았기 때문
에 그렇게 되었다. 게다가 또 밀크맨이 정말로 진짜로 어
쩌면-남자친구를 죽인다는 게 아직도 내 생각에는 도저히
있을 수 없는 일 같았다. 이데올로기적 대의에 헌신한 사
람들이 항상 대의를 위한 행동만 하지는 않는다는 건 나도
알았다. 개인적 편향, 이상한 변칙, 주관적 해석을 앞세우
기도 했다. 미친 사람들도 있었다. 밀크맨이 자동차 폭탄

을 설치할 수 없다고 생각한 것도 아니었다. 자동차 폭탄 쯤이야 설치하고도 남을 거라고 확신했다. 다만 그 남자가 그 정도로 나를 원한다는 사실을 믿을 수가 없었다. 밀크 맨이 나를 혼란에 빠뜨리고 한계로 몰아가 내가 무너져 두 손 들고 자발적으로 자기 여자가 되어 차에 올라타게 만드 는 공작을 시작한 이래로 나는 뭐가 있을 법한 일이고 뭐 가 나의 상상인지 뭐가 현실이고 뭐가 착각이고 뭐가 피해 망상인지 더이상 확신할 수가 없었다. 무기력과 정신적 혼 란을 점점 증폭시키는 게 밀크맨의 수법이라는 것도 몰랐 다. 그런데 내가 실제로 그렇게 되어가고 있었다. 자동차 폭발도 실제였다. 첫째 언니가 그 증거였다. 첫째 언니는 다른 사람과 결혼했기 때문에, 더이상 그 사람을 사랑하면 안되었기 때문에 죽은 애인의 장례식에 가지 않았다. 대 신 사랑했던 남자의 장례식 날 자기 집이 아니라 우리집, 우리 엄마 집에서 창백한 얼굴로 눈을 휘둥그레 뜨고 믿 기지 않는다는 듯 손으로 입을 가리고 앉아 있었다. 첫째 언니는 시계를 보고 있었다. 시계만 봤다. 우리가 곁에 오 지 못하게 했다. 울지도 않았다. 우리 중 누가 가까이 다가 가기라도 하면 (심지어 엄마한테도) 정말 끔찍한 목소리 로 이렇게 말했다. "나가. 나가. 나가. 나가." 그런 일이 있었 으므로 나는 어쩌면-남자친구 때문에 너무 걱정이 되었는 데 어쩌면-남자친구는 내 걱정을 전혀 진지하게 받아들이 지 않았다. 내가 차를 꼭 몰고 다녀야겠냐고 묻자 그가 나를 보고 말했다. "난 자동차 정비공이잖아. 아니라고 하더라도, 운전을 해야 돼서 하는 게 아니라 하고 싶어서 하는 거야." "하지만…… 그건 어떻게 해." 내가 말했다. "그거? 뭐 말이야?" 어쩌면-남자친구가 물었다. "그거…… 알잖아…… 장착하는…… 장착하는 거……" "뭐에 장착해?" "……아래에." "무슨 말이야, 어쩌면-여자친구?" 어쩌면-남자친구는 답을 기다렸다. "그거 말이야……" 내가 다시 말을 시작했다. "……폭탄 말야."

어쩌면-남자친구는 이제야 알아듣고, 혹은 알아들었다고 생각하고 맞아, 그런 일이 있지, 있을 수 있어, 하지만 그런 일이 늘 일어나는 건 아니라는 걸 알아야 해, 자동차 폭탄은 전체 인구에 대비해보면 거의 일어나지 않는 일이야, 하고 말했다. "여기 사람 대부분은 자동차 폭탄 때문에 죽지 않아. 폭발로 죽는 사람은 극히 드물어. 게다가 어쩌면-여자친구야, 누군가가 언젠가 나를 죽일 수 있다고 해서 생활을 포기할 수는 없잖아." 어쩌면-남자친구가 쉽게 말하는 걸로 보아 아직 자세한 내막을 모르는 것 같았다. 언제 알게 될지는 알 수 없었다. 왜냐하면 밀크맨만 나를 괴롭히는 게 아니라 다른 사람들도 나를 괴롭히고 있었기 때문이다. 밀크맨 문제가 마구 커지고 격렬하게 걷잡을 수 없이 번지며 베스트셀러가 되어가면서 사방에서 나를 공격해오고 있었기 때문에 나는 점점 더 위축되고 혼란스럽고 쇠약한 상태가 되었다. 그때 어쩌면-남자친구가 대체 누가 날 죽이겠어?라고 말했다. 내 직장이 국가 수호자 지역에 있는 것도 아니고 뒤섞인 지역조차 아닌데. "자, 봐봐. 너희 언니 전 애인한테 일어난 일 때문에 그런 생각이 드는 걸 거야. 하지만 모든 사람의 남자친구한테 그런 일이 일어나는 건 아니라고. 어쩌면-남자친구한테라면 그런 일이 일어날 가능성은 더 적겠지." 어쩌면-남자친구가 농담처럼 덧붙였다. 이번에도 가볍게, 그런 일은 자기 세계와 동떨어져 있다는 듯이 말했다. 그러고는 내 몸에 손을 올리려고 했는데 내가 바로 몸을 빼고 물러섰다. 밀크맨이 등장하기 전에는 어쩌면-남자친구의 손길, 손가락, 손이 최고 좋고 가장 좋고 절대적으로 좋았다. 하지만 밀크맨 이후에는 어쩌면-남자친구가 다가올 때마다 역겨움이 솟았고 금세라도 토할 것 같은 기분이 되었다. 나의 어쩌면-남자친구가 나에게 구역질을 일으키는 것이었다. 나는 전혀 그러고 싶지 않았고 구역질을 느낀다는 걸 의식하지 않으려고 애를 썼지만 그래도 그런 느낌을 억누를 수가 없었고 이성적으로 떨쳐버릴 수가 없어서 그걸 자꾸 어쩌면-남자친구의 탓으로 돌리게 됐다. 나는 그의 손을 쳐내고 그를 밀쳤고 몸이 뻣뻣해졌고 배가 아팠다. 밀크맨 때문인 것 같긴 했지만 그게 어째서 밀크맨 때문인지는 알 수가 없었다. 그가 등장해 나를 망가뜨리기 시작한 이래로 그를 마주친 시간은 아주 잠깐이었고 그것도 처음 자동차를 타고 만났을 때에만 그가 나를 쳐다봤을 뿐 그뒤에는 한번도 쳐다보지도 않았고 나에게 외설적이거나 도발적이거나 희롱하는 따위의 말을 한 적도 없었다. 무엇보다 나한테 손을 댄 적도 없었다. 손가락 하나도. 단 한번도.

사람들 말에 따르면 나와 밀크맨의 불륜이 상당히 무르익었다고 했다. 사실과 소문은 아무 상관이 없었다. 내가 정기적으로 그와 만나고 다양한 '쩜쩜쩜' 장소에서 친밀한 '쩜쩜쩜'을 가진다고들 했다. 우리가 특히 좋아하고 자주 가는 연애 장소 두곳은 저수지 공원과 십분 지역이지만, 사람들 말이 우리가 '일상적 장소'에 있는 오래된 묘비 위로 풀이 웃자란 그늘진 구석에서 단둘이(모든 사람이 우리를 엿보고 있기는 하지만) 시간을 보내기도 좋아한다고 했다. 내가 자신만만하고 교만한 태도로 그의 번쩍이는 차에 올라탔다고도 했다. 수없이 많은 사람이 그 광경을 목격했단다. "밀회를 하려고 차에 태우는 거지." 그들은 말했다. "연인끼리 남몰래 만나려고 그런 곳에 간대." "거기에 안 갈 때에는 시내 위험한 술집이나 클럽에서 간통을 하고." 이런 말도 들렸다. "그 사람은 결혼했잖아, 알다시피." 사람들이 속삭였다. "여자를 감추려고 해." 다른 사람들도 속삭였다. "그 사람이야 그 사람이고, 그 여자는 원칙적이고 엄격한 커플 관계가 아니라 어쩌면-관계를 좋아하는 스타일 아닌가?"라고도 했다. 무슨 뜻인가 하면, 머지않아 그가 나를 집에서 나오게 해 자기와 살림을 차리게 할 거고 당연히 홍등가에 거처를 마련하리라는 말이었다. "두고 봐"라고 사람들은 말했는데, 복잡하게 얽혀 있고 지나치게 비밀스럽고 뒷이야기를 좋아하고 청교도적이면서 외설적이고 전체주의적인 우리 지역에서는 충분히 있을 수 있는 일이었다. 하지만 들썩이고 속삭이고 쪽지를 주고받고 불건전한 성적인 문제에 지나치게 관심을 쏟고 정치적 뒷이야기에서 잠시 쉬고 싶을 때 성적인 주제를 최고 인기 있는 가십거리로 삼는 우리 상황을 떼어놓고 생각해보면, 도대체 어떻게 지역 주민 전부가 나와 밀크맨에 관해 그렇게 자세한 정보들을 주고받는지 납득이 안 갔다. 사람들의 창의적인 상상력이 만들어낸 중상모략이 하나씩 정도를 더해가며 내 귀를 때렸다. 더 직접적으로 의사소통을 시도하는 사람들도 있었다. 그런 사람들은 나를 쫓아와서 질문을 퍼부었다.

밀크맨과 관련된 소문이 있기 전에도 나는 질문을 받으면 일단 의심부터 했다. 누가 질문을 하면 나는 이런 생각을 했다. 이 사람이 누구지? 왜 이런 질문을 하지? 왜 집집마다 돌아다니는 거지? 집집마다 돌아다니면 나를 속일 수 있을 거라고 생각하나? 은밀하게 암시를 건네고 뉘앙스가 있는 말을 던지며 내 생각, 의견, 성향을 테스트하고 의도한 반응을 나한테서 이끌어내어 그걸 약점으로 잡으려고 이러는 건가? 나는 초등학교를 졸업할 무렵에 이미 알아차렸다. 사람이 꿍꿍이를 감추고 있을 때에도 꿍꿍이가 있음을 알아볼 수 있다는 사실을. 그 사람이 하는 말이

나 심리 상태를 통해서만 드러나는 것도 아니었다. 그 사람 주변의 삐뚜름하고 오염된 듯한 분위기를 통해서도 본마음을 알 수 있었다. 그런 사람들이 나를 향해 다가올 때에는 에너지장이 같이 따라오기 때문에 확실하게 느낌이 오고 그럴 때면 닭살이 돋고 목뒤의 털이 바짝 곤두섰다. 겉으로는 아무 악의 없이 그냥 지나가는 말로 묻는다는 듯한 태도이지만 그것, 눈에 보이지 않아도 몸으로 느껴지는 강력한 지표는 딴판이기 때문에 이 사람들이 진실을 원해서 접근하는 게 아니라는 걸 알 수 있었다. 사람들이 그렇게 의도를 숨기는 까닭이 뭔지는 몰랐다. 나를 가지고 장난을 치려는 것도 나를 화나게 하려는 것도 내가 정신이상을 일으키게 만들려는 것도 아니었을 것이다. 자기들한테 어떤 말할 수 없는 걱정거리가 있어서 누군가 다른 사람에게서 설명이나 정보를 듣고 싶어서 물어봤을지도 모른다. 어쨌거나 입방아를 찧고 헛소문을 퍼뜨리기 좋아하는 사람들은 항상 꼼꼼히 조사해 정보를 캐내고 부풀릴 구석을 찾아내고 바깥뿐 아니라 집에서도 추측에 매달렸다.

그렇게 사람들은 다짜고짜 접근해서 공격과 질문을 했는데, "왜 그러는 거야?" 혹은 "어떻게 된 일이야?"라는 식으로 직접적으로는 묻지 않았다. 대신 "누구누구가 그러는데" "그런 말이 있는데" "지금은 여기 안 사는 우리 삼촌의 사촌의 형의 딸의 친구가 한 얘기인데" 하는 식이었다. 어떤 사람은 "소문"이라는 단어를 실제로 언급하기도 했다. "소문에 따르면"이라고 하면서 자기들이 소문을 만들어서 퍼뜨린 장본인이 아닌 양 소문을 의인화해서 말했다. 악의 없는 질문인 척하면서 애매모호하게 말끝을 흐리며 나를 충격이나 두려움이나 방어적 태도로 몰고 가 뭔가 흥미진진하고 부풀리기 좋은 반응을 이끌어내려고 했다. 사람들이 "누구누구가 그러는데"라고 운을 떼기도 전에 이미 나는 그들의 속마음을 알아차렸지만 알아차렸다는 기색을 겉으로 드러내지는 않았다. 이들에게 대적하는, 내가 아는 유일한 방법은 내 속마음을 숨기는 것이었다. 사람들이 질문을 하면 최대한 빠르고 자연스럽게 반응했다. 상대방의 의도를 전혀 모르는 척하면서 어떤 질문에든 계속 "모르겠어요"라고만 답하는 방법이었다. "모르겠어요"가 내 언어적 방어술 가운데 가장 중요한 것이었기 때문에 계속 그 말만 되풀이했다. 초등학교를 졸업할 무렵에 내가 알게 된 또 한가지 사실이 있는데, 내가 믿는 몇 사람 말고 다른 사람들 앞에서는 진실을 말하지 않는 게 좋다는 사실이다. 내가 믿는 몇 안되는 사람은 초등학교를 다니는 동안 점점 줄었고 (열한살에서 열여섯살까지) 중등학교에 다니면서 더욱 줄어서 열여덟살이 되었을 무렵에는(나와 밀크맨에 관한 소문이 퍼질 때에는) 세상에서 내가 믿는 사람이 단 한명밖에 없었다. 이렇게 계속 잘라내고 쳐내며 불신과 차단으로 나를 사회에서 격리하다보면 스무살이 될 무렵에는 세상 어느 누구에게도 입을 열지 않는 단계에 다다를 것 같았다.

 그래서 나는 질문에 **"모르겠어요"**로 일관했다. 그렇게 해서 감정이 격해지고 흔들리고 울컥해서 속마음을 노출하지 않도록 차단했다. 대신 생각을 최소화하고 절제하고 뒤집고 꼭 필요한 이상의 상호작용을 피해서 질문을 한 사람이 공개적이거나 상징적이거나 생생하거나 격렬하거나 울컥하거나 반전이 있거나 슬픔이 있거나 분노가 있거나 충격이 있는 것은 아무것도 얻을 수 없게 했다. 그냥 나를 죽이고 텅 비워서 엮이지 않으려 했다. 그러니까 사람들이 나를 돌려가며 찔러보고 은근하게 뒤져보고도 나에게서 아무것도 못 얻었다는 말인데, 나는 사람들을 그렇게 빈손으로 돌려보내는 게 잘못이라고는 생각하지 않았다. 어떤 사람들에게는 진실을 말해줄 필요가 없다고 그때 이미 확실하게 믿었기 때문이다. 진실로 대할 만큼 좋은 사람들이 아니었다. 진실을 받아들일 만큼 괜찮은 사람들이 아니었다. 따라서 거짓말을 하거나 사실을 생략하는 게 타당했다. 그게 마땅한 일이었다. 나는 그렇게 생각했다. 그런데 문제가 생겼다. 나는 **"모르겠어요"**라고 말할 때, 내가 상대방에게서 의도가 숨겨진 말, 은밀한 눈빛, 나를 중상하려는 욕구를 알아차렸음을 드러내면 안된다는 걸 알았다. 또 모르겠다는 말을 할 땐 최대한 유순하게 말하고 동시에 상대와의 거리를 필사적으로 유지하면서 또 한편으로는 거리를 둔다는 사실을 감추어야 했다. 그때 그렇게 안했다면 사람들에게 집단 괴롭힘을 당하거나 격한 악의를 한 몸에 받게 됐을 텐데 나는 그런 걸 감당할 만한 상태가 아니었다. 그래서 내가 자기들 속을 꿰뚫어보았다는 사실을 드러내지 않으면서 "모르겠어요"라는 말이 사실은 "저리 가! 꺼져! 꺼져!"라는 뜻임을 노출하지 않으려고 항상 예민하게 애를 썼고 그러기 위해 추가 방책이 필요했다. 나의 비언어적 방어술 중 하나였는데 효과는 있었다. 그런데 기대한 효과만 있는 게 아니었다. 저절로 떠오른 방법이고 아주 큰 도움이 되긴 했지만, 그 방법이 예상과 다르게 사전 경고도 없이 절차를 장악해 "모르겠어요"를 누르고 주도권을 쥐더니 스스로 다른 전략을 시행했다. 뒤늦게야 나는 내 방어법이 뒷이야기를 좋아하는 이웃들에게 그리고 무엇보다도 나에게 적대적이라는 것을 깨달았다. 내가 나 스스로를 공격한 셈이었다. 무슨 이야기냐면 내 얼굴, 내 얼굴 표정 말이다. 임시로 잠정적으로 택한 방법이고 정말 진짜로 일시적 방편이라고만 생각했다. 내 얼굴이 어떻게 보이는지, 내가 어떤 표정을 짓는지, 사람들에게 어떻게 보이는지는 내가 조절할 수 있고 내 마음대로 할 수 있다고 생각했다. 내 안에 있는 진짜 '나'가 내 얼굴에 지시를 내리는 것이라고 생각했다. 또 내가 나를 도와줄 부하를 선택했다고 생각했지 나를 무시하고 하극상을 벌일 반역자를 선택했다는 생각은 못해봤다. 그런데 그런 일이 일어났다. 얼굴에서 일어났다.

얼굴이 굳어버린 것이다. 나는 조심스럽게 "모르겠어요"라고 하면서 얼굴에 아무것도 드러나지 않게 했고 안에도 겉에도 아무것도 없는 듯한 표정을 지었다. 그러면 험담꾼들이 내 반응이 기대와 달라서 당황하고 어리둥절해하다가 결국에는 실망하고 지쳐서 나를 괴롭히기를 그만두고 두 손 들고 돌아갈 것이라고 생각했다. 나를 완전히 비워서, 사람들이 꾸며내고 사실이라 믿었던 말들을 의심하게 만들고, 반대자가, 그것도 그 남자 중의 남자, 전사 중의 전사, 최고 유명인, 우리 지역의 영웅이 나처럼 얼빠지고 풀기 없는 사람한테 욕구를 품는다는 게 말이 안된다고 생각하게 만들고 싶었다. 사람들이 내가 좀 모자라다고 생각하고 한발 더 나아가 내가 말의 사회적 코드를 이해하지 못한다고 결론 내리기를 바랐다. 나에게 감정적 심리적 의사소통 능력이 없어서 질문을 해보았자 질문 자체를 이해 못한다고 생각하기를 바랐다. 사람들이 나를 교과서나 로그표처럼, 정확하기는 한데 어딘가 맞지 않는 것으로 생각하기를 바랐다. 나를 감추고 텅 빈 얼굴을 내놓아서 사람들이 나에 대해 그렇게 생각하게 되면 내가 자유롭고 안전해지리라고 — 밀크맨으로부터는 아니더라도 최소한 사람들로부터는 자유롭고 안전해지리라고 믿었다. 하지만 밀크맨만 발전한 게 아니라 나와 밀크맨에 대한 소문도 점점 발전하고 있었다. 그 부분에 대해서는 내가 대비를 못했다. 미리 대비할 시간도 없었지만 내가 대비나 청사진이나 예측이나 계획 등에는 소질이 없기도 했다. 나는 본능이나 임기응변적인 회피나 예민한 반사 등에 의존해 반응할 뿐 냉철하고 미리 준비된 정밀한 군사작전 같은 것으로 대처하지는 못했다. 뒤늦게 알았지만 이곳 밀고자들도 나와 비슷했다. 처음에는 경찰 관련자의 손아귀에 들어갔다가, "나는 밀고자가 아니니까 나를 밀고자라고 생각하지 마라"라는 입장을 고수하다가, 결국에는 반대자들의 계략에 말려드는 식이었다. 밀고자들처럼 나도 합리적 사고 능력이나 분명한 연관관계를 파악하는 능력, 이곳에서 살아남는 방법 같은 기본적인 감각조차 잃어가고 있었다. 지금은 안다. 내가 어떻게 했든 간에 소문이 잦아들거나 멈추거나 사라지지는 않았을 것이다. 그 남자가 나를 손에 넣고 가진 다음 버리기 전까지는. 하지만 그때는 일단 모르겠다고 말하면서 멍한 얼굴을 해서 사람들을 당황하게 만드는 데 성공하긴 했다. 그러자 사람들은 내가 말귀를 알아듣게 만들려 하면서 빈틈을 노출했고 짜증이 나 절제력을 잃으며 본심을 더 많이 드러내게 되었다. 사람들은 자기들이 교묘하게 나를 속이고 있다고 철석같이 믿었지 내가 자기들을 영리하게 속인다고는 꿈에도 생각하지 못했다. 사람들은 확실히 결론을 내린 문제에 있어서는 믿기지 않을 정도로 둔감해지는 경향이 있다. 나는 감정적·지적으로 예민한 상태라는 사실을 감추었을 뿐 실제로 예민한 상태가 아닌 것은 아니었다. 당연히 나는 지각력이 있었다. 당연히 나는 화가 나 있었다. 당연히 나는 겁에 질려 있었다. 내 몸에서 자연적인 반응이 들끓는다는 것도 당연히 알았다. 처음에는 이런 반응으로 내가 살아 있고 여기 내 몸 안에 있으며 내면의 격랑을 경험하고 있음을 확인했다. 그런데 문제는, 시간이 흐르면서 내가 알아차리지 못하는 사이에, 삶에 대한 나의 무감한 접근이 겉으로만 그렇게 꾸민 가면이 아니라 점점 실제가 되어갔다는 것이다. 먼저 감정이 무뎌지기 시작했다. 그러더니 머리가, 처음에는 "좋아. 잘했어. 사람들을 잘 속여서 내가 누군지 무슨 생각을 하는지 무슨 감정인지 모르게 만들었어"라고 칭찬을 해주던 머리가 이제는 내가 거기에 있기는 한지 의심을 하기 시작했다. 머리는 이렇게 말했다. "잠깐만, 우리 반응은 어떻게 된 거야? 속으로 표현하던 감정이 있었는데 이제는 없어졌어. 어디 갔지?" 감정이 표출되기를 멈춘 것이다. 그러더니 아예 사라져버렸다. 무감함이 어찌나 발달했는지 지역 사람들만 내 속을 알 수 없는 게 아니라 이제는 나도 내 속을 알 수가 없었다. 내면 세계가 통째로 사라져버린 것 같았다.

사람들과의 사이에서 벌어지는 불신, 밀고 당기기, 저격, 응사, 우회, 왜곡 등이 신체적으로도 에너지를 고갈시켰다. 사람들과 내가 최종 맞대결을 향해 멈추지 못하고 굴러가는 기분이었다. 나는 날마다 자기 전에 밀크맨이 숨어 있지 않은지 보려고 침대 밑, 문 뒤쪽, 옷장 안 등을 일일이 확인하고 커튼이 잘 닫혀 있는지 유리창 안이나 밖에 그가 숨어 있지는 않은지 살폈는데, 어느샌가 이제는 지역 사람들이 어딘가에 숨어 있지는 않은지 확인하고 단속하는 단계에 이르러 있었다. 사람들을 경계하고 피하는데 엄청난 에너지를 소모했다. 이렇게 암울한 밀고 당기기를 계속하면서 나는 점점 소모되었다. 애초에 속마음을 숨기려고 했던 까닭이 사람들과 엮이지 않고 거리를 유지하기 위한 것이었음에도 불구하고, 이제 나는 한순간도 그들에게서 벗어나지 못하고 있었다. 이렇게 내가 나의 몰락을 초래했고 몰락에 기여했고 몰락을 이루었다는 사실을 그때는 몰랐다.

내가 의도한 대로 내 반응 때문에 사람들이 당황하기는 했다. 나 자신까지 당황하게 만들 생각은 없었지만. 그런데 알고 보니 사람들은 당황하는 걸 좋아하지 않아서, 내 행동이 일반적이지 않은 부적절한 대처 방식이고 공공복지에 반하며 내가 거의 지나치게 멍하고 거의 생기가 없고 거의 죽어 있고 거의 반직관적인데 지구상에서 정상적인 사람이라면 그럴 수는 없다고 불평했다. 거의 지나치게 멍하고 거의 생기가 없다는 등 사람들이 '거의'라고 말하는 부분은 내가 의도한 것이었다. 나는 텅 비고 멍한 상태로 비치려고 했는데 완전히 그런 상태는 아니고 거의 텅 비고 거의 멍하려고 했다. 정확하고 말끔한 방법이 서류상으로는 완벽하고 만족감을 줄지 몰라도 현실에서는 아니고 아무도 그런 것에는 속지 않기 때문이다. 이 공동체에서 정밀한 작전을 펼친다면 사전에 기획된 것이라는 기미가 드러날 텐데 공동체를 속이려고 할 때 그런 기미를 노출하는 것은 현명하지 않았다. 정말 바보를 상대할 때가 아니라면 이것저것 뒤섞고 좀 구기고 얼룩을 묻히고 문제 한가운데가 아니라 한쪽에, 문제를 살짝 암시만 하면서 덧붙이듯이 흙발자국 일부를 살짝 남기는 게 좋았다. 말하자면 내가 그 점에 있어서는 성공했다는 것이다. 사람들은 내 얼굴 표정이 너무 인색하다고 하면서 나한테 단 한가지 표정만 있다는 듯이 '표정'이라고 단수로 말했다. 거의 표현이 없다고도 했다. 거의 단조롭고 거의 고적하고 거의 생각이 없다고 했는데 사람들이 '속을 알 수 없다'고 말하지는 않은 것에서 나는 또 희망을 느꼈다. 이곳에서 속을 헤아릴 수 없다는 것은 사전 기획이나 표층 생각과 마찬가지로 통하지 않는 방법이었다. 사람들 말이 처음에는 내가 자기들보다 우월하다고 생각하고 거드름을 피우며 재수 없는 마리 앙투아네트 흉내를 내고 있나 생각했다고 한다. 그러다가 그들은 그게 아니라 이 괴상한 성격은 내가 걸으면서 읽는 오래된 책들에서 비롯된 것이라고 결론 내렸다. 사람들은 내가 이것도 저것도 아니어서 자기들이 진이 다 빠진다고 하면서도 나에 대한 이야기를 멈추지 않았다. 내가 좀 괴상하고 소름 끼친다고 결론을 내리면서 전에는 알아차리지 못했는데 나의 열려 있지만 닫혀 있는 점이 십분 지역과 비슷하다고 덧붙였다. 거기에는 아무것도 없는 것 같지만 무언가가 있고 또 무언가가 있는 것 같지만 아무것도 없다는 점에서 그렇다고 했다. 내가 삐딱하고 어긋나 있으며 사회적이지 않다고도 했는데, 이런 말로 조금 표현을 누그러뜨리긴 했다. "어쩌면 그건 그애의 한쪽 면일 수도 있지만." 하지만 나에게 다른 면이 있다고 생각하지는 않았고, 그리하여 나에게 한가지 면밖에 없다는 처음의 생각으로 다시 돌아왔다.

이렇게 사람들이 내 기력을 바닥나게 하고 나는 그 사람들의 기력을 바닥나게 하고 그들이 하는 말이 나를 괴롭히고 내 얼굴이 그들을 괴롭히고 내 무감함이 나와 그들 모두를 혼란에 빠뜨리고 있기는 했지만, 천만다행으로 내가 사람들에게 "모르겠어요"라고 말하고 거의 텅 빈 얼굴을 보이고 꽉 닫힌 상태를 노출하는 일이 아주 자주 있지는 않았다. 나와 밀크맨에 대한 쑥덕공론은 대부분 내 등 뒤에서 일어났기 때문이다. 그런데 상황이 정말 그렇게 나빴을까? 그때 내가 찾아가 속을 털어놓을 수 있는 사람, 내 말을 들어주고 나를 위로해주고 지지해주고 보호해줄 사람이 정말 단 한명도 없었을까? 나를 나무라는 사람들이 입을 모아 말하듯 나는 정말 십분 지역처럼 꽉 막히고 삐딱한 사람이었을까? 지금 돌아보면, 단 하나 남은 믿을 수 있는 사람인 초등학교 때부터 친구를 제외하고 본다면, 그랬을지도 모른다는 생각이 든다. 나는 그런 사람이었다. 불신이 너무 강해서 나를 도와주고 지지하고 위로해줄 사람이 있었을 텐데도 친구를 만들고 지원을 끌어낼 수 있었을 텐데도 아무것도 보지 못했다. 사람들을 못 믿었고 나 자신을 못 믿었고 나한테 도움을 구할 자격이 있다는 생각을 못했기 때문에 기회를 놓쳤다. 하지만 그때에는 정신을 붙잡고 추스르는 게 내 최대 목표였고 그곳에서는 다른 사람들도 제각기 정신을 붙잡고 추스르려 애쓰고 있었으니, 어쩌면 나로서는 도움이나 위안이라는 개념을 알아차리거나 이해한다는 것 자체가 불가능했을 것이다. 어떤 사람들이 나에게 접근하기는 했고 그중 몇몇 사람은 믿을 수 있는 사람이고 정말 좋은 뜻으로 그랬을 수도 있었을 것이다. 그런데도 나는 계속 움츠러들었는데, 두려움과 고집 때문만은 아니었다. 여전히 나는 무엇이라도 사람들에게 말할 만한 일이 있는지 아닌지조차 확신을 못하고 있었다.

그런 식으로 일이 이루어졌다. 밀크맨이 아주 조금씩 조금씩 접근하고 잠식하고 육식동물처럼 슬금슬금 다가왔기 때문에 뚜렷하게 집어 말하기가 힘들었다. 여기에서 조금, 저기에서 조금, 어쩌면, 어쩌면 아닌지도, 아마도, 모르겠다. 계속적인 암시, 상징, 재현, 은유가 있었다. 내가 받아들인 의미가 그가 의도한 것일 수도 있지만 아니었을 수도 있었다. 밀크맨이 한 말을 액면 그대로 놓고 보거나 각 사건을 따로 떼어 묘사한다고 해보자. 아무리 애써 말로 전달해봤자 별것 아닌 일이 될 것 같았다. 만약 내가 "『아이반호』를 읽으면서 경계 도로를 따라 걷는데 그 사람이 차에 타라고 했어"라고 말한다면 "대체 왜 위험한 경계 도로를 따라 걸었고 왜 『아이반호』를 읽었는데?"라는 말이 돌아올 것이다. 만약 내가 "저수지 공원에서 러닝을 하는데 밀크맨이 나타나서 나하고 같이 달렸어"라고 한다면 "그렇게 위험하고 수상한 곳에 대체 왜 간 거고 러닝이라니 그런 걸 왜 했니?"라는 말이 돌아올 것이다. 만약 내가 "프랑스어 수업 시간에 사람들하고 하늘의 일몰을 볼 때 밀크맨이 학교 반대편 진입로에 하얀색 승합차를 세워뒀어"라고 말한다면 "안전한 우리 지역을 떠나 시내 혼합 지역으로 가서 외국어를 배우고 비유적 재현으로 삶을 봤다는 말이야?"라는 말이 돌아올 것이다. 만약 내가 "그가 우리 언니가 살해된 남자를 잃은 것에 대해 애도를 표하면서 동시에 내 거의-어쩌면-남자친구를 자동차 폭탄 사고와 연관지어 말했어"라고 한다면 "네가 아직 결혼도 안했고 어쩌면-남자친구하고 어울린다는 게 잘못 아닐까?"라는 말이 돌아올 것이다. 이미 소문이 다 퍼져 밀크맨과 나의 사이가 기정사실이 되어 있기도 했지만, 소문이 없었다고 하더라도 나는 처음부터 아무도 내 말에 귀 기울이지도 내 말을 믿지도 않을 것이라고 생각했다. 만약 내가 관계 기관에 찾아가 밀크맨이 나를 스토킹 하고 협박하고 통제하려 하고 있다고 신고하고 이 문제를 시정할 방법을 알아보려 한다고 해보자. 그러면 우리 반대자들은 이렇게 대답했을 것이다. 아니 사실 어떻게 대답했을지는 알 수 없는데 왜냐하면 밀크맨도 반대자인데 내가 어떻게 그들을 찾아갈 수 있겠나? 게다가 현실적으로 찾아간다는 게 가능하기는 한가? 무장단체가 이 지역을 통제하고 경찰 역할을 하지만 무장단체를 접촉하려면 어떻게 해야 하는지 나는 모르는데. 게다가 나를 스토킹 하는 단체에 나를 스토킹 하는 것에 대한 불만을 접수해야 한다는 말이다. 진짜 경찰 그러니까 국가 소속 경찰을 찾아가는 방법은 생각할 가치도 없었는데 첫째로 그들은 적이고 둘째로 반대자가 장악한 출입금지 지역에서 밀고자로 지목되어 사살당하는 일을 초래할 만한 여러 일 가운데에서 일순위는 말할 것도 없이 경찰을 찾아가 자기 지역 반대자에 대한 불평을 접수하는 일이기 때문이었다. 당연하지만 경찰은 우리 공동체를 범죄 집단으로 봤다. 우리는 적이고, 테러리스트이고, 민간인 테러리스트이거나 테러리스트 동조자이거나 테러리스트임이 아직 입증되지는 않았을지라도 테러리스트 용의자들이었다. 상황이 그렇고 양쪽 다 그렇게 생각하니 우리 지역에서 경찰을 부른다면 그건 오직 경찰을 쏘기 위해서 부르는 것이고 그들도 아니까 당연히 안 온다.

그러니 모든 것이 내 잘못으로 귀결되었는데, 결국 내가 확신을 하지 못한 탓이었다. 그가 정말 무슨 짓을 하고 있는 건가? 무슨 일이 일어나고 있긴 하나? 내가 모르는데 그걸 어떻게 다른 사람에게 설명하고 설득하겠는가? 말해 봐야 내가 상황을 확신하지 못한다는 걸 눈치채고 믿지 않을 것 같았다. 누가 내 말을 들어준다고 해도 이곳 사람들은 '쫓아다닌다'거나 '스토킹 한다'는 말에 익숙하지 않아 이해를 잘 못할 것이다. 그러니까 **성적으로** 쫓아다니고 **성적으로** 스토킹 한다는 말뜻이 낯설다는 얘기다. 그 말들은 미국 영화에 나오는, 도로 가장자리로 천천히 차를 몰면서 여자를 물색하는 행동처럼 너무 이국적이고 여기에서는 일어나지 않는 일로 간주되었다. 이곳에서 그런 일이 일어난다고 해도 아무도 심각하게 받아들이지 않을 것이다. 무단횡단하고 비슷한 정도의 위반으로 생각하거나 심지어 그보다도 가벼운 일로 취급될 것이다. 여자와 관련된 일인데, 정치적 문제가 팽배하고 정신이 이상한 사람이 (우리 구역에서 가장 뛰어나고 성공적인 독 살포자가) 자유롭게 돌아다니며 매주 사람들에게 독을 먹이는 상황이니 그런 일 따위는 중요하게 취급될 수가 없었다. 성적 약탈이 할리우드에서 흔히 나타나는 현상인지 몰라도 이곳에서는 의미가 지워지고 주요 대화 주제에서 밀려났다.

어쨌거나 사람들은 계속 찾아왔다. 첫째 언니가 계속 찾아와 "그 사람과 관계를 지속한다면" "너한테 이득 될 게 없다" 등의 후렴구를 반복했으나 나는 변명을 하지도 언니를 설득하려 하지도 않겠다는 냉랭한 결심으로 언니를 맞았다. 이제는 우리 사이에 적의가 쌓이고 쌓여서 뭐라고 하든 서로 들을 생각도 없었고 무슨 말을 하든 그냥 귀에서 튕겨나갔다. 이 모든 일의 배경에 언니 남편이 있었다.

직립보행 하는 늑대, 콧구멍을 벌렁거리고 귀는 크고 뾰족하고 앞다리 뒷다리는 칙칙한 털투성이에 이가 삐죽 튀어나온 주둥이에 길고 검은 발톱을 꿈틀거리고 혀를 놀리며 나를 지켜보라고, 나한테 가보라고, 나한테 자백을 받아내라고 언니를 부추기고 죽일 듯이 안달하는 남편. 하지만 첫째 언니는 죽은 애인 문제만으로도 너무 버거워서 자기 몸 하나 추스르기도 힘겨워한다는 게 누가 보기에도 빤했다. 게다가 첫째 형부가 또 성적인 집착을 드러내다가 상당한 추문과 문제를 불러일으켰다는 이야기도 들려왔다. 또 엄마도 있었다. 엄마는 내가 결혼을 안했고, 무장단체 팬클럽에 들어가서 집안에 수치를 가져왔고, 암울하고 기구한 운명을 스스로 초래했고, 어린 동생들에게 나쁜 선례를 보였고, 나 자신의 격을 떨어뜨렸고, 빛과 어둠과 악마와 지옥 등 신적 존재까지 끌어들였다고 파상공세를 퍼부었다. 엄마가 말했다. "최면에 걸린 것이나 다름없어. 공포영화에서 뱀파이어에게 물린 사람들하고 비슷해. 그 사람들은 공포를 느끼지 못하고 그 모습을 보는 사람들만 공포를 느끼잖아. 물린 사람들은 뱀파이어에게 사로잡혀서 황홀경에 빠져 있기 때문에 매혹밖에 못 보는 거야." 직장에서도 여파가 이어졌다. 직장에 가면 졸리고 집중이 잘 안됐는데, 밤에 자다가 벌떡 깨서는 다시 잠들지 못하곤 했기 때문이다. 자다 말고 방을 수색하고 싶은 충동이 들어 깨기도 했다. 잠자리에 들기 전에 이미 방 구석구석을 살폈지만 내가 잠든 사이에 밀크맨이나 사람들이 몰래 숨어들지 않았는지 다시 확인하지 않으면 안될 것 같았다. 내가 『캔터베리 이야기』의 「전체 서문」에 나오는 병약하고 사람을 싫어하는 장원 관리인이 된 악몽을 꾸고 깨기도 했다. 집도 나에게 덤볐다. 집이 문 두드리는 소리, 삐걱거리는 소리를 내고 알 듯 모를 듯 움직이는가 하면 집 안 공기가 동요하고 물건 위치가 바뀌기도 했다. 집이 쿵쾅거리고 대꾸하고 소란을 피우면서 나를 나무라고 나에게 경고하고 나도 잘 아는 나를 둘러싼 위협에 주목하라고 했다. 한밤중에 내 방에서 그런 일들이 일어났다. 침대 옆 테이블이 쾅 하고 나를 깨웠다. 벽에 걸린 그림 액자가 덜덜 떨리고 바로 내 아래 바닥에서 쿵쿵 망치질 소리가 났다. 아니면 침실 문이 덜컹거렸다. 한번은 집의 유령이 내 이불을 잡아당기고 발과 다리를 옆으로 홱 밀어서 상체가 돌아가 침대에서 떨어질 뻔했다. 엄마가 방에서 소리를 쳤다. "제발, 어린 딸들아, 자기 전에 책 좀 읽으려는데 왜 이렇게 쿵쾅거리니?" 그러면 어린 동생들이 자기들 방에서 소리쳤다. "우리가 아니에요, 엄마! 우린 자고 있어요. 가운데언니예요." "내가 그런 거 아니에요!" 나도 소리쳤다. "집이 그런 거예요. 집의 유령이요. 나도 자고 있어요." 집이 나에게 어떤 조치를 취하라고, 밀크맨을 그대로 두면 안된다고 말하는 것 같긴 했지만 어떻게 하라고 하는 건지는 알 수가 없었다. 어쨌든 집이 계속 나를 일깨웠고 그래서 내

266

가 밤에 깨어 뜬눈으로 밤을 새우다보면 낮에 직장에서는 졸음이 몰려와 둔해졌다. 상사가 두번이나 나를 자기 사무실로 불러 한마디 했을 정도다. 이제 프랑스어 수업도 반짝임을 잃고 시들해졌다. 내가 반짝임을 더이상 원하지 않게 된 것이겠지만. 재미도 없어지고 '무슨 의미지? 의미가 없어'가 점점 나를 사로잡아 이제는 매주 수업을 들으러 시내에 가는 게 힘들었다. 또 다리도 아파서 셋째 형부와 러닝을 하는 것도 차츰 접었다. 처음에는 한두번 빠지다가 통증이 계속되고 몸의 조정력도 떨어지는 것 같아 연거푸 취소했다. 긴장을 풀지도 못하고 흐름을 타지도 못하고 호흡도 제대로 못했다. 전에는 달리다보면 숨이 살아나고 감각이 깨어나고 기운이 솟았는데. 당연히 여겼던 것들이 달라지자 아예 그만두게 됐다. 걷기도 끊었다. 균형감이 사라져 자세가 삐딱하고 비뚤름해졌기 때문이다. 그때 나는 달리기를 그만둔 것도 내 뜻이고 걷지 않는 것도 내 뜻이라고, 아무도 그러라고 강요한 사람은 없다고 생각하려고 했다. 그러다가 어쩌면-남자친구하고 가끔 같이 지내는 날 중 하루도 포기했는데, 그것도 내가 내린 결정이고 아무도 강요하지 않았다고, 목요일은 원래 중요하지 않았다고 스스로를 설득했다. 어쩌면-관계에서 가장 덜 중요한 날이고, 그리고 어차피 어쩌면-관계일 뿐이니까 하며 납득하려 했다. 목요일을 뺐는데도 밀크맨은 자동차 폭탄 압력을 계속 가했다. 거기에 새로운 위협을 더 끼워넣었는데, 어쩌면-남자친구가 배신자나 밀고자라는 이유로 그의 지역 반대자들이나 아니면 주민들에 의해 죽임을 당할 수 있다는 얘기였다. "말도 안되는 이야기지 물론." 밀크맨은 이렇게 말하면서도, 이곳 사람들은 온갖 말도 안되는 일로 죽는다는 말을 덧붙였다. 그러더니 자기가 구원자이자 해결책인 양 했다. 어쩌면-남자친구가 마주한 위험이 사라지게 만들 만한 힘을 가진 사람은 자기밖에 없다고 넌지시 말했다. 그러고 또 차를 타라고, 차를 태워주겠다고 계속 말했다. 밀크맨만 그런 것도 아니었다. 이제 다른 사람들, 밀크맨이 시키는 일이라면 뭐든 하는 부하, 동지, 추종자 들이 차를 타고 다가와 차를 세우고는 시내로 혹은 시내 밖으로 데려다주겠다고 했다. 그 사람들이 밀크맨이 보냈다고 말하지는 않았지만 갑자기 태워주겠다는 제안이 쇄도하는 것으로 보아 지시를 받고 행동하는 게 분명했다. 그들은 제발 타라고 호소하면서 내가 차에 탄다면 정말 큰 호의를 베푸는 것이라고 했다.

그러는 한편 어쩌면-남자친구와 갈등이 점점 심해졌다. 내가 "차 몰고 다니는 거 그만둘래?"라고 하면 그가 "아니, 왜 그런 소리를 하는 거야. 말이 안돼. 비합리적이야"라고 대꾸하며 다투기도 했지만 그거 말고 다른 이유로도 싸웠다. 만약 어쩌면-남자친구가 자동차 폭탄으로 죽지 않는다면 국기가 그려진 부품을 갖고 있다는 이유로 밀고자로 찍혀 반대자들에게 끌려갈 가능성이 있었다. 아니면 그가 사는 지역에서 반대자는 아니지만 대의에 목숨을 거는 광신도들이 떼를 지어 몰려와 그 상상의 국기 부품 문제를 들먹이며 그를 끌고 갈 수도 있었다. 과급기에 국기가 그려져 있건 아니건 과급기를 가지고 있다는 사실만으로 비애국적이라고 할 수 있다고 사람들이 말하기 시작한 뒤로 국가기관이 어쩌면-남자친구의 일거수일투족을 사진으로 찍는다고 했다. 어쩌면-남자친구가 셰프한테 이렇게 말하는 것을 들었다. 카메라 소리로 미루어보건대 자기 지역 밖에서도 자기한테 관심이 있는 것 같다고. "국기니 상징이니 배신이니 과급기니 하는 것 때문에 내가 밀고자가 될 가능성이 있다고 보고 주목하나봐." 어쩌면-남자친구가 농담처럼 말했다. 아니면 사진을 찍는 게 국가가 아니고 지역 무장단체일 수 있다고도 했다. "내가 이미 밀고자가 되지는 않았는지 감시하려는 것일 수도 있지." 이 말도 농담처럼 했다. 이에 더해 아마추어 사진사, 일반인 기록자, 격동의 시기를 하루하루 기록하는 사람들도 어쩌면-남자친구를 찍었다. 어쩌면-남자친구 말이, 앞날에 명성과 재산을 얻기를 기대하며 카메라와 녹음기를 들고 여기저기에 나타나 역사적 정치적 사회적 기록을 남기고 보존하려는 사람들이 있다고 했다. 그 사람들 말마따나 "이 슬픈 시기에 관련된 잡다한 것들 중에서 나중에 어떤 게 가치 있는 게 될지는 아무도 모르기" 때문이다. 국가에서는 밀고자가 될 가능성이 있다고 사진을 찍고, 반대자들은 밀고자가 이미 되었을 가능성이 있다고 사진을 찍고, 미래의 사업가들은 밀고자라는 이유로 살해를 당해서 유명해질 가능성이 있다고 사진을 찍는 것에 더해, 국가에서 제1목표물의 동조자의 동조자라는 이유로 두배로 사진을 찍을 수도 있다는 사실을 어쩌면-남자친구는 몰랐겠지만 나는 알았다. 어쩌면-남자친구의 이웃과 지인들은 국기가 그려진 과급기에 관련된 루머가 퍼지면서 점점 어쩌면-남자친구와 거리를 두었다. 짧았던 행복한 순간 동안에는 다들 과급기를 보고 찬탄하고 열광했던 사람들이지만, '군 애호가' '국기 애호가' '물 건너 나라 애호가' '거리의 정의' 따위가 그보다 훨씬 더 강력한 영향을 미쳤다. 인생은 짧고, 가끔은 믿을 수 없을 정도로 짧으니 공모를 했다거나 공범이라거나 이 지역 주민으로서 걸맞지 않은 행동을 했다는 비난을 스스로 초래할 이유는 없었다. 그러니 어쩌면-남자친구와의 관계는 아예 끊는 게 상책이었다. 그래도 아주 가까운 친구들은 남았다. 여기에 또다른 친구, 어쩌면-남자친구와 같은 직장에 다니고 '길 건너'에 산다는 친구, 그러니까 반대 종교에 속하는 직장 동료도 있었다. 사람들이 말하기를 이 사람이(이름이 아이버라고 한다) 어쩌면-남자친구는 국기가 그려진 부품을 가져가지 않았고 자기가 가져갔다는 사실을 보증할 생각이 있다, 동료를 위해 국가 수호자가 통제하는 지역에서 국기가 그려진 부

품을 들고 있는 자기 모습을 폴라로이드로 찍어서 보내겠
다, 어쩌면-남자친구가 즉결심판에 회부되더라도 그걸 증
거로 반란죄를 덮어쓰지 않게끔 스스로를 변호할 수 있을
것이라 했다고 한다. 반대자들이 자기 신념의 적이기는 하
나 어려운 상황에 처한 직장 동료에게 도움이 될 수 있다
면 사진으로 된 증거물을 기꺼이 제공하겠다고 아이버가
말했다는 것이다. 아이버의 존재에 대한 이 루머를 들었
을 때, 나는 어쩌면-남자친구를 밀크맨으로부터 보호하려
고 아이버를 급조하는 어리석은 실수를 저질렀던 일이 떠
올랐고, 그 즉흥적인 생각을 입 밖에 내지조차 않았는데도
표층에서 읽혀 전달되었다는 사실에 경악했다. 내 생각이
밖으로 나와 저 나름의 생명을 얻었고 이제 아이버에 얽
힌 소문이 사람들 사이에 돌면서 점점 살이 붙는 상황이었
으니 나는 이 소문이 잦아들고 잊히고 관심에서 사라지게
되기만을 간절히 바랐다. 사실 아이버가 아무리 좋은 뜻을
가졌다고 해도, 어쩌면-남자친구를 돕기 위해 폴라로이드
백장을 보내고 진술서 이백장을 보내겠다고 약속했다 하
더라도, 어쩌면-남자친구의 지역에서는 아이버의 말을 믿
지 않을 터였다. 아이버가 그들 중 한명이 아니기 때문이
다. 아이버가 실제로 존재한다 하더라도, 또 아이버가 자
기네 공동체에서 소중히 여기는 국기에 대한 반감에서 촉
발된 문제에 개입하려고 애쓸 리가 없다는 문제를 제쳐둔
다 하더라도, 증인으로서 아이버는 아무 소용이 없고 오히

밀크맨   271

려 역효과만 일으킬 터였다. 게다가 아이버는 실상 사진도 필름도 진술서도 아무것도 보내지 않았다. 오히려 아이버가 약속을 남발해놓고 아무 행동도 하지 않았다는 사실이, 배신자인 어쩌면-남자친구가 국기가 그려진 부분을 가지고 있다는 공동체의 의심을 확증하는 결과가 되고 말았다.

이미 말했듯이 복잡한 일이었다. 우리 지역에서는 나와 밀크맨에 관한 소문이 나에게 영향을 미치고 어쩌면-남자친구 지역에서는 국기에 대한 소문이 그에게 영향을 미치고 이 모든 일이 우리에게 부정적인 영향을 미쳤다. 이 소문들과 그 영향이 합세하여 우리 어쩌면-관계를 점점 악화시키고 있었다. 우리는 스트레스를 받아 자꾸 다퉜고 대화는 줄었다. 나도 어쩌면-남자친구에게 밀크맨과 우리 지역에서 퍼지는 나와 밀크맨에 대한 소문 이야기를 안했지만 어쩌면-남자친구도 자기를 보호하고 지키기 위한 자기 나름의 방법으로 나나 모든 사람에게 고집스럽게 침묵의 방어벽을 치고 있었다.

그래서 날마다 우리 사이에 긴장감이 커졌고 티격태격 옥신각신이 심해졌다. 나는 "꼭 차를 몰고 다녀야 돼?"라고 말하거나 밀크맨이 시키는 대로 어쩌면-남자친구를 버려야 할지도 모른다는 생각 쪽으로 점점 기울 뿐, 이 문제에 대한 다른 해결책을 떠올리지를 못했다. 한편 어쩌면-남자친구는 격앙 상태가 점점 심해졌는데 놀랍게도 국기 문제나 밀고자라는 이유로 죽임을 당할까봐 두려워서 그런 것은 아니었다. 반대자들이 자기 집에 찾아와서 기부를 요청했기 때문이었다. 이것도 과급기와 관련이 있었는데, 과급기가 오랫동안 가십의 주제가 되다보니 최근에는 어쩌면-남자친구가 국기는 그냥 보관하고 과급기는 엄청난 돈을 받고 팔았다는 소문까지 퍼져 있었다. 그래서 그 지역 반대자들이 어쩌면-남자친구를 찾아와 수익의 일부를 나눠달라고 요청한 것이다. 그들이 '요청'했다고는 하지만, 그러니까 수익금의 일부를 혹시 받을 수 있겠냐고 '물었다'고는 하지만, 실제 의미는 요구했다는 말이다. 반대자가 장악한 지역에 살다보면 "지역의 수호와 대의를 위해 당신의 무엇무엇을 징발해야겠습니다"라는 말을 종종 듣게 된다. 무엇무엇에는 뭐든 들어갈 수 있다 — 집, 자동차, 무엇이 되었든 할인받아 얻은 이익의 일부. 빙고 게임에서 딴 것, 크리스마스 보너스, 빵집에서 할인가에 산 빵, 구멍가게에서 세일하는 스마티스 초콜릿까지도 대상에 포함된다. 수익의 일부를 내놓아야 하는 까닭은 물론 지역의 수호와 대의를 위해서다. 그러니까 시도 때도 없이 가정집에 들이닥쳐 개평을 요구하는 그 지역 반대자들이 집에 찾아왔고 어쩌면-남자친구는 그들이 다시 찾아올까봐, 어쩌면-남자친구가 판 적도 없는 물건의 수익 일부를 요구할까봐 두려워했고 물론 어쩌면-남자친구가 소중한 블로어 벤틀리 과급기를 팔 리는 없었는데, 그런데도 핼러윈 가면을 쓴 사람 네명과 복면을 쓴 사람 세명이 총을 들고 저녁 7시에 어쩌면-남자친구의 집에 나타나서 과급기를 팔 생각이 있거나 혹은 이미 팔았다면 자기들과 지역의 수호와 대의의 달성을 위한 필요를 잊지 말라고 말했던 것이다. 반대자들은 또 물건이 산더미처럼 쌓여 대재앙 상태인 어쩌면-남자친구의 집에 블로어 벤틀리 자동차 부속 전체가 있다면 자기들이 징발하겠다고 덧붙였고, 그 말을 하고 그들이 말없이 가면 너머로 어쩌면-남자친구를 응시하는 순간 어쩌면-남자친구는 그들이 마음을 바꾸어서 몇몇 부품이 아니라 여기 있는 것 전부를 다 가져가겠다고 할 수도 있음을 깨달았다고 한다. 그러고 나서 그들은 돌아갔는데, 참, 그러기 전에 대화 도중에 반대자가 아닌 어떤 사람이 나타났다고 했다. 총도 없고 가면도 없고 양복과 타이 차림인 낯선 사람이었다. 낯선 사람은 이 지역에 들어올 수 있도록 전날 반대자들에게 허가를 받았다고 했다. 그 사람이 방해해서 미안하다고 먼저 사과부터 하더니 가면을 쓰고 권총을 든 반대자와 현관에 서 있는 어쩌면-남자친구 사이에 끼어들어 자기를 시내 예술협회 홍보 담당자라고 소개하면서 어쩌면-남자친구 집 외벽에 명판을 부착해도 되겠느냐고 물었다. 명판에는 구불구불한 금색 글자로 국제적인 부부가 19○○년부터 19○○년까지 이 집에 살다가 최고로 장려하고 국제적으로 유명한 세계적 댄스 스타가 되려고 떠났다고 적혀 있었다. "그러면 이 지역도 좀더 정상적으로 보일 거예요." 그 사람이 설명했다. "이 지역에 비극과 암울함과 전쟁만 있는 게 아니고 총격과 폭발만 일어나는 것도 아니고 예술과 유명인과 화려함도 있다는 걸 나타내는 명판이니까요." 그는 무장단체가 장악한 이 지역에 대체 누가 와서 명판을 구경하고 예술과 유명인에 대해서 이야기를 나눌지는 구체적으로 말하지 않았는데 사실 그럴 사람이 없기 때문이었다. 현실적으로 명판을 보러 올 사람이 이 지역을 순찰하는 무장 경찰대와 주기적으로 반대자들을 색출하러 들이닥치는 '물 건너'의 군대뿐이니 명판을 보고 감탄하고 문화를 누릴 만한 정신 상태가 아닐 테고 그들 말고 명판을 볼 사람이라야 지역 사람들뿐인데 지역 사람들은 어차피 국제적인 커플이 이 집에 살았다는 사실을 다 아니까 그들한테도 아무 의미가 없었다. 어쩌면-남자친구는 명판을 달고 싶지 않다고 말했고 반대자들은 예술인에게 방해해서 미안하다고 사과했다고 해서 방해해도 되는 건 아니라고 말했다. 또 반대자들은 자칭 예술인이라는 사람은 사실상 정부 공무원이나 비슷한 것이고 허가를 받고 들어왔건 아니건 간에 국가의 밀정일 수 있다고도 말했다. 그러자 그 사람이 말했다. "알겠습니다. 볼일 끝났습니다." 그러면서 여전히 경쾌한 태도로 명판을 옆구리에 끼고 어쩌면-남자친구에게 자기 명함을 건네려 했으나 어쩌면-남자친구가 받지 않아 실패하고 그냥 떠났다. 하지만 돌아올 거야 ── 어쩌면-남자친구는 이렇게 말하며 반대자들이 자기의 영광스러운 블로어 벤틀리 과급기를, 정당하게 제비뽑기로 땄으며 자기가 아끼는 물건인 과급기를 빼앗아가려고 한다는 이야기로 다시 돌아갔다. 이 일이 우리 사이의 긴장을 더욱 고조했는데, 반대자들이 과급기를 가져가려고 오거나 과급기 수익의 일부를 받으러 오는 일은 어쩌면-남자친구가 걱정해야 할 일 가운데 최하위일 텐데 어떻게 이렇게 생각이 없을 수 있는지 나로서는 도무지 믿기지 않을 지경이었기 때문이다. 어쩌면-남자친구가 배신자라는 비난의 목소리가 날이 갈수록 드높아지는 상황을 고려해볼 때 반대자들이 가면을 쓰고 총을 들고— 그리고 아마 야전삽과 장례용 삽도 들고— 집에 찾아온다면 과급기를 가지러 온 것이 아니라 그를 데리러 온 것일 가능성이 높았다. 이곳에서 휘날리면 안되는 국기를 휘날리는 것보다 훨씬 사소한 배신 행위로도 목숨을 잃은 사람이 많으니까. 어쩌면-남자친구가 국기를 휘날리지는 않았지만 말이다. 그래서 내가 말했다. "그냥 줘버려, 어쩌면-남자친구야. 너도 알겠지. 모를 수가 없잖아? 그 사람들은 원한다면 무슨 수를 써서든 가져갈 거야." 이 말에 그는 화를 냈다. 이제 그의 목숨이 위험에 처한 게 문제가 아니라 어쩌면 더 큰 문제가 있다는 사실을 그는 몰라도 나는 알 것 같았다. 어쩌면-남자친구가 자동차에 고집스레 몰두하다가 우선순위를 파악하는 능력을 잃은데다가 가끔은 타협하고 놓아주어야 하고 가끔은 위신을 잃는 것도 감수해야 하고 어떤 것들을 다른 것보다 더 중요시해야 한다는 사실을 못 받아들이는 것 같았다. 하지만 그는 나처럼 생각하지 않았고 그래서 우리는 그의 거실에서 과급기를 두고 다퉜다. 어쩌면-남자친구는 과급기를 집 안에서 극도로 비밀스럽게 여기저기로 옮기는 강박적인 습관이 생겼는데 거의 십오분에서 삼십분 사이에 한번씩 옮기는 것 같았다. 어쩌면-남자친구는 집에 자동차 부품이 잔뜩 쌓이고 또 쌓여 있으니 반대자들이 과급기를 찾으려다가 혼란에 빠지고 지치고 아기처럼 무력해져서 수색을 포기할 거라고 기대했고, 이것도 나에게는 충격이었다. 그 사람들이 과급기를 찾겠다고 직접 수색을 할 리가 없고 어쩌면-남자친구에게 총을 겨누고 숨겨놓은 곳에서 꺼내오라고 할 텐데 그런 생각을 못하다니, 그게 그의 정신이 무뎌졌고 생각하는 능력을 잃어간다는 또다른 증거로 보였다. 나는 그 말도 했는데 그러자 그는 더화를 냈다. 그래서 과급기는 끝없이 옮겨지고 이동해, 지금 어쩌면-남자친구는 복도 뒤쪽 마룻바닥 아래에 판 구덩이에서 과급기를 꺼내왔다. 어젯밤부터 오늘 아침을 먹기 전까지만 해도 과급기는 며칠 전에 어쩌면-남자친구가 만든 부엌 가짜 벽 뒤에 있었다. 그는 위층 방 한쪽에 이중벽 비밀 은닉 장소를 만들고 있었는데, 그게 완성되기 전까지 임시로 과급기를 속이 빈 자동차 부속 안에 넣어놓았고 그러면 강박적인 자동차 비축물의 평범한 일부로 보여 눈에 뜨이지 않을 거라고 생각하면서도 벌써 위층 이중벽

밀크맨 277

비밀 은닉 장소 다음 은닉 장소로는 어디가 좋을까 물색
하고 있었다. 아무튼 그전까지는 여기에 두기로 하고 그걸
거대한 양동이 같은 차 부품 안에 넣고 다른 잡다한 자동
차 부품들과 목욕 수건, 행주, 자기 옷가지 몇벌을 무심한
듯 세심하게 그 위에 덮었다. 이 물건들 전부가 우리 두 사
람 사이 낮은 테이블 위에 있었고 우리 사이에는 긴장감이
계속 흘렀다. 그때 내가 다시 어쩌면-남자친구에게 차를
운전한다고 뭐라고 했다. 그런데 본론에 들어가기도 전에
그가 말을 막고 내가 자기를 부끄러워한다고 비난했다. 자
기가 집에 찾아오지 못하게 하고 외딴 경계 도로에서만 자
기를 만난다는 게 근거였다. 나는 그가 요리를 한다고, 셰
프와 같이 재료를 사고 실제로 요리를 좋아한다고 비난하
는 것으로 응수했다. 그러자 그는 내가 자기를 부끄러워한
다는 사실의 추가 증거로 최근에 그가 만지려고 할 때 몸
을 움츠린 것을 들고 이제 목요일에는 오지도 않고 또 화
요일과 금요일 밤에서 토요일까지 그리고 토요일 하루 종
일과 일요일에도 냉랭해졌다는 점을 거론했는데 물론 그
것은 사실 내가 밀크맨에게 느끼는 혐오감을 점점 그에게
전이하고 있었기 때문이었다. 처음에 내가 당황해서 말을
못하자 그는 그 기회를 틈타 요즘 내가 점점 재미없이 멍
한 상태에 빠진다고, 무감함이 나에게 침투해 나를 장악한
것 같다고, 내가 살아 있는 사람이 아니라 관절이 있는 나
무 인형 같다면서 추가 공격을 했는데 어쩌면-남자친구의

278

말이 내 얼굴을 무감각하게 만들기 시작했기 때문에 나는 더이상 들을 수가 없어 황급히 말을 막았다. 이런 식으로 우리 사이에 스트레스와 긴장이 자랐고 원망이 커졌다. 그뿐 아니라 어쩌면-남자친구의 차를 탈 때에도 우리는 계속 티격태격했다. 나는 왜 꼭 차를 몰아야 하냐고 뭐라 했고 그러자 어쩌면-남자친구는 나를 집에 데려다줄 거라고, 집 바로 문 앞에까지 데려다줄 거라고 말했다. 그래서 나는 어쩌면-남자친구가 밀크맨처럼 되었어, 나한테 이래라저래라 하고 나를 자기 마음대로 주무를 수 있다고 생각하잖아 생각했고 어쩌면-남자친구가 이제 내가 지겨워져서 나를 떨쳐내려고 집에 데려다주겠다고 하나보다 생각도 했다. "차 세워!" 내가 소리쳤다. "당장 여기 황량한 경계 도로에 세우라고!" 하지만 그는 차를 세우려 하지 않았다. 그는 내가 차에서 내리지 않았으면 좋겠다고 했고 나는 걸어가겠다고 말했고 그는 윽 걸어가지 마, 하고 말했고 그 말에 나는 또 그가 밀크맨처럼 나를 걷지 못하게 하고 나를 쓰러뜨리고 나를 불구로 만든다는 생각이 들었다. 그리하여 "대체 왜 그러는 거야?" "너 문제 있어" "네가 문제 있어" "대체 왜 그러는 거야?"가 한참 오갔다. 다음에는 "태워줄게" "싫어" "태워줄게" "싫어" 하는 공방이 오갔고 나는 그가 어쩌면 나를 떨쳐버리려는 게 아니라 우리 어쩌면-관계를 더 진전시키려는 게 아닌가 생각했고 그렇지만 이건 서로 사랑하는 애틋한 관계가 아니라 스토킹 하고 소

유하고 통제하려 하는 관계로 진전시키려는 것이며 나를
위협해서 그런 관계로 몰고 간다는 건 서로 존중하는 연인
관계를 추구하는 사람이 할 행동이 아니라고 생각했다. 한
편 그는 내가 아무도 없는 위험한 곳에서 차에서 내리겠다
고 하는 것은 자기를 괴롭히고 상처를 주려는 치사한 책략
이며 그렇게 해서 우리 어쩌면-관계를 암울하고 부정적인
방식으로 발전시키려 한다고 했다. "비열해." 그는 내가
그런 저열한 행동을 하리라고는 생각도 못했다고 했고 그
시점부터 나는 그를 '어쩌면-남자친구'라고 더 다정하게
부르는 대신에 '거의 일년째 어쩌면-남자친구'라고 불렀
고 이렇게 거리를 두는 게 마땅하다고 생각했는데 그도 나
와 마찬가지 생각을 했는지 나를 '아직까지 거의 일년째
어쩌면-여자친구'라고 형식적으로 부르기 시작했고 이런
식으로 하다보면 곧 우리가 서로를 만나기 전에나 어울릴
법한 가장 공식적이고 기계적인 호칭으로 부르게 될 것 같
았다. 이렇게 그는 자기 지역에서 시달리고 나는 우리 지
역에서 들볶이면서 우리 사이의 긴장도 점점 팽팽해졌다.
나는 점점 혼란에 빠져서 어쩌면-남자친구를 탓할 일이
아닌 일이나 어쩌면-남자친구가 한 일도 아닌 일을 가지
고 어쩌면-남자친구를 원망했고 어쩌면-남자친구도 마
찬가지 정신 상태인지 나를 대하는 태도나 말투가 나와 다
를 바 없었다. 이 모든 일이 우리 사이에 밀크맨이 단단히
자리 잡았고 어쩌면-남자친구가 밀크맨에게 살해당할 가

능성이 우리 사이에 단단히 파고들었기 때문이었다. 그리고 그 뒤에는 우리 언니, 첫째 언니, 영원한 슬픔에 빠져 있는 언니가 전 애인의 장례식 날 우리집에 끔찍한 표정으로 말없이 앉아 있던 모습이 그림자처럼 도사리고 있었다.

밀크맨과의 진짜 만남과 가상의 만남이 계속되는 한편 나는 아무것도 드러내지 않으려고 하루 종일 분투하고 있었기 때문에 초등학교 때부터 친했던 가장 오래된 친구가 나와 이야기를 하고 싶다는 전갈을 보냈다. 친구는 전화 통화를 기피하기 때문에 이 지역의 비밀통신 방식인 살아 있는 전보를 통해서 나와 약속을 잡았다. 친구가 보낸 감시꾼에게 나는 우리 구역 최고 인기 술집의 라운지에서 그날밤 7시에 만나자고 전해달라고 했다. 나는 가장 오래된 친구를 사랑했다. 적어도 전에는 사랑했고 여전히 내가 아는 그애의 모습을 사랑했다. 다만 이제는 그애에 대해 잘 몰랐다. 거의 만나지도 않았다. 친구는 식구들을 전부 정치적 문제로 잃고 홀로 살아남아서 죽은 식구들과 함께 살던 집에서 혼자 살았다. 곧 결혼하게 되기는 하지만. 이 친구가 내가 나의 이야기를 할 수 있는 유일한 사람이었고 내가 귀 기울이는 유일한 사람이었고 내가 믿는 유일한 사람이었고 나한테 이제 조금밖에 남지 않은 기운마저 빼앗아버리지 않을 유일한 사람이었다. 친구는 셋째 형부처럼 남의 뒷이야기를 하지 않았다. 다만 정치적 문제에는 눈과

귀를 열고 있었다. 나는 그렇게 하지 않기 때문에 친구가 나를 나무라곤 했는데 사실이기 때문에 반박할 수가 없었다. 나는 내가 20세기를 싫어하기 때문이라고, 구역에 끊이지 않는 역겨운 뒷소문을 못 참겠어서 그런다고 변명했다. 내 가장 오래된 친구는 나와 정반대였다. 그애한테는 뭐든지 의미가 있었다. 무엇이 되었든 이용하거나 아니면 쓸모 있게 만들거나 아니면 미래의 언젠가 적절한 때에 사용할 수 있도록 모아놓았다. 친구가 말없이 세세한 정보를 수집하면서 사실뿐 아니라 일화나 추측 같은 것까지도 모으는 게 수상쩍고 불길하고 조금 무섭기도 하다고 나는 말했다. 그러면 친구는 나한테 뭐 묻은 개가 뭐 묻은 개 나무라냐고 했다. 특히 우리가 그날밤 우리 구역 최고 인기 술집 위층에서 만났을 때 그랬다. 내가 모르고 있을까봐 말해주는데 나도 수상쩍고 불길하고 무서운 거 이상이라고 친구는 말했다. 나는 내가 소문에 귀를 기울이거나 정보를 수집하거나 사람들 말을 퍼뜨리거나 하지 않고, 꼬치꼬치 참견하기 좋아하는 사람들한테 그 사람들과 상관없는 일에 대해서는 절대 말하지 않겠다고 고집을 부리기 때문에 친구가 그렇게 말하는 줄 알았다. "왜 그래야 하는데? 그 사람들하고는 상관없는 일이고 게다가 난 아무 짓도 안했는데." 내가 말했다. "대부분의 사람들은 아무 짓도 안했어. 어쨌거나 지금도 안하고, 앞으로도 안할 테지. 이미 관에 들어가 일상적 장소에 묻혔으니." 가장 오래된 친구가 말했다. "하지만 나는 내 일에 신경 쓰고 내 할 일 하고 거리를 돌아다니고 그냥 걷기만 하는데 ──" "그래, 그 문제도 있지." 친구가 말했다. 나는 친구한테 무슨 뜻이냐고 물었고 친구는 그 이야기는 이따가 하겠다고 말했다. 그보다 먼저 할 이야기가 있다는 것이었다. 그보다 먼저 할 이야기 전에 밝혀둘 이야기가 있는데 우리가 졸업한 뒤로 가장 오래된 친구와 나는 자주 만나지 않았다. 가끔 만났는데 만날 때마다 점점 심각해지기만 하고 즐겁지가 않았다. 마지막으로 즐거웠던 게 언제인지 기억이 안 난다. 그때 술집에서 만나고 나서 넉달 뒤에 친구 결혼식에 갔는데 그때조차도 즐겁지 않았다. 결혼식 하객들이 결혼식이 아니라 합동 장례식에 참석한 듯한 분위기를 하도 강하게 풍겨서 나도 그 분위기를 떨쳐버리기가 힘들었다. 결국 피로연 도중에 나와 집으로 돌아가 대낮에 우울감에 빠져 파티복 차림으로 침대에 누워 있었다. 먼저 할 이야기 전에 밝혀둘 또 한가지 이야기는 우리 사이에는 나는 그애의 일에 대해 묻지 않고 그애도 자기 일에 대해 이야기하지 않는다는 암묵적인 합의가 있다는 것이다. 친구가 일을 시작한 이래로 그렇게 되었다. 그러니까 지금으로부터 대략 사년 전쯤부터였다.

그래서 우리는 술집 위층에서 마실 것을 주문하고 뒤쪽에 앉았다. 잠시 동안 아무 말 없이 있었는데 우리가 만나면 초반에는 보통 그런다. 그러다가 친구가 입을 열었다.

"난 널 아니까 네가 아무 짓도 안했으리라고 생각하지만 소문에 따르면 네가 온갖 짓을 다 했다더라. 이제 화내지 말고 말해봐. 너랑 밀크맨 사이에 뭔 일이 있었던 거야?"

나는 친구가 그를 '밀크맨Milkman'이라고, 사람 이름을 부르듯이 대문자로 시작하는 밀크맨으로 불렀다는 것을 알아차렸다. 다른 사람들은 전부 다 소문자에 정관사가 붙은 '그 밀크맨the milkman'이라고 부르기 때문에 구역 꼬마들은 그 사람이 우유배달부라고 생각했다. 그런데 친구가 그를 대문자 밀크맨이라고 부른다면 밀크맨이 그 사람의 이름일 거라는 생각이 들었다. 친구는 외부자들보다 훨씬 아는 게 많았다. 친구는 내부 사정도 잘 알고 나에 대해서도 잘 알았기 때문에, 입을 열어 말을 하기 시작하자 꽉 막혀 있던 걸 후련하게 풀어놓을 수 있을 것 같았다. 말을 시작하기 전에는 이게 얼마나 후련한 일일지도 몰랐지만 말이다. 친구가 내 말을 믿으리라는 걸 알 수 있었다. 친구가 나를 아니까 그리고 내가 친구를 아니까—적어도 전에는 알았으니까, 불안해할 필요도 없고 친구를 믿어도 될지 믿으면 안될지 고민할 필요도 없었다. 친구를 설득하려고 애쓸 필요도 없었다. 그냥 있는 그대로 말하기만 하면 됐다. 그래서 그렇게 했다. 나는 밀크맨이 느닷없이 나타나 조용히 말하길 내가 어디 사는지도 알고 나에 대해 알 수 있는 것은 모두 다 안다고 했다고 얘기했다. 그가 대놓고 어떻게 하라고 지시하는 건 아니지만 넌지시 이래라저래라

한다고도 말했다. 이어서 그가 등장할 때도 갑자기 등장하지만 사라질 때도 순식간에 섬뜩하게 사라진다고, 내가 점점 덫에 갇힌 느낌이 든다는 얘기도 했다. 그가 나를 추적하고 뒤를 밟고 내 일상과 움직임을 파악하고 내가 누구를 만나는지까지 알더라고. 그에게 어떤 계획이 있으며 서두르지 않고 자기 속도로 진행하기는 하지만 언젠가는 달성할 것이라는 의지를 뚜렷이 보였다고. 또 그가 나를 건드리지 않는데도 나는 항상 그가 나를 건드리는 느낌이 들고 그의 손길을 예상하고 두려워하고 각오하면서 늘 뒷목의 털을 쭈뼛 곤두세운다고 말했다. 다음에는 밀크맨의 번쩍이는 차와 승합차에 대해서(가장 오래된 친구는 말 안해도 그 차들을 알 테지만) 이야기했고 내가 아무리 무너지더라도 그 차에는 절대로 타면 안된다는 느낌이 본능적으로 든다고 했다. 다음에는 밀크맨을 감시하는 국가기관이 나도 감시한다는 이야기를 했다. 그들이 사진을 찍는다고, 내가 밀크맨과 같이 있을 때에만 찍는 게 아니라 혼자 있을 때나 아니면 다른 사람 아무하고나 같이 있을 때에도 우연히 만났건 약속해서 만났건 가리지 않고 찍는다고 했다. 숨어 있는 카메라가 찰칵 소리를 내면, 아무 상관이 없는 사람도 일어난 적 없고 일어나지도 않을 일에 연루된다고. 나는 아첨하고 아부하는 사람들이 나타났다는 말도 했다. 정말 그런 사람들이 나타나서 나를 좋아하지도 않으면서 좋아하는 척했기 때문이다. 내가 말하면서도 뜻밖이다 싶게, 호색한인 첫째 형부 이야기도 했다. 이야기가 끝나갈 즈음에는 엄마와 엄마의 종교와 엄마가 나를 위해 올리는 기도에 대해서, 또 무슨 이야기를 들으면 엉뚱하게 왜곡하고 아무것도 못 들었을 때에는 없는 사실을 만들어내는 정체를 알 수 없는 유언비어꾼들에 대해 말했다. 마지막으로 나와 어쩌면-관계에 있는 남자친구를 죽일 수도 있는 자동차 폭탄의 가능성으로 말을 맺었다. 그것으로 끝이었다. 모든 이야기를 다 했다. 나는 말을 멈춘 뒤 한결 가벼워진 마음으로 술잔을 들고 벨벳 쿠션에 기대어 앉았다. 알맞은 사람한테 전부 다 털어놓았다 싶었다. 가장 오래된 친구가 그런 사람이었다. 이야기가 유기적이면서도 시간 순서가 뒤섞여 더욱 그럴듯하게 흘러나왔다는 사실이 내가 알맞은 사람한테 이야기했다는 증거인 것 같았다.

누가 내 말을 들어주었고, 누가 내 말을 듣고 이해했고, 말을 끊거나 생뚱맞은 자기 생각을 들이밀지 않았다는 게 기분이 좋았다. 한참 동안 가장 오래된 친구는 아무 말도 안했는데 그래도 불편하지 않았다. 오히려 고마웠다. 친구가 들은 이야기를 소화해 때가 무르익었을 때 적절하고 온당하게 반응하려고 생각에 잠긴 것 같았다. 그렇게 친구는 조용히 가만히 앞을 보고 있었는데, 그때 우리가 만날 때마다 친구가 지금처럼 나와 자기 사이 중간 어딘가를 응시하고 밀크맨도 똑같이 그렇게 한다는 사실을 문득 깨닫게 됐다. 밀크맨은 처음에 차를 타고 나에게 접근해서 몸을 숙여 나를 쳐다보았을 때를 제외하고는 단 한번도 나를 똑바로 쳐다보지 않았다. 이런 '옆모습을 보이는 자세'를 무장단체 학교에서 배우기라도 하는 걸까? 내가 그 생각에 골몰하는데 가장 오래된 친구가 입을 열었다. 친구는 고개를 돌리지 않은 채로 이렇게 말했다. "네가 사람들에게 말하고 싶지 않은 것 이해해. 그럴 만하지. 지금은 네가 여기에서 상도를 벗어난 사람으로 간주되니 그럴 수밖에."

　너무 뜻밖의 말이라 처음에는 잘못 들은 줄 알았다. "뭐라고 했어?" 내가 묻자 친구가 다시 한번 말을 반복하며 새 소식을 전해주었다. 구역 독 살포자, 독 살포자의 여동생, 미국과 러시아 때문에 자살한 소년, 문제 여성들, 진짜 밀크맨이자 아무도 사랑하지 않는 남자에 더해 나도 사회적으로 배척당하는 상도를 벗어난 사람의 일원이 되었다는 정말 새로운 소식이었다. 나는 몸을 벌떡 일으켜세워 똑바로 앉았고 내 입은 턱이 떨어질 정도로 떡 벌어졌다. 한순간, 아주 짧은 동안이지만 몇주 만에 처음으로 밀크맨조차 내 머릿속에서 사라졌다. "말도 안돼." 내가 말했지만 가장 오래된 친구는 한숨을 푹 내쉬더니 이제야 나를 마주 보았다. "네가 자초한 거야, 가장 오래된 친구야. 내가 계속 말했잖아. 초등학교 때부터 죽 정말 오랫동안 너한테 그 습관 고치라고 말했는데 이제 거기 중독된 것 같더라— 길에서 걸으면서 책 읽는 거 말야." "하지만—" 내가 말했다. "자연스럽지가 않아." 친구가 말했다. "하지만—"내가 말했다. "사람들이 불안해해." 친구가 말했다. "하지만—"내가 말했다. "하지만—나는 네가 차 사고 위험 때문에 하지 말라고 하는 줄 알았어. 내가 차에 치일까봐." "차가 문제가 아니었어. 차 때문이 아니라 이상한 사람으로 낙인찍히는 것 때문이었지. 아무튼 이제 늦었어. 사람들이 너에 대해 결론을 내렸으니."

자기가 기이한 별종으로 찍혔다는 사실을 알게 되어서 기쁠 사람이야 없겠지만 특히 십대에게는 최악의 충격이다. 내가! 내가 알약소녀와 같은 부류라니! 충격적이고 부당한 일이었다. 게다가 어쩌면-남자친구를 제외한(인정하기는 싫지만 밀크맨도 제외하고) 모든 사람이 내가 걸으면서 책을 읽는다는 사실을 비난하는 상황이었다. 밀크맨이 등장한 이래 지난 몇달 사이에, 그전에는 사람들이 나를 쳐다본다는 사실조차 의식 못했는데 실은 내가 사람들에게 엄청나게 강력한 인상을 주고 있었다는 사실을 알게 되었다. "소름 끼치고 변태적이고 지독하게 고집스러운 일이야." 가장 오래된 친구가 비난을 이어갔다. "걸어가면서 최신 헤드라인을 보려고 신문을 펼치는 것하고는 다른 일이라고, 친구야. 네가 하는 양이, 책을 **처음부터 끝까지** 읽고 메모를 하고 각주를 확인하고 밑줄을 긋고 등등 마치 개인 공부방이나 서재에서 커튼을 닫고 램프를 켜고 찻잔을 옆에 놓고 책상에 앉아 숙제를 하거나 논문을 쓰거나 공부를 할 때처럼 보이니까 그러는 거야. 불편하다고. 비정상이야. 착시를 일으켜. 공공정신에 위배돼. 자기보호 본능에도 어긋나. 사람들의 주의를 끄는 행동이고. 턱 앞에 적이 있고 적에 포위되어 있어 다들 힘을 합해야 하는 상황에서 뭐 하러 너 자신한테 주의를 끄니?" "잠깐만." 내가 말했다. "네 말은 밀크맨이 셈텍스*를 들고 돌아다니는 것은 괜찮고 내가 집 밖에서 『제인 에어』를 읽는 건 안 괜찮다는 말이야?" "집 밖에서 읽으면 안된다고는 안했어. 걸어다니면서 읽지 말라고. 사람들이 싫어해." 그러더니 다시 허공을 응시하면서, 자기는 애매한 표현이나 얼버무리기나 '물 건너'의 중의법 같은 걸 써서 설명하지는 못하겠다고, 어쨌거나 너도 관심을 갖고 주위를 본다면 셈텍스가 걸으면서 책을 읽는 것보다는 훨씬 정상이란 사실을 깨달을 거라고 했다. "걸으면서 책 읽기가 정상이라고 생각하는 사람은 너밖에 없어. 셈텍스는 이상하지 않지. 뜻밖의 것이 아니라고. 이해할 수 없고 납득할 수 없는 게 아니야. 대부분 사람들은 셈텍스를 가지고 다니지 않고 셈텍스를 본 적도 없고 어떻게 생겼는지도 모르고 그걸로 뭘 하고 싶어하지도 않지만 그래도 그래. 어쨌거나 너의 읽으면서 걷기보다는 더 정상이야. 이건 주변을 얼마나 인식하느냐의 문제인데, 네가 하는 행동에서는 인식하고 있다는 티가 안 나. 그러니까 이런 관점에서, 상황적 환경의 관점에서 보면 네

* 흔히 불법 폭탄 제조에 쓰이는 강력한 폭약.

말이 맞아. 밀크맨이 셈텍스를 가지고 다니는 건 괜찮고 네가 책을 읽고 돌아다니는 건 안 괜찮다는 말."

중세적이고 철학적인 '상대적인 것과 절대적인 것'의 차원에서 보면 친구의 말에 일말의 진실이 있다는 걸 알 수 있었다. 하지만 내가 구제불능의 상도를 벗어난 사람이 되었다는 말은 전혀 마음에 안 들었다. "걸으면서 책을 읽는 사람의 수가 적다고 해서 내가 틀렸다는 뜻은 아니잖아. 가장 오래된 친구야, 만약에 단 한 사람만 정상이고 나머지 사람 전부가 정상이 아니라면, 집단의식에서는 그 한 사람이 미친 사람으로 취급되겠지. 그렇다고 그 사람이 미친 사람이니?" "응." 친구가 말했다. "자기와 대립하는 세상에서 겹겹의 장애물을 맞닥뜨리면서도 자기 방식을 고집한다면 미친 거지. 하지만 넌 그런 사람조차 아니야." 친구가 말을 계속 이어갔다. "다른 점도 있으니까." 나는 당연히 밀크맨 이야기가 더 나오리라고 생각했지만, 친구는 너무 야박하게 굴고 싶지는 않고 너를 망신 주고 싶은 것도 아니라면서 이렇게 덧붙였다. "하지만 대체 뭘 한 거니, 가장 오래된 친구야. 대체 무슨 생각으로 고양이 머리통들을 들고 돌아다닌 거야?" 내가 죽은 동물을 지니고 다닌다는 말이 사람들 사이에서 나왔고 사람들이 의식이나 흑마술에 쓰려고 그러나? 하고 추측한다고 가장 오래된 친구가 말했다. 아니면 수녀들이 종과 새를 가지고 예언을 하고 점을 치는 것과 비슷하게 귀신을 부르는 의식을 하려고 그러나? 아니면 임신했나? 밀크맨이 임신시켰나? "아, 그거였구먼!" 사람들이 말했단다. "밀크맨이 임신을 시켜서 호르몬 변화 때문에 ―" "고양이 머리들이 아니었어!" 내가 소리쳤다. "고양이 머리 딱 하나였어! 딱 한번이었다고!" 친구가 입술을 깨물었다. "그러니까 네 말은, 폭동과 총격이 일어나는 와중에 책상 램프를 들고 책을 읽으며 걸어다니면서 주머니에 죽은 동물 여럿이 아니라 딱 하나만 넣고 다니면 괜찮은 일이라는 말이니? 친구야, 내 말은 대체 왜 죽은 고양이 머리를 들고 다니는지 모르겠다는 거야." 나는 어떻게 설명해야 할지 몰라 숨을 크게 들이마셨다. 딱 한번, 잠시 동안만 들고 있었다는 걸, 그리고 내가 알기로 그때 나를 보는 사람도 없었다는 걸 어떻게 설명할까. 이제는 무얼 어떻게 말해야 할지 알 수가 없었고 지금, 가장 오래된 친구, 한때 나와 정신적 쌍둥이였던 친구와 같이 있는데도 몸에서 스르르 기운이 빠졌다. 어릴 때는 늘 마음을 털어놓았지만 사년이라는 시간이 흐르면서 왜인지 모르게(어쩌면 우리 사이의 암묵적 합의 때문에? 아니면 나의 안전을 위해서?) 소통이 쌍방향으로 오가지 않게 되고 나는 속을 털어놓아도 그애 쪽에서는 털어놓지 않게 되었다고 느끼긴 했어도 여전히 마음속에서는 진실하게 생각했던 친구인데, 그런 친구를 납득시키고 내 말을 믿어달라고 사정해야 하는 상황이었다. 어쩌면 친구에게 이렇게 말할 수도 있었을 것이다. 십분 지역에서 터진 폭탄 때문에 그

렇게 되었다고 생각했다고, 셈텍스나 아니면 옛날 폭탄이
그랬다고, 누가 폭탄을 두고 갔거나 폭격기에서 폭탄을 떨
어뜨렸거나 그래서 그렇게 된 거라고 생각했고, 그래서 나
는 폭발한 콘크리트더미에 있는 고양이를 묘지로 가져가
풀이 있는 데에 묻어주고 싶었다고. 하지만 나는 그렇게
말하지 않았는데 미친 사람처럼 보이지 않고 설명할 방법
이 없을 것 같았기 때문이다. 게다가 가장 오래된 친구와
나 사이에 초등학교 때부터 있었던 재지 않고 따지지 않는
솔직함은 이제 사라지고 없는 것 같았다. 더이상은 설명하
고 싶지 않았다. 그 순간 나는 친구가 나를 어떻게 보는지,
다른 사람 모두가 나를 어떻게 보는지 정확히 알 수 있었
다. 게다가 나도 왜 내가 고양이 머리를 들고 다녔는지 몰
랐다. 나는 갑작스러운 슬픔을 느꼈다. 내가 지금 가장 오
래된 친구와 연을 끊고 물러나는 게 아니라 가장 오래된
친구가 이미 나에게서 멀어져 있었다는 걸 깨달았다. 애정
이야 남아 있을지라도 믿음은 끝이 났고 그 남아 있는 애
정이라는 것도 어쩌면—관계와 비슷한 것이었다. 그러니까
이건 피하고, 이건 거르고 —그게 사람이니까, 그게 관계니
까, 그게 당연하니까 — 고양이 문제도 미뤄두고 나는 말
했다. "이제 핵심으로 들어가도 될까?"

　가장 오래된 친구는 놀란 것 같았다. 좀처럼 놀라는 일
이 없는 애인데. "그게 핵심이었어." 친구가 그렇게 말해
서 이번에는 내가 놀랐다. "밀크맨 이야기를 할 줄 알았는

데." 내가 말했다. "아니. 왜 밀크맨이 핵심이겠어? 밀크맨은 핵심 이전의 사실이고. 내가 오늘 너를 만나자고 한 건, 네가 걸으면서 책을 읽는 것, 너를 그렇게 만든 고집, 그로 인한 위험 때문이야. 그래도," 여기에서 친구는 잠시 멈추더니, 명쾌하고 초월적이고 심오한 영감을 받은 듯이 말을 이었다. "어떤 면에서 도움이 됐겠지. 쥐구멍에도 볕 들 날 있고 역경을 통해 배운다는 식의 마냥 달갑지는 않은 도움이기는 하겠지만. 밀크맨이 너를 가지려고 하는 것 말이야. 너는 이 자리에 오고 싶지 않았겠지만 밀크맨이라는 상황 때문에 어쩔 수 없이 오게 됐고 그게 네가 현실을 직시하도록 만든 것 아니겠니. 너를 끌어내고 너를 단련하고 여행의 다음 단계에 나서도록 밀어낸 거지. 내가 보기에는 친구야, 밀크맨이 등장한 일이 지금까지 네 삶에 있었던 **모든** 일 중에서 너에게 유일하게 도움이 된 일인 것 같다."
이 말을 듣고 나는 내 친구가 잘난 척하는 개새끼가 아닌가 생각했고 그렇다고 말했더니 친구는 아니라고, 이 일에 개인적으로 반응하면 안된다고 대답했는데 친구가 개인으로 이 자리에 있는 게 아니라면 대체 무엇으로 와 있단 말인가? 친구는 핵심에서 벗어나면 안된다고 했다. 친구가 말하는 핵심이란 내가 걸어다니면서 책을 읽어서 사람들을 당혹스럽게 했다는 점, 도저히 설명이 불가능한 사람도 존재하지만 그래도 사람들은 설명하려 한다는 점, 정치적 문제가 팽배한 곳에서 정신을 딴 데 두고 다니면 안

된다는 점, 내가 사람들이 일상적으로 던지는 가벼운 질문이나 아무 속뜻 없는 질문에도 비정상적으로 불안해한다는 점이었고, 나는 아니라고, 나는 질문을 꺼리지 않는다고 말했지만 친구는 고개를 저으면서 문학적인 질문만 받아들이고 그것도 19세기나 그 이전 시대에 관한 질문만 인정하지 않느냐고 했다. 친구는 멍한 얼굴을 하고 몸을 둔하게 해서 스스로를 보호하는 방법이 여기에서는 통하지 않는데도 내가 그 방법을 계속 고집한다는 게 문제의 핵심이라고 했다. 그리고 걸어다니는 소녀에 관련된 사실이 있는데 ─ "걸어다니는 소녀라고?" "그래, 너 말이야. 가끔은 책을 읽고 가끔은 생각의 참호를 깊게 파 그 안에 들어간 채로 걸어다니면서 단호하고 고집스럽게 버티는 소녀 말이야." 그러더니 지금부터는 직설적으로 말하겠다며 마치 지금까지는 직설적이지 않았던 것처럼 말했다. "사람들에게 네 자서전을 읊어주라는 말이 아니야. 하지만 네가 걸어다니면서 책을 읽고 멍한 모습으로 아무것도 드러내지 않는다고 해서 사람들이 널 그냥 내버려두고 다른 사람에게로 관심을 옮기지는 않는단 말이지. 오히려 사람들을 열광하게 만든다고, 친구야. 네가 오만하게 굴기를 그만두지 않으면 사람들은 네가 오만하다고, 또 네가 그 사람하고 같이 자니까 그래도 상관없다고 생각하는 거라고 ─" "같이 안 자!" "─ 같이 잔다고들 생각하니까, 그리고 그 사람이 거물급이다보니 그 사람이 네 등 뒤에 있다면 당연히 너를 직접 공격하지는 않겠지. 하지만 이걸 알아야 돼." 친구가 결론을 내리듯 말했다. "너도 다행으로 생각해야 한다고. 사람들이 보기에 넌 곤란한 영역에 들어간 거니까." 친구가 말하는 곤란한 영역이란 '밀고자 유형'이 들어가는 영역인데 물론 내가 밀고자라는 뜻은 아니다. 이 영역에는 잡다한 사람들이 속하는데 밀고자처럼 이편에서도 저편에서도 환영 못 받고 누구에게도 심지어 자기 자신에게도 인정받지도 존경받지도 존중받지도 못하는 사람들의 영역이다. 하지만 내가 곤란한 영역에 빠진 까닭은 내가 사람들에게 나의 이야기를 하지 않아서 혹은 멍하게 굴어서 혹은 질문을 의심해서만이 아닌 것 같았다. 내가 사심 없는 애인으로 보이지 않는다는 게, 그러니까 밀크맨에게 다른 여자들이 있다는 사실이 나에게는 불리하게 작용했다. 밀크맨 주변에는 다른 사람들이 있었다. 그중 한명은 아내였다. 그러니까 나는 신흥 세력, 정부, 야심가, 헤픈 여자였다. 또 밀고자와 마찬가지로 쓸모없는 존재가 되어 버려지거나 다른 사람으로 대체되거나 이용당하고 버려지거나 혹은 이용당하기도 전에 버려진다면, 다른 사람들은 그렇게 되기 전까지 그 사람을 대접해준 것에 대해 보상을 받고 싶어할 것이다. 그래서 곤란한 영역이라고 하는 것이다. 복잡한 자료와 기타 다른 안건과 모순까지도 모두 편리에 따라 단순하고 두루뭉술하게 얼버무려지는 영역. 하지만 친구 말에 틀린 점이 있다. 내가 내 발로 곤란한 영역에 들어간 게 아니었다. 나는 떠밀려 들어갔다.

"알았어. 이제 안할게." 나는 걸으면서 책을 읽는 것을 그만두겠다고 말했다. 나의 고집스러운 침묵이라는 문제에서 벗어나기 위해 주제를 읽으면서 걷기로 돌린 것이다. 무언가를 포기해야 한다면 그걸 포기하는 편이 나았다. "바로 그거야. 머리를 좀 써봐. 고집은 버리고, 성격도 좀 가다듬고, 오만하게 굴지 말고 친절하게 정보를 좀 풀어봐. 아무 의미 없는 말을 하더라도 대화를 끊어버리는 것보다는 나으니까 사람들은 만족할 거야. 거기에 더해 걸어다니면서 책을 읽는 이해 안 가는 행동까지 그만두면 상황이 꽤 좋아지겠지." 나는 고개를 끄덕였지만 걸으면서 읽기도 그만두겠다는 말이 아니라 그것만 그만두겠다는 말이었다고 했다. 나를 쿡쿡 찌르고 질문을 던져 괴롭히는 사람들로부터 나를 지키려면 침묵과 부적응이 필요했다. 친구 생각과는 달리 나는 사람들에게 정보를 주어 달래고 사람들의 환심을 사려고 해보았자 나아질 게 없고 오히려 사람들을 더 끌어모으기만 할 거라고 생각했다. 게다가 그러고 싶지도 않았다. 친구 말을 듣고 나서도 여전히 같은 생각이었다. 내 힘을 빼앗는 세상에서 그게 나의 마지막 남은 한가지 힘이었다. "그럼 조심해야 해." 친구가 말했다. 모든 사람이 그렇게 말했다. 다들 항상 조심해야 한다고 했다. 하지만 일이 내 손을 떠나버렸을 때, 애초에 내 손에 들어온 적도 없었을 때, 모든 상황이 나에게 불리하게 돌아갈 때, 이 세상에서 나약한 한 인간인 내가 대체 뭘 어떻게 조심한다는 말인가? 그래서 나는, 걸으면서 책을 읽는 걸 그만두는 게 상대적으로 쉽게 느껴졌기 때문에 타협책으로 그걸 포기하기로 했다. 이제는 예전처럼 책을 읽으면서 즐거움을 느끼지도 못했기 때문에 아쉬울 것도 없었다. 긴장을 풀고 책 속으로 들어가는 즐거움도, 집 밖에 나와 주머니에서 책을 꺼내 저번에 읽다 둔 문단 다음 문단에 빠져드는 기쁨도, 스토킹을 당하고 소문이 퍼지고 국가기관에서 의심을 품고 길에서 나를 막아세우고 내가 들고 있던 『마틴 처즐위트』를 국가안보를 위해 압수해가고 난 뒤에는 사라지고 말았다. 책을 읽는지 어쩌는지 감시를 당하고 책을 읽는다고 보고되고 사진 찍히곤 하니 이런 상황에서 어떻게 소설에 집중하고 독서를 즐기겠는가?

친구가 국가기관에 대해서는 걱정하지 말라고, 카메라, 찰칵 소리, 정보 수집은 걱정하지 말라고 말했다. 밀크맨이 등장하기 전에 이미 나에 대한 파일이 있었을 거라고 했다. "공동체 전체가 용의자니까. 사람마다 다 파일이 있어. 모든 사람의 주소, 움직임, 관계를 끝없이 체크하고 감시한다고. 네가 인식을 못한 것뿐이지. 감시하고 침투하고 가로채고 감청하고, 집 안 구조 가구 위치 장식품 위치 벽지까지 도면으로 그리고, 감시 목록 및 지정학 자료에, 먹는지 굶는지, 자장가는 어떤 걸 부르는지, 찻잎점 결과는 어떤지까지 수집하고, 그뿐 아니라 사람이 살지 않는 스산하고 존재론적으로 혹독한 지역 위까지 헬리콥터로 감시하는 지경인데 당연히 모든 사람에 대한 파일이 있지. 만약에 무장단체가 장악한 지역에 사는 사람 중에 파일이 없는 사람이 있다면 그건 그 사람이 수상한 사람이라는 확실한 증거야. 그림자까지도 사진으로 남긴다니까. 그래서 실루엣이나 그림자만으로도 누군지 구분할 수 있어." 친구가 말했다. "아주 체계적이네." 내가 감탄하며 대꾸했다. 친구는 밀크맨하고 상관없이 내 주변 인물들 때문에 이미 내 이름이 박힌 파일이 있었을 거라고 했다. 무슨 주변 인물이냐고 물으려는데 친구가 말을 끊었다. "세상에. 믿기질 않는다. 네 정신머리! 네 기억력이라니! 머리를 분리하고 의식을 쪼개기라도 한 거니! 나 말이야! 너와 내 관계! 네 오빠들! 둘째 오빠! 넷째 오빠!" 친구가 고개를 절레절레 흔들었다. "네가 알면서도 모르는 것들 있잖아, 친구야. 네 뇌와 바깥세상을 분리하니까 그렇지. 그런 정신적 오류는 정상이 아니라고. 비정상이야. 알면서 모르고, 기억하면서 기억 못하고, 빤한 것을 인정 않지. 그런데도 너는 뇌가 꺼졌다 켜졌다 하고 기억이 뒤죽박죽되도록 스스로 부추기잖아. 최근에 경찰이랑 있었던 일이라는 게 내가 얘기하는 것의 완벽한 사례네." 친구는 말을 멈추고 몸을 돌려 나를 똑바로 보았고 나는 친구의 비난에 속이 상하기도 했지만 두렵기도 했다. 친구가 금세라도 나를 내가 가고 싶지 않은 곳으로 몰고 갈 것만 같았다. "그들이 널 추가로 감시하고 검문하는 것도 무리가 아니지." "추가가 아니라니까. 밀크맨 전에는—" "아니야." 친구가 말했다. "네가 걸으면서 책을 읽는 상도를 벗어나는 행동을 해서 주의를 끌었기 때문에 널 검문하는 거야—" "아니야." 내가 말했다. "만약 그게 사실이라면 왜 밀크맨 이전에는 안 그랬—" "이전에도 그랬다니까! 지금도 검문하고! 누구한테든 다 한다고!" 이제 친구의 말투는 훈계에서 체념으로 바뀌기 시작했다. "지금 네가 또 미시감 상태로 들어가는가보다." "또 미시감?" 내가 물었다. 그러고 다시 물었다. "또 미시감이라니 무슨 말이야? 내가 미시감에 빠지고 그것도 자주 그런다는 거야?" 그러자 친구는, 내가 주기적으로 어쩌면-남자친구와 제대로 된 관계로 나아가려고 시도했던 일을 기억에서 지워 없었던 일로 만들고 다시 시도할 때마다 매번 처음으로 우리 관계를 한단계 진전시키려 한다고 착각하는 것처럼, 지금도 내가 전에 늘 국가안보기관에 검문을 당해놓고 검문을 당한 적이 없다고 착각한다고 주장했다. 친구 말이 처음에는 일상적이고 형식적인 조사를 당했을 거라고 했다. 반대자 지역에 들어가거나 거기서 나오는 사람 누구나 그렇게 검문한다고 했다. 하지만 지금은, 밀크맨 때문이 아니라 내가 점점 상도를 벗어난 사람이 되어가기 때문에, 그냥 형식적으로만 검문하는 게 아니고 훨씬 더 본격적으로 감시한다는 것이었다. 국가기관의 감시와 내가 다른 차원으로 숨어버리는 것에 대한 친구의 장광설은 공식 기록에 내 행동이 어떻게 올라 있는지에 대해서는 사진 찍히는 것과 마찬가지로 특별히 걱정할 필요가 없다는 말로 마무리되었다. 내가 이미 상도를 벗어난 사람이 되었고 걸어다니면서 마치 앉아 있을 때처럼 책을 읽는 사람이라고 소문이 났고 사람들 말에 따르면 책 마지막 면에서부터 시작해서 앞쪽으로 거꾸로 읽는 걸 좋아한다고, 내가 뜻밖의 일을 싫어하고 그래서 줄거리를 따라가다가 깜짝 놀라고 싶지 않기 때문에 그렇게 읽는 거라고, 또 사람들 말이 내가 개인적 기벽 혹은 피해망상 때문에 책갈피를 끼우거나 책 귀퉁이를 접을 때 읽은 자리를 표시하는 게 아니라 교활하게도 엉뚱한 데를 표시해서 사람들을 속인다고, 또 자동차, 가로등, 지형지물 등을 헤아리는 습성이 있고 그러면서 투명인간에게 길을 가르쳐주는 척하는데 그것도 심지어 걸으면서 책을 읽으면서 그렇게 한다고, 또 내가 책 표지나 레코드 재킷이나 벽에 걸린 액자에 사람 얼굴이 있으면 싫어하는데 그 사람들이 나를 감시한다고 상상하기 때문이며 마지막으로 내가 주머니에 죽은 동물들을 넣고 다닌다고들 하니, "주요 무장단체 요원과의 연애가 뭐 별거라고, 이렇게 미치광이 같은 일이 잔뜩인데 누가 그런 데 신경이나 쓰겠어?"라고 친구는 말했다.

　그다음에는 더 편한 시간을 가졌다. 충격적인 소식을 다 듣고 나니 좀 편해졌다. 우리는 술을 마시면서 편히 기대어 앉았고 친구는 사실을 말하자면 나에 관한 소문을 처음 퍼뜨린 사람이 나의 첫째 형부라고 말했다. "그 사람 때문에 너무 속 끓일 필요 없어. 지금 그 사람도 제대로 걸렸으니 곧 현실을 직시하게 될 거야." 첫째 형부가 현실을 직시할 수밖에 없게 된 건 당연하게도 형부의 성적 집착 때문이었다. 형부가 최근에 저지른 일은 수녀님들 ─ 우리 공동체에서 최고로 성스러운 여성들 ─ 을 찾아가서 예술에 대한 질문인 척 자위에 대한 질문을 한 것이었다. 친구가 말했다. "그 조각상 얘기를 꺼냈어. 너도 알지? 그 조각상 있잖아, 아빌라의 테레사* 수녀가 공중부양을 경험하는 그거 말이야." 친구가 말하는 조각상이 뭔지 나도 알았다. 열두살 때 학교 미술실에서 화집을 넘기다가 그 조각상 사진을 보게 되었는데 내가 뭘 본 건지 깨닫고는 화들짝 놀라 육성으로 비명을 지른 일이 있었다. 정말 뜻밖이었다. 의외였다. 전혀 예감하지 못한 깨달음이었다. 테레사 수녀가 입은 일렁거리는 옷, 그 옷자락에 파묻힌 수녀의 몸, 옷에 짓눌려 숨이 막힌 수녀, 수녀의 바깥쪽에서 살아서 어쩌면 뒤집힌 듯 수녀를 집어삼키는 옷자락. 겹치고 감싸고 뒤덮고 살아 움직이는 풍성한 겹겹의 천이 나를 놀라게 했다. 나는 그 사진에 혐오감을 느끼면서도 사로잡혔다. 혐오감이 닥쳤다가 가라앉자 다시 그림을 보았고, 그러고 나

---

* 스페인 카르멜회 수녀이자 성녀(聖女). 많은 신비한 체험과 카르멜회 개혁의 공적으로 알려져 있다. 여기서 말하는 조각상은 베르니니의 「성 테레사의 법열」로 보인다.

밀크맨

301

서 다시 세번째로, 또 네번째로, 다섯번째로 보았는데 다섯번째 보았을 때에야 막대기 같은 것을 들고 있는 천사가 눈에 들어왔다. 나는 몸이 옷으로 덮여 있지 않았다면 더 나았을 것이라고, 덜 무서웠을 것이라고 생각했다. 그런데 만약 옷이 없는데 수녀가 그런 모습으로, 맨팔, 맨다리, 온몸이 드러난 채로 얼굴은 먼 곳을 응시하며 무기력하고 자포자기한 것처럼 쾌락에 빠진 듯한 ── 어쩌면 쾌락과 반대의 것에 빠진 듯한 얼굴로 벌거벗고 기도를 한다면 ── 하지만 그건 기도처럼 보이지 않을 텐데 만약 그게 기도라면 ── 아, 하느님 ── 기도란 게 그런 건가요? 다시 생각해보니, 옷이 있는 게, 비록 옷이 사람을 집어삼키는 듯 무시무시하게 보이기는 하지만 그래도 몸 위에 옷이 있는 게 낫겠다고 열두살의 나는 결론을 내렸다.

"자, 수녀님들." 첫째 형부는 잡지에 실린 그 조각상 사진을 보여주려고 수녀원에 찾아가서는 이렇게 운을 뗐다. 예술 애호가께서 이 사진을 한동안 갖고 돌아다닌 게 분명했다. "이 성스러운 조각상의 감동적인 사진 말인데요. 여기 표현된 황홀경, 사색적이고 신비롭고 관능적이고 저에게는 달콤한 신음을 내고 있는 것처럼 보이는 과도하게 거슬리고 괴이쩍은 난교 같은 묘사에 대해 어떻게 생각하시나요? 정말로 ──" 첫째 형부는 진지하고 탐구적이고 예술적일 뿐 전혀 성적으로 변태적이지 않은 척하면서 말했다. "신과 완벽한 합일을 이룬 이 여성이, 그러니까 여러분 같은 수녀가 어쩌면 흥분의 황홀경과 자기충족에 도달한 것을 공중부양이라는 은유로 표현한 걸까요? 또 여기 천사가 계속 찌르고 또 찌르고 있는 것에 대해서 여러분의 경험에 의하면──"

이 이상은 말하지 못했다.

당연히 당장 쫓겨났다고 친구가 말했다. 수녀님들이 바보가 아니고 예술을 모르는 것도 아니고 첫째 형부가 눈을 찡긋거리는 것의 의미나 첫째 형부가 성적 충동을 억누르지 못한다는 평판도 모르지 않았기 때문이다. 수녀님들은 전부터 그를 위해 기도를 드리고 있었다. 사실 이 지역에서 가장 열렬한 기도가 필요한 사람들의 기나긴 명단에서 첫째 형부가 거의 제일 꼭대기에 있었다. 하지만 이제는 그들도 못 참고 형부를 내쳤다. 점잖게 대할 단계를 훨씬 넘어섰기 때문이었고, 조용히 떠나달라고 요구할 단계를 훨씬 넘어섰기 때문이었고, 수녀님들이 영적인 길을 찾으려고 애쓰는 영혼들인 것처럼 그도 영적인 길을 찾으려고 애쓰는 영혼이라고 보아주고 정중하게 다룰 단계를 훨씬 넘어섰기 때문이었다. 그랬다. 수녀님들이 그를 쫓아냈다. 정확히 말하면 대표 수녀인 마리아 피오 수녀가 그를 쫓아냈다. 나머지 수녀들이 그를 한대씩 때리고 난 다음에 대표 수녀가 쫓아냈고 대표 수녀는 곧 우리 지역의 경건한 여인들을 찾아갔다. 경건한 여인들은 수녀들과 우리 지역 반대자들 사이의 중간 다리 역할을 했다. 경건한 여인들이 외설적인 소식을 듣고 반대자들을 찾아갔다. 그래서 첫째 형부의 행동을 이제는 제지해야겠다는 결정이 내려졌다고 친구가 말했다.

 "이 작자는 구제불능이야." 친구가 말했다. "맞아. 나도 그렇게 생각해. 그래도 지금은 잠잠해. 형부는 어떻게 되는 거야? 그들이 어떻게 할 거래?" 형부가 걱정이 되어서 물은 것은 아니었다. 첫째 언니, 그의 아내, 나의 언니 때문이었다. 셋째 언니는 이 소식을 듣고는 형부가 응당한 벌을 받게 되어 오직 기쁘고 형부가 안됐다거나 '신께서 그의 영혼을 돌보아주시기를' 하는 생각은 전혀 안 든다고 말했지만 말이다. 형부가 사람들을 너무 괴롭히고 자극에만 몰두하고 정상적 사고를 하지 않고 성중독이 너무 심해서 무엇에든 누구에게든(여자라면) 접근해 이용해야만 하고 도저히 자제를 못하기 때문이었다. 형부의 처제인 우리도 열두 살 때부터 시달렸고 우리 지역의 다른 여자들도, 심지어 수녀들까지도 당했다. 형부는 성적인 분야에만 몰두했고 다른 분야에서는 뭘 어떻게 해야 하는지 몰랐다. 그래서 셋째 언니와 내가 어린 동생들에게 언질을 주어야 했다. 하지만 어린 동생들은 첫째 형부의 달뜨고 과열되고 탐욕스러운 면에 대해 자기들한테 경고를 해줄 필요는 없다고 말했다. 첫째 형부한테 병적인 강박신경증이 있다는 건 누가 보기에도 명백하고 자기들도 안다고 했다. "하지만 그게 우리랑 무슨 상관인데?" 어린 동생들이 물었다. "왜 우리한테 첫째 형부를 조심하라고 하는 건데?"
"혹시 형부가 뭘 할까봐 그러지." 셋째 언니가 말했다. "뭘
하는데?" 어린 동생들이 물었다. "만약에 형부가 어떤 주
제에 대해서 순수해 보이는 방식으로 말을 시작한다고 하
더라도 말이야, 말하자면 프랑스혁명에 대해서 —" "프랑
스혁명의 어떤 점에 대해서?" "어떤 점이든." 셋째 언니가
말했다. "아니면, 너희 셋이 관심을 갖는 비주류 과학 이론
에 대해서, 예를 들어 열수 다중 난류 같은 것에 대해 토론
을 하려고 시도한다거나 —" "셋째 언니의 서술은 정확
하지가 않은데." 어린 동생들이 말했다. "셋째 언니 말은,"
내가 끼어들었다. "첫째 형부가 데모스테네스가 알키비아
데스를 비난한 일을 들먹이거나, 갑자기 나타나서 실제로
는 프랜시스 베이컨이 윌리엄 셰익스피어라는 이론을 논
증하려고 하는데, 그 논증이라는 게 —" "논증이 뭔지 우
리도 알거든!" "가운데언니 말은," 셋째 언니가 다시 말했
다. "형부가 가이 포크스가 고문을 당하기 전의 서명과 고
문을 당한 뒤에 자백서에 한 서명의 차이에 대한 요약 해
설을 시도한다면, 그게 무슨 뜻이냐면 —" "요약 해설이
뭔지 우리도 알거든!" "얘들아, 요점은 뭐냐면," 내가 말
했다. "형부가 너희들을 과학이나 예술이나 문학이나 언
어학이나 사회인류학이나 수학이나 정치학이나 화학이
나 소화관이나 특이한 완곡어법이나 복식부기나 정신의
삼분법이나 히브리 알파벳이나 러시아 허무주의나 아시

아 소나 20세기 중국 도자기나 일본의 단위나 등등 무언가 다른 것에 대해 이야기하는 척하면서 끌어들이려고 한다면 ─ "무슨 말인지 모르겠어." 어린 동생들이 말했다. "그런 것들에 대해 이야기하는 게 왜 나쁘다는 거야?" "속지 말라는 거야." 셋째 언니가 말했다. "그런 것들은 진짜 관심사가 아니고 형부가 진짜 하려는 이야기가 아니야." "그럼 진짜 관심사가 뭔데? 무슨 이야기를 하려는 건데? 언니들 대체 무슨 이야기를 하는 거야?" 셋째 언니와 나는 동생들을 보호하고 안심시키려다가 오히려 겁을 주고 걱정하게 만들었다는 걸 깨달았다. 그때 셋째 언니가 말했다. "뭔가 성적으로 폭력적이고 침해하고 위반하는 소름 끼치는 거야. 형부가 그런 말을 하지. 하지만 다시 생각해보니까 너희들은 신경 안 써도 되겠다. 아직 어려서 모를 테니까."

　"그 사람은 기소될 거야." 친구가 말했다. 친구 말은 즉결심판에 회부되리라는 것이었다. "그게 첫번째 경고가 될 거야." 친구가 말했다. "이제야 첫번째 경고라니. 내가 열두살 때부터 나한테 그랬는데." "구타를 당할 거야. 경고 단계는 건너뛰고. 다른 사람도 아니고 수녀님들한테 수작을 건 탓이지." "문제 여성들이 못마땅해하겠다." 내가 말했다. 이 말에 가장 오래된 친구는 얼굴을 찡그렸는데 처음에는 여자들 사이의 위계질서에 반대하는 문제 여성들의 관점 때문에 그런 줄 알았다. 문제 여성들은 신에게 전부를 바쳤고 출렁이는 옷자락 안에서 환영을 보는 여자를 다른 여자보다 우선시한다면 그다음 순서는 누구인가? 아내들? 엄마들? 처녀들? 하면서 문제를 제기했으니까. 하지만 친구가 얼굴을 찡그린 이유는, 문제 여성들이 모든 것이 평등해야 하고 가부장적이어서는 안된다고 고집을 피우기 때문이 아니고, 친구의 일에 대해서는 절대 언급하지 않기로 한 암묵적 합의가 깨졌기 때문이었다. 하지만 친구의 일을 먼저 수면 위에 올린 것은 친구 자신이었다. 사실 친구와 여기 술집에서 만난 과정 자체가 친구 일의 일부였다. 나한테 감시꾼 소년을 보내서 약속을 잡았으니까. "네가 먼저 말을 꺼냈잖아." 내가 말했다. "어쩔 수 없었어." 친구가 말했다. "네가 제정신이 아닌데다가 내가 네 문제에 대해 너무 혹독하게 말했으니 기분을 북돋워줘야 할 것 같아서 네 형부 얘기를 한 거야. 어쨌든 네 말이 맞네. 이제 이 얘기는 그만하고 비정치적인 이야기를 하자."

　술집에서 이렇게 만나고 헤어진 뒤에 나는 초등학교 때부터 친했던 가장 오래된 친구와 세번 더 만났다. 첫번째로는 넉달 뒤에 시골에서 열린 친구의 결혼식에서 만났는데 결혼식장에서 검은 선글라스를 쓰지 않은 사람은 주례를 하는 신부님과 나밖에 없었다. 신랑도, 단순한 디자인의 하얀 드레스를 입은 친구도 선글라스를 썼다. 결혼식 일년 뒤에 친구를 다시 만났는데 그때는 친구 남편의 장례식에서였다. 그리고 석달 뒤에는 친구의 장례식에 갔다.

사람들이 친구를 남편과 함께 묻었다. 십분 지역 위쪽에 있는 공동묘지의 반대자 구역에. 이 공동묘지는 '동네 없는 묘지' '시간 없는 묘지' '바쁜 묘지'라고도 불리지만 보통은 그냥 일상적 장소라고 불린다.

5

　돌아다니면서 술잔에 독을 타는, 사실은 어른인 알약소
녀가 나에게 독을 먹였는데 나는 그 사실을 몰랐다. 그날
밤 잠자리에 들고 두시간쯤 지난 뒤에 엄청난 복통 때문에
잠에서 깼을 때도 몰랐다. 처음에는 밀크맨을 만난 이래로
불쑥 닥치곤 하는 전율, 경련, 끔찍한 느낌이 또 찾아온 줄
알았다. 그런데 그게 아니었다. 알약소녀가 내 잔에 무얼
넣은 것이었다. 내가 가장 오래된 친구와 술집에서 만나서
밀크맨에 관한 이야기인 줄 알았는데 알고 보니 내가 상도
를 벗어난 사람이라는 점에 대한 이야기였던 이야기를 거
의 다 들었을 즈음 있었던 일이다. 친구가 화장실에 가고
나 혼자 테이블에 있었는데 사실은 어른인 그 소녀가 다
가왔다. 알약소녀는 오자마자 나더러 인류를 저버린 범죄

를 저질렀다며 비난하고 이기적이라고 나무라면서 동시에 약을 탔는데 내가 꺼지라고 미처 말하기도 전에 이 일을 다 해냈다. "부끄러운 줄 알아." 알약소녀가 말했는데 나와 밀크맨의 불륜을 두고 한 말은 아니었다. 다들 자기 일도 아니면서 그 얘기만 하니까 처음에는 알약소녀도 당연히 그 소리를 하는 줄 알았는데 아니었다. 그게 아니라 알약소녀는 내가 어떤 다른 삶에서 밀크맨과 공모하여 자기를 죽였다고 했다. 내가 자기뿐 아니라 다른 여자 스물세명의 죽음에 책임이 있다고 했다. "몇몇 사람은 그냥 약을 한 것뿐인데, 무해한 하얀 약 좀 먹었다고, 어떤 사람들은 그나마도 안했고." 우리가(우리 스물여섯명 전부가) 다른 삶을 살 때 내가 그 범죄를 저질렀다고 했다. 17세기 언젠가 우리의 전생에서 그랬다면서 정확한 날짜와 시간을 언급했고 밀크맨이 의사였는데 돌팔이였다고 했다. 그러고는 나더러 그런 자와 결탁하다니, 그런 사기꾼의 심부름꾼 고양이 노릇을 하다니 역겹다고 했다. 그자가 사기꾼인지 몰랐다고 부인해도 소용없다고 했다. 우리가 살던 아름다운 마을에서 내가 그자를 부추겼고 그자를 위해 흑마술을 부렸고 죽은 동물의 시신을 잘랐고 여자 스물세명과 자기를 살해하는 데 공범 노릇을 했다고 비난했다. "우리 다 죽었어. 너 때문에." 알약소녀가 말했다. 그러니 내가 당할 일을 당하더라도 싸다고 했다. 나는 정신을 혼미하게 만드는 알약소녀의 이야기에 빠져 있다가 그제야 정신을 차리고 외쳤다. "아 제발, 제발 꺼져." 가장 오래된 친구가 돌아와서 무슨 일이 있었냐고 묻길래 나는 고개를 흔들며 말했다. "아, 알약소녀가 왔었어." 가장 오래된 친구는 알약소녀를 조심해야 한다며 이렇게 덧붙였다. "사실은 어른인 그 불쌍한 소녀의 상태가 점점 안 좋아지고 있거든."

그게 사실이었다. 우리의 상도를 벗어난 사람들 중에서도 가장 악명 높은 사람은 사실은 어른인 소녀, 조그맣고 깡마르고 강단 있고 서른살 가까이 된 알약소녀인데 알약소녀는 사람들 술잔에 약을 넣고 다녔다. 대체 왜 그러는지 오랫동안 아무도 설명을 못했다. 사람들이 추측을 하긴 했으나 워낙 정보가 부족해 윤색을 통해 가설을 내놓을 수밖에 없었고 그리하여 알약소녀가 그런 행동을 하는 것은 뭔가 페미니스트적인 불만이 있어서라고 결론을 내렸다. 어떤 불만인지는 자세히 거론하지 않았지만 우리 구역의 문제 여성들(또다른 상도를 벗어난 사람들)이 알약소녀와 이야기하는 모습이 목격되었으니 이들이 알약소녀를 부추기고 세뇌해서 자기편으로 끌어들이려고 시도했을 것이라 짐작할 수 있고 전투적 페미니즘 때문이 아니라면 알약소녀가 사람들을 전부 다 죽이려고 할 이유가 없지 않겠냐는 근거로 그렇게 결론이 났다. 그런데 문제 여성들이 그건 부당한 비난이라고 반발하면서 자기들의 목표를 오해했다고, 게다가 자기들이 그랬다는 증거가 전혀 없지 않느냐고 했다. 자기들이 알약소녀와 이야기를 나누어보려고 접근하기 전부터도 알약소녀는 사람들에게 독을 먹였고 자기들은 알약소녀가 대체 왜 그러는지 알아보고 개입하려고 접근했을 뿐이라고 했다. 그러나 생각 없고 무책임한 접근으로는 이 조그마한 사람이 독을 넣는 목적이 무엇인지 알아낼 수 없었다고 했다. 그리하여 추측이 계속 이어졌고, 추측은 반박되기도 반복되기도 했다. 독 살포도 계속되었는데 주로 금요일 밤 우리 구역 최고 인기 술집에서 춤판이 벌어질 때 그런 일이 일어났기 때문에 그곳에 있을 때는 알약소녀를 잘 감시해야 했다.

특히 애인이나 친구들과 같이 댄스플로어에 올라갈 땐 절대 한눈을 팔거나 방심해서는 안되었다. 알약소녀가 들어왔을 때 테이블 위에 술이 무방비로 놓이게 되기 때문이다. 그런 한편 알약소녀가 오기 전에 들어오는 다른 무리도 있었다. 국가 반대자들이 검은 옷에 복면을 쓰고 권총을 들고 들어와서 불량배나 미성년자가 있는지 확인했다. 술집에는 보통 불량배나 미성년자가 많지만 반대자가 누구를 밖으로 끌어내거나 쫓아내는 것은 못 봤다. 그냥 시늉만 하는 것이다. 이게 힘을 과시하기 위한 시늉이고 매주 꼭 해야 하는 연극이라는 걸 누구나 알았다. 반대자들이 성큼성큼 들어와 위압적으로 둘러보고 무기를 번쩍이며 한바퀴 돌고 나가면, 잠시 뒤에 다른 무리가 들어와 또 한차례 시늉을 했다. 이들은 외국군 그러니까 '물 건너' 나라의 점령군이었다. 이들도 군장과 군복 군모 무기를 갖추고, 몇초 전에 떠난 반대자들을 찾는다고 술집으로 들이닥쳤다. 가끔은 만약 두 무리가 동시에 들어오면 어떤 피바다가 펼쳐질까 싶기도 했다. 하지만 몇년 동안 금요일 밤마다 같은 일이 반복되었는데도 한번도 그런 일은 안 일어났다. 우연히 그럴 수는 없는 노릇이니 두 집단이 무의식적으로 연결되어 연동하는 게 아닐까 싶었다. "금요일 밤이네." 한쪽의 잠재의식이 다른 쪽의 잠재의식에 말을 거는 것이다. "간단하게 가자고. 너희들이 먼저 들어갔다가 나간 다음에 우리가 가면 어때? 다음 주에는 우리가 먼저 들어갔다 나간 다음 너희들이 들어가고." 이런 식이 아니라면 매번 간발의 차로 서로 어긋난다는 건 불가능한 일이었다. 한두번이 아니라 수백번도 넘게 그런 일이 일어났으니까. 그렇게 군대가 차례로 들어와 저마다 둘러보고 과시하고 권력을 휘둘렀고 다른 사람들—그러니까 우리들, 댄스플로어 위의 젊은이들, 테이블에 앉은 젊은이들, 바에 앉은 젊은이들, 구석진 곳에서 키스하고 애무하는 젊은이들은 그러거나 말거나 무시했다. 하지만 일단 알약소녀가 들어왔다 하면 사정이 전혀 달랐다.

"왔어!"

"서둘러!"

"모두 자리 지켜! 조심! 술잔 잘 살펴! 알약소녀야! 알약소녀라고!"

술집에 있는 사람들이 전부 소리를 낮춰 이렇게 속삭였다. 그러면 취기 속에서 공포가 스멀스멀 올라왔고 각 테이블에서 그날의 감시자로 지정된 사람이 댄스플로어, 화장실, 바, 애무를 나누는 구석진 장소 등 있던 곳에서 재빨리 자기 테이블로 달려갔다. 감시자가 술을 사수하러 갔더라도 나머지 사람들도 알약소녀를 의식하며 긴장했다. 서로 쿡쿡 찌르고 이쪽저쪽 돌아보고 알약소녀의 움직임을 눈으로 좇으며 주의를 기울였고 알약소녀는 유령처럼, 끔찍한 악몽처럼 어슬렁거리며 돌아다녔다. 이렇게 사람들이 신경을 바짝 곤두세우니 당연히 알약소녀를 성공적으로 저지하고 건강을 지킬 수 있으리라고 생각할 것이다. 그렇지만 실제로는 이 외로운 전사가 매번 승리했다. 어떻게 그럴 수 있는지는 몰라도 알약소녀는 누가 테이블을 지키건 말건 약을 넣을 수 있었다. 다들 입을 모아 말하기를 테이블을 지키는 사람은 성실하게 테이블로 달려가 술잔을 전부 한데 모아 빈틈없이 지켰다고 했다. 그뿐 아니라 예의고 뭐고 무시한 채 알약소녀를 필사적으로 물리쳤다. "꺼져!" 중독 위험이 있는 상황이니 직설적으로 말하는 게 최선이라고 합리화하면서 냅다 소리를 질렀다. "꺼져!" 하고 소리쳤다. "꺼져!" 예의범절을 따질 때가 아니었다. "꺼져!" 충격적일 정도로 무례하게 굴었다. 그러나 이 구역 역사상 가장 성공적이고 뛰어난 독 살포자가 수차례 꺼지라는 외침에도 꺼지지 않았다면, 그 테이블에 앉은 사람 중 적어도 한명은 독을 먹고 고통으로 데굴데굴 구르고 몸부림치고 이를 악물고 온몸을 덜덜 떨고 뒤틀고 온갖 종류의 구토제를 먹고 지쳐 울면서, 제발 죽게 해달라고 이 고통이 끝나게 해달라고 이 기나긴 밤과 다음 날 오전까지 계속될 고통을 끝내달라고 사정하는 일이 일어날 가능성이 매우 높았다.

그리하여 사람들은 알약소녀를 무척 싫어했지만 그러면서도 한편으로는 거의 일상의 일부로 받아들였다. 사람들이 정말 분노해서 알약소녀를 죽이고 싶어할 수도 있었기 때문에 조마조마하고 두렵고 위험한 일상이긴 했지만 말이다. 하지만 알약소녀가 최고 인기 술집에 들어오지 못하게 막아야 한다는 생각은 아무도 안했다. 알약소녀를 병원이나 감옥으로 보내야 한다거나 집 밖에 못 나가게 식구들이 가둬야 한다거나 아니면 식구들이 당번을 정해 알약소녀가 집 밖에 나갔을 때 따라다니며 감시해서 다른 사람들이 금요일 밤마다 독을 먹고 고통 받는 일이 일어나지 않게 막아야 한다고 주장하는 사람도 없었다. 알약소녀가 위협적인 존재이기는 하나, 지금과 다른 시대, 의식도 다르고 삶과 죽음과 관습에 대한 생각도 달랐던 그때에는 알약소녀를 그냥 참았다. 날씨를 참듯이, 천재지변을 참듯이, 금요일 밤 군인들이 들이닥치는 것을 참듯이. 알약소녀를 상도를 벗어난 사람이라고 부르는 게 우리가 할 수 있는 최선이었다. 그러니 알약소녀는 언제든 돌아올 수 있었고 매번 돌아와서 계속 독을 넣었다. 그러다가 알약소녀의 활동 패턴이 바뀌어서 이제는 금요일 말고 다른 날에도 독을 넣기 시작했는데 그 까닭에 대해서도 말이 많았다.

　친구 말이, 최근에 알약소녀가 자기 동생에게도 독을 먹였는데 식구들이 그 사실을 쉬쉬한다고 했다. 알약소녀는 동생이 자신의 받아들일 수 없는 일면이라서 독을 먹였다고 했단다. 내가 말했다. "점점 복잡해지는데. 그러니까 네 말은 ——" "맞아." 가장 오래된 친구가 말했다. "자신이 분열되고 강탈되었다고 본 거지." 자기의 한 면은 독을 넣는 사람이고 다른 면은 독을 넣지 않는 자기 동생인데, 이 구역에서 대조적인 두 면이 공존할 수는 없으므로 자기보호 차원에서 하나는 사라져야 한다는 논리였다. 가장 오래된 친구는 알약소녀가 스스로 자기 행동을 설명하기 시작하자 알약소녀를 설명하려는 공동체의 시도가 더욱 난관에 봉착했다고, 만약 내가 얼굴을 책에 파묻고 돌아다니기를 그만두고 현실을 직시한다면 공동체에서 이 문제를 설명하려고 얼마나 애를 쓰는지 알아차리지 않을 수 없을 것이라고 했다. 당연하지만 여기에서는 누구나 움직인다. 모두 거의 쉴 새 없이 한걸음씩 움직인다. 모래가 이동하듯 일어나는 순리적인 변화는 공동체의 민족의식에 쉽게 통합될 수 있지만 알약소녀 같은 상도를 벗어난 이들은(지금은 나도 여기에 포함된다, 나는 아직 받아들이지 못하고 있지만) 자기 자신이 법칙이다. 이들은 관습을 무시하고 다른 사람처럼 합당하게 한걸음씩만 움직이는 게 아니라 부당하고 황당하게도 두걸음, 세걸음 가기도 하고 심지어는 옆으로 가서 엉뚱한 곳으로 벗어나기도 했다. 알약소녀가 자기 동생이 자신의 반대 면이라고 생각하면서 한 행동이 바로 그런 행동의 예였다.

친구는 독을 먹은 동생, 빛나는 소녀가 병원에 실려가야 할 정도로 심하게 중독되었고 사실 병원에 간다고 해결될 단계도 넘어섰다고 했다. 몸 대부분이 이미 땅속에 묻힌 것이나 다름없을 정도로 중독되었다고 했다. 물론 병원에는 안 갔는데, 여기에서는 병원에 가는 것도 경찰을 부르는 것과 다를 바 없이 현명하지 않은 일로 간주되기 때문이다. 공공기관 하나와 엮이면 다른 기관과도 필연적으로 엮이게 된다고 사람들은 말했다. 네가 총을 맞았거나 독을 먹었거나 칼침을 맞았거나 등등 이야기하고 싶지 않은 이유로 다쳤을 경우 네가 이야기하고 싶건 말건 병원에서는 어쨌든 경찰에 알릴 것이고 그러면 바로 경찰이 들이닥칠 텐데 그러면 어떻게 되겠냐는 것이다. 사람들은 경고하기를, 그러면 우리의 적인 국가기관이 네가 어느 쪽에 속하는지 알아내고는 너에게 선택을 하라고 압박을 가할 것이라고 했다. 그 선택이란 이런 것이다. 밀고자로 날조되어 구역에 밀고자라고 소문이 나는 쪽을 택하겠냐, 아니면 정말로 밀고자가 되어 구역의 반대자들에 대한 정보를 밀고하겠느냐. 어느 쪽을 택하건 조만간에 반대자들 손에 처리되어 구역 입구 언저리에서 시신으로 발견될 테고 손에는 10파운드 한장이 쥐어 있고 머리에는 총알이 박혀 있을 터였다. 그러니 안될 일이었다. 공동체의 규칙에 따라 병원에는 가면 안된다. 사실 안전가옥 수술실이 있고 뒷방 부상자 병동이 있고 집에서 만든 약이 있고 헛간 약국이 여기저기에 있는데 굳이 병원에 갈 필요가 있나?

몸의 4분의 3이 이미 무덤에 들어간 알약소녀 동생은, 식구들과 이웃들의 도움을 받아 최선을 다해 독을 이겨냈다. 수차례 구토를 시켜 독을 빼냈고 이제는 괜찮다고 다들 말했다. 하지만 회복기 동안에 이미 이 아이의 건강과 시력이 예전 같지 않다는 게 확연히 드러났고, 그리하여 반대자들을 통한 공동체의 정의가 개입하게 되었다. 가족은 가해자와 피해자 둘 다와 혈연관계에 있기 때문에 반대자들에게 보복을 멈추어달라고, 알약소녀에게 한번만 더 기회를 달라고 사정했다. 반대자들은 이전에 이미 알약소녀가 반사회적 행동을 그만두지 않는다면 자기들이 막겠다고 약속한 적이 있었다. 알약소녀가 자기들의 경고를 무시했으니 그 약속을 실천할 때가 되었다고 그들은 말했다. 가장 오래된 친구가 그러는데 가족이 호소했기 때문에 반대자들은 바로 행동에 나서지 않고 숙고를 했다고 한다. 그러고 나서 그들은 가족을 불러 이렇게 말했다. "좋소. 한번 더 기회를 주지요. 하지만 이번이 마지막이오."

우리는 그때 잔을 비우고 술집에서 나왔고 나는 집에 가서 침대로 들어가 잠이 들었는데 그러다가 눈에 보이지 않는 무언가가 내 방으로 휙 들어와 이불보를 타고 휙 올라

오더니 벌어진 내 입으로 쓱 들어와 목구멍 깊이 파고드는 바람에 잠에서 깼다. 나는 소스라쳐 잠에서 깨어 소리를 질렀다. "들어왔어! 안으로 들어왔어! 내가 자는 동안에 들어왔어!" 하지만 잠이 완전히 깨어나 내가 무슨 말을 한 건지 자각하기도 전에 배 속에서 타는 듯한 느낌이 올라왔다. 입안도 얼얼해서 처음에는 이를 때운 데가 잘못된 줄 알았다. 그러다가 이가 아니야! 밀크맨이 나를 이렇게 만든 거야! 하는 생각이 들었다. 곧 경련이 시작되었고 배 속을 쥐어짜는 느낌 때문에 숨을 쉴 수가 없었다. 근육이 뒤틀리고 몸이 경직되는 것 같았다. 나는 몸이 뻣뻣하게 굳어 침대에서 떨어졌고 배 속은 돌덩이가 된 것 같았다. 기어서 방문을 머리로 밀고 방에서 나왔다. 몸이 말을 듣지 않았고 머리조차 들 힘이 없었다. 하지만 문에 부딪친 머리가 아픈 줄도 몰랐고 앞에 문이 있는 줄도 몰랐고 내가 어디로 가는지도 몰랐고 다만 나가서 도움을 청해야 한다는 생각뿐이었다.

위층 층계참으로 다가가는데 새로운 종류의 통증이 시작되었다. 이번에는 이쪽저쪽을 마구 찌르는 것 같았다. 너무 아파서 더 기지 못하고 내 방과 화장실 사이 어딘가에 멈췄고 그러는 동안 이상한 소리가 들렸는데 처음에는 라디오를 느린 속도로 틀어놓은 줄 알았다. 나중에 그 소리가 내 신음이라는 걸 알게 됐다. "어땠는지 알아! 그 소리 때문에 다들 깼어!" 어린 동생들이 말했다. 내가 독을 먹고 나서 나흘 뒤에 침대에 누워 회복하고 있던 때에 어린 동생들이 신이 나서 말해주었다. 동생들이 내 신음소리에 대해 이야기해주고 일부를 예시로 들려주고 한밤중에 있었던 일들을 설명하고 내 얼굴이 새하얬다고 말했다. "그런데 언니 평소 얼굴처럼 끔찍한 흰색은 아니었어." "우유 같았지." 가장 나이 많은 어린 동생이 말했다. "우유병." 중간 어린 동생이 말했다. "특별히 하얗게 칠한 흰 우유." 가장 어린 어린 동생이 말했다. "그래서 어둠속에서 빛이 났어." 어린 동생들 사이에서 '어둠속에서 빛이 났다'는 것이 사실인지 날조인지를 두고 세 방향 싸움이 벌어졌다. 동생들은 또 이 하얀색이 언제 시작되었는지를 두고도 다투었다. 우리 엄마와 이웃들이 구토를 시키기 전인가 아니면 구토를 시키고 난 다음인가? 그러니까 엄마와 이웃 사람들이 구토를 시켰다는 말이다. 엄마가 가장 먼저 달려와 팔을 뻗어 나를 안았는데 나는 내 속에서 일어나는 일 때문에 엄마가 다가오는 소리도 못 들었다. 나는 엄마 잠옷 끝자락을 쥐고 잠옷을 따라 기어 잠옷의 배 쪽으로 조금씩 올라가면서 이제 내가 안전하리라는 걸, 혼자가 아니라는 걸 알았다.

하지만 엄마는 나를 살려주면서 동시에 닦달했다. 재빨리 몸 상태를 검사하면서 속사포처럼 질문을 쏟아부었다. 어디 베었니? 칼침을 맞았니? 뭘 먹었니? 뭘 마셨니? 누구 이상한 사람이 이상한 거를 줬니? 누구랑 싸웠니? 누구한테 머리를 얻어맞았니? 네가 믿는 친구들은 다 믿을 만하니? 무슨 독을 먹었니? 물론 비난도 따라왔다. "이렇게 될 줄 몰랐니? 다른 사람 남편을 훔치고 돌아다녔으니. 당연히 그 여자들이 너를 죽이려고 들지. 그렇게 세상일을 훤히 아는 척하면서 어떻게 그건 몰랐니?" 나는 엄마가 세상일이라고 하는 게 뭘 뜻하는지 몰랐다. 내가 아는 세상일이란 우라질 지옥, 우라질 지옥, 우라질 지옥이고 이 표현에 자세한 내용은 안 들어 있지만 이 표현 자체가 자세한 내용이다. 남편과 아내 들에 관한 엄마 말은 아직 끝난 게 아니었다. "이렇게 될 줄 몰랐니"가 계속 더 나오면서 내가 숱한 남편들과 불륜을 저지른다거나 가끔은 모든 남편들과 다, 가끔은 단 한명의 남편, 밀크맨과 불륜을 저지른다는 식으로 조금씩 변주되었다. "어리석은 것. 바보야! 바보!" 엄마가 울부짖었다. "열몇살밖에 안된 것이 네 나이 두배나 되는 사람하고!" 엄마는 여기에서 말을 멈추고 나를 화장실로 데려가려고 내 몸을 끌어당겼다. 그러는 한편 나를 나무라고 결론으로 비약하기를 계속하다가 암울하게 덧붙였다. "어쨌거나 이왕 이런 일이 일어났으니 그 아내들 이름 전부 나에게 말해야 해." 그러는 동안 나는 도저히 몸을 펼 수도 일어설 수도 없어 공처럼 웅크리고 있었다. 통증이 파도처럼 밀려오며 점점 심하게 아래쪽에서 위로 솟구치고 여기저기를 찌르면서 내 몸을 관통했다. 그래서 엄마가 공 상태의 나를 끌어올려 내 한 팔을 자기 목에 두르고 다른 손으로는 난간을 붙들라고 하면서 한편으로 무슨 독인지 말하라고 했다. "너한테 뭘 먹였니? 뭘 먹었는지 알아?" 나는 결국 힘을 쥐어짜서 말했다. "아내들 아녜요, 엄마. 남편 아녜요. 밀크맨과 불륜 아녜요. 독 아녜요." 엄마는 새로운 생각이 떠올랐기 때문에 내 말에는 귀를 기울이지도 않았고 그 생각에 충격을 받아 돌덩이처럼 굳어졌다.

"세상에!" 엄마가 소리쳤다. "사람들 말이 사실인가? 사람들이 하는 말이 정말이야? 그 사람, 반대자, '수배자 명단 꼭대기'에 있는 영리한 사람, 가짜 밀크맨이 널 수정시킨 거야?" "뭐라고요?" 엄마가 쓴 단어가 너무 이상해서 순간 무슨 뜻인지 알아들을 수가 없었다. "널 채웠냐고?" 엄마가 부연설명을 시작했다. "수태시켰냐고. 잉태시켰냐고. 결합시키고 골치 아프게 하고 당황하게 하고 씨를 뿌리고 후회하게 만들고 그런 일이 없었더라면 하고 빌게 만들었냐고 ─ 하느님 맙소사, 내가 내 입으로 말해야 해?" 아니 왜 입으로 말하지 않는 건데? 그냥 임신이라고 말하면 안되나? 그런데 엄마는 원래 그랬다. 나는 당장 내가 겪는 고통만도 감당이 안됐고 독을 먹고 아무 정신이 없어서 (그때는 내가 독을 먹은 줄 몰랐지만) 엄마의 완곡어법을 잘 이해할 수가 없었다. 엄마는 말하기 힘든 임신이라는 주제에서 이미 다음 주제로 넘어가 있었는데 엄마한테는 무시무시한 이야기를 끝도 없이 떠올리는 재주가 있기 때문이다. 다음 주제는 낙태였고 이것도 "구충제, 박하, 사탄의 사과, 조기 축출, 존재가 되는 과정의 실패" 등의 단어에서 유추해야 했는데 엄마의 이 말로 분명해졌다. "그래, 딸아, 이제 더이상 너한테 실망할 것도 없으니까 말해보렴. 뭘 구해서 먹었고 매춘부 이모 중에 누구한테서 받았니?"

처음 듣는 이야기였다. 나는 우리 지역에 매춘부 이모가 있다는 사실도 몰랐고 반대자들이 매춘부들을 내버려두거나 혹은 못 막는다는 사실도 몰랐다. 지식의 샘인 엄마가 어두운 세계에 대한 충격적인 사실을 내가 이미 알고 있다고 나무라면서 나한테 가르쳐주는 건 참으로 엄마다운 일이었다. 이때에도 엄마는 내가 사실을 말한다고 믿지 않았고 나에게 밀크맨 같은 사람과 엮이지 않을 만큼의 정신머리가 있으리라 생각하지 않았고 그래서 나도 엄마가 나를 믿게 만들려고 애쓰고 싶지 않았다. 내가 뭐 하러? 지난번에 그렇게 하려 했을 때 엄마는 나더러 거짓말쟁이라고 했고 내가 이미 진실을 말했는데도 진실을 말하라고 요구했다. 엄마는 진실을 원하는 게 아니었다. 오직 내가 소문을 시인하기만을 바랐다. 그러니 오해를 바로잡고 경련과 경직이 일어나고 몸을 펴지도 서지도 못하는 까닭이 독이나 엄마가 상상한 것 때문이 아니라 평소에 겪는 고통이 더 강력해진 것뿐이라고 설명해보아야 무슨 소용이 있겠나? 나는 밀크맨이 나를 스토킹 하고 추적하고 나에 대해 모든 걸 다 알고 기다리면서 점점 좁혀 들어오기 때문에, 이 지역 사람들이 나를 몰래 관찰하고 뒷이야기를 하는 게 너무 힘들기 때문에 아픈 거였는데. 그러니까 엄마와 나는 우리가 늘 그러듯이 서로 동문서답을 하고 있었지만 그래도 나는 그 외로운 순간에 어느 때보다도 더 엄마가 나를 믿어주고 나를 제대로 알아주기를 간절히 바랐기 때문에 다시 해명을 하려고 시도했다. "아내들 아녜요, 엄마." 내가 다시 입을 열었다. "남편도 태아도 매춘부 이모도 독도 자살도 아녜요." 마지막 것은 엄마가 그 가능성을 추가하는 수고를 덜어주기 위해 덧붙였다. "아니, 그럼 뭔데?" 엄마가 물었고 통증과 중독의 와중에도 나는 안도감과 위안이 내 몸 안에 내려앉는 것을 느꼈다. 엄마가 나를 비난하기를 잠시 멈추고 내가 진실을 말하고 있을지도 모른다고 생각했기 때문이다. 엄마를 사랑하기는 쉬웠다. 엄마를 사랑하기가 얼마나 쉬운지 가끔은 나도 느꼈다. 이어 그 순간이 지나갔고, 엄마는 머뭇거리고 찔러보고 들어올리고 나무라기를 그만두고 어린 동생들을 불렀다. 어린 동생들은 그때 이미 잠자리에서 나와 잠옷 차림으로 우리 뒤에 서 있었다.

엄마가 어린 동생들에게 거들라고 지시하자 당연히 어린 동생들은 너무나 기뻐했다. 어린 동생들은 극적인 사건을 좋아했고 특히 자기들이 참여하거나 아니면 구경이라도 할 수 있는 극적인 사건이라면 뭐든 좋아했다. 어린 동생들이 달려와 엄마 지시대로 나를 붙들었고 넷이서 나를 계단으로 끌고 내려가 화장실로 데려갔고 동생들이 일시에 손을 놓았다. 동생들이 손을 놓을 때가 됐다고 생각하고 놓아버리는 바람에 나는 엄마와 같이 바닥에 나동그라졌다. 넘어질 때는 아파서 비명을 질렀다. 그런데 곧 찬 바닥에 누워 있는 게 나쁘지 않다는 생각이 들었다. 차갑고 매끈한 화장실 바닥 느낌이 좋았다. 하지만 그것도 잠시였고 몸이 다시 요동을 치기 시작했다. 팔, 무릎에서부터 느낌이 오면서 엄청난 통증이 임박했음을 알렸다. 그러는 동안 엄마는 어린 동생들에게 지금 당장 엄마 방에 가서 뒷마당 약방 열쇠를 가져오라고 지시를 내렸다. 어린 동생들은 한덩이가 되어 달려나갔다. 어린 동생들은 늘 그렇게 움직인다. 엄마는 나를 돌아보고 내 배를 계속 누르면서 나한테 생각을 해봐! 생각해봐! 하고 말했다. "속을 태웠거나" "구충제를 먹었거나" "박하유를 먹은 게" 아니라면 뭔가 다른 걸 먹었니? 뭘 마셨니? 얼쩡거리면 안되는 사람이 주위에 얼쩡거렸니? 하지만 나는 대답을 할 수가 없는 상황이었다. 경련이 와서 이상한 자세로 몸을 욕조로 던졌다 바닥에 던졌다 변기에 던졌다 다시 바닥에 던졌다 하고 있었다. 뭔가 거대한 게 나오려는데 내 몸에 그걸 꺼낼 기운이 없는 것 같았다.

어린 동생들이 쩔렁이는 열쇠를 갖고 돌아왔고 엄마는 "금방 올게"라고 동생들에게 소리를 치며 벌떡 일어났다.

엄마는 동생들에게 언니 옆에 있으라고, 언니를 잘 보고 있으라고, 내가 뒤로 자빠지거나 잠이 들지 않는지 지켜보고 만약 시퍼레지거나 토하는 것 말고 다른 일이 일어나면 엄마를 부르라고 했다. 엄마는 밖으로 달려나갔고 동생들은 내 주위에 모여 섰는데 동생들 몸의 온기보다도 열의가 더 강하게 느껴졌다. 다시 잠시 통증이 잦아들어 이마를 차가운 바닥에 대고 있었기 때문에 동생들 모습이 보이지는 않았다. 잠시 휴지기일 뿐이라는 건 알았지만 그래도 다시 고통이 닥치기 전에 잠깐의 평화를 누리고 싶었다. 그런데 어린 동생들이 바로 깩깩거리기 시작했다. 동생들이 나를 흔들고 찔렀다. "그러지 마! 자면 안돼! 엄마가 그러면 안된댔어!"

엄마는 지독한 냄새를 풍기는 끔찍하게 생긴 거대한 약병을 들고 돌아왔다. 이웃 사람들도 술병, 종 모양 병, 녹색 갈색 노란색의 무시무시한 병, 연고, 미약, 물약, 약초, 가루약, 저울, 막자와 막자사발, 거대한 약전, '집안의 비약' 등을 들고 왔다. '병원에 안 가는' 상황이 일어났을 때 으레 그러듯 이웃 사람들이 느닷없이 나타났다. 엄마처럼 그들도 잠옷 소맷자락을 걷어붙이고 단단히 채비를 하고 있었다. 일단 이웃 여자들은 화장실에서 나를 둘러싸고 서서 회의를 했다. 내 위에서 오가는 대화를 나도 대부분은 들었고 못 들은 부분은 나중에 어린 동생들이 채워주었다. 여자들은 어떻게 대처할 것인가 토론을 했는데, 순수주의자들은 어떤 문제가 있는지 확실히 알기 전에 구토를 유도하는 것은 좋은 방책이 아니라고 했다. 다른 사람들은 좀 봐라, 지금 확실히 하고 자시고 할 시간이 없다, 성급한 감이 있더라도 임시변통을 해야 할 때라고 했다. "그러고 보니까," 이웃 사람 한명이 말했다. "이 증상은 언니가 독을 먹인 그 불쌍한 애랑 아주 비슷한데." "어떤 불쌍한 애?" 엄마가 말했다. 어린 동생들의 말에 따르면 이때 사람들이 목소리를 작게 낮추었다고 한다.

"바로 며칠 전에," 이웃 사람이 말했다. "이건 밖으로 나가면 안되는 얘기라, 몰랐던 사람들은 계속 모르는 척해야 돼. 사람들은 아직 모르니까. 사실은 어른인 소녀가 또일을 저질렀어. 자기 동생, 빛나는 애한테 독을 먹였지. 우리 중 몇몇이 가서 토하게 했는데 보아하니 상태가 심각했어." 이웃 사람들이 고개를 끄덕이는 걸로 보아 대부분이 그 자리에 있었던 것 같았다. 그런데 엄마는 몰랐다. 어린 동생들도 몰랐는데 이 소식에 동생들은 큰 충격을 받았다. 어린 동생들이 극적인 사건을 좋아하긴 하지만 알약소녀 동생을 극적인 사건보다 더 좋아했기 때문이다. 조금 전까지만 해도 한밤중에 어른들과 같이 이니드 블라이턴의 한밤중 모험에 버금가는 모험을 한다고 들떠 있었는데 알약소녀 동생이 독을 먹었다는 소식을 듣는 바람에 이제 엉망이 되고 말았다. 어린 동생들만 그런 기분인 게 아니었다. 알약소녀 동생은 반짝이고 사랑스러운 성격에 마음이 선하고 꾸밈이 없어서 누구나 그애를 좋아했고 화장실에 있는 사람들도 전부 그랬다. 그래서 그날밤 화장실에서 어린 동생들은 그 소식을 듣고 걱정하기 시작했고 엄마도 걱정스러운 얼굴이었다. 네 사람 다 충격을 받았다. 사실 여자들 전부 충격을 받았다. 다들 반짝이는 소녀에게 일어난 일 때문에 심각한 사념에 빠져 한없이 멍하니 서 있었다. 그 한없는 시간 동안에 별로 반짝이지 않는 다른 소녀가 발치에서 죽어가고 있다는 사실은 까맣게 잊었다.

그때 누군가가 말했다. "흥미로운 사실이긴 한데 내가 보기에는 이 케이스와는 달라." 이 말에 다른 사람들의 관심이 다시 바닥에 누워 있는 나에게로 돌아왔다. "그건 이것보다 훨씬 심했어." 그러자 이전 구토 현장에 있었던 다른 이웃들도 내 상태가 불쌍한 다른 애의 상태만큼 심하지는 않다고 동의했다. 하지만 그들은 내가 밀크맨 아내에게 보복을 당해 이 지경이 된 거라고 확고히 믿었기 때문에 알약소녀 동생의 상태와 비슷하다고 말해놓고도 그게 의미하는 바가 뭔지는 깨닫지 못했다. 엄마도 마찬가지였고 믿기지 않는 일이지만 그때는 나도 알약소녀와 관련이 있다고는 생각을 못했다. 땅바닥에 누워 알약소녀 동생이 겪은 일들을 생각하면서도 빤히 보이는 점들을 연결하지는 못했다. 가장 오래된 친구에게서 미친 언니가 동생에게 저지른 짓을 들었을 때 물론 안타깝기는 했지만 끔찍한 일을 겪은 사람 이야기를 남 얘기로 들으면서 안타까웠던 것이지 한순간도 내가 같은 경험을 하게 되리라는 상상은 못 했다. 그러니까 "그건 그렇고" 하는 식으로 가볍게 알약소녀 동생이 불쌍하다는 이야기가 나온 거였고 악의야 없었지만 진심으로 이해하고 공감해서 느낀 감정은 아니었다는 말이다. 나는 내 배가 아픈 건 당연히 신경 때문이고(밀크맨이 등장한 이래 최악의 통증이기는 했지만) 독이 원인일 가능성은 전혀 없다고 생각했는데 그때 엄마가 뚱딴지같이 병원 이야기를 꺼냈다. 엄마는 사회적 관습이 구급차를 부르는 걸 금한다고 해서 딸이 죽도록 내버려둘 수는 없다고 했다. 엄마 말은 폭탄이나 다름없었다. 이웃 사람들이 헉하고 숨을 들이마셨다. "그만해! 그만하라고!" 이웃 사람들이 엄마 입을 막으려고 했다.

"자기 미쳤어!" 이웃 사람들이 외쳤다. "생각해봐요. 병원에 데려가면 안돼. 뭔가 경찰에 보고할 만한 문제가 있을 때 병원에 가면 안된다는 관습도 있지만 그것보다도 자기네 딸을 병원에 데려가면 딸에 대한 소문이 앞질러 거기 도달할 것도 생각해야 해. 흉악한 경찰 조직이 자기도 아는 그 사람의 정부가 병원에 왔다는 첩보를 들으면 가장 미꾸라지 같은 반대자를 낚을 최상의 미끼를 잡았다고 생각할 거라고." "그게 전부가 아닐걸." 다른 이웃이 말을 이었다. "자기네 딸은 어리니까 겁을 줘서 조종하기도 쉽다고. 겁을 주고 옭아매고 연루시키고 왜곡할 거고 ─아, 길거리 개보다도 못한 놈들─ 그자들 말을 안 듣고 버틴다고 해도 살아남을 수 없다는 거 알잖아. 여기에서는 밀고자라는 한점의 의혹만으로도 충분하니까."

"게다가 자기 생각도 해야지."또다른 사람이 끼어들었다. "불쌍한 과부, 딸밖에 없는데다 남편은 죽었고, 아들 하나는 죽고 다른 아들은 도망갔고 다른 아들은 모험을 떠났고 또다른 아들은 뭔가 일이라도 꾸미는 듯 이 지역을 들락날락하니. 게다가 큰딸은 말할 수 없는 슬픔에 빠져 있고 둘째 딸은 반대자들이 추방했고 셋째 딸은 완벽하게 완벽하지만 이 지역에서 공식적으로 가장 입이 건 욕쟁이고. 게다가 이 딸은 배신자로 찍힐 가능성이 높고. 또 어린 딸들도 생각해야지 ─ "이웃들은 옆에 서서 지금 오가는 모든 말을 전부 새겨듣고 있는 어린 동생들을 가리키며 말했다. "안될 일이야."이웃들이 고개를 저었다. "병원은 안돼. 얘는 버텨야 돼. 버텨내야 돼."이웃 사람들은 단호하게 말했다. "걱정 말아."이웃 사람들은 엄마의 등을 두드리고 어깨를 감싸안았다. "우리도 어떻게 해야 하는지 다 아니까. 자기 포함해서 우리 모두 전에 여러차례 임기응변 민간요법 써봤잖아."

나도 동의했다. 나에 대한 소문이 나를 앞질러 갈까봐서 동의한 것은 아니었다. 사실 소문이 나를 앞서간다면 그건 오직 이웃 사람들이 소문을 만들어 퍼뜨렸기 때문이다. 애초에 밀크맨이 나를 그런 자리에 갖다놓겠다고 결심하지 않았다면 자기도 아는 그 사람의 정부 어쩌고 하는 소문은 생기지 않았을 것이다. 그런데다가 이곳은 의심, 추측, 부정확에 열광하고 모든 것이 뒤죽박죽이고 제대로 이야기를 하는 것도, 안하고 가만히 있는 것도 불가능한 곳이라 뭐라 말하건 말건 무조건 그게 진리가 되었다. 우리 공동체에서 그 진리를 믿으니 우리를 경멸과 편견으로 대하는 국가에서야 당연히 아무리 말도 안되는 이야기라도 사진 찍고 파일에 넣고 확대해석하고 사실로 믿지 않겠나? 사실 밀고자로 만들려고 마음먹으면 병원에 가거나 안 가거나 얼마든지 만들 수 있다. 경찰이 언제든 데려가서 변절시키려고 할 수 있다. 구급차를 불렀건 안 불렀건 상관없다. 구급차를 부르는 게 사실은 문제가 아닌데도 그때는 문제인 것으로 결론이 났기 때문에 문제인 것이었다. 어쨌거나 나는 구급차도 병원도 원하지 않았다. 그럴 필요가 없었다. 왜냐하면 ── 벌써 몇번째 이 이야기를 하는지 모르겠는데 ── 독 때문에 아픈 게 아니었기 때문이다. 하지만 이웃 사람들 생각은 달랐다. 이웃 사람들은 구토를 시켜야 한다고 했고 내 장을 다 뒤집어 꺼내놓으면 목숨을 건질 수 있을 거라고 했다. "몸이 뭔가 배출하려고 하는 것처럼 보이니까. 우린 그냥 거들기만 하는 거야." 그래서 구토와 장 뒤집기가 실시되었다.

이웃 사람들이 일에 착수했고 내 입안에 구토제를 얼마나 많이 처넣었는지는 몰라도 지독한 구토가 시작되었다. 밤새도록 온갖 것을 배 속에 집어넣은 다음 다시 온갖 것을 끌어올리기를 반복했고 그사이에 나는 딱딱하게 굳은 나무토막에서 축 늘어진 인형 사이를 최소 열일곱번 오갔다. 처음에는 정신을 다른 데에 쏟아 현실에서 거리를 두려고 필사적으로 이번이 몇번째 구토인지 수를 세는 것에 집중했다. 어린 동생들 말이 내가 처음에는 큰 소리로 셌는데 그다음에는 몇까지 셌는지 잊어버렸는지 아니면 웅얼거리며 세었는지 수 세는 소리가 안 들렸다고 했다. 목과 배가 찢어지는 느낌이었는데 독을 먹은 줄 몰랐던 나는 그게 불쾌하지만 정상적인 구토 과정에서 으레 일어나는 일이라고 생각했다. 마지막으로 먹은 음식을 다 토했을 때 이제 나올 게 담즙밖에 없을 줄 알았다. 아니었다. 처음에는 위장 안에 있던 게 나왔다. 다음으로는 한참 아래 장 속의 갈색 액체가 여러차례에 걸쳐 나왔다. 더이상 갈색 액체도 올릴 수 없을 때에야 담즙이 나왔다. 그러고도 끝이 아니었다. 헛구역질이 있었다. 헛구역질이 한도 없이 계속되었다. 중력을 거스르는 여러 단계를 겪으며 나는 어서 눈을 감게 해달라고 빌었다. 사실 눈을 뜰 힘도 없었다. 자고 싶어. 나는 생각했다. 눕고 싶어. 죽고 싶어. 왜 죽도록 내버려두지 않지? 누워야 돼. 죽어야 돼. 그날밤 우리집 화장실에서 내가 죽는다면 그 까닭은 독이 아니라 나를 자꾸 토하게 하며 기도를 드리는 여자들 때문일 것 같았다. 여자들은 쉬지 않고 분주히 움직였다. 두조로 나누어서 한조는 구토를 담당하고 다른 조는 기도를 담당했다. 그러고 나서 조를 바꾸어 다시 하기를 한참 반복했다. 그러다 내가 완전히 탈진한 다음에야 견딜 만한 순간이 조금씩 찾아왔다. 구토약을 먹고 독을 몸에서 게우자 짧은 소강상태가 왔다. 나중에는 소강상태가 조금씩 길어졌다. 그러다가 이웃 사람들이 다음 단계를 위해 물러서고 나서야 나는 아무에게도 시달리지 않고 혼자 바닥에 누울 수 있었다. 나는 누워서 화장실 바닥을 곰곰이 쳐다봤다. 바닥에 얇게 쌓인 먼지, 머리카락, 내가 토하다 흘린 것 등을 보면서 이 세상에서 유일하게 진실한 것은 바닥의 상태와 먼지 등이 아닌가, 오직 이런 것만이 나를 지탱하는 게 아닌가 하는 생각을 했다. 가끔은 생각이 바뀌어 욕조 둘레의 판이나 변기나 이따금 내 모습을 비추는 화장실 벽도 나를 지탱해준다고 믿을 수 있으리란 생각이 들었다.

처음 정신을 차렸을 때는 대낮이었는데 내가 침대에 누워서 프랑스어 동사 에트르*를 머릿속으로 활용하고 있었다. 인칭, 시제, 격에 따라 활용했다. 두번째로 깼을 때도 침대 위였고 만약 그가 나에게 접근하는 것만으로 이런 영향을 미칠 수 있다면 그 사람에게서 벗어난다는 게 과연 가능할까 하는 생각이 들었다. 세번째로 깼을 때는 프루스트가 나오는 꿈인지 악몽인지를 꾸다가 깬 거였고, 꿈속에

* être. 영어의 be동사에 해당하는 프랑스어 동사.

서 프루스트는 뭔가 구린 데가 있는 현대 작가로 세기말 작가인 척하다 고소를 당했는데 고소한 사람이 나인 것 같았다. 그때 다시 잠이 들었고 마지막으로 깼을 때는(이렇게 설핏 깼다 다시 까무룩 잠들기를 반복하다가 마침내 완전히 깼을 때는) 이제 고비를 넘겼고 회복기에 접어들었다는 생각이 들었다. 어떻게 알았냐면 프레이 벤토스* 때문이었다. 머릿속에 프레이 벤토스 스테이크앤드키드니 파이의 환상이 생생하게 펼쳐졌다. 찬장에서 통조림을 꺼내 뚜껑을 따고 오븐에 넣었다. 다음에 접시, 나이프, 포크, 차 한잔을 식탁에 차렸다. 침대에 누워 상상만 하는데도 파이 냄새 때문에 입에 침이 고였다. 하느님 감사합니다, 다음 순간에 파이가 다 데워졌다. 기절할 듯한 기대감에 휩싸여 오븐에서 파이를 꺼내 입에 집어넣으려는데 침실 문이 왈칵 열렸다. 어린 동생들이었다. 언제나처럼 한덩이로 방 안에 들어왔다.

"언니 깼어!" 동생들이 소리를 질렀는데 자기들끼리 소리를 지른 게 아니라 내 얼굴에 대고 소리를 질렀다. 동생들은 엄마는 외출했고 자기들이 책임을 맡았다고 선언했다. 동생들은 내가 하면 안되는 일을 열거했는데 침대에서 떨어지는 것, 침대에서 나오려고 하는 것, 먹거나 마시는 것, 싸돌아다니는 것이 금지되었다고 했다. 그때 동생들이

* 고기 통조림 브랜드.

334

내가 토했던 날의 일을 이야기하고 내 신음소리를 흉내 냈다. 다음에는 병적으로 창백했던 내 얼굴색 상태를 거론하며 옥신각신했는데 그때 내가 말을 끊고 너무 배가 고프다며 담요를 걷고 침대에서 나가려 했다. 그러자 꺅꺅거리는 소리가 났다. "그건 금지야!" 동생들이 소리쳤다. "엄마가 그랬어!" 그래서 내가 말했다. "알았어. 그럼 뭐 먹을 거 없어? 가서 먹을 것 좀 찾아봐." 하지만 동생들은 나를 밀어서 도로 눕히고 이불로 덮어버렸다. 내 주의를 다른 데로 돌리기 위해서인지 반대자들에 대한 흥미진진한 이야기를 해주겠다고 했다. 오늘 오전에 내가 자고 있을 때 우리 구역 무장단체 반대자들이 집에 왔다고 했다.

어린 동생들이 초인종 소리를 들었다. 엄마와 어린 동생들이 문을 열었다. 남자들이 문 앞에 서 있었다. 남자들은 낮은 목소리로 지역에 무슨 일이 일어났기 때문에 나에게 물어볼 것이 있다고 말했다. 엄마가 말했다. "개하고는 얘기할 수가 없겠는데요. 아파서 침대에 누워서 자거나 아니면 프랑스어를 지껄이면서 회복 중이에요. 무슨 일인데요? 말해봐요." 남자들은 애들은 들여보내라고 했다. 엄마는 어린 동생들에게 대화에 낄 생각 말고 뒤쪽 거실로 가서 문을 닫으라고 했다. 엄마가 빨리 들어가라고 동생들을 안으로 밀었다. 어린 동생들은 집 앞쪽 응접실로 몰래 기어들어가서 커튼이 쳐진 창문에 귀를 대고 대화를 엿들었다. 그런데 반대자들이 뭐라고 하는데도 여전히 낮은 목소리로 웅얼거려서 잘 안 들렸다.

"아니 그래서 그때 걔가 술집에 있었으면 뭐요?" 엄마가 말을 자르고 말했다. "그 술집 가는 사람이 어디 한둘이에요? 이 지역에서 제일 인기 있는 술집이잖아요. 우리 애가 거기 있었다고 그런 걸 알겠어요?" 엄마가 나는 독을 먹고 나흘째 침대에 누워 있다고, 구토를 시킨 여자들한테 가서 물어보라고 하자 반대자들은 일단 지금은 그냥 가겠으나 이웃 여자들하고 이야기해보겠다고 — 만약 여자들의 증언이 만족스럽지 않으면 다시 돌아올 거라고 했다. 반대자들은 돌아갔고 엄마는 무슨 일이 있었길래 그러는지 알아보러 이웃집으로 간 참이었다. "우리가 재미있게 해줬으니까 이번엔 가운데언니 차례야." 나는 그 이야기를 들으며 불안에 떨었는데 무슨 근거로 재미있게 해줬다고 하는지는 알 수 없지만 어린 동생들은 그렇게 말했다. "책 읽어줘." 그러면서 동생들이 들고 있던 책들을 내밀었다. 엄마 침대 옆 책 무더기에서 가져온 『엑소시스트』, 어디에서 가져왔는지 알 수 없는 『파우스트 박사의 삶과 죽음에 관한 비극적 이야기』 그리고 『이게 민주주의라니!』를 어린이용으로 각색한 책이었다. 이 책의 시작 부분은 이랬다. "오년 전까지만 해도 수색영장 없이 수색하고 체포영장 없이 체포하고 기소 없이 감금하고 재판 없이 투옥하고 태형으로 처벌하고 교도소 면회를 금지하고, 영장 없이 체포당하고 기소 없이 감금당하고 재판 없이 투옥당하여 교도소에서 사망한 사람의 죽음을 조사하지 못하게 금지했던 나라가 어디인가?"정말 기이한 어린 자매들이야, 나는 생각했다. 셰익스피어를 너무 많이 읽었나. 진짜 밀크맨 말이 맞아. 엄마와 이야기를 해봐야 겠어. 그때 동생들은 책을 내 몸 위에 올려놓고 내 싱글 침대로 올라와 이불 속으로 기어들어왔다. 가장 어린 동생은 머리맡으로 와서 팔을 죽 뻗어 나를 끌어안았고 가장 큰 어린 동생과 중간 어린 동생은 내 발치에 끼어 앉아 손을 맞잡고 내가 책을 읽어주기를 기다렸다.

　그날 늦게 어린 동생들은 놀러 나가고 엄마는 돌아와 있을 때 엄마가 위층으로 올라왔다. 엄마의 심각한 표정으로 보아 나쁜 소식이 또 있다는 걸 알았다. 엄마가 말했다. "사람들한테 독을 먹이고 다니는 불쌍한 소녀 말이야── 죽었단다. 구역 입구 언저리에서 목이 잘린 채로 죽어 있는 걸 순찰하던 군인들이 발견했다니 누군가가 죽인 거지."내 첫 반응은 "뭐라고요? 말도 안돼. 그가 사람들을 죽이려고 하는 사람인데 어떻게 자기가 죽을 수가 있지?"라는 빤한 반응도 "누가 죽였어요?"라는 단도직입적인 질문도 아니었다. 엄마 말을 듣고도 알약소녀가 살해당했다는 사실이 머릿속에 들어오지 않았기 때문이다. 알약소녀라는 말을 듣는 순간 내 머릿속이 뒤죽박죽되었다. 으악, 그가 또 일을 저질렀나보다 생각했다. 이번에는 누구한테 독을 먹였을까? 사실 그건 딱히 궁금하지도 않았는데 이런 일이 이렇게 오래 지속되다보면 결국 무뎌지기 때문이

다. 누군지는 몰라도 독을 먹은 사람이 불쌍하다고는 생각
했지만 가장 오래된 친구한테 알약소녀 동생이 독을 먹었
다는 이야기를 들었을 때와 비슷한 불쌍한 느낌이었다. 이
때에도 거리를 두고 깊이 생각하지는 않는 안타까움, 정말
내 일이라고 생각하지는 않는 안타까움이었는데, 그 순간
벼락 맞은 듯 독을 먹은 사람이 바로 나라는 걸 깨달았다.
어떻게 그걸 몰랐지! 이런 바보가 있을 수 있나! 너무나 명명백백
하고 불 보듯 뻔한 일이었다. 알약소녀가 내 잔에 독을 넣
은 것이었다. 그날 알약소녀가 술집에 있었다. 술집에서
나한테 다가와서 내가 밀크맨과 공모해 자기를 비롯해 여
러 사람을 죽였다며 나를 몰아세웠다. 익히 알려진 알약소
녀의 새로운 수법은 환상적이고 창의적인 이야기를 끝없
이 늘어놓는 것으로, 그렇게 해서 목표물이 홀린 듯 이야
기에 빠져들게 만드는 식이었다. 목표물은 알약소녀 이야
기에 정신이 팔려서 알약소녀의 수법과 숱한 독 살포 이력
을 알면서도 알약소녀의 손이 무슨 짓을 하는지를 알아차
리지 못한다. 그게 알약소녀가 노리는 것이었다. 아주 재
빠르고 교묘하고 비밀스레 주변에 섞이고 녹아들어 사라
진다. 어떤 사람들은 알약소녀가 선천적으로 공격적 페미
니스트 성향을 타고난 교활한 작은 사람이라고 했다. 다만
진짜 페미니스트인 문제 여성들은 알약소녀가 페미니스
트가 아니고 정신적으로 병들어 있다고 했다.

　문제 여성들은 알약소녀가 젠더 불평등이라는 문제뿐

아니라 온갖 종류의 부당함을 다 끌어들여 광기를 은폐한다고 말했다. 광기를 감추려고 다른 사람들이 교육, 직업, 가정생활, 성생활, 종교, 건강, 포식, 단식, 육아, 독립투쟁, 정부 행정 등 온갖 것을 내세우는 것과 마찬가지라고. 다만 이 불쌍한 여자는 그걸 집단적으로 하는 게 아니라 혼자서 하는 것일 뿐이라고 문제 여성들은 결론을 내렸다. 그래서 문제 여성들은 반대자들을 찾아가 지금 하는 행동을 멈추라고 알약소녀한테 경고를 해보아야 소용이 없다고 말했다. 알약소녀는 자기 행동을 스스로 멈출 수 없으니 (반대자 방식이 아니라 다른 방식의) 개입이 필요하다고 했다. 또 덧붙여서 반대자들이 이 지역의 통치자를 자임했으니 알약소녀는 자기들 문제 여성들에게 맡기고 반대자 내부 누군가를 조사하는 게 어떻겠냐고 제안했다. 문제 여성들은 그쪽 소속 중년 남자 하나가 젊은 여자들에게 추근대며 그네들을 괴롭히고 있으니 뭔가 조치를 취하는 게 좋을 거라고 말했다. 반대자들은 자기들은 그런 애매한 소리에는 관심 없고 이래라저래라 하는 것도 듣지 않겠다고 대답했다. "당신들이 전에 알약소녀한테 접근해봤잖소. 이미 실패했고 우리가 듣기로는 당신들도 독을 먹었다던데. 그러니까 나가보쇼. 우리가 알아서 할 테니." 반대자들이 늘 써오던 확실한 방법으로 이 일을 처리하겠다는 말이었다.

알약소녀가 너무 많은 사람에게 독을 먹였으니 이제 더

이상 내버려둘 수 없다고 반대자들이 이미 확실하게 경고했으나, 그래도 알약소녀는 독을 먹었다. 게다가 나 말고 가장 최근에 독을 먹은 사람이 또 있었다. 나 다음에는 어떤 남자가 독을 먹었는데, 알약소녀는 그 남자가 (확실하지는 않지만 아마) 히틀러라고 생각해서 독을 먹였고 남자의 아내와 이웃 사람들이 밤새도록 구토를 시켰다고 한다. 그러고 나서 아내가 반대자들에게 찾아가 알약소녀가 무슨 짓을 했는지 고발했다. 그런데 반대자들이 행동에 나서기 전에 누군가가 먼저 손을 쓴 것이다. 엄마가 유비통신을 통해 이 이야기를 듣고 충격에 빠진 상태로 돌아와 내 방 의자에 앉아 나에게 말해주었다. 엄마는 반대자들이 우리집에 찾아온 건 이제 그들의 목표가 알약소녀를 죽이는 것이 아니라 누가 알약소녀를 죽였는지를 알아내는 것으로 바뀌었기 때문이라고 했다. 최근에 알약소녀와 접촉한 사람은 모두 반대자들에게 가서 결백을 입증해야 한다고 했다. 나는, 며칠 전에 술집에서 알약소녀와 이야기를 나누는 게 목격되었지만 이 의무에서 면제되었고 히틀러로 오인된 남자도 마찬가지라고 했다. 반대자들이 찾아왔을 때 침대에서 나올 수 없는 상태였기 때문이었다. 독을 먹은 남자는 꿈쩍 못하는 상태였다고 남자의 가족과 구토를 시킨 여자들이 증언했기 때문에 알약소녀를 죽이지 않았다는 것을 입증할 수 있었다. 나에 대해서도 우리 가족과 구토를 시킨 여자들이 같은 사실을 증언할 수 있다고 우리 엄마가 우리집 현관에서 반대자들에게 말했다.

반대자들은 알약소녀가 살해되었을 때 내가 자리보전하고 있었음을 확인했는지 다시 집에 찾아오지 않았다. 그런데 이상하게도 아직도 나는 알약소녀가 죽었다는 사실을 받아들이지 못한 상태였다. 대신 엄마가 나에게 악착같이 고집을 부리고 있었기 때문에 나도 엄마에게 악착같이 고집을 부렸다. 엄마는 히틀러로 오인된 남자에게 독을 먹인 사람이 알약소녀라는 사실은 받아들였으나, 내가 밀크맨과 얽혔다는 루머에 대한 믿음이 너무나 확고하고 나에 대한 믿음은 너무나 약한 탓에 나도 알약소녀에 의해 중독이 되었다는 사실은 도무지 받아들이지 못했다. 나는 그 끔찍한 밤의 일이 알약소녀 때문이고 밀크맨이 나에게 끼친 영향과는 상관이 없다는 사실에서 안도감을 느끼면서도 동시에 엄마가 눈앞에 환히 보이는 사실을 못 보는 것에 점점 짜증이 치밀었다. 엄마가 계속 알약소녀의 죽음을 안타까워하며 이 구역에서 일어난 중독사건 열건 가운데 여덟건이 "불쌍한 알약소녀"의 소행이라는 사실은 까맣게 잊은 듯 말하길래 나는 참지 못하고 쏘듯이 말했다. 딱 맞는 말은 아니지만 그래도 그 상황에서 할 수 있는 말이었다. "엄마, 그 사람 어린 여자가 아니라고요. 나보다 나이 많아요. 어른이에요!" 엄마는 이렇게 대답했다. "아, 내 말이 무슨 뜻인지 알잖니. 아주 작고 조그만데다 어딘가 잘못된 사람이란 걸 다들 알았잖아. 죽지 않았다 하더라도 그 작은 아이는 영영 자라지 않았을 거다." 그 순간이었다. 그제야 나는 비로소 알약소녀의 죽음을 실감했다.

엄마는 걱정하고 있었다. 반대자들이 알약소녀를 죽인 게 아니라면(반대자들은 자기들이 죽이지 않았다고 했는데 만약 그들이 죽였다면 전부터 알약소녀를 죽일 거라고 공포하고 돌아다녔으니 안 죽였다고 말할 이유가 없었다) 평범한 살인이 일어났다는 뜻이었다. 평범한 살인은 섬뜩하고 불가해한 것이고 여기에서는 일어나지 않는 종류의 살인이다. 이곳 사람들은 그런 살인을 어떻게 받아들이고 분류하고 토론해야 할지 몰랐다. 이곳에서는 정치적 살인만 일어나기 때문이다. '정치적'이란 당연하지만 국경과 관련된 모든 것에 얽힌 살인이다. 국경하고 아주 조금이라도 관련이 있는 것, 아무리 뒤틀린 관련이라도, 세상 다른 곳 사람들에게는 전혀 무관해 보이는 관련이라도 있다고 해석될 여지가 있는 모든 것이 여기 포함됐다. 정치적인 것과 무관한 죽음이 일어나면 사람들은 당황하고 불안해하고 어떻게 받아들여야 할지 난감해했다.

"세상이 어찌 되려고 이러는지 모르겠다." 엄마도 걱정하는 기색이 역력했다. "우리가 '물 건너' 나라가 되고 있는 것 같아. 거기서는 온갖 일이 일어나지. 평범한 살인도 일어나고. 부도덕한 일들도. 거기 사람들은 결혼하고도 바람을 피우고 그래도 배우자들이 신경도 안 쓰는데 자기들도 바람을 피우기 때문이란다. 그러려면 대체 왜 결혼을 하지? 왜 결혼하는지도 말 안해. 그러고는 툭하면 이혼하고, 아니면 굳이 이혼할 필요도 없다면서 자기 자식하고 결혼을 해. 자기 자식하고 애를 낳고. 남의 집 애들을 납치하고. 거기에서는 집 밖에 나왔다 하면 바로 성범죄에 휘말리는 거야." 엄마가 이 정도로 충격에 휩싸여 히스테리에 빠지는 건 처음 본 것 같았다. 평범한 살인에 익숙하지 않은 사람들이 평범한 살인을 맞닥뜨리면 이런 일이 일어나는가보다 싶었다. "엄마." 나는 엄마를 진정시키려고 말했다. "엄마! 엄마!" 엄마는 어리둥절한 듯 고개를 쳐들었고 정신을 차리려고 애쓰는 것 같았다. "엄마, 계속 말해주세요. 알약소녀 얘기 또 들은 거 있어요?"

엄마는 국가경찰이 수사를 시작했지만 이 지역 사람들이 함부로 입을 열지 않으려 한다는 것 말고 다른 얘기는 못 들었다고 했다. 어떤 사람은 앞뒤가 안 맞는 말을 하고 어떤 사람은 딴소리를 늘어놓아 경찰의 시간만 뺏었다고 했다. 당연히 저격수들이 경찰을 쏘려고 준비를 했다. 그런데 중무장 순찰대가 저격부대를 대동하고 와서 시체를 가지고 갔다. 경찰이 떠나자마자 사람들은 입을 열고 쉴새 없이 떠들기 시작했다. "평범한 살인일 리가 없지. 여기서는 평범한 살인은 안 일어나. 분명 정치적 살인인데 어떤 면에서 정치와 연결되는지 아무도 모르는 것뿐이야." 이런 말들을 계속했다. 그런 상황이었다. 아니, 거의 이주쯤 시간이 흐른 뒤에 튀김가게에 가기 전까지 나는 그런 상황인 줄만 알았다.

중독에서 회복하고 난 뒤 나는 쉴 새 없이 먹었다. 안 먹을 때에도 끝없이 먹는 생각만 했다. 머릿속에서 달콤하고 맛난 것들의 특수효과 쇼가 펼쳐졌다. 프레이 벤토스뿐 아니라 팔리스 아기 과자, 슈거 퍼프, 정어리 토마토소스 통조림, 커스터드크림 비스킷 샌드위치, 마스 초코바 샌드위치, 감자칩 샌드위치, 월럭,* 족발, 덜스,** 볶은 간, 오트밀에 젤리사탕 넣은 것 등등 어릴 때 먹던 간식들이 주로 생각났는데 아프기 전에는 역겨워서 거들떠도 안 보던 음식들이었다. 그러다가 갑자기 감자튀김이 먹고 싶어졌고 그것 말고는 아무것도 먹기 싫길래 아, 이제야 제대로 된 음식이 생각나는구나 싶었다. 이제 정상이 되어가는 것 같았다.

나는 늘 그러듯 밀크맨이 갑작스레 나타날까봐 전전긍긍하며 집을 나섰는데 튀김가게에 도착할 때까지 밀크맨은 보이지 않았다. 튀김가게의 작은 문을 열자 맛있는 튀김 냄새가 확 풍겼다. 냄새를 탐닉하느라 처음에는 주변의 어색한 분위기를 알아차리지 못했다. 나중에 생각해보니 내가 머리가 제대로 돌아갔다면 독약을 먹어서 아팠다는 걸 금세 알았을 텐데 한참 뒤에야 깨달은 것하고 비슷한 일이었다. 튀김가게 상황도 딱 그랬다.

* 아일랜드에서 쇠고둥을 이르는 말.
** 아일랜드 및 스코틀랜드 해안에서 나는 식용 홍조류.

사람들이 길게 줄을 서 있길래 가게 벽 두면을 따라 이어진 줄 끝에 가서 섰다. 곧 다른 사람들도 들어와 내 뒤에 섰다. 대부분 얼굴은 알지만 말은 하지 않고 지내는 사람들로 저녁 먹으러 온 중년 여성들, 남자들, 아이들, 십대들이 있었다. 하지만 나와 친분이 있는 사람은 없었다. 줄을 서서 냄새를 즐기며 머릿속으로 '즈 쉬, 즈 느 쉬 파'* 하며 프랑스어 동사 활용을 연습하는 동시에 속으로 내 앞에 몇 명이 있는지도 헤아렸다. 그런데 수를 헤아리는 도중에 사람들이 한둘씩 줄에서 빠져나갔다. 가게 밖으로 나간 사람도 있고 옆으로 물러서거나 가게 구석으로 간 사람들도 있었다. 그렇게 내 앞에 있던 사람 열아홉명이 하나둘씩 빠져서 나는 예상한 시간보다 훨씬 빨리 계산대에 도달했고 그러고 보니 내 뒤에 서 있던 사람들도 사라지고 없었다. 나만 줄에 남아 있었는데 희한하게도 튀김가게 한쪽에 새로 다른 줄이 생긴 것 같았다. 카운터 너머에서 큼직한 흰 앞치마를 두른 여자 종업원 한명이 내 앞으로 다가와서 섰다. 종업원은 허리에 손을 얹은 채로 나에게 뭘 먹겠냐고 묻지도 않고 멀뚱히 서 있었고 내가 주문을 하는데도 나를 똑바로 보지 않고 내 머리 옆쪽 어딘가를 쳐다보는 것 같았다. 나는 딱히 불안하거나 그러지는 않았지만 뭔가 이상한 기분이 들어서 종업원이 나와 어린 동생들이 먹을 감

* je suis, je ne suis pas. '나는 ……이다, 나는 ……가 아니다'는 뜻의 프랑스어.

자튀김을 가지러 간 사이에 주위를 흘깃 둘러보았다. 그때 주변이 유별나게 조용하다는 것을 깨달았는데 내가 이 구역에 계속 살았고 어릴 때부터 무의식적으로 이곳의 분위기와 리듬과 흐름에 익숙해져 있었음에도 불구하고 이상한 점을 그렇게 뒤늦게 알아차렸다니 최근에 크게 아팠기 때문에 그랬다고밖에는 설명할 수 없을 것 같다. 내 뒤쪽에서 적막이 파르르 진동하는 걸 느끼고 나는 가슴이 벌렁거렸으나 차마 뒤를 돌아볼 수가 없었다. 밀크맨이 온 건 아니겠지. 제발 밀크맨만은 아니었으면. 마침내 뒤를 돌아보았는데 밀크맨이 아니었다. 모든 사람들이었다. 가게 안에 있는 사람들 전부가 나를 보고 있었다.

내가 돌아보자 어떤 사람들은 얼른 눈을 깔고 땅을 내려다보거나 시선을 돌려 자기 손을 보거나 카운터 옆 벽에 걸린 메뉴판을 쳐다보았다. 다른 사람들은 도전적인 눈빛으로 나를 빤히 보길래 나는 속으로 맙소사, 이번에는 또 내가 무슨 짓을 저질렀다고들 하는 거지? 생각했다. 그 순간 나도 알았다. 알약소녀 때문이라는 것을. 내가 알약소녀가 준 약을 먹었다는 소식을 이제 다들 들었을 테지만 그것 때문은 아니었다. 알약소녀가 죽었기 때문이었다. 하지만 나는 속으로 다들 대체 머리가 있나, 아파서 누워 있던 내가 어떻게 그 일하고 상관이 있다는 건가 싶었다. 그때 종업원이 돌아와 카운터 위에 내가 주문한 감자튀김을 놓았다. 나는 봉지를 집으면서 돈을 건네려고 주머니를 뒤

적였다. 그런데 여자가 가버렸다. 넓은 등을 보이며 저 멀리 가더니 다른 종업원 뒤로 가서 말없이 섰다. 다른 사람 주문을 받으려고 하지도 않았다. 다른 손님들도 아무도 주문을 하려고 하지 않았다. 다들 다음 일을 기다리고 있는 것 같았다.

반대자들은 알약소녀를 죽이지 않았다고 했다. 그들은 누가 알약소녀를 죽였는지 알아보려고 조사를 하고 다녔다. 그러다가 갑자기 때마침 국경 지역에서 다급한 교전이 벌어졌다면서 그 문제에서 손을 뗐다고 한다. 하지만 그들은 절대 흐지부지 물러서는 법이 없는 사람들이다. 그게 그 사람들의 특징이고 주특기이고 영업 방식이다. 그래서 사람들은 알고 보니 알약소녀를 죽인 게 반대자들 중 한 사람이었기 때문에 수사를 접었을 것이라고 결론을 내렸다. 반대자들이 무섭고 세세하고 철저하게 조사하다가 갑자기 잠잠해지더니 조용히 손을 뗐다는 것, 또 반대자들이 자기들이 저지른 일은 보통 했다고 인정하는데 이 일에 대해서는 아무 말도 없는 것으로 보아, 알약소녀는 정치적으로 살해된 것이 아니었다. 국경과 관련된 동기가 없다는 말이었다. 나라를 구하고 지역을 수호하고 반사회적 행동을 저지하기 위해서 죽인 게 아니었다. 밀크맨의 짓이었다. 밀크맨이 죽였다. 정치가 아니라 평범한 이유로 죽였다. 알약소녀가 나를 죽이려고 했던 게 못마땅해서 죽였다고 사람들은 믿었다.

그게 사실일 수도 있고 아닐 수도 있겠지만 튀김가게는
사실이라고 생각했고 그렇게 확신하는 사람들에 둘러싸
여 있다보니 나도 그게 사실인 것 같다는 생각이 들었다.
우리 공동체 최고의 영웅이 추악하고 평범한 살인을 저질
렀다. 낯짝 두꺼운 여자 하나의 앙갚음을 해주려고. 이제
나도 알 건 안다. 그러니까 사람들은 보통 약간 뒤죽박죽
으로 약간 엇갈려서 살기 마련이지만 그렇다고 삶이 속수
무책으로 돌아가는 건 아니고 원래 그러기 마련인 식으로
돌아간다는 사실을 안다는 말이다. 그러다가 알거나 모르
는 사이에, 동의했거나 안했거나, 상황이 완전히 뒤집히는
일이 일어난다. 한가지만 달라지는 게 아니라 여러면에서
크게 달라진다. 이 일 전에는 머릿속이 혼란스럽고 배가
아프고 다리가 부르르 떨리고 열쇠 구멍에 열쇠를 넣을 때
손이 덜덜 떨리곤 했다. 집 안에 있을 때에는 밀크맨이 내
옷장 안에 있는 건 아닌가, 찬장에 있는 건 아닌가, 내 침대
밑에 있는 건 아닌가 하는 피해망상에 시달렸다. 밀크맨
이 점점 가까이…… 가까이…… 더 가까이 다가왔지만 나
는 그전까지만 해도 그의 낙인이 다가온다고 생각했지 나
에게 이미 낙인이 찍혔다고는 생각을 못했다. 가장 오래된
친구가 이렇게 경고했었다. "너는 속을 알 수가 없어. 읽히
지가 않는다고. 사람들은 그걸 싫어해. 너는 고집이 세고 가
끔은 말도 안되게 멍청하게 굴잖아. 네가 속을 비치지를
않으니까 사람들이 너에 대해 부정적인 선입견을 갖게 되

는 거야. 그러면 위험해. 특히 이렇게 민감한 시기에는 네가 밖으로 내놓지 않으면 사람들이 제멋대로 만들어낼 거야." "안 그러는 사람도 있어." 내가 반박했다. "어쨌거나 내 삶인데 무슨 상관이래? 루머를 만들어 퍼뜨린데다가 못된 개들처럼 호시탐탐 나를 노리면서 덤벼들려는 사람들한테 왜 내가 해명하고 이해해달라고 빌어야 하냐고." 사람들이 나를 헤프고 음탕하고 파렴치한 사람으로 볼지라도 "그 사람들 본인에 비하면 나는 성모마리아야 ─"라고 하는데 친구가 말을 막았다. "넌 열여덟살이야. 어린애라고. 네 편을 들어줄 사람도 없지. 밀크맨이 네 편을 들어주기를 바라는 게 아니라면. 그러니까 뭔가를 던져주라고. 뭐라도 말이야. 네가 한 말을 사람들이 안 믿더라도 사람들은 안 믿는 데에서 만족감을 얻겠지. 적어도 그러면 네 위치를 고깝게 생각하지는 않을 거야." 하지만 나는 그러지 않았다. 그럴 수가 없었다. 사실 어떻게 해야 하는지도 몰랐다. 이미 늦었다고 생각했다. 루머가 너무 많이 퍼진데다 '내 일에 신경 끄세요'도 너무 많이 해서 이제는 원상회복이 불가능할 것 같았다.

그러니까 내가 그때 뭔가를 알게 되긴 했는데, 너무나 급작스럽게 닥친 일이고 감정이 격해져서 내가 뭘 알게 된 건지도 모르는 상태였다. 어떻게 행동해야 할지 알 수가 없었다. 그래서 어리석은 짓을 했다. 나는 사람들이 말 없이 지켜보는 가운데 튀김 봉지를 집고 돈은 안 낸 채로

그냥 돌아서서 가게에서 나왔다. 튀김을 공짜로 먹고 싶은
것도 아니었고 내 돈이 아까운 것도 아니었다. 당연히 튀
김과 돈 둘 다 카운터 위에 두고 나오면서 그 상황에서 깨
끗이 벗어났어야 하는데, 예상치 못한 충격 속에서 어떻게
해야 조금이라도 멋있을지 떠오르지가 않았던 것이다. 사
실 시간이 흐른 뒤에야 뭐가 정상인지 뭐가 멋있는 거고
어떤 건 아닌지 말할 수 있지 막상 닥쳤을 때에는 아무 생
각도 안 나는 법이다. 그래서 튀김 봉지를 집었고 돈은 안
냈는데 마음 한편으로는 '그래, 밀크맨, 가서 다 죽여, 저 사람
들 다 죽여. 죽이라고. 나를 섬겨. 내가 명령한다' 하는 심정이었
고 다른 한편에는 사람들의 감정을 거스르지 않으려면 어
쩔 수 없는 일이라는 생각도 있었다. 열여덟살 새파란 젊
은이가 연장자들의 기대에 도전하고 잘못을 지적하고 바
로잡으려 하면 안될 것 같았다. 그래서 제대로 생각을 못
하고 감자튀김을 갈취하라는 압박에 굴복하고 말았다. 사
람들이 모두 함께 내가 망나니짓을 하도록 몰아가긴 했으
나, 어쨌거나 나에게 최악의 타격을 입힌 행동은 튀김가게
에서 내가 직접 한 망나니짓이었다. 사람들은 이미 알았겠
지만 나는 그제야 내가 이 지역 안팎을 돌아다니는 평범한
십대가 아니라는 걸 알았다. 이제는 밀크맨의 낙인뿐 아니
라 또다른 낙인이 내 의지와 상관없이 또렷이 나에게 찍혀
있었다.

6

알약소녀가 죽었다는 소식을 들은 때부터 튀김가게에 가기 전까지 내가 침대에 누워 아직 회복 중일 때 전화가 세통 왔다. 그중 나를 찾는 전화가 두통이었는데 첫번째 전화는 셋째 형부가 걸었다. 셋째 형부는 내가 독을 먹었다는 소식을 들었으면서도 전화를 받은 엄마에게 왜 내가 러닝을 하러 안 오냐고 물었다. 내가 전에 한번 빠지더니 그뒤에도 몇번 빠졌고 어떻게 하자고 의논하거나 협상을 하러 오지도 않았다고 했다. 너무나 기대에 어긋나는 일이라 오늘날 여자들이 대체 어떻게 되어가고 있나 당혹스럽다고 했다. 엄마가 말했다. "사위, 걔는 뛰러 안 가. 누워 있어. 독약을 먹었어." 그러자 셋째 형부가 독을 먹은 줄은 안다고 했다. "그런데 러닝은 안 와요?" 엄마가 말했

다. "안 가. 누워 있다니까. 독 먹었다고." "알겠어요, 그런
데 러닝은 안 온대요?" "안 가—" "알겠어요, 하지만—"
어린 동생들 말이 그때 엄마가 하늘을 쳐다보았다고 한다.
엄마는 다시 침착하게 설명을 시도했다. "사위, 하루 종일
이러고 있을 수는 없잖아. 걔는 침대에 누웠어. 러닝 안 가.
독약을 먹었어. 안 뛴다고. 독을 먹고 누워 있다고." 운동
강박이 사고 기능을 압도하는 셋째 형부가 다시 한번 내
가 러닝을 하러 오냐고 물으려 했는데 이번에는 엄마가 가
로막았다. "하느님 맙소사, 자네 어디가 잘못된 거야? 걔
가 독약을 먹은 줄 자네도 알잖아. 구역 사람들이 다 아는
데. 걔 배 속을 삭제인지 뭔지 했고 삭제인지 뭔지가 혹시
잘 안됐을까봐 내가 이틀밤을 걔 옆에서 꼬박 새웠다는 이
야기를 스무시간째 하고 있는데 자네는 아직도 나한테 아
무 이야기도 못 들은 것처럼 딴소리만 하네." 그러자 셋째
형부가 약간 머뭇거리다가 말했다. "장모님 말씀은 처제
가 러닝 안 올 거라고요?" "바로 그거야." 엄마가 말했다.
"그러면 실추는요? 실추는 어떡하고요?" 셋째 형부가 말
을 고쳐서 다시 했다. "여자들에 대한 기대치가 하락하는
것 말이에요." 엄마는 송화구를 손으로 감싸고 어린 동생
들에게 속삭였다. "얘가 도통 뭔 소리를 하는지 모르겠어.
괴상한 애야. 사실 얘네 집안 전체가 그래. 너네 언니가 대
체 왜 그 집안으로 시집갔는지 모르겠다." 엄마가 송화구
에서 손을 떼자 셋째 형부는 결론으로 넘어갔다. "아니, 처

음에는 걸어다니면서 책을 읽는 이해가 안되는 행동을 했어요. 그다음에는 다리가 말을 안 듣는다고 변명을 하는데 역시 이해가 안됐죠. 그러더니 이제는 러닝을 안한다는 거잖아요. 이렇게 계속 이해가 안되는 행동을 고집하겠다면, 나중에 제정신 차린 다음에 찾아오라고 하세요. 그때까지는 혼자 뛸 테니까." "알았어. 걸어다니면서 책을 보는 것에 대해서는 나도 같은 생각이지만 아직도 반은 죽은 상태니까 지금은 침대에 더 있어야 돼." 그러고 나서 두 사람이 작별인사를 하는 데 오분이 더 걸렸는데 이곳에서 친절하고 전화 통화에 익숙하지 않고 전화를 믿지 않는 사람들은 작별인사를 한번만 하고 끊었다가 자칫 상대방의 인사말이 전파를 타고 아직 이쪽으로 오고 있는데 전화를 끊어버리는 무례하고 무심한 행동을 하게 되지 않을까 걱정이 되어 그렇게들 했다. 그래서 이곳의 전화 예절은 수화기에 귀를 댄 채로 "안녕" "안녕히 계세요" "잘 있어, 사위" "잘 지내세요, 장모님" "안녕" "안녕히 계세요" "끊을게" "들어가세요"를 계속 이어가면서 몸을 서서히 굽혀 전화기 본체에 수화기를 아주 조금씩 접근시키는 것이다. 그러다보면 마침내 수화기가 걸이 위에 올라가고 사람의 귀가 수화기에서 떨어지게 된다. 전화를 끊은 다음에도 확실히 하려고 작별인사를 몇번 더 하는데 사실 이렇게 긴 인사로 전화 통화를 마무리하고 나면 몸이 뒤틀리고 정신적으로도 탈진하기 마련이다. 그래도 이렇게 통화를 끝내야

'내가 말하는 도중에 끊었나? 저 사람이 상처 받았을까? 너무 금방 끊는 바람에 기분을 상하게 한 건 아닐까?' 하는 불안감 없이 최종적 종결에 도달했다고 보고 안심할 수 있다. 이 이야기를 들었을 때 나는 기뻤다. 내가 아직 형부의 지시하는 듯한 태도를 감내하고 윽박질러 억누를 수 있을 정도로 회복되지 않은 상태였기 때문에 엄마가 전화를 받은 게 참 다행이었다.

그다음 두번째 전화도 엄마가 받았는데 그 점에 대해서는 기쁘지 않았다. 나의 어쩌면-남자친구가 건 전화였는데 통화가 잘 안 풀렸다. 어쩌면-남자친구가 우리집에 전화를 건 것은 처음이고 나는 어쩌면-남자친구가 우리집 번호를 아는 줄도 몰랐다. 그애가 우리집에 전화를 걸거나 내가 걔네 집으로 전화를 건 적은 한번도 없었고 나는 그 집 번호도 모르고 그애도 우리집 번호를 모르는 줄 알았다. 나한테는 전화가 별로 중요하지 않고 어쩌면-남자친구도 그렇게 여긴다고 생각했다. 내가 19세기 문학에 치중하는 까닭 중 하나가 전화 같은 현대적이고 골치 아프고 불편한 물건이 안 나오기 때문이다. 우리는 만났다가 헤어지기 직전에 다음 약속을 정했고 일단 한 약속은 꼭 지켰다. 우리가 대체로 전화를 불신하는 까닭은 전화가 기술적인 물건이고 비정상적인 의사소통 방식이라고 생각해서이기도 했지만 '더러운 수작'이나 비공식적 도청이나 국가의 감시 도구로 쓰인다고 보았던 탓이 컸다. 그래서 사람들은 보통 사적인 용도로는 전화를 쓰지 않았다. 사적인 용도란 연애 같은 민감한 용도 말이다. 무장단체 반대자들이야 당연히 전화를 안 썼지만 그 사람들만 그런 게 아니었다. 사람들은 대체로 전화를 안 믿었고 우리집에도 전화가 한대 있긴 하지만 우리가 이사 왔을 때 이미 설치되어 있던 것이었고 엄마는 그렇다고 전화를 해지하기도 꺼려했는데, 전화국 사람 대신 위장한 국가 스파이가 전화를 해지하러 올까봐 걱정해서였다. 이웃 사람들이 경고하기를 전화를 가져가면서 다른 어떤 것, 우리가 반대자와 밀접하지 않은데도 반대자와 밀접하다는 증거가 될 만한 물건을 심어놓는다고 했다. 우리 오빠들 중 둘이 반대자이긴 했지만 우리는 평균 정도, 정상 정도로만 반대 활동에 개입했고 그것도 초기에나 그랬지 나중에는 꼭 그러지도 않았다. 지금 엄마는 원칙적으로는 반대자들의 초기 목표에 공감하고, 정당하지 않다고 보는 국가권력 앞에서 반대자를 비난하는 일은 절대 없지만, 반대자들이 최근에 무슨 일을 저질렀는지 또 현재 엄마가 그들에 대해 느끼는 감정이 애정과 증오 중 어느 쪽에 치우쳐 있는지에 따라 반대자들 앞에서 주저 없이 그들을 비난하기도 했다. 그게 우리가 열성 지지자가 아니라는 증거일 것이다. 아무튼 우리집 계단 옆 벽에 전화가 걸려 있고 식구들이 가끔 쓰기도 했다. 하지만 누구나 어디에서 전화를 쓰더라도 항상 일단 전화기를 열고 안에 도청장치가 있는지 확인했다. 나도 어쩌다 전화를 쓸 때에는 꼭 확인 절차를 거쳤는데 사실 도청장치가 어떻게 생겼는지도 몰랐고 그게 전화기 안에 있는지 아니면 머리 위쪽 전화선에 달려 있는지 아니면 전화교환국에 있는지도 몰랐다. 실제로는 그냥 도청장치가 있는지 확인하는 시늉만 했는데 주기적으로 전화기를 분해하는 다른 사람들도 잘 모르면서 그냥 기계적으로 하는 행동이 아닐까 싶었다.

그러니까 어쩌면-남자친구는 내 번호를 아는지 몰라도 나는 어쩌면-남자친구 번호를 몰랐고 어쩌면-남자친구도 모를 거라고 생각했는데, 전화번호를 안다는 것이 매우 복잡다단한 문제이기 때문이었다. 우리가 서로의 집 번호를 모르는 가장 중요한 이유는 우리 관계가 '어쩌면' 범주에 있기 때문이었다. 우리가 '어쩌면' 상태이기 때문에 나는 알약소녀가 나에게 독을 먹였다는 사실, 밀크맨이 나를 쫓아다닌다는 사실, 우리 구역에 나에 대한 추문이 돈다는 사실을 말하지 않았다. 우리 사이가 어쩌면-관계이니 어쩌면-남자친구가 그런 것들을 알고 싶어할 이유가 없는데다가 내 생각과 감정과 필요를 드러내도 된다는 생각이 섣부른 추정일 수도 있기 때문에 나는 그 이야기들을 할 생각을 못했다. 게다가 만약 내가 말을 꺼냈는데 어쩌면-남자친구가 듣지 않으면 어떡하나? 나 자신도 제대로 이해하지 못하는 일이니 어쩌면-남자친구도 이해 못한다면? 아무튼 어쩌면-남자친구가 전화를 걸었고 엄마가 받았고 어쩌면-남자친구가 나를 바꿔달라고 했고 엄마는 말했다. "아 아니 안돼요. 무슨 주술을 부렸는지 당신이 얼마나 대단한 반대자인지 얼마나 용맹한지 이 지역에서 얼마나 위대한 영웅인지는 내 알 바 아니고. 당신은 어린 여자애들을 망쳤고 진짜 밀크맨들의 이름을 더럽히는 타락한 가짜 밀크맨이야. 우리 애하고는 통화 못해. 우리 애를 해칠 수는 없어. 그러니까 꺼져. 당신 폭탄 들고 ― **그것도 유부남이!** ― 꺼지라고." 엄마는 조심성도 망설임도 없이 제삼자가 감청하고 있을지도 모르는데 아무 스스럼 없이 말했다. 그러고는 작별인사도 안하고, 상대방을 배려해 지쳐 나가떨어질 때까지 안녕히 계세요를 하지도 않고 그냥 전화를 끊어버렸다. 그때 나는 침대에 있었지만 엄마가 하는 말은 또렷이 들렸고 엄마처럼 나도 밀크맨이 전화를 걸었다고 착각했다. 감시 기술이 그렇게 뛰어나니 우리집 전화번호쯤이야 어쩌면-남자친구나 심지어 나보다도 훨씬 잘 알 게 뻔했다. 이제는 밀크맨이 마수를 우리집 안에까지 뻗은 거였다. 그때 어쩌면-남자친구 생각이 났고 어쩌면-남자친구가 보고 싶었고 독약을 먹은 이래 처음으로 어쩌면-남자친구가 여기에 있었으면, 우리집 내 방에 바로 내 옆에 있었으면 좋겠다는 생각이 들었다. 어쩌면-남자친구가 연락을 주면 얼마나 좋을까. 하지만 이런 생각이 오래 머물지는 않는데 바로 다음 생각이 떠올랐기 때문이다. 엄마 생각이었다. 엄마가 어쩌면-남자친구를 만난다는 건 있을 수가 없는 일이었다. "그래, 젊은이, 결혼식은 언제인가? 그리고 젊은이, 아기는 언제 낳나? 그리고 젊은이, 자네 종교가 맞는 종교고 아직 결혼 안했다는 게 사실인가?" 아, 끔찍했다. 나는 어쩌면-남자친구를 머리에서 지웠는데 어쩌면-남자친구가 소중하지 않아서가 아니라 어쩌면-남자친구가 소중하기 때문이었다. 어쩌면-남자친구의 부모님은 오래전에 도망갔으니 어쩌면-남자친구는 참 운도 좋지 싶었다.

세번째 전화는 엄마를 찾는 전화였는데 엄마의 경건한 친구 중 한명인 이름 관리자 제이슨이 다급하게 엄마를 찾았다. 일상적 장소 바깥쪽에서 사고가 일어났다고 했다. 국가암살단이 매복하고 있다가 진짜 밀크맨을 총으로 쏘고 병원으로 데려갔는데, 누구나 알듯이 병원은 밀고를 밥 먹듯 하는 곳이라는 오명이 있어 정치적인 문제로 다쳤을 때에는 절대 가면 안되는 곳이었다. "하지만 좋다 싫다 말할 수도 없었어." 제이슨이 말했다. "선택의 여지가 없었다고. 그자들이 다짜고짜 쏘고는 그냥 데려갔어. 라디오 켜고 최신 뉴스 들어봐. 그 사람보고 테러리스트래. 말이 돼? 진짜 밀크맨이! 아무도 사랑하지 않는 남자가! 테러리스트라니!" 어린 동생들 말이 그때 엄마가 수화기를 떨어뜨렸다고 했다.

엄마는 내 방으로 달려와서 병원에 가야 한다, 진짜 밀크맨에게 가봐야 한다고 말했다. 그러면서 나에게 자리에서 일어나 어린 동생들하고 집을 좀 보고 있을 수 있겠냐고 물었다. "돌아가셨어요?" 나는 물으면서도 그런 말을 입에 올려본 적이 한번도 없었기 때문에 나 스스로도 놀랐다. 엄마는 모르겠다고, 그 지옥의 개들, 여기저기 위아래로 싸돌아다니면서 사람을 몰아세우는 자들이 진짜 밀크맨을 쏘고 병원으로 데려갔다는데 제이슨이 그가 죽어서 병원에 갔다고 한 건지, 그러니까 병원 옆 영안실로 갔다고 한 건지는 확실히 모르겠다고 했다. 아니면 제이슨 말은 그가 의식을 잃고 죽어가고 있어서 병원에 안 간다고 저항할 수가 없었다는 뜻이었을지도 모르겠다고 했다. 또 어쩌면 진짜 밀크맨이 병원에 가는 걸 꺼리지 않고 병원에 데려가달라고 했을지도 모르는데, 진짜 밀크맨은 우리 구역 국가 반대자들이 사람들에게 하지 말라고 한 걸 그대로 하는 반골이기 때문이라고 했다. "모르겠어." 엄마가 말하고 덧붙였다. "그 사람보고 테러리스트래. 지금 그 사람 집을 수색하고 있어. 뒷마당에 테러리스트스러운 게 묻혀 있나 본다고." "걱정 마세요, 엄마." 내가 침대에서 나오며 말했다. "여기는 제가 알아서 할 테니까 가서 볼일 보세요." 그러자 엄마는 몸을 기울여 나에게 입을 맞췄고 다음에는 몸을 숙여 뒤따라온 어린 동생들에게 입을 맞췄다. 동생들은 매달리고 울며 빌었다. "안돼요 엄마! 안돼요 엄마! 가지 마세요!" 엄마는 동생들에게 착한 아이들이니까 이제 가운데언니가 시키는 대로 해야 한다고 했다. 엄마는 몸을 펴고 동생들을 떼어낸 다음에 지갑에서 비상금 조금을 꺼내어 치마 주머니에 넣고 나머지 돈이 든 지갑은 나한테 주었다. 그때 나는 왜 어린 동생들이 매달리고 울며 비는지 알았다. 엄마가 자기 지갑을 건넨 일이 지금까지 딱 두번 있었다. 처음에는 경찰이 우리 둘째 오빠, 엄마 아들의 시신을 확인시키려고 엄마를 데리러 왔을 때였다. 그때 엄마는 지갑을 첫째 언니에게 주었다. 짐승 같은 것들이 "꼴좋다. 첫째 아들놈이 꼴같잖은 무장단체에 들어가서 감히 우리를 상대로 빨치산 짓을 하더니 꼴좋아"라며 조롱하면 엄마가 무슨 짓을 저지를지 엄마 스스로도 알 수 없었기 때문이었다. 두번째로 지갑을 건넨 때는 우리 구역 반대자들이 둘째 언니를 죽이거나 벌주려고 잡으러 왔을 때였다. 적과 결혼해서가 아니라, 적과 결혼하고 나서 식구들을 만나러 이 지역에 감히 얼굴을 비쳤기 때문에 잡으러 왔다. 아니면 남편을 살해할 수 있게 덫을 놓아서 외부자와 결혼한 것에 대해 속죄하도록 만들려고 잡으러 온 것이었을 터이다. 그때 엄마는 다급하게 지갑을 셋째 언니에게 맡기고 둘째 언니에 대한 재판이 진행 중인 창고로 달려갔다. 엄마는 죽은 오빠의 권총을 꺼내 들고 갔는데 나는 집에 그런 게 있는 줄은 몰랐지만 엄마가 총 쏘는 법을 전혀 모르리라는 건 알았다. 반대자들은 총을 빼앗은 다음 엄마에게 경고를 했고, 둘째 언니한테는 매질을 하고 다시는 이곳에 오지 말라고 했다. 그리고 이제는 내가 지갑을 갖고 있었다. "혹시 모르니까." 엄마는 그렇게 말하고 외투를 걸치고 머릿수건을 썼다. 어린 동생들은 아예 엉엉 울었고 나는 바닥에 앉아 동생들을 감싸안고 달래려 했다. 엄마는 심각한 얼굴이었다. 나는 엄마 남편인 우리 아버지가 병원에서 죽어갈 때는 엄마 얼굴이 이렇지 않았다는 걸 떠올리지 않을 수 없었다. 그러니 어린 동생들을 나무랄 수가 없었다. 나도 거의 공황 직전이었다. 생각도 하고 싶지 않았지만 만약 어린 동생들 걱정대로 엄마가 싸움을 벌여 잡혀가 투옥되고 돌아오지 않게 되면 어떻게 하나?

엄마는 캄캄해진 다음에야 돌아오긴 했지만 그래도 무사히 돌아왔다. 동생들은 잠들어 있었는데 내가 라이스 크리스피와 테이토 감자칩과 파리 번과 프라이팬에 구운 토스트와 오렌지맛 비타민 등등에 설탕을 추가로 뿌려주어 달래고 저희들이 고른 『누가 버지니아 울프를 두려워하랴?』를 읽어주어 겨우 재운 터였다. 동생들이 들고 온 책이 20세기 책이라 나는 당황했지만 동생들은 책 속의 대화나 줄거리에 관심이 있는 게 아니라 전래동화 같은 제목에 흥미를 느낀 터라 제목을 계속 듣고 싶어했다. 그래서 세 구절마다 제목을 끼워넣어 읽어줬더니 동생들이 차분해지다 이내 잠들었다. 나는 동생들 방 문을 열어놓고 아래층으로 내려와 어둑하고 조용한 거실 안락의자에 앉았다. 라디오를 켜서 진짜 밀크맨이 죽었는지 소식을 들어볼까도 싶었지만 나는 라디오 소리를 원래 못 견뎠다. 라디오에서는 공표하는 목소리, 웅얼거리는 목소리, 한시간, 반시간마다 시간을 알리는 소리, 긴급 특별 속보 등등 내가 듣고 싶지 않은 것들만 나왔다. 나는 진짜 밀크맨이 죽지 않았기를 바랐지만 이런 상황에서는 죽는 게 항상 기본이었다. 그러니 아직 미룰 수 있는데 굳이 안 좋은 소식을 미리 찾아들을 필요는 없었다. 모르는 게 아는 것보다 더 견디기 힘들어지는 극단적 지점에는 아직 도달하지 않은 상태였다. '기다려, 아직은 아니야' 단계였는데 그때 엄마가 열쇠로 현관문을 여는 소리가 들렸다.

그때는 거실 안이 완전히 캄캄했는데도 엄마는 내가 거실에 있는 걸 알았다. 보이지 않아도 어떤 육감이나 기운 같은 것으로 느껴질 때가 있으니까. 엄마는 커튼을 열지도 불을 켜지도 않고 외투와 머릿수건도 안 벗은 채로 내 맞은편에 앉더니 진짜 밀크맨이 살아 있고 안정적인 상태지만 '안정적'이라는 게 무슨 뜻인지는 모르는데, 자기가 가족이 아니기 때문이며 진짜 밀크맨은 유일한 형제가 죽어서 이제 가족이 없는데도 병원 측에서 가족이 아니라는 이유로 엄마나 병원에 나타난 다른 이웃 사람 누구에게도 그 이상의 정보는 알려주지 않았다고 했다. 그러다가 엄마는 딴 길로 빠져(특이한 일은 아니지만) 갑자기 주제를 바꾸더니 상관이 있을 수도 있지만 듣는 사람한테는 전혀 상관없게 들리는 이야기를 했다. 엄마는 옛날에 알던 어떤 사람, 어떤 소녀 이야기를 시작했다. 아주 오래전, 자기도 소녀일 때의 친구이고 엄마의 두번째로 오래된 친구라고 했는데 나는 한번도 들어본 적이 없고 엄마도 입에 올린 적이 없는 친구였다. 친구가 수녀가 되어 길 아래쪽 수녀원으로 들어가면서 헤어져 우정이 끝났다고 한다. 엄마가 한숨을 내쉬었다. "믿기지가 않더라." 엄마가 말했다. "우리가 열아홉살 땐데, 페기는 모든 걸 버린 거야—옷, 보석, 춤, 미모—모든 걸 포기하고 수녀가 되었지." 하지만 페기라는 사람이 버린 것 중에서 가장 가슴 아픈 것은 그런 것들이 아니라고 했다. 엄마 말을 듣고 있자니 머리가 혼란스러웠고 엄마가 존재하지 않을지도 모르는 페기 이야기를 하는 게 사실은 엄마 어릴 때부터 친했던 진짜로 가장 오래된 친구인 진짜 밀크맨이 오늘 총을 맞고 죽었기 때문은 아닐까 하는 의심이 들었다. 페기 이야기는 대체물이고 '그 사람이 죽었어. 죽었다고. 이 사실을 어떻게 받아들이지?'를 은폐하려고 꺼낸 이야기일지도 몰랐다. 마음이 무너져내릴까봐 나쁜 결과를 받아들이는 대신 거리를 두려고 이야기를 만들어내며 밀어내는 거 아닌가—이런 생각을 하고 있는데 엄마의 말이 내 생각을 흩어놓았다. "딸아, 사실은 나도 그 사람을 좋아했어." 이번 것은 진짜 밀크맨 이야기가 확실했다. 엄마는 여자애들 전부 진짜 밀크맨에게 열을 올렸다고 했다. 그 여자애들이 누군가 하면 경건한 여인들, 우리 구역에 사는 중년 기도꾼들, 실제 수녀들보다 겨우 한급 정도만 낮은 여성들, 남자를 만나 섹스를 하고 자식을 낳지만 않았다면 수녀들과 거의 동급

일 여인들이었다. "지금도 또렷이 기억난다." 엄마가 말했다. "페기가 수녀가 되겠다 했을 때 그이들이 어쨌는지. 말도 안된다고 비웃고, 마침 잘됐다며 좋아 죽겠다고 했지. 페기가 사라지면 방해물이 없어지는 거였으니까." 엄마는 그래서 화가 났지만 한편으로 페기한테도 화가 났다. 페기는 100퍼센트 사색적으로 변했고 신비주의에 빠졌고 예수와 결혼했다 했고 진짜 밀크맨을 다른 남자들과 다르게 보지도 않았고 사람들이 어떻게 생각하고 말하는지도 신경 쓰지 않았다. "알 수가 없었지." 엄마가 말했다. "페기는 그 사람을 사랑했거든. 난 그애가 그를 좋아한다는 걸 알고 있었어. 그런데 그 사람을 포기했고 육체성도 버렸지. 맞아, 딸아." 엄마는 여기서부터 목소리를 낮추고 말했다. "그때는 점잖은 때라 요즘처럼 대놓고 까발리거나 경솔하게 격정적으로 연애를 하지 않았지만 그래도 나는 그애가 그 사람하고 같이 잔 걸 알았어. 그때는 그런 걸 말 안할 때였지만."

신이 위대하기는 하지만 신 때문에 진짜 밀크맨을 버리다니. 엄마가 그렇게 말했다. 엄마가 정말로 그렇게 말했다. 그 말이 엄마의 입에서 내 귀로 바로 들어오면서 큰 깨달음을 주었다. 이 구역에서 가장 경건한 다섯 여인 중 한 명인 우리 엄마가 '신이 위대하기는 하지만'이라고 말한 것이다. 충격적이면서 짜릿하기도 하고 신선하기도 했다. 경건한 사람이 100퍼센트 경건하기만 하지는 않다는 뜻일 수도 있고 아니면 경건함의 의미를 몸 아래쪽까지도 포함하도록 조정해야 한다는 뜻일 수도 있었다. 그러니 우리 생각이 맞았다. 언니들과 내 생각이 맞았다. 엄마가 젊은 시절에 '쩜쩜쩜' 장소에서 남자들과 밀회를 했었거나 밀회를 하려고 했거나 아니면 적어도 밀회를 하는 것에 반대하지 않았다는 생각이 맞았다. 엄마도 마음속 깊은 곳에서는 밀회를 옹호한다는 말이었다. 사람이 죽음의 순간에 진실해지듯이 '함정에 빠져 총에 맞고 거의 죽을 뻔한' 순간에도 진실해진다. 만약 진짜 밀크맨이 그날 총에 맞아 거의 죽을 뻔하지 않았다면 나는 엄마와 진짜 밀크맨과 페기와 우리 구역에서 최고로 특별히 경건한 속세 여인들에 얽힌 사연을 영영 몰랐을 것이다. 게다가 엄마 이야기는 아직 끝난 게 아니었다. 두번째로 오래된 친구가 수녀복을 입었을 때 그이들은 기뻐했다고 엄마가 말했다. 하지만 기쁨은 오래가지 않았고 곧 그들 사이에 심한 다툼이 벌어졌다. "그 사람을 두고 경쟁을 한 거야. 나도, 딸아, 그 사람을 얻고 싶었다." 나는 엄마가 이야기를 끝까지 하기를 바랐기 때문에, 엄마가 정신이 돌아와 자기가 누구고 나는 누구인지를 떠올리고 또다른 남자, 죽은 남자, 엄마가 결혼한 우리 아버지를 떠올리지 않기를 바랐기 때문에 아무 말도 하지 않고 가만히 있었다. "그런데 끔찍한 일이 벌어진 거야. 나도 다른 애들도 꿈도 못 꾼 일이." 그 끔찍한 일이란 진짜 밀크맨이 뭐든 남들과 정반대로 하는 습성대로 자기 결혼 문제를 스스로 결정해버린 일이었다. 진짜 밀크맨은 페기가 아니라면 누구와도 결혼하지 않겠다고 결심했다. 그런 연유로 진짜 밀크맨의 별명이 생겨난 거라고 엄마는 말했다.

나를 비롯해 내 세대에 속하는 사람들은 진짜 밀크맨이 '아무도 사랑하지 않는 남자'라고 불리는 까닭이 뒷마당에서 무기를 발견했을 때 화를 내며 애들한테 소리를 질렀기 때문이라고 생각했다. 어른들은 진짜 밀크맨이 애정이 없고 반사회적이고 성질이 더러워서 그렇게 부른다고만 했다. 또 진짜 밀크맨이 협력을 거부하고 반대자들을 도우려 하지 않는다는 점도 있었다. "그 총들은 우리를 위한 물건이라고." 사람들이 말했다. "총을 어딘가에는 숨겨야 하잖아." 따라서 진짜 밀크맨이 비협조적이라는 평판이 있었다. 진짜 밀크맨은 툭하면 말다툼을 벌이기도 했는데 특히 반대자들하고 다퉜다. 알약소녀의 죽음에 대해, 우리 둘째 언니가 태형을 당한 것에 대해, 또 세계 여성 문제에 대해 이야기하러 페미니스트들의 헛간을 찾아온 객원 연사를 죽이려고 한 것에 대해 시비를 걸었다. 무릎 쏘기, 구타, 갈취, 사형私刑도 문제 삼았다. 남이 당하는 사형뿐 아니라 자기가 당한 것에 대해서도 가만히 있지 않았다. 그 사람이 얼마나 문제를 일으키고 다니는지 보라고 사람들은 말했다. 진짜 밀크맨은 요령껏 유화적인 태도를 보여야 할 때에도 엄격하고 의식 있고 굽히지 않는 태도로 일관했다. 그래서 '아무도 사랑하지 않는' 남자로 불리게 되었다는 게 우리가 듣고 자란 설명이었다. 물론 '진짜 밀크맨'이라는 다른 이름도 있었지만 이 이름은 나중에 나와 사귄다고들 하는 그 사람과 구분하기 위해서 붙은 이름이었다. 그런데 엄마 말을 듣고 보니, 아무도 사랑하지 않는 남자로 불리게 된 까닭은 훨씬 오래전 일 때문이었다. "페기가 그 사람의 가슴을 찢어놓고 하느님에게로 가버리자 그 사람은 페기를 잊고 다른 사람하고 결혼하지는 않겠다고 해서 다른 모든 여자들의 가슴을 찢어놓았어." 그래놓고도 그는 계속 잘생겼다. 순수함을 잃고 씁쓸함과 신랄함이 가미되어 약간 손상된 잘생김이긴 했지만. 그래서 처음에는 '페기 말고는 누구도 사랑할 수 없는 남자'라고 불렸다. 그러다가 '페기 말고는 아무도 사랑하지 않으려는 남자'가 되었다. 그러다가 슬픔과 비탄과 마름병과 돌 같은 심장의 시기 동안에 '아무도, 특히 페기는 사랑하지 않겠다는 암울한 원칙을 세운 남자'가 되었다가 그 말이 줄어서 '아무도 사랑하지 않는 남자'가 되었고 나중에는 '진짜 밀크맨'이 그의 이름으로 굳어졌다. 그 이름을 더 줄여 부르지는 않았는데 그 사람이 좋은 일을 했기 때문이라고 엄마는 말했다. 실제로 좋은 일을 많이 하는 사람이었다. 아무개 아들 아무개의 엄마이자 불쌍한 핵소년의 엄마가 남편을 잃었을 때도 딸을 잃었을 때도 다음에 네 아들을 차례로 잃었을 때도 도와주었다. 또 우리 아빠가 죽었을 때, 둘째 오빠가 죽었을 때, 둘째 언니가 남편을 고르며 반역적인 선택을 해서 반대자들과 문제를 일으켰을 때 엄마를 도와주었다. 나도 십분 지역에서 밀크맨을 마주치고 난 다음에 진짜 밀크맨에게 도움을 받았다. 그러니까 진짜 밀크맨은 여러 사람을 도와주었고 알약소녀도 도와주려고 했는데 알약소녀는 도움은 뿌리쳤지만 놀랍게도 진짜 밀크맨에게 약을 먹이지는 않았다. 문제 여성들도 도와주었다. 다른 사람들이 팔백년 동안 지속되어온 정치적 문제를 앞에 두고 웬 찻잔 속의 태풍이냐며 문제 여성들을 조롱하고 비난할 때 진짜 밀크맨은 그들의 편을 들었다. 이렇게 온갖 사람들을 도왔는데 그것도 더 넓은 관점에서, 더 높은 의식의 차원을 위해서 도운 것이었다. 그렇지만 그런 행동들이 공동체 안에서 어떤 이름으로 불리느냐에는 아무 긍정적 영향을 끼치지 못했다. "정말 아깝지." 엄마가 말했다. "그런 남자가. 그렇게 훌륭하고 반듯하고 정직한 남자가. 생기긴 또 얼마나 잘생겼니 —" 엄마는 하던 이야기에서 벗어나서 나에게 진짜 밀크맨이 배우 제임스 스튜어트를 빼쏘지 않았냐, 또 로버트 스택, 그레고리 펙, 존 가필드, 로버트 미첨, 빅터 머추어, 앨런 래드, 타이론 파워, 클라크 게이블하고도 똑같이 생긴 것 같지 않냐고 물었다. 나는 그 말에 동의한다고는 말할 수 없었지만 사랑에 빠진 사람들은 눈에 콩깍지가 쓰인다는 사실은 알았다. "결국 우리 여자들 다 떠날 수밖에 없었지." 엄마 말에 나는 엄마를 쳐다보았고 엄마는 어둠속에서도 내가 자기를 본다는 걸 느꼈는지 서둘러 해명을 했다. "나는 아니고." 엄마가 말했다. "내 얘기가 아니야. 나는 이미 오래전에 잊었지." 너무나 사실이 아니었다. 엄마는 내가 자기 생각을 꿰뚫어보지 못하게 하려고 증거를 댄답시고 목소리를 높여서 이렇게 말했다. "내가 그 사람을 못 잊었다면, 왜 너희 아빠랑 결혼했겠니?"

정말 왜 그랬을까? 나는 '엉뚱한 사람과 결혼하는' 습성에 대한 생각에 빠졌다. 한때 잘 맞았고 서로 헌신하고 서로 드높이던 사람들이 함께 가던 길이 자연스레 끝이 나서, 아직 애정이 있을 수도 있고 없을 수도 있고 좋게 헤어질 수도 있고 나쁘게 헤어질 수도 있으나 어쨌거나 제 갈 길을 가는 경우를 말하는 게 아니다. 사랑하지도 원하지도 않는 사람과 결혼해서 저 밖에 사는 누가 보았다면 고개를 절레절레 저으며 전혀 안 맞는 사람들끼리 저렇게 친밀한 관계에 있는 것은 옳지 않다고 말할 만한 경우 말이다. 하지만 이곳에서는 다 이유가 있어서 그렇게 짝을 짓는다. 첫째 이유는 이곳의 정치적 상황이다. 내가 정말 원하는 짝이, 이른 나이에 죽임을 당하지 않을 수도 있겠지만 당할 수도 있기 때문이다. 사랑해서 같이 살고 싶은 유일한 사람이 나를 버리고 무덤으로 가버릴 수도 있는데 어떻게 그 사람에게 온 마음을 바칠 수 있겠나? 또다른 이유는 혼자 남게 되었을 때 자동으로 붙게 되는 사회적 오명이 두려워서다. 그래서 다른 사람하고 결혼하는 거다. 저 남자면 되겠어. 저 남자쯤이면 되겠지. 아니면 저 여자면 돼. 저 여자로 하자. 관습을 따라야 하기 때문에, 식구들을 실망시킬 수 없기 때문에 떠밀려서 결혼을 하게 된다. 날짜가 정해졌고 케이크도 주문했고 신혼여행도 예약했으니 어쩔 수 없지 않나? 압박을 받아서 결혼식을 올린다. 혹은 자신의 독립심과 잠재력이 두려워서, 그런 것을 전혀 알아주지도 이해하지도 부추기지도 않을 사람하고 결혼함으로써 그 길을 피하기도 한다. 사랑하는 사람과 결혼하지 않는 또 한가지 이유는, 나와 같은 사람을 원했던 다른 사람들의 질시와 분노를 일으키지 않기 위해서이기도 하다. 그밖에 다른 이유로도 엉뚱한 짝을 택한다. 욕망을 받아들이면 통제력을 잃을까 두려워서 그럴 수도 있고 아니면 내가 좋아하는 사람이 나를 좋아하지 않을 때에는 그 사람 주변 사람과 결혼하기도 한다 — 친구, 직장 동료, 친척, 아니면 옆집에 사는 사람이라도. 물론 딱 맞는 사람과 결혼하지 않는 가장 중대한 이유는 바로 이거다. 만약에 바로 그 사람, 내가 사랑하고 원하고 또 나를 사랑하고 원하는 사람과 진실하고 건실하고 충만하고 만족스럽고 행복한 결합을 이룬데다가, 내 짝의 사랑도 식지 않고 나의 사랑도 식지 않고 두 사람 다 정치적 문제 때문에 살해당하지 않는다면 어떡하나? 그렇게 영원히 행복하고 즐겁다면? 정말로, 진실로, 그런 일을 받아들일 수 있나? 이곳 공동체는 그럴 수 없다고 결론을 내렸다. 크고 지속적인 행복을 바라는 것은 과도한 일로 봤다. 그래서 의심, 죄책감, 후회, 두려움, 절망, 원망 속에서 끔찍한 자기희생을 치르며 결혼하는 것이 이곳에서는 암묵적인 필수 코스였다. 그래서 나는 나를 지키려고 결혼을 안하고 버텼다. 어쩌면-남자친구와 나 사이를 정식 관계로 발전시키고 싶은 갈망이 이따금 들기도 했고 어설프게 시도했다가 실패하면서도 내내 어쩌면-관계를 고수한 것도 그런 까닭이었다. 이런 이유들로, 우리는 엉뚱한 사람과 결혼했다. 이제 나는 아빠가 엉뚱한 짝이라는 사실을 알게 되었다. 엄마는 아빠를 우울증에 걸렸다고, 침대에만 누워 있는다고, 병원에 입원한다고, 죽었다고, 자기를 사랑하지 않는다고 늘 원망했으나 엄마가 실제로 원한 사람은 아빠가 아니었다. 엄마는 진짜 밀크맨을 사랑했고 지금도 사랑한다. 아빠는 자기가 엉뚱한 짝이라는 걸 알았을까? 자기가 잘못된 자리에 있다는 사실이 속상하고 가슴 아팠을까? 아빠는 엄마가 결혼 생활 내내, 심지어 결혼하기 전에도 아빠에게 엉뚱한 짝이었다는 사실을 알았을까?

거의 이주가 지난 지금도 엄마는 진짜 밀크맨을 보러 병원에 있었고 나는 집에서 동생들을 보고 있었다. 동생들은 엄마가 영영 가버리거나 사라지거나 실종되거나 병원이나 감옥 같은 무시무시한 곳에 붙들려가지 않았으며 죽임을 당해 몰래 서둘러 판 무덤에 묻히지도 않았음을 알게 되어 이제 불안이 가라앉았다. 어린 동생들은 당분간 엄마가 가끔씩만 집에 나타날 테지만 그럴 때에는 엄마와 같이 있을 수 있고 그사이에는 나를 이리저리 부리며 지내면 된다는 걸 받아들였고 지금 그렇게 하고 있었다. "엄마가 이거 우리가 가져도 된다고 했어." "엄마가 가도 된다고 했어." "엄마가 새벽 4시까지 안 자도 된다고 했어." 이런 식이었는데 나도 그 엄마가 어쩌고 중에서 일부는 들어주었고 또 어린 동생들이 책을 읽어주는 걸 좋아하기 때문에 잘 시간이 되면 책을 읽어주었다. 바로 그 무렵에 어린 동생들도 먹겠다고 하고 나도 먹고 싶어져서 저녁 무렵 일찍이 그 빌어먹을 감자튀김을 사러 중심가로 간 것이었다.

나는 작은 가게 문을 열고 안으로 들어가서 알약소녀의 죽음에 사후종범이 되는 불쾌한 경험을 했다. 하지만 가게에서 나왔을 때에는 알약소녀가 죽은 일이 아마 밀크맨과 관련이 없을 거라는 생각이 들었다. 사람들이 그게 사실이었으면 좋겠어서 머릿속에서 사실로 만들어 퍼뜨렸을 뿐 선정적으로 꾸며낸 이야기이고 거짓말일 거라고 생각했다. 어쨌건 내가 종범이라면 자기들도 다 종범이면서 나보고만 뭐라고 하다니. 나는 튀김가게 안에 들어갔다가 충격과 수치와 공짜 튀김을 안고 화가 나서 '죽여 밀크맨. 다 죽여. 너무 싫어. 빨리 다 죽여' 하고 생각하며 밖으로 나왔다. 튀김가게에서 나온 다음에는 걸어가면서 생각했다. 앞으로는 계속 이런 식인 건가? 공짜로 물건을 받게 되는 건가? 이곳에서 선택받은 소수가 돈을 치르지 않고 물건을 가져가는 모습을 나도 숱하게 봤다. 그런 사람들이 상점에 들어가면 가게 주인은 돈을 안 받고 물건을 주었다. 조용히 무뚝뚝하게 대하는 주인도 있었지만 대부분 가게 주인들은 어쩔 줄 몰라하며 엄청 간살을 떨면서 비위를 맞췄다. 밀크맨이 만든 구조 안에서 나에게 주어진 역할이 그런 것인가? 얄밉고 경멸스럽고 두려운 존재이지만 기분을 거스르면 안되는 존재. 만약 그렇다면, 내가 원하든 말든 나에게 그냥 물건을 주는 일이 계속되면 나는 어떻게 해야 하나? 포기하고 공짜 물건을 받아 구석에 쌓아놓고 잊어버리나? 고집을 부리고 확고하게 버티며 내 돈을 카운터 위에 올려놓나? 아니면 물건을 사지도 공짜로 받지도 않고 그냥 그 자리를 떠서 자존심을 지키나? 마지막 방법을 쓴다면 내 의지를 지킬 수 있겠지만 나는 이미 감자튀김을 가져왔고 통제권은 그들에게 넘어갔다. 그러니 내 의지를 확실히 보이려면 이 지역 밖으로 나가는 수밖에 없다는 뜻이었다. 나가서 작은 물건 몇개를 사오는 게 아니라 일주일 치 장을 다 봐와야 할 것이다. 게다가 나는 반대하고 맞서 이기는 것에 익숙하지도 않았다. 그가 죽는다면, 밀크맨이 죽는다면, 투옥되거나 실종된다면(반대자들은 아무렇지도 않게 서로를 실종시키니까), 혹은 밀크맨이 더 이상 나를 원하지 않게 된다면 나의 지위가 하락할 것이고 상점 주인들은 공짜로 준 물건뿐 아니라 그동안 내 비위 맞춘 것까지 돌려받고 싶어할 것이다. 그래서 나는 절망스럽고 암울한 전망에 빠져서 이게 무슨 의미지? 무슨 소용이 있어? 하고 생각했고 내 안에서는 부정적인 생각이 점점 자라났다. 그때 불쾌한 몸의 자극이 다시 나를 덮쳐와 다리에 아무 감각이 없고 발은 땅에 닿지 않는 느낌이 들었다. 발이 움직이는 게 보이기는 하는데 발에 아무 느낌이 없었다. 뒤쪽부터 발가벗겨진 느낌도 들었다. 무슨 일이 일어나고 있는 거지? 너무 싫었다. 나는 걸음을 멈추고 난간 같은 게 있길래 붙들었다. 그 순간 신호라도 주어진 듯 소름 끼치는 안티-오르가슴이 온몸을 훑었다. 충격에 충격이 더해지고 나쁜 일에 나쁜 일이 겹치니 이제 내가 정신 바짝 차려야 한다는 뜻인 것 같았다. 하지만 정신을 차려서 뭘 어떻게 해야 하나? 밀크맨이 나를 위해 알약소녀의 목을 베었다고 사람들이 판단한 게 어째서 내 잘못이라는 말인가?

그때 감자튀김이 생각났다. 아직도 내 손에 감자튀김이 들려 있었는데 진저리 나게 부담스러워서 그냥 던져버렸다. 나 나름대로는 멋있는 행동이라고 했는데 감자튀김이 바닥에 떨어지고 나자 대체 왜 그랬지? 하는 생각이 들어 기분이 엉망이었다. 다시 주워야 하나? 봉지에 들어 있으니 더럽지는 않았다. 흙을 털고 그 위에 성호를 그은 다음 어린 동생들에게 가져다줘도 되지 않을까? 하지만 이 문제는 떠돌이 개들이 느닷없이 나타나 감자튀김을 향해 돌진해 서로 다투면서 저절로 결론이 났다. 싸움에서 이긴 개가 감자튀김을 먹어버렸기 때문이다. 개싸움이 벌어지자 길 저쪽에서 헉하는 소리가 들리길래 쳐다보았는데 알약소녀 동생이 보였다. 나처럼, 나와 같은 사람에 의해 최근에 독을 먹고 거의 죽을 뻔한 애였다. 그애도 나처럼 난간을 붙들고 있었고 놀란 얼굴이었고 들은 대로 중독으로 인한 고통을 떨친 게 아니라 이제 그 고통이 시작되려는 상태로 보였다. 눈을 가늘게 뜨고 나를 보았다가 다시 또 개들을 보는 모습을 보니 그 일 이후에 알약소녀 동생이 반짝임을 회복하지 못했고 앞도 잘 보지 못한다는 사람들 말도 사실임을 알 수 있었다. 지팡이를 안 쓴다는 말도 들었는데 그것도 사실이었다. 알약소녀 동생은 대신 희미하게나마 보이는 시력을 이용해 벽, 울타리, 가로등, 산울타리 등의 사물에 얼굴을 가까이 대고 손으로 만지면서 길을 찾았다. 사람들이 그애 상태를 두고 "좋아졌어, 외출도 하고"라고 하는 건 "병은 나았지만 망가졌어"라는 말을 좋게 돌려서 하는 얘기이기도 했다. 사실 "나았지만 망가졌어"라는 말도 "한시바삐 병원에 가서 치료를 받아야 해"라는 말을 돌려서 하는 얘기면서 또 안타깝지만 그애가 병원에 가서 치료를 받는 일은 일어나지 않으리라는 뜻이기도 했다. 그애의 반짝임도 망가지고 조각나고 이제는 잘 느껴지지 않는다는 게 내 눈에도 확연했다. 떨리는 깜박임 몇번, 기이할 정도로 부루퉁하고 흐릿한 빛만 있을 뿐 이제는 무거운 짐을 지고 무감한 잠에 빠진 나머지 우리와 다를 바가 없었다. 그때는 사람들이 집에서 차를 마시고 뉴스를 보는 시간이라 거리에 사람이 거의 없었고 드물게 길에 나온 사람들도 그애를 못 본 척 지나쳐갔다. 어떤 사람들은 일부러 눈길을 딴 데로 돌렸고 어떤 사람은 가던 걸음을 멈추고는 갑자기 개들이 아직 싸우고 있는 쪽으로 건너갔다. 그쪽이 그나마 지나가기에 덜 불편한 모양이었다. 한두명은 나처럼 머뭇거리고 있었다. 돕고는 싶은데 알약소녀 동생이 이제 반짝임을 잃고 어둠에 잠식되고 있는 상황이라 도움을 거부할 수도 있을 것 같아서였다. 혹은 알약소녀 동생이 이미 난간을 붙잡고 있으니 도우려 해도 도울 방법이 없었던 건지도 몰랐다. 망설이던 다른 사람들이 결단을 내리고 그냥 가버려 이제는 나와 알약소녀 동생만 남았다. 물론 개들도 있었다. 싸우는 개, 봉지를 혀로 핥는 개, 튀김 봉지를 먹는 개도 있었다. 그때 길 위쪽에 있는 남자 두명이 눈에 들어왔는데 그 남자들도 싸우는 중이었다. 몸으로 치고받고 싸우는데도 그때까지 알아차리지 못한 까닭은 두 사람이 아무 소리도 내지 않아서였다. 아무 말 없이 절대적 고요 속에서 주먹을 날리고 덤비고 잽 펀치 잽 잽 훅 어퍼컷 피하고 뛰고 멱살을 쥐었다. 이상한 광경이었는데 더욱 이상한 점은 이렇게 격하게 몸을 움직이면서도 각자 입에 께느른하게 담배를 물고 있다는 사실이었다.

나는 난간을 놓고 알약소녀 동생에게 다가갔다. 알약소녀 동생이 나를 알아볼지 확실하지 않아서 내가 누구인지 말했다. 도와줄까 하고 묻긴 했지만 알약소녀 동생이 도움을 거절할 것 같았고 아예 대답조차 안할 것도 같았다. 왜냐하면 첫째로 튀김가게에 있던 사람들처럼 그애도 내가 자기 언니 살해에 연루되어 있다고 생각한다면, 내가 왜 자기가 내 도움을 필요로 할 거라고 생각했을까 의아해하지 않을까? 두번째 이유는 회의에 빠져 엉뚱한 짝과 결혼하는 관습과 관련이 있다. 어떤 사람들은 알약소녀 동생이 반짝임을 잃은 까닭이 언니가 준 독을 먹었기 때문이 아니고 작년에 오래 사귄 남자친구에게 버림받은 이래 서서히 영혼을 놓아버렸기 때문이라고 말하기도 했다. 그애를 차버린 사람이 누구인지 생각하면, 그 사람과 나의 혈연관계를 생각하면 그 순간에 내가 다가가면 안될 것도 같았다. 그래도 나는 도와주겠다고 했고 그러자 알약소녀 동생이 말했다. "뭘 어떻게 한 거야? 뭔가 움직이는 걸 봤는데 그다음에 개들이 몰려와서 지나가질 못하겠어." 알약소녀 동생은 반대 방향으로 돌아가려고 벌써 몸을 돌린 참이었다. 난간에서 다음 난간으로 산울타리에서 다음 산울타리로 망가진 가로등에서 다음 망가진 가로등으로 이동해서 자기 집까지 갈 작정인 모양이었다. "감자튀김을 던졌어." 내가 설명하고 나서 덧붙였다. "그쪽으로 가지 마. 남자들

밀크맨　　　　377

이 싸우고 있어." 그러자 그애는 움직이기를 멈추고 앞이 잘 안 보인다고 말했다. 특히 도로 표지판이 잘 안 보인다면서 도로 표지판을 손으로 가리키더니 글자가 흐릿하게 쓰여 못 읽겠다고 했다. 그애가 가리키는 쪽을 보았는데 그 자리에는 도로 표지판이 없었다. 이 지역은 길이 다 똑같이 생겼기 때문에 반대자들이 적을 혼란에 빠뜨리기 위해서 도로 표지판을 모두 없애버렸다. 알약소녀 동생도 당연히 알 텐데 그렇게 말하다니 혹시 독 때문에 뇌도 손상된 건 아닌가 하는 생각마저 들었다. "수를 세면서 가고 있었어." 알약소녀 동생은 난간을 잡은 채로 눈을 가늘게 뜨고 앞을 보면서 말했다. "잘 기억이 안 나는데 이 길이 그러니까 —" 알약소녀 동생이 길 이름 두개를 말했는데 둘 다 우리가 있는 길이 아니었다. 하지만 알약소녀 동생 집이 있는 거리는 여기서 길 세개만 더 가면 있었다. 나는 우리가 어디에 있다고 설명하고 같이 걸어가지 않겠냐고 물을 생각이었다. 그런데 우리 둘이 동시에 입을 열었고 둘다 본질적인 문제를 건드렸다. 조금 전까지만 해도 그런 이기적인 말은 하지 말아야지 하고 마음먹었는데 그 말이 불쑥 튀어나와버렸다. "나 너희 언니 죽이지 않았어. 또 네 진정한 사랑이 너를 버린 것도 내 책임은 아냐." 그런 한편 알약소녀 동생이 한 말은 이런 것이었다. "전에 언니 방에서 편지 한통을 찾았어."

온 식구가 다 함께 집 안 수색을 하던 중에 알약소녀 동생이 편지를 발견했다. 알약소녀가 사람들에게 먹이는 독을 숨긴 곳을 찾으려고 대대적인 수색을 할 때였다. 그 많은 약을 다 몸에 지니고 다닐 리는 없으니까 집 안 어딘가에 숨겨놓은 게 분명했다. 다른 식구들이 석탄 투입구, 잡동사니 벽장, 변기 안, 다락방 등 구석진 곳을 뒤지는 동안 알약소녀 동생은 의외의 장소를 노렸다. 알약소녀 동생 말이 지혜와 통찰력이 있고 오래전부터 주변 환경과 기후에 밀착해 살아온 아메리카 원주민들은 빤히 보이는 곳에 숨지만 눈에 뜨이지 않는다고 했다. 그러니까 거실에 있을 것이라는 말이었다. 알약소녀는 가족이 모인 자리를 극도로 기피하기 때문에 절대로 거실에는 가지 않았다. 그래서 알약소녀 동생은 일단 거실로 갔고 언니가 독을 감춘 장소를 찾기 위해 가장 의외의 장소에서도 가장 의외의 지점이 어디일까 생각하며 거실을 둘러보았다. 이번에도 아메리카 원주민 방식으로 빤히 잘 보이는 곳을 노렸다. 그날 소파 위에는(오년 전부터 그 자리에 있었고 지금도 여전히 있지만) 한때 사랑받던 헝겊 인형이 놓여 있었다. 아이들끼리 대대로 인형을 물려주어 막내 소유가 되었다가 막내가 열한살이 되면서 버려졌다. 조만간 언젠가는 식구 중 누군가가 꼭 해야 하는 급한 집안일을 다 마친 다음에 시간을 내서 인형을 치우거나 다른 사람에게 주는 날이 오겠거니 생각했다. 그런데 워낙 사소한 물건인데다 거의 붙박이나 다름없이 여겨져 아직까지도 그날이 오지 않았다. 그렇게 인형은 소파 위에 훤히 보이게 놓여 있으면서도 눈에 뜨이지 않게 되었던 것이다. 알약소녀 동생은 인형을 집어들었다. 인형 배 부분, 은밀한 부위와 윗배 사이에 커다란 기저귀핀으로 오므려놓은 구멍이 있었다. 알약소녀 동생이 핀을 풀고 배 안을 열어보니 그 안에 독약은 없었지만 세번 접은 편지가 있었다. 알약소녀의 글씨체였는데 알약소녀의 한 자아가 다른 자아에게 쓴 편지인 것 같았다. 첫머리에 나의 사랑하는 수재나 엘리너 리자베타 에피에게라고 적혀 있었다. 알약소녀 동생은 망설였다. 양식 있는 집안 사람답게 알약소녀 동생도 남의 사적인 물건을 들여다보기를 꺼렸다. 평상시 같으면 절대 보지 않았겠지만 그때는 온 식구가 알약소녀의 살인 무기를 찾아내어 없앤다는 더 큰 목표에 매달릴 때였다. 반대자들이 집에 찾아와 알약소녀를 죽이겠다고 위협하는 상황이니 무슨 수를 내지 않을 수가 없었다. 나머지 식구들이 위층 아래층 바깥쪽 뒤쪽을 수색하며 마룻장을 들어내고 벽에 구멍을 뚫고 서까래 아래를 훑어보며 약병을 찾는 가운데 알약소녀 동생은 소파 가장자리에 앉아 가책으로 주저하면서 아주 작고 고르고 검은 글씨로 쓴 무려 열세장짜리 편지를 펼쳤다. 알약소녀는 깊이 숨을 들이마셨다. 나의 사랑하는 수재나 엘리너 리자베타 에피에게가 시작이었다.

나의 사랑하는 수재나 엘리너 리자베타 에피에게,

네가 잊지 않게 하기 위해 네가 두려워하는 것을 열거할 수밖에 없구나. 궁핍함, 매달림, 기이함, 보이지 않음, 보임, 수치를 당함, 기피됨, 기만당함, 괴롭힘 당함, 버려짐, 얻어맞음, 입에 오르내림, 동정받음, 조롱당함, '애'이면서 동시에 '늙은이'로 여겨짐, 분노, 타인, 실수를 저지름, 본능적으로 앎, 슬픔, 외로움, 실패, 상실, 사랑, 죽음에 대해. 죽음이 아니라면 삶 — 육신, 필요, 일부, 대담한 일부, 버려진 일부에 대해. 또 떨림, 진동, 떨림과 진동 때문에 다리가 허물어지는 것에 대해. 1부터 10까지 중에서 우리의 9와 10분의 9는 힘의 상실을 믿고 나약함 앞의 굴복을 믿고 다른 사람의 교활함을 믿어. 우리는 불안정성도 믿어. 9와 10분의 9는 우리가 감시를 당하고 있고 오래된 상처를 되풀이하고 있고 얼굴 표정이 경직되고 불행하고 둔하다고 믿어. 이게 우리의 두려움이야, 사랑하는 수재나 엘리너 리자베타 에피. 잘 알아두렴. 제발 기억해. 수재나, 우리 수재나. 우리는 두려워.

"세상에." 내가 말했다.

"그래. 그리고 또 이런 게 있었어." 알약소녀 동생이 말했다.

같은 이야기를 장황하게 더 하고 싶지는 않지만 가장 큰 걱정, 우리가 안고 있는 걱정, 우리가 그 걱정만 없다면 다른 걱정 전부가 있다 해도 말할 수 없이 행복해질 걱정, 우리를 뼛속까지 저주하고 부정적으로 바꾸어놓고 앞에 열거한 두려움들 같은 사소한 두려움조차 극복하지 못하게 하는 걱정은 정신의 기이한 무언가인데 — 수재나 너도 정신의 기이한 무언가를 기억하겠지? 우리 안에 들어와서, 너도 알다시피 아직까지 우리를 사로잡는 밝음과 선함을?

"나를 말하는 거야." 알약소녀 동생이 말했다. "언니가 약을 먹이기 시작하기 전에, 그러니까 본격적으로 시작하기 전에 가끔 특정한 사람에게만 약을 먹이던 옛날에 말이야, 언니는 나보다 나이 많은 언니니까 나는 언니 말을 따라야 했지만 그래도 언니한테 가서 말을 했어. 하지만 나는 몰랐으니까, 언니의 두려움이 어느 정도인지도 모르고 언니에게 두려움이 있다는 것도 몰랐으니까 언니 방에 가서 엉뚱한 이야기를 하고 말았지. 그때는 내가 말을 잘못한 줄도 몰랐지만, 상황이 더 나빠졌어. 난 언니가 나한테서 무얼 보는지 몰랐거든. 도움은 하나도 안되고 언니한테 의심만 사게 됐지. 나는 언니가 왜 독을 먹이는지 알아내고 생각이 꼬인 데를 풀고 언니가 정신을 추스르게 하려고 했어. 언니는 그건 불가능하다고, 나쁜 일들이 있는데, 잊을 수 없는 나쁜 일들이 이렇게 많은데 좋은 일만 보면 위험하다고 했어. 새로운 나쁜 일들뿐 아니라 오래된 나쁜 일들도 기억하고 새겨야 하는데 그러지 않는다면 이전에 있었던 일들이 모두 헛된 일이 되어버리고 만다고 했어.

나는 그걸 몰랐고 언니가 무슨 뜻으로 '헛된 일'이라고 하는지도 몰랐지만 언니한테 과거의 일을 이제 내려놓고 돌아설 수 있다면 후회스럽다는 점에서 헛된 일일 수는 있어도 결국은 헛된 일이 아닐 수 있지 않느냐고 했지. 그때 언니가 나한테 처음으로 독약을 먹였어." "처음으로?" 내가 물었다. "그래. 다 합해서 다섯번인데 처음 세번째까지는 그냥 생리통인 줄 알았어." 두번째 때에는 동생과 언니가 차를 마시며 이야기를 나눴다고 했다. 이때, 알약소녀가 차를 끓이는 동안 동생은 언니가 나쁜 일들을 잊으면 안된다고 말하는 것을 듣고 언니가 아직도 나쁜 일들 문제에 갇혀 있다는 걸 알았다. 알약소녀는 나쁜 일들을 놓아버리면 안된다, 그러면 용서가 뒷문으로 들어온다고 했다. 알약소녀는 나는 용서할 수 없다고, 특히 아직 사과도 받지 못했는데 용서할 수는 없다고 말했다. 알약소녀 동생이 말했다. "나는 누구한테 사과를 받아야 하는지, 용서받지 못한 자들이 무엇에 대해 사죄해야 하는지도 모르면서 언니한테 마냥 사과를 기다리는 건 공격적인 생각인 것 같으니 기다리기를 그만둘 수는 없겠냐고, 계속 기다리다보면 심신이 더욱 피폐해질 것 같다고 말했어. 언니는 떨치고 갈 수는 없고 일단 사과를 받아야 무엇이라도 할 수 있다고 했고 나는 아니라고, 정말 정말 아니라고 했고 그때 진짜로 극심한 생리통이 두번째로 시작된 줄 알았지." 세번째로 둘이 차를 마시며 대화를 했을 때에는 '헛된 일', 받지 못한 사과, 용서할 것이냐 말 것이냐의 주제가 아니라 정체성, 유산, 전통이라는 주제로 이야기했다고 했다. "언니한테 내 생각에는 언니가 독을 넣을 때마다 자신을 분리하고 고립시키는데 너무 그쪽으로 신경을 쓰고 집착하고 어쩌면 적절한 수준 이상으로 몰입하는 것 아니냐고 했어. '다 같이 살아야 하잖아?'라고 물었더니 언니는 존중해야 하는 것들이 있다, 게다가 빛나는 면에만 주목한다면 다들 다른 면은 없다고 생각할 거다, 그랬어. 사람들이 잊어버리고 말 거라고. 모든 게 괜찮다고 생각할 테고 그러면 기억하는 사람은 자기밖에 남지 않을 거라고 했지. 언니가 무슨 이야기를 하는지 나는 몰랐어. 언니의 정체성은 극단적 가장자리에 있는 것 같으니 그 가장자리를 강화할 게 아니라 스스로를 의심해볼 수는 없겠냐고 했지. 그때 견딜 수 없을 정도로 심한 생리통이 세번째로 찾아왔어." 알약소녀 동생은 네번째에 비로소 언니가 자기에게 독을 먹였다는 사실을 깨달았다고 한다. 그뒤로는 같이 차를 마시면서 대화하지 않았다. "그래도 생각했지. 뭔가 다른 방법이 있을 거라고." 알약소녀 동생은 그렇게 생각했고 그 무렵 우리 지역 반대자들이 알약소녀를 죽이겠다고 위협해서 식구들이 살인 무기를 찾기 시작했던 것이다. "그때 편지를 발견했어. 두려움에 대한 이야기로 시작해서 깨알 같은 글씨로 열세장이나 쓴 편지." 긴 편지였지만 마침내는 끝이 났다.

사랑과 너의 현재와 미래의 안전에 대한 아주 많은 걱정
과 고민과 함께,

진정으로 정말로 겁에 질려 있는 너의 벗,

힘든 날만이 아니라 언제나 꾸준한 타인에 대한 공포가.

힘든 날만이 아니라 언제나 꾸준한 타인에 대한 공포는 정말
인정사정없었다. 알약소녀 동생은 편지가 쌍방으로 오간
것은 아니라고 했다. 그러니까 내면의 반대세력이 용감한
반격을 펼쳐 공포의 상황을 극복하고 탈취해 희망적 결론
으로 이끌지 않았다는 말이다. 밝음과 선함이 보낸 편지가
딱 한장 있긴 했는데 그 글에도 힘든 날만이 아니라 언제나 꾸
준한 타인에 대한 공포는 계속 끼어들었다. 사랑하는 수재나 엘
리너 리자베타 에피에게, 이 외로운 한장짜리 편지는 이렇게
시작했다.

사랑하는 수재나 엘리너 리자베타 에피에게,

나한테 말하지 않아도 돼 —

무서워! 너무나 무서워!

— 네가 보는 것은 네 안의 풍경이

모든 게 너무나 끔찍해!

— 투영된 것이고 넌 그 내면의

도와줘! 도와줘! 우린 죽을 거야! 우리 모두 죽을 거야!

——풍경을 믿지

내 배! 내 머리! 내 내장!

——않아도 돼. 대신에 ——

우리 도움 키트를 기억해 수재나! 우리 위안 키트! 생존 자기 방어 키트! 우리 자리를 지키는 법 키트! 우리 병과 우리 약과 우리의 빛나는 까만 알약! 아 빨리! 복수다! 그들도 우리의 고통을 느꼈으면……

이렇게 타인에 대한 공포가 밝음과 선함을 압도하고 흩어놓고 결국 사살해버렸다. 밝음과 선함은 다른 모습으로 위장하고 나타났다. 일체성, 반짝임, 동생. 동생의 모습으로도 왔다. 그러니까 동생이 자기 안에 들어왔다는 말이었다. 그러면 말이 된다. 알약소녀는 동생이 자기 안에 들어오는 것을 원하지 않았다. 따라서 동생은 죽어야 했다. 그렇게 해서 알약소녀의 동생은 다섯번째로 약을 먹었고 이번에는 거의 치명적이었다. 또 나도 약을 먹었다. 히틀러로 오인된 남자도 약을 먹었다. 그뒤에는 알약소녀 본인이 죽임을 당했다. 타인에 대한 공포는 아마 알약소녀가 죽었어도 자기 혼자 살아갈 수 있다고 생각했을 것이다. 머리카락을 늘어뜨리며 계속 무시무시하게 굴 거라고. 타인에 대한 공포처럼 다른 사람의 심리를 장악하는 것들은 숙주가 있어야만 생존할 수 있고 숙주를 제거하면 자기도 제거될 수밖에 없다는 사실은 모르는 것이다. 나는 알약소녀 동생을 찬찬히 보았는데 얼굴이 병적으로 창백했고 이마에 땀방울이 맺혔고 숨 쉬기도 힘들어했고 눈은 잘 보이지 않아 작은 손으로 난간을 꼭 붙들고 있었다. 흥분한 것처럼 난간을 잡아당겼다. 흥분했는지도 몰랐다. 알약소녀 동생은 화장지처럼 얇디얇았다. 몸만 가녀린 게 아니라 모든 면이 그랬다. 알약소녀 동생은 초조해했고 저전류가 과전류가 되어 민감성과 조기경보 시스템과 감시 감지 기능이 자극된 상태였다. 나는 도우려 다가갔지만 어떻게 도와야 할지 몰랐다. 하지만 끌리듯 다가갈 수밖에 없었다. 그때 알약소녀 동생이 내 이름을 불렀고 그게 따뜻하고 다정하게 들렸고 예상했던 것처럼 "네가 우리 언니를 죽였어!"가 아니라 다행이었다. 알약소녀 동생은 이렇게 말했다. "언니가 얼마나 겁에 질려 있었는지 알겠지? 나는 그 정도인 줄 몰랐어. 언니는 언니니까. 그런데 그렇게나 많은 적에 둘러싸여 있었던 거야." 나는 고개를 끄덕였는데 그애가 못 봤을 수도 있겠다는 생각이 들었다. 그래서 말했다. "그래." 또 무어라고 덧붙일까 고민했는데, 진짜 밀크맨의 우유 트럭을 탔을 때처럼 뭔가 말을 덧붙이고 뭐라도 하고 싶은 생각이 들었기 때문이다. 그런데 내가 무슨 말을 떠올리기 전에 그애의 전 애인이 등장했다.

내 어깨에 손이 올라오기 전에 이미 그가 뒤에서 다가오는 걸 느꼈다. 일년 동안 못 본 셋째 오빠였다. 오빠는 일년 전에 결혼하고부터는 이 지역에 거의 안 왔고 와도 길게 머물지 않았다. 엄마를 보러 와서 돈을 줬고 서둘러 와서 서둘러 엄마와 어린 동생들을 태웠고 ──빨리! 서둘러! ── 차에서 내려줬고 ──빨리! 서둘러! ── 차에 태우고 나들이를 갔다. 어린 동생들한테 들었는데 오빠가 시내로 데려가거나 산으로 데려가거나 날이 좋으면 바닷가로 데려갔고 가는 길에 간식도 사주고 사달라는 건 다 사줬다고 한다. "아이스크림하고 감자튀김하고 레모네이드하고 소시지 먹었어." "회전목마가 왔을 땐 거기에도 갔어. 오빠가 우리랑 엄마까지 다 놀이기구에 태웠어." 또 오빠는 동생들과 엄마를 가끔 시내 너머에 있는 자기 집으로 데려가서 새 아내와 다 같이 차를 마시기도 했다. 이 새 아내는 뜻밖이었다. 아무도 등장을 예상 못했다. 엄마도 우리도 이곳 공동체도 몰랐고 셋째 오빠조차도 몰랐고 셋째 오빠가 여러 해 동안 사귄 여자친구 알약소녀 동생도 전혀 몰랐다. 나는 오빠가 결혼한 뒤로 오빠를 못 봤다. 오빠는 둘째나 셋째 화요일에만 집에 오는데 그날은 내가 일을 마치고 어쩌면-남자친구 집에 가는 날이기 때문이다. 그런데 오빠가 내 등 뒤에서 다가와 내 어깨에 손을 얹었고 나는 뒤를 돌아보기도 전에 내 어깨를 잡은 사람이 밀크맨이 아니고 나를 손봐주러 온 튀김가게에 있던 사람들도 아니고 타인에 대한 공포나 알약소녀의 망령도 아니라는 걸 알았다. 셋째 오빠라는 걸 오빠가 다가올 때의 느낌으로 알았고 나만 느낀 것도 아니었다. 알약소녀 동생도 무언가를 느꼈다. 알약소녀 동생은 언니의 엄청난 공포가 엄청난 분노로 오인되었다는 이야기를 하다가 도중에 말을 멈추고 소스라치게 놀라 소리쳤다. "누구예요? 거기 누구예요? 누구야?" 목소리가 다급했고 절박했고 흥분과 희망도 느껴졌다. 내 뒤에 서 있는 게 누군지 알약소녀 동생은 나보다 먼저 알아차렸던 것이다. 나는 오빠가 "좀 비켜봐 쌍둥이 동생, 지나가게"라고 말하기 직전에 누군지 알았다.

하지만 오빠는 나를 직접 밀어내야 했는데 내가 너무 놀라 스스로 움직이지 못하는 상태였기 때문이다. 오빠는 나에게 말을 걸기는 했으나 내 존재는 이미 잊었고 내 뒤쪽을 보면서 자기가 사랑했던 유일한 여자를 향해 가고 있었다. 오빠 목소리를 듣고 알약소녀 동생은 다시 비명을 질렀고 한손은 입에 가져다대고 다른 손은 앞으로 뻗었는데 오빠를 막기 위해서인지 아니면 붙잡기 위해서인지는 알수 없었다. 그러더니 손을 내리고 뒤로 물러서려고 했지만 뒤에 난간이 있었기 때문에 물러설 데가 없었다. 대신 알약소녀 동생은 옆으로 피했고 그 순간 나는 알약소녀 동생도 내 존재를 잊었다는 걸 알았다. 내가 알약소녀 동생을 도와주려 해도 거절할 거라고 생각했던 두번째 이유가 바로 이것이었다. 내가 자기를 버리고 누군지도 모르는 임시방편과 결혼한 전 애인의 누이이기 때문에 처참한 과거를 떠올리기 싫어 나를 피하지 않을까 싶었던 것이다. 그러니까 다시 엉뚱한 짝 이야기로 돌아왔는데 이 경우에는 셋째 오빠의 아내가 엉뚱한 짝이고 알약소녀 동생이 맞는 짝이었다는 말이다. 우리는 그렇게 생각했다. 우리 가족, 알약소녀 동생 가족, 우리 공동체 누구나 그렇게 생각했다. 그럼에도 두 사람은 결혼하지 않았는데 셋째 오빠가 다들 그렇게 하듯이 아무 의문도 제기하지 않고 무의식적으로 자기를 보호하기 위한 행동을 했기 때문이다. 사랑하는 사람에게 사랑을 받는 취약한 상태를 더이상 감당하지 못할 것 같은 지경에 이르자 오빠는 운명에 의해서건 누군가 다른 사람에 의해서건 그걸 잃거나 뺏기기 전에 스스로 끝내는 방법을 택하고 말았다. 그때 아무도 오빠한테 정신 차리라고 말해주지 않았는데 사실 그런 말을 해줄 사람이 누가 있었겠는가? 그리하여 오빠는 자기가 세상에서 가장 원하는 것을 잃을 가능성에 대한 두려움을 피하기 위해서 대체물을 만들었다. 당연한 일이지만 알약소녀 동생은 그 점에 대해 할 말이 없지 않았다.

"가." 알약소녀 동생이 말했다. "이미 떠났잖아. 이제 그냥 가버려." 알약소녀 동생 목소리가 떨렸고 몸도 떨렸고 확연한 분노가 뿜어져나왔고 눈은 초점이 잘 안 맞았다. 확실히 전 애인의 모습이 잘 안 보이는 것 같았다. 나는 두 사람의 안중에도 없었지만 그래도 가슴이 마구 뛰었다. 이미 늦은 건가? 오빠가 배를 다 불태워버린 건가? 모든 걸 망쳐버렸나? 아니면 알약소녀 동생이 조금 누그러져 용서를 받아줄까? 오빠는 용서를 구하려는 생각인지 알약소녀 동생이 가라는데도 가지 않고 버텼다. 오히려 가까이 다가갔고 알약소녀 동생에게 손을 대지는 않았지만 계속 뭐라 뭐라 하면서 빌었다. 감정이 너무 북받쳐 자의식이 가동되지 않는지 말을 다듬지도 고르지도 않고 쏟아부었다. "……실수야 ……바보! ……엄청난 바보! ……빌어먹을 바보! 무슨 생각을 한 건지 뭘 한 건지도 모르고…… 어리석게…… 잘못된 사람한테. 너를 사랑해서…… 두려웠어. 위험하다고…… 안전을 택한다고…… 꿈을 팔아버리고…… 아 멍청이! ……아 바보! 빌어먹을! ……잘못된 사람을…… 망할…… 어리석었어!" 또 "소중히 여기지 않음" 어쩌고와 "소중히 여김" 어쩌고, 또 "사랑, 내 사랑" 그리고 "감당할 수가 없었어"와 "바보, 미쳤어, 얼간이, 행복, 그럴 수가…… 그럴 리가…… 빌어먹을 바보" 등등이 이어졌다. 본인을 가리키는 말인 것 같았다. 그러더니 "이 사랑이라는 일"과 자기가 어떻게 "타협을" 했는지, 어떻게 안전을 택했는지 말하고 자기가 떨고 있다고, 알약소녀 동생 앞에 서서 떨고 있다고 했다. "내가 떠는 거 안 보여?" 오빠가 묻더니 이렇게 말했다. "제길! 내가 떠는 거 안 보이는구나! 안 보이는 거야! 널 어떻게 한 거지? 너희 언니가 네 눈을 어떻게 한 거야?"

나는 오빠가 전 여자친구인 알약소녀 동생이 최근에 독을 먹었다는 소식을 듣긴 했으나 상태가 이 정도인지는 예상을 못했나보다 생각했다. 주변에 독을 먹은 사람이 흔하지 않으니 독이 배 속 장기만 파괴하는 게 아님을 몰랐을 것이다. 알약소녀 동생은 하지만 이제 맞설 태세를 상당히 갖추고 있었다. "넌 나한테 상처를 줬어." 알약소녀 동생이 울었다. "나를 불행하게 만들었어. 너 자신도 불행하게 만들었을 거고 그 여자도 ― 누군지는 모르지만 불행하게 만들었을 수밖에 없어. 그러니 이제 가. 가버려." 그러면서 다시 손을 내밀었다. 오빠도 손을 내밀었고 알약소녀 동생은 밀어내려 했고 오빠는 잡으려고 했고 그러자 알약소녀 동생은 또 밀어내려다가 멈췄다. 그러자 오빠가 또 잡으려 했고 알약소녀 동생이 밀어냈다. 멈추고 밀고 손이 나오고 팔이 나오고 손으로 밀고 "가버려"라고 계속 말하고 안 가는 일이 계속 이어졌다. 그러다가 오빠 쪽에서 사랑, 바보, 빌어먹을 바보, 빌어먹을 얼간이가 더 나왔다. "만약에 죽었다면!" 오빠가 울부짖었다. "언니가 널 죽였으면 어쩔 뻔했어! 네가 죽었다면 나는 다시는……" 이제는 몸을 떨지 않았지만 안에서 격정의 소용돌이가 솟구치는 게 분명했다. 알약소녀 동생이 보지는 못하더라도 오빠가 어떤 꼴인지 듣지 않을 수는 없었다. 오빠가 타협과 안전을 택하고서 망가지고 쇠약해진 것은 사실이었고 마음이 가는 대로 따르지 않은 채 이대로 계속 산다면 일년이 되기 전에 산송장이 되고 죽은 사람처럼 얼이 빠져 반쯤 관에 들어간 사람이 될 것 같았다. 그런데 오빠가 사랑한다고 말하며 속에서 격동을 일으키는 와중에도 조금씩 그 어조가 달라졌다. 이제는 말투가 다급하고 날카로웠고 용기와 분노도 솟는 것 같았다. 다시 언니가 어떻게 했느냐고 묻고 누군가가 병원에 데리고 갔는지 물었다. 의사 이야기를 했다. 의사에게 보였어? 어떤 치료를 받았어? 치료를 받기는 했어? 하지만 알약소녀 동생이 말을 끊고 언니가 자기한테 무슨 짓을 했든 신경 쓰지 말라고 했다. "내가 무슨 일을 당했는지 왜 신경 쓰는 건데? 네가 나한테 무슨 짓을 했는지는 신경도 안 써놓고!" 그러고는 둘 사이에 또 무언가가 있었다. 이번에는 알약소녀 동생이 밀고, 다음에는 셔츠를 잡고, 그를 붙들고, 머리를 가까이 가져가다가 ─ 아니! 다시 셔츠를 놓고 그를 밀어냈고 그러다가 다시 셔츠를 잡았고 조금씩 조금씩 또 조금씩 점점 더 가까워졌다. 알약소녀 동생이 몸을 기울여 오빠의 셔츠 위에 놓인 자기 팔에 머리를 기댔다. 알약소녀 동생은 눈을 감고 우리 오빠, 자기 애인, 전 애인, 애인의 냄새를 들이마셨는데 그때 셋째 오빠는 허락을 받았다고 생각한 모양이었다. 오빠가 팔을 위로 올렸는데 ─ 너무 일렀다! ─ 아직 허락을 받은 게 아니었다. 알약소녀 동생은 소리를 지르며 오빠를 밀어냈다.

그 상태였다. 알약소녀 동생이 좀 약하게 다시 밀고, 오빠는 팔을 앞으로 뻗고 좀더 신중하게 신호를 살피며 이제 적당한 때가 되었다는 미묘한 암시를 기다리고 있었고 이 모든 일은 당연하게도 내가 보고 들으면 안되는 일이었다.

평상시 같으면 극도로 흥분한 격정적인 상태의 연인들을 바로 옆에서 빤히 보는 사람이 있다면 역겹고 이상한 사람이라고 생각했을 것이다. 하지만 나는 바닥에 못 박힌 듯 서서 보지 않을 수가 없었고 눈을 돌리고 싶지도 않았는데 사실 나는 여기 가만히 있는데 저들이 시작한 것이었으니까. 이제 알약소녀 동생은 오빠가 팔을 올리도록 허락하고 오빠를 붙들면서 동시에 밀면서 이렇게 오빠를 나무랐다. "너를 미워하는 것 같아." 이건 사실은 미워하지 않는다는 말인데 왜냐하면 "너를 미워하는 것 같아"는 "아마 너를 미워하나봐"와 같은 뜻이지만 한편 "너를 미워하는지 잘 모르겠어"와 마찬가지고 그 말은 또 "난 널 미워하지 않아, 내 사랑, 널 사랑해, 아직도 사랑하고 언제나 사랑했고 영원히 사랑할 거야"라는 말이기도 하기 때문이다. 그러더니 알약소녀 동생이 오빠 가슴에서 얼굴을 떼었고 밀기도 안 밀기도 안하고 둘 다 움직임을 멈췄다. 정지 상태로 일초 정도가 흐르더니 두 사람은 더이상 아무 말도 없이 어떤 실랑이도 없이 편안하게 서로의 품으로 파고들었다.

둘이 꼭 붙들고 입을 맞추고 있었다. 오빠는 알약소녀 동생 등과 허리를 받치고 알약소녀 동생 위로 몸을 기울였고 알약소녀 동생은 팔을 오빠 목에 둘러 오빠가 허리를 받치고 끌어안고 몸을 숙이도록 했다. 곧 오빠는 알약소녀 동생을 거의 뒤로 자빠뜨릴 정도로 키스를 했다. '이런 향기가 없다면 이런 키스도 없을 거예요' 어쩌고 하는 프랑스 향수 크리스마스 시즌 광고에 나오는 것 같은 키스였고 그때 두 사람은 알아차리지 못했지만 나는 다른 사람들도 구경하러 왔다는 걸 알아차렸다. 길에서 싸우는 두 남자를 구경하러 모였던 사람들 중 일부가 이리로 건너온 것이었다. 두 남자는 아직도 말없이 싸우고 있었고 여전히 담배를 입에 물고 있었다. 싸움이 너무 조용하고 너무 길고 너무 이상해서 이해가 안 가고 불편했고 개념으로 이루어진 현대적이고 양식적인 아르누보 싸움 같기도 했다. 그래서 합리적이고 전통적인 리얼리즘을 좋아하는 관중들이 이 사람들이 과연 싸우고 있긴 한 건가 의심하기 시작했다. 그래서 흥미를 잃고 우리 쪽으로 건너온 것이었는데 이렇게 온 사람들이 다 안다는 듯이 고개를 끄덕였다. 내 옆에 있는 여자가 다 안다는 듯이 다른 쪽 옆에 있는 여자에게 고개를 끄덕이자 다른 쪽 옆 여자는 자기도 다 안다는 듯이 고개를 끄덕여 화답했다. "죄책감 때문에 그런다는 걸 나는 알았어." 첫번째 여자가 이제 나에게 말을 걸었다. "그래서 네 오빠가 우리 지역에 몰래 들어왔다가 서둘러 나가곤 했던 거야. 죄책감. 죄책감 때문이지. 정치적 문제와는 무관하고 반대자라거나 밀고자라고 의심받아서도 아니었어. 죄책감과 후회, 자기가 한 일에 대한 양심의 거리낌 때문이었다고. 하지만 너 생각해봤니?" 이 말에 모든 사람이 나를 돌아봤다. "네 오빠의 엉뚱한 아내가 이 일에 대해 뭐라고 할지?"

그건 또다른 문제였다. 오빠들. 나의 오빠들. 나는 오빠가 넷 있는데, 사실은 셋이다. 그중 한명 둘째 오빠는 죽었기 때문이다. 죽었지만 그래도 우리 오빠이기 때문에 아직도 둘째 오빠도 같이 헤아린다. 넷째 오빠도 같이 헤아리는데 넷째 오빠는 우리 오빠가 아니고 사실은 둘째 오빠가 어린이집에 다닐 때부터 친했던 가장 오래된 친구다. 넷째 오빠는 자기 가족이 있고(부모님, 형제 둘, 누이 일곱) 그것도 우리집에서 길 네개 건너 거리에 사는데도 늘 우리집에 와 있었다. 열네살 때 학교를 그만둔 다음에도 우리집에 살았다. 넷째 오빠는 그 무렵에 무장단체에 들어갔고 둘째 오빠도 들어갔다. 둘째 오빠가 죽은 지금도 넷째 오빠는 이론적으로 우리 가족의 일부지만 현재는 도망 중이기 때문에 우리집에 살지는 않는다. 사람들 말이 넷째 오빠가 순찰대를 총으로 쏘아 경찰 네명을 의도적으로 죽이고 민간인 세명(시골 버스 정류장에서 버스를 기다리던 어른 한명과 여섯살짜리 두명)은 실수로 죽인 다음에 오토바이를 타고 국경 쪽으로 달아났다고 한다. 넷째 오빠가 '국경 너머' 나라 어딘가에 있다지만 이제 우리는 넷째 오빠를 못 본다. 첫째 오빠는 어떻게 되었냐면, 사실 누군가가 운동에 가담한다면 첫째 아들이 하는 게 이곳 전통이다. 그래서 엄마의 둘째 아들, 둘째 오빠가 운동에 가담하고 국가기관, 경찰과 총격전을 벌이다 사망했을 때 그들이 시신을 확인하라고 엄마를 데려가면서 당연히 첫째 아들이라 생각하고 엄마한테 첫째 아들이 죽었다고 말했다. 엄마의 진짜 첫째 아들, 첫째 오빠는 반대자 세력에 가담하지 않았는데 어느날 시내에서 술을 먹고 넘어져 팔이 부러졌다. 오빠는 병원에 갔고 보도블록이 튀어나와 있어 넘어졌다고 민원을 제기했고 민원이 맞는 말인지 아닌지 판단하는 사람이 맞는 말이라고 판단해서 수천파운드의 보상금을 받았다. 오빠는 꽤 큰돈을 엄마에게 주고 이 나라의 정치적 문제를 고려해보건대 "씨발 난 떠야겠다"고 하더니 약간의 평화와 고요와 햇빛을 누린다고 중동으로 가버렸다. 떠나기 전에 다른 형제들한테도 같이 가자고 했지만 둘째 오빠와 넷째 오빠는 반대자 운동에 깊이 빠져 있어서 가지 않겠다고 했고 셋째 오빠는 알약소녀 동생과 사랑에 빠져 있어서 가지 않겠다고 했다. 그래서 첫째 오빠 혼자 갔고 그뒤로 아무도 소식을 못 들었다. 그러니까 이 오빠, 모험을 찾아 떠난 첫째 오빠도 자기 할 일을 했다. 죽은 둘째 오빠도 자기 할 일을 했다. 넷째 오빠는 자기 할 일을 하고 있다. 그런데 셋째 오빠가 지금까지 한 일이라고는 맞는 짝을 버리고 엉뚱한 짝과 결혼한 다음 지금까지 그 일에 대해 아무 조치도 취하지 않은 것뿐이었다.

셋째 오빠는 장 폴 고티에 향수 광고 같은 키스를 마무리하고 구경꾼들에게는 눈길도 안 준 채 진정한 아내를 품에 안아올렸다. 그러더니 딱 한마디를 했다. "병원!" 내내 널 사랑한다 나는 바보다 선언하다가 이제는 우선순위가 긴급히 진단을 받고 치료하는 것으로 넘어갔는지 셋째 오빠는 애인을 차로 데려갔다. "병원에 데려가면 안돼." 고개를 끄덕이던 구경꾼들이 이번에는 고개를 가로저으며 중얼거렸다. "병원에는 가면 안돼. 병원은 절대 안되는 곳이야. 거기 가면 서류 양식을 작성해야 돼. 누가 독을 먹였냐고 물어볼 거야. 그러고 나면 특별경찰이 잡으러 올 거고 저 둘은 밀고자가 되는 거야." 그러더니 나를 보고 말했다. "네 오빠를 알아볼 거야. 네 오빠가 누군지 알 거라고. 죽은 둘째 오빠의 형제고 도망간 넷째 오빠의 형제니까 아무리 본인은 반대자가 아니라고 해도 상관없다고. 반대자와 교류하는 사람이고 반대자 가족인 것만으로 연결되었다고 취급될 거야." 이웃 사람은 이렇게 말하고 내 대답을 기다렸다. 나는 그저 사람들이 병원 문제에 대해서는 이제 고집을 꺾었으면 싶었다. 요새는 여기서도 병원을 기피하는 전통을 깨고 일상적으로 병원에 가는 사람이 많았다. 우리 지역 사람은 병원에 가지 않는 걸로 되어 있지만 정작 병원에 가보면 우리 지역 사람이 바글거렸다. 머지않아 병원에 놀러 가고 휴가에 맞춰 병원을 예약할 날이 올 거다. 새로운 시대가 시작되고 있고 적어도 병원 문제에 있어서는 그랬다. 이 이웃 사람들도 그 사실을 빨리 깨달아야 적응하고 앞으로 나아갈 수 있을 텐데. 나는 사람들이 말하고 싶어 근질근질해하면서 차마 말 못하는 다른 말이 있다는 것도 알았다. 셋째 오빠가, 얼마 전에 일어난 판사 부부 죽음의 배후에 있고 또 우리 지역에서 가장 대단한 독 살포자도 죽인 무장단체 주요 인물과 성관계를 맺는 여자의 오빠이기도 하다는 사실도 경찰이 알아볼 것이라는 점 말이다. 하지만 이웃 사람들은 그 살인사건 문제나 내가 '평범한 살인'의 유발자라는 점은 입에 올리지 않고 대신 경찰이 셋째 오빠와 여자친구를 밀고자로 만들어버릴 것이라는 말만 되풀이했다. 그러는 동안 오빠는 지혜로운 조언이나 못마땅해하는 푸념이나 밀고자가 될 수 있다는 경고 등은 귓등으로 듣고 필생의 사랑을 자기 차 조수석에 태웠다. 그러고는 보닛 위로 날듯이 미끄러져 가 운전석에 타고 바로 시동을 걸었다. 차가 달려가다 끼익 소리를 내며 모퉁이를 돌아 병원으로 가기 위해 경계 도로로 들어섰다. 그렇게 해서 걱정 가득하지만 행복한 셋째 오빠와 이제 행복해졌지만 심각하게 아픈 연인의 모습은 시야에서 사라졌다.

이제 됐다. 사건은 끝났다. 하루 동안 내가 감당하기에 지나치게 많은 일이 있었다. 나는 사건이 일어나는 걸 좋아하지 않는데 좋은 일이 일어나는 법은 좀처럼 없고 좋은 것과 관련 있는 일도 도통 안 일어나기 때문이다. 그래서 이제 집에 가기로 했고 오늘 저녁의 계획은 어린 동생들에게 케이크를 먹이는 걸로 조정할 참이었다. 케이크를 먹이고 모험하라고 밖으로 내보내고 나는 집에서 거품 목욕을 하면서 케이크를 먹으면서 다리를 위로 올리고 『페르시아인의 편지』를 읽을 생각이었는데 그러면 수증기와 물방울 때문에 책이 젖어 망가지겠지만 몇장만 더 읽으면 다 끝나니까 상관없었다. 그러고 나서 어린 동생들이 잘 시간이 될 때까지도 엄마가 안 돌아오면 토머스 하디를 좀 읽어줄 생각이었다. 요즘 어린 동생들이 하디 단계이기 때문이었다. 그전에는 카프카 단계가 있었고 그다음에는 콘래드 단계였는데 셋 다 아직 열살도 안되었다는 걸 생각하면 이상한 일이다. 하디가 참을 만한 세기가 아니라 혐오스러운 세기에 쓴 작품이기는 해도 어쨌든 읽어주고 저녁을 마무리한 다음 내 침대로 가서 18세기에 쓰인 『로마제국 흥망의 원인에 대한 고찰』을 시작할 예정이었는데, 1734년에 출간된 이 책은 내가 책이란 자고로 이런 것이어야 한다고 생각하는 책이었다. 아주 단순하고 체계적인데다 까다로운 면도 없어 시행하기 쉬운 계획이었으나, 내가 현관문으로 들어가자 어린 동생들이 뒤쪽 거실에서 동양풍 양산을 쓰고 애들 손에 닿지 않게 옷장 꼭대기에 올려놓은 크리스마스 용품 상자에서 꺼낸 반짝이 장식을 몸에 두르고 튀어나와 이렇게 말했다. "어쩌면-남자친구라는 사람이 전화해서 언니 찾았어." 이 말에 나는 깜짝 놀랐는데 어쩌면-남자친구가 우리집 번호를 안다는 게 뜻밖이었기 때문이다. 어쩌면-남자친구가 우리집에 전화를 건 적이 없고 나도 그 집에 전화를 건 적이 없고 나는 어쩌면-남자친구 번호도 모르고 어쩌면-남자친구가 내 번호를 아는지도 몰랐는데 —— 어린 동생들이 이어 말했다. "그 사람한테 가운데언니가 감자튀김 사러 갔다고 했어." 그러면서 어린 동생들이 감자튀김이 어디 있나 찾았지만 내 손에는 아무것도 없었다. "그래서 우리가 언니가 다시 전화 걸 수 있게 전화번호를 알려달라고 했는데 그 사람이 '감자튀김 사러 갔다면, 감자튀김만이 목적이라면' 삼십분 있다가 다시 걸겠다고 했어. 삼십칠분 뒤에 다시 전화가 왔는데 언니가 아직도 안 왔어. 가운데언니, 우리 감자튀김 사는 데 오래 걸렸네?" 그러면서 어린 동생들은 다시 감자튀김을 찾았고 얼굴을 조금 찌푸렸다. "그래서 우리가 다시 전화번호를 물어봤는데 또 이렇게 말하던데. '신경 쓰지 마.' 언니의 어쩌면-남자친구가 우리한테 동생이냐고 물었고 우리는 그렇다고 대답했어. 그런데 가운데언니, 감자튀김은 어디 있어?" 어린 동생들이 단도직입적으로 문제의 핵심을 겨누는 질문을 했기 때문에 이제 감자튀김이 없는 상황을 설명할 수밖에 없었는데 나는 솔직하게 말하는 대신 어린 동생들은 애매하고 어중간한 답에 절대 만족하지 않는다는 걸 알면서도 튀김가게에 감자튀김이 없었다고 애매하고 어중간하게 대답했다. 그런 다음 상황을 얼른 모면하고 어린 동생들한테 도덕적으로 부정직하게도 거짓말을 했다고 비난받는 일을 피하기 위해서 (부엌 찬장에 특별 간식거리가 있기를 바라면서) 부엌 찬장에 있는 것 뭐든 먹어도 된다고 하고 감자튀김 논란을 종식시키기 위해 알약소녀 동생과 셋째 오빠가 말하자면, 일종의 재결합을 했다고 말했다.

정곡을 찌른 한수였고 탁월한 화제 전환이었다. 어린 동생들은 알약소녀 동생을 너무나 좋아했다. 어찌나 좋아하는지 알약소녀 동생이 셋째 오빠 애인일 때는 볼 때마다 달려가고 뛰어오르고 팔에 매달리고 목에 매달리고 끌어안고 웃고 안겼다. 그러니 셋째 오빠가 알약소녀 동생을 버렸을 때 어린 동생들도 당연히 가슴 아파했다. 어느 정도였냐면 크리스마스 선물 목록에서 셋째 오빠를 거의 일년 동안 지워버렸을 정도이다. 구개월하고도 삼주 동안 삭제되어 있었고 크리스마스이브가 끝나기 반일 전까지만 해도 그 상태였다가 막판에 겨우 마음을 풀고 다시 넣어주었다. 이렇게 명단에서 빠져 있던 기간이 오빠가 화요일마다 와서 동생들과 엄마를 나들이에 데려가고 회전목마에 태우고 재미있게 놀아준 기간이기도 했는데 오빠는 자기가 어린 동생들에게 용서받지 못할 일을 저질렀다는 것도 어린 동생들이 그걸 얼마나 중대한 잘못으로 보는지도 몰랐고 자기가 그해 크리스마스에 어린 동생들로부터 순록 크리스마스카드, 남성용 양말, 남성용 구두끈, 남성용 줄 달린 비누를 못 받을 위기 직전까지 갔다는 사실도 모르는 것 같았다. 지금 나는 재결합 소식을 이용해서 곤경에서 벗어났다. 알약소녀 동생은 어린 동생들에게 받은 사랑을 그대로 다 되돌려주었기 때문에 어린 동생들에게는 특히 기쁜 일이었다. 백과사전의 발명, 페로제도의 용오름, 온음계, 중국의 자치구, 비국소적 우주, 물질과학의 이론과 실제, 카도로궁 안마당의 문화적 파괴 등에 대해 진지하게 이야기하는 세 어린이의 말을 귀 기울여 들어주는 사람은 알약소녀 동생 말고 본 적이 없다. 알약소녀 동생은 정말 다 들어줬다. 어린 동생들을 좋아했고 어린 동생들 말을 듣고 북돋워줬고 진지하게 대했고 어린 동생들의 두툼한 노트를 읽고 적절한 질문을 해서 어린 동생들을 기쁘게 했다. 그러니 어린 동생들은 두 사람이 다시 만난다는 소식에 기뻐하며 이제 감자튀김의 소재가 아니라 알약소녀 동생과 셋째 오빠의 소재에 질문을 집중했다. 하지만 셋째 오빠나 내가 처음에는 중독의 피해가 어느 정도인지 몰랐던 것처럼 어린 동생들도 그들이 사랑하는 사랑스러운 소녀가 위태한 상태라는 건 몰랐다. 나는 그 부분도 살짝 우회해서 알약소녀 동생이 죽음의 문턱에 있고 지금도 중독 때문에 셋째 오빠랑 병원에 가 있다고 말하는 대신에, 너희들도 곧 알약소녀 동생을 만날 수 있을 거라고만 했다. 일단 지금은, 부엌에 있는 거라면 뭐든지 가지고 저녁을 차려 먹어도 좋고 그다음에 집 밖에 나가서 아주, 아주 늦게까지 놀아도 된다고 했고 자기 전에 특별 보너스로 20세기 하디를 읽어주겠다고 했다. 이렇게 해서 어린 동생들은 만족한 상태로 스마티스 초콜릿, 팔리스 아기 과자, 삶은 달걀, '쉽게 표현되는 박하사탕'인가 뭔가 하는 것 등 다양한 간식거리를 먹었고 어쩌면-남자친구는 그날 저녁 세번째이자 다 합해서 네번째로 우리집에 전화를 걸었다.

"얼른 가서 먹어." 내가 소리쳤다. 전화벨이 울렸을 때 어린 동생들이 막 부엌으로 가려는 참이었기 때문이다. 어쩌면-남자친구가 "너구나" 했을 때 나는 송화구를 손으로 막고 소리쳤다. "문 닫고 전화 통화 듣지 마!" 이게 어쩌면-남자친구하고(그 이전의 어쩌면-남자친구들까지 합해도) 처음으로 하는 전화 통화라 어쩐지 어색했고 누가, 이 경우에는 어린 동생들이 우리 대화를 엿듣는 게 싫었기 때문이다. 물론 전기장치로 엿듣는 정보부도 있지만 만약 그들이 듣고 있다 해도(아무도 안 듣고 있을 수도 있지만) 내가 할 수 있는 일은 아무 말도 하지 않는 것뿐이니 어쩔 수 없었다. 그래서 어린 동생들에게 뒤쪽에서 간식을 먹고 뒤쪽으로 나가 놀라고 말하고 나는 계단에 앉아 송화구를 덮은 손을 치우고 수화기를 귀에 대고 말했다. "어쩌면-남자친구야." 나는 어쩌면-남자친구가 전화를 건 게 기뻤다. 아주 기뻤다. 전화로 이야기하는 게 어색하기는 했지만. 나는 지금까지 살면서 전화 통화를 여덟번인가 일곱번인가 여섯번인가밖에 해본 적이 없었다. 어쩌면-남자친구가 말했다. "감자튀김 사는 데 오래 걸렸네." 목소리가 꼭 어쩌면-남자친구 목소리처럼 들렸다. 그러니까 목소리가 사랑스럽고 남성적이고 다정하게 들렸고 감자튀김 가지고 농담을 하는 것 같아 나도 처음에는 농담으로 받아들였다. 전화 통화 시작은 좋았는데, 어쩌면-남자친구가 우리 엄마가 어쩌면-남자친구를 테러리스트라고 불렀다는 이야기, 과급기와 국기에 관련된 소문만이 아니라 우리 지역에서 건너온 나와 관계 있는 새로운 소문이 자기네 지역에 퍼졌기 때문에 더 심하게 곤란한 지경이 되었다는 이야기를 하자 나는 머리가 핑 돌았고 "오래 걸렸네"라는 어쩌면-남자친구의 말이 애정 어린 농담이 아닌 것은 아닐까 다시 생각하게 되었다. 곧 그게 나를 공격한 것이라는 확신이 들었다.

어쩌면-남자친구는 대체 무슨 일이 있었던 거냐고 물었다. 내게 왜 화요일과 금요일 저녁부터 토요일까지 또 토요일 하루 종일과 일요일에 오지 않았냐고 물었다. 내가 가끔 목요일 밤에도 오던 것을 그만둔 것을 제외하면 지금까지 거의 일년 동안 어쩌면-연애를 하면서 한번도 우리가 만나는 날을 건너뛴 적이 없었다면서. 나는 무슨 일이 있어서 집에서 어린 동생들을 봐야 했다고만 말했다. 진짜 밀크맨이 총에 맞은 것, 진짜 밀크맨이 총에 맞았기 때문에 엄마가 진정한 자아를 찾게 된 것, 내가 독을 먹은 것, 알약소녀가 살해된 것, 밀크맨이 나를 점점 더 압박해온다는 것 ― 밀크맨의 존재에 대해서는 말하지 않았다. 공동체와 날조된 소문, 어쩌면-남자친구는 계속 무시하지만 우리 사이에서 아직도 논란이 되는 문제인 자동차 폭탄의 자세한 내막에 대해서는 말하지 않았다. 튀김가게에서 '자! 감자 가져가. 하지만 언젠가는 이 일에 대가를 치르게 될 거야!'라는 식의 대접을 받은 일도 말하지 않았다. 내가 마냥 고집을 부리느라 그런 것은 아니었다. 그때에도 어쩌면 말할 수 있지 않을까, 내 일이지만 어쩌면-남자친구가 원한다면 어쩌면-남자친구의 일도 될 수 있지 않을까 하는 생각이 조금 들었다. 그랬어도 섣불리 입을 열지는 못하고 만약에 내가 얘기한다면 어떻게 될까 머리를 굴려보았다. 만약 말하면 어떻게 될까? 애써 말을 꺼냈는데 자동차 폭탄처럼 무시해버리면? 나는 그 무렵에 밀크맨과 우리 공동체 때문에 머리가 혼란스럽고 감각이 무뎌져 있었기 때문에, 또 어쩌면-남자친구와 내 사이가 어쩌면-관계이기 때문에, 또 내가 매사를 신중하게 살피다가 좋은 기회를 놓친다는 것도 몰랐기 때문에, 이런 모든 이유 때문에 어쩌면-남자친구한테 말했다가 무시당하는 게 아예 아무 말도 안하는 것보다 나에게 더 큰 타격이 될 것이라고 생각했다. 그래서 나는 말을 삼켰고 그럴 수밖에 없다고 생각했는데 그때 어쩌면-남자친구가 말했다. "정말 무슨 일인 거야? 어쩌면-여자친구야, 무슨 일이 일어난 거냐고." 그러자 놀라서 내 입이 저절로 열렸고 말하지 않을 이유가 여럿 있었음에도 자발적으로 입에서 말이 나왔다. 나는 엄마의 친구가 총에 맞아서 엄마가 요새 주로 병원에 가 있다고 했는데, 그때 어쩌면-남자친구가 말을 끊고 자기가 지금 가겠다고, 자기가 오길 바라냐고 물었다. 나는 계속 자발적으로 속마음을 말하고 싶었다. 그러니까 원한다고. 와도 된다고. 여기 있어도 된다고. 엄마가 들볶고 결혼과 아기에 대한 질문을 쏟아붓고 밀크맨이라고 비난하는 일도 없을 거라고 말하고 싶었다. 엄마가 집에 있더라도 자기 마음의 문제에 너무 정신이 팔려서 어쩌면-남자친구가 있는 것조차 못 알아차릴 수도 있었다. 그러니까 내가 엄마 때문에 지금 대답을 못하고 망설이며 어쩌면-남자친구를 부르지 못하는 것은 아니었다. 내가 망설인 건 만약에 어쩌면-남자친구가 왔는데 그 사실을 그가 들으면 어떡하지? 하는 생각 때문이었다. 그러면 나도 첫째 언니처럼 살해당한 전 애인 장례식 날 엄마 집 응접실에 말없이 앉아 있어야 할 터였다. 믿을 수 없는 일이지만 나는 이곳 소문이 나를 두고 하는 말 그대로 되어가고 있었다. 이 지역 최신 소문에 따르면 내가 밀크맨과 사귄 지 두달이 되었다고 한다. 그러니까 이제는 바람을 피울 때가 되었고, 따라서 내가 바람을 피우고 있고, 밀크맨 등 뒤에서 시내 너머에 사는 자동차 정비공 애송이와 시시덕거린다고들 했다. 이 새로운 소문 때문에 머릿속이 뒤죽박죽이라 나는 얼른 대답을 못했다. 일부는 이야기했으니까, 그러니까 나와 관련이 없고 엄마와 진짜 밀크맨과 관련된 말하기 쉬운 부분은 이야기했으니까 이제 나머지 이야기도 할 때가 되었다는 생각이 들었다. 그런데 미처 이야기를 시작하기 전에 어쩌면-

남자친구가 내가 망설이는 이유를 오해하고 화를 내기 시작했다. 자기가 가는 걸 원하지 않는다고, 나는 항상 자기가 집으로 데리러 가거나 집에 데려다주거나 우리 구역에서 시간을 보내는 걸 좋아하지 않았다고 말했다. 처음에는 과급기에 관한 소문 때문에 자기와 같이 있는 모습을 비치기 싫어서 그런다고 생각했단다. 사람들 말처럼 나도 자기를 밀고자라고 생각하게 됐나 싶었단다. 다른 소문을 듣기 전에는 그랬다고 한다. 그러니까, 자기네 구역에서도 다른 소문이, 자기가 감히 반대자의 여자친구를 두고 경쟁을 벌인다는 소문이 들려왔다는 것이었다. "그 반대자, 그 밀크맨이라는 반대자 말이야. 그래, 어쩌면-여자친구야, 이 점에 대해서 할 말 있니?"

각자의 지역에 헛소문이 퍼지면서 우리 사이에서 점점 자라던 긴장감이 다시 우리 사이를 가로막는 게 느껴졌다. 이제는 두 루머가 하나로 합해져서 어쩌면-남자친구의 생각은 '내가 어쩌면-남자친구를 부끄러워해서 집에 찾아오는 것을 꺼린다'에서 '내가 밀크맨과 사귀기 때문에 집에 찾아오는 것을 꺼린다'로 바뀌었고 내 생각은 '엄마가 결혼과 아기를 요구하기 때문에 어쩌면-남자친구가 집에 찾아오는 것이 싫다'에서 '밀크맨이 어쩌면-남자친구를 죽일까봐 집에 찾아오는 것이 싫다'로 바뀌었다. 사실을 털어놓는 문제에 대해서는, 그래봐야 좋을 게 없다, 봐라, 지금 막 마음을 열려고 했는데 어쩌면-남자친구가 싸

움을 시작하지 않았나? 이렇게 정리되었다. 그래서 나는
어쩌면-남자친구의 말에 대답하는 대신에(어쩌면-남자
친구도 다른 사람들하고 똑같이 나를 다짜고짜 비난하는
데 내가 왜 대답을 해야 하나?) 다시 한걸음 물러섰고 마
음을 닫았고 속이 상하고 화가 났고 그때 또 혐오감이 치
솟았다. 아 안돼, 나는 생각했다. 어쩌면-남자친구한테 혐
오감을 느끼면 안돼. 그런데 몇초 사이에 어쩌면-남자친
구가 전혀 다르게 느껴지기 시작했다. 순식간에 매력도 사
그라들고 어쩌면-남자친구다운 느낌도 줄었다. 그러더니
아예 매력이 안 느껴지고 전혀 어쩌면-남자친구 같지 않
은 느낌이었다. 대신 점점 밀크맨 같아졌다. 그 생각을 하
자 몸서리가 쳐졌는데 어쩌면-남자친구 때문에 이 느낌
이 찾아온 것은 처음이었다. 그때 이런 생각이 들었다. 잠
깐. 내 번호를 어떻게 알았지? 엉큼하게 염탐하고 스토킹
해서 알아냈나? "내 번호는 어떻게 알았어?" 이렇게 공격
적인 질문을 던졌는데, 말을 내뱉는 순간 혐오감이 가라앉
았고 나와 통화하는 사람이 누구인지도 다시 기억이 났다.
바보같이, 나는 속으로 생각했다. 어떻게 알았든 그게 무슨
상관이라고? 어쩌면-남자친구가 우리집 번호를 아는 게
싫은 것도 아니었고 사실 생각해보면 기분 좋았다. 어쩌
면-남자친구가 우리집에 전화하는 게 좋지는 않지만. 어
쩌면-남자친구가 번호를 안다는 것, 알고 싶어했다는 게
우리 사이의 친밀감과 믿음이 자라났다는 뜻으로 생각되

었기 때문이다. 하지만 어쩌면-남자친구는 그 질문을 공격으로 받아들였는데 안타깝지만 사실 물어볼 때는 나도 공격이긴 했다. "전화번호부에서." 어쩌면-남자친구가 낯선 말투로 대답했는데 전에는 한번도 그렇게 쏘듯이 말한 적이 없었다. "무슨 전화번호부?" 내가 물었다. "세상에 맙소사, 어쩌면-여자친구! 20세기 전화번호부도 보면 안되는 책이야?" 어쩌면-남자친구가 처음으로 내 독서 취향을 공격한 것이다. 그러니까 어쩌면-남자친구도 마찬가지구나. 나는 생각했다. 어쩌면-남자친구마저. 나의 어쩌면-남자친구조차도 믿을 수 없다니. 어쩌면-남자친구까지 나를 공격하다니. "너랑 성이 같고 주소가 너네 지역인 번호 몇군데에 걸어봤어. 너도 알다시피 네가 너네 집 주소를 안 가르쳐줬잖아." 어쩌면-남자친구의 말투에 신랄함이 역력히 묻어났다. 어쩌면-남자친구는 계속해서 신랄하게 덧붙였다. "몇군데 걸어보다가 어떤 번호를 돌렸는데 너희 엄마이신 분이 받더라."

이제는 원망과 불만이 어렸다고 할 정도로 냉랭한 말투였다. 더이상 집에 오겠다는 말은 없었고 밀크맨 이야기가 이어졌다. "어쩌면-여자친구야. 너희 엄마한테 너와 그 반대자 사이에 대해서 뭐라고 말한 거야?" "아무 말도 안했어. 엄마 혼자 그러는 거야. 엄마가 만들어낸 거야." "엄마가 나한테 폭탄이 있다고 하더라. 나보고 유부남이고 악한이라고 하시더니 너랑 이야기하지 못하게 하고 전화를 끊으셨어. 그러니까 말 좀 해봐. 엄마한테 대체 뭐라고 한 거야?"말했잖아. 아무 말도 안했다고. 엄마는 원래 그래. 엄마 행동이 내 책임은 아니잖아. 엄마가 한 일이라고." "네가 뭐라고 말을 했겠지." "왜 내가 말을 했을 거라는 거야?" 나는 또다시 주의를 듣고 다른 사람이 오해한 것을 내가 반박하고 해명하고 책임을 져야 하는 상황에 놓였다. 어쩌면-남자친구는 계속 자기 할 말을 했다. 그 중년 남자가 중년이라고 들었다고. 중년이라는 말을 다시 강조하면서 늙은 남자가 중년이기는 하지만 조직에서는 거물급이라 하더라고 했다. 너는 그 강성 늙은이가 무슨 수작인지 알았니 ─"그렇게 말하지 마. 나 그 사람 안 만나. 나와 아무 상관 없어." "어쩌면-여자친구야, 그 사람이 아니?" 어쩌면-남자친구가 물었다. "내 존재를 알아?" 믿기지 않는 일이었다. 어쩌면-남자친구의 처리 속도가 너무나 빨라서 이제 우리 구역과 그쪽 구역의 최첨단 소문을 다 따라잡은 것 같았다. "우리가 전에 그런 이야기를 한 적은 없지만, 우리가 '아직까지 거의 일년째 어쩌면-관계'인 그냥 어쩌면-남자친구와 어쩌면-여자친구일 뿐이고 그건 아마 다른 사람을 만날 수도 있다는 뜻이겠지만, 아무리 그래도 반대자라니, 내 말은 그런 반대자를? 정말 그 길로 가고 싶어?" 나는 우리가 거의 일년째 어쩌면-관계로 지냈는데도 다른 사람을 만나든 말든 상관하지 않겠다는 듯한 어쩌면-남자친구의 말에 상처를 받았다. 나도 어쩌면-남자친구를 처음 만났을 무렵에는 남자애들 몇몇을 동시에 만나보면서 그중 한명을 어쩌면-남자친구로 사귀어야겠다고 생각하긴 했지만 그러다가 어쩌면-남자친구가 내 어쩌면-남자친구가 된 뒤에는 다른 애들은 더 안 만났다. 우리가 낮에도 만나고 밤에도 만나고 주로 같이 지냈기 때문이기도 하지만 다른 애들은 성에 안 찼기 때문이기도 했다. 다른 애들은 꼬치꼬치 질문을 하고 테스트를 하려 했고 내가 적당한지 평가하고 판단하는 체크리스트 같은 게 있는 것 같았다. 내가 정말 어떤 사람인지 관심이 있어서 하는 질문이 아니었다. 그래서 나도 이 남자들을 평가했고 내 성에 안 찬다는 결론을 내렸다. 그러니까 어쩌면-관계를 시작하기 전에 끝냈다는 말이다. 그런데 어쩌면-남자친구는 양다리, 세다리를 걸칠 수도 있다고 말하니, 그러면 자기도 다른 사람을 만난다는 뜻일까? 우리가 어쩌면-관계인 동안에도 다른 여자를, 아니 여자들을 만났을까? 나하고 자는 것처럼 다른 여자들하고도 잤을까? 나는 특별한 존재가 아니니까? 아직도 그 숱하게 많은 여자들과 엮여 있을까? 나한테 홍등가에서 같이 살자고 말한 뒤에도?

"―너희 엄마가 나한테 폭탄이 있다면서 뭐라고 하시더니 끊었어."

어쩌면-남자친구가 엄마 이야기를 계속해서 나는 어쩌면-남자친구와 다른 여자들이라는 고통스러운 주제를 억지로 떨쳐버렸다. "전화를 끊기 직전에는 내가 그 대단한 사람들 중 한명이라고 하시더라." 어쩌면-남자친구가 말했다. "엄마가 널 딴 사람으로 착각했어." 내가 말했다. "나도 알아. 내가 너한테 하려는 얘기가 그거야." 어쩌면-남자친구가 자기만 옳다는 듯 비웃는 말투로 말하길래 나는 말했다. "몰아세우지 마. 엄마가 대하소설을 쓰는 것도 사람들이 대하소설을 쓰는 것도 내 잘못이 아니야. 밀크맨은 없어 ― 아니 밀크맨이 있기는 하지만 나는 없어 그러니까 ― " "성가시게 설명할 필요 없어." 어쩌면-남자친구가 말했다. "다 아니까." 지쳤고 지겹다는 듯 일축하는 "성가시게 설명할 필요 없어"라는 말이 결정타였다. 어떻게 "성가시게 설명할 필요 없어"라고 말할 수 있지? 내가 자기를 계속 성가시게 했다는 듯이, 설명하려고 해서 자기를 지치게 만들었다는 듯이, 지금까지 내내 자기 할 말 다 하고 나한테 해명하라고 해놓고는. 어쩌면-남자친구가 그렇게 말했기 때문에 나는 발끈해서 보복을 시작했다. "네 과급기에 붙은 푸주한 앞치마* 탓인 일을 나한테 화풀이하지 마." 내가 말했다. 이건 아주 저급하고 더럽고 비겁하고 역겹고 추악한 공격이었다. 내가 누구에게도, 설령 내가 미워하는 사람이 '물 건너'의 전형적인 블로어 벤틀리 과급기를 집에 보관하고 있고 논란의 '물 건너' 국가의 국기를 하나가 아니라 산더미처럼 가지고 있더라도 하지 않을 말이었다.

* 영국 국기를 비하해서 부르는 말.

어쩌면-남자친구에게 국기가 없다는 걸 알면서도. 잘한 일은 아니지만 어쩌면-남자친구가 내가 무장단체 요원과 사귄다고 몰아붙이는 바람에 성질이 났다. 그래서 한대 걸어차준 거고 물론 나중에는 후회했다. 하지만 그때는 미안한 마음도 안 들어서 계속 공격을 했다. 다음에 한 말은 뱉어놓고 바로 후회했지만. "너는 요리를 하잖아. 커피포트도 있고 해넘이도 보러 가고 여자들도 안하는 걸 하잖아. 차를 모으고, 비좁은 집에 짐을 잔뜩 쌓아놓고 리투아니아 영화 이야기를 하잖아." 그러자 어쩌면-남자친구가 말했다. "너는 걸어다니면서 책을 읽잖아." "그래 그렇게 나오는구나." "아직 안 끝났어. 네가 걸어다니면서 책 읽는 거난 좋아. 전혀 이상하지 않고 아무도 신경 쓰지 않을 거라고 생각하면서 초연하게 구는 거 말야. 그런데 아무튼 정상은 아냐. 이상하다고. 자기보호를 안하잖아. 그렇게 고집스럽고 알 수 없게 굴면 우리가 사는 곳에서는 완고하고 기이한 사람 취급 받는다고. 이런 말까지는 하고 싶지 않았는데 네가 얘기하니까 나도 한다. 이제는 네가 살아 있는 사람 같지가 않아. 네 얼굴을 보면 감각기관이 사라지는 중이거나 이미 사라져서 아무도 너랑 교감할 수 없을 것 같아. 너는 항상 짐작하기 어려운 애이긴 했지만 지금은 아예 불가능해. 이제 더 험한 말 나오기 전에 그만하는게 좋겠지."

서로 한바탕 결함을 공격하고 비판했지만 그만둬야 한

다는 말은 맞는 말이었다. 게다가 어쩌면-남자친구와 전화로 말다툼을 하면서도 마음 한구석은 누군가가 듣고 있는 게 아닌가 싶어 계속 꺼림칙했다. 사실 지난 두달 동안 내가 어디에서 누구와 무얼 하는지를 누군가가 듣고 지켜보고 뒤를 밟으며 모든 걸 기록하는 느낌이 늘 들었으니 이제 그런 일쯤은 아무렇지 않을 만도 했다. 게다가 내 신경이 극도로 날카로워져서 몰래 엿듣는 데 목숨 거는 사람들이 있다고 점점 굳건히 믿게 되긴 했지만 어쩌면 내가 과민해서 그렇게 상상하는 것일 뿐 사실은 엿듣거나 따라다니는 사람이 없었을 수도 있다. 어쨌든 그래서 어쩌면-남자친구와 나는 딱딱하고 부자연스러운 태도로 전화를 끊었다. 나는 갈 수 있는 한 빨리 너희 집에 놀러 가겠다고 했는데 어쩌면-남자친구는 자기야 내가 어떻게 하든 상관 없고 내 말을 믿지도 않으며 내가 보고 싶지도 않다는 식으로 심드렁하게 대꾸했다. 그러고 나서 우리 둘 다 딱 한 번씩만 간결하게 작별인사를 하고 전화를 끊었다. 전화를 끊고서도 나는 멍하니 계단에 앉아 있었는데 뒤늦게 마음속에서 자발성이 다시 들썩이기 시작했다. 마음의 소리가 슬픔에 빠져 있지만 말고 어쩌면-남자친구한테 가봐라, 어쩌면-남자친구를 좋아하지 않냐, 어쩌면-남자친구가 처음으로 일몰을 같이 본 사람이고 처음으로 같이 잔 사람이고 밀크맨이 죽이겠다고 위협하기 전에는 일주일에 사흘밤을 같이 보낸 사람이고 그뒤에는 이틀밤으로 줄이기는 했지만 어쩌면-남자친구 전에는 그 누구의 집에서도 자고 오거나 그러지 않지 않았냐고 했다. 우리가 정식 연인관계가 아니라 어쩌면-관계이고 우리 중 누가 '어쩌면' 상태를 넘어서자는 이야기를 꺼낼 때마다 기억상실을 일으키곤 했지만, 마음속 자발성이 나에게 그래도 지금 당장 그에게 가야 한다고, 얼굴을 맞대고 지금까지 쌓인 오해를 모두 풀고 속을 제대로 털어놓고 뒤죽박죽이 된 것을 풀어야 한다고 했다. 그러고 나면, 어쩌면-남자친구가 방어적 태도를 취하지 않고 내 이야기를 들어준다면, 그다음에는 어쩌면-남자친구도 과급기 문제와 밀고자 문제와 반대자의 여자친구와 관련된 최신 가십까지 자기 구역에서 일어나는 일을 전부 이야기할지 모른다. 이야기가 잘 풀리면 어쩌면-남자친구가 나를 집에 데려다줄 것이다. 나는 어린 동생들을 돌보러 집에 돌아와야 하니까. 엄마가 있건 없건 밀크맨이 있건 없건 어쩌면-남자친구가 나를 차에 태워, 평소처럼 우리 구역 경계에 내려주는 게 아니라 우리 구역 안으로 들어와 집 앞까지 데려다줄 것이다. 어쩌면-남자친구도 집에 들어와 좀 있다 갈 수도 있고 아예 자고 갈 수도 있을 것이다. 밀크맨이 어쩌면-남자친구를 죽이려고 하더라도 상관없다면 그럴 수 있다는 말이다. 어쩌면-남자친구는 성인이니까 그 문제는 자기가 결정할 수 있을 거다. 그러니까, 어쩌면-남자친구는 내 어쩌면-남자친구고 밀크맨은 내 애인이 아니지 않느냐고 내 자발성이 나에게 말했다. 이렇게 확신을 되새기는 순간 모든 게 명명백백한 것 같았고 용기가 솟았다. 하지만 흥분에 들뜬 상태라 그때는 알아차리지 못했는데 모든 게 명백해서 용기가 솟은 게 아니라 내가 절망과 무력감의 극단과 느닷없고 뜬금없는 활기의 극단을 오가고 있던 것일 수도 있다. 나는 어린 동생들에게 쪽지를 남겼다. "잠옷 입고 잘 준비 하고 있어. 나중에 와서 약속한 대로 하디 읽어줄게." 그러고 나서 외투를 걸치고 버스 정류장으로 달려갔다.

걸어가지 않은 이유가 셋 있었다. 첫째는 내가 과열되어 들뜬 상태였는데 결심이 확고하고 행복해서 그렇다고 착각했다. 그래서 최대한 빨리 어쩌면-남자친구 집에 가고 싶었다. 둘째는 이렇게 들떠서 튀어나갈 듯한 기분인 지금에도 막상 걸으려니 다리가 말을 잘 안 들었고 뛰는 것도 아니고 걷기만 하는데도 힘들었다. 셋째로는 어쩌면-남자친구와 화해하겠다고 결심하고 나선 길이지만 마음 한편에는 아직도 집 밖에 나갔다가 밀크맨을 만나면 어쩌지 하는 두려운 마음이 있었다. 내 결심과 새로운 활기를 의심하지는 않았지만 그래도 밀크맨이 등장하면 결심이 흔들려 무너질 수도 있을 것 같았다.

어쩌면-남자친구 지역에서 버스에서 내려 지름길로 어쩌면-남자친구 집으로 갔는데 어쩌면-남자친구 집 현관문이 박살 나 있었다. 건물 바깥쪽에 덧대어 지은 현관인데 문짝이 망가져 있었다. 무슨 일이지? 나는 조심스레 문을 밀고 좁은 현관에 들어섰다. 거실 안을 들여다보니 사람은 없는데 자동차 부품이 사방에 흩어져 있는 것이 어쩌면-남자친구가 평소 습관보다 훨씬 더 엉망진창 마구잡이로 정신 사납게 물건을 쌓았거나 아니면 누군가가 어쩌면-남자친구가 일상적으로 쌓은 것을 흩뜨려놓은 듯했다. 내가 막 어쩌면-남자친구의 이름을 부르려는데 부엌에서 셰프 목소리가 들렸다. 셰프는 평소처럼 상상의 조수에게 요리법을 일러주고 있었다. "자. 이렇게 해봐. 아니, 그건 두고. 이렇게, 이렇게. 자, 이러면 더 낫지. 내가 이거 처리할 동안 행주를 대고 있어. 그다음에 헹굴게 ─" 셰프에게 현관문은 어떻게 된 건지 어쩌면-남자친구는 어디에 있는지 물으려고 부엌으로 다가가는데 셰프의 상상 속 친구가 뭐라고 대꾸하는 소리가 들려 나는 그 자리에 우뚝 섰다. 뭐라 뭐라 하는 것이 무슨 말인지 알아들을 수는 없었지만 그 목소리가 어쩌면-남자친구 목소리라는 건 알았다. 나는 달려들어가려고 했지만 어쩌면-남자친구 목소리의 무언가가 낯설게 느껴져 멈칫했다. 부엌문 바깥쪽에서 걸음이 멈췄고 몸이 더 움직이지 않았다. 어쩌면-남자친구가 그때 또 뭐라 뭐라 말을 했다. "빌어먹을, 씨발. 바보! 정말 바보야! 이렇게 어리석다니! 그건 몰랐어. 무슨 생각을 한 거지, 셰프, 내가 무슨 짓을 한 거야…… 바보같이…… 알았어야 했는데……" 셰프가 낮은 목소리로 입

다물고 고개를 오른쪽으로 돌리라고 하는 것 같았다. 나는 살짝 열려 있는 문을 살살 밀어 약간 더 열고 틈 사이로 안을 들여다보았는데 어쩌면-남자친구가 부엌 식탁 의자에 앉아 있었다. 등을 거의 내 쪽으로 돌리고 있었고 어디를 다쳤는지 물이 뚝뚝 떨어지는 젖은 행주를 눈에 대고 있었다. 셰프는 행주로 두 눈을 가린 어쩌면-남자친구 옆에 서서 거즈 두루마리를 옆구리에 끼고 병에 든 소독약 같은 것을 요리용 볼에 부었다. 식탁 위에는 셰프의 긴 부엌칼 하나가 끝부분이 아래로 가게 박혀 똑바로 서 있었다. 칼에 피가 묻어 있었다. 다시 본능이 나를 움직이지 못하게 막아세웠다. 칼에 묻은 게 사람 피가 아니고 셰프가 방금 만든 '구운 비트와 대추방울토마토'라든가 '포트와인이나 레드와인에 담근 붉은 양배추'라든가 '먹을 수 있는 붉은색에 붉은색을 곁들이고 붉은색을 뿌리고 추가로 붉은색을 끼얹은 요리'라는 생각은 조금도 안 들었다. 아니었다. 피였다. 그뿐 아니라 피가 더 있었다. 아주 많이. 셰프의 셔츠에도 피가 묻었고 바닥에도 핏자국이 있고 식탁 위에도 적갈색 얼룩이 있었다. 그리고 어쩌면-남자친구에게서도 피가 흐르는 게 눈에 들어왔다. 이상하게도 나는 아직도 그 자리에 못 박힌 듯 있었다. 마치 아주 강력한 무언가가 보이지 않는 손을 내 팔에 얹고 움직이지 못하게 붙들고 지시를 내리고 경고를 하는 것 같았다. 조금 전까지만 해도 들뜨고 희망에 차서 어쩌면-남자친구를 꼭 만나

밀크맨

얼굴을 맞대고 이제 나를 옥죄던 것은 다 떨치고 자유롭게 말하겠다고 결심하고 어쩌면-남자친구 집으로 달려온 어쩌면-여자친구가 할 만한 행동은 하나도 할 수가 없었다. 깜짝 놀라 소리를 지르고 걱정에 휩싸여 달려가 어쩌면-남자친구를 붙들고 "어떻게 된 거야! 세상에! 왜 이런 거야!" 하고 외치지도 않았다. 대신 나는 그 자리에 가만히 서 있었고 셰프도 어쩌면-남자친구도 내가 반은 부엌 안에 있고 반은 부엌 밖에 있다는 건 몰랐다.

어쩌면-남자친구가 다시 입을 열었다. "……빌어먹을. 비겁한 새끼. 더러운 새끼 빌어먹을 새끼!" 그때 나는 알았다. 어쩌면-남자친구가 전에 그 용어를 "기분 나쁘라고 하는 말은 아닌데" 운운하던 이웃 사람을 두고 쓴 적이 있었다. 과급기 국기 루머를 처음 시작했고 그래서 밀고자라는 루머가 퍼지게 만든 장본인. "병원에 가야 돼, 가장 오래된 친구." 셰프가 말하자 어쩌면-남자친구가 말했다. "싫어. 그 국기 어쩌고 문제만으로도 엄청 당한데다가 이제는 저쪽 구역 반대자 애인을 넘볼 정도로 까분다는 소리까지 듣잖아." '애인'이란 나를 가리키는 말이었다. 나는 어쩌면-남자친구의 말투가 전혀 다정하지 않고 비꼬는 듯해서 충격을 받았다. 우리 사이가 그렇게 변해버렸나? 내 눈앞에 있는 저 사람이 진짜 내 어쩌면-남자친구인가? 나는 아냐, 쟤가 지금 찔렸는지 맞았는지 해서 눈에 무슨 문제가 생겨서 그런 걸 거야 하는 생각이 들었지만, 그러나 이어서 나도 최근에 독을 먹었고 튀김가게에서 살인 종범이라고 비난을 받은 지 한시간도 안된데다가 조금 전에는 어쩌면-남자친구 본인이 전화로 나한테 정부 노릇을 한다고 나무랐고 게다가 지금은 나 없는 데에서 나를 정부라고 헐뜯고 있는데 그렇다고 해서 내가 초등학교 때부터 친했던 가장 오래된 친구와 같이 어쩌면-남자친구를 씹지는 않을 것이라는 생각도 들었다. 그래도, 쟤가 다쳤으니까, 하고 생각을 고쳤다. 그래도, 비꼬는 말투였어, 하는 생각이 다시 들었다. 이게 왜 남의 말을 엿들으면 안되는지 가르쳐주는 완벽한 사례인 것 같다. "아냐, 셰프." 셰프가 다시 병원 얘기를 꺼내자 어쩌면-남자친구가 다시 거부했다. "사람들이 내가 병원에 갔다는 걸 알면 밀고자라고 진짜 확신할걸." 그러고는 자기 눈은 괜찮을 테니 걱정하지 말라고 했다. 곧 눈이 환해지고 잘 보이게 될 거라고 했다. "그건 모르는 일이야. 그놈들이 너한테 뭘 던졌는지 모르잖아. 너는 괜찮다고 하지만 눈을 못 뜨니까 일단 병원에 가야 돼. 누가 알아. '기분 나쁘라고 하는 말은 아닌데' 운운하는 놈도 병원에 가 있을지." "내 생각에 처음부터 싸울 생각은 아니었던 것 같아." 어쩌면-남자친구가 셰프의 마지막 말은 무시하고 자기 생각의 줄기를 따라가며 말했다. 두 사람 말을 들으면서 나는 또 누가 셰프가 게이 같다고 싸움을 걸었나보다 생각했다. 그런데 어쩌면-남자친구의 다음 말을 듣고 그게 아니었다는 걸 알았다. "내 말은, 내가 혼자 있는 걸 보고, 수적으로 달리니까 공격했을 거라고. 그놈이 그걸 나한테 뿌려서 앞이 안 보였지만 네가 달려오는 소리는 들었어. 그래도 우리가 수적으로 불리했잖아. 어떻게 그런 거야? 어떻게 네가 ─ 호모라고, 계집애라고 무시당하던 네가 ─ 어떻게 혼자 그 많은 놈들을 쫓아낸 거지?" 셰프는 어깨를 으쓱했는데 어쩌면-남자친구 눈에는 보이지 않았을 거라 다시 말로 했다. "윽." 말을 피하기 위해서 혹은 말을 끝내기 위해서 하는 '윽'이었다. 따분한 대화 주제는 접으라는 뜻이었다. 하지만, 어쩌면-남자친구는 볼 수 없었지만 셰프의 시선은 칼 쪽으로 갔다. 피가 묻은 채로 여전히 식탁에 박혀 꼿꼿이 서 있는 칼. 셰프는 칼을 조용히 식탁에서 거둬서 싱크대에 넣었다. 그러고 나서 어쩌면-남자친구의 눈에서 젖은 행주를 떼려고 했지만 어쩌면-남자친구가 거부했다. 어쩌면-남자친구는 의자를 뒤로 끌며 팔로 셰프를 밀어냈다. "저리 가, 셰프. 내버려둬. 안 아파." 하지만 셰프는 자기가 직접 봐야 된다고 했다. 나도 보고 싶었다. 어쩌면-남자친구가 병원에 가야하는 상태일까 아닐까? 하지만 여전히 보이지 않는 존재가 나를 막아세웠다.

지금까지 두 사람이 대화를 하는 동안 나는 당연히 어쩌면-남자친구에게만 주목했다. 그런데 그때 우연히 셰프를 흘깃 보았다가 큰 충격을 받았다. 셰프의 얼굴 표정 ─ 아무도 보는 사람이 없다고 생각해서 아무것도 감추지 않은 열렬한 표정이 내 눈에 들어왔는데, 그건 사랑의 표정이었다. '가장 친한 친구'의 사랑의 표정이 아니고, '모든 인류를 걱정하는' 사랑의 표정도 아니었다. '어쩌면' 범주에 들어갈 만한 건더기는 아무것도 없는 표정이었다. 셰프의 얼굴에서 그런 표정을 본 적은 한번도 없었다. 하지만 생각해보니 내가 셰프를, 특히 얼굴을 자세히 본 적은 없었다. 셰프는 그냥 셰프니까. 특이한 남자, 무해한 남자, 다른 남자들이 보호해줘야 하는 남자, 약간 얕잡아보고 우습게 여길 남자, 특히 음식에 열중해 있을 때에는 우습고 딱한 존재였다. 나도 마음 깊은 곳에서는 셰프를 가여운 사람이라고 생각했는데 그러면서도 정말 공감해서 안타깝게 여긴 것이 아니라 '셰프로 살려면 얼마나 힘들까 내가 그 사람이 아니라 다행이야' 하는 심정이었다. 같은 높이에서 바라보고 동등한 위치로 생각하지 않았다. 하지만 지금은 그 사람이 완전히 다르게 보였다. 이제야 왜 내 본능이 나를 막아세웠는지, 왜 내 존재를 드러내지 못하게 막았는지 알 것 같았다. 전조 증상처럼 몸에 경련이 일기 시작했는데 밀크맨과 무관하게 이 증상이 나타난 게 이제 두번째였다. 셰프가 어쩌면-남자친구의 얼굴에서 행주를 치웠는데 그때 셰프의 표정의 밀도가 더 높아져 나는 더 큰 충격을 받았다. 셰프는 손을 어쩌면-남자친구의 얼굴에 가져다댔고 어쩌면-남자친구는 가만히 있었다. '좀 보자' 하는 남자다운 거친 손놀림이 아니었다. 손을 어쩌면-남자친구의 다친 눈에 가져다댄 것도 아니었다. 셰프는 어쩌면-남자친구의 뺨에 손을 얹었다. 뺨을 한번 쓰다듬고 다시 천천히 부드럽게 다른 쪽 뺨을 쓰다듬었다. 이번에도 어쩌면-남자친구는 가만히 있었다. 내내 눈을 감고 있었다. 나는 아까 본 피 얼룩이 어쩌면-남자친구 눈이 아니라 코에서 흘러나온 것이라는 걸 알았다. 어쩌면-남자친구는 셰프의 손을 밀어내고 코피를 닦았다. 그리고 셰프의 손을 밀어내고 또다시 밀어냈는데, 솔직히 나는 처음부터 당연히 밀어낼 줄 알았는데 이제야 그러고 있었다. 이제는 두 사람 다 아무 말 없이 손을 조용히 밀어내고 조용히 올려놓는 일만 반복했다. 한 사람은 눈을 감고, 한 사람은 눈을 뜨고, 어쩌면-남자친구는 의자에 앉고, 셰프는 그 옆에 서서 몸을 숙인 채로.

어쩌면-남자친구가 말했다. "그만, 그만해. 이럴 순 없어. 계속 이럴 순 없다고." 그러더니 자기 말을 뒷받침하듯이 손을 들어 다시 셰프의 손을 밀어냈다. 밀어냈지만 그는 또다시 손을 얹었고 그러자 어쩌면-남자친구는 다시 밀긴 했지만 전만큼 세게 밀지 않았다. 그러다가 멈췄다. 욕도 안했다. "꺼져, 셰프. 무슨 짓이야? 나는 그런 사람 아냐"라고 하지도 않았다. 두 사람 사이에는 놀라움이 없었다. 부엌에서 두 사람 사이에 일어나는 일에 대한 놀라움과 당혹감은 오직 나만의 몫이었다. 어쩌면-남자친구는 셰프를 밀어내다 말고 이제는 셰프의 두 팔을 잡고 눈을 감은 채로 매달렸다. 어쩌면-남자친구가 몸을 셰프의 배에 기대자 셰프는 몸을 숙여 어쩌면-남자친구의 머리에 얼굴을 묻었다. 둘 중 한 사람이 신음소리를 냈고 "그만해. 끝났어, 셰프, 끝났다고"라는 소리가 났지만 셰프가 손을 놓고 물러서자 어쩌면-남자친구는 고개를 들고 셰프를 다시 자기 쪽으로 끌어당겼다.

그때 나는 몸을 돌려 거실로 나왔다. 이제부터 무슨 일이 일어날지 알았고 그건 내 눈으로 보고 내 귀로 들으면 안되는 것이었다. 그때 잠깐, 하는 생각이 들었다. 보고 들으면 안된다는 게 무슨 소리야? 저 애는 내 어쩌면-남자친구잖아. 조금 전에 나에게 "너는 혼란스럽고, 항상 짐작하기 어렵고, 교감하기가 불가능해"라고 말한 어쩌면-남자친구라고. 그런데 언제부터? 저 둘이 얼마나 오래……? 나는 아무것도 이해할 수 없는 상태에 빠졌지만 동시에 모든 걸이해할 것 같았다. 두 사람의 신음소리가 멎은 것으로 보아, 차마 내 눈으로 볼 수는 없었지만 오늘 저녁 두번째의 장 폴 고티에 키스가 진행 중인 것 같았다. 잠시 뒤 다시 웅얼거리는 소리가 들렸다. "엉뚱한 사람을." 어쩌면-남자친구가 말했는데 이번에도 내 얘기였다. 셰프가 말했다. "……너만, 너 때문에, 오직 너 때문에……" "무서워. 위험해. 너무 위험해…… 정말 바보지! 겁에 질린 바보야! …… 만약 네가 죽었다면! 만약 그놈들이…… 네가 죽을 수도 있었어. 만약 그랬다면 나는 영영 ─ " 마지막 말은 셰프가 한 말일 수도 어쩌면-남자친구가 한 말일 수도 있었다. 내가 내 다리로 현관문까지 갈 수 있을까 의문이었다. 나는 현관문이 부서진 어쩌면-남자친구 집 거실에서 축 늘어진 채로 부엌 바깥쪽 벽에 기대어 있었다. 현관문이 왜 부서졌을까, 어쩌면-남자친구가 강박적으로 쌓아놓은 물건이 왜 흐트러졌을까, 나는 몰랐고 궁금하지도 않았다. 전화로 한 싸움, 최근 싸움에 대해서는 ── 어쩌면-남자친구와 셰프의…… 그와 그의…… 그들의 상황을 생각해보면…… ── 전화 말다툼의 의미가 무엇이었나? 어쩌면-남자친구가 재지 않고 속이지 않고 겉과 속이 같다고 생각했는데, 상처 안 받으려고 수 쓰는 사람이 아니라고 생각했는데, 그 사람이 셰프에게, 그리고 나에게, 자기도 '적당히 안주하는 사람'이었다고, 안전하게 가려고 맞는 짝 대신에 엉뚱한 짝을 택했다고 말한 것이다. 나는 얼마나 바보인가. 나 자신을 보호하려고, 엉뚱한 짝과 맺어지는 일을 피하려고 어쩌면-관계에 머무른 것이었는데 알고 보니 어쩌면-관계에서도 사람이 죽을 지경이 될 수 있었다. 둔감하게 있지 않고, 상황을 인식하고, 사실을 알고, 사실을 받아들이고, 현재에 존재하고, 어른이 되는 일이란 얼마나 무시무시한 일인지. 이제야 나는 진실을 깨달았다. 어쩌면-남자친구가 계속 자기를 바보라 하고 나도 나 스스로를 바보라고 자책하는 가운데 셰프가 다시 병원에 가야 한다고 말해서 우리 셋을 다시 현재로 불러왔다.

셰프의 목소리가 달라졌다. 날카롭고 심각하고 준엄했다. 어쩌면-남자친구가 "이제 거의 돌아왔어. 거의 보여. 봐, 시력이 돌아오고 있잖아. 벌써 좀 보여"라고 했는데도 셰프는 말했다. "어쨌든 가는 거야. 셔츠 갈아입고 올 때까지만 기다려." 나는 셰프가 위층으로 올라가려고 거실로 나왔다가 나를 볼까봐 ── 그런데 셰프의 옷이 여기 있나? 글쎄, 당연히 있겠지! ── 기겁했다. 셰프가 지금까지 내가 생각하던 사람이 아니어서 이제 셰프가 무서웠다. 그러면 지금까지는 셰프를 어떤 사람이라고 생각했지? 사실 별생각이 없었다. 셰프가 나한테 딱히 친절하지는 않았는데 그래도 나는 별 신경을 안 썼다. 나한테는 중요한 사람이 아니었기 때문이다. 어쨌거나 무해한 사람으로 생각했다. 그런데 지금은 무해한 사람이 아니라는 걸 알았다. 셰프가 음식에 그렇게 집착하는 걸 생각해보면, 사람에 대해서는 얼마나 집착할 수 있을까? 그때 칼이 떠올랐다. 피가 묻은 칼, 싱크대 안에 있지만 여전히 피투성이인 칼을 생각했다. 나는 평생 기절해본 적이 없지만 그 순간에는 기절할 수도 있겠다는 생각이 들었다. 머리가 어질어질했고 열이 올랐고 허물어질 것 같았고 웅웅거리는 벌떼 같은 것이 내 주위를 빙빙 돌다 내 몸 안으로도 들어온 것 같았고 당연하지만 그 익숙한 경련이 등허리 아래쪽과 다리를 따라 타고 올라왔다. 그때 부엌에서 더욱 친밀한 소리, 신음소리 같은 것이 들렸다. 장 폴 고티에 행위나 그 이상이 이어지는 듯했

다. 둘 중 한명이 말했다. "남편." 또 이런 말이 들렸다. "이
거 다 버리자. 왜 굳이 여기 살아야 돼? 남아메리카로 가
자. 부에노스아이레스로 — 쿠바로! 쿠바로 가자. 난 쿠바
가 좋아. 너도 좋아할 거야." 남편! 쿠바! 가자!라니, 어쩌면-
남자친구와 나는 어쩌면-관계를 벗어나지도 못했고 길 아
래 홍등가조차도 가지 못했는데.

나는 난장판인 거실을 소리 없이 가로질러 부서진 현관
문 밖으로 나와 구불구불한 지름길을 따라 걸었다. 둘은
내가 왔었다는 걸 절대 모를 것이다. 그래도 만약에 이렇
게 했더라면 — 하는 생각이 끊임없이 들었다. 만약에 내
가 이 일을 평범한 일로, 당연한 일로, 없었던 일로 만들기
위해 현관문 밖으로 빠져나갔다가 다시 큰 소리를 내며 집
에 들어가면 어떨까? 그러면 둘은 내가 지금 막 도착했다
고 생각할 텐데. 현관문이 부서졌다면서 큰 소리로 전-어
쩌면-남자친구를 부르는 거야. 그러면 부엌에 있는 전-어
쩌면-남자친구와 셰프가 몸을 떼어낼 시간 여유가 있겠
지. 내가 들어가기 전에 마음을 가라앉히고 감추고 은폐할
수 있을 거야. 전-어쩌면-남자친구가 소리치겠지. "여기
부엌에 있어, 어쩌면-여자친구." 내가 부엌에 들어가면 두
친구가 있을 거고 칼은 보이지 않게 싱크대 안에 치웠으
니 설명할 필요도 없을 거다. 전-어쩌면-남자친구의 눈과
핏자국은 그대로겠지만. 셰프가 병원에 가야 한다고 하고
전-어쩌면-남자친구는 거절하겠지. 두 사람 사이는 친밀

하지도 애틋하지도 아까의 눈빛과 손짓처럼 강렬하지도
절절하지도 않을 테고. 나는 헉하고 놀라 비명을 지르면
서 달려가 전-남자-친구를 붙들겠지. "어떻게 된 거야, 어
쩌면-남자친구? 맙소사! 무슨 일 있었어?" 둘은 설명하거
나 아니면 내가 짐작하게 암시할 거다. 그 지역 동성애 혐
오자들이 또 셰프를 공격했다고, 그러니 우리는 참고 어떻
게든 버텨야 하고 감추고 애매모호하게 덮어둬야 한다고.
충돌하는 감정도 없고 아귀가 들어맞지 않는 부분도 없다.
그저 평소처럼 셰프가 공격을 받아 어쩌면-남자친구가 보
호해준 것이다. 두 사람이, 그리고 나 역시도, "우리 셋이
이야기 좀 해야 할 때가 된 것 같아"라는 말은 절대 하지
않을 것이다.

　그러니까 우리는 싸운 것도 아니고 서로 나무라고 결함
을 공격하고 헐뜯은 것도 아니었다. 소리를 지르지도 삐치
지도 않았다. 하지만 나는 앞으로 다시는 전-어쩌면-남자
친구를 만날 일이 없음을, 그의 집에 갈 일이 없음을 알았
다. 밤중에 그렇게 걸어가는데, 아마도 택시 승차장을 향
해서 걷는데, 아까 튀김가게에서 막 나왔을 때처럼 내 다
리가 느껴지지 않았다. 다리가 보이고 땅도 보이는데 그
둘을 연결해서 느낄 수가 없었다. 나는 손을 뻗어서 일부
러 허벅지를 만져보고 눌러보았지만 눈에 뜨이지 않게 슬
그머니 했다. 늘 그러듯이 그때도 누군가가 지켜보는 느낌
이 들었기 때문이다.

분노는 느껴지지 않았다. 화가 나지 않았다. 그래도 이 무감함 아래 깊은 곳에 분노가 있다는 건 알았다. 전-어쩌면-남자친구를 향한. 셰프를 향한. 처음 소문을 만들어내고 퍼뜨리고, 내가 어리석게도 밀크맨을 속이고 시내 너머에 사는 또래 남자애와 사귄다는 최신 소문까지 만들어낸 첫째 형부를 향한 분노. 형부의 이야기에 살을 덧붙이고 없는 이야기를 꾸며낸 뒷이야기꾼들에 대한 분노. 나를 싫어하면서 알랑거리는 사람들, 튀김가게 종업원들, 언젠가는 내가 좋아할 것 같은 물건을 나한테 줘야 한다는 압박을 느낄 모든 가게 주인에 대한 분노. 다만 지금은 분노가 사라진 듯 흔적도 없었다. 다리가 보이기는 하지만 느껴지지 않고 바닥을 밟고 있는데도 떠다니는 기분인 한편으로 내가 달리 행동했다면 이렇게 되지 않았을 테니 나에게는 분노할 권리가 없다는 생각도 들었다. 내가 이러이러하는 대신 저러저러했다면, 거기 가는 대신 저기 갔다면, 이렇게 말하지 말고 저렇게 말했다면, 다르게 생겼다면, 그날 『아이반호』를 들고 길에 나다니지 않았다면, 그날밤에도 그주에도 지난 두달 동안 어느 날에도 밖에 나가지 않았다면 그가 나를 보고 욕망할 일도 없었을 텐데. 그때 나는 비틀거렸고 그 순간 흰색 승합차가 내 옆에 멈춰섰다. 조수석 문이 열렸고 아빠가 말했던 "그 공포의 장소에 처음으로 가는 게 아닌 느낌"이 나를 덮쳐왔다.

나는 당연한 듯이 올라탔다. 그 승합차, 눈에 뜨이지 않고 평범하지만 가장 중요한 자동차에 처음 타는 게 아닌 것처럼 올라탔다. 내가 문을 닫기 전에 그가 나를 보지 않은 채 몸을 숙이고 손을 뻗어 거의 판지 한장 차이로 내 몸에 닿지 않게 지나쳐 내 쪽 문을 당겨 닫았다. 그는 조수석 위에 있던 기다란 렌즈가 달린 카메라를 들어 좌석 사이 공간에 놓았다. 그 아래에 작은 알약병도 몇개 있었는데 하얀 점이 있는 빛나는 까만 알약이 가득 들어 있었다. 내 핸드백에도 하나 있는 그 알약이었다. 그는 문을 닫고 자기 자리로 돌아가 시동을 켰다. 우리는 마치 정식 커플이나 되는 것처럼 같이 차를 타고 달렸다. 이상한 일이었다. 그동안 이것만은 결사적으로 피했는데, '그의 차에 타지 않는다'가 나의 마지막 보루였는데, 나만 그렇게 생각한 게 아니라 초등학교 때부터 친했던 가장 오래된 친구도 안된다고 경고했는데("다른 건 다 해도 되는데, 친구야, 무슨 일이 있어도 절대로 그 사람 차에는 타지 마"), 일단 그 문턱을 넘어서고 나니 상상했던 것처럼 격렬한 혼란과 감정이 일지는 않았다. 아무 혼란이 없었다. 감정도 없었다. 언젠가는 일어나리라고 생각했던 일이 일어났을 뿐. 그런 일이 있을 거라는 말을 계속 들었으니까. 이것이 시작이었다. 그러니 격하고 혼란스러울 게 뭐가 있나? 남은 일은 들어가고, 끝내는 것뿐이다. 내가 의식적으로 그는 날 가질 것이고 나는 그걸 막을 수 없다는 걸 내내 알고 있었으니까 하고 생각해서 그런 것도 아니었다. 이미 오래전에 받아들였어야 할 것을 이제 받아들이려 하는 것도 아니었다. 그저 내가 최면에 걸린 듯 무기력한 상태에 빠져 있었기 때문이었다. 전-어쩌면-남자친구도 말하지 않았나. "잘 모르겠지만, 어쩌면-여자친구야…… 네 얼굴을 보면 감각기관이 사라지는 중이거나 이미 사라진 것 같아." 어떤 말들은 떨쳐지지 않는다. 그 말이 남았다. 어쩌면-남자친구가 내 얼굴의 감각이 사라졌다는 말을 하지 않았더라면 좋았을 텐데.

밀크맨은 늘 그러듯 앞만 보면서 말했다. "그 일은 됐어. 처리했어." 그의 목소리는 조용하고 차분하고 불쾌했다. 그러더니 다음 말은 감탄하는 듯한, 약간 놀란 듯도 한 목소리였다. "그건 의외였어. 그 친구가 칼을 들고 나타날 줄은 몰랐겠지. 어쨌든 그자들도 더는 안할 거야. 이제 안 건드리고 내버려두겠지. 다른 쪽, 자동차가 있는 쪽—이전의 지인도 괜찮을 거고. 국기나 밀고자 문제로 골치 썩지 않을 거라고. 네가 그 친구를 잘못 본 것 같은데, 아닌가? 어쩌면-남자친구라고 했나? 걱정 마, 공주님. 이제 그쪽 일은 걱정 안해도 돼."

그는 아무 말도 더 하지 않고 나를 처다보지도 않고 우리집 문 앞까지 조용히 차를 몰았다. 집에 오는 내내 아무 말도 안한 것은 영리한 행동이었는데 밀크맨은 원래 영리한 사람이었다. 내가 자기의 마지막 말을 듣고 새기기에 최적의 분위기를 만들고자 밑밥을 까는 완벽한 준비 과정이었다. 우리는 전-어쩌면-남자친구네 지역에서 나와, 시내로 들어갔다가, 반대쪽으로 빠져나와, 내 지표 일곱개를 차례차례 지나쳤다. 경계 도로를 따라 잠시 달려 우리 지역에 들어왔고 정식 커플인 것처럼 우리 엄마 집 앞에 차를 세웠다. 이 일에 충격을 받아야 하는데, 역겨움을 느껴야 하는데, 적어도 놀라기라도 해야 하는데, 내가 이 악명 높은 차에 악명 높은 남자 바로 옆에 앉아 있다는 사실이 놀랍지조차 않았다. 하지만 선택의 여지가 없기도 했다. 다른 길이 없는 것 같았다. 다른 사람들 모두 처음부터 쉽게 받아들인 사실을 나만 받아들이지 못하고 있었다. 내가 처음부터 이미 밀크맨의 것이었다는 기정사실.

밀크맨의 승합차 안에서, 밀크맨이 시동을 끄고 어둠속에서 나를 돌아보았다. 마침내 시선, 길고 느린 시선이 느껴졌다. 비로소 그는 보는 것을 스스로에게 허락했다. 이제 나는 성공이고 완수이고 소유물이니까. 대신 이번에는 내가 앞쪽만 바라봤다. 밀크맨은 장갑을 벗으며 말했다. "좋아. 아주 좋아." 나한테 한 말이라기보다 혼잣말 같았다. 밀크맨은 몸을 숙이고 손가락을 내 얼굴 가까이 가져갔다. 손가락이 가까이, 아주 가까이 다가오다 도중에 멈췄다. 그러더니 그는 마음을 바꾸었는지 손을 거뒀다. 다시 똑바로 앉고서는 마지막 말을 했다. 내가 아름답다고 했고, 내가 아름다운 줄 아느냐고 물었고, 아름답다고 생각해야 한다고 했다. 계획을 세웠다고, 어디 좋은 데 가서 좋은 걸 하자고, 첫번째 데이트 때 깜짝 놀랄 만큼 좋은 곳에 데려가겠다고 했다. 그리스 로마 수업을 빠져야 할 테지만 빠져도 상관없을 거라고 했다. 덧붙여 그리스 로마 수업을 꼭 들어야겠냐고도 물었다. 그 문제는 나중에 결정하자고도 했다. 또 내가 우리집에 사는 동안은 집으로 데리러 오겠지만 집 밖에서 기다릴 테니 내가 나와야 한다고 했다. 다음 날 저녁 7시에 차를 타고 오겠다고 했다. "이 차 말고." 승합차가 아니라 문자와 숫자로 된 차의 이름을 들먹이면서 덧붙였다. 내가 할 일, 그러니까 내가 그를 위해서, 그를 기쁘게 하기 위해서 할 일은, 제때 집 밖으로 나와서 기다리게 만들지 않는 일이라고 했다. 또 뭔가 예쁜 걸 입으라고 했다. "바지 말고. 예쁜 거. 여성스럽고 여자답고 우아하고 예쁜 드레스를 입어."

7

나는 지금까지 살면서 손으로 누군가의 따귀를 때리고 싶다는 생각을 세번 했고 총으로 얼굴을 때리고 싶다는 생각은 한번 했다. 총으로는 때렸는데 손으로는 한번도 안 때렸다. 따귀를 때리고 싶었던 세번 중 한번은 문제의 그날 첫째 언니가 국가기관이 밀크맨을 쏴 죽였다는 소식을 전하러 달려왔을 때였다. 언니는 신이 나서 잔뜩 들떠 있었다. 언니가 내 애인이라고 생각하는 사람, 나에게 가장 소중한 사람이라고 생각하는 사람이 죽었기 때문이었다. 언니는 내가 이 소식을 어떻게 받아들이는지 보려고 호기심을 숨기지 않고 내 얼굴을 살폈다. 나는 밀크맨과의 소문 때문에 전보다 더 깊이 안으로 들어가 꽁꽁 닫힌 상태였지만 그래도 그때 언니가 얼마나 자의식이라고는 없이 속을 다 드러내는지는 훤히 볼 수 있었다. 언니는 이 일이 나에게 교훈을 주리라고 생각하는 것 같았다. 밀크맨의 정치적 위치 때문이 아니었다. 밀크맨을 죽인 사람의 정치적 위치 때문도 아니었다. 그런 것은 아무 상관 없었다. 오직 언니가 오래전에 잃은 것을 내가 갖지 않기를 바라서였다. 언니처럼 나도 내가 원하는 남자가 아니라, 언니가 그랬듯이 나도 사랑했지만 잃어버린 사람이 아니라, 누가 되었건 밀크맨 뒤에 나타날 원치 않는 대체물을 받아들이고 만족할 수밖에 없게 되었기 때문에, 늘 비탄에 잠겨 있던 언니는 이제 황홀한 듯한 표정이었다. 하지만 나의 불행 때문에 언니가 황홀감을 느끼다니 말이 안되는 일이었다. 행복해하지 마, 언니가 행복해할 일이 아니야 ── 찰싹! ── 하고 나는 속으로 생각했다. 실제로는, 내 반응을 기다리는 언니 앞에서 나는 늘 그러듯이 정신이 딴 데 가 있는 것처럼 속이 들여다보이지 않게 얼굴 표정을 그대로 유지했다. 그러다가 감정을 살짝 꾸며내면서, 한순간, 아주 짧은 순간 다소 재미있는 점을 발견했다는 듯한 미묘한 느낌을 주면서 말했다. "언니 지금 오르가슴 느끼는 것처럼 보여."

언니의 환희 ── 뺨을 맞아도 싼, 남의 불행을 고소해하는 그 못된 환희가 아니라, 평소에는 완전히 죽은 것이나 다름없이 끔찍하게 살다가 한순간 살아 있음을 느낀 사람의 환희는 그 즉시 사라졌다. 예상한 대로였다. 나는 정곡을 노렸고 바로 겨냥한 데를 맞혔다. 언니나 다른 사람들이 나한테 그런 말을 하면서 노리는 바로 그 지점이었다. 그러자 언니가 움찔하더니 내 뺨을 때렸다. 사실 내가 감히 건드리면 안되는 데를 건드린 것이기 때문에(그 말을 할 때에는 나한테 당연히 그럴 권리가 있다고 생각하긴 했지만) 나는 되받아치지 않았다. 처음에는 언니에게 충격을 주고 언니가 느낀 승리감을 수치스럽게 생각하도록 만든 게 만족스러웠지만 금세 내가 한 말이 후회스러워졌다. 그러니 이걸로 됐다. 이제 언니가 가기만을 바랐다. 임시방편 남편에게로, 이 모든 일의 발단인 남편, 더러운 중상을 입에 달고 사는 남편에게로 돌아가기를 바랐다. 그때 우리들에게는 다정함이라는 게 없었다.

언니는 다시 비탄에 빠져 죽음이나 다름없는 상태로 돌아갔고, 나로 말하자면 환희 같은 것은 전혀 느끼지 못했다. 밀크맨이 죽어서 행복하지도 기쁘지도 않았다. 어쩌면 이게 행복이고 기쁨일 수도 있을 것 같았다. 아닐 이유가 뭔가? 내가 느낄 수 있었던 것은 평생 한번도 느껴보지 못한 강렬한 안도감이었다. 내 몸이 외치고 있었다. '할렐루야! 그가 죽었어! 씨발 감사합니다 할렐루야!' 이 말이 내 전두엽에 떠오른 정확한 단어는 아니었을 수 있지만. 전두엽에 있는 생각은, 이제 마음이 좀 진정되겠다, 이제 좋아지겠다, 이제 '밀크맨이 아니었으면 아 제발 밀크맨만은 아니었으면' 하는 생각에 시달릴 필요가 없겠다, 뒤를 불안해할 필요도 없고 모퉁이를 돌 때마다 그가 나타날까봐 떨 필요도 없고

밀크맨 437

누가 나를 쫓아오고 감시하고 사진 찍고 오해하고 주위를 돌고 함부로 추측하지도 않겠다는 것이었다. 명령을 받을 일도 없다. 전날 밤에 내가 충격 상태에서 될 대로 돼라 하고 밀크맨의 승합차에 올라탔을 때처럼 굴복할 일도 없다. 무엇보다도 전-어쩌면-남자친구가 자동차 폭탄으로 죽을까봐 걱정할 일도 없었다. 우리집 부엌에 서서 이런 달라진 점들을 곱씹어보고 있자니, 그제야 내가 밀크맨 때문에 얼마나 꽉꽉 닫혀 있었는지, 얼마나 감정도 생각도 없는 존재로 굳어졌는지가 실감이 났다. 밀크맨뿐만 아니라 공동체 때문, 정신적 분위기 때문, 점령 상황 때문이기도 했다. 밀크맨이 어떻게 죽었냐면, 늦은 오후에 밀크맨이 하얀 승합차를 저수지 공원 바깥쪽에 세웠는데 복병이 급습했다고 한다. 그러니까 엉뚱한 사람 여섯을 잡고 난 다음에 드디어 목표물을 잡았다는 뜻이었다. 밀크맨 전에 쓰레기 수거원 한명, 버스운전사 두명, 거리 청소부 한명, 우리의 밀크맨이기도 한 진짜 밀크맨, 또 블루칼라도 아니고 서비스업종에 종사하지도 않는 사람 한명을 밀크맨으로 오인하고 쐈다. 그런 다음에야 제대로 밀크맨을 쐈다. 그러고는 오인 사격은 축소하고 의도한 사격은 부풀려서 오직 밀크맨만 쏜 것처럼 포장하려 했다.

하지만 국가에 비판적인 언론은 이 일을 어물쩍 넘기도록 내버려둘 생각이 없었다. '밀크맨이 밀크맨으로 오인받아 총에 맞다' '도축업자, 제빵업자, 양초 제조공─모두 조심해야'

같은 헤드라인이 등장했다. 방송에서도 보도했고 국가의 다른 실수, 가학 행위, 비밀 군비, 무작위 발포, 특별히 과하게 상도를 벗어난 상태로의 전락 등을 지적하는 기사들도 나왔다. 마침내 국가에서 사실이다, 목표물을 추적하는 과정에서 몇 명을 잘못 타격하는 실수를 저질렀고 유감스러운 일이긴 하지만 그 일을 계속 붙들고 있어봐야 소용이 없으니 지나간 일로 넘겨야 한다고 했다. 목표를 오인하는 일이 있었고 예측하지 못한 변수가 있기는 하였으나 이제는 테러리스트 반대자 지도자가 처단되었으니 안심해도 좋다고 했다. "애매한 표현이나 수사적 왜곡이나 교묘한 말재간을 동원하거나 비인간적으로 환호할 생각은 없지만, 그래도 이 작전은 성공적이었다고 생각합니다"라고 대변인이 말했다. 그들은 한발 앞섰다고, 이겼다고 노골적으로 기뻐하지는 않았다. 대衆 앞에서 승리주의를 비치는 것은 옳지 않으니까. 나도 그 소식을 듣고 나 말고 아무도 접근할 수 없고 치사하고 냉정하고 못된 사람들이 함부로 재단할 수 없는 내 마음속 깊은 곳에서조차도 기뻐하지 않으려고 노력했다. 하지만 밀크맨이 그날 저녁에 나를 위해 계획했다고 하는 그것으로부터 얼마나 간발의 차로 가까스로 벗어났는지가 자꾸 떠올라 나도 모르게 행복해졌다. 또 그때 언론에서 나를 조롱하고 내 신상을 공개하지 않은 것도 기뻤다.

헤드라인 기사에 밀크맨의 죽음뿐 아니라 다른 내용도

있었다. 밀크맨과 그 이전에 밀크맨으로 오인된 여섯명이 총에 맞고 난 이제야 밀크맨의 신상이 공개됐는데, 나이, 거주지, 아내, 자식 등과 함께 밀크맨의 이름이 정말로 '밀크맨'이라는 사실도 밝혀져 있었다. 충격적인 일이었다. "말도 안돼." 사람들이 말했다. "지나치잖아. 너무 이상해. 이름이 밀크맨이라니 우습지 않아?" 하지만 생각해보면, 이상할 건 또 뭔가? 부처(도축업자)라는 이름도 있는데. 섹스턴(교회지기)이라는 이름도 있고, 위버(방직공), 헌터(사냥꾼), 로퍼(밧줄 만드는 사람), 클리버(나무꾼), 플레이어(선수), 메이슨(석공), 대처(이엉장이), 카버(조각가), 휠러(바퀴 제조공), 플랜터(농부), 트래퍼(덫사냥꾼), 텔러(출납원), 둘리틀(게으름뱅이), 포프(교황), 넌(수녀)도 있고. 몇년 뒤 나는 포스트맨 씨라는 도서관 사서를 만나기도 했으니, 이런 이름은 어디에나 있는 거다. '밀크맨'이라는 이름과 그 이름이 있을 법하냐 아니냐는 문제에 대해서 우리의 이름 수호자 나이절과 제이슨은 뭐라고 할까? 우리의 나이절과 제이슨 말만 들어볼 일도 아니다. 다른 반대자 장악 지역에서 금지된 이름 명단을 지키는 나이절과 제이슨과 비슷한 서기들은? '길 건너' 수호자가 장악한 지역에서 마찬가지로 금지된 이름을 지키는 로신과 메리 들은? 그런 한편 쓸데없는 걱정이 많은 사람들은 밀크맨이라는 이름이 어디에서 유래했는지를 두고 계속 논쟁했다. 우리 쪽 이름인가? 저들 쪽 이름인가? 길 건너에서 왔나? 물 건너에서 왔나? 국경 건너에서 왔나? 허락되는 이름인가? 금지되나? 버려지나? 비웃음당하나? 무시당하나? 어떻게 중지를 모아야 하나? "특이한 이름이야." 한참의 숙고를 거친 뒤 사람들은 아주 조심스럽게 말했다. 이 일로 인해 믿음의 한계가 무너졌다고 했는데, 살다보면 많은 일이 믿음의 한계를 무너뜨리는 법이다. 나는 결국 산다는 일이 믿음의 한계를 무너뜨리는 일이 아닌가 생각하게 됐다. 아무튼 밀크맨의 이름에 대한 소식이 사람들을 불안하게 만들었다. 사람들은 속았다고 생각했고 겁에 질렸고 당혹감에서 벗어날 수가 없었다. '밀크맨'을 가명이나 암호명이라고 생각했을 때에는 신비스럽고 은밀하고 연극적인 가능성이 느껴졌다. 그런데 그 이름이 상징이 벗겨진 채 일상적이고 평범하고 친근한 톰, 딕, 해리 같은 이름의 세계로 끌어내려지자 무장단체 핵심요원의 이름에 덧붙었던 존경심이 순식간에 줄어들더니 아예 사라져버렸다. 사람들은 전화번호부, 백과사전, 인명사전 등을 뒤져서 세상에 밀크맨이라는 이름을 가진 다른 사람이 있는지 찾았다. 많은 사람들이 길 잃은 꼴이 되었고 납득을 못했고 의혹은 점점 커졌다. 언론에서도 지역에서도 이 밀크맨이라는 사람이 정확히 누구인가를 두고 논란이 분분했다. 그 사람이 정말로 이곳 사람들이 생각했던 것처럼 무시무시하고 섬뜩한 무장단체 요원이었나? 아니면 불쌍한 밀크맨 씨도 국가가 자행한 살인의 무고한 희생자 중 한명

일 뿐인가?

그가 누구였고 뭐라 불렸건 그는 사라졌고 나는 죽음이 일어날 때마다 늘 하던 대로 했다. 잊는 것. 이 아수라장—도살장, 도축장, 식육 시장 같은 유혈 장면이 늘 그러듯 또 일어났구나 하고 잊었다. 나는 오늘 프랑스어 수업은 빼먹기로 하고 화장을 하고 술집에 갈 준비를 했다. 우리 좁은 지역에 있는 술집 열한개 중에서 가장 번쩍번쩍하고 가장 사람 많은 최고 인기 술집에 갈 생각이었다. 기분이 들떴으면서 동시에 무감각해져서 술이 필요할 때 가는 곳이 바로 술집이니까.

술집에 도착하고 조금 뒤에 술친구들을 두고 화장실로 갔다. 이 친구들한테는 총격에 대해 이야기하지 않았고 친구들도 그 일을 입에 올리지 않았다. 이게 보통이다. 같이 술을 마시는 친구가 있고 또 속엣말을 하는 친구가 따로 있다는 것. 나한테는 속엣말을 하는 친구가 딱 한명 있지만 초등학교 때부터 친했던 가장 오래된 친구와 같이 술을 퍼마시는 일은 있을 수 없었다. 나는 화장실 문을 밀고 들어갔는데 그때 아무개 아들 아무개가 내 뒤를 따라 들어왔다. 그 무렵 아무 관계도 아닌 우리 관계에서 아무개 아들 아무개는 나를 스토킹 하는 것은 접고 내가 밀크맨의 정부라고 믿은 이 지역 다른 아첨꾼들처럼 굽실거리고 조아리고 나를 좋아하는 척하는 상태였다. 하지만 엄마는 아무개 아들 아무개를 계속 오해했다. "정말 착한 아이야." 엄마가 말했다. "건실하고. 믿음직하고. 종교도 맞고 ── 걔가 우리집 우편함에 다정하게도 러브 레터를 넣던데 그애랑 데이트 안하니? 그애랑 결혼할 생각 안해봤어?" 하지만 내가 스무살 노처녀가 되기 전에 누구하고라도 결혼을 시키려고 혈안이 되어 있는 우리 어머니는 늘 같은 사람들하고만 교류하기 때문에 내가 사는 세계도 모르고 그 착한 아이 아무개 아들 아무개가 화장실로 밀고 들어와 나를 세면대에 밀어붙였다는 사실도 까맣게 모를 것이다. 아무개 아들 아무개는 권총으로 내 젖가슴을 찔렀고 그때 나는 (예상은 했지만) 밀크맨이 죽었다고 해서 밀크맨 문제가 끝난 게 아니구나 하고 생각했다. 그 소문들 때문에. 밀크맨이 나를 차지했다고 사람들이 생각하기 때문에. 내 오만함 때문에. 나를 지켜줄 사람이 죽었기 때문에. 이제는 내가 자동차 정비공하고 바람을 피운 것에 대한 보복을 피하려 했다는 소문이 있기 때문에. 개인적이지 않고 공동체적인 중요한 죽음 직후에는 늘 잠시 무정부 상태가 뒤따르기 때문에. 이 모든 '때문에' 때문에 이 지역에서도 특히 날조하는 버릇이 심한 사람들은 소문을 끝까지 밀어붙여 밀크맨을 죽음으로 몰고 간 것이 국가암살단이 아니라 나였다고 말하고 싶어했다. 사람들은 도무지 말이 안되고 앞뒤가 안 맞는 이야기도 거리낌 없이 만들어낸다. 그러고는 그 이야기를 철석같이 믿고 살을 붙인다. 그러니까 내가 「이반 이바노비치와 이반 니키포로비치가 어떻게 싸웠는가」

밀크맨　　　　443

를 읽으며 돌아다니면서 사람들을 공포로 몰아가는 무시무시한 존재일 수도 있다는 이야기인데 나만 그런 사람인 것은 아니다. 저마다 특유한 방식으로 그만큼 무시무시한 사람은 나 말고도 많았다.

이제 아무개 아들은 예전의 스토커 캐릭터로 돌아가서 밀크맨이 죽은 상황을 이용해 나에게 기습 보복을 하려는 모양이었다. 놀랍게도 아무개 아들 아무개는 나를 스토킹하는 말을 자기를 스토킹 하지 말라는 말과 뒤섞어서 하고 있었다. 나한테 두번 딱지를 맞은데다가 그간 밀크맨의 소유물인 내가 지나갈 때마다 무릎을 꿇고 "여깄습니다, 폐하, 이걸 취하시지요, 폐하"하면서 굽실굽실했으니 이제 자존감과 우위를 되찾고 싶었던 모양인데, 그렇게 하려니 내가 자기를 끈질기게 쫓아다니고 지나치게 괴롭힌 쪽이라고 생각하는 게 편한 것 같았다. "우리 좀 내버려둬!" 그가 소리쳤다. "우리가 너한테 바라는 건 딱 한가지, 내버려두라는 것뿐이잖아. 쫓아다니지 마. 몰아세우지 마. 우리를 어떻게 하려는 건데? 꺼져. 싫다는데, 접근하는 게 불편하다는데, 고맙지만 됐다는데 왜 가버리지 않냐고. 우린 너한테 관심도 없고 생각도 안해. 너는 아무 일도 없었던 것처럼 아무 잘못도 안한 것처럼 네가 꾸민 일이 아니고 네가 일으킨 일이 아닌 것처럼 그냥 그러면 된다고 생각하니? 넌 고양이야 ─ 그래, 들은 대로야, 고양이라고 ─ 이중 고양이! 넌 고양이만도 못해. 더이상 우릴 몰아붙이지 마. 이건 심각한 괴롭힘이야." 아무개 아들 말이 맞았다. 심각한 괴롭힘이었다. 밀크맨이 등장하기 전에 아무개 아들 아무개가 편지를 보낸 적이 있다. 엄마가 잘 모르고 아무개 아들이 우리집 우편함에 러브 레터를 넣었다고 생각하게 만든 그 편지 중 하나였다. 우리집 앞마당에서 자살하겠다고 적혀 있었는데 우리집에는 앞마당이 없다. 두번째 편지에서는 이 부분이 "너희 집 현관 앞"으로 바뀌어 있었다. 그런데 지금 술집 화장실에서는 자살하겠다는 협박 편지를 쓴 사람이 내가 되어 있었다. 내가 편지를 써서 그에게 직접 배달했는데 거기에 내가 그의 집 앞에서 자살해서 나를 무시한 것에 대해 죄책감을 느끼게 만들 거라고 쓰여 있었다고 한다. 그 말을 듣자 아무개 아들이 지금 나를 여기 화장실 세면대 옆에서 죽이겠다는 계획을 돌려 말하는 것이 아닌가 하는 의문이 들었다. 아무개 아들 아무개가 아직도 나를 좋아하는 게 확연해 보였다. 그리고 그 사실에 대해 화가 난 것도 확연했다. 아무개 아들 아무개의 여러가지 면을 비난할 수 있기는 하지만 생각을 복잡하게 한다는 비난만은 할 수가 없었다. 그런 한편 나는 아무개 아들 말에 뭐라고 대꾸해야 할지 난감했다.

"여기는 그런 곳이 아니야, 고양이만도 못한 년." 아무개 아들이 다시 말을 시작했는데 너무 화가 난 나머지 자기가 하려는 말을 전달할 적당한 말이 안 떠오르는 것 같았다. 사실 행간을 읽기가 쉬워서 말할 필요도 없었다. 아

무개 아들 말은 이 구역, 이 술집은 소개장 없이, 승인 도장
없이 함부로 들어올 수 있는 곳이 아니며 이곳이 유혈 갈
등의 시기에도 동물적이고 원초적이고자 하는 욕망이 압
도해 서로 어우러지는 화합의 장인 것도 아니라는 말이었
다. 여기에서 무슨 일이 일어나는지 나도 이 지역 출신이
니 알 거라고 그는 말했다. 아무개 아들 아무개의 말을 듣
는 동안 내 머릿속은 핑핑 돌았는데 이 애는 멍청한데다가
그것도 위험할 정도로 멍청하고 나랑 자고 싶고 나를 때
리고 싶고 보아하니 나를 쏘고도 싶은 것 같았다. 하지만
그때 아무개 아들 아무개가 복수를 하겠다고 이미 결심을
굳힌 상태였다는 걸 나는 알 수 있었다. 아무개 아들 아무
개는 오래전부터, 밀크맨이 나타나기 전부터도 복수를 다
지고 있었다. 내가 착한 여자여야 하고 그것도 자기의 착
한 여자여야 하는데 뭔가 잘못되어 그에게 혼란과 모욕만
을 안겨주었지만 밀크맨이 눈독을 들일 때에는 한발 물러
서서 원한을 삼켜야 했었다. 그때는 정의를 실현할 수 없
었다. 하지만 지금은 정의를 실현할 수 있다. 실제로 정의
를 실현할 것이다. 밀크맨이 사라졌고 모든 사람이 그 사
실을 다 받아들였으니 이제 자기를 막을 사람이 누가 있겠
는가?

"우리가 너한테 교훈을 준다고 여기 눈 하나 깜짝할 사
람 있을 줄—"

그다음에 뭐라고 말하려고 했는지는 확실하지 않은데

그다음 말을 못했기 때문이다. 내가 권총을 총신인지 주둥이인지 끄트머리인지 뭐라고 부르는지는 몰라도 아무튼 거기를 잡고 낚아챘다. 아무개 아들 아무개는 전혀 예상 못했고 나도 실제로 하기 전에는 예상 못했던 일이다. 또다시 아빠가 말한 먼 옛날의 "될 대로 되라는 심정, 나를 포기하고 나를 버리는 마음"이 돌아온 것 같았다. 나는 어쨌거나 죽을 테니까, 오래 살지는 않을 테니까, 언제라도 죽을 수 있으니까, 언제든 과격하게 살해당할 테니까 하는 생각—그게 이제는 조금 다른 관점으로 다가왔다. 공포를 벗어나는 방법이 보였다. 아무개 아들 아무개는 권총을 들이대 나를 공포로 몰아넣었다고 생각했겠지만 나는 그 공포의 장소에 처음으로 간 게 아니었다. 그래서 나는 권총을 쥐고 그걸로 얼굴을 때렸다. 그러니까 손잡이인지 개머리인지 뭐라고 부르는지는 잘 모르는 부분으로 그 복면 쓴 얼굴을 때렸다는 말이다. 하지만 금속이 뼈에 부딪쳐 박살을 내고 머리통을 깨는 만족스러운 타격감은 없었는데 내가 그렇게 피에 굶주렸는지 그 순간 이전에는 몰랐다. 바보스러울 정도로 약한 타격이었고 내가 정신을 차리고 다시 때리기 전에 아무개 아들 아무개가 나를 때리고 권총을 빼앗아갔다. 그러고 권총으로 내 얼굴을 때렸다. 나는 복면도 안 쓴 맨얼굴이었는데. 아무개 아들은 나를 벽에 밀어붙이고 다시 총으로 젖가슴을 찔렀다.

아무개 아들은 그 이상의 행동은 못했는데 아무개 아들

이 미리 예측하고 청사진에 넣지 못한 다른 요소가 있었기 때문이었다. 여자들, 특히 화장실을 사용하는 여자들, 그 화장실에 있던 여자들이 있었다. 이 여자들이 거의 동시에 아무개 아들에게 달려들었다. 아무개 아들은 단체 공격을 당해 권총을 놓쳤고 지니고 있던 또다른 권총도 바닥에 떨어졌다. 아무도 권총을 보고도 움찔하거나 하지 않았고 나도 마찬가지였다. 그저 거추장스럽고 무의미한 물건, 어쩌면 그냥 무의미하기만 한 물건으로 느껴졌다. 맨손, 뾰족구두, 부츠, 살과 살, 뼈와 뼈가 부딪쳤고 그동안 억눌렀던 분노를 다 쏟아붓는 듯 깨고 부쉈다. 쓸모없는 권총은 아무도 신경 안 쓰는 와중에 아무개 아들을 걷어찬 발에 채어 어딘가로 날아갔다. 그러는 동안 나는 세면대 쪽에 몰린 채로 이 상황을 지켜보았다. 그럴 수밖에 없었다. 여자들이 아무개 아들을 중심으로 잔뜩 몰려 있어 출구가 막힌 상황이었다.

그렇게 여자들이 아무개 아들을 때려눕혔다. 아무개 아들의 행동 때문도 아니고 권총을 휘둘렀기 때문도 아니고 누군지 빤히 아는데도 복면을 쓰고 다녀서도 아니고 나, 여자, 그들의 자매 중 한명을 위협해서도 아니었다. 그런 게 아니었다. 남자이면서 여자 화장실에 들이닥쳤기 때문이었다. 여성의 연약함과 예민함과 민감함을 무시하고 존중하지 않았고 예의가 없었고 기사도도 없었고 정중함도 명예도 없었다. 기본적으로 매너가 없었다. 여자들이 립스틱을 바르고 머리를 매만지고 비밀 이야기를 나누고 생리대를 가는 도중에 불쑥 들어왔다면 마땅한 대가를 치러야만 했다. 그래서 지금 그 대가가 치러지고 있었다. 이 대가를 치르고 나면 여자들은 곧 같이 온 남자들에게 말할 것이고 그러면 아무개 아들은 추가로 대가를 치러야 할 것이다. 그날 국가기동대가 나 좋으라고 밀크맨을 죽인 게 아닌 것처럼 나를 구해준 여자들도 그러려고 한 것은 아니었다. 어쨌거나 도움은 도움이었다. 그러니까 또다시, 오늘만 두번째로 나에게 고맙고 특별한 도움이 있었고 나를 위해 한 일은 아니지만 어쨌거나 내가 부차적 효과로 큰 혜택을 입었고 그것도 기가 막히게 적당한 타이밍에 그 일이 일어난 것이다.

이렇게 해서 아무개 아들은 여자들에게 혼쭐이 났다. 다음에는 남자친구들에게 혼쭐이 났다. 그다음에는 내가 듣기로(나는 내 일 아닌 일에는 신경을 안 쓰고 절대 묻지 않기 때문에 내가 물어서 알게 된 것은 아니지만 어쨌든 알게 됐는데) 즉결심판에 회부되었다고 한다. 즉결심판이 열렸고 재판을 했다. 정확히 무슨 죄목으로 기소를 할지 애매했는데 누군가가 4분의 1 강간으로 고발했다.

반대자들은 그런 식으로 했다. 우리가 범법자, 범죄자, 경멸스러운 악당이 되어 저지를 수 있는 모든 범죄, 경범죄, 반사회적 행동을 낱낱이 세세히 구분하여 좀스럽고 백과사전적이고 강박적이긴 하나 어쨌든 대단한 체계에 따

라 엄밀하게 성문화하여 가히 사용설명서에 버금갈 문건
을 집대성했다. 어찌나 엄밀하고 진지하게 세분해놓았던
지 교장선생님 같기도 하고 트집쟁이 같기도 했지만 그럼
에도 여성 문제에만은 속수무책이었다. 여성 문제는 혼란
스럽고 까다롭고 아주 빌어먹게 성가신 문제였는데 여전
히 일주일에 한번씩 뒷마당 헛간에서 만나는 모임의 사
례를 보면 알 수 있듯이 문제 여성들은 완전히 맛이 간 사
람들이기 때문이다. 그렇지만 시대가 변하고 있고 80년대
가 머지않았으니 여자들을 구슬려 좋은 관계를 유지할 필
요가 있었다. 여성 지향이니 여성 융합이니 여성 이것이
니 여성 저것이니 심지어 양성이 평등하다는 말까지 나오
니 일단 말도 안되는 정신 나간 생각들을 들어주는 척이라
도 하지 않으면 국제적 분쟁으로 불붙을 수도 있을 것 같
았다. 그래서 반대자들은 살신성인 고육지책으로 이를 악
물고 우리의 상도를 벗어난 여자들 비위를 맞추고 그들의
주장도 받아들였다. 그렇게 강간을 세부적으로 나누는 방
법이 만들어졌고 이걸로 반대자들은 할 일을 했다고 생각
했다. 우리 구역에는 완전 강간, 4분의 3 강간, 2분의 1 강
간, 4분의 1 강간이 있는데 우리 반대자들은 이것이 강간
을 둘로(강간과 강간이 아닌 것으로) 나누는 것보다는 훨
씬 우월한 방법이라고 말했고 점령군의 광대극 같은 법정
을 비롯해 다른 지역에는 강간이거나 아니거나 둘 중 하나
밖에 없으니 "우리가 한발 앞선 것"이라고 주장했는데 그

러니까 현대성이나 갈등 해결이나 젠더 진보성 면에서 진일보했다는 말이었다. "우릴 봐. 이렇게 진지하다고." 이 죄목을 포괄하는 명칭은 강간과 기타 등등이었다. 내가 만들어낸 게 아니다. 그들이 만들었다. 반대자들은 훌륭하다고, 이 정도면 그들도 만족할 것이라고 말했다. 그들이란 문제 여성들뿐 아니라 문제가 없는 여성들까지 포함한 여성들을 가리키는 말이었는데, 모든 여성이 다 문제가 있는 것은 아니기 때문이다. 그리하여, 우리 지역에서 성폭력이 일어났을 때는 4분의 1 강간으로 기소하는 게 기본이었다.

아무개 아들 아무개도 여자 화장실을 엿보았기 때문에 4분의 1 강간으로 기소되긴 했지만 사실 그때 화장실에 있던 여자들 중에는 강간을 입에 올린 사람도, 강간으로 고발해야 한다고 말한 사람도 없었다. 반대자들은 먼저 이 일은 심각한 일이다, 아무개 아들이 이 일에 대해서 뭐라고 말하는지 듣고 싶다고 말했다. 사실 이것도 놀이였다. 다락방에 있는 장난감 전장의 장난감 병사와 장난감 기차를 꺼내와서 하는 놀이, 센 남자가 된 십대, 센 남자가 된 이십대, 삼십대, 사십대 남자들이 전혀 장난감이 아닌 것들을 가지고 장난감 놀이 정신 상태로 하는 놀이. 반대자들은 장난감 놀이에 빠져 있고 다른 사람들은 평소처럼 루머에 푹 빠져 있는 상황에서 아무개 아들이 무슨 죄목으로 기소되든 내가 알 바가 아니었다. 궁금하지도 않고 듣고 싶지도 않았고 알려달라고 한 적도 없고 알아보려고 한 적도 없다. 사실 내가 증인으로 호출되지도 않았는데 어쨌든 간에 나는 증언을 하지도 그 자리에 가지도 내 발로 그 일에 끼어들지도 않았을 테니 잘된 일이었다. 나중에 듣기로 아무개 아들을 때려준 여자들 중 누구도 굳이 나서려하지 않아서 아무개 아들에게 판결을 내리는 이들은 '그냥 이게 그거라고 하면 어떨까' 하며 끼워맞춘 듯한 4분의 1 강간이라는 혐의를 조용히 거두었다. 대신에 허가받지 않은 총기를 소지해서 여자들과 데이트를 하는 수단으로 사용했다고 아무개 아들을 나무랐고 권총은 그런 데 쓰라고 있는게 아니라고 꾸짖었다.

즉결심판 이후에 아무개 아들 아무개가 어떻게 되었는지는 들은 적도 없고 관심도 없다. 아마 여자들의 사적 공간과 여자들에 대한 관점을 좀 조정하지 않았을까 싶다. 나는 어떻게 되었냐면, 다시 걷기 시작했다. 걸으면서 책을 읽지는 않았다. 러닝도 다시 했다. 밀크맨이 죽은 뒤 어느날 직장에서 돌아와 운동복으로 갈아입고 셋째 형부한테 갈 생각으로 현관에 들어섰는데 어린 동생들이 잔뜩 치장을 하고 계단 위에 서 있었다. 어린 동생들은 내 옷, 내구두, 내 액세서리, 내 보석, 내 화장품에다가 아래층 뒷방커튼으로 만든 임시 의상까지 걸쳤다. 거기에 화환, 꽃목걸이, 아무 장식에다가 시기상조인 반짝이 띠까지 또 크리스마스 상자에서 꺼내 둘렀는데 전부 자기들끼리 벌인 일

인 듯싶었다. 나는 동생들에게 내 물건 건드리지 말라고
했는데 또 건드렸다고 잔소리를 하려고 막 입을 열려던 참
이었다. 그런데 (내 옷과 장신구로) 화려하게 차려입은 어
린 동생들은 전화 통화 중이었다. 셋이 같이 계단 위에 서
서 같이 수화기를 들고 한목소리로 말하고 있었다. "네 네
네." 어린 동생들이 대답했다. 잠시 뒤에는 이렇게 말했
다. "지금 왔어요. 우리가 말할게요." 그러고 나서 예의 "안
녕" "안녕" "끊어요" "또 봐요"와 송화구에 대고 입맞춤하
기가 계속되다가 마침내 겨우 전화 통화가 끝나고 다 같
이 전화를 끊었다. "엄마 전화였어." 어린 동생들이 말했
다. "언니는 우리 저녁 차려주기 전에는 싸돌아다니면 안
된대. 엄마는 밀크맨 때문에 바빠서 저녁 못 차려준대." 진
짜 밀크맨을 가리키는 말이었다. 진짜 밀크맨 집에서 두
사람 사이에 플라토닉한 것 이상이 진행되는 게 분명했음
에도 어린 동생들의 말투에서 은근하고 비밀스러운 암시
같은 것은 느껴지지 않았다. 진짜 밀크맨이 퇴원하기 전에
(진짜 밀크맨은 이번에도 반골 기질을 발휘해 병원 말을
안 듣고 멋대로 퇴원했다) 엄마는 거의 종일 병원에 가 있
었는데 퇴원하고 난 지금은 케이크를 가져다준다, 수프를
먹인다, 상처를 살핀다, 자기 모습이 어떤지 거울에 비춰
본다, 진짜 밀크맨에게 책이나 신문을 읽어준다 하면서 낮
이고 밤이고 진짜 밀크맨 집에 가 있었다.

　"안녕." 가장 어린 동생이 또 말하길래 나는 동생을 안

아울리면서 말했다. "이제 됐어. 전화 통화 끝났어." "나도 알아. 그냥 확실히 하는 거야." 동생은 이렇게 말하고 다리로 내 허리를 감고 내 멍든 눈을 만지면서 물었다. "언니도 왈츠 추다 그랬어? 우린 왈츠 추다 이렇게 됐는데." 그러더니 셋이 팔다리를 내밀어 긁히고 멍든 데를 보여주었다. 셋 다 정확히 같지는 않지만 거의 비슷한 자리에 똑같이 긁히고 멍든 자국이 있었다. "이 타박상은 국제적 커플 놀이 하다가 생겼어." 가장 큰 어린 동생이 설명했다. 아, 나는 그때 알아차렸다. 길거리가 온통 법석인 게 그래서였구나. 머리 한구석에 맴돌던 의문이 풀렸다. 여자애들이 전부 다 드레스를 입고 춤을 추고 있었는데 우리 거리뿐 아니라 이 지역 모든 거리에서, 심지어 어느날 내가 걸으며 책을 읽으면서 시내로 가다가 흘깃 보았는데 경계 도로 너머 국가 수호자 지역에서도 애들이 그러고 있었다. '우리 쪽' '저들 쪽' 할 것 없이 어린 여자애들이 다 쏟아져나와 긴 치마와 하이힐 차림으로 국제적 커플 흉내를 내면서 엎어지고 있었으니 이 커플, 전-어쩌면-남자친구의 부모님이 이곳에서는 볼룸 댄스 세계 챔피언 이상의 의미가 있는 존재임이 분명했다. 두 사람은 종파주의적 대립을 가로지르는 탁월한 성취를 해낸 것이고, 그렇다는 사실이 종파적으로 대립하는 지역 밖에서야 아무 뜻 없을지 모르지만 이 안에서는 매우 특별하고도 희망적인 일이었다. 처음에 나는 애들이 애들 놀이를 하는구나 하고 별 신경을 안 썼는데 그런 애들이 하도 많다보니, 드레스를 입고 짝을 지어 왈츠를 추고 사람들을 성가시게 하고 사람들의 짜증을 유발하고 엎어지고 일어나고 흙먼지를 툭툭 털고 다시 왈츠를 추는 애들이 사방에 있으니, 아무리 정신이 둔감하고 무딘 사람이라도 이 현상을 알아차리지 않을 수 없었다. 어린 동생들은 국제적 커플 놀이가 얼마나 재미있는지 한창 설명하는 중이었다. "진짜 멋있어." "그런데 남자애들 때문에 거의 망할 뻔했어." 동생들은 이 지역 여자아이들이 남자아이들을 끌어들여 나의 전-어쩌면-남자친구의 국제적인 댄서 아버지 역을 시키고 자기들은 쇼의 스타, 눈부신 어머니 역을 해서 예술성을 완성하려고 한참 전부터 공을 들였지만 남자아이들이 이 놀이를 하고 싶어하지 않아 노력이 수포로 돌아갔다고 했다. 남자아이들은 '물 건너' 국가의 군인들이 우리 지역에 나타날 때마다 군인들에게 미니 대인공격 장치를 던지는 놀이나 계속하려고 했다. 야단치고 구슬리고 눈물까지 흘려보았는데도 남자아이들은 고집스레 거부했다. 그래서 어쩔 수 없이 여자아이들은 일인이역을 해서 전-어쩌면-남자친구의 멋지고 아름다운 어머니와 (적어도 어린 여자아이들에게는) 그다지 멋있거나 흥미롭지 않고 예쁜 옷도 안 입은 유명한 아버지를 돌아가면서 하기로 했는데, 여자아이들 중 누구도 남자 역을 하고 싶어하지 않는다는 문제가 불거졌다. 모든 아이가 다 전-어쩌면-남자친구의 우아한 챔피언 어머니가 되려 했기 때문에 결국 아버지는 빼고 멋있는 의상을 입은 여자 댄서 두명이 짝을 짓거나 아니면 혼자 남자 댄스 파트너 상대역이 있는 척하면서 춤을 추었다. "그러니까 이제 매번 드레스를 입고 국제적 여자가 될 수 있어." 그 설명을 들으니 왜 이렇게 색이 화려한지도 알 수 있었다. 온갖 종류와 색의 천, 액세서리, 화장품, 깃털, 왕관, 구슬목걸이, 반짝이, 술장식, 레이스, 리본, 주름장식, 겹겹의 페티코트, 립스틱, 아이새도, 모피에 하이힐 등으로 차리고 언니 구두를 신었는데 구두가 발에 안 맞아서 주기적으로 넘어져서 다치는 것이었다. "가운데언니, 좀 들어봐." 어린 동생들이 반복해서 말했다. "이 소식에 별로 기뻐하는 것 같지 않은데, 매번 국제적 여자가 될 수 있다니까!" 어린 동생들이 못을 박듯 확실하게 말했고 동시에 나는 전-어쩌면-남자친구를 잊는 일이 꽤 오래 걸리겠구나 하는 생각이 못이 박히듯 확실하게 들었다. 아직 집 밖에 나서지도 않았는데 전-어쩌면-남자친구를 떠올리게 됐다. 집 밖에 나가면 그럴 일이 더 많을 것이다. 전-어쩌면-남자친구의 부모님 포스터가 게시판에 붙어 있고 부모님을 신문 기사마다 언급하고 잡지에서 추앙하고 신문에서 칭송하고 라디오방송국에서 인터뷰하고 온 세계의 어린 여자아이들이 흉내 내고 부모님이 멋진 벽화로 그려지고 모든 방송국 모든 채널에서 춤을 추고 있을 테니까.

그래서 내 옷을 벗을 수 없다고, 국제적 커플 놀이를 마치기 전에는 안된다고 어린 동생들이 말했다. 내가 먹을 것을 주면 먹고 바로 나가 놀 태세였다. 나는 알았어, 하지만 내가 러닝 끝나고 돌아올 때까지는 집에 돌아와서 내 옷 다 벗어놔, 하고 말했다. 또 하이힐은 안된다고 했다. "내놔. 망가져." 그러면서 하이힐을 빼앗아 치웠지만 내가 집 밖에 나가자마자 다시 꺼내리라는 게 안 봐도 훤했다. 내가 말했다. "내 속옷 서랍은 안 뒤졌겠지." "그건 우리 아니야." 어린 동생들이 반발했다. "엄마가 그랬어. 언니 일하러 나가자마자 엄마가 언니 방으로 가."

그랬다, 사실이었다. 엄마한테도 내 물건 건드리지 말라고, 특히 속옷은 건드리지 말라고, 내 방에 아예 얼씬도 말라고도 말했다. 엄마는 개심한 뒤로, 진짜 밀크맨을 사랑하게 된 뒤로(혹은 내내 진짜 밀크맨을 사랑해왔다는 사실을 더이상 부인하지 않기로 한 뒤로) 툭하면 거울을 봤고 거울에 비친 모습에 속상해했다. 눈살을 찌푸리고 숨을 들이마시고 배를 집어넣었다가 숨을 쉬어야 하니 다시 배를 내놓았다. 그러고는 한숨을 푹 내쉬며 자기 몸을 구석구석 뜯어보았고 나는 속으로 생각했다. 엄마 나이가 쉰인데. 이럴 나이는 지나지 않았나. 또 내 옷 문제가 있었다. 엄마가 옷을 뒤지는 문제. 어린 동생들 말에 따르면 처음에는 엄마가 자기 물건들을 뒤져 옷가지 하나하나 다 꺼내어 대어보았다고 한다. 그러고 나서 무척 슬퍼했는데 엄마 옷이나 물건들이 하나같이 촌스럽고 구식이었기 때문

이었고 그래서 엄마가 내가 출근할 때까지 기다린 거라고
했다. 그렇게 뒤지기가 시작되었다. 어느날, 진짜 밀크맨
이 퇴원한 직후에 내가 현장을 직접 맞닥뜨렸다. 직장에
서 일찍 퇴근해 집에 왔는데 엄마가 내 방에서 옷을 입어
보고 있었다. 옷장이 활짝 열렸고 서랍장 서랍도 다 나와
있고 신발 상자도 보석함도 열려 있고 화장품 케이스의 내
용물은 전부 엄마 얼굴에 발라져 있거나 침대 위에 쏟아
져 있었다. 게다가 내 물건 전부를 자기 방에 갖다놨는데
내 물건뿐 아니라 둘째 언니 물건도 거기 있었다. 둘째 언
니가 추방을 당해 급하게 떠나느라 자기 물건을 챙기지 못
하고 그냥 갔기 때문이다. 나와 둘째 언니 물건만도 아니
었다. 엄마는 첫째 언니와 셋째 언니 집에도 갔는데 그것
도 두 사람이 집에 없을 시간을 노려서 갔다. 첫째 언니 집
에는 손주들을 보고 싶다는 핑계로 갔고 셋째 언니 집에는
왜 손주들이 없냐고 재촉하러 간다고 갔다. 사실은 언니들
물건을 쓸어오러 간 것이었다. 남편들은 엄마를 집에 들이
면서 이상하다는 생각을 전혀 안했고 엄마가 인사도 하는
둥 마는 둥 바로 위층으로 올라갔다가 이내 물건을 양팔
가득 안고 낑낑거리며 나갔는데도 이상하다는 생각은 별
로 안했다고 한다. 어린 동생들 말이 엄마가 물건을 잔뜩
들고 집에 왔다고 했다. 그래서 우리 자매들 모두 이 진짜
밀크맨 사건이 혁명적이라고 느끼고 있었다. 엄마가 장기
기도, 시간에 맞춰서 하는 기도, 열렬하고 도덕적이고 경

쟁적인 성당 기도를 올리는 대신에 "리오 세이어 레코드, 「당신이 필요할 때」「사랑을 멈출 수 없어요」「당신 때문에 춤추는 기분이에요」 같은 레코드를 틀어"라고 어린 동생들이 말했다. 내가 직장에서 일찍 돌아온 날 엄마는 벨트, 핸드백, 스카프 등을 가지고 법석을 떨고 있었고 특히 자기 몸매가 달라졌다고 안달복달했다. 현행범으로 걸려 놓고도 얼굴을 붉히기는커녕 미안해하는 척도 안하고 엄마는 말했다. "딸아, 굽이 낮은 하이힐을 좀 사지 그러니?" 그 순간 나는 화를 내며 왜 남의 물건을 뒤지냐고 뭐라고 할 생각이었다. 만약 엄마가 성당에 기도하러 가거나 남 얘기를 하러 이웃집에 가자마자 어린 동생들이 바로 엄마 방으로 간다는 사실을 말해주면 어떻겠냐고 물을 생각이었다. 엄마 침대에 올라가서 엄마 잠옷을 입고 엄마 책을 읽고 기도 놀이 입방아 찧기 놀이를 하고 약초로 약물인지 독물인지를 만드는 척하고 돌아가면서 엄마 흉내를 낸다면 어떻겠냐고. 그렇지만 엄마가 어쩔 줄 몰라하는 상태였기 때문에, 취약해지고 퇴행했고 기이한 전환기에 들어선 것처럼 보였기 때문에 나는 화를 내는 대신 굽이 낮은 슬링백 한켤레를 내밀면서 말했다. "이거 신어보세요."

진짜 밀크맨과 관련해서 이 지역 전체가 달라진 것 같기도 했다. 소문에 어두운 나조차도 위대한 경건한 여인들 무리가 이제 강등되어 '예전의 경건한 여인'이 되었으며 진짜 밀크맨을 차지하려는 경쟁이 다시 시작되었다는 얘기를 들었다. 경건한 여인들은 처음에는 진짜 밀크맨의 목숨을 살려달라고 하느님께 빌다가, 이 탄원이 이루어지자 이번에는 진짜 밀크맨이 완전히 회복되게 해달라고 빌었는데, 일부 여인들이 자기가 성당에서 눈을 감고 손을 모으고 신도석이 닳도록 독실하고 열렬하게 오래오래 기도를 드리는 동안 일부 다른 여인들이 그 기회를 틈타 기도 시간을 최소로 줄이고 진짜 밀크맨을 보러 먼저 병원으로 달려간다는 사실을 깨달았다. 그걸 알고 나니 다들 다급해졌다. 기도를 해도 얼른얼른 급하게 했다. 예전의 경건한 여인들은 하느님께 미리 사과를 하고 이건 임시일 뿐이다, 곧 완전하고 정상적이고 형식을 갖춘 기도로 다시 돌아갈 것이다, 하지만 그전까지는 하느님이 양해해주신다면 기도 목록에 있는 것을 축약하고 생략하겠다, 다른 기도를 추가하기 위해서가 아니라 기도 대부분을 임시로 삭제해서 당분간 기도 시간을 줄이기 위해서 그러는 것이라고 설명했다. 그러니까 그들이 하느님의 존재를 완전히 잊은 것은 아니었다. 엄마처럼 그들도 파이를 굽고 케이크를 장식하고 수프를 먹이고 딸들의 옷을 입어보고 딸들의 화장품을 바르고 보석을 걸치고 하이힐을 신어보고 병원에 왔다 갔다 하느라 그런 것이었다. 얼마 뒤 진짜 밀크맨이 퇴원하고도 여전히 왔다 갔다 하느라 바빴는데 이번에는 진짜 밀크맨이 집에 잘 적응하는지 보러 가기 위해서였다.

엄마는 제이슨에게 귀띔을 받은 덕에 다른 사람들보다

한발 빨랐다. 제이슨은 자기 남편 나이절을 사랑하기 때문에 진짜 밀크맨에게 '그런 식'의 관심은 없어서 엄마에게 먼저 알렸고 그래서 엄마가 충격 소식을 듣고 가장 먼저 병원에 도착할 수 있었다. 병원에 도착하자마자 경찰이 엄마를 붙잡아 병원 안 작은 비품실 같은 데로 데려가서 심문했다. 왜 이 남자를, 테러리스트를 만나려 하는가? 국가의 적이라 쏘아 쓰러뜨린 사람을 왜 보러 왔나? 당연히 경찰은 부상당한 중년 무장단체 요원의 중년 여자친구를 자기네 정보원으로 삼을 수 있을지 알아보려고 했다. 이 여자가 비밀스러운 반대자들의 정체를 알려줄 수 있지 않을까? 이 여자를 통해 비밀스러운 반대자들의 활동 계획을 알아낼 수 있지 않을까? 사악한 반대세력의 뿌리를 뽑게 도와주지 않을까? 그런데 엄마가 도착하고 곧이어 다친 무장단체 요원의 중년 여자친구가 세명 더 나타났다. 잇따라 네명이 더 왔다. 경찰이 잠재적 밀고자들을 끌고 들어갈 병원 비품실 임시 심문 장소가 부족해졌다. 그러니 이들을 경찰 병영으로 이송할 수밖에 없었는데 여자친구 수의 급증세 때문에 경찰이 바라는 대로 은밀하게 일을 처리하기가 불가능해졌다. 또 병원 복도를 감시하던 국가안보 요원이 중년 여자친구 두명을 추가로 붙잡았기 때문에 이들도 심문해야 했다. 국가기관에서도 이제는 머리를 긁적이고 있었을 것이다. "여자친구가 대체 몇명이야? 도대체 얼마나 바람둥이길래? 이렇게 많은 여자를 만나면서 대체 언제 시간이 나서 테러리스트 활동을 한 거지?" 이런 의문에 답하기도 전에 우리 출입금지 지역에서 온 중년 여자 밀고자의 수가 열명에서 열여덟명으로 늘었다는 소식이 들려왔다. 실질적으로 심문은 실행 불가능한 일이 되었고 경찰만 이런 난관에 처한 것도 아니었다. 우리 구역 반대자들이 예전의 경건한 여인들 열여덟명이 경찰에 넘어가 밀고자가 되었는지 밝히기 위해 심문을 해야 했는데 이것도 불가능해져버린 것이다. 실행 불가능하기도 하지만 우스꽝스러운 일이기도 했다. 우스꽝스러운 일이기도 하지만 혼란스러운 일이기도 했다. 정치적 상황의 관점에서만 실행 불가능하고 우스꽝스럽고 혼란스러운 게 아니라 이 여인들이 이 지역의 전통적인 아내이고 어머니이기도 하다는 사사로운 관점에서도 그랬다.

"뭐가 없어진 것 같아. 뭔가 없어진 것 같지 않아?" 반대자 한 사람이 다른 사람에게 물었다고 한다. 지역이 기이하게 조용해졌고 적막으로 가득 찼다. 사방이 으스스하고 고요했는데 끝없이 묵주를 굴리고 기도를 웅얼거리는 배경음이 멈추기 전에는 세상이 얼마나 시끄러운지 전혀 의식을 못했던 것이다. "경건한 여인들이 없어졌어." 다른 반대자가 말했다. "예전의 경건한 여인들 말이야. 그 끔찍한 웅얼거리는 소리, 돌아다니면서 쉴 새 없이 낮은 소리로 하는 기도, 넌더리 나고 기운을 쏙 빼놓는 시간에 맞춰 하는 기도, 느닷없이 부르는 찬송가 등등이 다 멈췄어. 그

재수 없는 놈, 아무도 사랑하지 않는 남자, 애들한테 소리 지르는 사람, 동생이 죽은 다음에 '물 건너' 나라에서 집에 돌아와 우리 무기를 길 밖에 내던진 사람이 총에 맞아서 그래." "그 사람한테 타르 바르고 깃털 붙이는 사형私刑을 하면 안되는 거였어." 다른 반대자가 말했다. "어디 대충 무덤을 파놓고 데려가 총으로 쐈어야 됐는데." "맞아." 다른 사람이 말했다. "하지만 우리도 어쩔 수 없었잖아." 또 다른 사람이 그들이 풋내기이던 시절을 상기시키면서 이 여자들이 "십이년 전에 우리 안전가옥 바로 밖에 버티고 서서 법적 절차에 개입한" 바로 그 여자들이라는 사실을 지적했다. 아무도 사랑하지 않는 남자가 반대자들의 총을 길거리에 내놓고 아이들에게 소리를 지르고 이웃 사람들에게 소리를 지른 직후에 반대자들이 나타나 재빨리 무기를 수거하면서 그 남자도 함께 잡아 안전가옥으로 데려왔을 때의 일이다. 반대자들은 그를 죽일 생각이었다. 무기를 함부로 건드렸을 뿐 아니라 훤한 대낮에 다 보이게 밖에 내다놓았기 때문이었다. 어린 감시꾼이 빨리 움직여서 얼른 그들에게 알려주지 않았더라면 밥 먹듯 그 지역을 선회하며 시찰하는 군 헬리콥터에 무기가 발각되었을 것이다. 그래서 그들은 아무도 사랑하지 않는 남자를 죽일 생각이었는데 그를 사랑하는 여자들 때문에 그럴 수가 없었다. 평소에는 반대자들에게 잘해주고 여러모로 도움도 주는 여자들이었다. 적이 나타나면 단체로 밖에 나와 쓰레기통 뚜껑으로 바닥을 치고 호루라기를 불어 경보를 보냈다.
반대자들에게 숙소를 마련해주고, 제보를 하고, 통금을 중
단시키고, 무기를 날라주기도 했고, 민간요법 의료봉사대
로서도 전문성을 발휘했다. 밥값을 하는 반대자라면 총에
맞는다 해도 아직 움직일 기력이 있을 때 옆 골목이나 뒷
문을 통해 이 여자들 중 한명의 집으로 들어가 총알을 빼
고 찢어진 데를 이어붙이고 상처를 꿰매고 꿰맬 시간이 없
으면 기저귀핀으로 고정한 다음 군인이 집을 수색하러 들
이닥치기 전에 도망칠 수 있다는 게 얼마나 다행스러운 일
인지 알 것이다. 이런 충성스러움은 억지로 만들어낼 수
있는 게 아니다. 어쨌거나 그 남자가 총을 길바닥에 버렸
기 때문에 안전가옥으로 잡아왔는데 ─ 안전가옥이라고
부르긴 하지만 진짜 집은 아니고 성당 창고 가운데 하나지
만 ─ 지루한 즉결심판 절차에 회부하는 대신 그냥 얼른
머리를 쏘아버리기 위해서였다. 남자를 끌고 문턱을 넘기
가 무섭게 여자들이 나타났는데 뜻밖에 평소처럼 소란을
피우지는 않았다. 대신 여자들은 창고 문 바로 바깥쪽 거
리에 버티고 섰다. 아무 말 없이 창고를 바라보고 있었다.
몇몇은 (세상에 맙소사) 창고를 손으로 가리키기까지 했
다. 여자들이 무슨 짓을 하는 건지 반대자들도 곧 깨달았
다. 헬리콥터가 한대라도 떠서 여자들이 모여 반대자들이
있는 창고를 가리키고 있는 모습을 본다면 바로 창고가 국
가의 목표물이 되어 습격을 당할 상황이었고 그들이 깨달

았다는 사실을 여자들이 안다는 걸 그들도 알았다. 그러니까 그건 협박이었고, 협박인 동시에 인간의 모순이기도 했다. 이 여자들이 충성스럽게 쓰레기통 뚜껑을 두들기고 호루라기를 불고 동맥을 봉합한 게 진심이었다는 사실은 부인할 수 없었다. 그렇지만 아무도 사랑하지 않는 남자를 즉시 석방하지 않으면 반대자들을 배신하겠다고 협박하는 것도 마찬가지로 진심이었다. 그렇게 말하지 않고도 모든 것이 전달되었고, 마침내 여자들의 대변인이 창고로 가서 문을 쾅쾅 두드리면서 아무도 사랑하지 않는 남자를 산 채로 석방하라고 소리쳤다. 시체가 나오면 안되고 자기들의 친구가 멀쩡히 살아 숨 쉬는 상태로 나와야 한다고 대변인은 외쳤다. 그렇지만 결과적으로 여자들이 원하는 대로 전부 되지는 않았다. 자기들 위신도 지켜야 하기 때문에 반대자들은 진짜 밀크맨은 반사회적 성향이 있고 사회의 표준 범주에 속하지 않는 사람이며 따라서 우리 공동체에서 상도를 벗어난 불쌍한 사람 중 한명이 될 만하다고 최종 결론을 내렸다. 반대자들은 "여기가 온전하지 않다"고 하면서 자기들 머리를 두드렸는데 따라서 진짜 밀크맨이 정신적으로 취약한 사람이므로 관대하게 취급하여 사형선고를 내리지는 않겠다는 말이었다. 그렇다고 아무도 사랑하지 않는 남자를 아무 처벌도 없이 풀어주지는 않았다. 반대자들은 진짜 밀크맨에게 가벼운 정도에서 중간 정도 사이의 태형을 가한 다음 타르와 깃털을 바르는 벌을

줄 것이며 다음에 다시 반대자들과 무기를 위험에 처하게
한다면 아무리 많은 사람이 그를 사랑하더라도 이번처럼
선처하지는 않을 것이라고 경고했다. "우리가 너무 많이
봐준 거야." 그때로부터 십이년이 지난 지금 그들은 이렇
게 말했다. 지금도 그때와 매우 비슷하게, 거의 비슷한 여
자들이 또다시 반대자들에게 불복한 것이다. "우리가 병
원에 가지 말라고 하지 않았나?" 반대자들이 말했다. "경
고하고 명령하고 지시했는데 그자를 따라 적의 소굴에 들
어가서 붙잡히다니." "대체 그 남자가 뭐라고?" "내 말이,
게다가 나이를 생각해보라고, 나이 지긋한 사람도 있어."
"있는 정도가 아니라 젊은 사람이 아예 없어. 누구누구네
엄마는 당연히 안 젊은데 정찰병 말에 따르면 그 엄마도
병원 비품실을 거쳐서 지금 경찰 병영에 가 있대." "누구
누구네 엄마도." "누구누구네 엄마도." "우리 엄마도." 어
떤 반대자가 털어놓았다. "미안한데 나도 몰랐어. 우리 아
빠도 오늘 엄마가 병원에 가서 체포되기 전에는 몰랐대."
잠시 침묵이 흐른 뒤에 다른 사람들도 자기네 엄마도 아무
도 사랑하지 않는 남자와 얽혀 있는 통탄할 상황임을 시인
했다.

　경찰은 예전의 경건한 여인들을 포섭해 밀고자로 만들
려 하고 반대자들은 예전의 경건한 여인들이 밀고자로 포
섭되었는지 캐내려 했으나 양쪽 다 아무 성과를 거두지 못
했다. 여자들의 수가 더 늘었기 때문이다. 문제 여성들도

("아 제발 그 여자들만은!" 하고 경찰과 무장단체 양쪽에서 외쳤다) 진짜 밀크맨을 도우려 병원으로 달려왔다. 문제 여성들은 이 지역에서 자기들의 대의를 이해하고 존중해 준 사람은 진짜 밀크맨밖에 없었다고 말했다. 뒤이어 언론에서도 찾아왔는데 성가시게 적대적인 언론도 있어서 아무 근거도 없으면서 '밀크맨이 진짜 밀크맨?'이라는 조롱 섞인 헤드라인을 달고 국가에서 이번에도 실수를 했다고 보도했다. 곧 국가도 그 보도가 사실이라는 것, 자기들이 실수했다는 것을 알아차렸고 따라서 이 일을 전부 종결하기로 했다고 텔레비전 뉴스 속보를 통해 전했다. 한편 반대자들은 밀고자일 가능성이 있으며 자기들 엄마이기도 한 사람들에게 법정에서 준엄하고 공정한 판결을 내려야 할 일을 걱정하던 차라, 국가에서 사건을 종결하기로 했다는 텔레비전 속보가 나오자 사상 처음으로 적의 생각에 동조하여 그렇다면 자기들도 이 문제를 덮겠다고 했다.

그리하여 우리 엄마를 포함해 열여덟명이 경찰에서 풀려났고 반대자들도 손을 놓았다. 풀려난 여자들은 바로 병원으로 가 집중치료실로 직행했다. 집중치료실에서는 진짜 밀크맨의 상태가 "안정적"이라고 했지만 지금은 아무도 들어가서 진짜 밀크맨을 볼 수 없다고 했다. "죄송하지만 가족이 아니라서요." 병원에서는 이런 입장이었는데 "거의 배우자나 다름없다"고 말해도 소용이 없었다. 배우자들 중 일부는 세력을 강화하고 계획을 수립하고 만일의

밀크맨

467

사태에 대비하기 위해 집으로 돌아갔다. 그때 엄마도 집에 돌아와서 어둠속에서 나에게 엄마와 폐기와 진짜 밀크맨과 다른 여자들에 얽힌 고대 역사를 들려주었고, 또다른 문제, 엄마와 아빠가 같이 살 때에는 말할 수 없었던 엉뚱한 짝을 택하는 문제에 대해서도 이야기했다.

내가 독을 먹은 지 두주쯤 되었고 튀김가게에는 가기 전일인데, 엄마는 내 슬링백 구두를 신어보고 신발이 발에 맞았기 때문에 기분이 조금 나아졌다. 하지만 아직도 불안한 상태라 벌써 또다른 쪽으로 신경이 쏠렸다. 어느 쪽이냐면 '후부'라고 엄마가 부르는 신체부위였는데 이 후부가 엄마가 마지막으로 거울에 전체를 비추어보았을 때에 비해서 커졌기 때문이다. 마지막으로 거울에 비춰본 건 몇년 전이었다. 엄마는 몇년 전인지는 말하지 않으려 했다. 하지만 지금 보니 더 커졌다고, 거울에서 앞모습을 비춰보았을 때 그 부분이 커졌으므로 뒤쪽도 같은 비율로 커졌으리라고 추정할 수 있기도 하지만 옷 사이즈를 점점 늘려야 했던 것으로도 짐작할 수 있고 또한 저번에 앞쪽 응접실에 있는 의자를 통한 경험으로도 알았다고 말했다. 내가 멍한 표정을 지었는지 엄마가 덧붙였다. "뒤엣것부터 이야기하자면, 내가 이제 안 앉는 의자 말인데, 내가 그 의자에 안 앉는 이유가 내 후부 때문이야. 너는 그렇게 생각하지 않았겠지만——" "아뇨, 엄마." 내가 말했다. "그렇게 생각하지 않았다는 게 아니라 ─ 무슨 의자요? 의자 못 봤는데요." "못 보긴 왜 못 봐." 엄마가 말했다. "앞쪽 응접실에 팔걸이 있는 의자 말이야. 너희 오대조 위니프리드 할머니의 의자. 전에는 내가 거기 앉았었지. 가끔 거기 앉아서 뜨개질을 하거나 제이슨이나 다른 여자들하고 이야기를 하거나 혼자 차를 마시거나 **진짜로 밀크맨**인 남자와 같이 차를 마시거나 ─ " 여기까지 말하고 엄마가 나를 보았는데 나는 아직도 어리둥절한 상태였다. "가끔은 그냥 혼자 앉아서 생각하거나 라디오를 듣거나 그랬어. 아무 문제 없이, 거기 앉는다는 것 자체를 거의 의식도 않고 앉곤 했지. 그냥 의자였으니까. 정신을 괴롭히는 물건으로 생각하지 않았어. 몸을 낮춰 거기 앉고, 다 앉았으면 일어서서 의자에서 떨어지고. 그냥 일상적으로. 그런데 지금은 아냐. 그 의자 근처에만 가도 가슴 찢어지는 고통이 느껴져. 내가 의자에 앉거나 의자에서 일어날 때 후부가 한쪽 팔걸이에 살짝 스쳤기 때문이야. 팔걸이는 말을 할 줄 모르잖아." 엄마가 강조하면서 말했다. "일체형으로 만든 의자니까 팔걸이는 본체에 고정되어 있고 의자 자체가 작아졌을 리는 없으니 내 후부가 커졌다는 말인데 후부가 변화에 수반해 가구와 교섭하여 조정을 하는 대신에 여전히 과거의 크기에 대한 기억을 그대로 유지하면서 활동한 거야." 나는 무슨 말이라도 하려고 입을 열었는데 ─ 아니면 그냥 입을 벌리고 있으려고 열었던 것도 같다. "하지만 알아두렴, 딸아.

그 의자가 내 후부에 너무 꽉 끼어서 후부가 그 의자에 들어가지 못한다는 말은 아니야. 아직도 들어갈 수 있다고. 다만 후부에 전에는 존재하지 않았고 따라서 그것에 맞추어 행동할 필요도 없었던 몇인치 혹은 몇분의 몇인치가 추가되었다는 말이야."

이제는 물론 엄마가 무슨 말을 하려는지는 알았지만 여전히 뭐라고 대꾸해야 할지는 몰랐다. 엄마는 엉덩이의 성장에 대한 자신의 관점을 감성적이고 고통스러우며 세밀하게 현미경적으로, 하지만 야단스럽거나 투박하거나 지나치게 단순화하거나 대중문화를 추종하는 경향은 없이 묘사하고 있었다. 따라서 나의 응답도 엄마의 표현에 걸맞고 어조나 무게감에 있어서도 비견할 만해야 엄마의 과거 상태와 의자와 연관 지어 후부 상태를 깊이 있게 묘사한 독창성을 인정하고 존중하는 대답이 될 수 있었다. 한편 엄마가 진짜 밀크맨과 관련하여 겪는 변화나 진짜 밀크맨을 사이에 두고 펼쳐지는 예전의 경건한 여인들과의 경쟁을 고려해보면 엄마가 의자에 대한 이야기를 시시콜콜하는 것이 중압감 때문에 정신이 무너지고 있다는 뜻일 수도 있다는 생각도 들었다. 내가 의자에 대해서 미처 대답을 못하고 있는데 어린 동생들이 아래층에서 나를 불렀다. 어린 동생들은 이 이야기가 막 시작되었을 즈음에 방에서 나가 앞쪽 응접실로 달려가 문제의 의자를 복도로 끌고 왔다. "가운데언니! 가운데언니!" 어린 동생들이 소리치길

래 엄마와 나는 계단참으로 가서 난간 너머를 보았는데 아
래층 복도에 의자가 있었다. 그냥 앞쪽 응접실에 있던 오
래된 의자, 구식이고 등받이가 높고 팔걸이가 있는 나무의
자로, 무해해 보이지만 정신적인 고통의 분야에서는 결코
무해하지 않은 의자였다. "여기 있어, 가운데언니! 이 의
자야! 이 의자라고!" 어린 동생들이 떠들어대자 엄마는 고
개를 돌리고 팔을 앞으로 내밀면서 외쳤다. "아! 생각나게
하지 마! 저리 치워 어린 딸들아." 그래서 어린 동생들은
오대조 위니프리드 할머니의 유해한 의자를 낑낑거리며
밀고 끌어서 다시 앞쪽 응접실에 갖다놓고 나서 위층으로
달려올라왔고 엄마는 다시 한탄을 시작했다.

이번에는 얼굴이었다. 얼굴이 "쇠퇴했다"고 엄마는 말
했다. 다음은 주름살과 검버섯과 잔주름 차례였다. "여기
이거." 엄마는 나에게 어떤 잔주름 하나를 보여주려고 가
까이 다가왔다. 나는 봤다. 잔주름이었다. 다른 주름살들
사이에. 뺨 위쪽에. 엄마 얼굴에. "이게 가장 먼저 생겼어."
엄마가 말했다. "아주 얕고 보일락 말락 해서 삼십대 초반
어느날 시청 근처 공중화장실에서는 거의 눈이 아플 정도
로 열심히 들여다봐야 보일 정도였는데. 이게 뭘 뜻하는지
알기 때문에 처음에는 불안이 불쑥 솟았지만 곧 떨쳐버렸
단다. 딸아 너도 알겠지만 어쩔 수 없는 일이니까, 아직 살
날이 많으니까." 다음은 허벅지였다. "죽어버렸어. 죽은 느
낌이었어. 죽은 것처럼 보였지. 지금도 그렇게 보여. 아무

밀크맨   471

탄력이 없는 것처럼." 다음에는 쭈글쭈글한 무릎, 무릎 연
골에서 나는 뚝 소리, 굵어진 허리, 몇인치 혹은 몇분의 몇
인치가 추가되었을 뿐 아니라 위치도 하강한 후부를 거론
했다. 그러더니 등허리의 곡선이 예전처럼 보기 좋은 경사
를 이루지 않는다고 했다. "옛날에 나는 가젤처럼 날랬단
다. 네 셋째 언니처럼. 내가 움직이는 모습을 찍은 사진도
있는데. 이것도 그래. 이거 보이니? 여기 빨간 점? 보여?
전에는 이 위쪽에 있었고 그전에는 없었는데." 어린 동생
들은 엄마가 벌써 몇시간째 이러고 있다며 걱정된다고 작
은 소리로 말했다. 어린 동생들이 내가 뭐가 잘못되었는지
지적하고 문제를 해결하고 무언가 조치를 취하기를 바랐
기 때문에 나도 몇번 끼어들려고 해봤는데 소용이 없었다.
엄마는 알아차리지 못했을지 몰라도 나는 진짜 밀크맨이
총에 맞았지만 죽지 않은 일의 부수적인 효과로 엄마가 젊
어졌음을 느꼈기 때문에 그 사실을 엄마에게 알려주려 했
으나, 엄마는 또다른 부수적 영향으로 자신감을 잃고 사춘
기 소녀가 되어버렸기 때문에 엄마와 마찬가지로 젊어졌
지만 역시 마찬가지로 자존감 문제를 겪는 예전의 경건한
여인들과의 경쟁에서 이기지 못할 거라고 생각했다. 그러
니 엄마를 달래려고 해도 소용없었다. 내가 무슨 말로 엄
마의 용기를 북돋우려 하든 엄마는 "그래 하지만"이라는 말
로 끊었다. 내가 첫번째 격려의 말의 첫구절을 마치기도
전에 "그래 하지만"으로 막았고 이제는 겨드랑이, 팔, 엄마

나이의 사람들이라면 자학을 하려는 의도가 아니라면 절대 거론하면 안되는 팔뚝 살 떨리는 것까지 들먹였다. 다음에는 치아 사이의 빈틈, 젖가슴 부위의 변형, 관절 삐걱거림, 뼈가 약해진 것, 소화기 꾸르륵거림, 장 트러블, 눈이 침침해지는 것, 할머니들이 겪는 노안이 시작되려 하는 것 등이 나왔다. 또 흰머리가 돋고 몸에는 없던 털이 자라기 시작했고 특히 (속삭이는 소리로) 얼굴에 수염이 나기 시작했다고 했다. "이게 전부가 아니야." 엄마가 말했고 정말 전부가 아니었다. 엄마는 계속 마음에 걸리는 부분들을 읊었는데 이전까지는, 게다가 엄마 나이를 생각하면, 엄마가 그런 것 때문에 신경 쓰거나 고민하리라고는 생각도 못해본 것들이었다. 여하튼 내가 보기에는 엄마가 분명 젊어진 느낌이었는데도 엄마 자신은 자기가 젊어졌다고 생각하지 않았다. 삶에서는 이런 거꾸로 가는 일들이 일어나는 모양이니 정신적으로 열여섯살이 된 엄마가 늙는 것에 대해 갑자기 두려움을 느끼는 것도 당연한 일이었다. 그때, 방금 전까지만 해도 이게 완전한 패배와 절망인가보다 싶었지만 진짜로 완전한 패배와 절망이란 이런 것임을 보여주는 일이 일어났다. 엄마는 이번에는 자기 뼈가 삭아서 키가 작아졌다며 거울에 몸을 비춰보다가 지금까지 내쉰 한숨보다 훨씬 더 큰 한숨을 내쉬었다. 나나 어린 동생들이 아니라 자기한테 하는 말인 것처럼 엄마는 중얼거렸다. "어쨌거나 무슨 소용이 있어? 아무 소용 없지. 그 불쌍한 여자를 생각하면. 아들 넷이 죽고 딸 하나가 죽고 남편이 죽은 불쌍한 여자." 이렇게 엄마는 핵소년 엄마 이야기로 넘어갔다.

핵소년의 엄마는 물론 아무개 아들 아무개의 엄마이고 폭탄이 터져서 죽은 가장 사랑받는 아들의 엄마이고 그 무렵 창문 밖으로 떨어진 가엾은 아이의 엄마였다. 하지만 핵소년의 엄마로 가장 널리 알려져 있는데 핵소년이 이해할 수는 없으나 아무튼 극적인 원자력 공포와 자살 유서로 사람들의 의식에 강력한 인상을 남겼기 때문이다. 그 집안 나머지 사람들은 죽었건 살았건 핵소년만큼 관심을 끌지 못했다. 사실 아무개 아들 아무개를 제외하고 다른 살아남은 식구들은 모두 핵소년과의 관계에 따라 지칭되었다. 일단 핵소년의 살아남은 누이 여섯명이 있었다. 핵소년의 여러 사촌과 이모 삼촌 들, 핵소년의 기타 등등이 있었다. 또 지금 엄마가 이야기하는 사람인 핵소년 엄마도 있었다. 나는 처음에는 무슨 이야기인지 몰라 엄마를 멍하니 보고 있을 수밖에 없었다. 엄마는 이 문제를 붙들고 이미 힘들게 씨름을 해왔던지 결론을 내리듯이 말했다. "그 엄마가 그 사람을 가지게 해야 할 것 같아." 그래서 내가 무슨 소리냐고 설명해달라고 했다. 엄마는 예전의 경건한 여인들이 전날 다 같이 우리집에 찾아와 불쌍한 핵소년 엄마를 생각하라고 엄마의 양심에 호소하고 갔다고 했다. 예전의 경건한 여인들이 강조해 말하기를 "불쌍하고 불쌍하고 불쌍하고 불쌍한" 핵소년의 엄마가 양적으로 말해 이 지역 누구보다도 개인적 정치적 비극을 많이 겪었으니 뒤로 물러나서 그 여자가 진짜 밀크맨을 차지하도록 하는 게 고귀하고 고결하고 이타적인 행동이 아니겠느냐고 합리적으로 설득했다고 한다. 나는 바로 상황을 간파했지만 내가 "세상에 맙소사 엄마, 속임수라는 거 몰라요? 게다가 일이 그런 식으로 되는 것도 아니잖아요"라고 말하기 전에 엄마가 사실을 열거하기 시작했다. 손가락을 꼽아가면서 양적으로 또 엄마 나름으로 분류한 고통의 단계에 따라 자기가 겪은 비극과 핵소년 엄마가 겪은 비극을 비교했다. "그 불쌍하고 불쌍하고 불쌍하고 불쌍한 여자는 남편하고 아들 넷과 딸 하나가 죽었지, 전부 정치적인 이유로, 나는 남편과 아들 하나가 죽었고 딸은—죽지는 않았고 게다가—" 엄마는 손을 들어 내 말을 막았다. "둘째 아들은 정치적으로 죽었지만 너희 아버지는—좋은 사람! 그렇게 좋은 사람이! 좋은 아빠이자 좋은 남편이!" 그러면서 엄마는 다른 길로 새어나가 평소에 아빠를 욕하던 것과는 딴판으로 느닷없이 아빠 칭찬을 했는데 지금까지 진짜 밀크맨에 대한 사랑을 '나는 그를 사랑하지 않아, 결혼했는데 어떻게 사랑할 수 있어!'라며 억눌러온 것에 대한 죄책감과 엉뚱한 짝과 결혼한 것에 대한 괴로운 감정을 덮기 위해서 그러는 것 같았다. 엄마는 다시 원래 하던 이야기로 돌아와서 "너희 아빠는, 아파서 정상적으로 죽었으니, 하느님 그를 돌봐주소서, 정치적으로 죽은 게 아니지. 그러니까 그 사람들 말이 맞아. 나는 손을 떼고 고결하게 진짜 밀크맨을 그 엄마한테 넘겨줘야 해."

나는 할 말을 잃고 엄마를 멍하니 보고 있었지만 곧 엄마가 너무 답답해서 정말 미치고 팔짝 뛸 지경이 되었다. 엄마는 그게 말이 된다고 생각하나? 예전의 경건한 여인들의 약삭빠른 간계를 어떻게 모르지? 만약 정말 그런 거라면, 그들의 고귀한 원칙과 '아들 하나와 남편 하나만 죽었고 딸은 죽지 않았으니 자격이 없다'는 논리가 맞는다면, 정말 그런 식으로 일이 진행되는 거라면, 우리 남매 중 몇이 정치적으로 죽어 무덤에 들어가야만 엄마가 데이트를 할 수 있다는 말인가? 게다가 엄마가 말하는 고통의 단계, 슬픔과 비탄 분야에서 누구 점수가 가장 높은가 하는 그 절대평가 방식을 받아들인다고 하더라도, 엄마가 '사실'을 잘못 산정한 부분이 있었다. 내가 엄밀하게 따져서 엄마가 잘못 산정한 부분을 명확하게 정리해줄 필요가 있었다. 첫째로, 나는 불쌍한 핵소년 엄마가 정치적 문제로 잃은 아들이 셋이 아니라 둘이라는 점을 지적했다. 지역 다른 사람들이야 핵소년의 죽음도 (미국과 러시아의 정치적 문제 때문이긴 하지만) 정치적 죽음에 들어간다고 주장하기도 하지만, 엄마가 위태로운 자포자기 상태로 접어들고 있었기 때문에 나는 단호하게 핵소년은 아니라고 못 박았다. 따라서 가장 사랑받는 아들, 길을 건너다가 폭탄이 터져서 정치적으로 죽은 아들만 헤아렸다. 그리고 반대자 첫째 아들과 반대자 딸하고 남편까지가 정치적으로 죽은 거라고 말했다. 또 그 무렵에 군인들이 목을 딴 불쌍한 개도 있었고. 한편 둘째로 나는, 조금 근거는 약하지만, 엄마도 추방에 의해서 (그러니까 또한 정치적 문제 때문에) 딸을 하나 잃었다고 말할 수 있다고 했다. 그리고 또 역시 조금 근거가 약하기는 하지만, 또다른 아들, 넷째 아들, 도망간 아들도 잃었다고 말할 수 있다고도 했다. 친아들은 아니고 사실 아직 죽지 않고 국경 너머 어딘가에 살아 있긴 하지만 엄마가 넷째 아들을 극진히 사랑했으니까. 나는 이에 더해 불쌍한 핵소년 엄마의 비극적 상태를 생각해보건대 그 아줌마가 성적이고 낭만적인 부분에 관심이 있을 것 같지 않다는 점도 지적했다. "생각해봐요, 엄마. 엄마도 그 아줌마 봤잖아요. 적어도 두문불출하기 전에는 봤죠. 그 아줌마가 날마다 조금씩 망가져가고 아무도 그 아줌마를 도와줄 수가 없게 되자 사람들이 이제 무서워하면서 무서우니까 우리 구역의 상도를 벗어난 사람 중 죽음을 앞둔 사람 부류로 분류하자고 말하는 것 알잖아요. 그 아줌마 마지막으로 본 게 언제예요?" 내가 물었다. "다른 사람들은 언제 봤대요? 사람들 말이 씻지도 먹지도 침대에서 나오지도 않고 식구들한테도 관심이 없대요. 핵소년 엄마는 '쩜쩜쩜' 장소에서 남자와 밀회를 할 만한 상태가 아니라고요." 엄마는 움찔하며 손으로 귀를 가리는 시늉을 했다. "잔인하구나, 애야. 가혹해. 냉정해. 너한테는 뭔가 말할 수 없이 냉혹한 데가 있어." 엄마는 갑갑한 데가 있다고 말하려 했으나 그랬다가는 또 어쩌라고요 때처럼 싸움이 시작되고 다시 서로 화만 내게 될 것 같아서 참았다. 또 엄마가 내가 먹은 독을 토하게 하던 그날밤 나를 나무라면서 "네 친구들 믿을 만하니?"라고 했던 것을 되받아 엄마 친구들 믿을 수 있냐고도 묻고 싶었지만 적어도 직접적으로는 묻지 않았다. 대신 말을 돌려서, 그 일당의 음흉하고 기만적인 책략에 대해 말했다.

"엄마 친구들 말이에요. 기도하는 친구분들, 예전의 경건한 여인들요. 그분들이 정말 '아, 우리는 뒤로 물러서서 핵소년 엄마가 그 사람을 갖게 해야 해'라고 할 거 같아요? 핵소년 엄마 때문에 진짜 밀크맨을 포기하고 모든 가능성을 접을 거라고 생각하냐고요. 엄마를 앞길에서 치우고 나면요, 양심에 호소하니 어쩌니 해서 쉽게 처리하고 나면요, 바로 그 불쌍한 아줌마를 밟고 질주할 거예요. 다시 전열을 정비하고 계획을 변경하고 이번에는 엄마 다음으로 진짜 밀크맨이 마음을 쓰는 사람을 축출하겠죠. 그런데 첫번째가 엄마였던 거예요. 엄마가 진짜 밀크맨의 마음을 얻을 후보 일순위이기 때문에 엄마한테 핵소년 엄마 카드를 교묘하게 내놓아서 요리한 거라니까요." "말도 안되는 소리!" 엄마가 말했다. "내가 일순위라니 말도 안돼 ―" 엄마는 거부하는 손동작을 하면서 더 말을 못했다. "엄마라니까요. 진짜 밀크맨은 엄마한테 관심 있고 차

마시러 엄마한테 찾아오고 항상 우유를 더 주거나 특별한 유제품을 가져오잖아요. 누구한테나 다 그러는 건 아닐걸요." 엄마는 다시 못 믿겠다는 동작을 했으나 아까만큼 강한 동작은 아니었다. 절반은 믿는 것도 같고 약간은 희망도 갖는 듯한 손동작이었다. 엄마가 연애를 해본 지 너무 오래되어서 격려가 반드시 필요한 상황이었다. 다시 말해 내가 느슨해져야, 아니 실용적으로 접근해야 한다는 말이었다. 사실 나는 진짜 밀크맨이 엄마나 핵소년 엄마나 다른 어떤 아줌마들에게 관심이 있는지 어떤지 별로 생각해본 적이 없었다. 그런 쪽으로 생각해보기에는 다들 너무 나이가 많았다. 다만 엄마가 시작도 안해보고 포기하지는 않기를 바랐다. 진짜 밀크맨이 이제는 짝을 이루고 싶다는 소망을 드러낸다 해도 그들 중 한명과 짝을 이루고 싶지는 않다고 하거나, 완전히 회복한 다음에는 전처럼 광범위하고 보편적인 친교 관계로 돌아가겠다고 할 가능성도 물론 있었다. 그렇지만 그 가능성은 엄마에게, 예전의 경건한 여인들에게, 나에게도 너무 맥 빠지는 일이라서 고려하지 않기로 했다. 따라서 거짓말로 부추겨야 한다는 말이었는데 모든 사실을 고려해볼 때 꼭 거짓말이라고만은 할수 없는 거짓말이었다. 내가 말했다. "엄마가 가장 강력한 후보예요. 진짜 밀크맨이 항상 나한테 엄마를 좋아한다고 하고 엄마한테 안부 전하라고 한다고요." "그 사람이? 내가?" "그럼요." 진짜 밀크맨이 지나가는 말로 한 말이기는 하지만 나는 일단 그렇다고 했다. 사실 진짜 밀크맨과 제대로 대화를 나눈 것은 진짜 밀크맨이 나를 집에 데려다주고 고양이 머리를 나 대신 처리해주었을 때 딱 한번이었는데 그때 진짜 밀크맨은 엄마에 대해 100퍼센트 진심으로 걱정했다. 그러니까 내가 새빨간 거짓말을 한 것은 아니었다. 나는 높은 숫자로 자신감을 북돋기 위해서 엄마에게 100퍼센트 확실하다는 말도 했다. "괜찮아요, 엄마. 기죽지 말고, 믿음을 갖고, 패기 있게, 조용하게 작업해서 조금씩 조금씩 들어가는 거예요. 그 아줌마들이 페기한테 어떻게 했는지도 잊으면 안돼요. 페기가 수녀가 된 다음에 욕망과 탐욕이 불타올랐다면서요. 엄마도 그때 화가 났잖아요. 그런데 또 그러고 있다니. 교활한 여자들이에요." 그 여자들이 엄마를 속이고 세뇌하고 내적 갈등을 일으키고 있는 걸 생각하니 속이 부글부글 끓어 그렇게 말하지 않을 수 없었다. 엄마가 기습공격이나 측면공격을 당한 지 매우 오래되어 공격에 취약하리라는 염려도 들었다. "약삭빠르고 교묘하고 간사한 모사꾼들 같으니——" "가운데딸!" 엄마가 소리쳤다. "어른들이잖아! 예전의 경건한 사람들한테 그런 형용사는 붙이지 마라."

어쨌든 엄마가 위엄을 되찾기 시작했으니 성공한 셈이었다. 엄마는 다행히도 '감히 내 양심을 이용하려 들다니' 하는 생각도 하기 시작했으나 그런 한편 진짜 밀크맨이 총에 맞은 사건의 또다른 부수적 효과 때문에 상황이 급변

480

하고 있었다. 어쩌면 이게 총에 맞은 일로 인해 발생한 가장 중요한 부수적 효과일 수도 있는데, 그 일을 겪으면서 진짜 밀크맨이 오랜 세월 동안 '페기를 잊지 못해' 은인자중하던 생활에서 벗어나게 되었다는 점이다. 그동안 진짜 밀크맨은 낭만적이거나 열정적인 사랑을 거부하고 무조건적이고 아가페적인 사랑을 고집했는데 이제는 아닌 듯했다. 진짜 밀크맨은 병원에 있을 때 총상으로 몸이 괴로운데도 불구하고, 게다가 한편으로 평소처럼 엄격함과 금욕주의를 유지하려고 애쓰고 있었음에도, 뜻밖에 병원 생활에서 꽤 만족감을 느꼈다고 한다. 엄마가 말하기를, 진짜 밀크맨이 병원에 누워 있는데 처음에 내부에서 폭동이라도 일어난 듯 기이한 감정이 들더니, 늘 자기만 다른 사람들에게 잘해줄 게 아니라 다른 사람도 자기한테 잘해주었으면 좋겠다는 생각이 들었다고 말했단다. 십이년 전과는 대조적이었는데, 그때는 뭐든 자기 혼자서 할 수 있다는 생각이 극도로 강했을 때라, 태형과 타르와 깃털을 바르는 처벌을 당하고 난 뒤에 도움이 절실히 필요했고 실제로 도움을 받았음에도 불구하고 지금과 다르게 사랑이나 로맨스 따위에 마음이 전혀 열리지 않았다. 그러니 진짜 밀크맨은 그 나름의 혁명을 겪었고, 이제 공동선과 자기희생 등은 뒤로한 채 사랑, 섹스, 애정 등을 누리고 싶어진 것이었다. 엄마 애기는, 진짜 밀크맨이 이 모든 것에 마음을 활짝 연 참에 때마침 마치 기적이라도 일어난 듯이 모든 여자가 거의 동시에 등장하여 선행을 (개인적 애착의 가능성과 함께) 진짜 밀크맨에게 쏟아부었다는 것이다. 사람들이 무리를 지어 병원에 나타났는데 대부분이 전통적이고 경건한 여인들이었다. 다음에는 문제 여성들이 왔다. 또 남자들도 ─ 자기 의견을 굽히지 않는 사람과 엮이는 것을 별로 두려워하지 않는 이웃 남자들도 문병 왔다. 그리고 물론 엄마, 진짜 밀크맨의 가장 오래된 친구도 왔다. 이렇게 사람들이 찾아왔고 기분이 좋았다고 진짜 밀크맨이 말했다. 그러면서 진짜 밀크맨이 엄마의 손을 잡았다. 진짜 밀크맨은 전과 다르게 마음이 평온해져서 이제 사람들이 자기한테 친절한 행동을 하는 게 불편하지 않다고 말했단다. 병원에서 퇴원한 다음에도 사람들이 그를 보러 왔고 여전히 그런 행동들이 편안하게 느껴졌다고 했다. 엄마는 하지만 진짜 밀크맨이 손을 잡고 친밀하게 말을 걸고 있다는 황홀한 느낌을 경험하는 한편 동시에 화도 났는데 이제야 다른 여자들의 술책에 대해서 내가 지적하려고 했던 바를 이해했기 때문이었다.

엄마는 나이 든 것도 불만이었지만 예전의 경건한 여인들이 줄곧 밀크맨 주변에 얼쩡거리는 것도 불만이었다. 엄마는 결혼하라고 나를 들볶기를 중단했고 내가 위험한 유부남을 애인으로 삼았다고 나무라는 것도 그만두었다(이것도 진짜 밀크맨이 총에 맞은 일의 부가적 긍정적 효과 가운데 하나였다). 그럴 여유가 없었다. "그 여자들이 항상 거기 가 있어." 엄마가 소리쳤다. "순무를 가져다준다 어쩐다 하면서 엉큼하게 집에 드나들지. 당근과 파스닙을 선물하질 않나, 집에서 끓인 수프니 케이크니 향긋한 장미수 등등을 실어나르질 않나, 예쁜 상자에 넣어 선물 포장한 감자가 주머니에서 삐죽 보이더라고. 어찌나 기만적인지! 상상도 못했다." "나도 알아요, 엄마." 내가 말했다. "상상도 못할 일이죠." "옷까지 빼입고 말이야. 한창때도 아니면서 —" 그때 아니나 다를까 엄마의 그래 하지만이 또 불쑥 끼어들어 엄마 본인도 한창때가 아니라는 사실을 일깨우길래 내가 서둘러서 엄마 내면에 있는 생명의 힘이 전도되어 엄마가 다시 꽃처럼 피어나고 있다는 점을 강조했고 '인생은 끝났어. 내 인생은 끝났고 다 지나갔고 남아 있는 것을 가지고 근근이 사는 거야' 하는 식의 노인 같은 태도, 이전까지 엄마가 늘 그랬는데도 엄마가 더이상 그러지 않게 되기 전에는 내가 미처 알아차리지 못했던 그런 태도도 사라졌다고 말했다. 대신 엄마는 활기가 넘치고 새순이 돋아나고 —"……경쟁과 다툼." 엄마의 그래 하지만은 이런 결론을 내버렸는데 물론 내가 내리려던 결론과는 딴판이었다. "난 질투하기에 너무 늙었어. 질투하고 시기하는 것에는 익숙하지 않아. 그런 건 다 끝난 줄 알았어. 딸아, 너도 알겠지만 그때는 하느님께 폐기가 그 사람을 갖게 해달라고 기도하는 편이 내가 그를 갖게 해달라고 기도하는 것보다 쉬웠어 — 왜냐하면 질투심 때문에 다른 사람들한테 역공을 당할 것 같았으니까. 내가 그들 중 그를 차지한 사람을 질투하는 편이 내가 그를 차지하고 그이들의 질투를 감당하는 것보다는 쉬울 것 같았고." 오대조 위니프리드 할머니의 의자 이야기처럼 이번에는 질투라는 주제로 현미경적으로 세밀한 고차원적 토론이 시작되리라는 직감이 들었다. 지금까지 엄마가 이 주제를 언급하는 것은 들어본 적이 없고 나도 이야기한 적이 없는데다 그러고 싶지도 않았는데 그랬다가는 나도 그래 하지만과 힘든 날만이 아니라 언제나 꾸준한 타인에 대한 공포에 사로잡힐 것 같아서였다.

그래 하지만이 이런 식으로 계속 끼어들어 엄마 기분을 북돋으려는 나의 시도를 원천봉쇄 했다. 엄마를 부추기려고 칭찬하는 말을 떼자마자 부정적인 그래 하지만이 등장해 내가 한 말을 쏘아 땅에 떨어뜨리는 식이었다. 그래 하지만이 끼어들지 않을 때면 엄마는 거울을 보며 한숨을 푹 쉬었다. 엄마는 전구 같았다. 한순간에는 켜졌다가 다음 순간에는 꺼지고 다시 켜지고 다시 꺼지고 죽은 것처럼 바닥으로 내려갔다가 갑자기 신이 나서 솟구쳤다. 그러다가 엄마가 어떤 생각을 떠올리고는 눈살을 찌푸리고 침울해져서 투덜거렸다.

"온 세상을 싸돌아다니면서 볼룸 댄스를 추고 아무 거리낌 없이 화려하게 사는 사람도 있다고. 텔레비전에 나오는 댄스 대회를 싹쓸이하는 여자가 나랑 나이가 비슷하다는 거 아니? 그렇단다! 우리도 다 그렇게 멋있을 수

있다고. 식은 죽 먹기지 — 세계 정상에 서고 멋지게 꾸
미고 활짝 웃고 번쩍거리는 옷을 입고 댄스플로어에 오
르기도 전부터 챔피언 같은 태도로 움직이는 거 말이야.
우리도 다 할 수 있다고. 그 여자가 한 것처럼 했으면 할
수 있었어. 그 사람이 어떻게 했는지 아니, 딸아? 갓난아
기 여섯을 너희들끼리 알아서 잘 살아봐라 하고 소파 위
에 내버려두고 팔리스 아기 과자 몇개 던져놓고 나왔단
다. 쇼에 나가서 세상에서 가장 열정적이고 화려한 커리
어를 시작하려고. 어떻게 그러니? 그런 엄마가 어디 있
어? 최고가 되는, 최고 중에서도 최고가 되는 영광을 누
리기는 했지만, 또 증오와 폭력의 기나긴 역사가 있는 곳
에 평화와 화합을 가져오긴 했지만, 그래도. 춤과 갈채와
명성과 선망과 명예와 영광과 멋지게 보이는 게 전부가
아니잖아. 나는 내 의무를 저버리고 아이들을 버리진 않
을 거야." 이렇게 엄마는 평범한 삶과 집안일들의 세계로
다시 돌아왔다.

　그러더니 이제 엄마는 한숨을 쉬면서 전구가 꺼진 채
로 점점 더 가라앉고 있었다. 이어 다시 "내가 뭐 하는 짓
이니, 이러기에는 너무 늦었어. 네 옷을 입을 수는 없어.
젊은 애들 옷이지 나이 지긋한 부인네 옷이 아니잖아"라
고 하면서 침대 가장자리에 털썩 주저앉더니 자기는 그
럴 수가 없는데 멋지게 그렇게 해낸 어쩌면-남자친구의
엄마한테 샘을 냈다. 이제는 내가 어떻게 할 수가 없겠다

는 게 명백해졌다. 내가 할 수 있는 일이 아니었다. 나한
테는 적절한 수단이 없었다. 엄마는 내 말에 귀를 기울이
지 않고 내 의견을 받아들이지도 않고 그래 하지만의 말을
더 잘 들으니 나로서는 엄마의 기운을 북돋기가 불가능
했다. 게다가 나도 내 코가 석자였다. 그때는 아직 밀크맨
에게 스토킹을 당할 때였다. 밀크맨이 아직 죽지 않았을
뿐 아니라 나에게 던진 그물을 점점 조여오던 중이었다.
그래서 엄마 문제를 해결해줄 지원군이 필요했고 따라서
첫째 언니를 부를 수밖에 없었다. 첫째 언니는 어떻게 해
야 할지, 엄마에게 뭐라고 말해야 할지, 어떻게 엄마를 패
배주의와 부정적 사고에서 끌어낼지 알 터였다. 첫째 언
니는 그래 하지만을 용납하지도 않을 터였다. 첫째 언니를
불러와야 한다, 첫째 언니를 부른다가 내가 첫번째로 할 일이
되었다.

　엄마와 그래 하지만이 침대 가장자리에 앉아 머리를 두
손으로 감싸고 사기가 바닥으로 떨어져 불쌍한 핵소년 엄
마에게 진짜 밀크맨을 넘겨주는 게 옳은 일이라고 중얼거
리고 어린 동생들은 씩씩하게 엄마를 달래려 하는 와중에
나는 아래층으로 내려와 수화기를 들었다. 첫째 언니와 나
사이에 팽팽한 긴장감이 있었기 때문에 전화를 걸기가 부
담스러웠다. 우리 사이의 긴장이 거의 터지기 일보 직전
이라는 걸 언니도 나도 알았다. 내가 밀크맨을 떠나 부도
덕하고 홍등가스러운 불륜관계를 그만두지 않으면, 언니

가 나더러 밀크맨과 불륜관계라며 사실과 다른 비난을 퍼붓기를 멈추지 않으면, 곧 팽팽한 긴장이 신체적 폭력이나 아니면 더 심하게는 언어적 폭력으로 터져나와 용서 못할 나쁜 말을 내뱉게 되기 직전이었다. 그러니까 통화의 목적을 얼른 먼저 밝혀야 했다. 언니가 공격을 쏟아붓기 전에 내가 전화를 건 용건은 나 때문도 언니 때문도 밀크맨 때문도 끔찍한 언니 남편 때문도 아니라는 사실을 바로 밝혀야 했다. 엄마 상태가 심각하다고. 도움이 필요하다고. 첫째 언니 도움이 지금 당장 필요하다고 말해야지. 언니가 밀크맨 이야기를 꺼낸다면(언니가 나만 보면 강박적으로 밀크맨을 떠올리니까), 그래서 내가 화를 내며 대꾸한다면(내가 언니가 그러는 것만 보면 화가 나니) 우리 둘 중 하나가 전화를 끊어버리게 될 가능성이 높았다. 그러면 곤란했다. 그러면 망하는 거였다. 어쨌든 위험을 무릅쓰고 시도해봐야 했다. 그래서 수화기를 들었고 평소처럼 도청장치가 없는지 확인했고 평소처럼 도청장치가 어떻게 생겼는지는 몰랐고 이어서 전화를 걸었다. 신호음이 울리는 동안 언니 남편이 받을지 모른다는 생각이 들어 전화를 끊을까 말까 망설이는데 남편이 아니라 언니가 전화를 받았고 그제야 남편이 전화를 받을 수 없는 상태라는 게 떠올랐다. 첫째 형부는 최근에 무장단체 사람들에게 구타를 당해서 침대 신세를 지고 있었다.

나는 바로 시비가 불붙는 걸 막으려고 계획대로 목적

부터 밝혔다. "언니 나야. 엄마 때문에 걸었어." 그러고 곧 설명을 시작했다. "……그래서 엄마를 돌봐야 해…… 맞아, 엄마 친구, 아무도 사랑하지 않는 남자…… 윽 그래 그래…… 윽 그래 아냐…… 언니, 엄마는 그냥 친구 사이로 지내고 싶은 게 아니었어…… 예전의 경건한 여인들이 죄책감을 심어주는 바람에 포기해야 한다고 생각하고 있어 ─ 뭐라고……? 응…… 어어…… 응, 맞아. 나도 그렇게 말했지 그런데…… 윽 그래그래, 그 말도 했는데 내 말은 안 들어…… 나도 아는데 언니, 엄마 신경이 극도로 예민한데다가 엄마는 경험도 없잖아. 아빠 이후로는 그런 걸 해본 적이 없으니까." 여기에서 나는 엄마가 엉뚱한 짝을 택했다는 점은 일부러 빼고 말하지 않았는데 첫째 언니가 그 부분에 민감할 수 있기 때문이었다. "그러니까 수십년이 지났다는 말이야." 내가 얼른 넘어가며 말했다. "……뭐라고? 아, 그 생각은 안해봤는데 그것도 소용없을 거야. 엄마가 내 말은 들으려고 하지를 않아…… 나도 그렇게 말하려고 했는데 그래 하지만 또 그래 하지만 하면서 옷, 몸, 맞지 않는 의자 등등 하면서 낙담해가지고는…… 그래, 의자. 아니, 의자! '의자'라니까! ……소리 지르는 거 아니야! 과장이 아니야, 언니. 들어봐. 한숨소리 신음소리 안 들려?" 그러면서 나는 정신적 고통의 극단적 표현이 위층 내 방으로부터 흘러나오는 계단 쪽으로 수화기를 쳐들었다. 어린 동생들이 엄마의 현재 정신 상태에서는 도움이 안되는 말이기는 하나 엄마는 꼭 엄마처럼 생겼으니까 걱정 말라고 하면서 엄마를 달래려고 끈덕지게 시도하는 소리도 들렸다. 어린 동생들이 돌아가면서 엄마를 달래다가 아래층으로 쪼르르 달려와서 우리 전화 통화가 어떻게 되어가는지 듣다가 다시 후다닥 달려올라가보면 엄마의 또다른 신체 고민이 생겨나 있었다. "들었어?" 내가 수화기를 다시 귀에 대며 말했다. "언니 올 거야? 엄마를 어떻게 해야 돼. 언니가 필요해. 판세를 바꾸고 엄마를 설득하고 엄마 기운을 북돋고 엄마의 자신감과 옷차림을 향상시킬 사람은 언니밖에 없어. 나는 못해. 언니가 해야 돼. 그러니까 올 거야? 올 수 있어? 올 수 없어? 지금?"

나는 이렇게 말했고 또 일부러 "진짜 밀크맨"이라는 호칭 대신 "아무도 사랑하지 않는 남자"라는 말을 썼다. 어떤 밀크맨이건 간에 '밀크맨'을 언급하면 그 순간에 화르르 다툼이 일어날 것 같았다. 언니는 망설임 없이 "십오분하고 십분 안에 갈게"라고 말했다. 합하면 이십오분이지만 십분 지역이 너무 암울하고 섬뜩하기 때문에 그 구간을 정상적 시간에 포함시키고 싶지 않아 그렇게 말하는 거였다. "엄마한테 말할게." 내가 말하고 나서 이렇게 덧붙였다. "고마워, 언니." 그리고 우리는 작별인사를 했는데 우리 사이에 밀크맨과 관련된 갈등이 없었더라면 마땅히 그랬을 만큼 길고 질긴 작별인사는 아니었다. 하지만 인사를 한번만 하거나 아예 안하지 않고 그래도 몇번은 했으니 우리 자매 사이가 잠정적으로 조금 회복되었다고 볼 수 있었다. 그리하여 큰 다툼 없이 따귀를 때리지도 않고 우리 둘다 후회하더라도 주워담을 수 없는 말을 내뱉지도 않고 전화 통화가 끝났고 언니가 오게 되었다. 감사하게도 십오분하고 십분만 기다리면 언니가 와서 엄마를 정신 차리게 할 터였다. 나는 수화기를 내려놓았고 국가 도청꾼들이 들었을까봐 뒤늦게 염려하지도 않았다. 안도의 한숨을 쉬고는 위층에 올라가 다시 엄마를 마주하기 위해 심호흡을 했다.

언니가 약속한 대로 십오분하고 십분 만에 도착했다. 언니는 상황과 사람에 어울리는 옷과 액세서리도 가져왔다. 또 언니의 세 아기, 쌍둥이 아들들과 딸도 데려왔고 남편은 난폭한 정의 구현의 결과로 입은 부상을 혼자 치료하라고 놓아두고 왔다. 언니는 내가 기대한 대로 곧장 진두지휘에 들어갔다. 언니는 엄마와 기질이 잘 맞고 생각도 비슷하고 마음이 잘 통해서 나보다는 엄마의 기운을 북돋기에 훨씬 적합한 사람이니 그야말로 적임자였다. 언니는 뭐가 필요한지 정확하게 파악해 나와 어린 동생들과 자기 어린아이들에게 지시를 내리면서 동시에 엄마를 달래고 기운을 북돋았다. 그래 하지만은 언니와 맞서 싸우느니 그냥 꺼지겠다고 하면서 사라졌다. 우리는 지시를 따르고 물건을 가져오고 날랐고 엄마를 위해 할 수 있는 일이 있다는 것에 기뻐했다. 한편 엄마도 활기를 되찾고 기분도 가라앉고 안정되었다. 첫째 언니도 활력이 솟아서 슬픔과 비탄을 조금씩 벗어버렸다. 그래서 엄마도 기분이 좋고 첫째 언니도 기분이 좋고 어린 동생들도 기분이 좋고 아이들도 기분이 좋고 나도 기분이 좋아져서 아래층으로 내려가 찻주전자에 물을 끓이겠다고 했다.

그리고 지금, 알약소녀가 나에게 독을 먹이고 알약소녀가 살해당하고 엄마가 진짜 밀크맨 때문에 사랑과 자신감 부족 문제에 시달린 뒤로 이주가 지나고 셰프와 전-어쩌면-남자친구가 남아메리카로 떠날 계획을 세우고 밀크맨이 죽고 아무개 아들 아무개가 얻어맞고 잘못을 뉘우치게 된 이튿날, 일상이 다시 시작되었다. 나는 부엌에서 동생들한테 저녁을 차려주고 있었다. 동생들은 곧 국제적 커플 놀이를 하러 밖으로 뛰어나갈 것이고 나는 운동복을 입고 독을 먹은 이래 처음으로 셋째 형부 집으로 갈 생각이었다. 어린 동생들은 나보고 서두르라고, 자기들은 나갈 준비가 다 됐다고, 밥 먹자마자 나가 놀 거라고 했고 오늘도 물론 프레이 벤토스를 먹을 거라고 했다. "감자튀김을 곁들여서." 동생들이 덧붙였다. "아니면 파리 번이나." "감자튀김을 곁들여서." 아니면 "바나나에 감자튀김을 곁들여서", 아니면 "반숙 달걀하고 감자튀김하고 같이", 아니면 "가게에서 파는 파이하고 감자튀김", 이런 식으로 계속 뭐든 감자튀김하고 같이 먹겠다고 했다. 내가 이미 감자튀김은 먹을 수 없다, 첫째로 나는 감자튀김 만드는 법을 모르고 실제로 입증된 바는 없지만 감자튀김을 만들려고 하다 보면 집을 홀랑 태워버릴 게 빤하니 시도하지 않겠다고 설명했는데도 그랬다. 또다른 이유는 밀크맨이 죽었지만 여전히 튀김가게에 갈 수는 없기 때문이었다. 어쩌면 밀크맨이 죽었기 때문에 더 갈 수 없는 것 같기도 했다. 내가 굴복하게 만든 것은 아니지만 어쨌든 나에게 굴복한 가게주인들이 이제는 대놓고 불만을 드러낼 것이고 곧 돈도 돌려받고 복수도 하고 싶어할 것이었다. 그러니까 밀크맨과 나의 문제는 아직 끝난 것이 아니었다. 그 일이 쉽게 끝나지 않으리라는 걸 나는 알았다. 날마다, 모든 사람에게, 조금씩, 각각 보복을 당할 수밖에 없었다. 나는 동생들에게 감자튀김 대신에 프레이 벤토스든 오펄 프루츠든 감초 사탕이든 아이스크림이든 영성체 밀병이든 비행접시 당과든 동생들이 좋아하는 혓바닥 위에서 톡톡 터지는 식용 종이에 든 사탕이든 삶은 비트든 뭐든 먹으라고 했다. "뭐든 좋아. 감자튀김을 곁들이는 것만 아니면." 어린 동생들은 절반은 신나고 절반은 실망했지만 아무튼 내가 독을 먹고 회복할 때 갈구했던 다양한 어린이 간식들을 먹기 시작했다. 이렇게 동생들 저녁을 차려주었는데 정확히 말하면 찬장에서 꺼내준 것이긴 했다. 그러는 내내 어린 동생들은 "가운데언니! 빨리 좀. 빨리 줄래? 양은 적당히 줘. 그런데 조금 더 빨리 줄 수 없어?"라고 했다.

내가 먹을 것을 주자 어린 동생들은 다 먹은 다음에 국제적 커플 놀이를 하러 달려나갔다. 내가 운동복으로 갈아입으려고 위층으로 올라가는 길에 창문으로 내다보니 국제적 커플이 정말 대유행이라는 걸 알 수 있었다. 어린 여자아이들이 사방에서 엎어지고 있었다. 구역 아이들이 전부 나와서 주름장식 스커트를 흔들며 놀고 있었는데 얼핏 보면 꼭 샹들리에에 금색 양단과 무늬 벽지로 장식을 한 것처럼 보였다. 밖으로 나가보니 거리에 그런 아이들이 가득했다. 리본, 실크, 벨벳, 하이힐, 빳빳한 페티코트를 걸친 아이들이 짝을 짓거나 아니면 혼자 짝이 있는 척 왈츠를 추면서 가끔씩 넘어졌다. 그런 한편 어린 남자아이들은 어린 여자아이들한테는 신경도 쓰지 않고 '저 너머' 군대를 상대로 한 작전도 잠정적으로 중단하고는(아마 현재 '저 너머' 군대가 여기 없다는 이유 때문이었을 것이다) 대신 최근 정치적 문제로 살해된 순교자 놀이를 하며 돌아가면서 주인공 역을 맡았다. 정의의 사나이, 테러리스트 국가의 암살단에 추적당하고 함정에 빠져 비겁한 방식으로 살해당한 반대자 영웅 밀크맨.

"씨발 씨발."

내가 왔다는 걸 셋째 형부도 안다는 걸 나도 알았지만 셋째 형부는 마당에서 운동복 차림으로 나에게 등을 돌린 채로 몸풀기를 하면서 평소처럼 웅얼거리고 있었다. 나를 쳐다보지도 않았고 내가 왔다는 걸 알은체하지도 않았고 몸을 숙여 작은 집의 작은 대문을 열어주지도 않았다. 지난번 전화 통화 때문에, 얼마 전에 내가 러닝 안 온다고 엄마에게 전화를 걸었을 때의 일 때문에 아직도 삐쳐 있나보다 싶었다. 게다가 그전에 내가 다리에 힘이 없다, 몸에 조정력이 없다, 균형감을 잃었다, 자꾸 넘어지고 비틀거린다 하며 운동을 건너뛴 것 때문에도 골이 났을 것이다. 그래서 나는 아무 말도 하지 않고 조용히 셋째 형부 옆에서 스트레칭이나 하는 게 좋겠다고 생각했다. 그래서 그렇게 했다. 잠시 뒤에 여전히 나를 쳐다보지는 않고 셋째 형부가 말했다. "러닝 접은 줄 알았어." "아냐. 독 때문에 그랬어." 내가 말했다. "글쎄 꽤 여러날이 지났는데 처제가 러닝 하러 올 것 같지 않던데." "살인미수였다고, 형부." "사람들이 하는 말이지. 하지만 이건 다른 문제야―" 여기에서 셋째 형부는 날카롭고 경직되고 상처 받은 듯한 목소리로 말했다. "'12마일 말고 30마일 뛰자'라고 말하는 것은 고집이겠지. 하지만 '안 달려, 절대로 다시는 안 뛸 거야'라고 말하는 건 ― 아니면 어머니한테 그렇게 말하게 시키거나 ― 그런 건 파울 플레이라고."

형부는 여전히 이쪽을 쳐다보지 않은 채로 이제 고관절 굴근을 풀고 있었다. 이 상황을 타개하고 형부의 원망을 풀어주고 다친 상처를 달래줘야 했다. 그러기에 가장 좋은 방법은 형부가 나를 들볶고 내가 발끈해서 형부에게 으름장을 놓는 것이었는데, 마침 형부도 그 방법을 시도하고

494

있었다. 이제 내가 "좋아, 됐어. 이제 그만해. 오늘 20마일 뛸 거야"라고 말할 차례였는데, 사실 내 체력이나 몸 상태로 20마일을 뛸 수 있을지 자신이 없었다. 10마일도 자신이 없고 심지어 5마일도 어떨지 몰랐다. 다리가 돌아오고는 있었지만 달릴 수 있는 상태인지는 알 수 없었다. 일단 오늘 달리지 않을 만한 거리의 마일을 제시하고 협상을 해볼까 생각하는데, 형부가 "오늘 12마일 뛸 거야"라고 먼저 제안해왔다. "12마일 안 뛸 거야." 내가 말했다. "11마일도 아니야." 좋은 시도였다. 형부가 차분해지면서 동시에 충격 받은 듯한 표정을 지었기 때문이다. "11마일이 아니라는 건 아니겠지." 형부가 소리쳤다. "그렇다니까. 11마일 아니야. 9마일도 아니고 8마일도 아니고." "좋아 그럼 9마일로 하지." "아니라니까. 9마일 아니라고 했잖아. 7마일도 6마일도 아니고 5마일쯤 ─ 6마일로 하자." "6마일은 너무 짧잖아!" 형부가 소리쳤다. "6마일이라니! 6마일만 뛰고 만다고? 6마일을 두번 뛰거나, 아니면 6마일에 3마일을 추가하거나……" 여기에서 내가 "됐어, 원하면 형부는 더 많이 뛰어. 그냥 각자 자기 하고 싶은 대로 하면 어때?"라고 말할 수도 있었을 것이다. 이제 밀크맨이 죽었으니 굳이 셋째 형부랑 같이 뛸 필요도 없었다. 그렇다고 해서 내가 그 사실을 대놓고, 그러니까 의식적으로 인정하지는 않았는데 그러면 내가 너무 냉혈한에 치사하고 나쁜 사람이라는 생각이 들 것 같았기 때문이다. 하지만 사실 밀크맨이 사라지고, 밀크맨의 '나는 남자고 너는 여자니까' '러닝 할 필요 없어' 하는 식의 말과 '나는 너를 통제하고 고립시켜서 아무것도 아닌 존재로 만들 거야' 하는 암시도 사라지고 나니 두달 동안 이상하게 힘이 없고 비척거리던 다리가 다시 멀쩡하게 움직이게 되었고 혼자서 달려도 될 만큼 안전한 기분이었다. 하지만 일단 지금은, 적어도 셋째 형부가 다시 과잉 운동중독으로 머리가 홱 돌기 전까지는 같이 달리기로 했다. "더도 덜도 아니고 딱 6마일." 내가 선언했고 셋째 형부도 마침내 동의했다. "알았어." 셋째 형부는 그러면서 6마일에 대해 불만이 있다는 사실도 분명히 했다. 부족한 부분은 복싱클럽에 가서 줄넘기나 스쿼트나 런지를 추가로 해서 채워야겠다고 말했다. "불만이야"라고 셋째 형부는 말했지만 불만스러운 얼굴은 아니었다. 기분이 좋아 보였는데 나는 이걸 우리가 화해했다는 뜻으로 받아들였다. 그때 그의 아내, 나의 셋째 언니가 친구 무리와 함께 술 한잔 걸친 상태로 등장했다. 손에 더 마실 술병, 쇼핑백, 의상실과 쇼핑몰에서 산 물건들, 오늘 하루 종일 시내에서 가게들을 싹 돌며 사 모은 것들이 들려 있었다.

"아, 취한다." 이렇게 말하면서 다 같이 장식으로 심어놓은 산울타리에 걸려 넘어졌다. 셋째 언니는 별표 퍼센트 기호 골뱅이 앰퍼샌드 곡절 기호 올림음표 달러 마크를 쏟아놓고 "씨이이발" 등등 거센 욕설을 내뱉었다. 언니 친구들은 잔디밭에서 몸을 일으키고 술병과 쇼핑백을 집어

들면서 이렇게 말했다. "아, 우리가 말했잖아. 경고했다고. 이 산울타리는 사납고 제멋대로야. 사악하다고. 없애버려." "그럴 수 없어." 언니가 말했다. "어떻게 성장해 개별화되는지 보고 싶어." "어떻게 성장해 개별화될지 딱 보면 알잖아. 트리피드의 날*로 성장할 거야. 개별화되어서 우릴 죽이려고 할 거라고." 그러더니 산울타리를 비난하기를 그만두고 우리에게로 화살을 돌렸다.

형부가 먼저 맞았다.

"거기 저수지 공원에서 여자들을 때렸다던데 —" 형부가 그 말을 듣자마자 스트레칭을 멈췄기 때문에 언니 친구는 말을 맺을 수 없었다. "뭐라고!" 형부가 외쳤다. "누가 그딴 소리를 해?" "그만해." 셋째 언니가 친구들에게 말했다. "자자, 우리 자기." 언니가 셋째 형부에게 말했다. "신경 쓰지 마. 쟤들은 당신의 눈부신 감수성을 괴롭히는 어두침침하고 축축한 잡초들이야." 웃지 않고 진지한 얼굴로 셋째 형부를 민감하고 여린 존재로 묘사하기가 쉬운 일은 아니었지만(친구들이 박장대소를 터뜨린 것을 보아도 알 수 있듯이) 나는 어떤 면에서 언니 말을 이해할 수 있었다. 여기 있는 우리 중에서 가장 다소곳하고 가장 충격을 잘 받는 사람을 꼽으라면 나도, 언니도, 비웃고는 있지만 친구들도 "아 그래, 솔직히 말하자면 이 남자지"라고 말할

* 존 윈덤이 1951년에 발표한 소설 제목. 사람을 공격해 앞을 못 보게 만드는 거대한 식물이 나온다.

수밖에 없을 것이다.

"자!" 셋째 언니가 풀쩍 뛰어 남편에게 갔는데 엄마 말대로 언니의 발놀림이 날렵하고 우아하다는 게 눈에 들어왔다(산울타리에 걸려 넘어지지 않았을 때에는). "사실이 아니라는 말이지?" 셋째 형부가 충격이 약간 가라앉은 것 같기는 하지만 여전히 격앙된 상태로 울부짖듯 물었다. "당연히 사실이 아니지. 당신이 여자를 친다니 ㅡ" "그거 말고." 형부가 말했다. "누가 나를 두고 그런 얘기를 한다는 거 말이야." "아무도 그런 소리 안해." 그러더니 셋째 언니가 몸을 펴고 남편 입에 쪽 하면서 요란하게 키스를 했다. "아니, 하지 마." 형부가 언니를 밀어냈다. "지금 그럴 기분 아냐." 그러더니 형부는 자기를 당황하게 하고 충격을 준 사람들을 돌아보았다. 농담으로 취급할 수 없는 종류의 문제를 제기한데다가 그것도 형부의 원칙을 조롱하리라고는 상상도 못했던 성별의 사람이 그랬다는 점에서 그냥 넘어갈 수 없는 일이었다. "비난하고 중상하는 거 그만둬. 재미없어. 다른 사람에 대해 뒷말 퍼뜨리고 좋은 사람 평판 망치는 거 그만하라고. 어린애들도 아니잖아. 나잇값 좀 해." 형부가 말했다.

아무 효과도 없었다. 이어서 그들은 나를 돌아보았다.

"오호, 이것 좀 봐." 한명이 소리쳤다. 이미 다들 나를 보고 있었지만. "아하!" 다른 사람이 소리쳤다. "둘이 올해의 멍든 눈 대회에 가는 길이야?" 그때 셋째 형부가 눈을 돌려 내 멍든 눈을 봤고 나도 형부의 멍든 눈을 봤다.

형부 눈이 멍드는 일이 흔한 일은 아니지만 내 눈이 멍드는 것만큼 드물지는 않았다. 나는 오늘 아침 거울로 눈가의 멍을 보고 아무개 아들 아무개도 멀쩡하지는 않으리라는 생각으로 겨우 화를 억눌렀다. 아무개 아들은 눈에 멍이 스무개는 들었을 거야, 하고 생각했다. 그 여자들 덕에, 다음에는 여자들 애인들 덕에, 또 반대자들 덕에, 내 것보다 훨씬 심한 멍이 들었을 것이다. "교훈을 얻었겠지." 나는 거울을 보며 마음을 달랜 다음 출근을 할까 말까 잠시 고민했었다. 결국 눈화장을 진하게 해서 멍을 가리고 출근했는데 집 밖에 나가 사람들을 마주치자마자 생각한 것만큼 잘 가려지지는 않았다는 걸 알게 됐다.

"그러니까 사실이구나." 셋째 형부가 말했다. "소문을 듣긴 했는데 너네 첫째 형부가 하는 말이라 새겨듣지 않았어. 그러니까 빌어먹을 아무개 아들 개새끼가 그런 거야?" 나는 어깨를 으쓱했는데 그것은 그렇긴 하지만 지난 일이고 어쨌든 아무개 아들도 대가를 치렀다는 뜻이었다. 또 "읔"이라고도 말했는데 이것은 맥락에 따라 어떻게도 해석할 수 있는 말이었다. 이 맥락에서는 신경 쓰지 마, 이미 손봐줬으니까,라는 뜻이었다. 게다가 지금까지 일어난 일들에 비하면 ─ 특히 만약 어제 밀크맨이 죽지 않아서 밀크맨이 짜놓은 계획대로 내가 그를 만났다면 어떻게 되었을지를 생각해보면 ─ 아무개 아들 아무개에게 권총으로 언어맞은 일쯤은 아무것도 아닌 일 같았다. "별일 아냐." 내가 말했다. "나한테는 별일이야." 형부가 말했다. "원칙은 어쩌고? 처제는 여자잖아. 그놈은 남자고. 처제는 여성이야. 그놈은 남성이고. 처제는 내 처제고 그놈 가족이 얼마나 많이 살해당했든 상관없이 그놈은 개새끼고 아무도 살해 안 당했더라도 개새끼야." 다 살해된 것은 아니었다. 네명만 살해당했다. 나머지 둘 중 한명은 자살이고 한명은 사고사였다.

셋째 형부는 심각하게 씩씩거리고 있었고 나는 형부가 씩씩거리는 것에 좀 감동을 받았다. 그러니 아무개 아들 아무개 말이 틀린 것이다. 여기에 내 안위를 신경 쓰는 사람도 있었다. 하지만 형부한테는 뭔가 다른 면이, 여자들을 대할 때의 기이한 정신 상태와 무관하지 않은 무언가가 있었다. 형부는 여자를 숭배하고 여자의 신성을 믿고 여자가 우월한 존재이자 생명의 신비라고 믿으면서도, 여성에게 가해지는 학대 중에서 자기가 강간이라고 부르는 것을 제외한 다른 것은 전혀 이해하지 못했다. 형부는 강간을 하위범주로 구분하지 않았다. 애매한 수사나 능구렁이 같은 화법이나 4분의 1이나 2분의 1이나 4분의 3 같은 것은 없었다. 강간은 강간이었다. 멍든 눈도 강간이었다. 총으로 젖가슴을 찌르는 것도. 남자가 손, 주먹, 무기, 발을 의도적으로 혹은 우연을 가장해 고의로 여자에게 쓰는 것도 강간이었다. 셋째 형부가 티셔츠 같은 것을 입고 다닌다면

'여자한테는 손가락도 대지 마라'라는 문구가 쓰인 걸 입어서 사람들을 당황하게 할 것이다. 셋째 형부는 원칙적으로 오직 신체적 접촉만을 인정했다(밀크맨과 사람들이 나를 괴롭히기 전에는 나도 같은 생각이었지만). 즉 건드리지 않고 쫓아다니고, 건드리지 않고 추적하고, 손은 대지 않고 꼼짝 못하게 하고 압박을 하고 조종한다면 위반이 일어나지 않은 것이었다. 따라서 밀크맨이 나를 쫓아다닌다는 소문을 듣고도 셋째 형부만은 틀림없이 그런 일이 일어나지 않았다고 판단했을 것이다.

그러니까 정신적 파탄을 보지 못하는 게 셋째 형부의 단점 중 하나였다. 하지만 멍든 눈은 확실히 봤다. "그냥 됐다니까?" 내가 말했다. "진짜로 아무개 아들은 벌써 수백 아니 수천명한테 얻어맞았다고." 나는 게다가 그 일이 적당한 때에 마치 신의 섭리처럼 우주적 인과응보처럼 순수한 마법의 작용처럼 신속하게 이루어졌다고 했다. "그러니까 더 어떻게 할 필요 없어." 나는 이 점을 강조해 전달하려고 최선을 다했다. 멍든 눈도 아무개 아들도 규칙도 이 구역의 규범도 다 지긋지긋했다. 지금처럼 그것에 온 에너지를 쏟아야 한다면 셋째 형부의 원칙도 지겨웠다. "그럴 필요 없다고." 그러면서 형부가 다시 내 말을 반박하면 다음에 우리가 할 일이 더욱 지체될 텐데 그다음 일이 바로 러닝이라는 점을 덧붙여 일깨웠다. "어쨌든 고마워, 형부." 내가 말했다. "내가 고마워하지 않는다고 생각하지 마, 고마우니까." 잠시 뒤에 형부는 어쨌든 간에 아무개 아들을 때려줄 거라고 말했다. "그럴 필요 없다니까." 내가 말했다. "그래도." 그가 말했다. "윽." 내가 말했다. "윽 아냐." 그가 말했다. "윽 그렇다니까." 내가 말했다. "뭐가 윽인데?" 그가 말했다. "정말 그런다면 윽이라고." "정말 그럴 거니까 윽이야." "윽 알았어." "윽." 그가 말했다. "윽." 내가 말했다. "윽." 그가 말했다. "윽." 내가 말했다. "윽."

그렇게 해서 결론이 났다. 우리는 다시 스트레칭을 했고 다른 사람들은 우리가 하는 양을 재미있게 구경하다가 우리가 하는 양이 재미없어지자 스트레칭 하는 우리를 밀고 지나갔다. 언니가 마지막으로 "아, 아무튼 너 참 짜릿하게 사는구나 가운데동생"이라고 말했는데 그 말에 화가 나지는 않았고 심지어 조금 웃기기도 했다. 셋째 언니와 친구들은 돌아서서 언니와 형부의 우스꽝스러울 정도로 작은 집으로 들어갔다. 잠시 뒤 거실 창문을 통해 쇼핑백 부스럭거리는 소리 산 물건을 보고 감탄하는 소리 술과 잔과 재떨이와 엘비스 등을 다급하게 챙기는 소리가 들렸다. 그러는 동안 우리 둘은 다시 스트레칭을 했고 셋째 형부가 물었다. "괜찮아? 정말 괜찮아?" 내가 말했다. "그렇다니까. 자, 가자." 우리는 작은 대문을 열고 닫고 할 것도 없이 작은 산울타리를 훌쩍 뛰어넘었고 나는 초저녁의 빛을 들이마시며 빛이 부드러워지고 있다는 것, 사람들이 부드러워진다고 부를 만한 변화가 일어나고 있다는 것을 느꼈다. 저수지 공원 방향으로 가는 보도 위로 뛰어내리면서 나는 빛을 다시 내쉬었고 그 순간, 나는 거의 웃었다.

애나 번스의 『밀크맨』은 1970년대 북아일랜드 분쟁 동
안 북아일랜드의 한 지역에서 열여덟살 젊은 여성이 겪은
일을 그리고 있다. 소설에서 서로 대립하는 세력인 '수호
자'는 물 건너 나라(영국)에 속한 채로 있기를 바라는, 주
로 개신교도인 연합주의자 준군사조직이고, '반대자'는
북아일랜드의 독립을 원하는 가톨릭교도 분리주의자 준
군사조직이다. 그렇기는 하나 이 소설에서는 인물이건 장
소건 고유명사로 불리는 경우가 없어, 소설의 배경을 구체
적·역사적 현실이 아닌 상상의 공간으로 볼 수도 있다. 게
다가 화자를 통해 그려지는 사회의 모습은 초현실주의적
으로 느껴질 만큼 극단적으로 뒤틀려 있다.

그런데 소설을 읽다보면 점점 숨통이 조이고 서사의 현

실이 남의 현실이 아니라 나의 현실로 느껴지는 일이 일어난다. 이곳은 오랜 폭력과 핍박의 역사를 겪어온 전체주의 사회 어디든 될 수 있다. 이곳은 보이지 않는 억압 구조의 그물망이 있는 곳 — 실질적으로 모든 곳이 된다. 이 이야기는 (실제로 물리적 폭력을 당한 것은 아니라서) 입에 올릴 수 없는 억압과 폭력의 그림자 속에서 살아가는 모든 사람의 현재가 될 수 있다. 이 소설은 현재 시점에서 과거에 있었던 일을 회상하며 쓴 글이며 글 전체가 과거시제로 되어 있음에도 불구하고, '지금'(now) 그리고 '이곳/여기'(here)라는 단어가 무척 자주 나온다('now'가 390번, 'here'이 237번 쓰였다. 역본에서는 자연스럽게 읽히는 쪽에 신경을 쓰다보니 전부 살리지는 못했다). 이들 단어가 반복해 쓰이면서 사건에 현재성을 부여하며 대상과 거리를 좁히는 동시에 독자가 독서 행위를 실제 경험처럼 느끼게 만든다.

　이 소설을 처음 읽었을 때 내가 받은 느낌은 새롭다, 진부한 데라고는 하나도 없다라는 것이었다. 나중에 곰곰이 생각해보니 그 새로운 느낌은 화자의 독특한 목소리에서 나오는 것이었다. 한마디로 말하라면 '언어의 과다와 감정의 과소'가 서사의 목소리에서 두드러지는 특징이다. 읽다보면 숨이 모자랄 정도로 길게 이어지는 문장이 종종 나오고, 생각이 꼬리에 꼬리를 물고 이어지기 때문에 한 문단이 여러면에 걸쳐 늘어지기도 한다. 그런 한편, 화자가 분노, 공포, 절망 등의 매우 강력한 감정을 느끼고 있을 것이 분명한데도, 마치 감정을 담당하는 머릿속 어떤 부분이 마비되기라도 한 것처럼 감정에 대한 표현은 억눌려 있다. '감정의 과소'는 '나'-화자가 개성과 선택과 일상을 내리누르는 사회에서 버티기 위해 생존 전략으로 택한 방법이기도 하다.

소설 첫 부분에서 '나'는 언니가 밀크맨과 불륜을 저지르려 한다고 비난하자 벌컥 화를 내고는 곧 감정을 드러내 약점을 노출했다며 후회한다. 책을 계속 읽어나가다보면 이곳에서는 감정을 드러내는 것뿐만 아니라 남자친구가 될 수도 있는 누군가를 사랑하는 것, 하늘에서 파란색 말고 다른 색을 보는 것, 일상적 폭력과 감시에 항의하는 것, 선하고 따스한 마음으로 다른 사람을 대하는 것 등도 금지되어 있고 해서는 안될 "상도를 벗어난" 일로 취급됨을 알게 된다. "여기 사람들은 대부분 스스로를 보호하기 위해 진심을 말하지 않는 한편 누가 자기 생각을 읽으려 하면 그 사람에게 가장 위쪽 마음 상태만 드러내고 진짜 생각이 무엇인지는 의식의 수풀 안에 감춘다."(62면)

따라서 밀크맨과 화자가 불륜관계라는 의심이 퍼지기 시작했을 때에도 화자는 대응하거나 반박하지 않고 고집스레 침묵하지만, 소문은 걷잡을 수 없이 증폭되며 확산된다. 이런 상황에서 화자가 자기가 말로 하지 않은 것을 글로 기록하는 행위는 근거 없는 왜곡된 언어에 언어적으로 저항하는 행동이다. 이런 충동에서 촉발된 서술이기 때문에, '매끈한 서사'를 추구하다보면 필연적으로 개입하는 편집과 각색에 저항하며 하나도 빼지 않고 다 말하려 하게 된다. 이렇게 모든 것을 빈틈없이 모순되는 생각들까지도 가려내지 않고 전부 말하려 하다보니 언어의 과잉 상태에 이른다. 조선 후기에, 글자 수 제약이 있는 평시조로 표현할 수 없는 감정, 비판, 풍자, 한탄을 쏟아내기 위해서 중장이 주체할 수 없이 길어지는 사설시조 형식이 나타난 것과 비슷한 충동으로 설명할 수 있을지 모르겠다.

혹은 『밀크맨』의 서사 기법을 온갖 다양한 삽화가 느슨하게 결합되어 있는 로런스 스턴의 『트리스트럼 샌디』에 비교하거나 중심이 없이 자동기술법으로 진행되는 포스트모던 서사의 한 형태로 볼 수도 있을 것이다. 그렇지만 『밀크맨』에서 덧붙여지고 늘어지는 이야기 가운데 나머지와 무관하거나 생급스러운 부분은 하나도 없다. 모든 이야기의 조각이 다 연결되고 적절한 자리에서 중첩된다. 산만하게 이야기를 흩어나간다기보다 결국 내가 하고자 하는 말을 하기 위해 같은 자리를 다른 말로 계속 건드리며 흔적을 겹쳐나가는 것에 가깝다. 『밀크맨』과 포스트모던 서사의 가장 큰 차이는, 『밀크맨』은 서사를 파편화하여 중심을 해체하려는 의도가 아니라 하나도 빠뜨리지 않고 이야기하지 않으면 아무것도 이야기하지 못할 듯한 절박함에 따라 서술한다는 점이다.

이 소설이 이렇듯 모든 것을 말하고자 하면서도 말하지 않는 것에도 주목할 필요가 있다. 화자가 과거의 일을 회상하는 지금은, 당시에 자신이 삶에 '무감함'으로 보호막을 치고 접근했기 때문에 감정이 억눌려 있었을 뿐 아니라 인식에 맹점이 있었음을 이해한다. "문이 열리고 내면의 모순이 드러나면 (…) 양립할 수 없는 것들이 충돌하기 때문에 정치적으로 옳은 발언을 하기는커녕 나 자신에 대해서조차 말이 되게 설명할 수가 없다. 그런 이유로 이랬다저랬다 하고 뭉개버리고 나는 모른다며 미시감 상태로 들어가고 하얗게 지워버리고 걸으면서 책을 읽는 것이다." (169면) 그때에는 객관적·비판적 인식에 접근해가는 대신 선택적 기억상실을 택하는 방식으로 회피하려고 했다.

그러나 소설 곳곳에 '나'가 다른 사람들("상도를 벗어난" 사람들을 포함하여)에게 영향을 받으며 변화의 조짐을 보이는 순간들이 있다. 이를테면, 프랑스어 수업에서 선생님이 하늘이 파란색이 아닐 수도 있다는 충격적인 말을 했을 때가 그렇다. "무엇이든 아무 색이나 될 수 있고 무엇이든 아무것이 될 수 있고 언제 어디서든 누구에게든 무슨 일이든 일어날 수 있다는 말이었다."(113면) 그 말을 듣고 지금까지 암묵적으로 강요되었던 제한적인 삶 바깥의 가능성을 곱씹어보던 '나'는 처음으로 강력한 충동에 휩싸여 '상도에서 벗어나는' 적극적 행동을 한다. '십분 지역'에서 폭발로 인해 잘린 죽은 고양이 머리를 보고 그냥 지나치지 못하고 묻어주기 위해서 들고 나온 것이다. 고양이 머리는 역시 폭격으로 인해 날아갔고 모든 사람이 찾으려고 애썼으나 찾지 못했던 '핵소년의 가장 사랑받는 형'의 사라진 머리의 대체물이다. 앞에서 화자가 핵소년 형이 죽은 사건을 서술한 적이 있지만 그때는 단 한점의 감정도 비치지 않은 채 핵소년의 기이한 행동을 설명하면서 지나가듯 언급했을 뿐이다. 비극적 사건 앞에서도 눈 하나 깜짝하지 않았고, 스스로를 보호하기 위해 모든 다정하고 여린 감정을 억눌렀던 '나'가, 실제로는 무감하지 않고 누구보다도 예민하고 다치기 쉬운 성정을 지녔음을 '말에 의존하지 않고' 드러내는 장면이다.

그렇게 보면 저자가 이야기에 이야기를 쌓으며 만들어내는 숨 막히도록 촘촘한 언어의 그물망은 우리를 억압하고 감정과 생각을 말하지 못하게 하는, 눈에 보이지 않는 현실의 구조와 닮았다. 따라서 정작 저자가 말하고자 하는 바는 이 많은 언어에도 불구하고 말하지 않는 의외의 빈틈에 있다고 할 수 있다. '나'가 고양이 머리를 들고 돌아다니는 해괴한 행동을 한 까닭, 모든 사람이 궁금해하는데도 설명할 수가 없었던 그 까닭이 그 가운데 하나다. 경탄할 수밖에 없는 독창적인 서사 전략이다.

억압과 폭력, 희망의 가능성에 대한 어떻게 보면 익숙한 이야기를 진부함이라고는 없이 전달할 수 있었던 놀라운 힘은, 소설에서 이야기하고자 하는 바를 강력한 서사의 목소리와 결합시켜서 이야기하는 행위 자체를 저항이자 말하지 않고 말하는 방법으로 만들어버린 독특한 솜씨에서 나온다. 독자는 소설을 읽으며 화자의 억눌린 사고 구조 안에서 생각하게 되고 억눌렸기 때문에 차마 멈추지 못하고 한없이 이어가는 목소리를 따라가며 숨이 답답해진다. 이 책을 다 읽은 독자는 물 건너 나라의 과거를 관망한 것이 아니라 그 현실을 스스로 살았다고 느낄 것이다. 그리고 이제는, 소설 마지막 부분에서 "나는 빛을 다시 내쉬었고 그 순간, 나는 거의 웃었다"(503면)라고 말하는 화자와 함께 숨을 크게 내쉬어도 된다.

홍한별

밀크맨

초판 1쇄 발행 / 2019년 10월 4일
특별판 1쇄 발행 / 2022년 6월 20일

지은이 / 애나 번스
옮긴이 / 홍한별
펴낸이 / 강일우
책임편집 / 양재화 오규원 홍상희
조판 / 박아경
펴낸곳 / (주)창비
등록 / 1986년 8월 5일 제85호
주소 / 10881 경기도 파주시 회동길 184
전화 / 031-955-3333
팩시밀리 / 영업 031-955-3399 편집 031-955-3400
홈페이지 / www.changbi.com
전자우편 / lit@changbi.com

한국어판 ⓒ (주)창비 2019, 2022
ISBN 978-89-364-7909-1 03840

『밀크맨』에 쏟아진 찬사들

그야말로 경탄스러운 작품이다. 재미있고 역경에 굴하지 않으며 똑똑하고 입바른 일인칭 화자가 시작부터 끊임없이 현실을 직시하는 독특한 화법으로 진행된다. 첫 페이지부터 그의 언어는 우리를 그가 사는 세계의 일상적인 폭력으로 끌어들인다. 젊은 여성으로서 혼란한 시대에 가족, 친구 및 연인의 요구에 반응하는 한편으로 살해 협박, 국가의 암살단 같은 폭력적 삽화가 겹쳐진다. 소설은 긴밀한 관계로 묶여 있는 공동체에서 가십과 사회적 압력이 미치는 영향을 훌륭하게 그려낸다. 소문과 정치적 충성이 개인의 성폭력을 고발하는 수그러들지 않는 운동에 어떻게 작용하는지 보여준다. 단순히 한 장소, 한 시대의 이야기가 아니다. 위기에 처한 사회들의 보편적 경험을 탐구한다.

—콰미 앤서니 애피아(2018년 부커상 심사위원장)

소설의 배경인 1970년대 북아일랜드와 당시의 우리 사회가 많은 부분에서 포개진다. 정치적 논의만이 무성해 일상의 소소함을 추구하는 일은 불가능했다. 페미니즘, 소수자 보호, 성적 정체성 같은 말들은 아직 수면 위로 드러나지도 못했다. '어떤 편에도 속하지 않는 법'을 모르므로 점점 무감각해져가는 주인공과 겹쳐 보이는 인물도 떠오른다. 소설을 읽으며 아득해지는 것은 그 시절에 대한 그리움 때문은 아닐 것이다. 시대가 반복되고 있다는 두려움 때문이다. 지금 이곳의 독자들이 꼭 읽어보았으면 하는 작품이다.

—김영란(전 대법관)

이 작품은 하나의 점(點)에서 역사를 완전히 파악할 수 있음을 보여준다. 유려한 문장은 조물주의 내려다보는 시선이 아니라 당사자의 체현과 횡

단, 우회, 유희로 교직되어 있다. 가족, 공동체, 국가의 원시성을 정확히 인식한 타자의 시선은 우리를 지적으로 정치적으로 흥분시킨다. 서사란 무엇인가를 젠더의 관점에서 증명한 작품! 한마디로 압도적이다. 문장의 구조, 내용 모두 완벽하다. 고전이 될 것이라 믿어 의심치 않는다.

— 정희진(여성학자)

나는 『밀크맨』을 어른으로 살아가는 일의 두려움과 공포, 그리고 그것을 피하기 위한 불가피한 선택에 관한 이야기로 읽었다. 피할 수 없는 억압 속의 선택을 과연 자발적 선택이라고 명명할 수 있을까. 우리가 자발적 선택이라고 믿는 것 중에서 진짜 자발적 선택은 몇이나 될까. 극한의 디스토피아적 설정 속에서, 『밀크맨』은 오히려 내면의 현실을 잔인할 정도로 사실적으로 보여준다. 내가 두려워하는 것, 나를 위협하는 것, 내가 도망가거나 타협하고자 하는 것들은 무엇인가, 나를 짓누르는 보이지 않는 억압은 무엇인가, 질문하게 하는 소설. 『밀크맨』은 우리가 가장 두려워하는 것이 어쩌면 증오도 폭력도 아닌 진짜 사랑, 진실한 삶일 수 있다는 서늘한 통찰을 보여준다. 매력적인 화자가 이끄는 이야기 속에서 독자들은 충격에 가까운 특별한 독서 경험을 하게 될 것이다.

— 최은영(소설가)

천천히 걸으며 책을 읽는 것과 저수지 가장자리를 힘껏 달리는 것을 좋아하던 열여덟살 여성이 어떻게 포식자의 목표물이 되었는지 화자의 목소리를 따라가는 것은 괴로운 몰입이었다. 우리는 이제 안다. 독립투사도 민주투사도 여성에게는 가해자일 수 있음을. 전체주의적 공동체는 여성을 제물로, 소비재로 삼음을. 용맹한 영웅의 추악한 부분을 담합하여 파묻는 문화를. 위력의 작동방식을. 이 길고 깊이 찌르고 들어오는 소설은 지금이라도 폭력을 더 정교히 이해해야 한다고 촉구한다. 왜 강간으로 분류되지 않는 폭력에도 제대로 된 이름을 붙여야 하는지 아프게 짚어준다. 그것을 해내야 우리는 가까스로 어스름에서 빛으로 갈 수 있을 것이다.

— 정세랑(소설가)

와! 이것은 내가 찾던 해독제 소설이다.

조잡한 성적 추문, 이웃의 이러쿵저러쿵 이래라저래라 압력, 정치적 폭력 같은 사회적 독약에 중독되지 않은 똑똑하고 호감 가는 일인칭 여성 주인공은 돌아버리지도, 맛이 가지도 않고 시종일관 제정신이다. 그의 '제정신'이 그를 그답게 만들고 잊을 수 없는 주인공으로 만든다. 이 소설은 하도 기가 막힌 꼴을 많이 보고 당해서 말문이 막힌 사람들에게 특히 강력한 해독작용을 발휘할 것이다. 누군가 제정신인 것을 보는 것만으로도 숨 쉴 맛이 난다. 소설의 마지막 문장은 특별히 아름답다. 모든 좋은 변화는 '부드러움'과 관련이 있다. 끝 문장이 어쩌나 부드럽게 다가오는지 미쳐버리기 직전의 세상에서 달콤할 지경이다.

— 정혜윤(CBS라디오 PD, 작가)

아일랜드의 문학적 전통을 이으면서도 이 소설만의 독창적 에너지와 목소리가 있다. 소설의 배경은 1970년대 북아일랜드이지만, 책을 읽다보면 다른 많은 시대, 중세의 마녀사냥부터 스탈린의 러시아, 탈레반 치하의 아프가니스탄, 최근의 미투운동까지 떠오른다. 초현실적인 설정에도 불구하고 이 소설의 모든 요소가 진실에 닿아 있다.

— 『가디언』

북아일랜드 분쟁을 다룬 사악하게 웃기는 소설. ★★★★★

— 『데일리 텔레그래프』

대단한 성취다. '복잡하다' '난해하다' '기이하다'는 서평들에 기대지 말고 직접 이 책을 읽고 책 속에 빠져보라. 난해함은 오직 빡빡한 문장 속의 신선한 목소리와 스타일에서 기인하는 것이다. 그래, 이 소설이 정보와 서사를 나르는 방식은 그 어떤 작품의 형식과도 같지 않다. 그러나 20세기 후반 북아일랜드를 다루는 소설이 '쉽게' 읽혀서는 안된다는 건 두말할 나위가 없다. 그것은 부정직한 책이고 실패작일 것이다. 거기엔 싸워야 할 것이 너무 많다. 이름 없는 나라의 이름 없는 도시에서 우리의 화자 가운데딸은 자신의 인생을 좌지우지하려는 타인들의 욕망과 맞서 싸우기 위해 최선을 다한다. (…) 이 소설을 남자가 썼어도 너무 어렵다는 이런 식의 비판을 받았을까? 『밀크맨』을 향한 비판적 반응은 그간 여성들이 대중의 눈높이에 맞춰 수준을 낮추라며 일생 동안 알게 모르게 들어온 충고들과 너무나 유사하다. 남자들과 남자들이 쓴 '어려운' 책들은 이런 비판을 받지 않는다.

―『LA 타임스』

올해의 가장 힘들었던, 그러나 가장 보람 있었던 책. 왜 이런 놀라운 소설을 두고 얌전을 빼겠는가? 거기 당신들, 무언가 낯설고 복잡한 것에 목말라 있는 독자들이라면 『밀크맨』은 바로 당신들을 위한 책이다. 또한 '지금'을 위한 책이기도 하다. 40년 전에 일어난 사건을 다루고 있지만, 『밀크맨』은 테러리즘부터 성폭력까지, 화해가 불가능하게 느껴지는 우리 시대의 맹목적 분열에 대한 불안을 진동시킨다.

―『워싱턴 포스트』

"불행보다 더 재미있는 것은 없다"고 사뮈엘 베케트는 썼다. 애나 번스의 강렬하고 실험적인 세번째 소설은 이 영원히 생기를 띠는 관념에 변주곡을 더한다. 익살맞게 비틀린 산문 스타일은 어떤 독자들에겐 낯설게 느껴질 것이다. 그러나 누군가는 성폭력과 부족주의에 관한 기민한 관찰이 현재에 말을 걸고 있다고 느낄 것이다.

―『더 타임스』

이것은 여자들에게 가해져온 소리 없는 폭력에 관한 소설이다. 『밀크맨』은 십대들에게 그들의 내면을 돌려준다. 아무리 냉정한 가슴이라도 응답하지 않을 수 없는 화자의 목소리에는 감동적이고 섬세한 존엄이 깃들어 있다.

―『인디펜던트』

사뮈엘 베케트가 북아일랜드 독립투쟁에 관해 산문시를 썼다면 이와 상당혀 유사했을 것이다.

폭발적인 소설이다. 실제 역사와 깊은 관련이 있으면서도 공식 기록의 이름, 날짜, 장소에 구애하지 않는다. 보다 내밀한 작품으로, 최근 증가하는 이름 없는 여성 영웅들을 다룬 작품들의 목록에 중요한 기여를 했다.

처음부터 숨 가쁘고 정신없고 장대한 물살로 터져 한순간도 주춤하지 않고 쏟아진다. 애나 번스의 정신없는 의식의 흐름 기술을 따라간다면 충분한 보상을 받고도 남을 것이다. 화자의 목소리를 자신감 있게 재현했고 크고 작은 정치적 상황의 결을 훌륭하게 포착했다. 북아일랜드의 사회적 풍경을 예리하고 절묘하게 표현했으나 그것에만 그치지 않는다. 블랙 유머를 곁들인 성장소설인 한편 강간문화와 이런 사회에서 여성이 어떤 취급을 받는지를 결정적으로 그려냈다. 억눌리지 않은 분노가 담긴 책으로, 그렇기 때문에 강력하며 반드시 읽어야 할 책이다.